1re

Spécialité

Mathématiques

Pour aller plus loin en démontrant et en s'entraînant

1re

Spécialité

Mathématiques

Pour aller plus loin en démontrant et en s'entraînant

NOUVEAUX PROGRAMMES

Jean Wacksmann
Professeur agrégé honoraire de mathématiques au lycée Louis-le-Grand

ellipses

Du même auteur chez le même éditeur

Mathématiques - Seconde - Pour aller plus loin en démontrant et en s'entraînant, 576 pages, 2019.

ISBN 9782340-035935

32, rue Bargue 75740 Paris cedex 15

www.editions-ellipses.fr

Avant-propos

Ce livre s'inspire dans ses grandes lignes d'un cours de Première proposé ces dernières années à des élèves du lycée Louis-le-Grand à Paris, tout en étant conforme au nouveau programme de l'enseignement de spécialité de mathématiques de la classe de Première générale qui est appliqué depuis cette année scolaire 2019-2020.

Dans un souci de partage, ce manuel, comme son prédécesseur "*Pour aller plus loin* " en Seconde, publié aux éditions Ellipses en janvier 2019, permet à tout(e) autre élève de Première ayant choisi les mathématiques comme spécialité, de disposer, et d'un cours, et d'exercices permettant d'améliorer et d'approfondir la compréhension des concepts mathématiques, proposés à ce niveau. En effet les acquis concernant le calcul différentiel, les suites, le produit scalaire ou les probabilités sont essentiels pour une poursuite solide d'un cursus scientifique.

Et dans cette perspective d'approfondissement, certains développements se situent volontairement à la marge du programme.

Citons pour exemples :

- un exposé exhaustif sur la fonction valeur absolue,
- une définition rigoureuse de la composition de deux fonctions,
- un chapitre explicitant en détail la notion de limite d'une fonction en un point,
- des compléments sur la dérivation,
- une mise en place du concept de convergence ou de divergence d'une suite numérique.

Au dernier paragraphe de chaque chapitre, intitulé "Exercices corrigés", on trouve de nombreux exercices et problèmes d'approfondissement, exigeants certes, originaux pour certains, mais toujours accessibles à ce niveau. Il y en a en tout 184, accompagnés de corrigés très détaillés. De plus chaque résultat démontré dans ce cours est illustré par un ou plusieurs exemples significatifs.

En annexe, nous exposons une introduction au langage ensembliste et aux calculs des propositions. Et dans ce même chapitre, en plus des différents types de raisonnements déjà abordés en classe de Seconde, nous développons le raisonnement par récurrence dont l'efficacité n'est plus à prouver.

Nous souhaitons que nos futur(e)s jeunes lectrices et lecteurs trouvent une satisfaction intellectuelle à approfondir les mathématiques qui leur sont enseignées au lycée, d'autant plus que ce livre peut être efficacement utilisé comme une passerelle pour préparer les mathématiques de spécialité ou les mathématiques expertes de la classe de Terminale.

Pour terminer, je remercie chaleureusement Elisabeth, mon épouse, pour son aide précieuse lors de la relecture de ce livre et Jacques Wittmann, mon binôme physicien pendant de nombreuses années à LLG, qui a mis son érudition mathématique et sa passion des sciences au service d'une relecture pertinente de ce manuel.

Table des matières

CHAPITRE 1

Second degré

Le pré-requis pour ce premier chapitre est le cours de Première sur le second degré. Nous proposons des exercices d'approfondissement conformes au programme et pour aller plus loin, nous donnons des compléments de cours ainsi que des exercices au sujet :

- du discriminant réduit,
- de la somme et le produit des racines,
- de la résolution d'équations ou d'inéquations irrationnelles,
- du second degré et de la géométrie.

1.1 Discriminant réduit

Théorème. *Soient a, b et c trois réels avec $a \neq 0$.*

On suppose que $\Delta = b^2 - 4ac > 0$ et soit (E) l'équation $ax^2 + bx + c = 0$.

Si $b = 2b'$ et en posant $\Delta' = b'^2 - ac$, alors l'équation (E) admet deux solutions distinctes x' ou x'' telles que

$$x' = \frac{-b' - \sqrt{\Delta'}}{a} \text{ ou } x'' = \frac{-b' + \sqrt{\Delta'}}{a}.$$

Démonstration. Avec les données de l'énoncé, nous obtenons

$$\Delta = (2b')^2 - 4ac = 4(b'^2 - ac) = 4\Delta'.$$

Nous observons que $\Delta > 0$ implique $\Delta' > 0$.

De plus, il vient :

$$x' = \frac{-b-\sqrt{\Delta}}{2a} = \frac{-2b'-\sqrt{4\Delta'}}{2a} = \frac{-b'-\sqrt{\Delta'}}{a},$$
ou
$$x'' = \frac{-b+\sqrt{\Delta}}{2a} = \frac{-2b'+\sqrt{4\Delta'}}{2a} = \frac{-b'+\sqrt{\Delta'}}{a}.$$

Remarque. Le réel Δ' est le discriminant réduit de l'équation (E).

Exemple. Nous résolvons dans $\mathbb{R}$ l'équation $x^2 - 2\sqrt{3}x - 3 = 0$. Son discriminant réduit est

$$\Delta' = (-\sqrt{3})^2 - (-3) = 6.$$

Il en résulte que les solutions de cette équation sont

$$x' = \sqrt{3} - \sqrt{6} \text{ ou } x'' = \sqrt{3} + \sqrt{6}.$$

1.2 Somme et produit des racines

Théorème. *Soient a, b et c trois réels avec $a \neq 0$.*

On suppose que $\Delta = b^2 - 4ac \geq 0$ et soit (E) l'équation $ax^2 + bx + c = 0$. Les deux racines x' et x'' de (E), distinctes ou non, satisfont aux deux égalités :

- $x' + x'' = -\dfrac{b}{a}$,
- $x' \times x'' = \dfrac{c}{a}$.

Démonstration. Il s'agit d'une simple vérification, puisque dans les conditions de l'énoncé, nous avons

$$x' = \frac{-b-\sqrt{\Delta}}{2a} \text{ ou } x'' = \frac{-b+\sqrt{\Delta}}{2a}.$$

D'une part, nous en déduisons

$$x' + x" = \frac{-b-\sqrt{\Delta}}{2a} + \frac{-b-\sqrt{\Delta}}{2a} = -\frac{b}{a}.$$

Et d'autre part, nous obtenons

$$x' \times x'' = \left(\frac{-b-\sqrt{\Delta}}{2a}\right)\left(\frac{-b+\sqrt{\Delta}}{2a}\right) = \frac{(-b)^2 - (\sqrt{\Delta})^2}{4a^2} = \frac{b^2 - (b^2 - 4ac)}{4a^2}$$
$$x' \times x'' = \frac{c}{a}.$$

Exemple. Cas où une des deux racines est évidente.

Nous considérons l'équation $2x^2 + x - 3 = 0$ qui admet pour solution évidente $x' = 1$.

Puisque le produit des deux solutions de cette équation est égal à $-\frac{3}{2}$, l'autre solution est $x'' = -\frac{3}{2}$.

Ainsi nous avons résolu cette équation mentalement, sans aucun calcul.

Proposition. *(Réciproque du théorème précédent)*

Soient S et P deux réels tels que $S^2 - 4P \geq 0$. Dans $\mathbb{R}^2$, le système

$$\begin{cases} u + v = S \\ uv = P \end{cases},$$

admet pour solutions les couples (u, v) ou (v, u) où u et v sont les racines de l'équation $x^2 - Sx + P = 0$.

Démonstration. Le système proposé équivaut à

$$\begin{cases} v = S - u \\ u(S - u) = P \end{cases}.$$

La seconde équation du système est telle que

$$u(S - u) = P \Leftrightarrow u^2 - Su + P = 0.$$

Puisque $\Delta = S^2 - 4P \geq 0$, nous en déduisons que u est une solution de l'équation $x^2 - Sx + P = 0$. Comme u et v jouent des rôles symétriques, v est également une solution de cette dernière.

Nous avons ainsi prouvé que si (u, v) est une solution du système proposé, il en est de même du couple(v, u) tels que u et v soient les deux racines distinctes ou non de l'équation $x^2 - Sx + P = 0$.

Réciproquement si u et v sont racines de l'équation $x^2 - Sx + P = 0$, alors d'après le théorème précédent, nous avons

$$\begin{cases} u + v = S \\ uv = P \end{cases}.$$

Exemple. Soit $a \geq 2$ un réel donné. Nous résolvons le système

$$\begin{cases} x + y = a + 1 \\ xy = a \end{cases}.$$

Ce système admet des solutions si et seulement si les réels x et y sont les deux racines, si elles existent, de l'équation $X^2 - (a+1)X + a = 0$.

Nous avons

$$\Delta = (a+1)^2 - 4a = (a-2)^2 \geq 0.$$

Cette équation a donc pour solution

$$x = \frac{a+1-(a-2)}{2} = \frac{3}{2}$$
ou
$$x = \frac{a+1+(a-2)}{2} = \frac{2a-1}{2}.$$

Nous en concluons que le système proposé admet pour solutions les deux couples $(\frac{3}{2}, \frac{2a-1}{2})$ ou $(\frac{2a-1}{2}, \frac{3}{2})$.

1.3 Équations et inéquations irrationnelles

L'objectif est ici de résoudre des équations de la forme $\sqrt{f(x)} = g(x)$ ou des inéquations de la forme $\sqrt{f(x)} \leq g(x)$ (respectivement $\sqrt{f(x)} \geq g(x)$). Pour cela, nous donnons les deux propositions suivantes :

Proposition. *Pour tous réels a et b avec $a \geq 0$, nous disposons de l'équivalence suivante :*

$$\sqrt{a} = b \Leftrightarrow a = b^2 \text{ et } b \geq 0.$$

Démonstration. Soient a et b deux réels avec $a \geq 0$.

Si $\sqrt{a} = b$, alors $b \geq 0$ et $(\sqrt{a})^2 = b^2$, soit $b \geq 0$ et $a = b^2$.

Réciproquement, supposons que $a = b^2$ et $b \geq 0$. Nous en déduisons que

$$\sqrt{a} = \sqrt{b^2}, \text{ soit } \sqrt{a} = |b|.$$

Puisque $b \geq 0$, nous obtenons que $\sqrt{a} = b$.

Proposition. *Pour tous réels a et b avec $a \geq 0$, nous disposons de l'équivalence suivante :*

$$\sqrt{a} \leq b \Leftrightarrow a \leq b^2 \text{ et } b \geq 0.$$

Démonstration. Soient a et b deux réels avec $a \geq 0$.

Si $\sqrt{a} \leq b$, alors $b \geq 0$ et $(\sqrt{a})^2 \leq b^2$, car la fonction $x \mapsto x^2$ est croissante sur $\mathbb{R}^+$. Il en résulte que $b \geq 0$ et $a \leq b^2$.

Réciproquement, supposons que $a \leq b^2$ et $b \geq 0$.

La fonction $x \mapsto \sqrt{x}$ est croissante sur $\mathbb{R}^+$. Nous en déduisons :

$$\sqrt{a} \leq \sqrt{b^2}, \text{ soit } \sqrt{a} \leq |b|.$$

Puisque $b \geq 0$, nous obtenons que $\sqrt{a} \leq b$.

Exemples. Nous résolvons une équation et une inéquation.

• Nous résolvons l'équation irrationnelle $\sqrt{4-x} = x - 2$, notée [1]. Nous observons que l'ensemble de définition de cette équation est l'intervalle $]-\infty, 4]$. Pour $x \in]-\infty, 4]$, en appliquant la première proposition ci-dessus, il vient

$$\begin{aligned}
[1] &\Leftrightarrow 4 - x = (x-2)^2 \,\text{et}\, x - 2 \geq 0,\\
[1] &\Leftrightarrow 4 - x = x^2 - 4x + 4 \,\text{et}\, x \geq 2,\\
[1] &\Leftrightarrow x(x-3) = 0 \,\text{et}\, x \geq 2,\\
[1] &\Leftrightarrow x = 0 \,\text{ou}\, x = 3 \,\text{et}\, x \geq 2,\\
[1] &\Leftrightarrow x = 3.
\end{aligned}$$

Puisque, $3 \in]-\infty, 4]$, nous en concluons que

$$S_{[1]} = \{3\}.$$

• Nous résolvons l'inéquation irrationnelle $\sqrt{x+1} \leq 2x + 3$, notée [2]. L'ensemble de définition de cette inéquation est l'intervalle $[-1, +\infty[$. Pour $x \in [-1, +\infty[$, en appliquant la seconde proposition ci-dessus, nous obtenons

$$\begin{aligned}
[2] &\Leftrightarrow x + 1 \leq (2x+3)^2 \,\text{et}\, 2x + 3 \geq 0,\\
[2] &\Leftrightarrow 4x^2 + 11x + 8 \geq 0 \,\text{et}\, x \geq -\frac{3}{2}.
\end{aligned}$$

Calculons le discriminant du trinôme $4x^2 + 11x + 8$. Nous avons

$$\Delta = 11^2 - 4 \times 4 \times 8 = -7 < 0,$$

ce qui justifie que, pour tout réel $x \geq -\frac{3}{2}$, $4x^2 + 11x + 8 > 0$.

Nous en déduisons que pour $x \geq -\frac{3}{2}$ et $x \geq -1$, c'est-à-dire pour $x \geq -1$, $4x^2 + 11x + 8 > 0$. Pour conclure, nous obtenons

$$S_{[2]} = [-1, +\infty[.$$

1.4 Équations d'un cercle

Il s'agit dans ce complément d'étudier un type d'équations du second degré à deux inconnues.

Proposition. *Le plan est rapporté à un repère orthonormal* $(O\,;\vec{\imath},\vec{\jmath})$. *On donne un point* $A(a\,,b)$ *et* r *un réel strictement positif. Le cercle* $\mathcal{C}$ *de centre* A *et de rayon* r *a pour équation*

$$(x-a)^2+(y-b)^2=r^2.$$

Démonstration. Soit $M(x,\,y)$ un point du plan.

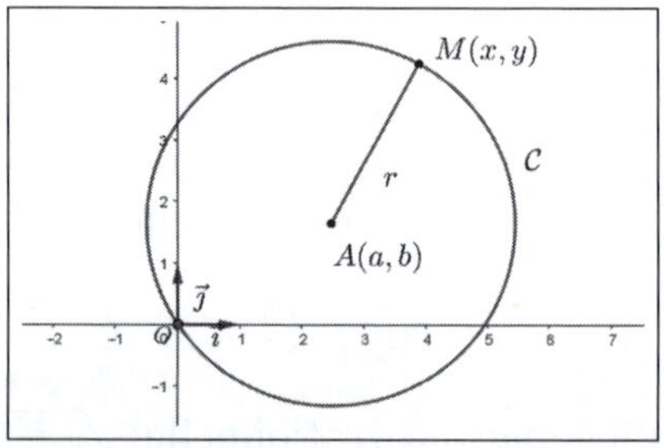

Par définition d'un cercle, nous avons

$$M\in\mathcal{C}\Leftrightarrow AM=r.$$

Puisque l'égalité $AM=r$ est dans $\mathbb{R}^+$, nous disposons des équivalences suivantes :

$$M\in\mathcal{C}\Leftrightarrow AM^2=r^2,$$
$$M\in\mathcal{C}\Leftrightarrow(x-a)^2+(y-b)^2=r^2,$$

ce qui justifie qu'une équation du cercle $\mathcal{C}$ est

$$(x-a)^2+(y-a)^2=r^2.$$

Exemples. Nous en donnons deux.

• Une équation du cercle trigonométrique, c'est-à-dire de centre O et de rayon 1 est $x^2+y^2=1$.

• Une équation du cercle du cercle $\mathcal{C}$ de centre $A(-1,\,0)$ et de rayon $\sqrt{5}$ est $(x+1)^2+y^2=5$.

Remarque. En développant l'équation $(x-a)^2+(y-b)^2=r^2$, nous obtenons une équation du second degré à deux inconnues de la forme :

$$x^2 + y^2 - 2ax - 2by + a^2 + b^2 - r^2 = 0.$$

En posant $\alpha = -2a$, $\beta = -2b$ et $\gamma = a^2 + b^2 - r^2$, nous observons une équation du type

$$x^2 + y^2 + \alpha x + \beta y + \gamma = 0.$$

Il est donc naturel d'étudier une réciproque. C'est l'objet de la proposition qui suit.

Proposition. *Soient α, β et γ trois réels donnés.*

Dans le plan rapporté à un repère orthonormal $(O\,;\vec{\imath},\vec{\jmath})$, on désigne par Γ l'ensemble des points $M(x,\,y)$ tels que $x^2 + y^2 + \alpha x + \beta y + \gamma = 0$.

*1er **cas** : si $\dfrac{\alpha^2+\beta^2}{4} > \gamma$, alors*

$$\Gamma \text{ est le cercle de centre } \Omega(-\frac{\alpha}{2},\, -\frac{\beta}{2}). \text{ et de rayon } \sqrt{\frac{\alpha^2+\beta^2}{4} - \gamma}.$$

*2e **cas** : si $\dfrac{\alpha^2+\beta^2}{4} = \gamma$, alors*

$$\Gamma = \{\Omega\}.$$

*3e **cas** : si $\dfrac{\alpha^2+\beta^2}{4} < \gamma$, alors*

$$\Gamma = \emptyset.$$

Démonstration. Soit $M(x,\,y) \in \Gamma$. En utilisant la mise sous la forme canonique d'un trinôme, il vient

$$\begin{aligned} M \in \Gamma &\Leftrightarrow x^2 + 2(\frac{\alpha}{2})x + (\frac{\alpha}{2})^2 - (\frac{\alpha}{2})^2 + y^2 + 2(\frac{\beta}{2})y + (\frac{\beta}{2})^2 - (\frac{\beta}{2})^2 + \gamma = 0, \\ &\Leftrightarrow \left(x + \frac{\alpha}{2}\right)^2 + \left(y + \frac{\beta}{2}\right)^2 - \frac{\alpha^2+\beta^2}{4} - \gamma = 0. \end{aligned}$$

Considérons le point $\Omega(-\frac{\alpha}{2},\, -\frac{\beta}{2})$.
Nous obtenons

$$M \in \Gamma \Leftrightarrow \Omega M^2 = \frac{\alpha^2+\beta^2}{4} - \gamma.$$

Nous procédons à présent, par une disjonction de trois cas.
1er cas : $\dfrac{\alpha^2+\beta^2}{4} > \gamma$.
Dans ce cas, nous en déduisons :

$$M \in \Gamma \Leftrightarrow \Omega M = \sqrt{\frac{\alpha^2+\beta^2}{4} - \gamma}.$$

Ainsi, Γ est le cercle de centre $\Omega(-\frac{\alpha}{2}, -\frac{\beta}{2})$ et de rayon $\sqrt{\frac{\alpha^2+\beta^2}{4} - \gamma}$.

2e cas : $\frac{\alpha^2+\beta^2}{4} = \gamma$.

Il vient

$$M \in \Gamma \Leftrightarrow \Omega M^2 = 0 \Leftrightarrow M = \Omega.$$

Il en résulte que $\Gamma = \{\Omega\}$.

3e cas : $\frac{\alpha^2+\beta^2}{4} < \gamma$.

Dans ce cas, nous observons que $\Omega M^2 < 0$, ce qui justifie que $\Gamma = \emptyset$.

Remarque. En pratique, pour résoudre cette équation du second degré à deux inconnues, nous utilisons la mise sous la forme canonique comme dans le cas général ci-dessus. L'exemple suivant illustre cette remarque.

Exemple. Dans le plan rapporté à un repère orthonormal $(O\,;\vec{\imath},\vec{\jmath})$, nous étudions les ensembles (E) et (F) des points $M(x,\,y)$ tels que $x^2+y^2+2x-y-1=0$ et $x^2+y^2+2x-y+2=0$ respectivement.

- Étude de (E). Nous avons :

$$\begin{aligned} M \in (E) &\Leftrightarrow x^2+2x+1-1+y^2-2(\frac{1}{2})y+(\frac{1}{2})^2-(\frac{1}{2})^2-1=0, \\ &\Leftrightarrow (x+1)^2+(y-\frac{1}{2})^2 = \frac{9}{4}. \end{aligned}$$

Nous posons $\Omega(-1,\,\frac{1}{2})$ et nous en déduisons

$$M \in (E) \Leftrightarrow \Omega M^2 = \frac{9}{9} \Leftrightarrow \Omega M = \frac{3}{2}.$$

Nous en concluons que (E) est le cercle de centre $\Omega(-1,\,\frac{1}{2})$ et de rayon $r = \frac{3}{2}$.

- Étude de (F). En reprenant les calculs ci-dessus, nous obtenons

$$M \in (E) \Leftrightarrow \Omega M^2 = -\frac{3}{4} < 0,$$

ce qui prouve que $(F) = \emptyset$.

1.5 Exercices corrigés

1.5.1 Exemples de résolution

Exercice 1. Un premier exemple

1. Vérifier que $\left(3-\sqrt{2}\right)^2 = 11-6\sqrt{2}$

2. En déduire les solutions de l'équation $x^2+\left(1+\sqrt{2}\right)x+2\left(\sqrt{2}-1\right)=0$.

3. Plus généralement, pour tout entier $n \geq 2$ *, comment résoudre l'équation*

$$x^2+(n+\sqrt{n}-1)x+n(\sqrt{n}-1)=0 \text{ ?}$$

Solution

1. Nous avons

$$\left(3-\sqrt{2}\right)^2 = 9-2\times 3\times\sqrt{2}+2 = 11-6\sqrt{2}.$$

2. Nous calculons le discrimimant Δ de cette équation. Il vient

$$\Delta = \left(1+\sqrt{2}\right)^2 - 8\left(\sqrt{2}-1\right) = 1+2\sqrt{2}+2-8\sqrt{2}+8 = 11-6\sqrt{2} = \left(3-\sqrt{2}\right)^2 > 0.$$

Nous en déduisons :

$$x = \frac{-(1+\sqrt{2})-(3-\sqrt{2})}{2} = -2,$$
ou
$$x = \frac{-(1+\sqrt{2})+(3-\sqrt{2})}{2} = 1-\sqrt{2}.$$

En désignant par S l'ensemble des solutions, nous en concluons

$$S = \left\{-2, 1-\sqrt{2}\right\}.$$

3. Nous calculons le discriminant Δ_n de cette équation.
Nous obtenons

$$\begin{aligned}
\Delta_n &= \left(n+\sqrt{n}-1\right)^2 - 4n\left(\sqrt{n}-1\right),\\
&= n^2+2n\left(\sqrt{n}-1\right)+\left(\sqrt{n}-1\right)^2-4n\left(\sqrt{n}-1\right),\\
&= n^2-2n\left(\sqrt{n}-1\right)+\left(\sqrt{n}-1\right)^2,\\
&= \left(n-\sqrt{n}+1\right)^2.
\end{aligned}$$

Pour tout entier $n \geq 2$, nous avons $n > \sqrt{n}$.

Il en résulte que $n - \sqrt{n} + 1 > 0$, ce qui justifie que $\Delta_n > 0$ et que $\sqrt{\Delta_n} = n - \sqrt{n} + 1$.

Par conséquent, l'équation proposée admet deux solutions distinctes

$$x = \frac{-(n + \sqrt{n} - 1) - (n - \sqrt{n} + 1)}{2} = -n,$$
ou
$$x = \frac{-(n + \sqrt{n} - 1) + (n - \sqrt{n} + 1)}{2} = 1 - \sqrt{n}.$$

En désignant par S_n l'ensemble des solutions, nous obtenons en conclusion

$$S = \{-n, 1 - \sqrt{n}\}.$$

Exercice 2. Une équation avec trois paramètres

Montrer que, quels que soient les réels a, b et c, l'équation

$$(x + a)(x + b) - c^2 = 0$$

admet au moins une solution dans $\mathbb{R}$.

Comment faut-il choisir a, b et c pour que cette équation ait une unique solution ?

Solution

Nous désignons par (E) cette équation. En développant, nous obtenons

$$(E) \Leftrightarrow x^2 + (b + a)x + ab - c^2 = 0.$$

Le discriminant Δ de (E) est tel que

$$\Delta = (a + b)^2 - 4\left(ab - c^2\right) = (a - b)^2 + 4c^2 \geq 0,$$

ce qui implique que (E) admet au moins une solution dans $\mathbb{R}$.

De plus, cette équation admet une unique solution si et seulement si

$$\Delta = 0 \Leftrightarrow a = b \,\text{et}\, c = 0.$$

Exercice 3. Un exercice de Bac vers 1930

Soient p et q deux réels non nuls. Pour quelles valeurs de p et q, l'équation

$$x^2 + px + q = 0$$

admet-elle pour solutions les deux réels p et q ?

Solution

Les réels p et q sont solutions de l'équation proposée si et seulement si le couple $(p,\ q)$ est solution du système

$$\begin{cases} p^2+p^2+q=0 \\ q^2+pq+q=0 \end{cases} \Leftrightarrow \begin{cases} 2p^2+q=0 \\ q^2+q+pq=0 \end{cases} \Leftrightarrow \begin{cases} q=-2p^2 \\ q^2+q+pq=0 \end{cases}.$$

En reportant l'égalité $q=-2p^2$ dans la seconde équation, nous en déduisons

$$(-2p^2)^2-2p^2+p(-2p^2)=0, \text{ ce qui donne } 2p^2(2p^2-p-1)=0.$$

Puisque $p \neq 0$, il en résulte que $2p^2-p-1=0$.

Nous résolvons cette équation.

Nous obtenons $\Delta=(-1)^2-4(2)(-1)=9$, ce qui donne

$$p=\frac{1-3}{4}=-\frac{1}{2} \text{ ou } p=\frac{1+3}{4}=1.$$

Nous en déduisons nécessairement que :

$$\begin{cases} p=-\dfrac{1}{2} \\ q=-\dfrac{1}{2} \end{cases} \text{ ou } \begin{cases} p=1 \\ q=-2 \end{cases}.$$

Réciproquement, nous vérifions que pour :

• $p=1$ et $q=-2$, l'équation $x^2+x-2=0$ admet pour solutions les réels 1 ou -2, ce qui prouve que $p=1$ et $q=-2$ conviennent.

• $p=-\frac{1}{2}$ et $q=-\frac{1}{2}$, l'équation $x^2-\frac{1}{2}x-\frac{1}{2}=0$ admet pour solutions les réels 1 ou $-\frac{1}{2}$. Par conséquent les valeurs $p=-\frac{1}{2}$ et $q=-\frac{1}{2}$ ne conviennent pas.

Nous en concluons que $p=1$ et $q=-2$ sont les seules valeurs répondant à la question.

Exercice 4. Plouf dans un puits

Je laisse tomber une pierre dans un puits et j'entends le « plouf » au bout de T secondes.

1. Montrer que la profondeur d de ce puits est une solution de l'équation d'inconnue x

$$x^2 - 2V(T + \tfrac{V}{g})x + T^2V^2 = 0,$$

où g désigne l'accélération de la pesanteur, V la vitesse du son et on sait que la distance x parcourue en chute libre sans vitesse initiale est donnée par la formule $x = \frac{1}{2}gt^2$.

En déduire d en fonction de V, g et T.

2. Application numérique. Calculer d au mètre près lorsque

$T = 3\,s$, $g = 10\,ms^{-2}$ et $V = 340\,ms^{-1}$.

Solution

1. Soit t_1 le temps mis par la pierre pour atteindre le fond du puits.

Soit t_2 le temps mis par le son pour remonter.

Nous disposons des équations suivantes :

$$(1)\ t_1 + t_2 = T,$$
$$(2)\ d = \frac{1}{2}gt_1^2,$$
$$(3)\ d = Vt_2.$$

De (3), il résulte que $t_2 = \dfrac{d}{V}$.

De (1), il résulte que $t_1 = T - t_2 = T - \dfrac{d}{V}$.

En reportant dans l'égalité (2), nous obtenons

$$d = \frac{1}{2}g\left(T - \frac{d}{V}\right)^2,$$

ce qui prouve que d est une solution de l'équation, notée (E)

$$x = \frac{1}{2}g\left(T - \frac{x}{V}\right)^2.$$

Nous obtenons

$$(E) \Leftrightarrow x = \frac{1}{2}g(T^2 - 2\frac{x}{V}T + \frac{x^2}{V^2}),$$
$$(E) \Leftrightarrow \frac{g}{2V^2}x^2 - (\frac{gT}{V} + 1)x + \frac{1}{2}gT^2 = 0.$$

En multipliant les deux membres par $\frac{2V^2}{g}$, il vient

$$(E) \Leftrightarrow x^2 - (2VT + \frac{2V^2}{g})x + V^2T^2 = 0,$$
$$(E) \Leftrightarrow x^2 - 2V(T + \frac{V}{g})x + V^2T^2 = 0.$$

Nous résolvons à présent l'équation (E). Nous avons

$$\Delta = 4V^2(T + \frac{V}{g})^2 - 4V^2T^2,$$
$$\Delta = 4V^2\left[(T + \frac{V}{g})^2 - T^2\right],$$
$$\Delta = 4V^2\left[(T + \frac{V}{g}) - T\right]\left[(T + \frac{V}{g}) + T\right],$$
$$\Delta = \frac{4V^3}{g}(2T + \frac{V}{g}),$$
$$\Delta = \frac{4V^4}{g^2}(\frac{2gT}{V} + 1) > 0.$$

Comme $\Delta > 0$, les deux solutions de (E) sont

$$x_1 = \frac{1}{2}\left(2V(T + \frac{V}{g}) - \frac{2V^2}{g}\sqrt{\frac{2gT}{V} + 1}\right) = V(T + \frac{V}{g}) - \frac{V^2}{g}\sqrt{\frac{2gT}{V} + 1},$$

ou

$$x_2 = \frac{1}{2}\left(2V(T + \frac{V}{g}) + \frac{2V^2}{g}\sqrt{\frac{2gT}{V} + 1}\right) = V(T + \frac{V}{g}) + \frac{V^2}{g}\sqrt{\frac{2gT}{V} + 1}.$$

Supposons que $d = x_2$. Dans ce cas, nous avons

$$Vt_2 = VT + \frac{V^2}{g}\left(1 + \sqrt{\frac{2gT}{V} + 1}\right),$$

ce qui implique que

$$Vt_2 > VT, \text{ soit } t_2 > T.$$

Cette dernière inégalité est contradictoire. Ainsi, par l'absurde, nous avons prouvé que

$$x_1 = d = VT + \frac{V^2}{g}\left(1 - \sqrt{\frac{2gT}{V} + 1}\right).$$

2. Application numérique.

$d = 340 \times 3 + \frac{340^2}{10}\left(1 - \sqrt{\frac{6}{34} + 1}\right) \approx 41\, m$, au mètre près.

Exercice 5. Décompositions en sommes de carrés

1. Un résultat préliminaire : pour tout entier naturel n, on pose

$$S = 1 + 2 + \cdots + n.$$

En remarquant que $S = n+(n-1)+\cdots+2+1$, justifier que $S = \dfrac{n(n+1)}{2}$.

2. Nous observons que

$$3^2 + 4^2 = 5^2 \text{ et } 10^2 + 11^2 + 12^2 = 13^2 + 14^2.$$

Pour chaque valeur de $n \in \mathbb{N}^*$, existe-t-il un entier $a > 1$ tel que

$$a^2+(a+1)^2+(a+2)^2+\cdots(a+n)^2 = (a+n+1)^2+(a+n+2)^2+\cdots+(a+2n)^2 \ ?$$

Solution

1. Nous avons

$$S = 1 + 2 + 3 + \cdots + (n-1) + n,$$
$$S = n + (n-1) + \cdots 3 + 2 + 1.$$

Par addition membre à membre, nous obtenons

$$2S = (1+n) + (2+n-1) + (3+n-2) + \cdots + (n-1+2) + (n+1),$$
$$2S = \underbrace{(n+1) + (n+1) + \cdots + (n+1)}_{n \text{ termes}},$$
$$2S = n(n+1).$$

Nous en concluons que $S = \dfrac{n(n+1)}{2}$.

2. Pour chaque $n \in \mathbb{N}^*$, nous désignons par (E) l'équation d'inconnue a :

$$a^2 + \underbrace{(a+1)^2 + (a+2)^2 + \cdots (a+n)^2}_{n \text{ termes}} =$$
$$\underbrace{(a+n+1)^2 + (a+n+2)^2 + \cdots + (a+2n)^2}_{n \text{ termes}}.$$

Nous avons

$$(E) \Leftrightarrow a^2 = \left[(a+n+1)^2 - (a+1)^2\right] + \left[(a+n+2)^2 - (a+2)^2\right] + \cdots + \left[(a+2n)^2 - (a+n)^2\right].$$

Or, nous observons que

$$(a+n+1)^2-(a+1)^2 = [(a+n+1)-(a+1)]\,[(a+n+1)+(a+1)]\,,$$
$$= n\,(2a+2+n)\,,$$

$$(a+n+2)^2-(a+2)^2 = [(a+n+2)-(a+2)]\,[(a+n+2)+(a+2)]\,,$$
$$= n\,(2a+4+n)\,,$$

$$\vdots$$

$$(a+2n)^2-(a+n)^2 = [(a+2n)-(a+n)]\,[(a+2n)+(a+n)]$$
$$= n\,(2a+2n+n)\,.$$

Il en résulte

$$(E) \Leftrightarrow a^2 = n\,[(2a+2+n)+(2a+4+n)+\cdots+(2a+2n+n)]\,,$$
$$(E) \Leftrightarrow a^2 = n\left[(\underbrace{2a+\cdots+2a}_{n \text{ termes}})+(2+\cdots+2n)+(\underbrace{n+\cdots+n}_{n \text{ termes}})\right],$$
$$(E) \Leftrightarrow a^2 = n\left[2na+2(1+2+\cdots+n)+n^2\right].$$

Puisque $1+2+3+\cdots+n = \dfrac{n(n+1)}{2}$, il vient

$$(E) \Leftrightarrow a^2 = 2n^2a+n^2(n+1)+n^3,$$
$$(E) \Leftrightarrow a^2-2n^2a-(2n^3+n^2) = 0.$$

- Résolution de (E).

  En utilisant le discriminant réduit, nous obtenons

$$\Delta' = n^4+(2n^3+n^2) = n^2(n^2+2n+1) = n^2(n+1)^2 > 0.$$

Nous en déduisons que l'équation (E) admet deux solutions distinctes

$$a = n^2+n(n+1) = 2n^2+n,$$

ou

$$a = n^2-n(n+1) = -n.$$

Puisque $a > 1$, pour chaque $n \in \mathbb{N}^*$, la seule solution qui convient est

$$a = 2n^2 + n.$$

Par exemple :

Pour $n = 1$, on a $a = 3$. Nous retrouvons la décomposition $3^2 + 4^2 = 5^2$.

Pour $n = 2$, on a $a = 10$. Nous retrouvons la décomposition

$$10^2 + 11^2 + 12^2 = 13^2 + 14^2.$$

Pour $n = 3$, on a $a = 21$. Nous obtenons la décomposition

$$21^2 + 22^2 + 23^2 + 24^2 = 25^2 + 26^2 + 27^2$$

Pour $n = 4$, on a $a = 36$. Nous obtenons la décomposition

$$36^2 + 37^2 + 38^2 + 39^2 + 40^2 = 41^2 + 42^2 + 43^2 + 44^2.$$

etc...

1.5.2 Signe d'un trinôme

Exercice 6. Une inégalité

Soient a et b deux réels tels que $0 < a < b$.

On considère le trinôme h défini sur $\mathbb{R}$ par

$$h(x) = x^2 - \left(\sqrt{b} - \sqrt{a}\right)x + b - a.$$

1. Montrer que, pour tout réel x, $h(x) > 0$.

2. En déduire que, quel que soit $c \in]0, +\infty[$

$$\sqrt{b} - \sqrt{a} < \frac{1}{c}(b - a) + c.$$

Solution

1. Soient a et b deux réels tels que $0 < a < b$. Nous avons

$$\begin{aligned}
\Delta &= (\sqrt{b} - \sqrt{a})^2 - 4(b - a),\\
\Delta &= (\sqrt{b} - \sqrt{a})^2 - 4(\sqrt{b} - \sqrt{a})(\sqrt{b} + \sqrt{a}),\\
\Delta &= (\sqrt{b} - \sqrt{a})\left[\sqrt{b} - \sqrt{a} - 4(\sqrt{b} + \sqrt{a})\right],\\
\Delta &= -(\sqrt{b} - \sqrt{a})(3\sqrt{b} + 5\sqrt{a}),\\
\Delta &= (\sqrt{a} - \sqrt{b})(3\sqrt{b} + 5\sqrt{a}).
\end{aligned}$$

La fonction $x \mapsto \sqrt{x}$ est croissante strictement sur $]0; +\infty[$. Il en résulte que :

$$0 < a < b \Rightarrow \sqrt{a} < \sqrt{b},$$

ce qui justifie que $\Delta < 0$.

Nous appliquons à h, le théorème donnant le signe d'un trinôme du second degré. Nous en concluons que

$$\forall x \in \mathbb{R},\ h(x) > 0.$$

2. En particulier, pour $c > 0$, nous avons $h(c) > 0$, ce qui donne

$$c^2 - (\sqrt{b} - \sqrt{a})c + b - a > 0, \text{ soit } -(\sqrt{b} - \sqrt{a})c > -(b-a) - c^2.$$

En multipliant par (-1), les deux membres de l'inégalité, il vient

$$(\sqrt{b} - \sqrt{a})c < (b-a) + c^2.$$

En divisant par $c > 0$, nous en concluons que

$$\forall c > 0,\ \sqrt{b} - \sqrt{a} < \frac{1}{c}(b-a) + c.$$

Exercice 7. Position par rapport aux racines

Soient a, b et c trois réels distincts tels que $a < b < c$. On désigne par f la fonction définie sur $\mathbb{R}$ par

$$f(x) = (x-a)(x-b) + (x-b)(x-c) + (x-c)(x-a)$$

1. Déterminer le signe des réels $f(a)$, $f(b)$ et $f(c)$.

2. Montrer que l'équation $f(x) = 0$ admet deux solutions distinctes α et β. On ne demande pas de calculer α et β et on suppose pour la suite que $\alpha < \beta$.

3. Pour tout réel x, déterminer le signe de $f(x)$.

4. Justifier que $a < \alpha < b < \beta < c$.

Solution

1. Nous avons $f(a) = (a-b)(a-c)$. Puisque $a < b < c$, nous obtenons $a - b < 0$ et $a - c < 0$, ce qui justifie que $f(a) > 0$.

De même, on a $f(b) = (b-c)(b-a)$. Comme $a < b < c$, il vient $b - c < 0$ et $b - a > 0$, ce qui prouve que $f(b) < 0$.

Toujours de la même façon, nous obtenons $f(c) = (c-a)(c-b)$. Comme $a < b < c$, il vient $c - a > 0$ et $c - b > 0$, ce qui justifie que $f(c) > 0$.

2. Pour tout réel x, nous développons le réel $f(x)$. Il vient

$$
\begin{aligned}
f(x) &= (x-a)(x-b) + (x-b)(x-c) + (x-c)(x-a), \\
f(x) &= x^2 - (a+b)x + ab + x^2 - (b+c)x + bc + x^2 - (c+a)x + ca, \\
f(x) &= 3x^2 - 2(a+b+c)x + ab + bc + ca.
\end{aligned}
$$

Nous calculons à présent le discriminant réduit Δ' de l'équation $f(x) = 0$. Nous obtenons

$$
\begin{aligned}
\Delta' &= (a+b+c)^2 - 3(ab+bc+ca), \\
&= a^2 + b^2 + c^2 + 2(ab+bc+ca) - 3(ab+bc+ca), \\
&= a^2 + b^2 + c^2 - (ab+bc+ca).
\end{aligned}
$$

Il reste à justifier que $\Delta' > 0$. Pour cela, nous observons que

$$
\begin{aligned}
\Delta' &= \frac{1}{2}\left[2a^2 + 2b^2 + 2c^2 - 2(ab+bc+ca)\right], \\
\Delta' &= \frac{1}{2}\left[(a^2 - 2ab + b^2) + (b^2 - 2bc + c^2) + (c^2 - 2ca + a^2)\right], \\
\Delta' &= \frac{1}{2}\left[(a-b)^2 + (b-c)^2 + (c-a)^2\right].
\end{aligned}
$$

Puisque $a < b < c$, nous en déduisons que $\Delta' > 0$. Nous en concluons que l'équation $f(x) = 0$ admet deux solutions distinctes α et β.

3. Nous appliquons le théorème donnant le signe d'un trinôme du second degré lorsque $\Delta' > 0$. Le coefficient de x^2 est égal à 3, ce qui justifie :

$$
\begin{gathered}
\forall x \in]\alpha, \beta[,\ f(x) < 0, \\
\forall x \in]-\infty, \alpha[\cup]\beta, +\infty[,\ f(x) > 0.
\end{gathered}
$$

4. Nous savons que $f(b) < 0$. Il en résulte que $b \in]\alpha, \beta[$.

Nous savons aussi que $f(a) > 0$ donc $a \in]-\infty, \alpha[\cup]\beta, +\infty[$. Puisque $a < b$, nous en déduisons que $a \in]-\infty, \alpha[$.

Nous savons également $f(c) > 0$, ce qui implique que $a \in]-\infty, \alpha[\cup]\beta, +\infty[$. Or $b < c$, par suite, nous obtenons $c \in]\beta, +\infty[$.

Cela nous permet de conclure que

$$
a < \alpha < b < \beta < c.
$$

1.5.3 Somme et produit des racines

Exercice 8. Une racine évidente

Soient $p \in]0,\,1[$ *et* $q \in]0,\,1[$.

On considère l'équation $x^2 - (p+q)x + (p+q-1) = 0$ *, notée* (E).

Montrer que cette équation admet deux solutions distinctes.

En déduire que

$$\forall (p,q) \in]0,\,1[^2,\ \left(\frac{p+q}{2}\right)^2 > p+q-1.$$

Solution

$x' = 1$ est une solution évidente de (E). Par application du produit des racines, nous en déduisons que $x'' = p+q-1$ est également une solution de(E).

Ces deux solutions sont distinctes.

En effet, si $x' = x$", alors nous avons $p+q-1 = 1$, soit $p+q = 2$.

Cela est impossible car $0 < p < 1$ et $0 < q < 1$ implique $p+q < 2$.

Puisque (E) admet deux solutions distinctes, nous avons $\Delta > 0$, ce qui donne

$$(p+q)^2 - 4(p+q-1) > 0, \text{ soit } \left(\frac{p+q}{2}\right)^2 > p+q-1.$$

Exercice 9. Équation avec un paramètre.

Soit m *un réel donné, on considère l'équation du second degré*

$$(m-1)x^2 - 2(m+1)x + 4m + 1 = 0,\ \textit{notée}\ (E).$$

1. Déterminer, suivant les valeurs de m*, le nombre de solutions de* (E).

2. On suppose que (E) *admet deux solutions distinctes, notées* x' *et* x''. *Trouver une relation entre* x' *et* x'' *indépendante de* m.

Solution

Nous remarquons que si $m = 1$, alors l'équation (E) est du premier degré et elle est équivalente à

$$-4x + 5 = 0 \Leftrightarrow x = \frac{5}{4}.$$

Nous supposons que $m \neq 1$ et nous calculons le discriminant Δ' de l'équation (E). Il vient :

$$\Delta' = (m+1)^2 - (m-1)(4m+1) = -3m^2 + 5m + 2.$$

Nous observons que Δ' est un trinôme du second degré de la variable m.
Nous étudions son signe.
Soit δ le discriminant de Δ'. Nous avons

$$\delta = 5^2 - 4(-3)(2) = 49 > 0.$$

Il en résulte que

$$\Delta' = 0 \Leftrightarrow m = 2 \,\text{ou}\, m = -\frac{1}{3}.$$

En appliquant le théorème du signe d'un trinôme du second degré, nous distinguons par disjonction trois cas.

1er cas : $\Delta' > 0$, soit $m \in]-\frac{1}{3}, 2[-\{1\}$.
L'équation (E) admet deux solutions distinctes x' et x''.

2e cas : $\Delta' < 0$, soit $m \in]-\infty, -\frac{1}{3}[\cup]2, +\infty[$.
L'équation (E) n'a pas de solution.

3e cas : $\Delta' = 0$, soit $m = 2 \,\text{ou}\, m = -\frac{1}{3}$.
L'équation (E) admct unc seule solution.

2. Nous supposons à présent que $m \in]-\frac{1}{3}, 2[-\{1\}$.
Nous explicitons la somme S et le produit P des deux solutions distinctes x' et x''. Nous obtenons :

$$S = \frac{2(m+1)}{m-1} \,\text{et}\, P = \frac{4m+1}{m-1}.$$

Nous exprimons m en fonction de S. Il vient

$$S = \frac{2(m+1)}{m-1} \Leftrightarrow (m-1)S = 2m+2 \Leftrightarrow m(S-2) = S+2.$$

Or $S \neq 2$ car sinon on a $2(m+1) = 2(m-1)$, soit $0m = -4$, ce qui est impossible.

Ainsi nous avons $m = \frac{S+2}{S-2}$.
De la même façon, nous exprimons m en fonction de P, ce qui donne

$$P = \frac{4m+1}{m-1} \Leftrightarrow (m-1)P = 4m+1 \Leftrightarrow m(P-4) = P+1.$$

Comme ci-dessus, nous justifions que $P \neq 4$.
Par suite, nous avons $m = \frac{P+1}{P-4}$.
Nous en déduisons la relation attendue, c'est-à-dire :

$$\frac{S+2}{S-2} = \frac{P+1}{P-4},$$
$$(S+2)(P-4) = (P+1)(S-2).$$

En développant et après simplification, nous en concluons que

$$5S - 4P + 6 = 0, \text{ soit } 5(x' + x'') - 4x'x'' + 6 = 0.$$

Exercice 10. La somme des carrés des racines

Le réel m étant donné, soit (E) l'équation

$$x^2 - 2(m+1)x + m^2 - 2 = 0.$$

Déterminer pour quelle valeur de m, cette équation admet deux solutions distinctes dont la somme des carrés est égale à 50.

Solution

Nous commençons par calculer le discriminant réduit de (E).

$$\Delta' = (m+1)^2 - (m^2 - 2) = m^2 + 2m + 1 - m^2 + 2 = 2m + 3.$$

Ainsi, l'équation (E) admet deux solutions distinctes x' et x'' si et seulement si

$$\Delta' > 0 \Leftrightarrow m > -\frac{3}{2}.$$

Pour $m \in]-\frac{3}{2}, +\infty[$, nous savons que

$$\begin{cases} x' + x'' = 2(m+1) \\ x'x'' = m^2 - 2 \end{cases}.$$

Il s'agit de déterminer pour quelle(s) valeur(s) du paramètre $m \in]-\frac{3}{2}, +\infty[$, l'égalité $x'^2 + x''^2 = 50$, notée (I), est satisfaite

Nous avons

$$(I) \Leftrightarrow (x' + x'')^2 - 2x'x'' = 50,$$
$$(I) \Leftrightarrow 4(m+1)^2 - 2(m^2 - 2) = 50,$$
$$(I) \Leftrightarrow 4m^2 + 8m + 4 - 2m^2 + 4 = 50,$$
$$(I) \Leftrightarrow 2m^2 + 8m - 42 = 0,$$
$$(I) \Leftrightarrow m^2 + 4m - 21 = 0.$$

Nous résolvons cette dernière équation. Il vient

$$\delta' = 2^2 - (-21) = 25 > 0, \text{ ce qui donne } m = -7 \text{ ou } m = 3.$$

Puisque $m > -\dfrac{3}{2}$, nous en concluons que seule la valeur $m = 3$ répond à la question.

1.5.4 Le second degré et la géométrie

Exercice 11. Concours EPF 1994

Deux triangles équilatéraux ont même centre de gravité et leurs côtés sont parallèles. L'aire de l'un est égale au double de l'aire de l'autre. Le côté du plus petit triangle a pour longueur 1.

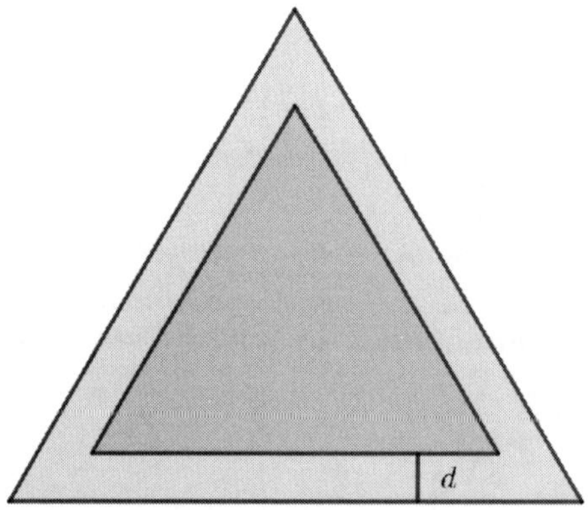

Quelle est la distance d des côtés parallèles ?

Solution

Nous complétons la figure avec les paramètres utiles pour résoudre cette question.

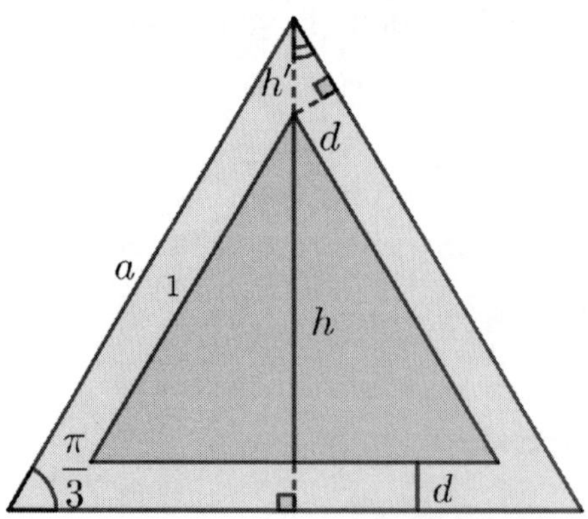

Dans le petit triangle équilatéral de côté 1, nous savons que $h = \dfrac{\sqrt{3}}{2}$.

Avec les notations et en exploitant les triangles rectangles de la figure, nous avons

$$\frac{d}{h'} = \sin\frac{\pi}{6} = \frac{1}{2}, \text{ soit } h' = 2d.$$

Soit H la mesure de la hauteur du grand triangle équilatéral. Nous obtenons

$$H = d + h + h' = d + \frac{\sqrt{3}}{2} + 2d = 3d + \frac{\sqrt{3}}{2}.$$

Exprimons la longueur a du côté du grand triangle équilatéral en fonction de d. il vient

$$\frac{H}{a} = \sin\frac{\pi}{3} = \frac{\sqrt{3}}{2}, \text{ soit } a = \frac{2}{\sqrt{3}}H.$$

Nous en déduisons

$$a = \frac{2}{\sqrt{3}}(3d + \frac{\sqrt{3}}{2}) = 2\sqrt{3}d + 1.$$

L'aire du petit triangle équilatéral de côté 1 est égale à

$$\frac{1}{2} \times \frac{\sqrt{3}}{2} \times 1 = \frac{\sqrt{3}}{4}.$$

L'aire du grand triangle équilatéral est égale à

$$\frac{1}{2} \times a \times H = \frac{1}{2}(2\sqrt{3}d+1)(3d+\frac{\sqrt{3}}{2}) = \frac{1}{2}(6\sqrt{3}d^2+6d+\frac{\sqrt{3}}{2}) = 3\sqrt{3}d^2+3d+\frac{\sqrt{3}}{4}.$$

Á présent, nous cherchons pour quelle valeur de $d > 0$ l'aire de l'un est égale au double de l'aire de l'autre ?

Il s'agit de résoudre l'équation

$$3\sqrt{3}d^2 + 3d + \frac{\sqrt{3}}{4} = 2 \times \frac{\sqrt{3}}{4}, \text{ notée } (E).$$

Nous obtenons les équivalences suivantes :

$$\begin{aligned} (E) &\Leftrightarrow 3\sqrt{3}d^2 + 3d - \frac{\sqrt{3}}{4} = 0, \\ &\Leftrightarrow 12\sqrt{3}d^2 + 12d - \sqrt{3} = 0, \\ &\Leftrightarrow 12d^2 + 4\sqrt{3}d - 1 = 0. \end{aligned}$$

Nous avons

$$\Delta' = (2\sqrt{3})^2 - 12 \times (-1) = 24 > 0.$$

Nous en déduisons que (E) admet deux solutions distinctes

$$d = \frac{-2\sqrt{3} - 2\sqrt{6}}{12} \text{ ou } d = \frac{-2\sqrt{3} + 2\sqrt{6}}{12}.$$

Puisque $d > 0$, nous en concluons que

$$d = \frac{-2\sqrt{3} + 2\sqrt{6}}{12} = \frac{\sqrt{6} - \sqrt{3}}{6}.$$

Exercice 12. Une équation avec un paramètre

Soit $m \in \mathbb{R}$. Dans la plan rapporté à un repère orthonormal $(O\,;\vec{\imath}, \vec{\jmath})$, déterminer selon les valeurs du réel m, la nature de l'ensemble Γ_m des points $M(x,\, y)$ tels que $x^2 + y^2 + 2x - y + m = 0$.

Solution

En utilisant la mise sous la forme canonique d'un trinôme du second degré, il vient

$$\begin{aligned} M \in \Gamma_m &\Leftrightarrow x^2 + 2x + 1 - 1 + y^2 - 2(\frac{1}{2})y + (\frac{1}{2})^2 - (\frac{1}{2})^2 + m = 0, \\ &\Leftrightarrow (x+1)^2 + (y - \frac{1}{2})^2 = \frac{5}{4} - m. \end{aligned}$$

Soit $\Omega(-1,\, \frac{1}{2})$. Nous en déduisons

$$M \in \Gamma_m \Leftrightarrow \Omega M^2 = \frac{5}{4} - m.$$

Par disjonction, nous distinguons trois cas.

1er cas : $\frac{5}{4} - m > 0$, soit $m < \frac{5}{4}$.

Dans ce cas, nous obtenons

$$M \in \Gamma_m \Leftrightarrow \Omega M = \sqrt{\frac{5}{4} - m}.$$

Nous en concluons que Γ_m est le cercle de centre $\Omega(-1,\, \frac{1}{2})$ et de rayon $r = \sqrt{\frac{5}{4} - m}$.

2^e^ cas : $\frac{5}{4} - m = 0$, soit $m = \frac{5}{4}$. Il vient :

$$M \in \Gamma_{\frac{5}{4}} \Leftrightarrow \Omega M = 0,$$

ce qui donne $\Gamma_{\frac{5}{4}} = \{\Omega\}$.

3e cas : $\dfrac{5}{4} - m < 0$, soit $m > \dfrac{5}{4}$.

Dans ce dernier cas, nous obtenons que $\Gamma_m = \emptyset$.

Exercice 13. Intersection d'un cercle avec une famille de droites

Soit $m \in \mathbb{R}$. Dans le plan rapporté à un repère orthonormal $(O\,;\vec{\imath},\vec{\jmath})$ on considère le cercle $\mathcal{C}$ d'équation $x^2 + y^2 = 4$.

Déterminer, selon les valeurs du réel m, le nombre de points d'intersection de ce cercle avec la droite d_m dont une équation est $x - y = m$.

Solution

Un point $M(x,\,y)$ appartient à $\mathcal{C} \cap d_m$ si et seulement si le couple (x,y) est solution du système

$$\begin{cases} x^2 + y^2 = 4 \\ x + y = m \end{cases} \Leftrightarrow \begin{cases} x^2 + y^2 = 4 \\ y = x - m \end{cases}.$$

Nous en déduisons l'équation "aux abscisses" suivante, notée (a)

$$x^2 + (x - m)^2 = 4,$$

ce qui donne

$$(a) \Leftrightarrow 2x^2 + 2mx + m^2 - 4 = 0.$$

Nous calculons le discriminant réduit Δ' de l'équation (a). Il vient

$$\Delta' = m^2 - 2(m^2 - 4) = 8 - m^2.$$

Le signe de Δ' nous permet de compter le nombre de points communs à $\mathcal{C}$ et à d_m.

1er cas : $\Delta' > 0 \Leftrightarrow m \in]-2\sqrt{2}, 2\sqrt{2}[$.

Dans ce cas l'équation (a) admet deux solutions distinctes et par conséquent $\mathcal{C}$ et d_m ont deux points d'intersection.

2^ecas : $\Delta' = 0 \Leftrightarrow m = -2\sqrt{2}\,\text{ou}\,m = 2\sqrt{2}$.

Dans ce cas l'équation (a) admet une unique solution. Le cercle $\mathcal{C}$ et la droite d_m ont un seul point en commun.

Nous observons que les droites $d_{-2\sqrt{2}}$ et $d_{2\sqrt{2}}$ sont tangentes au cercle $\mathcal{C}$.

3^ecas : $\Delta' < 0 \Leftrightarrow m < -2\sqrt{2}\,\text{ou}\,m > 2\sqrt{2}$.

Dans ce cas l'équation (a) n'a pas de solution et par suite $\mathcal{C} \cap d_m = \emptyset$.

Ci-après, nous résumons graphiquement les résultats obtenus.

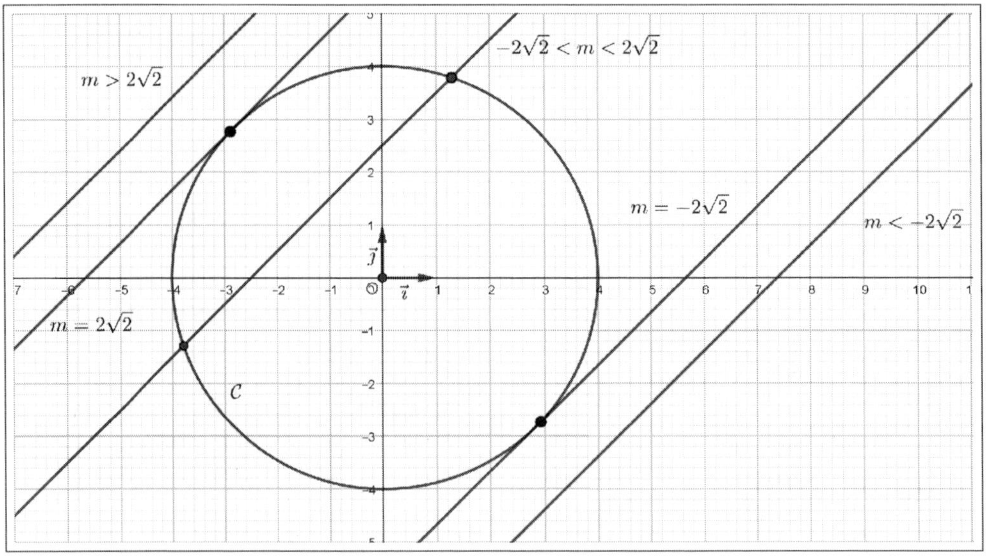

Exercice 14. Lieu des centres d'une famille de cercles

Le plan est rapporté à un repère orthonormal $(O\,;\vec{\imath},\vec{\jmath})$.

1. Montrer que, quel que soit le réel m, l'ensemble $(\mathcal{C}_m)$ des points $M(x,y)$ tels que $x^2+y^2-4x+my=0$ est un cercle dont on donnera le centre et le rayon.

2. Quel est l'ensemble des centres des cercles $(\mathcal{C}_m)$ lorsque m décrit $\mathbb{R}$?

Solution

Soit $M(x,\,y)$. Nous avons les équivalences suivantes :

$$M \in (\mathcal{C}_m) \Leftrightarrow x^2+y^2-4x+my=0,$$
$$M \in (\mathcal{C}_m) \Leftrightarrow x^2-4x+4-4+y^2+my+\frac{m^2}{4}-\frac{m^2}{4}=0,$$
$$M \in (\mathcal{C}_m) \Leftrightarrow (x-2)^2+(y+\frac{m}{2})^2=4+\frac{m^2}{4},$$
$$M \in (\mathcal{C}_m) \Leftrightarrow (x-2)^2+(y+\frac{m}{2})^2=\frac{16+m^2}{4}.$$

Pour tout réel m, nous avons $\dfrac{16+m^2}{4}>0$.

Nous en concluons que $(\mathcal{C}_m)$ est un cercle de centre $N(2,-\dfrac{m}{2})$ et de rayon $r=\dfrac{\sqrt{16+m^2}}{2}$.

2. Désignons par Δ l'ensemble des points $N(2, -\frac{m}{2})$, avec m décrivant $\mathbb{R}$.
Si un point $N(x, y)$ appartient à Δ, alors

$$\begin{cases} x = 2 \\ y = -\dfrac{m}{2} \end{cases}, \text{ avec } m \in \mathbb{R}.$$

Posons $t = -\frac{m}{2}$.

Lorsque m décrit $\mathbb{R}$, il en est de même du réel t. Nous observons que les points $N(2, t)$ avec $t \in \mathbb{R}$ appartiennent à la droite Δ' dont une équation est $x = 2$.

Nous avons ainsi montré que

$$N \in \Delta \Rightarrow N \in \Delta',$$

ce qui signifie

$$\Delta \subset \Delta'.$$

Réciproquement, si $N \in \Delta'$, alors $N(2, y)$, avec y décrivant $\mathbb{R}$.
Or, pour tout $y \in \mathbb{R}$, il existe $m \in \mathbb{R}$ tel que $y = -\frac{m}{2}$.
En effet, $m = -2y$ répond à la question.
Il en résulte que $N(2, -\frac{m}{2})$, ce qui prouve que $N \in \Delta$.
Ainsi, nous avons montré que

$$N \in \Delta' \Rightarrow N \in \Delta,$$

ce qui signifie $\Delta' \subset \Delta$.

La double inclusion

$$\Delta \subset \Delta' \text{ et } \Delta' \subset \Delta \text{ équivaut à } \Delta = \Delta'.$$

Nous en concluons que l'ensemble des centres des cercles $(\mathcal{C}_m)$ est la droite d'équation $x = 2$.

Exercice 15. Une aire minimum

Les triangles équilatéraux T_1 et T_2 d'aires respectives A_1 et A_2, ont un périmètre total constant L.

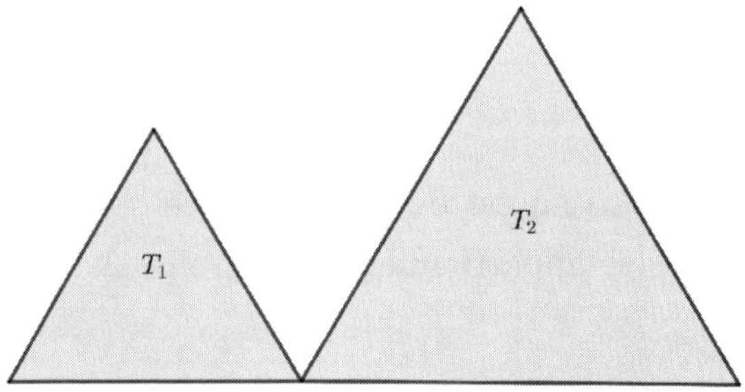

Quelle est la plus petite aire totale possible des deux triangles T_1 et T_2 ?

Solution

Soient $a > 0$ et $b > 0$ les longueurs respectives des côtés des triangles T_1 et T_2.

Nous savons que $3a + 3b = L$, soit $a + b = \frac{L}{3}$.

Puisque $b = \frac{L}{3} - a$, nous exprimons $A_1 + A_2$ en fonction de L et a. Il vient

$$\begin{aligned}
A_1 + A_2 &= \frac{1}{2}\frac{\sqrt{3}}{2} a \times a + \frac{1}{2}\frac{\sqrt{3}}{2} b \times b,\\
&= \frac{\sqrt{3}}{4}(a^2 + b^2),\\
&= \frac{\sqrt{3}}{4}\left(a^2 + (\frac{L}{3} - a)^2)\right),\\
&= \frac{\sqrt{3}}{4}(2a^2 - 2a\frac{L}{3} + \frac{L^2}{9}),\\
&= \frac{\sqrt{3}}{2}(a^2 - a\frac{L}{3} + \frac{L^2}{18}),\\
&= \frac{\sqrt{3}}{2}\left(a^2 - 2a(\frac{L}{6}) + (\frac{L}{6})^2 - (\frac{L}{6})^2 + \frac{L^2}{18}\right),\\
&= \frac{\sqrt{3}}{2}\left((a - \frac{L}{6})^2 + \frac{L^2}{36}\right).
\end{aligned}$$

Nous en déduisons

$$A_1 + A_2 - \frac{\sqrt{3}L^2}{72} = \frac{\sqrt{3}}{2}((a - \frac{L}{6})^2 \geq 0.$$

Nous en concluons que la plus petite aire totale de ces deux triangles est égale à $\frac{\sqrt{3}L^2}{72}$.

C'est le minimum de $A_1 + A_2$ atteint pour $a = \frac{L}{6}$ et $b = \frac{L}{3} - \frac{L}{6} = \frac{L}{6}$.

1.5.5 Exemples d'équations et inéquations irrationnelles

Exercice 16. Une équation, une inéquation

Résoudre :

l'équation $\sqrt{x^2 - 12} = 2x - 6$,

l'inéquation $\sqrt{x^2 - 12} < 2x - 6$.

Contrôler graphiquement.

Solution

• Nous notons (E) l'équation proposée. L'ensemble de définition de cette équation est l'ensemble des réels tels que

$$x^2 - 12 \geq 0 \Leftrightarrow x^2 \geq 12 \Leftrightarrow x \leq -2\sqrt{3}\,\text{ou}\,x \geq 2\sqrt{3}.$$

Pour $x \in]-\infty, -2\sqrt{3}] \cup]2\sqrt{3}, +\infty[$, nous disposons de l'équivalence

$$(E) \Leftrightarrow \begin{cases} x^2 - 12 = (2x-6)^2 \\ 2x - 6 \geq 0 \end{cases} \Leftrightarrow \begin{cases} x^2 - 12 = (2x-6)^2 \\ x \geq 3 \end{cases}.$$

Résolvons l'équation $x^2 - 12 = (2x-6)^2$. Il vient

$$x^2 - 12 = (2x-6)^2 \Leftrightarrow x^2 - 8x + 16 = 0 \Leftrightarrow (x-4)^2 = 0 \Leftrightarrow x = 4.$$

Puisque $4 > 3$ et $4 \in]-\infty, -2\sqrt{3}] \cup]2\sqrt{3}, +\infty[$ la solution $x = 4$ convient. Nous en concluons que $S_{(E)} = \{4\}$.

• Pour $x \in]-\infty, -2\sqrt{3}] \cup]2\sqrt{3}, +\infty[$, nous désignons par (I) l'inéquation $\sqrt{x^2 - 12} < 2x - 6$.

Nous obtenons les équivalences suivantes :

$$(E) \Leftrightarrow \begin{cases} x^2 - 12 < (2x-6)^2 \\ 2x - 6 \geq 0 \end{cases} \Leftrightarrow \begin{cases} x^2 - 12 < (2x-6)^2 \\ x \geq 3 \end{cases}.$$

Résolvons l'inéquation $x^2 - 12 < (2x-6)^2$. Il vient

$$x^2 - 12 < (2x-6)^2 \Leftrightarrow x^2 - 8x + 16 > 0 \Leftrightarrow (x-4)^2 > 0 \Leftrightarrow x \neq 4.$$

Puisque $x \geq 3$, $x \neq 4$ et $x \in]-\infty, -2\sqrt{3}] \cup]2\sqrt{3}, +\infty[$, nous en concluons que $x \geq 2\sqrt{3}$ et $x \neq 4$, c'est-à-dire

$$S_{(E)} = [2\sqrt{3}, +\infty[- \{4\}$$

Contrôle graphique.

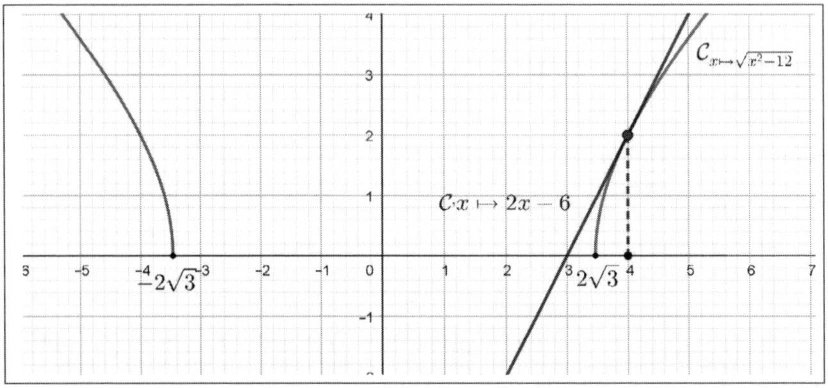

Nous observons que :

• la résolution de l'équation (E) signifie que la droite d'équation $y = 2x - 6$ est tangente à la représentation graphique de la fonction $x \mapsto \sqrt{x^2 - 12}$,

• la résolution de l'inéquation (F) signifie que cette tangente est située au-dessus de la courbe représentative de $x \mapsto \sqrt{x^2 - 12}$ et ceci, pour $x \geq 2\sqrt{3}$.

Exercice 17. Un double radical carré

Résoudre l'équation $\sqrt{3\sqrt{15 - x}} = \sqrt{2x - 3}$.

Solution

L'ensemble de définition de cette équation est l'ensemble des réels x tels que

$$\begin{cases} 15 - x \geq 0 \\ 2x - 3 \geq 0 \end{cases} \Leftrightarrow \frac{3}{2} \leq x \leq 15.$$

Pour $x \in \left[\frac{3}{2}, 15\right]$, nous désignons par (E) cette équation. Il vient

$$(E) \Leftrightarrow 3\sqrt{15 - x} = 2x - 3 \geq 0,$$
$$(E) \Leftrightarrow 9(15 - x) = (2x - 3)^2,$$
$$(E) \Leftrightarrow 4x^2 - 3x - 126 = 0.$$

Nous avons $\Delta = 3^2 - 4 \times 4 \times (-126) = 2025$ et $\sqrt{\Delta} = 45$.

Il en résulte que les solutions de l'équation $4x^2 - 3x - 126 = 0$ sont :

$$x=\frac{3-45}{8}=-\frac{21}{4} \text{ ou } x=\frac{3+45}{8}=6.$$

La solution $-\frac{21}{4}\notin\left[\frac{3}{2},15\right]$ n'est pas solution de (E). Nous en concluons que

$$S_{(E)}=\{6\}.$$

Exercice 18. Différence de deux radicaux carrés

Résoudre l'équation $\sqrt{2x+5}-\sqrt{3x-14}=1$.

Contrôler graphiquement et en déduire l'ensemble des solutions de l'inéquation $\sqrt{2x+5}-\sqrt{3x-14}>1$.

Solution

L'ensemble de définition de cette équation est l'ensemble des réels x tels que

$$\begin{cases} 2x+5\geq 0 \\ 3x-14\geq 0 \end{cases} \Leftrightarrow x\geq\frac{14}{3}.$$

Pour $x\in\left[\frac{14}{3},+\infty\right[$, nous désignons par (E) cette équation. Nous obtenons

$$(E)\Leftrightarrow\sqrt{2x+5}=1+\sqrt{3x-14}>0,$$
$$(E)\Leftrightarrow 2x+5=\left(1+\sqrt{3x-14}\right)^2,$$
$$(E)\Leftrightarrow 2x+5=1+2\sqrt{3x-14}+3x-14,$$
$$(E)\Leftrightarrow 2\sqrt{3x-14}=18-x.$$

Pour conserver une équivalence, nous imposons la condition

$$18-x\geq 0\Leftrightarrow x\leq 18.$$

Par conséquent, nous résolvons l'équation $2\sqrt{3x-14}=18-x$ qui est équivalente à (E), pour $x\in\left[\frac{14}{3},18\right]$. Il vient

$$(E)\Leftrightarrow 4\,(3x-14)=(18-x)^2,$$
$$(E)\Leftrightarrow 12x-56=324-36x+x^2,$$
$$(E)\Leftrightarrow x^2-48x+380=0.$$

Nous résolvons cette dernière équation.

Nous avons $\Delta' = 24^2 - 380 = 196$ et $\sqrt{196} = 14$.
Il en résulte

$$x = 10 \,\text{ou}\, x = 38.$$

Puisque $38 \notin \left[\frac{14}{3}, 18\right]$, nous en concluons que

$$S_{(E)} = \{10\}.$$

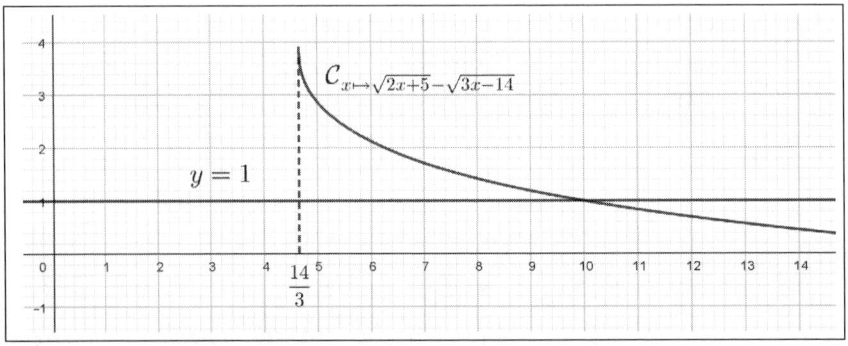

Graphiquement, nous en déduisons que l'ensemble des solutions de l'inéquation $\sqrt{2x+5} - \sqrt{3x-14} > 1$ est l'intervalle $\left[\frac{14}{3}, 10\right[$.

CHAPITRE 2
Polynômes

Le pré-requis pour ce second chapitre est le cours de Première sur les polynômes. Nous proposons des exercices d'approfondissement conformes au programme et pour aller plus loin, nous donnons des compléments de cours ainsi que des exercices au sujet :
- du théorème d'identification,
- de la factorisation de $x^n - a^n$,
- de la factorisation d'un polynôme par $x - a$,
- de la méthode de Cardan pour la résolution d'une équation du 3ᵉdegré.

2.1 Définition d'un polynôme

Définition. *Soient $n \in \mathbb{N}$ et $a_0, a_1, \cdots, a_n$, $n+1$ réels donnés. La fonction $p : x \mapsto a_n x^n + a_{n-1}x^{n-1} + \cdots + a_1 x + a_0$, définie sur $\mathbb{R}$, est une fonction polynôme ou plus simplement un polynôme.*

Si $a_n \neq 0$, alors n est le degré du polynôme p, noté souvent $d°(p)$.

Les réels $a_0, a_1, \cdots, a_n$ sont les coefficients du polynôme p.

Remarques. Nous en donnons trois.
- Les fonctions constantes sont des polynômes de degré 0.
- Les fonctions affines sont des polynômes de degré 1.
- Les fonctions trinômes sont des polynômes de degré 2.

2.2 Identification d'un polynôme

Théorème (identification). *Soit p_n un polynôme de degré $n \in \mathbb{N}$.*

Si, pour tout réel x, $p_n(x) = 0$, alors ses $n+1$ coefficients sont tous nuls.

Démonstration. Le cas général peut être passé en première lecture.

Nous examinons pour commencer les deux cas particuliers $n = 0$, puis $n = 1$.

- Si $n = 0$, alors pour tout réel x, nous avons $p_0(x) = a_0 = 0$. Le théorème d'identification est ainsi prouvé dans ce premier cas.
- Si $n = 1$, alors pour tout réel x, nous avons $p_1(x) = a_0 x + a_1 = 0$.

En particulier, pour $x = 0$, puis $x = 1$, nous obtenons le système

$$\begin{cases} a_0 = 0 \\ a_1 + a_0 = 0 \end{cases} \Leftrightarrow a_0 = a_1 = 0,$$

ce qui justifie le théorème d'identification dans ce second cas.

- Dans le cas $n = 1$, nous proposons une seconde méthode pour initialiser le cas général.

Pour tout réel x, nous avons $p_1(2x) = a_1 2x + a_0$.

Il en résulte que

$$2p_1(x) - p_1(2x) = 2(a_1 x + a_0) - (2a_1 x + a_0) = a_0.$$

Par conséquent, si pour tout réel x, $p_1(x) = 0$, alors $p_1(2x) = 0$, donc $2p_1(x) - p_1(2x) = 0$, ce qui implique que $a_0 = 0$.

Nous en déduisons que

$$\forall x \in \mathbb{R},\ p_1(x) = a_1 x \,\text{et}\, p_1(x) = 0, \text{ ce qui implique que } a_1 = 0.$$

- Nous démontrons le cas général par récurrence[1] sur le degré n du polynôme p_n.

Initialisation

La propriété est initialisée ci-dessus pour $n = 0$.

Hérédité

Supposons la propriété vraie pour un polynôme quelconque de degré n fixé. C'est l'hypothèse de récurrence.

Soit p_{n+1} un polynôme de degré $n+1$ tel que :

1. Annexe : § 12.5.5

$$\forall x \in \mathbb{R}, p_{n+1}(x) = 0.$$

Posons $p_{n+1}(x) = \sum_{k=0}^{n+1} a_k x^k$, nous avons

$$p_{n+1}(2x) = \sum_{k=0}^{n+1} a_k 2^k x^k.$$

Il en résulte

$$2^{n+1} p_{n+1}(x) - p_{n+1}(2x) = \sum_{k=0}^{n} a_k (2^{n+1} - 2^k) x^k.$$

Nous savons que

$$\forall x \in \mathbb{R}, p_{n+1}(x) = 0 \text{ et } p_{n+1}(2x) = 0,$$

ce qui donne

$$\forall x \in \mathbb{R}, \sum_{k=0}^{n} a_k (2^{n+1} - 2^k) x^k = 0.$$

Nous observons que $x \mapsto \sum_{k=0}^{n} a_k (2^{n+1} - 2^k) x^k$ est un polynôme de degré n. En appliquant l'hypothèse de récurrence, nous en déduisons que tous ses coefficients sont nuls, c'est-à-dire

$$\forall k \in [\![0, n]\!], \ a_k (2^{n+1} - 2^k) = 0.$$

Puisque, $\forall k \in [\![0, n]\!], \ 2^{n+1} - 2^k \neq 0$, nous obtenons

$$\forall k \in [\![0, n]\!], \ a_k = 0.$$

Il en résulte que, pour tout réel x, $p_{n+1}(x) = a_{n+1} x^{n+1}$.

Par conséquent, si tout réel x, $p_{n+1}(x) = 0$, alors on a $a_{n+1} = 0$.

Ainsi, si tout pour réel x, $p_{n+1}(x) = 0$, alors le polynôme p_{n+1} a ses $n+2$ coefficients nuls. Nous avons prouvé que la propriété proposée est héréditaire.

Nous en concluons que, quel que soit l'entier naturel n, la propriété est vraie et le théorème d'identification est ainsi démontré.

Corollaire (Égalité de deux polynômes). *Deux polynômes de même degré sont égaux si et seulement si les coefficients des termes de même degré sont égaux.*

Démonstration. Soient p_n et q_n deux polynômes de degré n tels que $p_n = q_n$.

Posons, pour tout réel x, $p_n(x) = \sum\limits_{k=0}^{n} a_k x^k$ et $q_n(x) = \sum\limits_{k=0}^{n} b_k x^k$, avec $a_n \neq 0$ et $b_n \neq 0$.

Nous disposons des équivalences suivantes :

$$p_n = q_n \Leftrightarrow \forall x \in \mathbb{R},\ p_n(x) = q_n(x),$$

$$p_n = q_n \Leftrightarrow \forall x \in \mathbb{R},\ \sum_{k=0}^{n} a_k x^k = \sum_{k=0}^{n} b_k x^k,$$

$$p_n = q_n \Leftrightarrow \forall x \in \mathbb{R},\ \sum_{k=0}^{n} (a_k - b_k)\, x^k = 0.$$

Par identification, nous obtenons

$$p_n = q_n \Leftrightarrow \forall k \in [\![0, n]\!]\,,\ a_k - b_k = 0,$$

$$p_n = q_n \Leftrightarrow \forall k \in [\![0, n]\!]\,,\ a_k = b_k.$$

2.3 Une factorisation remarquable

Lemme. *Soient $n \geq 2$ un entier et x un réel.*

Nous disposons de la factorisation suivante :

$$x^n - 1 = (x - 1)\left(x^{n-1} + x^{n-2} + \cdots + x + 1\right).$$

Démonstration. Pour tout réel x, posons $p(x) = x^{n-1} + x^{n-2} + \cdots + x + 1$.

Nous avons

$$xp(x) = x^n + x^{n-1} + x^{n-2} + \cdots + x^2 + x.$$

Par soustraction et "télescopage" des termes opposés, nous obtenons

$$xp(x) - p(x) = x^n - 1, \text{ soit } (x - 1)\, p(x) = x^n - 1.$$

Nous en déduisons l'égalité attendue, c'est-à-dire

$$\forall x \in \mathbb{R},\ x^n - 1 = (x - 1)\left(x^{n-1} + x^{n-2} + \cdots + x + 1\right).$$

Proposition. *Soient $n \geq 2$ un entier, x et a deux réels avec $a \neq 0$.*

Nous disposons de la factorisation suivante :

$$x^n - a^n = (x - a)\left(x^{n-1} + x^{n-2}a + \cdots + xa^{n-2} + a^{n-1}\right).$$

Démonstration. Puisque $a \neq 0$, il vient

$$x^n - a^n = a^n \left(\frac{x^n}{a^n} - 1\right) = a^n \left(\left(\frac{x}{a}\right)^n - 1\right).$$

En appliquant le lemme ci-dessus, nous obtenons

$$\begin{aligned}
x^n - a^n &= a^n \left(\frac{x}{a} - 1\right) \left((\frac{x}{a})^{n-1} + \frac{x}{a})^{n-2} + \cdots + \frac{x}{a} + 1\right), \\
&= a^n \left(\frac{x-a}{a}\right) \left(\frac{x^{n-1}}{a^{n-1}} + \frac{x^{n-2}}{a^{n-2}} + \cdots + \frac{x}{a} + 1\right), \\
&= a^{n-1} (x-a) \left(x^{n-1}a^{1-n} + x^{n-2}a^{2-n} + \cdots + xa^{-1} + 1\right), \\
&= (x-a) \left(x^{n-1} + x^{n-2}a + \cdots + xa^{n-2} + a^{n-1}\right).
\end{aligned}$$

Remarques. Nous disposons des points suivants :

- si $n = 2$ ou $n = 3$ nous retrouvons les identités usuelles

$$\begin{aligned}
x^2 - a^2 &= (x-a)(x+a), \\
x^3 - a^3 &= (x-a)\left(x^2 + ax + a^2\right).
\end{aligned}$$

- avec le symbole de sommation Σ, nous avons

$$x^n - a^n = (x-a) \sum_{k=0}^{n-1} x^{n-k-1} a^k.$$

- cette identité remarquable est à retenir, elle est parfois nommée" égalité de Bernoulli".

Elle est souvent utile, comme l'illustre, en arithmétique, l'exemple qui suit.

Exemple. Une question de divisibilité dans $\mathbb{N}$.

Pour tout entier naturel n, l'entier $7^n - 2^n$ est divisible par 5.

En effet, nous avons

$$7^n - 2^n = (7-2) \sum_{k=0}^{n-1} 7^{n-k-1} 2^k.$$

En posant $q = \sum_{k=0}^{n-1} 7^{n-k-1} 2^k \in \mathbb{N}$, nous obtenons

$7^n - 2^n = 5q$, ce qui justifie que 5 divise $7^n - 2^n$.

2.4 Divisibilité

Proposition. *Soient p un polynôme de degré $n \geq 1$ et a un réel.*

Il existe un polynôme q de degré $n-1$ tel que

$$\forall x \in \mathbb{R},\ p(x) = (x-a)q(x) + p(a).$$

Démonstration. Posons $p(x) = \sum\limits_{k=0}^{n} a_k x^k$, avec $a_n \neq 0$.

Il vient

$$\begin{aligned}
p(x) - p(a) &= \sum_{k=0}^{n} a_k x^k - \sum_{k=0}^{n} a_k a^k,\\
&= a_n(x^n - a^n) + a_{n-1}(x^{n-1} - a^{n-1}) + \cdots + a_1(x-a),\\
&= (x-a)\left(a_n \sum_{k=0}^{n-1} x^{n-k-1}a^k + a_{n-1}\sum_{k=0}^{n-2} x^{n-k-2}a^k + \cdots + a_1\right),\\
&= (x-a)\left(a_n x^{n-1} + \cdots + \alpha_0\right).
\end{aligned}$$

Nous considérons le polynôme q de degré $n-1$ défini par

$$\forall x \in \mathbb{R}, q(x) = a_n x^{n-1} + \cdots + \alpha_0,$$
$$\text{avec } \alpha_0 = a_n a^{n-1} + a_{n-1}a^{n-2} + \cdots + a_1.$$

Ce polynôme convient puisque, pour tout réel x, nous avons

$$p(x) - p(a) = (x-a)q(x), \text{ soit } p(x) = (x-a)q(x) + p(a).$$

Remarque. Par analogie avec la division euclidienne dans $\mathbb{N}$, on désigne par $q(x)$ le quotient de la division de $p(x)$ par $x-a$.

Nous pouvons déterminer ce dernier en adoptant la disposition illustrée dans l'exemple qui suit.

Exemple. Nous divisons le polynôme $x^3 + x^2 - 1$ par $x - 1$.

$$
\begin{array}{rrrr|l}
x^3 & +x^2 & & -1 & x-1 \\ \cline{5-5}
-x^3 & +x^2 & & & x^2 \ +2x \ +2 \\ \cline{1-2}
 & 2x^2 & & & \\
 & -2x^2 & +2x & & \\ \cline{2-3}
 & & 2x & & \\
 & & -2x & +2 & \\ \cline{3-4}
 & & & +1 &
\end{array}
$$

Nous en concluons que

$$\forall x \in \mathbb{R},\ x^3 + x^2 - 1 = (x-1)(x^2 + 2x + 2) + 1.$$

Théorème (division par $x - a$). *Soient p un polynôme de degré $n \geq 1$ et a un réel. Les deux propositions suivantes sont équivalentes :*

(i) $(x - a)$ est en facteur dans $p(x)$, c'est-à-dire p est divisible par $x - a$.

(ii) $p(a) = 0$.

Démonstration. $(i) \Rightarrow (ii)$

D'après la proposition précédente, nous savons que, pour tout réel x,

$$p(x) = (x - a)q(x) + p(a).$$

Si $(x - a)$ est en facteur dans $p(x)$, nous en déduisons que $p(a) = 0$.

$(ii) \Rightarrow (i)$ Á nouveau en appliquant la proposition précédente, si $p(a) = 0$, alors pour tout réel x, il vient

$$p(x) = (x - a)q(x).$$

Exemple. Soit p le polynôme défini sur $\mathbb{R}$ par $p(x) = x^3 + x^2 - 3x + 1$.

En remarquant que $p(1) = 0$, nous proposons deux méthodes pour factoriser $p(x)$ par $x - 1$.

1er cas : par identification.

Nous procédons par analyse-synthèse, en supposant qu'il existe trois réels a, b et c tels que

$$\forall x \in \mathbb{R},\ p(x) = (x - 1)(ax^2 + bx + c).$$

Avant de développer, nous observons que le terme de plus haut degré dans ce produit est ax^3 et le terme constant est $-c$.

Par conséquent, par une première identification, nous obtenons

$$a = 1 \text{ et } c = -1.$$

Il en résulte que, pour tout réel x, nous avons

$$p(x) = (x-1)(x^2+bx-1) = x^3+bx^2-x-x^2-bx+1 = x^3+(b-1)x^2-(b+1)x+1.$$

Par identification, il vient

$$\begin{cases} b-1=1 \\ -(b+1)=-3 \end{cases} \Leftrightarrow b=2.$$

Nous en concluons que

$$\forall x \in \mathbb{R},\ p(x) = (x-1)(x^2+2x-1).$$

2ᵉ cas : par division euclidienne.

$$\begin{array}{rrrr|lll}
x^3 & +x^2 & -3x & -1 & x & -1 & \\ \cline{5-7}
-x^3 & +x^2 & & & x^2 & +2x & -1 \\ \cline{1-2}
 & 2x^2 & -3x & & & & \\
 & -2x^2 & +2x & & & & \\ \cline{2-3}
 & & -x & +1 & & & \\
 & & -x & +1 & & & \\ \cline{3-4}
 & & & 0 & & &
\end{array}$$

De même, nous en concluons que

$$\forall x \in \mathbb{R},\ p(x) = (x-1)(x^2+2x-1).$$

2.5 Exercices corrigés

2.5.1 Équations polynomiales

Exercice 1. Coefficients proportionnels

Soit P un polynôme défini sur $\mathbb{R}$ par : $P(x) = ax^3 + bx^2 + cx + d$ avec $a \neq 0$. On suppose que $ad = bc$.

1. Montrer que, pour tout réel x, $P(x) = a\left(x^2 + \frac{c}{a}\right)\left(x + \frac{b}{a}\right)$.

2. Résoudre dans $\mathbb{R}$ l'équation

$$2x^3 + 4x^2 - 3x - 6 = 0.$$

Contrôler graphiquement.

Solution

1. Puisque $ad = bc$, nous en déduisons que $d = \dfrac{bc}{a}$.
Ainsi, pour tout réel x, nous obtenons

$$\begin{aligned} P(x) &= a\left(x^3 + \frac{b}{a}x^2 + \frac{c}{a}x + \frac{d}{a}\right), \\ &= a\left(x^3 + \frac{b}{a}x^2 + \frac{c}{a}x + \frac{bc}{a^2}\right), \\ &= a\left[x\left(x^2 + \frac{c}{a}\right) + \frac{b}{a}\left(x^2 + \frac{c}{a}\right)\right], \\ &= a\left(x^2 + \frac{c}{a}\right)\left(x + \frac{b}{a}\right). \end{aligned}$$

2. Pour tout réel x, nous posons $P(x) = 2x^3+4x^2-3x-6$. Nous remarquons que $2 \times (-6) = 4 \times (-3)$.

De la question 1, il résulte que

$$\forall x \in \mathbb{R},\ P(x) = 2\left(x^2 - \frac{3}{2}\right)(x+2).$$

Désignons par (E) l'équation $2x^3 + 4x^2 - 3x - 6 = 0$. Il vient

$$\begin{aligned} (E) &\Leftrightarrow \left(x^2 - \frac{3}{2}\right)(x+2) = 0, \\ &\Leftrightarrow x^2 - \frac{3}{2} = 0 \text{ ou } x + 2 = 0, \\ &\Leftrightarrow x = -\sqrt{\frac{3}{2}} = -\frac{\sqrt{6}}{2} \text{ ou } x = \sqrt{\frac{3}{2}} = \frac{\sqrt{6}}{2} \text{ ou } x = -2. \end{aligned}$$

Nous en concluons que $S_{(E)} = \left\{-2, -\frac{\sqrt{6}}{2}, \frac{\sqrt{6}}{2}\right\}$.

Contrôle graphique.

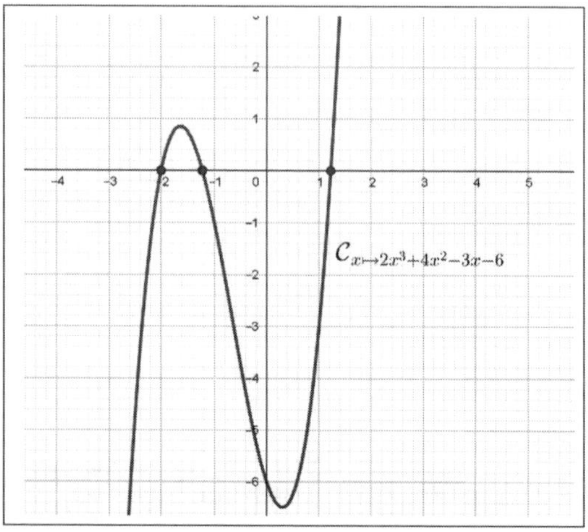

Exercice 2. Une équation du troisième degré

Soit (E) une équation de la forme

$$x^3 + px + q = 0, \text{ où } p \text{ et } q \text{ sont deux réels non nuls.}$$

1. *Montrer que (E) ne peut pas avoir trois solutions égales.*
2. *Montrer que si (E) admet trois racines distinctes a, b et c, alors*

$$a + b + c = 0.$$

Solution

1. Supposons que l'équation (E) possède trois solutions égales à un réel a, c'est-à-dire une racine triple.

Dans ce cas le polynôme $p : x \mapsto x^3 + px + q$ est de la forme $x \mapsto \lambda (x - a)^3$.

Nous observons que $\lambda = 1$ car le coefficient de x^3 est unitaire.

Puisque, pour tout réel x,

$$(x - a)^3 = x^3 + 3ax^2 - 3ax - a^3,$$

nous en déduisons, par identification

$$\begin{cases} 3a = 0 \\ -3a = p \\ -a^3 = q \end{cases} \Leftrightarrow a = p = q = 0,$$

ce qui est contradictoire car p et q sont deux réels non nuls.

Par l'absurde, nous en concluons que l'équation (E) ne peut pas avoir trois solutions égales.

2. Si (E) admet trois racines distinctes a, b et c, alors, pour tout réel x, nous avons

$$p(x) = (x - a)(x - b)(x - b).$$

En développant, nous obtenons

$$\begin{aligned} p(x) &= (x^2 - (b + a)x + ab)(x - c), \\ &= x^3 - (b + a)x^2 + abx - cx^2 + c(a + b)x - abc, \\ &= x^3 - (a + b + c)x^2 + (ab + bc + ac)x - abc. \end{aligned}$$

Par identification, nous obtenons l'égalité attendue, c'est-à-dire

$$a + b + c = 0.$$

Nous remarquons que nous disposons également les deux relations

$$\begin{cases} ab + bc + ca = p \\ -abc = q \end{cases}$$

Exercice 3. Racines d'un polynôme du 4e degré

Soit p le polynôme défini sur $\mathbb{R}$ par

$$\forall x \in \mathbb{R}, p(x) = x^4 + 10x^3 + 18x^2 + 10x + 1.$$

1. Justifier que si x est une solution de l'équation $p(x) = 0$, alors $x \neq 0$. Cette équation est notée (E).

2. Soit x une solution de (E). On pose $t = x + \dfrac{1}{x}$. Déterminer puis résoudre l'équation d'inconnue t.

3. En déduire les solutions de l'équation (E).

Solution

1. Si $x = 0$ est une solution de (E), alors $p(0) = 0$.

Or, nous avons $p(0) = 1$, ce qui est contradictoire. Par l'absurde, nous avons prouvé qu'une solution de (E) est non nulle.

2. Puisque $x \neq 0$, nous divisons les deux membres de (E) par x^2. Il vient

$$x^2 + 10x + 18 + \frac{10}{x} + \frac{1}{x^2} = 0 \Leftrightarrow (x^2 + \frac{1}{x^2}) + 10(x + \frac{1}{x}) + 18 = 0.$$

En remarquant que

$$x^2 + \frac{1}{x^2} = \left(x + \frac{1}{x}\right)^2 - 2,$$

nous en déduisons l'équation d'inconnue t attendue, c'est-à-dire

$$t^2 + 10t + 16 = 0.$$

Nous résolvons cette équation.

$$\Delta' = 5^2 - 16 = 9, \text{ ce qui donne } t = -5 - 3 = -8 \text{ ou } t = -5 + 3 = -2.$$

3.

- Résolution de l'équation (1) : $x + \dfrac{1}{x} = -8$.

$$(1) \Leftrightarrow x^2 + 1 = -8x \Leftrightarrow x^2 + 8x + 1 = 0.$$
$$\Delta' = 4^2 - 1 = 15, \text{ ce qui donne } x = -4 - \sqrt{15} \text{ ou } x = -4 + \sqrt{15}.$$

- Résolution de l'équation (2) : $x + \dfrac{1}{x} = -2$.

$$(2) \Leftrightarrow x^2 + 1 = -2x \Leftrightarrow x^2 + 2x + 1 = 0 \Leftrightarrow (x+1)^2 = 0 \Leftrightarrow x = -1.$$

Nous en concluons que

$$S_{(E)} = \left\{-4 - \sqrt{15}, -4 + \sqrt{15}, -1\right\}.$$

Exercice 4. Résolution d'une équation du 3e degré

Sur un exemple, nous illustrons la méthode de Cardan[2] *pour résoudre une équation du 3e degré.*

Soit (E) l'équation

$$x^3 + 9x^2 + 21x + 18 = 0.$$

1. Déterminer un réel a tel que si x est une solution de (E) , alors $y = x + a$ est une solution d'une équation de la forme

$$(1) : y^3 + py + q = 0.$$

2. mathématicien italien : 1501-1576

2. On pose $y = u+v$ et on suppose que y est une solution de (1). Déterminer une valeur du produit uv de sorte que $u^3 + v^3 = -9$.

3. En déduire la ou les solutions de l'équation (E).

Contrôler graphiquement.

Solution

1. Si $x = y - a$ est une solution de (E), alors nous obtenons l'équation d'inconnue y

$$(y-a)^3 + 9(y-a)^2 + 21(y-a) + 18 = 0,$$

ce qui équivaut successivement à

$$y^3 - 3ay^2 + 3a^2y - a^3 + 9y^2 - 18ay + 9a^2 + 21y - 21a + 18 = 0,$$
$$y^3 + (9-3a)y^2 + (3a^2 - 18a + 21)y + a^3 + 9a^2 - 21a + 18 = 0.$$

Par conséquent, cette équation est de la forme $y^3 + py + q = 0$, à condition que $3 - 9a = 0$, soit $a = 3$.

Ainsi, pour $a = 3$, nous obtenons l'équation suivante :

$$(1) : y^3 - 6y + 9 = 0.$$

2. En posant $y = u + v$ dans l'équation (1), nous obtenons

$$(u+v)^3 - 6(u+v) + 9 = 0,$$

ce qui donne successivement

$$u^3 + 3u^2v + 3uv^2 + v^3 - 6u - 6v + 9 = 0,$$
$$u^3 + v^3 + 3uv(u+v) - 6(u+v) + 9 = 0,$$
$$u^3 + v^3 + 3(u+v)(uv-2) + 9 = 0.$$

En imposant $uv = 2$, nous en déduisons que

$$u^3 + v^3 = -9.$$

3. Nous cherchons à présent à déterminer les réels u et v tels que

$$\begin{cases} u^3 + v^3 = -9 \\ u^3v^3 = 8 \end{cases}.$$

En posant $U = u^3$ et $V = v^3$, nous résolvons le système :

$$\begin{cases} U+V=-9 \\ UV=8 \end{cases}.$$

En appliquant la proposition réciproque de paragraphe 1.2 du chapitre 1, nous savons que les réels U et V sont solutions de l'équation

$$X^2+9X+8=0.$$

Nous avons

$$\Delta = 49, \text{ ce qui donne } U=-8 \, \text{ou} \, V=-1.$$

Nous en déduisons que

$$\begin{cases} u^3=-8 \\ v^3=-1 \end{cases} \Leftrightarrow \begin{cases} u=-2 \\ v=-1 \end{cases}$$

Par conséquent, nous obtenons

$$y=-3, \text{ soit } x=-3-3=-6.$$

Réciproquement, nous vérifions que $x=-6$ est une racine du polynôme $p : x \mapsto x^3+9x^2+21x+18$.

Nous en déduisons par identification ou division que, pour tout réel x,

$$p(x)=(x+6)(x^2+3x+3).$$

Le trinôme $x \mapsto x^2+3x+3$ ne s'annule pas dans $\mathbb{R}$ car son discriminant $\Delta=-3<0$.

Nous en concluons que l'équation (E) admet $x=-6$ pour unique solution.

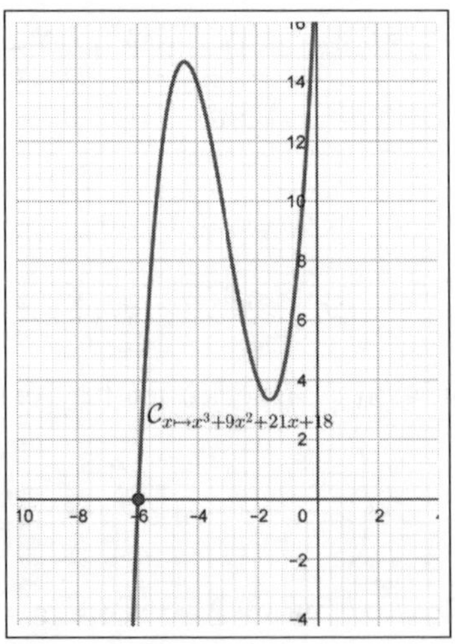

Exercice 5. Méthode de Cardan dans $\mathbb{R}$

Soient a,b et c trois réels donnés. On considère l'équation, notée (E),

$$x^3 + ax^2 + bx + c = 0.$$

1. Montrer que si x est une solution de (E), alors $y = x + \frac{a}{3}$ est une solution d'une équation de la forme

$$(1) : y^3 + py + q = 0, \text{ avec } p = b - \frac{a^2}{3} \text{ et } q = \frac{2a^3}{27} - \frac{ab}{3} + c.$$

2. En posant $y = u+v$, on suppose que y est une solution de (1). Déterminer une valeur du produit uv de sorte que $u^3 + v^3 = -q$.

3. On pose $\Delta = q^2 + \frac{4p^3}{27}$. Montrer que

- *si $\Delta > 0$, alors $y = \sqrt[3]{\frac{-q-\sqrt{\Delta}}{2}} + \sqrt[3]{\frac{-q+\sqrt{\Delta}}{2}}$ est une solution de l'équation (1),*
- *si $\Delta = 0$, alors $y = 2\sqrt[3]{\frac{-q}{2}}$ est une solution de l'équation (1).*

Solution

Si $x = y - \frac{a}{3}$ est une solution de (E), alors nous obtenons l'équation d'inconnue y

$$(y - \frac{a}{3})^3 + a(y - \frac{a}{3})^2 + b(y - \frac{a}{3}) + c = 0,$$

ce qui équivaut successivement à

$$y^3 - ay^2 + \frac{a^2}{3}y - \frac{a^3}{27} + ay^2 - \frac{2a^2y}{3} + \frac{a^3}{9} + by - \frac{ab}{3} + c = 0,$$
$$y^3 + \left(b - \frac{a^3}{3}\right)y + c - \frac{ab}{3} + \frac{2a^3}{27} = 0.$$

En posant $p = b - \frac{a^3}{3}$ et $q = c - \frac{ab}{3} + \frac{2a^3}{27}$, le réel $y = x + \frac{a}{3}$ est une solution de l'équation $(1) : y^3 + py + q = 0$.

2. En posant $y = u + v$ dans l'équation (1), nous obtenons

$$(u + v)^3 p(u + v) + q = 0,$$

ce qui donne successivement

$$u^3 + 3u^2v + 3uv^2 + v^3 + pu + pv + q = 0,$$
$$u^3 + v^3 + 3uv(u + v) + p(u + v) + q = 0,$$
$$u^3 + v^3 + (u + v)(3uv + p) + q = 0.$$

En imposant $uv = -\frac{p}{3}$, nous en déduisons que

$$u^3 + v^3 = -q.$$

3. Nous cherchons maintenant à déterminer les réels u et v tels que

$$\begin{cases} u^3 + v^3 = -q \\ u^3 v^3 = -\frac{p^3}{27} \end{cases}.$$

En posant $U = u^3$ et $V = v^3$, nous résolvons le système

$$\begin{cases} U + V = -q \\ UV = -\frac{p^3}{27} \end{cases}.$$

En appliquant la proposition réciproque de paragraphe 1.2 du chapitre 1, nous savons que les réels U et V sont solutions de l'équation

$$X^2 - qX - \frac{p^3}{27} = 0.$$

Le discriminant de cette équation est

$$\Delta = (-q)^2 - 4 \times (-\frac{p^3}{27}) = \frac{4p^3 + 27q^2}{27}.$$

1er cas : $\Delta > 0$, c'est-à-dire $4p^3 + 27q^2 > 0$.

Nous obtenons dans ce cas deux solutions réelles U et V distinctes telles que

$$U = \frac{-q - \sqrt{\Delta}}{2}, \ V = \frac{-q + \sqrt{\Delta}}{2}.$$

Il en résulte qu'une solution de l'équation (1) est

$$y = u + v = \sqrt[3]{U} + \sqrt[3]{V} = \sqrt[3]{\frac{-q - \sqrt{\Delta}}{2}} + \sqrt[3]{\frac{-q + \sqrt{\Delta}}{2}}.$$

2e cas : $\Delta = 0$, c'est-à-dire $4p^3 + 27q^2 = 0$.

Nous obtenons deux solutions réelles U et V confondues telles que

$$U = V = -\frac{q}{2}, \text{ ce qui donne } u = v = \sqrt[3]{-\frac{q}{2}}.$$

Nous en déduisons dans ce cas

$$y = u + v = 2 = \sqrt[3]{-\frac{q}{2}}.$$

Remarques

• Avec les connaissances du chapitre "Dérivation" il est possible de montrer que si $\Delta \geq 0$, alors la solution obtenue est l'unique racine réelle de (1).

• Lorsque $\Delta < 0$, l'étude de la méthode de Cardan est étendue au champ des nombres complexes, ce qui dépasse le cadre de cet ouvrage. Ce cas pourra être examiné, comme approfondissement "expert" en classe de Terminale.

Exercice 6. Méthode de Cardan, à utiliser avec précaution

On pose $a = \sqrt[3]{\sqrt{5}+2}$, $a = \sqrt[3]{\sqrt{5}-2}$ et $N = a - b$.

1. Calculer $a^3 - b^3$ et $(ab)^3$.

On rappelle que pour tout réel a, $\sqrt[3]{a}$ est l'unique réel tel que $\left(\sqrt[3]{a}\right)^3 = a$.

2. En déduire que N est une solution de l'équation $x^3 + 3x - 4 = 0$.

3. Montrer que N est un entier naturel que l'on précisera.

Solution

1. Nous avons, d'une part

$$a^3 - b^3 = \left(\sqrt[3]{\sqrt{5}+2}\right)^3 - \left(\sqrt[3]{\sqrt{5}-2}\right)^3 = \left(\sqrt{5}+2\right) - \left(\sqrt{5}-2\right) = 4.$$

D'autre part, il vient

$$(ab)^3 = a^3b^3 = \left(\sqrt[3]{\sqrt{5}+2}\right)^3 \times \left(\sqrt[3]{\sqrt{5}-2}\right)^3 = \left(\sqrt{5}+2\right)\left(\sqrt{5}-2\right) = 5-4 = 1.$$

2. Nous calculons N^3 en fonction de a et b. Nous obtenons

$$N^3 = (a-b)^3 = a^3 - 3a^2b + 3ab^2 - b^3 = a^3 - b^3 - 3ab(a-b).$$

Nous savons que $a^3 - b^3 = 4$ et $N = a - b$.

Puisque $(ab)^3 = 1$, nous en déduisons, par définition de la racine cubique, que $ab = 1$.

Ainsi, nous obtenons

$$N^3 = 4 - 3N, \text{ soit } N^3 + 3N - 4 = 0,$$

ce qui justifie que N est une solution dans $\mathbb{R}$ de l'équation $x^3 + 3x - 4 = 0$.

3. Nous observons que $x = 1$ est une solution évidente de l'équation obtenue.

Il en résulte que, pour tout réel x,

$$x^3 + 3x - 4 = (x-1)(x^2 + bx + 4).$$

Nous développons $(x-1)(x^2 + bx + 4)$. Il vient :

$$(x-1)(x^2+bx+4) = x^3+bx^2+4x-x^2-bx-4 = x^3+(b-1)x^2+(4-b)x-4.$$

Par identification, il vient

$$\begin{cases} b-1=0 \\ 4-b=3 \end{cases} \Leftrightarrow b=1.$$

Nous en concluons que

$$\forall x \in \mathbb{R},\ x^3+3x-4 = (x-1)(x^2+x+4).$$

Le trinôme x^2+x+4 a pour discriminant $\Delta = -15 < 0$.
Nous en déduisons que $x = 1$ est l'unique solution de l'équation $x^3+3x-4=0$.
Nous en concluons que

$$N = 1 = \sqrt[3]{\sqrt{5}+2} - \sqrt[3]{\sqrt{5}-2}.$$

"Pourquoi faire simple quand on peut faire compliqué".

2.5.2 Divisibilité

Exercice 7. Une factorisation

Soit n entier naturel non nul. On considère le polynôme P défini sur $\mathbb{R}$ par

$$P(x) = x^3 - 3nx^2 + (3n^2-1)x - n(n^2-1).$$

1. Montrer qu'il existe deux entiers relatifs p et q dépendants de n tels que, pour tout réel x, on ait

$$P(x) = (x-n)(x^2+px+q).$$

2. En déduire une factorisation de $P(x)$ en un produit de trois facteurs du premier degré.

Solution

1. Nous remarquons que

$$P(n) = n^3 - 3n^3 + (3n^2-1)n - n(n^2-1) = n^3 - 3n^3 + 3n^3 - n - n^3 + n = 0.$$

Il en résulte que, pour tout réel x, $P(x)$ est divisible par $x - n$.
Par conséquent, il existe deux réels p et q tels que, pour tout réel x,

$$P(x) = (x-n)(x^2+px+q).$$

Pour prouver que p et q sont des entiers relatifs, nous développons le produit $(x-n)(x^2+px+q)$. Pour tout réel x, il vient

$$(x-n)(x^2+px+q) = x^3+px^2+qx-nx^2-npx-nq,$$
$$(x-n)(x^2+px+q) = x^3+(p-n)x^2+(q-np)x-nq.$$

Par identification, nous obtenons

$$\begin{cases} p-n=-3n \\ q-np=3n^2-1 \\ -nq=-n(n^2-1) \end{cases} \Leftrightarrow \begin{cases} p=-2n \\ q=n^2-1 \\ n^2-1-n(-2n)=3n^2-1 \end{cases}.$$

Nous en déduisons que $p=-2n \in \mathbb{Z}$ et $q=n^2-1 \in \mathbb{Z}$ et nous en concluons que

$$\forall x \in \mathbb{R},\ P(x) = (x-n)\left(x^2-2nx+n^2-1\right).$$

2. Nous résolvons l'équation $x^2-2nx+n^2-1=0$. il vient :

$$\Delta' = (-n)^2-(n^2-1) = 1.$$

Ainsi, cette équation admet deux solutions distinctes

$$x=n-1 \text{ ou } x=n+1.$$

Nous en concluons que

$$\forall x \in \mathbb{R},\ P(x) = (x-n)(x-n-1)(x-n+1).$$

Exercice 8. Une application de la factorisation de $x^n - a^n$

Soit P un polynôme de degré $n \geq 1$.

Montrer que, pour tout réel x,

1. $P(x)-x$ est en facteur dans $P(P(x))-P(x)$.

2. $P(x)-x$ est en facteur dans $P(P(x))-x$.

Solution

1. Nous posons $P(x)=\sum\limits_{k=0}^{n} a_k x^k$. Il vient

$$\begin{aligned} P(P(x))-P(x) &= \sum_{k=0}^{n} a_k (P(x))^k - \sum_{k=0}^{n} a_k x^k, \\ &= \sum_{k=0}^{n} a_k \left[(P(x))^k - x^k\right]. \end{aligned}$$

En appliquant la factorisation par $x-a$ de x^n-a^n, nous obtenons :

$$(P(x))^k - x^k = (P(x) - x) \sum_{j=0}^{k-1} (P(x)^{k-j-1} x^j.$$

Nous en déduisons

$$\begin{aligned} P(P(x)) - P(x) &= \sum_{k=0}^{n} a_k (P(x) - x) \sum_{j=0}^{k-1} (P(x)^{k-j-1} x^j, \\ &= (P(x) - x) \sum_{k=0}^{n} a_k \sum_{j=0}^{k-1} (P(x)^{k-j-1} x^j. \end{aligned}$$

En posant, pour tout réel x, $Q(x) = \sum_{k=0}^{n} a_k \sum_{j=0}^{k-1} (P(x)^{k-j-1} x^j$, nous obtenons

$$\forall x \in \mathbb{R},\ P(P(x)) - P(x) = (P(x) - x)\, Q(x),$$

ce qui justifie la factorisation attendue.

2. Pour tout réel x, nous avons

$$\begin{aligned} P(P(x)) - x &= P(P(x)) - P(x) + P(x) - x, \\ &= (P(x) - x)\, Q(x) + P(x) - x, \\ &= (P(x) - x)\, (Q(x) + 1)\,, \end{aligned}$$

ce qui justifie que $P(x) - x$ est en facteur dans $P(P(x)) - x$.

Exercice 9. Une racine double

Soit n un entier naturel supérieur ou égal à 2.

Montrer que le polynôme $p : x \mapsto x^n - n(x-1) - 1$ est divisible par $(x-1)^2$.

Solution

Pour tout réel x, nous avons

$$\begin{aligned} p(x) &= x^n - 1 - n(x - 1), \\ &= (x - 1)(x^{n-1} + x^{n-2} + \cdots + x + 1) - n(x - 1), \\ &= (x - 1)\left(x^{n-1} + x^{n-2} + \cdots + x + 1 - n\right). \end{aligned}$$

Posons $q(x) = x^{n-1} + x^{n-2} + \cdots + x + 1 - n$. Nous observons que

$$q(1) = 1^{n-1} + 1^{n-2} + \cdots + 1 + 1 - n = n - n = 0.$$

Il en résulte qu'il existe un polynôme l tel que, pour tout réel x,

$$q(x) = (x-1)l(x).$$

Nous en déduisons

$$\forall x \in \mathbb{R},\ p(x) = (x-1)^2 l(x).$$

Nous en concluons que le polynôme p est divisible par $(x-1)^2$.

Exercice 10. D'après olympiades académiques

Soit P un polynôme de degré 2019.

On suppose que, pour tout entier n tel que $0 \leq n \leq 2019$,

$$P(n) = \frac{n}{n+1}.$$

Pour tout réel x, on pose $Q(x) = (x+1)\,P(x) - x$.

1. Quel est le degré du polynôme Q ?

2. Calculer, pour tout entier n tel que $0 \leq n \leq 2019$, le réel $Q(n)$.

3. En déduire qu'il existe un réel $a \neq 0$ tel que

$$\forall x \in \mathbb{R},\ Q(x) = ax(x-1)(x-2)\cdots(x-2019).$$

4. En déduire $P(2020)$ en fonction de a.

On pourra poser $2020 \times 2019 \times \cdots \times 2 \times 1 = 2020!$ (lire factoriel 2020).

5. En calculant $Q(-1)$, déterminer la valeur du réel $P(2020)$.

Solution

1. Puisque $d^\circ(P) = 2019$ et $d^\circ(x+1) = 1$, il en résulte que $d^\circ(Q) = 2020$.

2. Soit n un entier tel que $0 \leq n \leq 2019$. Nous avons

$$Q(n) = (n+1)P(n) - n = (n+1)\frac{n}{n+1} - n = n - n = 0.$$

3. Le polynôme Q de degré 2020 admet 2020 racines qui sont les entiers successifs compris entre 0 et 2019.

Par conséquent les 2020 réels x, $x-1$, $x-2$, $\cdots$, $x-2018$, $x-2019$ divisent le polynôme Q.

Nous en concluons qu'il existe un réel $a \neq 0$ tel que

$$\forall x \in \mathbb{R},\ Q(x) = ax(x-1)(x-2)\cdots(x-2019).$$

4. D'une part, nous avons

$$Q(2020) = a \times 2020 \times 2019 \times \cdots \times 1 = a \times (2020!).$$

D'autre part, nous obtenons

$$Q(2020) = 2021P(2020) - 2020.$$

Nous en déduisons que

$$a \times (2020!) = 2021P(2020) - 2020,$$

ce qui permet de conclure par

$$P(2020) = \frac{a \times (2020!) + 2020}{2021}.$$

5. Nous déterminons le réel a en calculant de deux façons, comme dans la question 4, le réel $Q(-1)$.

D'une part, nous avons

$$q(-1) = (-1+1)p(-1) + 1 = 1.$$

D'autre part, nous obtenons

$$Q(-1) = a(-1)(-2)(-3)\cdots(-2020).$$

Dans cette expression de $Q(-1)$, nous observons 2020 facteurs. Il en résulte que

$$Q(-1) = a \times (-1)^{2020} \times 1 \times 2 \times 3 \times \cdots \times 2020 = a(2020!).$$

Nous en déduisons que

$$a = \frac{1}{2020!}.$$

En reprenant l'expression de $P(2020)$ obtenue à la question 4, il vient

$$P(2020) = \frac{1}{2021}\left(\frac{1}{2020!} \times (2020!) + 2020\right) = \frac{1}{2021}(1 + 2020).$$

Nous en concluons que

$$P(2020) = 1.$$

Remarque

Plus généralement, en s'inspirant de la méthode exposée ci-dessus, nous pouvons considérer un polynôme P de degré $n \in \mathbb{N}$ tel que

$$\forall k \in [\![0, n]\!]\,,\ P(k) = \frac{k}{k+1},$$

pour calculer $P(n+1)$.

CHAPITRE 3

Fonctions

Les pré-requis de ce chapitre sont les connaissances proposées en classe de Seconde au sujet les fonctions de référence :

- fonctions affines,
- fonctions carrés,
- fonctions inverses,
- fonctions trinôme du second degré,
- fonctions homographiques.

Pour aller plus loin, nous exposons ici les compléments suivants :

- opérations sur les fonctions et notamment composition de deux fonctions,
- fonction valeur absolue.

Pour finir, nous proposons de nombreux exercices corrigés sur ces approfondissements ainsi que sur :

- opérations sur les fonctions et sens de variations,
- fonctions et inégalités.

3.1 Egalité de deux fonctions

Définition. *Soient f et g deux fonctions définies sur une partie $D \subset D_f \cap D_g$.*
On dit que $f = g$ si et seulement si, $\forall x \in D$, $f(x) = g(x)$.

Remarque. Nous disposons des remarques suivantes :

- La relation $f = g$ définit une nouvelle égalité : l'égalité entre fonctions ou égalité fonctionnelle.
- Souvent nous avons $D = D_f \cap D_g$.

Exemples. Nous en proposons deux.

- Sur $\mathbb{R}$, les fonctions $x \mapsto |x|$ et $x \mapsto \sqrt{x^2}$ sont égales.
- Sur $\mathbb{R} - \{2\}$, les fonctions $f : x \mapsto \dfrac{x^2-4}{x-2}$ et $g : x \mapsto x+2$ sont égales.

Exemple. Nous montrons que les fonctions $f : x \mapsto \dfrac{x^3-1}{x-1}$ et $g : x \mapsto (x+\frac{1}{2})^2 + \frac{3}{4}$ sont égales sur $\mathbb{R} - \{1\}$.

En effet, pour tout réel $x \neq 1$, nous avons

$$\begin{aligned}
f(x) &= \frac{(x-1)(x^2+x+1)}{x-1},\\
f(x) &= x^2+x+1,\\
f(x) &= x^2 + 2 \times \frac{1}{2} \times x + (\frac{1}{2})^2 - (\frac{1}{2})^2 + 1,\\
f(x) &= (x+\frac{1}{2})^2 + \frac{3}{4},\\
f(x) &= g(x).
\end{aligned}$$

Ceci justifie

$$f = g \text{ sur } \mathbb{R} - \{1\}.$$

Définition (fonction nulle). *La fonction θ, définie sur une partie $D \subset \mathbb{R}$ par*

$$\forall x \in D,\ \theta(x) = 0,$$

est la fonction nulle sur D.

3.2 Multiplication d'un réel par une fonction

Définition. *Soient f une fonction définie sur une partie $D \subset D_f$ et k un réel.*

La fonction $k.f$ est définie sur D par

$$\forall x \in D,\ (k.f)(x) = k \times f(x).$$

Remarque. Nous en faisons trois.

- Pour chaque point $M(x, f(x))$ de la courbe $\mathcal{C}_f$, la courbe $\mathcal{C}_{kf}$ s'obtient en multipliant, pour chaque $x \in D$, le réel $f(x)$ par k.
- Si $k = 0$, alors $0.f = \theta$ (fonction nulle).
- Si $k = -1$, alors $(-1).f$ notée $-f$ est la fonction opposée de f.

La courbe $\mathcal{C}_{-f}$ se déduit de $\mathcal{C}_f$ par la symétrie par rapport à la droite des abscisses.

Exemple. Soit la fonction $f : x \mapsto x^2 - 1$. Nous représentons ci-dessous les fonctions $2.f$ et $-f$.

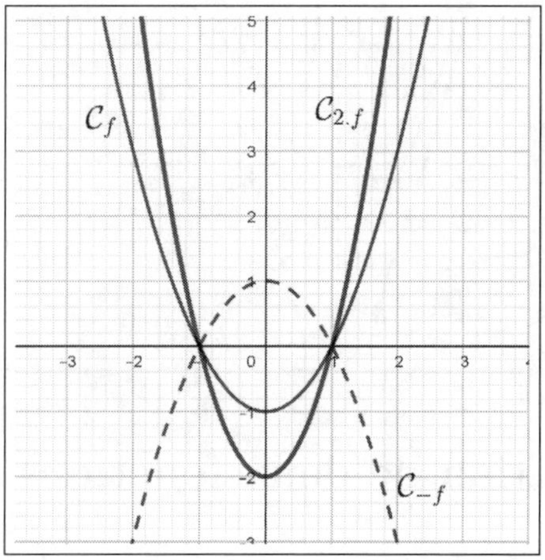

3.3 Addition de deux fonctions

Définition. *Soient f et g deux fonctions définies sur $D \subset D_f \cap D_g$. La fonction somme, notée $f + g$, est définie sur D par*

$$\forall x \in D, \, (f + g)(x) = f(x) + g(x).$$

Remarques. Nous en proposons quatre.

• Pour chaque point $M(x, f(x))$ de la courbe $\mathcal{C}_f$ et pour chaque point $M'(x, g(x))$ de la courbe $\mathcal{C}_g$, la courbe $\mathcal{C}_{f+g}$ s'obtient en additionnant les ordonnées $f(x)$ et $g(x)$.

• La fonction différence, notée $f - g$, est définie sur D par

$$\forall x \in D, \, (f - g)(x) = f(x) - g(x).$$

• Pour toute fonction f définie sur D, nous disposons des propriétés

$$f + \theta = \theta + f = f,$$
$$f + (-f) = (-f) + f = \theta.$$

• En désignant par $\mathcal{F}(D, \mathbb{R})$ l'ensemble des fonctions définies sur D, nous observons que l'addition dans cet ensemble a des propriétés analogues à celles de l'addition dans $\mathbb{R}$.

Exemple. Soient les fonctions $f : x \mapsto x^2$ et $g : x \mapsto \dfrac{1}{x}$. Nous représentons ci-dessous les fonctions $f+g$ et $f-g$ qui sont définies sur $\mathbb{R}^*$.

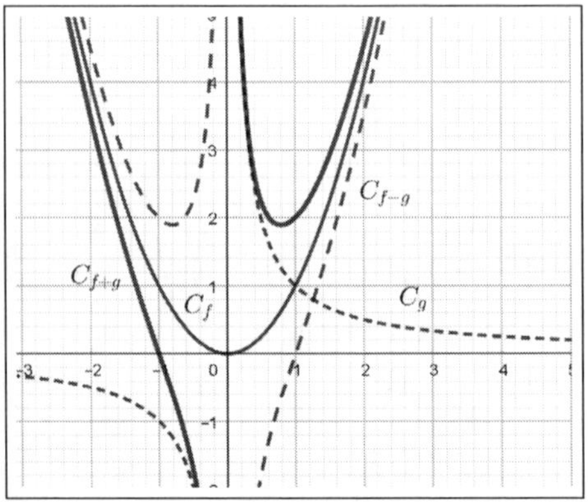

3.4 Multiplication de deux fonctions

Définition. *Soient f et g deux fonctions définies sur $D \subset D_f \cap D_g$. La fonction produit, notée $f.g$, est définie sur D par*

$$\forall x \in D,\ (f.g)(x) = f(x) \times g(x).$$

Remarques. Nous en proposons quatre.

• Pour chaque point $M(x, f(x))$ de la courbe $\mathcal{C}_f$ et pour chaque point $M'(x, g(x))$ de la courbe $\mathcal{C}_g$, la courbe $\mathcal{C}_{f.g}$ s'obtient en multipliant les ordonnées $f(x)$ et $g(x)$.

• En particulier, lorsque $f = g$, la fonction $f.f$ est notée f^2.

Cette fonction "carré" est définie par

$$\forall x \in D,\ f^2(x) = (f(x))^2.$$

• Plus généralement, la fonction puissance d'exposant $n \in \mathbb{N}$, notée f^n, est définie par

$$\forall x \in D,\ f^n(x) = (f(x))^n.$$

• Pour $n = 0$, la fonction f^0 est définie par

$$\forall x \in D,\ f^0(x) = (f(x))^0 = 1.$$

Nous observons que :

$$f.f^0 = f^0.f = f.$$

Cette observation est à mettre en perspective avec le rôle de 1 dans la multiplication dans $\mathbb{R}$, c'est-à-dire

$$\forall x \in \mathbb{R},\ x \times 1 = 1 \times x = x.$$

Exemple. Soient les fonctions $f : x \mapsto x$ et $g : x \mapsto x - 2$. Nous représentons ci-dessous la fonction $f.g$ qui est définie sur $\mathbb{R}$.

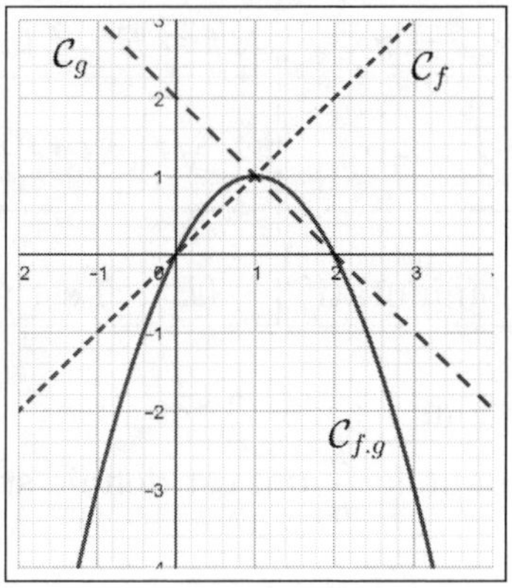

3.5 Inverse, quotient

Définition (inverse d'une fonction). *Soit g une fonction définie sur $D \subset D_g$. La fonction inverse de g, notée $\frac{1}{g}$, est définie sur $D' = \{x \in D /\ g(x) \neq 0\}$ par*

$$\forall x \in D',\ \left(\frac{1}{g}\right)(x) = \frac{1}{g(x)}.$$

Définition (quotient de deux fonctions). *Soient f et g deux fonctions définies sur $D \subset D_f \cap D_g$. La fonction quotient de f par g, notée $\frac{f}{g}$ est définie sur $D' = \{x \in D /\ g(x) \neq 0\}$ par*

$$\forall x \in D',\ \left(\frac{f}{g}\right)(x) = \frac{f(x)}{g(x)}.$$

Remarques. Nous en donnons deux.

- Si f et g sont deux polynômes, alors $\frac{f}{g}$ est une fonction rationnelle.
- Nous proposons un tableau qui met en perspective l'analogie entre la multiplication dans $\mathbb{R}^*$ et la multiplication dans l'ensemble $E = \mathcal{F}(D, \mathbb{R})$ privé de la fonction nulle θ .

Propriétés de $\times$ dans $\mathbb{R}^*$	Propriétés de . dans $E^* = E - \{\theta\}$
$\forall x \in \mathbb{R}^*$, $\forall y \in \mathbb{R}^*$, $xy \in \mathbb{R}^*$	$\forall f \in E^*$, $\forall g \in E^*$, $f.g \in E^*$
$\forall x \in \mathbb{R}^*$, $\forall y \in \mathbb{R}^*$, $xy = yx$	$\forall f \in E^*$, $\forall g \in E^*$, $f.g = g.f$
$\forall x,\, y,\, z \in \mathbb{R}^*$, $(xy)z = x(yz)$	$\forall f,\, g,\, h \in E^*$, $f.(g.h) = (f.g).h$
$\forall x \in \mathbb{R}^*$, $x \times 1 = 1 \times x = x$	$\forall f \in E^*$, $f.(x \mapsto 1) = (x \mapsto 1).f = f$
$\forall x \in \mathbb{R}^*$, $x \times \frac{1}{x} = \frac{1}{x} \times x = 1$	$\forall f \in E^*$, $f.\frac{1}{f} = \frac{1}{f}.f = (x \mapsto 1)$
$(\mathbb{R}^*, \times)$ est un groupe commutatif	$(E^*, .)$ est un groupe commutatif

Exemple. Soient les fonctions $f : x \mapsto 3x$ et $g : x \mapsto x^2+3$. Nous représentons ci-dessous la fonction rationnelle $\frac{f}{g}$ qui est définie sur $\mathbb{R}$.

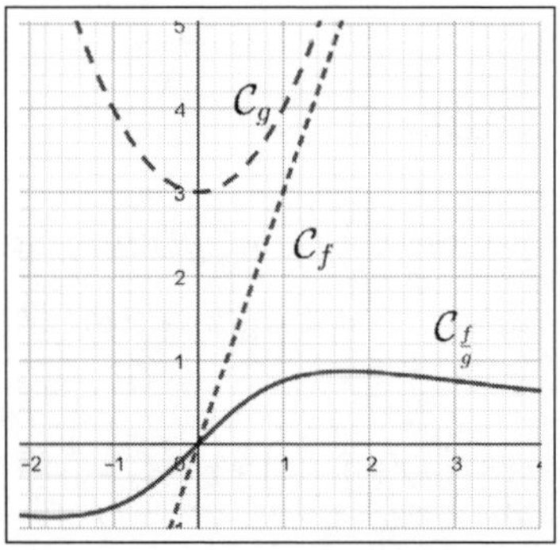

3.6 Composition de deux fonctions

Définition. *Soient f et g deux fonctions dont les ensembles de définition sont respectivement D_f et D_g.*

La composée de g par f, notée $g \circ f$ (lire "g rond f") est définie sur

$$D_{g \circ f} = \{x \in D_f / f(x) \in D_g\},$$

par

$$\forall x \in D_{g \circ f},\ (g \circ f)(x) = g\,[f(x)].$$

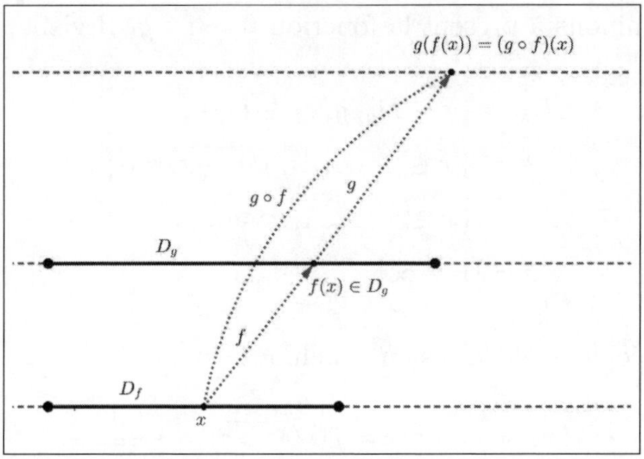

Exemples. Nous en proposons deux.

1er exemple.

Nous considérons les deux fonctions

$f : x \mapsto \dfrac{1}{x}$ définie sur $\mathbb{R}^*$ et $g : x \mapsto \sqrt{1-x}$ définie sur $]-\infty, 1]$.

Nous commençons par définir $h = g \circ f$.

Nous avons

$$\begin{aligned} D_h &= \{x \in D_f / f(x) \in D_g\}, \\ &= \{x \in \mathbb{R}^* / f(x) \in]-\infty, 1]\}, \\ &= \left\{x \in \mathbb{R}^* / \frac{1}{x} \leq 1\right\}, \\ &= \left\{x \in \mathbb{R}^* / \frac{1}{x} - 1 \leq 0\right\}, \\ &= \left\{x \in \mathbb{R}^* / \frac{1-x}{x} \leq 0\right\}. \end{aligned}$$

Le signe de $\dfrac{1-x}{x}$ est le signe, sur $\mathbb{R}^*$, du trinôme $x(1-x)$.

Nous en déduisons que $\dfrac{1-x}{x} \leq 0 \Leftrightarrow x < 0 \,\text{ou}\, x \geq 1$, ce qui donne

$$D_h =]-\infty, 0[\cup[1, +\infty[.$$

Ainsi, pour tout réel $x \in D_h$, nous obtenons

$$h(x) = g(f(x)) = g(\frac{1}{x}) = \sqrt{1 - \frac{1}{x}} = \sqrt{\frac{x-1}{x}}.$$

Nous déterminons à présent la fonction $k = f \circ g$. Il vient

$$\begin{aligned} D_k &= \{x \in D_g / g(x) \in D_f\}, \\ &= \left\{x \in]-\infty, 1] / \sqrt{1-x} \neq 0\right\}, \\ &= \{x \in]-\infty, 1] / x \neq 1\}, \\ &=]1, +\infty[. \end{aligned}$$

Pour tout réel $x \in D_k$, nous en concluons

$$k(x) = f(g(x)) = f(\sqrt{1-x}) = \frac{1}{\sqrt{1-x}}.$$

Nous observons que dans ce premier exemple $g \circ f \neq f \circ g$.

2e exemple.

Soient $f : x \mapsto \sqrt{x}$ et $g : x \mapsto x^2$ deux fonctions définies respectivement sur $\mathbb{R}^+$ et $\mathbb{R}$.

Nous avons

$$D_{g\circ f} = \{x \in D_f / f(x) \in D_g\} = \{x \in \mathbb{R}^+ / \sqrt{x} \in \mathbb{R}\} = \mathbb{R}^+.$$

Pour tout réel $x \in \mathbb{R}^+$, il vient

$$(g \circ f)(x) = g(f(x)) = g(\sqrt{x}) = (\sqrt{x})^2 = x.$$

De même, nous obtenons

$$D_{f\circ g} = \{x \in D_g / f(x) \in D_f\} = \{x \in \mathbb{R} / \sqrt{x} \in \mathbb{R}^+\} = \mathbb{R}.$$

Pour tout réel $x \in \mathbb{R}$, nous avons

$$(f \circ g)(x) = f(g(x)) = f(x^2) = \sqrt{x^2} = |x|.$$

Nous constatons à nouveau que $g \circ f \neq f \circ g$.

Remarques. Nous avons :

- En particulier, si $D_f = D_g = \mathbb{R}$, alors nous avons $D_{g\circ f} = D_{f\circ g} = \mathbb{R}$.
- En général, nous observons que $g \circ f \neq f \circ g$.

On dit que la composition des fonctions n'est pas commutative .

- Sous réserve que $f \circ g \circ h$ soit définie sur une partie $D \subset \mathbb{R}$, on démontre l'égalité suivante :

$$(f \circ g) \circ h = f \circ (g \circ h).$$

On dit que la composition des fonctions est associative.

• Composition avec une fonction affine.

Soit g une fonction dont l'ensemble de définition est D_g.

Étant donné deux réels a et b avec $a \neq 0$, la fonction $h : x \mapsto g(ax+b)$ est définie sur

$$D_h = \{x \in \mathbb{R} / ax + b \in D_g\}.$$

3.7 La fonction valeur absolue

3.7.1 Définition - Premières propriétés

Nous rappelons la définition de la valeur absolue d'un réel.

Définition. *Soit x un réel. La valeur absolue de x est le réel positif, notée $|x|$, définie par*

$$|x| = \sqrt{x^2} = \begin{cases} x \text{ si } x \geq 0 \\ -x \text{ si } x < 0 \end{cases}.$$

Nous disposons ainsi d'une fonction définie sur $\mathbb{R}$, $x \mapsto |x|$, notée abs.

Représentation graphique de la fonction $abs : x \mapsto |x|$

$(O\,;\, I,\, J)$ est un repère orthonormal du plan.

Une équation de la courbe C_{abs} est $y = |x| = \sqrt{x^2} = \begin{cases} x \text{ si } x \geq 0 \\ -x \text{ si } x < 0 \end{cases}$.

Cette courbe est donc la réunion de deux demi-droites représentées ci-après

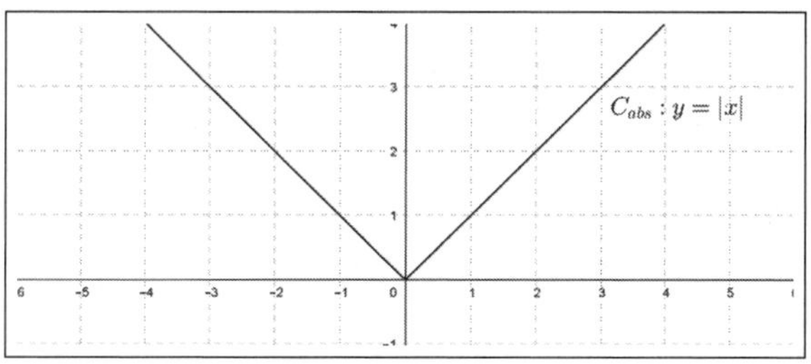

Nous observons que la fonction abs est affine par intervalles.

Théorème (premières propriétés de la fonction valeur absolue)**.** *Nous disposons des propriétés suivantes :*

- $\forall x \in \mathbb{R}, |x| \geq 0,$
- $\forall x \in \mathbb{R}, |x| = 0 \Leftrightarrow x = 0,$

- $\forall x \in \mathbb{R}, |-x| = |x|$ *(la fonction abs est paire)*,
- $\forall x \in \mathbb{R}, \forall y \in \mathbb{R}, \ |x-y| = |y-x|$,
- $\forall x \in \mathbb{R}, |x|^2 = |x^2| = x^2$,
- $\forall x \in \mathbb{R}, \forall y \in \mathbb{R}, \ |x| = |y| \Leftrightarrow x = y \, \text{ou} \, x = -y$,
- $\forall x \in \mathbb{R}, x \leq |x|$.

Démonstration. Soient x et y deux réels. Nous avons successivement :

- $|x| = \sqrt{x^2} \geq 0$.
- $|x| = 0 \Leftrightarrow \sqrt{x^2} = 0 \Leftrightarrow x^2 = 0 \Leftrightarrow x = 0$.
- $|-x| = \sqrt{(-x)^2} = \sqrt{x^2} = |x|$.
- $x - y = -(y - x)$.

  L'égalité $|x-y| = |y-x|$ en résulte d'après la propriété précédente.
- D'une part, nous avons
  $$|x|^2 = (\sqrt{x^2})^2 = x^2,$$
  d'autre part,
  $$|x^2| = x^2 \text{ car } x^2 \geq 0.$$
  Nous en concluons que
  $$|x|^2 - |x^2| = x^2.$$
- Puisque $|x| \geq 0$ et $|y| \geq 0$,
  $$|x| = |y| \Leftrightarrow x^2 = y^2 \Leftrightarrow x = y \, \text{ou} \, x = -y$$
- Nous avons
  $$x - |x| = \begin{cases} 0 \text{ si } x \geq 0 \\ 2x \text{ si } x < 0 \end{cases}.$$
  Il en résulte que $x - |x| \leq 0$, c'est-à-dire, pour tout réel x, $x \leq |x|$.

Remarque. Ces premières propriétés sont à connaître car elles autorisent souvent des calculs sans être obligé d'effectuer une disjonction des cas .

Ainsi, nous retiendrons qu'une équation de la forme $|u(x)| = |v(x)|$ est équivalente à $u(x) = v(x)$ ou $u(x) = -v(x)$.

Exemples. Résolutions d'équations de la forme $|u(x)| = |v(x)|$

Nous résolvons dans $\mathbb{R}$ les équations suivantes :

(1) $|2x - 1| = |x - 2|$.

(2) $|x^2 - 2x| = |x|$.

Nous mettons en œuvre la remarque précédente.

• Résolution de l'équation (1)

$$(1) \Leftrightarrow 2x - 1 = x - 2 \,\text{ou}\, 2x - 1 = -x + 2,$$
$$(1) \Leftrightarrow x = -1 \,\text{ou}\, x = 1.$$

Nous en concluons que $S_{(1)} = \{-1,\, 1\}$.
Contrôle graphique.

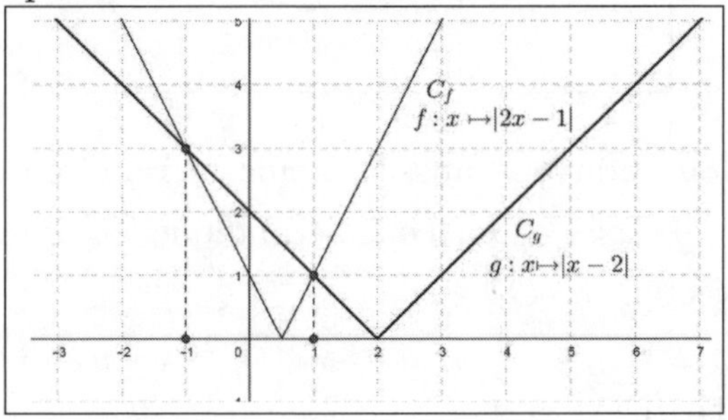

• Résolution de l'équation (2)

$$(2) \Leftrightarrow x^2 - 2x = x \,\text{ou}\, x^2 - 2x = -x,$$
$$(2) \Leftrightarrow x(x - 3) = 0 \,\text{ou}\, x(x - 1) = 0,$$
$$(2) \Leftrightarrow x = 0 \,\text{ou}\, x = 3 \,\text{ou}\, x = 1.$$

Nous en concluons que $S_{(2)} = \{0,\, 1\,, 3\}$.
Contrôle graphique.

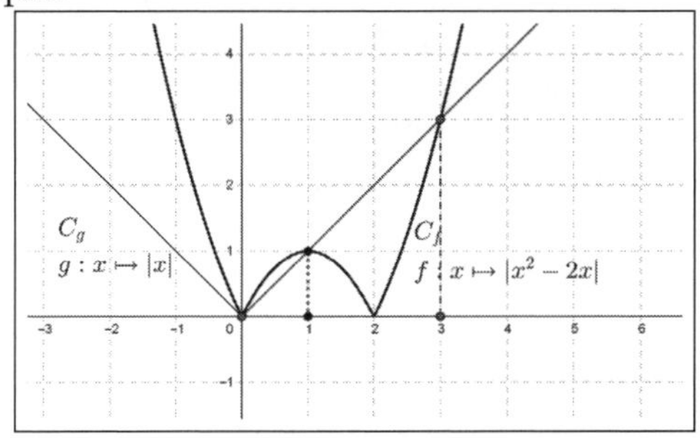

3.7.2 Représentation graphique de $f : x \mapsto |x - a|$

$(O\,;\, I,\, J)$ est un repère orthonormal du plan.
Nous procédons par disjonction des cas.
Un équation de la courbe C_f est

$$y = |x - a| = \begin{cases} x - a \text{ si } x - a \geq 0 \\ -(x - a) \text{ si } x - a < 0 \end{cases} = \begin{cases} x - a \text{ si } x \geq a \\ -x + a \text{ si } x < a \end{cases}.$$

Nous en déduisons que C_f est la réunion de deux demi-droites représentées ci-dessous

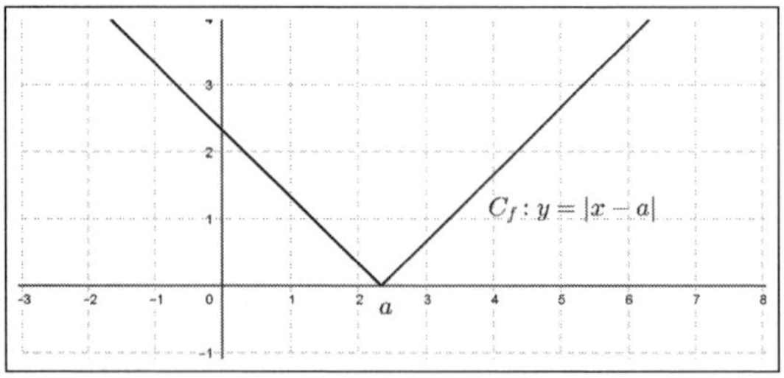

Remarque. Nous pouvons aussi obtenir la représentation graphique de la fonction $f : x \mapsto |x - a|$ en considérant que C_f se déduit de C_{abs} par la translation de vecteur $a \cdot \overrightarrow{OI}$.

3.7.3 Equation $|x| = r$

Théorème (équation $|x| = r$). *Soit r un réel donné et S l'ensemble des solutions dans $\mathbb{R}$ de l'équation $|x| = r$. Nous disposons du tableau suivant :*

$\lvert x \rvert = r$	*ensemble des solutions*
$r > 0$	$S = \{-r, r\}$
$r = 0$	$S = \{0\}$
$r < 0$	$S = \emptyset$

Démonstration. Si $r > 0$, nous avons

$$|x| = r \Leftrightarrow |x| = |r| \Leftrightarrow x = -r \,\text{ou}\, x = r.$$

Si $r = 0$, nous avons

$$|x| = 0 \Leftrightarrow x = 0.$$

Si $r < 0$, cette équation n'a pas de solution car

$$\forall x \in \mathbb{R}, \ |x| \geq 0.$$

Corollaire (équation $|x - a| = r$). *Soient r et a deux réels donnés et S l'ensemble des solutions dans $\mathbb{R}$ de l'équation $|x-a| = r$. Nous disposons du tableau suivant :*

$\lvert x-a\rvert = r$	*ensemble des solutions*
$r > 0$	$S = \{a-r, a+r\}$
$r = 0$	$S = \{a\}$
$r < 0$	$S = \emptyset$

Démonstration. Si $r > 0$, nous avons

$$|x-a| = r \Leftrightarrow |x-a| = |r| \Leftrightarrow x-a = -r \,\text{ou}\, x-a = r \Leftrightarrow x = a-r \,\text{ou}\, x = a+r.$$

Si $r = 0$, nous avons

$$|x-a| = 0 \Leftrightarrow x-a = 0 \Leftrightarrow x = a.$$

Si $r < 0$, alors cette équation n'a pas de solution car

$$\forall x \in \mathbb{R},\ |x-a| \geq 0.$$

Remarques. Nous en disposons de deux.

• Plus généralement, pour résoudre une équation de la forme $|u(x)| = r$, nous procédons de la même façon :

Si $r > 0$, $|u(x)| = r \Leftrightarrow u(x) = -r \,\text{ou}\, u(x) = r$.

Si $r = 0$, $|u(x)| = 0 \Leftrightarrow u(x) = 0$.

Si $r < 0$, cette équation n'a pas de solution car

$$\forall x \in \mathbb{R},\ |u(x)| \geq 0.$$

• Pour résoudre une équation de la forme $\alpha|u(x)| + \beta|v(x)| = m$ ou $\alpha|u(x)| + \beta v(x) = m$, nous procédons par disjonction des cas, contrairement aux équations de la forme $|u(x)| = |v(x)|$ ou $|u(x)| = r$ où la résolution est directe en utilisant les propriétés ci-dessus.

Exemples. Équations avec $|\ |$

Nous résolvons dans $\mathbb{R}$ les équations suivantes :

(1) $|x^2 - 2x| = 2$.

(2) $2|x| - |x-2| = 2$.

• Résolution de (1).

Pour résoudre (1), on observe que cette équation est du type $|u(x)| = r$.

$$(1) \Leftrightarrow x^2 - 2x = -2 \text{ ou } x^2 - 2x = 2,$$
$$(1) \Leftrightarrow x^2 - 2x + 1 - 1 = -2 \text{ ou } x^2 - 2x + 1 - 1 = 2,$$
$$(1) \Leftrightarrow (x-1)^2 = -1 \text{ ou } (x-1)^2 = 3.$$

L'équation $(x-1)^2 = -1$ n'a pas de solution. Nous en déduisons

$$(1) \Leftrightarrow x - 1 = -\sqrt{3} \text{ ou } x - 1 = \sqrt{3},$$
$$(1) \Leftrightarrow x = 1 - \sqrt{3} \text{ ou } x = 1 + \sqrt{3}.$$

Nous en concluons que $S_{(1)} = \{1 - \sqrt{3},\ 1 + \sqrt{3}\}$.
Contrôle graphique.
Nous affichons la représentation graphique de la fonction
$f : x \mapsto |x^2 - 2x|$.
Les solutions de (1) sont, comme nous le savons, les abscisses des points d'intersection de C_f avec la droite (d) d'équation $y = 2$.

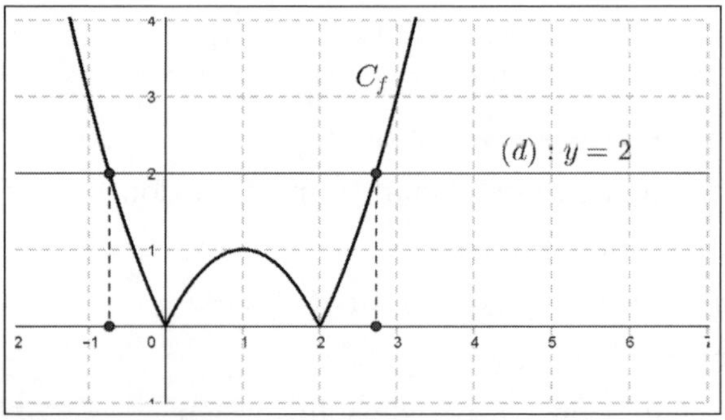

- Résolution de (2).

Pour résoudre cette équation, en observant les valeurs absolues figurant dans (2), nous devons faire une disjonction des cas suivants :

$$x < 0 \text{ ou } 0 \leq x < 2 \text{ ou } x \geq 2.$$

Nous présentons cette disjonction sous la forme d'un tableau.

x	$-\infty$	0		2	$+\infty$
$\lvert x\rvert$	$-x$	0	x		x
$\lvert x-2\rvert$	$-x+2$		$-x+2$	0	$x-2$
$2\lvert x\rvert - \lvert x-2\rvert$	$-x-2$	-2	$3x-2$	4	$x+2$

Nous obtenons :

$$(2) \Leftrightarrow \begin{cases} -x-2=2 \\ \text{si } x<0 \end{cases} \text{ou} \begin{cases} 3x-2=2 \\ \text{si } 0 \leq x < 2 \end{cases} \text{ou} \begin{cases} x+2=2 \\ \text{si } x \geq 2 \end{cases},$$

$$(2) \Leftrightarrow \begin{cases} x=-4 \\ \text{si } x<0 \end{cases} \text{ou} \begin{cases} x=\dfrac{4}{3} \\ \text{si } 0 \leq x < 2 \end{cases} \text{ou} \begin{cases} x=0 \\ \text{si } x \geq 2 \end{cases}.$$

Seules les deux premières solutions conviennent, donc $S_{(2)} = \{-4, \frac{4}{3}\}$.
Contrôle graphique.
Nous observons grâce au tableau ci-dessus que la fonction
$g : x \mapsto 2|x| - |x-2|$ est affine par intervalles et est définie par

$$g(x) = \begin{cases} -x-2 \\ \text{si } x<0 \end{cases} \text{ou } g(x) = \begin{cases} 3x-2 \\ \text{si } 0 \leq x < 2 \end{cases} \text{ou } g(x) = \begin{cases} x+2 \\ \text{si } x \geq 2 \end{cases}.$$

Les solutions de (2) sont les abscisses des points d'intersection de C_g avec la droite (d) d'équation $y = 2$.

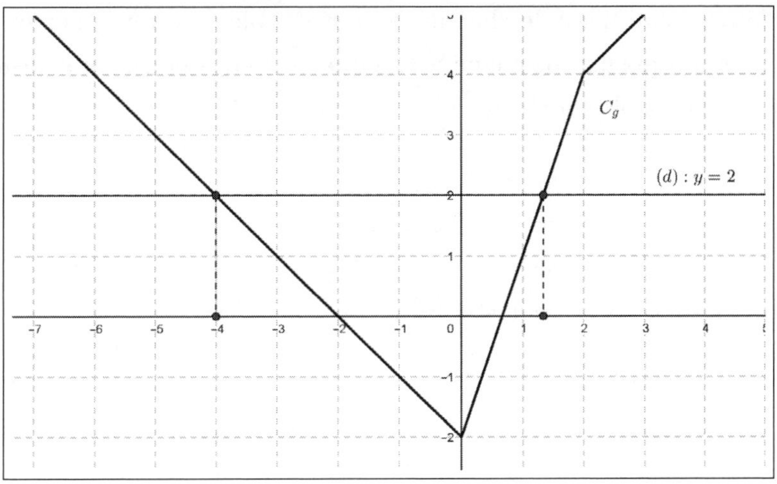

3.7.4 Inéquations $|x| \leq r$, $|x| < r$, $|x| \geq r$, $|x| > r$

Théorème. *Soient r un réel donné et S l'ensemble des solutions de l'une des inéquations proposées ci-dessus. Nous disposons des deux tableaux suivants :*

	$\|x\| \leq r$	$\|x\| < r$
$r > 0$	$S = [-r, r]$	$S =]-r, r[$
$r = 0$	$S = \{0\}$	$\emptyset$
$r < 0$	$\emptyset$	$\emptyset$

	$\|x\| \geq r$	$\|x\| > r$
$r > 0$	$S =]-\infty, -r] \cup [r, +\infty[$	$S =]-\infty, -r[\cup]r, +\infty[$
$r = 0$	$S = \mathbb{R}$	$S = \mathbb{R}^*$
$r < 0$	$S = \mathbb{R}$	$S = \mathbb{R}$

Démonstration. Pour les deux dernières lignes des deux tableaux, nous réfléchissons dans chaque cas sachant que pour tout réel x, $|x| \geq 0$.

Pour la première ligne de chacun des deux tableaux, nous élevons au carré les deux membres positifs de chacune des quatre inéquations. En utilisant l'égalité $|x|^2 = x^2$, nous obtenons :

- $|x| \leq r \Leftrightarrow x^2 \leq r^2 \Leftrightarrow -r \leq x \leq r$,
- $|x| < r \Leftrightarrow x^2 < r^2 \Leftrightarrow -r < x < r$,
- $|x| \geq r \Leftrightarrow x^2 \geq r^2 \Leftrightarrow x \leq -r \,\text{ou}\, x \geq r$,
- $|x| > r \Leftrightarrow x^2 > r^2 \Leftrightarrow x < -r \,\text{ou}\, x > r$,

Corollaire (inéquations $|x-a| \leq r$, $|x-a| < r$, $|x-a| \geq r$, $|x-a| > r$). *Soient r et a deux réels donnés et S l'ensemble des solutions de l'une des inéquations proposées ci-dessus. Nous disposons des deux tableaux suivants :*

	$\|x-a\| \leq r$	$\|x-a\| < r$
$r > 0$	$S = [a-r, a+r]$	$S =]a-r, a+r[$
$r = 0$	$S = \{a\}$	$\emptyset$
$r < 0$	$\emptyset$	$\emptyset$

	$\|x-a\| \geq r$	$\|x-a\| > r$
$r > 0$	$S =]-\infty, a-r] \cup [a+r, +\infty[$	$S =]-\infty, a-r[\cup]a+r, +\infty[$
$r = 0$	$S = \mathbb{R}$	$S = \mathbb{R} - \{a\}$
$r < 0$	$S = \mathbb{R}$	$S = \mathbb{R}$

Démonstration. Pour les deux dernières lignes des deux tableaux, nous réfléchissons dans chaque cas sachant que pour tout réel x, $|x-a| \geq 0$.

Pour la première ligne de chacun des deux tableaux, nous utilisons le théorème précédent en remplaçant x par $x-a$. Les quatre ensembles de solutions en résultent immédiatement.

Exemples. Nous résolvons dans $\mathbb{R}$ trois inéquations.

(1) $|x+2| > 2$.

(2) $|2x-1| \leq \sqrt{2}$.

(3) $|x^2-2| < 2$.

- Résolution de (1).

On applique le théorème ci-dessus avec $a=-2$ et $r=2$. Nous obtenons

$$S_{(1)} =]-\infty, -4[\cup]0, +\infty[.$$

- Résolution de (2).

On reconnaît une inéquation de la forme $|x| \leq \sqrt{2}$ où x est remplacé par $2x-1$, ce qui donne

$$(2) \Leftrightarrow -\sqrt{2} \leq 2x-1 \leq \sqrt{2},$$
$$(2) \Leftrightarrow \frac{-\sqrt{2}+1}{2} \leq x \leq \frac{\sqrt{2}+1}{2}.$$

Nous obtenons

$$S_{(2)} = [\frac{-\sqrt{2}+1}{2}, \frac{\sqrt{2}+1}{2}].$$

- Résolution de (3).

Nous utilisons la même méthode que dans (2). Il vient

$$(3) \Leftrightarrow -2 < x^2-2 < 2,$$
$$(3) \Leftrightarrow 0 < x^2 < 4,$$
$$(3) \Leftrightarrow -2 < x < 2 \,\text{et}\, x \neq 0.$$

Nous en concluons que

$$S_{(3)} =]-2; 0[\cup]0; 2[.$$

3.7.5 Action de la valeur absolue sur la multiplication, sur l'inverse et sur le quotient

Théorème (action de la valeur absolue sur la multiplication). *Pour tous réels x et y, nous avons*

$$|xy| = |x||y|.$$

Démonstration. Soient x et y deux réels. Il vient

$$|xy|^2 = (xy)^2 = x^2y^2 = |x|^2|y|^2 = (|x||y|)^2.$$

Puisque $|xy| \geq 0$ et $|x||y| \geq 0$, nous en déduisons $|xy| = |x||y|$.

Remarques. Nous en donnons trois.

- En particulier pour $x = y$, nous obtenons à nouveau que, pour tout réel x, $|x^2| = |x|^2$.
- Plus généralement, nous pouvons démontrer par récurrence que, pour tout réel x non nul et tout entier naturel n, nous disposons de l'égalité $|x^n| = |x|^n$.
- Action sur une fonction affine. Soient a et b deux réels avec $a \neq 0$.

Pour tout réel x, on a

$$|ax + b| = |a(x + \frac{b}{a})| = |a||x + \frac{b}{a}|.$$

Théorème (Action de la valeur absolue sur l'inverse, sur le quotient). *Soient x et y deux réels tels que $y \neq 0$. Nous disposons des deux propriétés suivantes :*

- $|\frac{1}{y}| = \frac{1}{|y|}$.
- $|\frac{x}{y}| = \frac{|x|}{|y|}$.

Démonstration. Soit y un réel non nul. Nous savons que $y \times \frac{1}{y} = 1$.

Il en résulte que $|y \times \frac{1}{y}| = |1| = 1$.

Nous en déduisons que $|y| \times |\frac{1}{y}| = 1$, ce qui donne $|\frac{1}{y}| = \frac{1}{|y|}$.

Soient x et y deux réels tels que $y \neq 0$. Nous avons

$$|\frac{x}{y}| = |x \times \frac{1}{y}| = |x| \times |\frac{1}{y}| = |x| \times \frac{1}{|y|} = \frac{|x|}{|y|}.$$

Exemple. Équation quotient et valeur absolue

Nous résolvons dans $\mathbb{R} - \{1\}$ l'équation $\dfrac{|x|}{|x-1|} = \dfrac{1}{2}$.

Notons (e) cette équation. Nous proposons deux méthodes qui n'utilisent pas une disjonction des cas.

Méthode 1. Pour tout réel $x \neq 1$, nous avons

$$\begin{aligned}(e) &\Leftrightarrow 2|x| = |x-1|,\\ (e) &\Leftrightarrow |2x| = |x-1|,\\ (e) &\Leftrightarrow 2x = -(x-1) \text{ ou } 2x = x-1,\\ (e) &\Leftrightarrow x = \frac{1}{3} \text{ ou } x = -1.\end{aligned}$$

Nous en concluons que $S_{(e)} = \{-1, \frac{1}{3}\}$.

Méthode 2. Pour tout réel $x \neq 1$, nous avons

$$\begin{aligned}(e) &\Leftrightarrow |\frac{x}{x-1}| = \frac{1}{2},\\ (e) &\Leftrightarrow \frac{x}{x-1} = -\frac{1}{2} \text{ ou } \frac{x}{x-1} = \frac{1}{2},\\ (e) &\Leftrightarrow 2x = -(x-1) \text{ ou } 2x = x-1.\end{aligned}$$

Nous en déduisons ensuite la même conclusion qu'avec la méthode 1.

3.7.6 Action de la valeur absolue sur l'addition - Inégalité triangulaire

Soient $a = 2$ et $b = -5$. Nous observons que

$$|a+b| = |-3| = 3 \text{ et } |a| + |b| = 2 + |-5| = 7.$$

C'est un contre-exemple qui prouve que, en général, $|a+b| \neq |a| + |b|$.

Théorème (inégalité triangulaire). *Soient x et y deux réels quelconques. Nous disposons de l'inégalité*

$$|x+y| \leq |x| + |y|.$$

Démonstration. Soient x et y deux réels, pour comparer $|x+y|$ et $|x| + |y|$. Nous étudions le signe du réel

$$D = |x+y|^2 - (|x| + |y|)^2.$$

En développant, nous obtenons :

$$D = (x+y)^2-(|x|^2+|y|^2+2|x||y| = x^2+y^2+2xy-(x^2+y^2+2|xy| = 2(xy-|xy|).$$

Puisque $xy \leq |xy|$, en vertu de la dernière proposition du théorème (premières propriétés de la fonction valeur absolue), nous en déduisons que $D \leq 0$, ce qui donne

$$|x+y|^2 \leq (|x|+|y|)^2.$$

Or, nous savons que $|x+y| \in \mathbb{R}^+$ et $|x|+|y| \in \mathbb{R}^+$. L'inégalité attendue en résulte, c'est-à-dire

$$\forall x \in \mathbb{R}, \forall y \in \mathbb{R}, |x+y| \leq |x|+|y|.$$

Remarques. Elles sont au nombre de trois.

- L'égalité est atteinte si et seulement si $D = 0$. Ceci équivaut à $xy = |xy|$, donc si et seulement si les réels x et y sont de même signe.
- En remplaçant y par $-y$, nous obtenons

$$\forall x \in \mathbb{R}, \forall y \in \mathbb{R}, |x-y| \leq |x|+|y|.$$

- Pour tous réels x et y, dans l'exercice corrigé 11 , nous prouverons que

$$||x|-|y|| \leq |x-y|.$$

Nous disposons ainsi de la double inégalité

$$\forall x \in \mathbb{R}, \forall y \in \mathbb{R}, ||x|-|y|| \leq |x-y| \leq |x|+|y|.$$

3.8 Exercices corrigés

3.8.1 Sens de variations et opérations

Exercice 1. Variations de $k.f$ et $f+g$

1. Soient f une fonction définie sur un intervalle $I \subset D_f$ et k un réel non nul. Selon le signe du réel k, déterminer le sens de variation de $k.f$ relativement à celui de f, sur l'intervalle I.

2. Soient f et g deux fonctions définies sur un intervalle $I \subset D_f \cap D_g$. Montrer que si f et g ont le même sens de variations sur I, il en est de même de $f+g$.

3. Étudier le cas où f et g n'ont pas le même sens de variations sur I.

Solution

1. Nous supposons f est croissante sur I et $k < 0$.
Soient a et b deux réels appartenant à I tels que $a < b$.
Puisque f est croissante sur I, nous en déduisons

$$f(a) \leq f(b).$$

Puisque $k < 0$, nous obtenons

$$kf(a) \geq kf(b), \text{ soit } (k.f)(a) \geq (k.g)(b),$$

ce qui justifie que la fonction $k.f$ est décroissante sur I.

De la même façon, nous pouvons justifier trois autres cas que nous résumons dans le tableau ci-après selon le sens de variations de f et le signe de k.

	f croissante	f décroissante
$k < 0$	$k.f$ décroissante	$k.f$ croissante
$k > 0$	$k.f$ croissante	$k.f$ décroissante

2. Nous supposons que f et g sont décroissantes sur I.
Soient a et b deux réels appartenant à I tels que $a < b$.
Puisque f et g sont décroissantes sur I, nous en déduisons

$$f(a) \geq f(b) \text{ et } g(a) \geq g(b).$$

Par addition membres à membres, il vient $f(a) + g(a) \geq f(b) + g(b)$, soit $(f+g)(a) \geq (f+g)(b)$, ce qui prouve que la fonction $f+g$ est décroissante sur I.

De la même façon, nous montrons que si f et g sont croissantes sur I, alors $f + g$ est croissante sur I.

3. Lorsque f et g n'ont pas le même sens de variations sur I, il n'y a pas de règles générales, comme le montre le contre-exemple suivant.

Nous considérons les fonctions $f : x \mapsto x^2$ et $g : x \mapsto \frac{1}{x}$. La fonction $f + g$ est définie sur $\mathbb{R}^*$ par $x \mapsto x^2 + \frac{1}{x}$.

Nous observons les représentations graphiques de f, g et $f + g$.

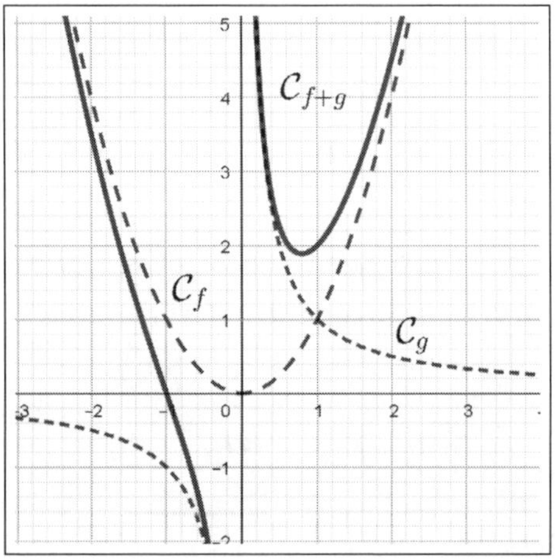

Sur l'intervalle $]-\infty, 0[$, f et g sont décroissantes, il en est de même de la fonction $f + g$.

Sur l'intervalle $]0, +\infty[$, f est croissante et g décroissante mais le sens de variations de $f + g$ change sur cet intervalle.

Exercice 2. Variations du produit de deux fonctions positives

1. Soient f et g deux fonctions positives et croissantes sur un intervalle I. Montrer que la fonction produit $f.g$ est croissante sur I.

2. Soient f et g deux fonctions positives et décroissantes sur un intervalle I. Montrer que la fonction produit $f.g$ est décroissante sur I.

3. Application.

Sur l'intervalle $[-3, +\infty[$, quel est le sens de variations de la fonction $x \mapsto (x+3)\sqrt{x+3}$?

Sur l'intervalle $[0, \frac{\pi}{2}]$, quel est le sens de variations de la fonction $x \mapsto \frac{\cos x}{x+1}$?

Solution

Soient a et b deux réels appartenant à I tels que $a < b$.

1. Puisque les fonctions f et g sont positives et croissantes sur I, il vient

$$0 \leq f(a) \leq f(b) \text{ et } 0 \leq g(a) \leq g(b).$$

Par multiplication membres à membres dans $\mathbb{R}^+$, nous obtenons

$$f(a)g(a) \leq f(b)g(b), \text{ soit } (f.g)(a) \leq (f.g)(b),$$

ce qui prouve que $f.g$ est croissante sur I.

2. Puisque les fonctions f et g sont positives et décroissantes sur I, il vient

$$f(a) \geq f(b) \geq 0 \text{ et } g(a) \geq g(b) \geq 0.$$

Par multiplication membres à membres dans $\mathbb{R}^+$, nous obtenons

$$f(a)g(a) \geq f(b)g(b), \text{ soit } (f.g)(a) \geq (f.g)(b),$$

ce qui prouve que $f.g$ est décroissante sur I.

3.

• Sur $[-3, +\infty[$, les fonctions $x \mapsto x + 3$ et $x \mapsto \sqrt{x+3}$ sont positives et croissantes. Il en résulte que la fonction produit $x \mapsto (x + 3)\sqrt{x+3}$ est croissante sur $[-3, +\infty[$.

• Sur $[0, \frac{\pi}{2}]$, les fonctions $x \mapsto \cos x$ et $\mapsto \dfrac{1}{x+1}$ sont positives et décroissantes. Ceci justifie, par produit, que $x \mapsto \dfrac{\cos x}{x+1}$ est décroissante sur $[0, \frac{\pi}{2}]$.

Exercice 3. Variations de la composée de deux fonctions

Soient f et g deux fonctions monotones respectivement sur un intervalle I et sur un intervalle J. On suppose que

$$\forall x \in I, \ f(x) \in J.$$

1. Monter que si f et g ont le même sens de variations, alors $g \circ f$ est croissante sur I.

2. Étudier le cas où les fonctions f et g ont des sens de variations contraires.

Solution

1. Nous supposons que f est décroissante sur I et g est décroissante sur J.

Soient a et b deux réels appartenant à I tels que $a < b$. Puisque f est décroissante sur I, nous en déduisons

$$f(a) \geq f(b).$$

Or, $f(a) \in J$ et $f(b) \in J$ et sachant que g est décroissante sur J, nous obtenons

$$g(f(a)) \leq g(f(b)), \text{ soit } (g \circ f)(a) \leq (g \circ f)(b).$$

Nous en concluons que la fonction $g \circ f$ est croissante sur I.

De la même façon, nous prouvons que si f est croissante sur I et g est croissante sur J, alors $g \circ f$ est croissante sur I.

2. Nous supposons que f est décroissante sur I et g est croissante sur J.

Soient a et b deux réels appartenant à I tels que $a < b$.

Puisque f est décroissante sur I, nous en déduisons

$$f(a) \geq f(b).$$

Or, $f(a) \in J$ et $f(b) \in J$ et sachant que g est croissante sur J, nous obtenons

$$g(f(a)) \geq g(f(b)), \text{ soit } (g \circ f)(a) \geq g \circ f)(b).$$

Nous en concluons que la fonction $g \circ f$ est décroissante sur I.

De la même façon, nous prouvons que si f est croissante sur I et g est décroissante sur J, alors $g \circ f$ est décroissante sur I.

3.8.2 Exercices sur la composition

Exercice 4. Composées de deux fonctions affines

1. Soient f et g deux fonctions affines définies sur $\mathbb{R}$ par

$$f(x) = 3x - 1 \text{ et } g(x) = \frac{1}{3}(x+1).$$

Déterminer les fonctions $f \circ g$ et $g \circ f$. Que remarquez-vous ?

2. Soit m un réel non nul donné. On désigne par h la fonction affine définie sur $\mathbb{R}$ par

$$h(x) = mx - 2.$$

Montrer qu'il existe une unique fonction affine k telle que

$$\forall x \in \mathbb{R}, (h \circ k)(x) = x.$$

Que peut-on dire de $k \circ h$?

3. Résoudre dans $\mathbb{R}$ l'équation

$$(h \circ k \circ h)(x) = (k \circ h \circ k)(x).$$

Solution

1.Comme les fonctions f et g sont définies sur $\mathbb{R}$, nous avons

$$D_{f \circ g} = D_{g \circ f} = \mathbb{R}.$$

Pour tout réel x, nous avons

$$(f \circ g)(x) = f(g(x)) = f(\frac{x+1}{3}) = 3(\frac{x+1}{3}) - 1 = x.$$

En désignant par $id_{\mathbb{R}}$ l'application identité $x \mapsto x$, nous obtenons

$$\forall x \in \mathbb{R}, (f \circ g)(x) = id_{\mathbb{R}}(x) \Leftrightarrow f \circ g = id_{\mathbb{R}}.$$

De la même façon, pour tout réel x, nous avons

$$(g \circ f)(x) = g(f(x)) = \frac{1}{3}(f(x) + 1) = \frac{1}{3}(3x - 1 + 1) = x = id_{\mathbb{R}}(x).$$

Ainsi, nous obtenons également

$$g \circ f = id_{\mathbb{R}}.$$

Nous remarquons que dans ce cas particulier $f \circ g = g \circ f = id_{\mathbb{R}}$.

2. Pour tout réel x, nous posons $k(x) = ax + b$.

Pour tout réel x, nous avons successivement

$$(h \circ k)(x) = x \Leftrightarrow h(ax + b) = x,$$
$$(h \circ k)(x) = x \Leftrightarrow m(ax + b) - 2 = x,$$
$$(h \circ k)(x) = x \Leftrightarrow (ma)x + mb - 2 = x.$$

Par identification et sachant que $m \neq 0$, il vient

$$\begin{cases} am = 1 \\ bm - 2 = 0 \end{cases} \Leftrightarrow \begin{cases} a = \dfrac{1}{m} \\ \\ b = \dfrac{2}{m} \end{cases}.$$

De plus, pour chaque valeur de $m \neq 0$, les réels a et b sont déterminés de façon unique.

Nous en concluons que la fonction $k : x \mapsto \dfrac{1}{m}(x+2)$ est l'unique fonction affine répondant à la question.

Pour tout réel x, nous en déduisons

$$(k \circ h)(x) = k(h(x)) = \frac{1}{m}(h(x)+2) = \frac{1}{m}(mx-2+2) = x.$$

Comme dans la question 1, nous avons justifié que

$$h \circ k = k \circ h = id_{\mathbb{R}}.$$

3. Désignons par (E) l'équation

$$(h \circ k \circ h)(x) = (k \circ h \circ k)(x).$$

Nous avons

$$(E) \Leftrightarrow h \circ k(h(x)) = k \circ h(k(x)).$$

Or, nous savons que $h \circ k = k \circ h = id_{\mathbb{R}}$.

Il en résulte que

$$\begin{aligned}
(E) &\Leftrightarrow h(x) = k(x),\\
(E) &\Leftrightarrow mx - 2 = \frac{1}{m}(x+2),\\
(E) &\Leftrightarrow mx - 2 = \frac{x}{m} + \frac{2}{m},\\
(E) &\Leftrightarrow mx - \frac{x}{m} = \frac{2}{m} + 2,\\
(E) &\Leftrightarrow (m - \frac{1}{m})x = \frac{2}{m} + 2,\\
(E) &\Leftrightarrow \frac{m^2-1}{m}x = \frac{2+2m}{m}.
\end{aligned}$$

Puisque $m \neq 0$, nous obtenons

$$(E) \Leftrightarrow (m^2-1)x = 2(m+1).$$

1er cas : $m^2 - 1 \neq 0$, c'est-à-dire $m \neq -1$ et $m \neq 1$.

Nous avons

$$(E) \Leftrightarrow x = \frac{2(m+1)}{m^2-1} = \frac{2(m+1}{(m-1)(m+1)} = \frac{2}{m-1}.$$

En désignant par S_m l'ensemble des solutions de (E), il vient dans ce cas

$$S_m = \left\{\frac{2}{m-1}\right\}.$$

2e cas : $m^2 - 1 = 0$, c'est-à-dire $m = -1$ ou $m = 1$.

- $m = -1$

$$(E) \Leftrightarrow 0x = 0, \text{ ce qui donne}$$
$$S_{-1} = \mathbb{R}.$$

- $m = 1$

$$(E) \Leftrightarrow 0x = 4, \text{ ce qui donne}$$
$$S_1 = \emptyset.$$

Exercice 5. Itération d'une fonction affine

Soient a et b deux réels. On désigne par $f_{a,b}$ la fonction affine définie sur $\mathbb{R}$ par $f_{a,b}(x) = ax + b$. On pose

$$u_1 = f_{a,b},\ u_2 = f_{a,b} \circ u_1,\ u_3 = f_{a,b} \circ u_2 \cdots \text{ et}$$
$$\forall n \in \mathbb{N}^*,\ u_{n+1} = f_{a,b} \circ u_n.$$

1. Justifier que u_2 est une fonction affine.

2. Montrer qu'il en est de même pour les fonctions u_3 et u_4.

3. Pour tout entier $n \geq 1$, conjecturer l'existence de deux réels $\alpha(n)$ et $\beta(n)$ tels que $u_n = f_{\alpha(n),\beta(n)}$.

4. Justifier cette conjecture par récurrence[1].

Solution

1. Pour tout réel x, nous avons

$$u_2(x) = (f_{a,b} \circ u_1)(x) = (f_{a,b} \circ f_{a,b})(x) = f_{a,b}\left(f_{a,b}(x)\right) = a\left(f_{a,b}(x)\right) + b,$$
$$u_2(x) = a(ax+b) + b = a^2x + ab + b = a^2x + b(a+1).$$

Il en résulte que la fonction $u_2 : x \mapsto a^2x + b(a+1)$ est affine.

2. Pour tout réel x, nous avons

$$u_3(x) = (f_{a,b} \circ u_2)(x) = f_{a,b}\left(u_2(x)\right) = au_2(x) + b = a\left(a^2x + b(a+1)\right) + b,$$
$$u_3(x) = a^3x + ab(a+1) + b = a^3x + b(a^2 + a + 1).$$

De même, il vient :

1. Voir Annexe : § 12.5.5

$$u_4(x) = (f_{a,b} \circ u_3)(x) = f_{a,b}\left(u_3(x)\right) = au_3(x) + b,$$
$$u_4(x) = a\left(a^3x + b(a^2 + a + 1)\right) + b = a^4x + b(a^3 + a^2 + a + 1).$$

Cela justifie que les fonctions

$$u_3 : x \mapsto a^3x + b(a^2 + a + 1) \text{ et } u_4 : x \mapsto a^4x + b(a^3 + a^2 + a + 1),$$

sont affines.

3. En observant les résultats des questions précédentes, nous conjecturons que, pour tout entier $n \geq 1$,

$$\begin{cases} \alpha(n) = a^n \\ \beta(n) = b(a^{n-1} + a^{n-2} + \cdots + a + 1) \end{cases}.$$

Nous pouvons être plus précis en utilisant le lemme du paragraphe 2.1.3 du chapitre 2 qui nous dit que

$$a^n - 1 = (a-1)\left(a^{n-1} + a^{n-2} + \cdots + a + 1\right).$$

Nous en déduisons que

- si $a \neq 1$, alors

$$\beta(n) = b\frac{a^n - 1}{a - 1}.$$

Dans ce cas, pour tout entier $n \geq 1$, nous conjecturons

$$u_n = f_{a^n,\, b\frac{a^n - 1}{a - 1}}$$

- Si $a = 1$, alors nous obtenons

$$\beta(n) = b(\underbrace{1 + 1 + \cdots + 1}_{n \textit{ termes}} = nb,$$

ce qui donne comme conjecture, pour tout entier $n \geq 1$,

$$u_n = f_{1,\, nb}.$$

4.

1er cas : $a \neq 1$.

Par récurrence, nous montrons que

$$\forall n \in \mathbb{N}^*,\ u_n = f_{\alpha(n),\beta(n)} = f_{a^n,\, b\frac{a^n - 1}{a - 1}}.$$

Initialisation.

Pour $n = 1$, d'une part nous avons $u_1 = f_{a,b}$ et d'autre part

$$\alpha(1) = a^1 = a \text{ et } \beta(1) = b\frac{a-1}{a-1} = b,$$

ce qui prouve que l'égalité attendue est vraie au rang $n = 1$.

Hérédité.

Nous supposons vraie, à un rang $n \in \mathbb{N}^*$ fixé, l'égalité

$$u_n = f_{\alpha(n),\beta(n)} = f_{a^n,\, b\frac{a^n-1}{a-1}}.$$

Nous montrons que cette égalité demeure vraie au rang $n+1$, c'est-à-dire

$$u_{n+1} = f_{\alpha(n+1),\beta(n+1)} = f_{a^{n+1},\, b\frac{a^{n+1}-1}{a-1}}.$$

Pour tout réel x, nous avons

$$u_{n+1}(x) = (f_{a,b} \circ u_n)(x) = f_{a,b}(u_n(x)) = au_n(x) + b.$$

En appliquant l'hypothèse de récurrence, il vient

$$\begin{aligned}
u_{n+1}(x) &= a(\alpha(n)x + \beta(n)) + b, \\
&= a\alpha(n)x + a\beta(n) + b, \\
&= a^{n+1}x + ab\frac{a^n-1}{a-1} + b, \\
&= a^{n+1}x + b\left(a\frac{a^n-1}{a-1} + 1\right), \\
&= a^{n+1}x + b\left(\frac{a^{n+1}-1}{a-1}\right), \\
&= f_{\alpha(n+1),\beta(n+1)}(x).
\end{aligned}$$

Nous avons ainsi montré que l'égalité proposée est héréditaire.

En appliquant le principe de récurrence, nous en concluons que

$$\forall n \in \mathbb{N}^*,\ u_n = f_{\alpha(n),\beta(n)} = f_{a^n,\, b\frac{a^n-1}{a-1}}.$$

2e cas : $a = 1$.

Par récurrence, nous montrons que :

$$\forall n \in \mathbb{N}^*,\ u_n = f_{1,\beta(n)} = f_{1,\, nb}.$$

Initialisation.

Pour $n = 1$, nous avons $u_1 = f_{1,b} = f_{1,1\times b}$, ce qui prouve que l'égalité est vraie au rang $n = 1$.

Hérédité.

Nous supposons vraie, à un rang $n \in \mathbb{N}^*$ fixé, l'égalité

$$u_n = f_{1,nb}.$$

Nous montrons que cette égalité demeure vraie au rang $n + 1$, c'est-à-dire

$$u_{n+1} = f_{1,(n+1)b}.$$

Pour tout réel x, nous avons

$$u_{n+1}(x) = (f_{1,b} \circ u_n)(x) = f_{1,b}(u_n(x)) = u_n(x) + b.$$

En appliquant l'hypothèse de récurrence, il vient

$$u_{n+1}(x) = x + nb + b = x + (n+1)b = f_{1,\,(n+1)b}(x).$$

Ainsi nous avons montré que l'égalité proposée est héréditaire.

En appliquant le principe de récurrence, nous en concluons que

$$\forall n \in \mathbb{N}^*,\ u_n = f_{1,\,nb}.$$

Exercice 6. Exemples de composition

On donne :

- *la fonction g définie sur $\mathbb{R}$ par $g(x) = x^2 - 1$,*
- *la fonction r définie sur $\mathbb{R}^+$ par $r(x) = \sqrt{x}$.*

1. Déterminer les fonctions $r \circ g$ et $g \circ r$.

2. Représenter graphiquement la fonction $g \circ r$.

3. Quel est le sens de variations de la fonction $r \circ g$?

4. Pour $x \in [1, +\infty[$, résoudre l'équation

$$2\,(g \circ g)(x) = [(r \circ g)(x)]^2 - 1.$$

Solution

1. Nous commençons par définir la fonction $r \circ g$. Nous avons

$$D_{rog} = \{x \in D_g / g(x) \in D_r\} = \left\{x \in \mathbb{R}/x^2 - 1 \geq 0\right\} =]-\infty,, -1] \cup [1, +\infty[.$$

Pour tout réel $x \in D_{rog}$, nous obtenons

$$(r \circ g)(x) = r(g(x)) = r(x^2 - 1) = \sqrt{x^2 - 1}$$

Nous en concluons que $r \circ g$ est définie sur $]-\infty,, -1] \cup [1, +\infty[$,
par $x \mapsto \sqrt{x^2 - 1}$.
Nous définissons à présent $g \circ r$. Nous avons

$$D_{gor} = \{x \in D_r / r(x) \in D_g\} = \{x \in \mathbb{R}^+ / \sqrt{x} \in \mathbb{R}\} = \mathbb{R}^+.$$

Pour tout réel $x \in D_{gor}$, il vient

$$(g \circ r)(x) = g(r(x)) = g(\sqrt{x}) = (\sqrt{x})^2 - 1 = x - 1.$$

Par conséquent, la fonction $g \circ r$ est définie sur $\mathbb{R}^+$ par $x \mapsto x - 1$.
2. Une équation de $\mathcal{C}_{gor}$ est $y = x - 1$ avec la contrainte $x \in [0, +\infty[$.
Il s'agit donc de la demi-droite représentée ci-après.

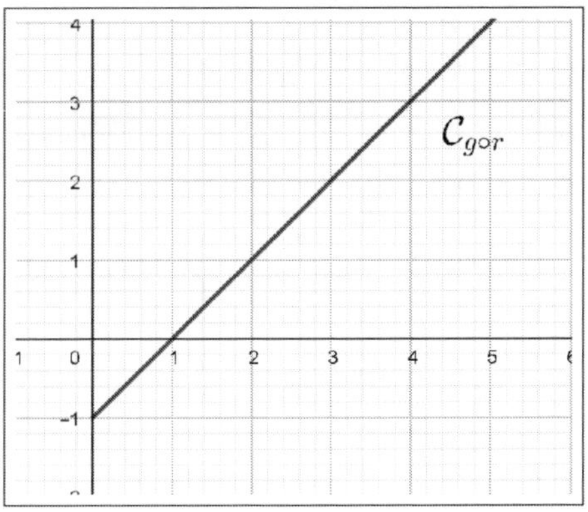

3.
• Sur $]-\infty, -1]$, la fonction g est décroissante.
Sur $[0, +\infty[$, la fonction r est croissante.
De plus, nous savons que

$$\forall x \in]-\infty\,; -1],\ g(x) \in [0\,; +\infty[.$$

Nous en concluons que la fonction $r \circ g$ est décroissante sur $]-\infty\,, -1]$.

• Sur $[1, +\infty[$, la fonction g est croissante.

Sur $[0\,, +\infty[$, la fonction r est croissante.

De plus, nous savons que

$$\forall x \in [1, +\infty[, \; g(x) \in [0\,; +\infty[.$$

Nous en concluons que la fonction $r \circ g$ est croissante sur $[1, +\infty[$.

4. Pour $x \geq 1$, nous désignons par (E) l'équation

$$2(g \circ g)(x) = [(r \circ g)(x)]^2 - 1.$$

Sachant que $x \geq 1$, il vient

$$\begin{aligned}
(E) &\Leftrightarrow 2g\,(g(x)) = \left(\sqrt{g(x)}\right)^2 - 1, \\
&\Leftrightarrow 2\left[(g(x))^2 - 1\right] = g(x) - 1, \\
&\Leftrightarrow 2(g(x) - 1)(g(x) + 1) - (g(x) - 1) = 0, \\
&\Leftrightarrow (g(x) - 1)(2g(x) + 1) = 0, \\
&\Leftrightarrow g(x) = 1 \; ou \, g(x) = -\frac{1}{2}, \\
&\Leftrightarrow x^2 = 2 \; ou \, x^2 = \frac{1}{2}, \\
&\Leftrightarrow x = -\sqrt{2} \; ou \, x = \sqrt{2} \; ou \, x = -\frac{\sqrt{2}}{2} \; ou \, x = \frac{\sqrt{2}}{2}.
\end{aligned}$$

Nous en concluons

$$S_{(E)} = \left\{-\sqrt{2}, -\frac{\sqrt{2}}{2}, \sqrt{2}, \frac{\sqrt{2}}{2}\right\} \cap [1, +\infty[= \{\sqrt{2}\}.$$

Exercice 7. Composition avec la fonction partie entière

> *Nous donnons ou rappelons la définition suivante :*
> *soit x un réel. La* partie entière *de ce réel, notée $\lfloor x \rfloor$ est définie par :*
>
> - $\lfloor x \rfloor \in \mathbb{Z}$,
> - $\lfloor x \rfloor \leq x < \lfloor x \rfloor + 1$.
>
> *La fonction partie entière est définie sur $\mathbb{R}$ par $x \mapsto \lfloor x \rfloor$.*
> *Nous retiendrons que, pour tout réel x, nous disposons de l'équivalence*
>
> $$\lfloor x \rfloor = n \Leftrightarrow n \in \mathbb{Z}\,\text{et}\, n \leq x < n+1.$$

Soit h la fonction définie sur $]0, +\infty[$ par $h(x) = \dfrac{1}{x}$. On pose $g = \lfloor\ \rfloor \circ h$.

1. Quel est l'ensemble de définition de la fonction g ?

2. Calculer $g(1)$ puis $g(x)$ pour $x > 1$.

3. Calculer $g(\frac{1}{2})$ puis $g(x)$ pour $x \in]\frac{1}{2}, 1[$.

4. Pour tout entier $p \geq 1$, calculer $g(x)$ pour $x \in]\frac{1}{p+1}, \frac{1}{p}]$.

5. Représenter graphiquement la fonction g, lorsque $x \in [\frac{1}{4}, +\infty[$.

Solution

1. Nous avons

$$D_g = \{x \in D_h / h(x) \in D_{\lfloor\ \rfloor}\} = \left\{x \in \mathbb{R}^* / \frac{1}{x} \in \mathbb{R}\right\} = \mathbb{R}^*.$$

2. Nous avons

$$g(1) = \lfloor h(1) \rfloor = \lfloor 1 \rfloor = 1.$$

De plus, si $x > 1$, alors $0 < \dfrac{1}{x} < 1$. Dans ce cas, il en résulte que

$$g(x) = \left\lfloor \frac{1}{x} \right\rfloor = 0.$$

3. De la même façon, nous obtenons

$$g\left(\frac{1}{2}\right) = \lfloor 2 \rfloor = 2.$$

Si $\dfrac{1}{2} < x < 1$, alors $1 < \dfrac{1}{x} < 2$, ce qui implique :

$$g(x) = \left\lfloor \frac{1}{x} \right\rfloor = 1.$$

4. Si $\frac{1}{p+1} < x \leq \frac{1}{p}$, alors $p \leq \frac{1}{x} < p+1$, ce qui induit

$$g(x) = \left\lfloor \frac{1}{x} \right\rfloor = p.$$

5.

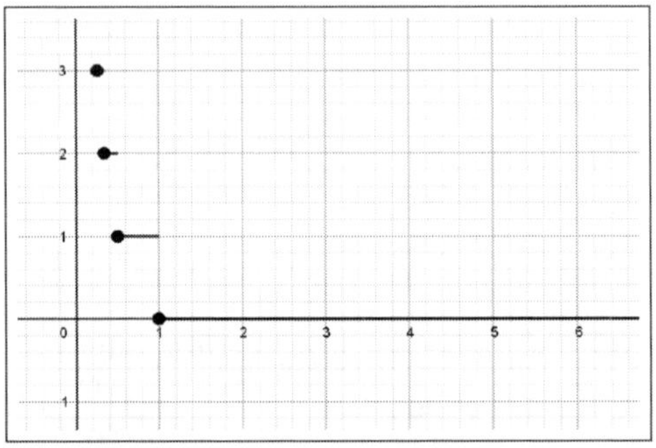

Exercice 8. Une équation de la forme $f \circ f = id_{\mathbb{R}}$

Soit la fonction trinôme définie sur $\mathbb{R}$ par $f : x \mapsto 2x^2 - 3x - 2$.
Comment résoudre dans $\mathbb{R}$ l'équation (E)

$$(f \circ f)(x) = x?$$

Solution

Si nous commençons par calculer $(f \circ f)(x)$ nous obtenons une équation du 4e degré non triviale, en d'autres termes une équation polynomiale qui n'est pas bicarrée et qui n'a pas de racines évidentes. Nous proposons donc une autre méthode en prenant comme inconnue auxiliaire $y = f(x)$.

L'équation (E) équivaut au système

$$\begin{cases} y = f(x) \\ x = f(y) \end{cases}$$

Ce système équivaut à

$$\begin{cases} y = 2x^2 - 3x - 2 \\ x = 2y^2 - 3y - 2 \end{cases} \Leftrightarrow \begin{cases} y - x = 2(x^2 - y^2) - 3(x - y) \\ y = 2x^2 - 3x - 2 \end{cases}.$$

La première équation, notée (1) de ce système équivaut à

$$\begin{aligned}(1) &\Leftrightarrow y-x = 2(x-y)(x+y) - 3(x-y),\\ &\Leftrightarrow 2(x-y)(x+y) - 3(x-y) - (y-x) = 0,\\ &\Leftrightarrow 2(x-y)(x+y-1) = 0,\\ &\Leftrightarrow x-y=0 \text{ ou } x+y-1=0.\end{aligned}$$

1er cas : $x - y = 0$, soit $x = y$.
Le système équivaut à

$$\begin{cases} y = x \\ y = 2x^2 - 3x - 2 \end{cases} \Leftrightarrow \begin{cases} y = x \\ x = 2x^2 - 3x - 2 \end{cases}.$$

Nous résolvons l'équation

$$x = 2x^2 - 3x - 2 \Leftrightarrow 2x^2 - 4x - 2 = 0 \Leftrightarrow x^2 - 2x - 1 = 0.$$

Nous avons $\Delta = (-2)^2 - 4(-1) = 8 = (2\sqrt{2})^2$.
Nous en déduisons les deux premières solutions de l'équation (E)

$$x = \frac{2-2\sqrt{2}}{2} = 1 - \sqrt{2} \text{ ou } x = 1 + \sqrt{2}.$$

2e cas : $x + y = 1$, soit $y = 1 - x$. Le système équivaut à

$$\begin{cases} y = 1 - x \\ y = 2x^2 - 3x - 2 \end{cases} \Leftrightarrow \begin{cases} y = 1 - x \\ 1 - x = 2x^2 - 3x - 2 \end{cases}.$$

Nous résolvons à présent l'équation

$$1 - x = 2x^2 - 3x - 2 \Leftrightarrow 2x^2 - 2x - 3 = 0.$$

Nous obtenons $\Delta = (-2)^2 - 4 \times 2 \times (-3) = 28 = (2\sqrt{7})^2$.
Nous en déduisons deux autres solutions de l'équation (E)

$$x = \frac{2-2\sqrt{7}}{4} = \frac{1-\sqrt{7}}{2} \text{ ou } x = \frac{1+\sqrt{7}}{2}.$$

Nous en concluons que l'ensemble des solutions de l'équation (E) proposée est

$$S_{(E)} = \left\{1 - \sqrt{2}, 1 + \sqrt{2}, \frac{1-\sqrt{7}}{2}, \frac{1+\sqrt{7}}{2}\right\}.$$

Contrôle graphique.

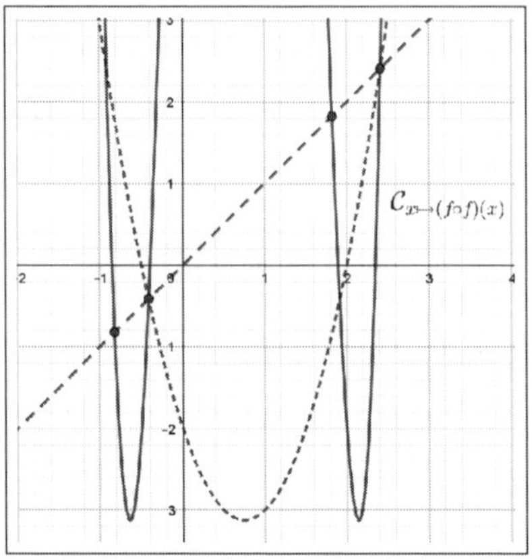

Remarque

Nous observons que les deux solutions $x_1 = 1-\sqrt{2}$ et $x_2 = 1+\sqrt{2}$ de l'équation du second degré $f(x) = x$ sont aussi des solutions de l'équation $(f \circ f)(x) = x$.

Nous pouvons ainsi utiliser une autre méthode de résolution par identification, en posant, pour tout réel x,

$$(f \circ f)(x) - x = (x - x_1)(x - x_2)g(x), \text{ avec } d^\circ g = 2.$$

Exercice 9. Composition et équation

Soient f et g deux fonctions définies sur $\mathbb{R}$ telles que

$$\forall x \in \mathbb{R},\ (f \circ g)(x) = (g \circ f)(x).$$

Montrer que si l'équation $(f \circ f)(x) = (g \circ g)(x)$ admet une solution, il en est de même de l'équation $f(x) = g(x)$.

Solution

Par l'absurde, nous supposons que l'équation $f(x) = g(x)$ n'a pas de solution, ce qui signifie

$$\forall x \in \mathbb{R},\ f(x) \neq g(x).$$

Nous remarquons que la proposition ci-dessus est la **négation** de

$$\exists x \in \mathbb{R},\ f(x) = g(x),$$

qui signifie que l'équation $f(x) = g(x)$ admet une solution.

Pour fixer les idées, nous supposons la proposition :

$$\forall x \in \mathbb{R},\ f(x) > g(x).\ \text{(notée } *)$$

- En remplaçant x par $f(x)$ dans $*$, il vient

$$\forall x \in \mathbb{R},\ f\left(f(x)\right) > g\left(f(x)\right).$$

Or, nous savons que

$$\forall x \in \mathbb{R},\ f\left(g(x)\right) = g\left(f(x)\right).$$

Il en résulte que

$$\forall x \in \mathbb{R},\ f\left(f(x)\right) > f\left(g(x)\right).$$

- En remplaçant x par $g(x)$ dans $*$, il vient

$$\forall x \in \mathbb{R},\ f\left(g(x)\right) > g\left(g(x)\right).$$

Par transitivité de $>$, nous en déduisons

$$\forall x \in \mathbb{R},\ f\left(f(x)\right) > g\left(g(x)\right).$$

Cette dernière proposition est contradictoire avec

$$\exists x \in \mathbb{R},\ f\left(f(x)\right) = g\left(g(x)\right).$$

Par l'absurde, nous avons prouvé que si l'équation $(f \circ f)(x) = (g \circ g)(x)$ a un ensemble non vide de solution, il en est de même de l'équation $f(x) = g(x)$.

3.8.3 Exercices sur la valeur absolue

Exercice 10. Ensembles de définition

Quel est l'ensemble des définition des fonctions suivantes ?

- $f : x \mapsto \dfrac{2}{2|x| - 3}$,
- $g : x \mapsto \sqrt{|2x - 3| - 3}$,
- $h : x \mapsto \dfrac{1}{\sqrt{|2x - 3| + 3}}$,
- $k : x \mapsto \dfrac{x}{2\lfloor |x| \rfloor - 3}$.

Solution

• La fonction f est définie si et seulement si $2|x| - 3 \neq 0$.

Or, nous avons

$$2|x| - 3 = 0 \Leftrightarrow |x| = \frac{2}{3} \Leftrightarrow x = -\frac{2}{3} \,\mathrm{ou}\, x = \frac{2}{3}.$$

Nous en concluons que

$$D_g = \mathbb{R} - \left\{-\frac{2}{3}, \frac{2}{3}\right\}.$$

• La fonction g est définie si et seulement si $|2x-3|-3 \geq 0$, ce qui équivaut à

$$|2x - 3| \geq 3 \Leftrightarrow 2x - 3 \leq -3 \,\mathrm{ou}\, 2x - 3 \geq 3 \Leftrightarrow x \leq 0 \,\mathrm{ou}\, x \geq 3.$$

Nous en concluons que

$$D_g =]-\infty, 0] \cup [3, +\infty[.$$

• La fonction h est définie si et seulement si $|2x-3|+3 > 0$, ce qui équivaut à $|2x - 3| > -3$.

Or, nous savons que, pour tout réel x, $|2x - 3| \geq 0$.

Nous en concluons que

$$D_h = \mathbb{R}.$$

• La fonction k est définie si et seulement si $2\lfloor |x| \rfloor - 3 \neq 0$, soit $\lfloor |x| \rfloor \neq \frac{3}{2}$.

Or nous avons, pour tout réel x, $\lfloor |x| \rfloor \in \mathbb{N}$.

Nous en déduisons que

$$\forall x \in \mathbb{R}, \lfloor |x| \rfloor \neq \frac{3}{2}, \text{ ce qui justifie que } D_k = \mathbb{R}$$

Exercice 11. Valeur absolue et distance sur la droite réelle

Soit (d) une droite munie d'un repère $(O\,;\vec{\imath})$ tel que $||\vec{\imath}|| = 1$.

Nous rappelons la définition suivante :
Soient A et M deux points de (d) d'abscisses respectives x et a, relativement au repère $(O\,;\vec{\imath})$. Nous avons

$$AM = |x - a|.$$

Sur la droite (d), nous donnons deux points A et B d'abscisses respectives -4 et 4 relativement au repère $(O\,;\vec{\imath})$.

A chaque point M de la droite (d) d'abscisse x, nous associons le réel $|MA - MB|$.

Nous définissons ainsi sur $\mathbb{R}$, la fonction $f : x \mapsto |MA - MB|$.

1. Expliciter le réel $f(x)$ en fonction de x.

2. Quelle est la parité de la fonction f ?

3. Justifier que f est affine par intervalles.

4. Représenter graphiquement la fonction f relativement à un repère orthonormal du plan.

En déduire l'ensemble des points $M \in (d)$ tel que $|MA - MB| = 8$.

Solution

1.En utilisant le rappel, pour tout réel x, nous obtenons

$$f(x) = |AM - BM| = ||x + 4| - |x - 4||.$$

2. La fonction f est définie sur $\mathbb{R}$, donc

$$\forall x \in \mathbb{R},\ -x \in \mathbb{R}.$$

De plus, en utilisant le fait que deux réels opposés ont la même valeur absolue, pour tout réel x, il vient

$$\begin{aligned} f(-x) &= ||-x + 4| - |-x - 4||, \\ &= ||-(x - 4)| - |-(x + 4)||, \\ &= ||x - 4| - |x + 4||, \\ &= ||x + 4| - |x - 4||, \\ &= f(x). \end{aligned}$$

Nous en concluons que la fonction f est paire.

3. Pour tout réel x, nous avons

$$|x + 4| = \begin{cases} x + 4 \text{ si } x > -4 \\ -x - 4 \text{ si } x \leq -4 \end{cases} \text{ et } |x - 4| = \begin{cases} x - 4 \text{ si } x \geq 4 \\ -x + 4 \text{ si } x < 4 \end{cases}.$$

Par disjonction, nous distinguons les cas suivants :

$$x \in]-\infty,\ -4] \text{ ou } x \in]-4,\ 4[\text{ ou } x \in [4,\ +\infty[.$$

Nous obtenons :

$$f(x)=\left\{\begin{array}{c}|-x-4-(-x+4)| \text{ si } x\in]-\infty,\,-4]\\ |x+4-(-x+4)| \text{ si } x\in]-4\,;\,4[\\ |x+4-(x-4)| \text{ si } x\in[4,\,+\infty[\end{array}\right.,$$

ce qui donne

$$f(x)=\left\{\begin{array}{c}8 \text{ si } x\in]-\infty,\,-4]\\ 2\,|x| \text{ si } x\in]-4\,;\,4[\\ 8 \text{ si } x\in[4,\,+\infty[\end{array}\right..$$

En distinguant les deux cas $x\in]-4\,;\,0]$ ou $x\in]0\,;\,4[$, nous en déduisons

$$f(x)=\left\{\begin{array}{c}8 \text{ si } x\in]-\infty,\,-4]\\ -2x \text{ si } x\in]-4\,;\,0]\\ 2x \text{ si } x\in]0\,;\,4[\\ 8 \text{ si } x\in[4,\,+\infty[\end{array}\right.,$$

ce qui prouve que la fonction f est affine par intervalles.

4. La représentation graphique de la fonction f est définie par les équations

$$\left\{\begin{array}{c}y=8\\ x\in]-\infty,\,-4]\end{array}\right. \text{ ou } \left\{\begin{array}{c}y=-2x\\ x\in]-4\,;\,0]\end{array}\right. \text{ ou } \left\{\begin{array}{c}y=2x\\ x\in]0\,;\,4[\end{array}\right. \text{ ou } \left\{\begin{array}{c}y=8\\ x\in[4,\,+\infty[\end{array}\right..$$

Ainsi la courbe est la réunion d'une demi-droite, de deux segments de droites et d'une demi-droite.

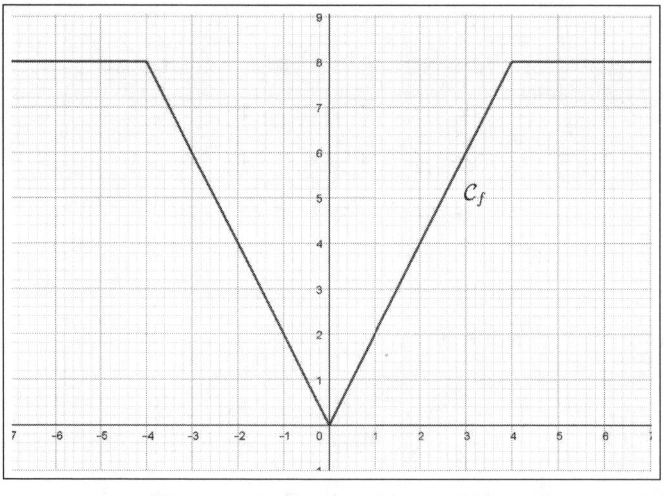

Graphiquement, l'ensemble cherché est la réunion des deux demi-droites contenues dans (d) correspondant aux points de cette droite dont les abscisses décrivent $]-\infty,\,-4]\cup[4,\,+\infty[$.

Exercice 12. Une preuve graphique de l'inégalité $||a| - |b|| \leq |a - b|$

1. Montrer que la fonction f définie sur $\mathbb{R}$ par $h(x) = |x-1| - ||x| - 1|$ est affine par intervalles.

2. Représenter graphiquement la fonction f. En déduire, pour tout réel x, le signe de $f(x)$.

3. Soient a et b deux réels tels que $b \neq 0$.
En calculant $f\left(\dfrac{a}{b}\right)$, montrer que $||a| - |b|| \leq |a - b|$.
Justifier que cette inégalité demeure vraie pour $b = 0$.

*4. **Une application**. Montrer que, pour tous réels a et b, si $|b| < 1$, alors nous disposons de l'inégalité*

$$|a - b - a|b| + b|a|| \leq |a - b|.$$

Solution

1. Nous avons, d'une part

$$|x-1| = \begin{cases} x - 1 \text{ si } x \geq 1 \\ -x + 1 \text{ si } x < 1 \end{cases},$$

d'autre part, nous obtenons

$$||x| - 1| = \begin{cases} |x| - 1 \text{ si } |x| \geq 1 \\ -|x| + 1 \text{ si } |x| < 1 \end{cases},$$

$$= \begin{cases} |x| - 1 \text{ si } x \leq -1 \,\text{ou}\, x \geq 1 \\ -|x| + 1 \text{ si } \ -1 < x < 1 \end{cases},$$

$$= \begin{cases} -x - 1 \text{ si } x \leq -1 \\ x + 1 \text{ si } \ -1 < x \leq 0 \\ -x + 1 \text{ si } 0 < x < 1 \\ x - 1 \text{ si } x \geq 1 \end{cases}.$$

Nous en déduisons

$$f(x) = \begin{cases} -(x-1) + x + 1 = 2 \text{ si } x \leq -1 \\ -(x-1) - (x+1) = -2x \text{ si } \ -1 < x \leq 0 \\ -(x-1) + x - 1 = 0 \text{ si } 0 < x < 1 \\ x - 1 - (x-1) = 0 \text{ si } x \geq 1 \end{cases}.$$

Nous en concluons que la fonction f est affine par intervalles et elle est définie sur $\mathbb{R}$ par

$$f(x) = \begin{cases} 2 \text{ si } x \leq -1 \\ -2x \text{ si } -1 < x \leq 0 \\ 0 \text{ si } x > 0 \end{cases}.$$

2. La représentation graphique de la fonction f est définie par les équations

$$\begin{cases} y = 2 \\ x \in]-\infty, -1] \end{cases} \text{ou} \begin{cases} y = -2x \\ x \in]-1\,;\,0] \end{cases} \text{ou} \begin{cases} y = 0 \\ x \in]0, +\infty[\end{cases}.$$

Nous obtenons ainsi la représentation graphique de f

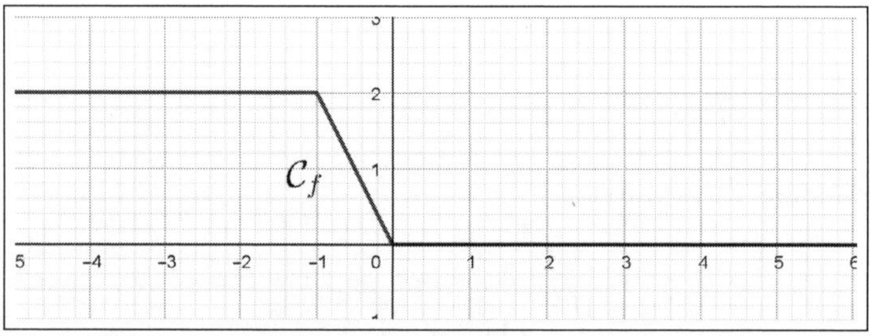

Graphiquement, nous en déduisons

$$\forall x \in \mathbb{R},\ f(x) \geq 0.$$

3. Soient a et b deux réels avec $b \neq 0$. En utilisant l'action de la valeur absolue sur le produit et le quotient, il vient

$$\begin{aligned} f\left(\frac{a}{b}\right) &= |\frac{a}{b} - 1| - ||\frac{a}{b}| - 1|, \\ &= \frac{|a-b|}{|b|} - \frac{||a| - |b||}{|b|}, \\ &= \frac{1}{|b|}\left(|a-b| - ||a| - |b||\right). \end{aligned}$$

Puisque $f\left(\frac{a}{b}\right) \geq 0$ et $|b| > 0$, il en résulte

$$|a-b| - ||a| - |b|| \geq 0, \text{ c'est-à-dire } ||a| - |b|| \leq |a-b|.$$

Si $b = 0$, alors nous avons $||a|| \leq |a|$, ce qui est vrai.
Nous en concluons que

$$\forall (a, b) \in \mathbb{R}^2,\ ||a| - |b|| \leq |a-b|.$$

4. Soient a et b deux réels tels que $|b| < 1$. Nous avons

$$\begin{aligned} |a - b - a|b| + b|a|| &= |a - b - a|b| + b|b| - b|b| + b|a||, \\ &= |(a - b) + |b|(b - a) + b(|a| - |b|)|, \\ &= |(a - b)(1 - |b|) + b(|a| - |b|)|. \end{aligned}$$

En appliquant l'inégalité triangulaire et l'action de la valeur absolue sur un produit, nous obtenons

$$|(a - b)(1 - |b|) + b(|a| - |b|)| \leq |a - b| |1 - |b|| + |b| ||a| - |b||.$$

De la question 3, il résulte que $||a| - |b|| \leq |a - b|$.
De plus, puisque $|b| < 1$, nous avons $1 - |b| > 0$, ce qui implique

$$|1 - |b|| = 1 - |b|.$$

Nous en déduisons

$$|(a - b)(1 - |b|) + b(|a| - |b|)| \leq |a - b|(1 - |b|) + |b| |a - b|,$$

soit

$$|(a - b)(1 - |b|) + b(|a| - |b|)| \leq |a - b|(1 - |b| + |b|).$$

Ainsi, si $|b| < 1$, nous en concluons

$$|a - b - a|b| + b|a|| \leq |a - b|.$$

Exercice 13. Deux exemples de discontinuité

Représenter graphiquement la fonction f définie sur $\mathbb{R}$ par

$$f(x) = \begin{cases} \dfrac{|x|}{x} \text{ si } x \neq 0 \\ 0 \text{ si } x = 0 \end{cases}.$$

En déduire la représentation graphique de la fonction g définie sur $\mathbb{R}$ par $g : x \mapsto x + f(x)$.

Solution

- Nous avons , pour $x \neq 0$,

$$f(x) = \begin{cases} \dfrac{x}{x} & \text{si} \quad x > 0 \\ \\ -\dfrac{x}{x} & \text{si} \quad x < 0 \end{cases} = \begin{cases} 1 & \text{si} \quad x > 0 \\ -1 & \text{si} \quad x < 0 \end{cases}.$$

La représentation graphique de la fonction f est définie par les équations

$$y = \begin{cases} 1 & \text{si} \quad x > 0 \\ 0 & \text{si} \quad x = 0 \\ -1 & \text{si} \quad x < 0 \end{cases}.$$

C_f est donc la réunion de deux demi-droites avec l'origine du repère considéré.

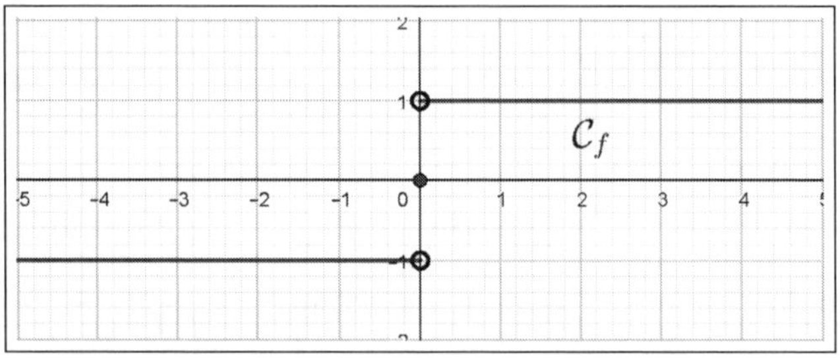

- Nous obtenons de la même façon, pour $x \neq 0$,

$$g(x) = \begin{cases} x+1 & \text{si} \quad x > 0 \\ x-1 & \text{si} \quad x < 0 \end{cases}.$$

La représentation graphique de la fonction g est définie par les équations

$$y = \begin{cases} x+1 & \text{si} \quad x > 0 \\ 0 & \text{si} \quad x = 0 \\ x-1 & \text{si} \quad x < 0 \end{cases}.$$

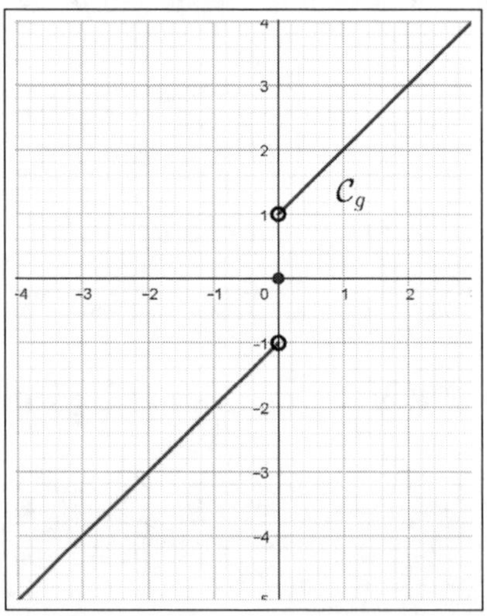

Exercice 14. Partie positive et négative d'un réel

Soient a et b deux réels. On désigne par :

- $\sup(a, b)$, *le réel défini par*

$$\sup(a, b) = \begin{cases} a & \text{si} \quad a > b \\ b & \text{si} \quad a < b \\ a & \text{si} \quad a = b \end{cases},$$

- $\inf(a, b)$, *le réel défini par*

$$\inf(a, b) = \begin{cases} a & \text{si} \quad a < b \\ b & \text{si} \quad a > b \\ a & \text{si} \quad a = b \end{cases}.$$

1. Montrer que $\dfrac{a+b+|a-b|}{2} = \sup(a, b)$.

Que peut-on dire du réel $\dfrac{a+b-|a-b|}{2}$ *?*

2. Soit x un réel. On pose

$$x^+ = \sup(x, 0) \text{ et } x^- = \sup(-x, 0).$$

Montrer que

$$x^+ + x^- = |x| \text{ et } x^+ - x^- = x.$$

3. Soient f et g les fonctions définies sur $\mathbb{R}$ par

$$f : x \mapsto x^+ \text{ et } g : x \mapsto x^- .$$

Représenter graphiquement les fonctions f et g.

En déduire le sens de variations sur $\mathbb{R}$ de ces deux fonctions.

Solution

1. Soient a et b deux réels, nous avons

$$\frac{a+b+|a-b|}{2} = \begin{cases} \dfrac{a+b+b-a}{2} = b & \text{si} \quad a < b \\ \dfrac{a+b+a-b}{2} = a & \text{si} \quad a > b \\ \dfrac{a+a+|a-a|}{2} = a & \text{si} \quad a = b \end{cases},$$

ce qui prouve que $\dfrac{a+b+|a-b|}{2} = \sup(a, b)$.

De la même façon, nous obtenons :

$$\frac{a+b-|a-b|}{2} = \begin{cases} \dfrac{a+b+a-b}{2} = a & \text{si} \quad a < b \\ \dfrac{a+b-(a-b)}{2} = b & \text{si} \quad a > b \\ \dfrac{a+a-|a-a|}{2} = a & \text{si} \quad a = b \end{cases}.$$

Nous en concluons que $\dfrac{a+b-|a-b|}{2} = \inf(a, b)$.

2. En utilisant la question précédente, il vient

$$x^+ = \sup(x, 0) = \frac{x+|x|}{2},$$
$$x^- = \sup(-x, 0) = \frac{-x+|-x|}{2} = \frac{|x|-x}{2}.$$

Il en résulte que

$$x^+ + x^- = \frac{x+|x|}{2} + \frac{|x|-x}{2} = |x|,$$
$$x^+ - x^- = \frac{x+|x|}{2} - \frac{|x|-x}{2} = x.$$

3. • La représentation graphique de la fonction f a pour équation

$$y = \sup(x, 0) = \begin{cases} x & \text{si} \quad x > 0 \\ 0 & \text{si} \quad x < 0 \\ 0 & \text{si} \quad x = 0 \end{cases}.$$

• La représentation graphique de la fonction g a pour équation

$$y = \sup(-x, 0) = \begin{cases} -x & \text{si} \quad -x > 0 \\ 0 & \text{si} \quad -x < 0 \\ 0 & \text{si} \quad x = 0 \end{cases} = \begin{cases} -x & \text{si} \quad x < 0 \\ 0 & \text{si} \quad x > 0 \\ 0 & \text{si} \quad x = 0 \end{cases}.$$

Les courbes $\mathcal{C}_f$ et $\mathcal{C}_g$ sont données dans le tableau ci-dessous.

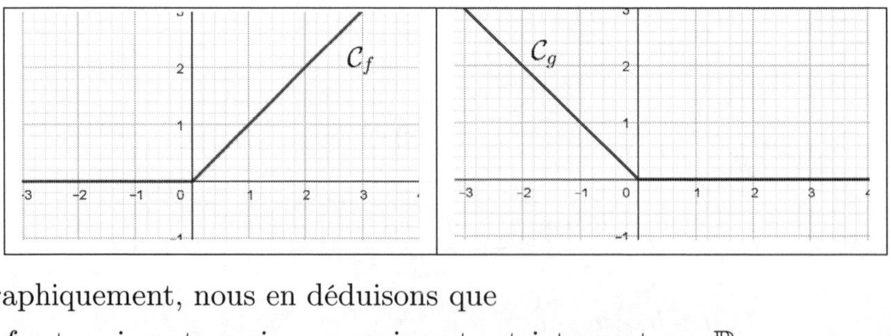

Graphiquement, nous en déduisons que

- f est croissante mais non croissante strictement sur $\mathbb{R}$,
- g est décroissante mais non décroissante strictement sur $\mathbb{R}$.

3.8.4 Fonctions et inégalités

Exercice 15. Un extremum - Position par rapport à une droite

Soit la fonction définie sur $]2, +\infty[$ *par* $f : x \mapsto x + \dfrac{1}{x-2}$.

1. L'entier 4 est-il, sur l'intervalle $]2, +\infty[$*, un extremum pour cette fonction ?*

2. Pour $x > 2$*, étudier la position de la courbe* $\mathcal{C}_f$ *relativement à la droite* (d) *d'équation* $y = 3(4 - x)$*. Contrôler graphiquement.*

Solution

1. Pour tout réel $x > 2$, nous avons

$$\begin{aligned} f(x) - 4 &= x + \frac{1}{x-2} - 4, \\ &= \frac{(x-4)(x-2)+1}{x-2}, \\ &= \frac{x^2 - 6x + 9}{x-2}, \\ &= \frac{(x-3)^2}{x-2}. \end{aligned}$$

Puisque pour $x > 2$, $(x-3)^2 \geq 0$ et $x - 2 > 0$, nous en déduisons

$$\frac{(x-3)^2}{x-2} \geq 0.$$

Nous en concluons que la fonction f est minorée par 4, c'est-à-dire

$$\forall x \in]2, +\infty[, \; f(x) \geq 4.$$

De plus, le calcul précédent nous indique que

$$f(x) = 4 \Leftrightarrow x = 3,$$

ce qui justifie que l'entier 4 est un minimum pour f, ce dernier étant atteint pour $x = 3$.

2. Pour étudier la position de $\mathcal{C}_f$ par rapport à la droite (d) d'équation $y = 3(4 - x)$, nous étudions le signe, pour $x > 2$, de $f(x) - 3(4 - x)$ (ou le

signe de $4(3-x)-f(x)$). Il vient

$$\begin{aligned} f(x)-3(4-x) &= x+\frac{1}{x-2}-3(4-x), \\ &= \frac{x(x-2)+1-3(4-x)(x-2)}{x-2}, \\ &= \frac{x^2-2x+1-3(4x-8-x^2+2x)}{x-2}, \\ &= \frac{4x^2-20x+25}{x-2}, \\ &= \frac{(2x-5)^2}{x-2}. \end{aligned}$$

Puisque, pour $x>2$, $(2x-5)^2 \geq 0$ et $x-2>0$, nous en déduisons que

$$f(x)-3(4-x)=\frac{(2x-5)^2}{x-2} \geq 0,$$

ce qui justifie

$$\forall x \in]2,+\infty[,\ f(x) \geq 3(4-x).$$

Nous en concluons que, sur l'intervalle $]2,+\infty[$, la droite (d) est au-dessus de la courbe $\mathcal{C}_f$.

Plus précisément, nous observons que

$$f(x)-3(4-x)=0 \Leftrightarrow x=\frac{5}{2},$$

ce qui signifie que la droite (d) et la courbe $\mathcal{C}_f$ ont en commun un unique point de coordonnées $A(\frac{5}{2}, f\left(\frac{5}{2}\right)$.

Dans cette situation, on dit que la droite (d) est *tangente* à la courbe $\mathcal{C}_f$ au point A.

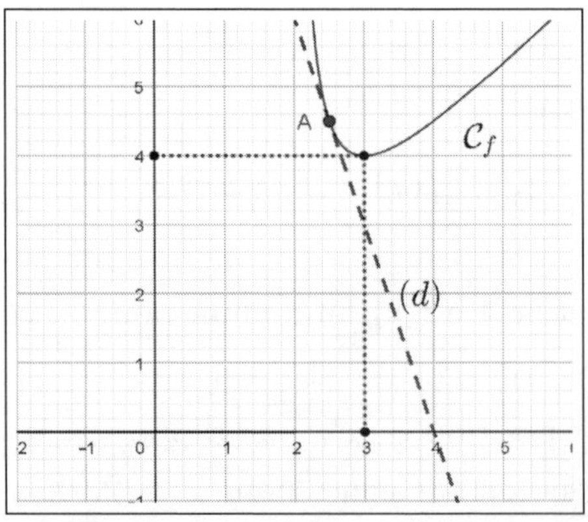

Exercice 16. Existence d'un extremum

Soit f la fonction définie sur $]-1, +\infty[$ par $x \mapsto \dfrac{x^2+1}{x+1}$.

1. Pour quelle valeur du réel $m > 0$, l'équation $f(x) = m$ admet-elle une unique solution $a > -1$ que l'on déterminera ?

2. La fonction f atteint-elle un extremum en a ?

Solution

1. Nous désignons par (E) l'équation $f(x) = m$, à résoudre dans $]-1, +\infty[$. Il vient

$$\begin{aligned} f(x) = m &\Leftrightarrow \frac{x^2+1}{x+1} = m, \\ &\Leftrightarrow x^2 + 1 = m(x+1), \\ &\Leftrightarrow x^2 - mx + 1 - m = 0. \end{aligned}$$

Nous observons que (E) est du second degré. Soit Δ son discriminant. Nous obtenons

$$\Delta = (-m)^2 - 4(1-m) = m^2 + 4m - 4.$$

L'équation (E) admet une solution unique si et seulement si $\Delta = 0$, ce qui restitue l'équation de second degré d'inconnue m suivante :

$$m^2 + 4m - 4 = 0.$$

Son discriminant réduit est

$$\delta' = 2^2 - (-4) = 8 > 0.$$

Nous en déduisons que

$$\Delta = 0 \Leftrightarrow m = -2 - 2\sqrt{2} \, \text{ou} \, m = -2 + 2\sqrt{2}.$$

Puisque $m > 0$, nous en concluons que l'équation $f(x) = m$ admet une unique solution $a > -1$ si et seulement si $m = 2(\sqrt{2} - 1)$.

Lorsque $m = 2(\sqrt{2} - 1)$, puisque $\Delta = 0$, l'équation $x^2 - mx + 1 - m = 0$ admet pour unique solution, le réel

$$a = -\frac{-m}{2 \times 1} = \frac{m}{2} = \sqrt{2} - 1 > -1.$$

2. Pour répondre à cette question, nous calculons $f(x)-f(a)$, pour $x > -1$, et sachant que $f(a) = 2(\sqrt{2}-1)$. Ainsi nous obtenons

$$\begin{aligned} f(x) - f(a) &= \frac{x^2+1}{x+1} - 2(\sqrt{2}-1), \\ &= \frac{x^2+1-2(\sqrt{2}-1)(x+1)}{x+1}, \\ &= \frac{x^2-2(\sqrt{2}-1)x+3-2\sqrt{2}}{x+1}, \\ &= \frac{\left(x-(\sqrt{2}-1)\right)^2}{x+1}. \end{aligned}$$

Nous en déduisons que

$$\forall x \in]-1, +\infty[,\ f(x) \geq f(a).$$

De plus, nous savons que

$$f(x) = f(a) \Leftrightarrow x = a = \sqrt{2}-1.$$

Nous en concluons que le réel $f(a) = 2(\sqrt{2}-1)$ est un minimum pour la fonction f. Ce dernier est atteint pour $a = \sqrt{2}-1$.

Nous contrôlons graphiquement.

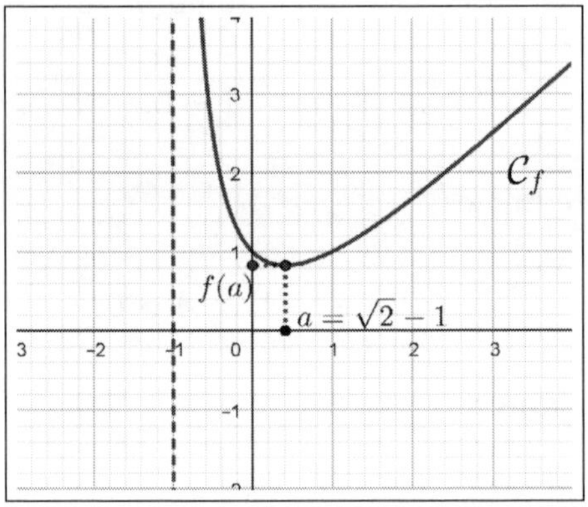

Exercice 17. Approximation affine de $x \mapsto \dfrac{1}{1+x}$ en 0

1. Pour tout réel $x \neq -1$, on considère la fonction $f : x \mapsto \dfrac{1}{1+x}$.
Justifier que

$$f(x) = 1 - x + \frac{x^2}{1+x}.$$

2. Soit x un réel proche de 0.
Pour fixer les idées, nous supposons que $x \in \left[-\dfrac{1}{10}, \dfrac{1}{10}\right]$.
Montrer que dans ce cas

$$|f(x) - (1-x)| \leq \frac{10}{9}x^2.$$

En déduire que $f(0,003) \approx 0,997$ à 10^{-5} près.

Pour des valeurs du réel x proches de 0, interpréter graphiquement l'approximation de la fonction f par la fonction affine $x \mapsto 1 - x$.

3. Pour des valeurs du réel x proches de 0, donner une approximation affine de la fonction $g : x \mapsto \dfrac{1}{1-x}$.

4. Qu'en est-il de la fonction $h : x \mapsto \dfrac{1}{1+x^2}$?

Solution

1. Soit un réel $x \neq -1$. Nous avons

$$1 - x + \frac{x^2}{1+x} = \frac{(1-x)(1+x)+x^2}{1+x} = \frac{1-x^2+x^2}{1+x} = \frac{1}{1+x} = f(x).$$

2. De la question précédente, pour $x \neq -1$, il résulte que

$$|f(x) - (1-x)| = |\frac{x^2}{1+x}| = \frac{x^2}{|1+x|}$$

Soit un réel $x \in \left[-\dfrac{1}{10}, \dfrac{1}{10}\right]$.

$$\text{Si } -\frac{1}{10} \leq x \leq \frac{1}{10}, \text{ alors } 1 - \frac{1}{10} \leq 1 + x \leq 1 + \frac{1}{10},$$

soit

$$\frac{9}{10} \leq 1 + x \leq \frac{11}{10}.$$

Par décroissance de la fonction $x \mapsto \dfrac{1}{x}$, sur $]0, +\infty[$, nous en déduisons :

$$\frac{10}{11} \leq \frac{1}{1+x} \leq \frac{10}{9},$$

ce qui implique

$$-\frac{10}{9} \leq \frac{1}{1+x} \leq \frac{10}{9}.$$

Par conséquent, nous obtenons

$$|\frac{1}{1+x}| \leq \frac{10}{9}, \text{ c'est-à-dire } \frac{1}{|1+x|} \leq \frac{10}{9}.$$

Puisque $x^2 \geq 0$, et sachant que $|f(x) - (1-x)| = \dfrac{x^2}{|1+x|}$, il vient

$$\forall x \in \left[-\frac{1}{10}, \frac{1}{10}\right], \ |f(x) - (1-x)| \leq \frac{10}{9}x^2.$$

Pour $x = 0,003 = 3.10^{-3}$, nous obtenons

$$|f(0,003) - (1 - 0,003)| \leq \frac{10}{9} \times (3.10^{-3})^2, \text{ soit } |f(0,003) - 0,997| \leq 10^{-5}.$$

ce qui signifie que $f\,(0,003) \approx 0,997$ à 10^{-5} près.

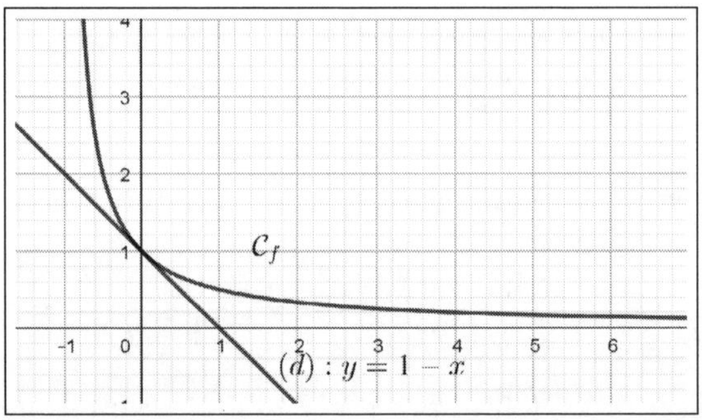

La droite (d) d'équation $y = 1 - x$ est tangente à la courbe $\mathcal{C}_f$ au point de coordonnées (0, 1), ce qui signifie que pour des valeurs de x proches de 0, c'est-à-dire "petite", la fonction affine $x \mapsto 1 - x$ est une approximation du réel $f(x)$, la précision de cette dernière étant à $2x^2$ près (en observant que $2x^2$ est encore plus "petit" que x).

3. Nous remarquons que l'intervalle choisi $\left[-\dfrac{1}{10}, \dfrac{1}{10}\right]$ est symétrique par rapport à 0, ce qui signifie

$$x \in \left[-\frac{1}{10}, \frac{1}{10}\right] \text{ implique } -x \in \left[-\frac{1}{10}, \frac{1}{10}\right].$$

Par conséquent, en remplaçant x par $-x$ dans l'inégalité obtenue à la question précédente, il vient :

$$\forall x \in \left[-\frac{1}{10}, \frac{1}{10}\right], \; |g(x) - (1+x)| \leq \frac{10}{9}x^2,$$

ce qui justifie qu'une approximation affine de la fonction g, pour des valeurs du réel x proches de 0, est la fonction $x \mapsto 1 + x$, avec une précision de $2x^2$.

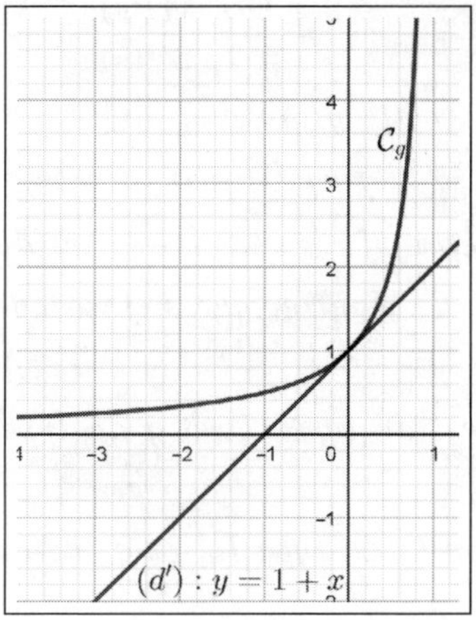

4. Nous remarquons que

$$\text{si } x \in \left[-\frac{1}{10}, \frac{1}{10}\right], \text{ alors } x^2 \in \left[0, \frac{1}{100}\right] \subset \left[-\frac{1}{10}, \frac{1}{10}\right].$$

Par suite, en remplaçant x par x^2 dans l'inégalité obtenue à la question 1, il vient

$$\forall x \in \left[-\frac{1}{10}, \frac{1}{10}\right], \; |h(x) - (1-x^2)| \leq \frac{10}{9}x^4,$$

ce qui justifie qu'une approximation, pour des valeurs du réel x proche de 0, de la fonction h est la fonction $x \mapsto 1 - x^2$, qui cette fois n'est pas affine, mais polynomiale du second degré, avec une précision de $2x^4$.

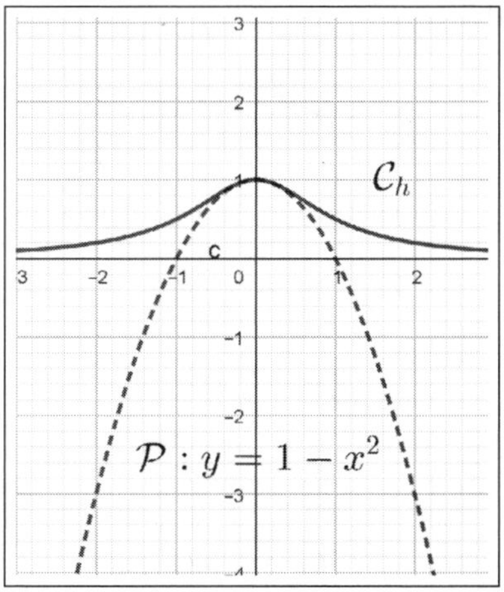

Exercice 18. Fonctions satisfaisant à $|f(x)| \leq k|x|$

Soit f une fonction f définie sur un intervalle I. Nous supposons que cette fonction satisfait à la propriété suivante :

$$\exists k \in \mathbb{R}^{+*}, \forall x \in I, |f(x)| \leq k|x|.$$

Nous désignons par L_k cette propriété.

1. Justifier que si $0 \in I$, alors $f(0) = 0$.

2. Montrer que la fonction $f : x \mapsto \dfrac{2x}{1+x^2}$ est du type L_2.

3. Soit λ un réel non nul. Montrer que si f satisfait à la propriété L_k, alors la fonction $\lambda.f$ est du type $L_{|\lambda|k}$.

4. On suppose que f est du type L_k et g du type $L_{k'}$. Que peut-on dire de la fonction $f+g$?

5. Soient f, définie sur I, du type L_k et g, définie sur un intervalle J, du type $L_{k'}$.

On suppose que

$$\forall x \in I, f(x) \in J.$$

Montrer que $g \circ f$ satisfait à la propriété $L_{kk'}$.

Solution

1. En appliquant la propriété (L_k), en particulier pour $x = 0$, nous obtenons

$$|f(0)| \leq k|0|, \text{ soit } |f(0)| = 0,$$

ce qui justifie que $f(0) = 0$.

2. Tout d'abord nous observons que cette fonction est définie sur $I = \mathbb{R}$.

Pour tout réel x, nous avons

$$|f(x)| = |\frac{2x}{x^2+1}| = \frac{2|x|}{x^2+1}.$$

Puisque $x^2+1 \geq 1$, la fonction inverse étant décroissante sur $]0, +\infty[$, nous en déduisons

$$\frac{1}{x^2+1} \leq 1.$$

Il en résulte que

$$|f(x)| \leq 2|x|,$$

ce qui prouve que la fonction $f : x \mapsto \dfrac{2x}{1+x^2}$ est du type L_2.

3. Soient $\lambda \in \mathbb{R}^*$ et f une fonction satisfaisant à la propriété L_k. Pour tout réel $x \in I$, nous avons

$$|\lambda f(x)| = |\lambda||f(x)| \leq |\lambda|k|x|.$$

Nous en concluons que la fonction $\lambda.f$ est du type $L_{|\lambda|k}$.

4. Soient f du type L_k et g du type $L_{k'}$.

Pour tout $x \in I$, en appliquant l'inégalité triangulaire, nous obtenons

$$|(f+g)(x)| = |f(x)+g(x)| \leq |f(x)| + |g(x)| \leq k|x| + k'|x|, \text{ soit}$$
$$|(f+g)(x)| \leq (k+k')|x|.$$

Ainsi nous avons prouvé que la fonction $f+g$ est du type $L_{k+k'}$.

5. Soient f, définie sur I, du type L_k et g, définie sur un intervalle J, du type $L_{k'}$ telles que

$$\forall x \in I,\ f(x) \in J.$$

Pour tout réel $x \in I$, il vient

$$|(g \circ f)(x) = |g[f(x)]| \leq k'|f(x)| \leq k'k|x|,$$

ce qui justifie que la fonction $g \circ f$ satisfait à la propriété $L_{kk'}$.

Exercice 19. Introduction à la notion de limite en 0

Soit f la fonction définie sur $\mathbb{R}^*$ par $f(x) = \dfrac{\sqrt{x^2+1}-1}{x}$.

1. Montrer que

$$\forall x \in \mathbb{R}^*,\ |f(x)| \leq \frac{1}{2}|x|.$$

2. En déduire qu'une condition suffisante pour que $-\dfrac{1}{100} < f(x) < \dfrac{1}{100}$ est

$$0 < |x| < \frac{1}{50}.$$

3. Plus généralement, soit ϵ un réel strictement positif que nous supposons être très proche de 0. Déterminer un réel $h > 0$ tel que

$$0 < |x| < h \Rightarrow |f(x)| < \epsilon.$$

Solution

1. Soit x un réel non nul. Nous avons

$$f(x) = \frac{(\sqrt{x^2+1}-1)(\sqrt{x^2+1}+1)}{x(\sqrt{x^2+1}+1)} = \frac{x}{\sqrt{x^2+1}+1}.$$

Il en résulte que pour $x \neq 0$,

$$|f(x)| = |\frac{x}{\sqrt{x^2+1}+1}| = \frac{|x|}{\sqrt{x^2+1}+1}.$$

Pour $x \neq 0$, en utilisant les sens de variations des fonctions de référence, nous obtenons les inégalités successives suivantes :

$$\begin{aligned} x^2+1 &\geq 1, \\ \sqrt{x^2+1} &\geq 1, \\ \sqrt{x^2+1}+1 &\geq 2, \\ \frac{1}{\sqrt{x^2+1}+1} &\leq \frac{1}{2}. \end{aligned}$$

Puisque $|x| > 0$, nous en déduisons

$$\frac{|x|}{\sqrt{x^2+1}+1} \leq \frac{1}{2}|x|,$$

ce qui permet la conclusion

$$\forall x \in \mathbb{R}^*, \ |f(x)| \leq \frac{1}{2}|x|.$$

.

2. Soit x un réel non nul tel que $|x| < \frac{1}{50}$. Nous en déduisons

$$\frac{1}{2}|x| < \frac{1}{100}.$$

L'inégalité obtenue à la question précédente implique

$$|f(x)| < \frac{1}{100}, \text{ c'est-à-dire } -\frac{1}{100} < f(x) < \frac{1}{100}.$$

Nous en concluons que la condition $0 < |x| < \frac{1}{50}$ est suffisante pour obtenir l'encadrement

$$-\frac{1}{100} < f(x) < \frac{1}{100}.$$

3. Soit un réel $\epsilon > 0$. En utilisant l'inégalité de la question 1, pour que $|f(x)| < \epsilon$, il suffit que :

$$\frac{1}{2}|x| < \epsilon, \text{ soit } |x| < 2\epsilon.$$

Nous en déduisons que $h = 2\epsilon$ convient.

Nous observons que h dépend de ϵ.

Puisque $x \neq 0$, nous avons ainsi prouvé

$$\forall \epsilon > 0,\ 0 < |x| < 2\epsilon \Rightarrow |f(x)| < \epsilon.$$

Remarque

Cette implication signifie que $f(x)$ est aussi proche de 0 que l'on veut, à condition de choisir x suffisamment proche de 0.

On dit dans ce cas que $f(x)$ tend vers 0 quand x tend vers 0, ce qui est noté $\lim\limits_{x \to 0} f(x) = 0$.

CHAPITRE 4

Limite d'une fonction

Ce chapitre est un pré-requis au suivant qui présentera le concept de dérivation d'une fonction.

La définition de la dérivation d'une fonction en un point réel et les preuves des propriétés qui en découlent reposent sur une définition rigoureuse de la notion de limite d'une fonction en un point réel.

Cette définition étant acquise, nous démontrons dans ce chapitre les propriétés sur les limites qui autorisent une présentation satisfaisante du cours sur la dérivation.

Nous pouvons aussi remarquer et retenir que ce concept de limite est une première incursion dans ce qui est appelée une étude locale d'une fonction, par opposition à une propriété globale, comme par exemple le sens de variations d'une fonction sur un intervalle.

Comme l'illustre l'exercice 18 du chapitre précédent, la notion de limite nulle en 0 concerne une fonction définie sur une partie $D \subset \mathbb{R}$ tel que éventuellement $0 \notin D$, avec cependant la contrainte suivante :

$$D \cup \{0\} \text{ contient un intervalle } I \text{ tel que } 0 \in I.$$

En d'autres termes, si f n'est pas définie en 0, nous supposons que cette fonction est définie pour tout réel proche de 0.

Enfin, nous insistons sur l'importance qu'il y a à dominer les connaissances sur la valeur absolue (paragraphe 3.2 du chapitre 3) afin de bien assimiler les approfondissements qui suivent.

4.1 Limite nulle en 0

Définition. *Soit f une fonction définie sur une partie D de $\mathbb{R}$ tel que $D \cup \{0\}$ contient un intervalle I tel que $0 \in I$.*

On dit que f a pour limite 0 en 0 si et seulement si, pour tout réel $\epsilon > 0$, il existe un réel $r > 0$, tel que pour tout réel $x \in D$, si $-r < x < r$, alors $-\epsilon < f(x) < \epsilon$.

En d'autres termes, d'une façon plus formalisée, nous obtenons

$$\forall \epsilon > 0, \exists r > 0, \forall x \in D, |x| < r \Rightarrow |f(x)| < \epsilon.$$

Cette limite est notée $\lim_{x \to 0} f(x) = 0$.

Remarques. Nous en faisons deux.

- On dit aussi que $f(x)$ tend vers 0 quand x tend vers 0, ce qui signifie que $f(x)$ est aussi proche de 0 que l'on veut, à condition de choisir x suffisamment proche de 0.
- Dans la définition ci-dessus, nous observons que le choix de $\epsilon > 0$ contrôle la valeur du réel $r > 0$, ce qui signifie également que r dépend de ϵ.

Proposition (fonctions de référence de limite 0 en 0). *Les fonctions $x \mapsto x$, $x \mapsto x^2$,...,$x \mapsto x^n$, avec $n \in \mathbb{N}^*$ ainsi que $x \mapsto \sqrt{x}$ et $x \mapsto |x|$ ont pour limite 0 en 0.*

Démonstration. Nous limitons la preuve de cette proposition à la fonction carré et à la fonction racine carrée. Soit $\epsilon > 0$.

- Quel que soit le réel x, pour que $x^2 < \epsilon$, il suffit que $-\sqrt{\epsilon} < x < \sqrt{\epsilon}$.

Par conséquent, conformément à la définition d'une limite nulle en 0, le réel $r = \sqrt{\epsilon}$ convient, ce qui prouve que $\lim_{x \to 0} x^2 = 0$.

- Quel que soit $x \in \mathbb{R}^+$, pour que $\sqrt{x} < \epsilon$, il suffit que $0 \leq x < \epsilon^2$.

Par suite $r = \epsilon^2$ convient, ce qui justifie que $\lim_{x \to 0} \sqrt{x} = 0$.

4.2 Limite finie en 0

Définition. *Soit f une fonction définie sur une partie D de $\mathbb{R}$ tel que $D \cup \{0\}$ contient un intervalle I tel que $0 \in I$.*

On dit que f a pour limite un réel l en 0 si et seulement si

$$\lim_{x \to 0} (f(x) - l) = 0.$$

On note dans ce cas $\lim_{x\to 0} f(x) = l$.

Nous disposons des trois définitions équivalentes suivantes :

$$\lim_{x\to 0} f(x) = l \Leftrightarrow \forall \epsilon > 0,\ \exists r > 0,\ \forall x \in D,\ -r < x < r \Rightarrow -\epsilon < f(x) - l < \epsilon.$$

$$\lim_{x\to 0} f(x) = l \Leftrightarrow \forall \epsilon > 0,\ \exists r > 0,\ \forall x \in D,\ -r < x < r \Rightarrow l - \epsilon < f(x) < l + \epsilon.$$

$$\lim_{x\to 0} f(x) = l \Leftrightarrow \forall \epsilon > 0,\ \exists r > 0,\ \forall x \in D,\ |x| < r \Rightarrow |f(x) - l| < \epsilon.$$

Exemple. Soit f la fonction définie sur $\mathbb{R}^*$ par $f(x) = 1 + x\sin\left(\frac{1}{x}\right)$.

Nous déterminons la limite de cette fonction en 0.

Pour tout réel $x \neq 0$, nous avons

$$|f(x) - 1| = |x\sin\left(\frac{1}{x}\right)| = |x| \times |\sin\left(\frac{1}{x}\right)|.$$

Nous savons que

$$\forall x \in \mathbb{R}^*,\ |\sin\left(\frac{1}{x}\right)| \leq 1,$$

ce qui implique

$$|f(x) - 1| \leq |x|.$$

Ainsi, le réel $\epsilon > 0$ étant donné, pour que $|f(x)-1| < \epsilon$, il suffit que $|x| < \epsilon$.
Le réel strictement positif $r = \epsilon$ convient, ce qui justifie

$$\lim_{x\to 0}(f(x) - 1) = 0,\ \text{soit}\ \lim_{x\to 0} f(x) = 1.$$

4.3 Limite finie en un point

Définition. *Soit f une fonction définie sur une partie D de $\mathbb{R}$ et a un réel tel que $D \cup \{a\}$ contient un intervalle I tel que $a \in I$.*

On dit que f admet pour limite l en a si et seulement si

$$\lim_{h\to 0}(f(a+h) - l) = 0.$$

Dans ce cas, nous notons $\lim_{x\to a} f(x) = l$.

Remarques. Nous en avons deux .

- La condition sur f dans la définition ci-dessus signifie que si f n'est pas définie en a, alors cette fonction est définie pour tout réel proche de a.
- La fonction f étant définie sur D, la fonction $h \mapsto f(a+h) - l$ est définie sur le sous-ensemble D' tel que :

$$D' = \{h \in \mathbb{R} / a + h \in D\}.$$

Cette seconde remarque permet de donner deux formulations équivalentes "(ϵ, r)" de la définition précédente.

Définition. *Avec les données ci-avant, nous disposons des équivalences suivantes :*

$$\lim_{x \to a} f(x) = l \Leftrightarrow \forall \epsilon > 0,\ \exists r > 0,\ \forall h \in D',\ |h| < r \Rightarrow |f(a+h) - l| < \epsilon.$$

En posant $x = a + h$

$$\lim_{x \to a} f(x) = l \Leftrightarrow \forall \epsilon > 0,\ \exists r > 0,\ \forall x \in D,\ |x - a| < r \Rightarrow |f(x) - l| < \epsilon.$$

Remarque. On dit aussi que $f(x)$ tend vers l quand x tend vers a, ce qui signifie que $f(x)$ est aussi proche de l que l'on veut, à condition de choisir x suffisamment proche de a.

Proposition. *Avec les données de la définition, si la fonction f admet une limite l en a et si f est **définie** en a, alors $l = f(a)$.*

Démonstration. Puisque $\lim_{x \to a} f(x) = l$, pour tout $\epsilon > 0$, il existe un réel $r > 0$ tel que

$$\forall x \in D,\ |x - a| < r \Rightarrow |f(x) - l| < \epsilon.$$

En particulier pour $x = a \in D$, nous avons $|a - a| = 0 < r$, ce qui implique

$$\forall \epsilon > 0,\ |f(a) - l| < \epsilon.$$

Par l'absurde, supposons que $f(a) \neq l$.
En particulier pour $\epsilon = \dfrac{|f(a) - l|}{2} > 0$, nous obtenons

$$|f(a) - l| < \frac{|f(a) - l|}{2},$$

ce qui est impossible.

Nous en concluons que $l = f(a)$.

Remarques. Nous en donnons deux.

- Lorsque $\lim_{x \to a} f(x) = f(a)$, on dit que la fonction f est *continue* en a. La notion de continuité, fondamentale en Analyse [1], sera développée en classe de Terminale.

1. Branche des mathématiques qui utilise la notion de limite sous différentes formes.

• Une fonction définie en $a \in D$ peut ne pas admettre de limite en a. Nous en donnerons un contre-exemple après la mise en place de la notion de limite à droite ou à gauche en a.

Exemple. Nous considérons la fonction $f : x \mapsto \dfrac{x^2-1}{x-1}$ définie sur $\mathbb{R} - \{1\}$. Nous étudions la limite en 1 de cette fonction.

Pour $h \neq 0$, nous avons

$$f(1+h) = \frac{(1+h)^2-1}{h} = \frac{h(2+h)}{h} = 2+h.$$

Nous en déduisons que $f(1+h) - 2 = h$.

Par conséquent, $\epsilon > 0$ étant donné, pour que $|f(1+h)-2| < \epsilon$, il suffit que $|h| < \epsilon$.

Nous en concluons que $r = \epsilon$ convient et par suite

$$\lim_{h \to 0} f(1+h) = \lim_{x \to 1} f(x) = 2.$$

Remarque. En pratique, lorsque les résultats sur la limite d'une somme, d'un produit ou d'un quotient seront acquis, la détermination de la limite de cette fonction sera plus immédiate, sans avoir à travailler avec "(ϵ, r)".

Proposition (unicité de la limite). *avec les données de la définition, si la fonction f admet une limite l en a, cette limite est unique.*

Démonstration. Nous supposons par l'absurde que la fonction f admet en a deux limites l et l' telles que $l \neq l'$.

Le réel $\epsilon > 0$ étant donné, nous en déduisons

$$\exists r > 0,\, \forall x \in D,\, |x-a| < r \Rightarrow |f(x) - l| < \frac{\epsilon}{2},$$
$$\exists r' > 0,\, \forall x \in D,\, |x-a| < r' \Rightarrow |f(x) - l'| < \frac{\epsilon}{2}.$$

Pour tout réel $x \in D$, en appliquant l'inégalité triangulaire, il vient

$$|l - l'| = |\,(l - f(x)) + (f(x) - l')\,| \leq |l - f(x)| + |f(x) - l'|.$$

Pour $|x-a| < \min(r,\, r')$, nous obtenons simultanément

$$|l - f(x)| = |f(x) - l| < \frac{\epsilon}{2} \text{ et } |f(x) - l'| < \frac{\epsilon}{2}$$

Il en résulte :

$$|x-a| < \min(r,\, r') \Rightarrow |l-l'| < \epsilon.$$

En particulier, pour $\epsilon = \dfrac{|l-l'|}{2} > 0$, il vient

$$|l-l'| < \frac{|l-l'|}{2},$$

ce qui est contradictoire.

Par l'absurde, nous en concluons que $l = l'$.

4.4 Opérations sur les limites

Proposition. *Soient a, l et l' trois réels. On considère deux fonctions f et g définies sur une partie D de $\mathbb{R}$ tel que $D \cup \{a\}$ contient un intervalle I tel que $a \in I$. Si $\lim\limits_{x\to a} f(x) = l$ et $\lim\limits_{x\to a} g(x) = l'$, alors :*

- $\lim\limits_{x\to a} (f(x)+g(x)) = l + l'$.
- *Pour tout réel λ,* $\lim\limits_{x\to a} \lambda f(x) = \lambda l$.
- $\lim\limits_{x\to a} (f(x)g(x)) = ll'$.
- $\lim\limits_{x\to a} \dfrac{1}{g(x)} = \dfrac{1}{l'}$, *à condition que $l' \neq 0$.*
- $\lim\limits_{x\to a} \dfrac{f(x)}{g(x)} = \dfrac{l}{l'}$, *à condition que $l' \neq 0$.*

Démonstration. Nous prouvons ici les deux premiers points. Les trois suivants seront étudiés dans les exercices corrigés 3 et 4 de ce chapitre.

Soit un réel $\epsilon > 0$ donné.

- Limite d'une somme de deux fonctions.

Puisque $\lim\limits_{x\to a} f(x) = l$, on a

$$\exists r > 0, \forall x \in D,\, |x-a| < r \Rightarrow |f(x)-l| < \frac{\epsilon}{2}.$$

De même, puisque $\lim\limits_{x\to a} g(x) = l'$, on a

$$\exists r' > 0, \forall x \in D,\, |x-a| < r' \Rightarrow |g(x)-l'| < \frac{\epsilon}{2}.$$

Pour tout réel $x \in D$, en appliquant l'inégalité triangulaire, il vient

$$|\,(f(x)+g(x)) - (l+l')\,| = |\,(f(x)-l) + (g(x)-l')\,| \leq |f(x)-l| + |g(x)-l'|.$$

En choisissant $\alpha = \min(r,\, r')$, nous obtenons

$$|x-a| < \alpha \Rightarrow |f(x)-l| < \frac{\epsilon}{2} \text{ et } |g(x)-l'| < \frac{\epsilon}{2}.$$

Nous en déduisons

$$\forall x \in D,\, |x-a| < \alpha \Rightarrow |\,(f(x)+g(x)) - (l+l')\,| < \epsilon,$$

ce qui prouve que $\lim\limits_{x \to a} (f(x)+g(x)) = l + l'$.

• Limite du produit d'un réel par une fonction.

1er cas : $\lambda = 0$.

L'égalité attendue est immédiate dans ce cas car $\lim\limits_{x \to a} 0 = 0$.

2e cas : $\lambda \neq 0$. Puisque $\lim\limits_{x \to a} f(x) = l$, nous avons

$$\exists r > 0, \forall x \in D,\, |x-a| < r \Rightarrow |f(x) - l| < \frac{\epsilon}{|\lambda|}.$$

Pour tout réel $x \in D$, nous avons

$$|\lambda f(x) - \lambda l| = |\lambda\,(f(x) - l)\,| = |\lambda| \times |f(x) - l|.$$

Nous en déduisons que

$$|x-a| < r \Rightarrow |\lambda f(x) - \lambda l| < |\lambda| \frac{\epsilon}{|\lambda|} = \epsilon,$$

ce qui prouve que $\lim\limits_{x \to a} \lambda f(x) = \lambda l$.

Remarques. Nous en faisons trois.

• Si $l' = 0$ dans $\lim\limits_{x \to a} \dfrac{1}{g(x)}$, alors cette limite est infinie. Cette notion de limite infinie sera étudiée en classe de Terminale.

• Si $l = l' = 0$ dans $\lim\limits_{x \to a} \dfrac{f(x)}{g(x)}$, nous obtenons une forme indéterminée du type "$\dfrac{0}{0}$". L'objectif est de lever cette indétermination comme nous l'avons vu dans l'exemple proposé à la fin du paragraphe précédent (4.1.3).

• En utilisant les opérations algébriques, la détermination de la plupart des limites finies est plus simple qu'avec "(ϵ, r)", sans oublier cependant que c'est ce dernier qui permet d'établir des résultats qui simplifient ensuite la "vie mathématique de chacun d'entre nous".

Exemples. Ils sont au nombre de deux.

• Déterminons la limite en 0 de la fonction $f : x \mapsto \dfrac{x^2-1}{x^2+2x-1}$.

En utilisant les limites en 0 des fonctions de référence, par somme et multiplication par un réel, nous avons

$$\lim_{x \to 0} (x^2 - 1) = -1 \text{ et } \lim_{x \to 0} (x^2 + 2x - 1) = -1,$$

par quotient, nous obtenons

$$\lim_{x \to 0} f(x) = \frac{-1}{-1} = 1.$$

- Nous déterminons la limite en $a \in \mathbb{R}$ de la fonction g définie sur $\mathbb{R} - \{a\}$ par $g(x) = \dfrac{x^2 - a^2}{x - a}$.

La limite en a de cette fonction est indéterminée du type "$\dfrac{0}{0}$". Pour lever cette indétermination, nous observons que, pour tout réel $x \neq a$,

$$g(x) = \frac{(x-a)(x+a)}{x-a} = x + a.$$

Il en résulte que

$$\lim_{x \to a} g(x) = \lim_{x \to a} (x + a) = 2a.$$

4.5 Limite à droite, à gauche

Exemple. Soit f la fonction définie sur $\mathbb{R}^*$ par $f(x) = \dfrac{|x|}{x}$.

Nous avons

$$f(x) = \begin{cases} \dfrac{x}{x} & \text{si} \quad x > 0 \\ \\ -\dfrac{x}{x} & \text{si} \quad x < 0 \end{cases} = \begin{cases} 1 & \text{si} \quad x > 0 \\ -1 & \text{si} \quad x < 0 \end{cases}.$$

Graphiquement, nous obtenons

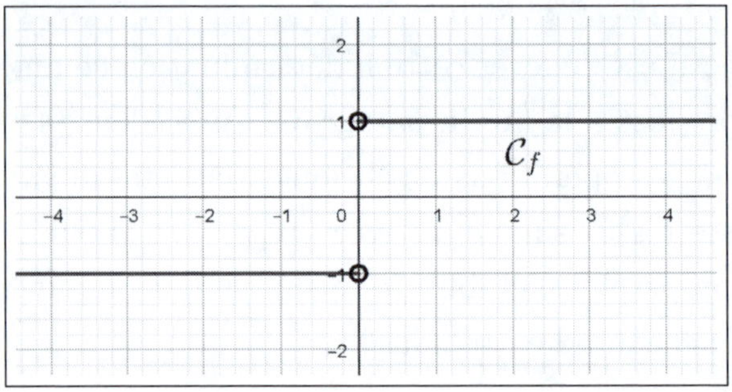

Nous observons sur ce graphique que la fonction f n'a pas de limite en 0.

Par contre la restriction $f_1 : x \mapsto 1$ de f à l'intervalle $]0, +\infty[$ est telle que $\lim\limits_{x \to 0} f_1(x) = 1$.

Dans ce cas, nous énonçons que f admet le réel 1 pour limite *à droite* en 0, ce qui se note $\lim\limits_{\substack{x \to 0 \\ x > 0}} f(x) = 1$ ou $\lim\limits_{x \to 0^+} f(x) = 1$.

De même, la restriction $f_2 : x \mapsto -1$ de f à l'intervalle $]-\infty, 0[$ est telle que $\lim\limits_{x \to 0} f_2(x) = -1$.

Dans ce cas, f admet le réel -1 pour limite *à gauche* en 0, ce qui se note $\lim\limits_{\substack{x \to 0 \\ x<0}} f(x) = -1$ ou $\lim\limits_{x \to 0^-} f(x) = -1$.

Définition. *Soit f une fonction définie sur une partie D de $\mathbb{R}$ et a un réel tel que $D \cup \{a\}$ contient un intervalle I tel que $a \in I$.*

- *Un réel l est la limite à* droite *de f en a si et seulement si la restriction de f à $D \cap]a, +\infty[$ admet l pour limite en a.*

Cette limite à droite est notée $\lim\limits_{\substack{x \to a \\ x>a}} f(x) = l$ ou $\lim\limits_{x \to a^+} f(x) = l$.

En d'autres termes

$$\lim_{\substack{x \to a \\ x>a}} f(x) = l \Leftrightarrow \forall \epsilon > 0, \exists r > 0, \forall x \in D, 0 < x - a < r \Rightarrow |f(x) - l| < \epsilon.$$

- *Un réel l est la limite à* gauche *de f en a si et seulement si la restriction de f à $D \cap]-\infty, a[$ admet l pour limite en a.*

Cette limite à gauche est notée $\lim\limits_{\substack{x \to a \\ x<a}} f(x) = l$ ou $\lim\limits_{x \to a^-} f(x) = l$.

En d'autres termes

$$\lim_{\substack{x \to a \\ x<a}} f(x) = l \Leftrightarrow \forall \epsilon > 0, \exists r > 0, \forall x \in D, -r < x - a < 0 \Rightarrow |f(x) - l| < \epsilon.$$

Proposition. *Avec les données de la définition, les deux propositions suivantes sont équivalentes :*

(i) $\lim\limits_{x \to a} f(x) = l$,

(ii) $\lim\limits_{x \to a^+} f(x) = \lim\limits_{x \to a^-} f(x) = l$.

Démonstration. Cette équivalence est immédiate en vertu des définitions précédentes.

Remarques. Nous en proposons deux.

- Si f est définie en a, alors nous obtenons $\lim\limits_{x \to a} f(x) = l \Leftrightarrow \lim\limits_{x \to a^+} f(x) = \lim\limits_{x \to a^-} f(x) = l = f(a)$.
- La négation de (ii) permet de justifier facilement qu'une fonction n'a pas de limite en a. C'est ce que nous avons fait dans l'exemple présenté en introduction de ce paragraphe. Nous utiliserons souvent cette remarque pour mettre en évidence différents contre-exemples.

Exemple (échelon unité). Soit u la fonction définie sur $\mathbb{R}$ par

$$u(t) = \begin{cases} 1 & \text{si} \quad t \geq 0 \\ 0 & \text{si} \quad t < 0 \end{cases}.$$

Nous avons immédiatement

$$\lim_{t \to 0^+} u(t) = 1 = u(0) \text{ et } \lim_{t \to 0^-} u(t) = 0.$$

Nous observons que $\lim_{t \to 0^+} u(t) \neq \lim_{t \to 0^-} u(t)$, ce qui justifie que la fonction $t \mapsto u(t)$ n'a pas de limite en 0.

De plus, cette fonction est définie en 0, nous pouvons préciser donc que l'échelon unité est discontinu en 0.

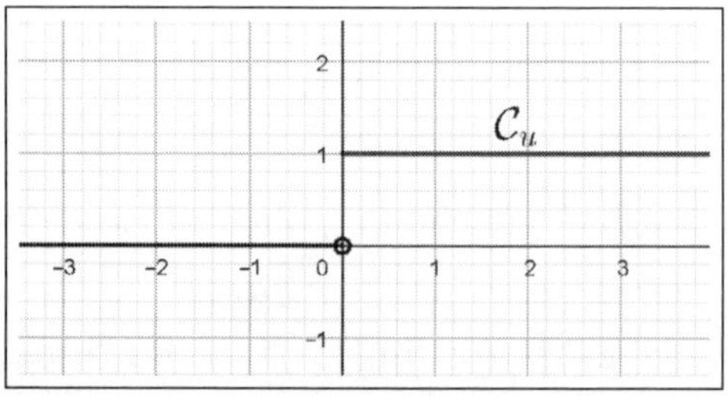

4.6 Limite finie et inégalités

Dans ce paragraphe, nous présentons deux résultats qui seront notamment utiles dans le chapitre 5.

Théorème (d'encadrement ou "des gendarmes"). *Soient l un réel, f, g, h trois fonctions définies sur une partie D de $\mathbb{R}$ et a un réel tel que $D \cup \{a\}$ contient un intervalle I tel que $a \in I$.*

Si

- $\forall x \in D,\ g(x) \leq f(x) \leq h(x)$,
- $\lim_{x \to a} g(x) = \lim_{x \to a} h(x) = l$,

alors la fonction f admet une limite en a et $\lim_{x \to a} f(x) = l$.

Démonstration. Soit un réel $\epsilon > 0$ donné.

Puisque $\lim_{x \to a} g(x) = \lim_{x \to a} h(x) = l$, nous en déduisons

$$\exists r > 0,\ \forall x \in D, |x - a| < r \Rightarrow l - \epsilon < g(x) < l + \epsilon,$$
$$\exists r' > 0,\ \forall x \in D, |x - a| < r' \Rightarrow l - \epsilon < h(x) < l + \epsilon.$$

Par conséquent, pour tout réel $x \in D$ tel que $|x-a| < \min(r, r')$, nous obtenons

$$l - \epsilon < g(x) \leq f(x) \leq h(x) < l + \epsilon,$$

ce qui implique

$$\forall x \in D,\ |x-a| < \min(r, r') \Rightarrow l - \epsilon < f(x) < l + \epsilon,$$

ce qui démontre que la fonction f admet une limite en a et $\lim\limits_{x \to a} f(x) = l$.

Corollaire. *Soient l un réel, f et u deux fonctions définies sur une partie D de $\mathbb{R}$ et a un réel tel que $D \cup \{a\}$ contient un intervalle I tel que $a \in I$.*

Si

- $\forall x \in D,\ |f(x) - l| \leq u(x)$,
- $\lim\limits_{x \to a} u(x) = 0$,

alors $\lim\limits_{x \to a} f(x) = l$.

Démonstration. Pour tout réel $x \in D$, l'inégalité $|f(x) - l| \leq u(x)$ équivaut à

$$-u(x) \leq f(x) - l \leq u(x), \text{ soit } l - u(x) \leq f(x) \leq l + u(x).$$

Puisque $\lim\limits_{x \to a} u(x) = 0$, nous obtenons

$$\lim_{x \to a} l - u(x) = \lim_{x \to a} l + u(x) = l.$$

Par le théorème d'encadrement, nous en concluons que $\lim\limits_{x \to a} f(x) = l$.

Remarques. Nous en donnons trois.

- Ce théorème et son corollaire sont utilisés lorsque les résultats par le calcul algébrique des limites est en échec.
- Le corollaire est très pratique car il évite souvent l'utilisation de "(ϵ, r)" dans la détermination d'une limite finie en un point.
- Si les inégalités sont strictes, le théorème d'encadrement et son corollaire restent vrais.

Exemples. Nous en proposons deux.

- Nous étudions la limite en 0 de la fonction définie sur $\mathbb{R}^*$ par

$$f : x \mapsto x^2 \lfloor \frac{1}{x} \rfloor.$$

Pour tout réel $x \neq 0$, nous avons

$$\lfloor \frac{1}{x} \rfloor \leq \frac{1}{x} < \lfloor \frac{1}{x} \rfloor + 1,$$

ce qui implique

$$\frac{1}{x} - 1 < \lfloor \frac{1}{x} \rfloor \leq \frac{1}{x}.$$

Puisque $x^2 > 0$, nous obtenons

$$x - x^2 < f(x) \leq x.$$

Puisque $\lim\limits_{x \to 0} x - x^2 = \lim\limits_{x \to 0} x = 0$, par le théorème d'encadrement, nous en concluons que

$$\lim_{x \to 0} f(x) = 0.$$

- Nous montrons ici que si $\lim\limits_{x \to a} f(x) = l$, alors $\lim\limits_{x \to a} |f(x)| = |l|$.
Pour tout $x \in D_f$, nous avons

$$||f(x)| - |l|| \leq |f(x) - l|$$

Puisque $\lim\limits_{x \to a} (f(x) - l) = 0$, nous en déduisons grâce au corollaire ci-dessus que

$$\lim_{x \to a} |f(x)| = |l|.$$

Proposition (passage à la limite sur une inégalité). *Soient l un réel, f une fonction définie sur une partie D de $\mathbb{R}$ et a un réel tel que $D \cup \{a\}$ contient un intervalle I tel que $a \in I$.*

Si

- $\forall x \in D,\ f(x) > 0,$
- $\lim\limits_{x \to a} f(x) = l,$

alors $l \geq 0$.

Démonstration. Par l'absurde, nous supposons que $l < 0$.

Puisque $\lim_{x \to a} f(x) = l$, en choisissant en particulier $\epsilon = -l > 0$, nous obtenons

$$\exists r > 0, \forall x \in D, |x - a| < r \Rightarrow l < f(x) - l < -l.$$

Ainsi, pour tout réel $x \in D$ tel que $|x - a| < r$, nous obtenons

$$2l < f(x) < 0,$$

ce qui est contradictoire avec : $\forall x \in D, f(x) > 0$.

Nous en concluons que $l \geq 0$.

Remarque. Nous retiendrons que le passage à la limite sur une inégalité stricte restitue une inégalité large.

4.7 Limite de la composée de deux fonctions

Nous présentons ici un résultat théorique concernant la limite de la composée de deux fonctions admettant chacune une limite finie. C'est une proposition un peu délicate à envisager mais en pratique son application simplifie un grand nombre de calculs de limite finie en un point.

Proposition. *Soient u et g deux fonctions définies respectivement sur $D \subset \mathbb{R}$ et $D' \subset \mathbb{R}$ telles que*

$$\forall x \in D, u(x) \in D'.$$

Si a, l et l' sont trois réels tels que

$$\lim_{x \to a} u(x) = l \text{ et } \lim_{X \to l} g(X) = l',$$

alors

$$\lim_{x \to a} g(u(x)) = \lim_{x \to a} (g \circ u)(x) = l'$$

Démonstration. Soit un réel $\epsilon > 0$.

Puisque $\lim_{X \to l} g(X) = l'$, nous avons

$$\exists r' > 0, \forall X \in D', |X - l| < r' \Rightarrow |g(X) - l'| < \epsilon.$$

Puisque $\lim_{x \to a} u(x) = l$, le réel $r' > 0$ étant à disposition, c'est-à-dire pouvant être choisi pour jouer le rôle d'un "ϵ", nous obtenons :

$$\exists r > 0, \forall x \in D, |x-a| < r \Rightarrow |u(x) - l| < r'.$$

En particulier, pour $X = u(x) \in D'$, la condition $|x - a| < r$, implique

$$|g(u(x)) - l'| < \epsilon, \text{ soit } |(g \circ u)(x) - l'| < \epsilon,$$

ce qui prouve que

$$\lim_{x \to a} g(u(x)) = \lim_{x \to a} (g \circ u)(x) = l'.$$

Exemples. Nous en proposons deux.

- Nous considérons la fonction f définie sur $\mathbb{R}$ par $f : x \mapsto \sqrt{x^2 - 2x + 2}$. Nous déterminons la limite en 0 de cette fonction qui résulte de la composition de $x \mapsto \sqrt{x}$ avec $x \mapsto x^2 - 2x + 2$.

En pratique pour appliquer le théorème ci-dessus, nous posons

$$X = x^2 - 2x + 2.$$

Par composition, nous obtenons

$$\lim_{x \to 0} f(x) = \lim_{X \to 2} \sqrt{X} = \sqrt{2}.$$

- Nous déterminons la limite en $\frac{\pi}{4}$ de la fonction $x \mapsto \sin\left(x - \frac{\pi}{4}\right)$.

En posant

$$X = x - \frac{\pi}{4},$$

par composition, nous en concluons

$$\lim_{x \to \frac{\pi}{4}} \sin\left(x - \frac{\pi}{4}\right) = \lim_{X \to 0} \sin X = 0.$$

4.8 Exercices corrigés

Exercice 1. Forme indéterminée "$\frac{0}{0}$"

Déterminer les limites des fonctions suivantes :

- $f : x \mapsto \dfrac{x^3 - a^2 x}{x - a}$, *en* $a \in \mathbb{R}$.
- $g : x \mapsto \dfrac{1 - \sqrt{1 + 2x^2}}{x^2}$, *en* 0.
- $h : x \mapsto \dfrac{\sqrt{1+x} - \sqrt{1-x}}{x}$, *en* 0.

Solution

• La fonction f est définie sur $\mathbb{R} - \{a\}$. En $x = a$, nous observons une forme indéterminée "$\frac{0}{0}$".

Pour tout réel $x \neq a$, nous avons

$$\begin{aligned} f(x) &= \frac{x(x^2 - a)}{x - a}, \\ f(x) &= \frac{x(x-a)(x+a)}{x - a}, \\ f(x) &= x(x+a). \end{aligned}$$

Par somme et produit de limites en a, nous en déduisons

$$\lim_{x \to a} f(x) = \lim_{x \to a} x(x+a) = 2a^2.$$

• La fonction g est définie sur $\mathbb{R}^*$. En $x = 0$, nous observons une forme indéterminée "$\frac{0}{0}$". Pour $x \neq 0$, nous avons

$$\begin{aligned} g(x) &= \frac{(1 - \sqrt{1+2x^2})(1 + \sqrt{1+2x^2})}{x^2(1 + \sqrt{1+2x^2})}, \\ g(x) &= \frac{-2x^2}{x^2(1 + \sqrt{1+2x^2})}, \\ g(x) &= \frac{-2}{1 + \sqrt{1+2x^2}}. \end{aligned}$$

Puisque par composition, $\lim_{x \to 0} \sqrt{1+2x^2} = 1$, puis par produit somme et quotient, nous obtenons

$$\lim_{x \to 0} g(x) = \lim_{x \to 0} \frac{-2}{1 + \sqrt{1+2x^2}} = -1$$

Remarque. $\lim_{x \to 0} \sqrt{1+2x^2} = 1$ est justifiée par composition.

• La fonction h est définie si et seulement si

$$1 + x \geq 0,\ 1 - x \geq 0 \,\text{et}\, x \neq 0 \Leftrightarrow x \in [-1\,0[\cup]0,\ 1].$$

En $x = 0$, nous remarquons une forme indéterminée "$\frac{0}{0}$".

Pour $x \neq 0$, nous avons

$$h(x) = \frac{\left(\sqrt{1+x} - \sqrt{1-x}\right)\left(\sqrt{1+x} + \sqrt{1-x}\right)}{x\left(\sqrt{1+x} + \sqrt{1-x}\right)},$$

$$h(x) = \frac{(1+x) - (1-x)}{x\left(\sqrt{1+x} + \sqrt{1-x}\right)},$$

$$h(x) = \frac{2x}{x\left(\sqrt{1+x} + \sqrt{1-x}\right)},$$

$$h(x) = \frac{2}{\sqrt{1+x} + \sqrt{1-x}}.$$

Par conséquent, par composition, somme et quotient, nous obtenons

$$\lim_{x \to 0} h(x) = \lim_{x \to 0} \frac{2}{\sqrt{1+x} + \sqrt{1-x}} = 1.$$

Exercice 2. Fonction bornée localement

Soient $l \in \mathbb{R}$ et f une fonction définie sur une partie D de $\mathbb{R}$ et a un réel tel que $D \cup \{a\}$ contient un intervalle I tel que $a \in I$.

Montrer que si $\lim_{x \to a} f(x) = l$, alors la fonction f est bornée localement, c'cst à dire

$$\exists M \in \mathbb{R}, \exists r > 0, \forall x \in D, |x - a| < r \Rightarrow |f(x)| \leq M.$$

Solution

Puisque $\lim_{x \to a} f(x) = l$, en choisissant $\epsilon = 1$, nous savons qu'il existe un réel $r > 0$ tel que

$$\forall x \in D, |x - a| < r \Rightarrow |f(x) - l| < 1.$$

Par ailleurs, pour tout réel $x \in D$, en utilisant l'inégalité triangulaire, nous avons

$$|f(x)| = |(f(x) - l) + l| \leq |f(x) - l| + |l|.$$

Nous en déduisons que

$$\forall x \in D, |x - a| < r \Rightarrow |f(x)| < 1 + |l|.$$

Par conséquent, le réel $M = 1 + |l|$ convient, en se souvenant cependant qu'une inégalité stricte implique une inégalité large.

Nous en concluons

$$\exists r > 0, \forall x \in D, |x - a| < r \Rightarrow |f(x)| \leq M.$$

Exercice 3. Limite d'un produit

Soient l et l' deux réels, f et g deux fonctions définies sur une partie D de $\mathbb{R}$ et a un réel tel que $D \cup \{a\}$ contient un intervalle I tel que $a \in I$.

On suppose que $\lim\limits_{x \to a} f(x) = l$ et $\lim\limits_{x \to a} g(x) = l'$.

1. Justifier que, pour tout réel $x \in D$,

$$|f(x)g(x) - ll'| \leq |f(x)||g(x) - l'| + |l'||f(x) - l|.$$

2. En utilisant le résultat de l'exercice précédent, montrer

$$\lim_{x \to a} (f(x)g(x)) = ll'.$$

Solution

1. Pour tout réel $x \in D$, nous avons

$$\begin{aligned} |f(x)g(x) - ll'| &= |(f(x)g(x) - l'f(x)) + (l'f(x) - ll')|, \\ &= |f(x)(g(x) - l') + l'(f(x) - l)|. \end{aligned}$$

En appliquant l'inégalité triangulaire et l'action de la valeur absolue sur un produit, nous obtenons

$$|f(x)g(x) - ll'| \leq |f(x)(g(x) - l')| + l'(f(x) - l)| \leq |f(x)||g(x) - l'| + |l'||f(x) - l|.$$

2. Puisque f admet pour limite l en a, nous en déduisons que f est bornée par un réel M, localement au voisinage de a, c'est-à-dire

$$\exists r > 0, \forall x \in D, |x - a| < r \Rightarrow |f(x)||g(x) - l'| \leq M|g(x) - l'|.$$

Comme la fonction g admet pour limite l' en a, nous savons que

$$\lim_{x \to a} |g(x) - l'| = 0,$$

ce qui implique

$$\lim_{x \to a} M|g(x) - l'| = 0.$$

De plus, nous avons

$$\lim_{x \to a} |f(x) - l| = 0.$$

Par somme, nous en déduisons

$$\lim_{x \to a} M|g(x) - l'| + |l'||f(x) - l| = 0.$$

De plus, pour x voisin de a, nous disposons de l'inégalité

$$|f(x)g(x) - ll'| \leq M|g(x) - l'| + |l'||f(x) - l|.$$

Par le corollaire du théorème d'encadrement, nous en concluons que

$$\lim_{x \to a} (f(x)g(x)) = ll'.$$

Exercice 4. Limite d'un quotient

Soient l et l' deux réels, f et g deux fonctions définies sur une partie D de $\mathbb{R}$ et a un réel tel que $D \cup \{a\}$ contient un intervalle I tel que $a \in I$.

On suppose que $\lim_{x \to a} f(x) = l$ et $\lim_{x \to a} g(x) = l'$ avec $l' \neq 0$.

1. Montrer qu'il existe deux réels $m > 0$ et $r > 0$ tel que

$$\forall x \in D,\ |x - a| < r \Rightarrow |g(x)| > m.$$

2. En déduire que

$$|x - a| < r \Rightarrow \left| \frac{1}{g(x)} - \frac{1}{l'} \right| < \frac{1}{|l'|m} |g(x) - l'|.$$

3. Montrer que la fonction $x \mapsto \dfrac{1}{g(x)}$ admet pour limite $\dfrac{1}{l'}$ en a.

4. Justifier que $\lim_{x \to a} \dfrac{f(x)}{g(x)} = \dfrac{l}{l'}$.

Solution

1. Puisque $\lim_{x \to a} g(x) = l'$, en utilisant le second exemple du paragraphe 4.1.6, nous savons que $\lim_{x \to a} |g(x)| = |l'|$.

Comme $l' \neq 0$, en prenant $\epsilon = \dfrac{|l'|}{2}$, nous obtenons

$$\exists r > 0,\ \forall x \in D,\ |x - a| < r \Rightarrow -\frac{|l'|}{2} < |g(x)| - |l'| < \frac{|l'|}{2}, \text{ soit}$$
$$\frac{|l'|}{2} < |g(x)| < \frac{3|l'|}{2}.$$

Nous en déduisons, en posant $m = \dfrac{|l'|}{2} > 0$, qu'il existe deux réels $m > 0$ et $r > 0$ tels que

$$\forall x \in D,\ |x - a| < r \Rightarrow |g(x)| > m.$$

2. Pour tout réel $x \in D$, nous avons

$$\left| \frac{1}{g(x)} - \frac{1}{l'} \right| = \left| \frac{l' - g(x)}{l' g(x)} \right| = \frac{|g(x) - l'|}{|l'||g(x)|}.$$

Puisque $\lim_{x \to a} g(x) = l'$, avec $l' \neq 0$, nous savons

$$\exists r > 0, \forall x \in D, |x - a| < r \Rightarrow |g(x)| > m, \text{ soit } \frac{1}{|g(x)|} < \frac{1}{m}.$$

Nous en déduisons que pour tout réel $x \in D$ tel que $|x - a| < r$, nous disposons de l'inégalité

$$\left| \frac{1}{g(x)} - \frac{1}{l'} \right| < \frac{|g(x) - l'|}{|l'|m}.$$

Puisque $\lim_{x \to a} |g(x) - l'| = 0$,nous obtenons

$$\lim_{x \to a} \frac{|g(x) - l'|}{|l'|m} = 0.$$

Par le corollaire du théorème d'encadrement, nous en concluons que

$$\lim_{x \to a} \frac{1}{g(x)} = \frac{1}{l'}.$$

Remarque. Puisque pour x proche de a, $|g(x)|$ est minoré par un réel $m > 0$, nous en déduisons localement que $g(x) \neq 0$.

3. Nous savons que $\lim_{x \to a} f(x) = l$ et $\lim_{x \to a} \frac{1}{g(x)} = \frac{1}{l'}$.
Par produit, nous en concluons

$$\lim_{x \to a} \frac{f(x)}{g(x)} = \lim_{x \to a} \left(f(x) \times \frac{1}{g(x)} \right) = l \times \frac{1}{l'} = \frac{l}{l'}.$$

Exercice 5. Limite en 0 de $x \mapsto \frac{\sin x}{x}$

Sur le quart de cercle trigonométrique ci-dessous, on donne le point M tel que l'angle $\widehat{IOM}$ ait pour mesure en radians $x \in]0, \frac{\pi}{2}[$.

Le point P est l'intersection de la demi-droite $[OM)$ avec la tangente en I.

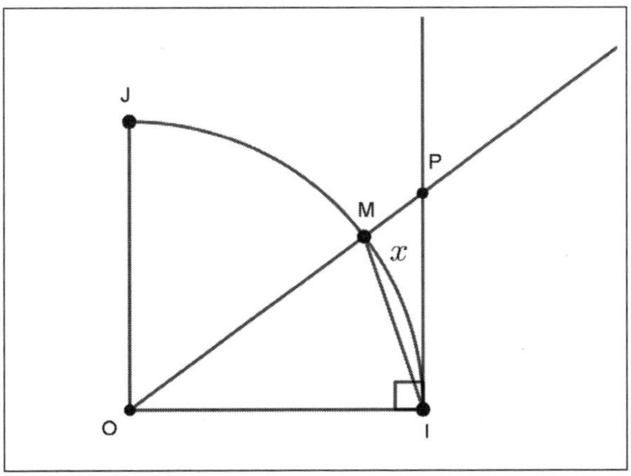

1. Par des considérations d'aires, justifier que $\sin x < x < \tan x$.

2. En déduire que pour tout réel $x \in]0, \frac{\pi}{2}[$, *nous disposons de la double inégalité*

$$1 < \frac{x}{\sin x} < \frac{1}{\cos x}.$$

3. Expliquez pourquoi cette double inégalité reste vraie lorsque $x \in]-\frac{\pi}{2}, 0[$ *?*

4. Quelle est la limite en 0 de $x \mapsto \frac{\sin x}{x}$ *?*

Solution

1. L'aire du triangle OIM est inférieure strictement à l'aire du secteur angulaire limité par l'arc $\widehat{IM}$. Cette aire est elle-même inférieure à l'aire du triangle OIP rectangle en I.

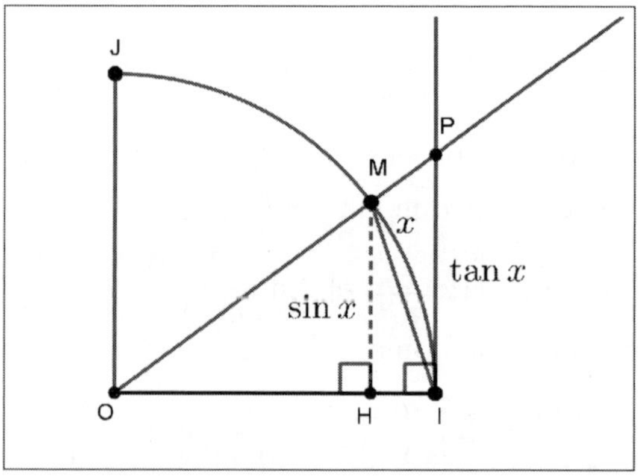

Avec les notations de la figure, nous obtenons

$$\frac{OI \times MH}{2} < \frac{OI^2 \times x}{2} < \frac{OI \times IP}{2}.$$

Sachant que $OI = 1$, nous en déduisons

$$\frac{\sin x}{2} < \frac{x}{2} < \frac{\tan x}{2}.$$

Nous en concluons

$$\forall x \in]0, \frac{\pi}{2}[, \ \sin x < x < \tan x.$$

2. Soit $x \in]0, \frac{\pi}{2}[$. Nous avons

$$\sin x < x < \frac{\sin x}{\cos x}.$$

En divisant chaque membre de cette double inégalité par $\sin x > 0$, pour tout réel $x \in]0, \frac{\pi}{2}[$, nous en concluons :

$$1 < \frac{x}{\sin x} < \frac{1}{\cos x}.$$

3. Si $x \in]-\frac{\pi}{2}, 0[$, alors $-x \in]0, \frac{\pi}{2}[$.

Ainsi nous pouvons appliquer la double inégalité ci-dessus en remplaçant x par $-x$, ce qui donne

$$1 < \frac{-x}{\sin(-x)} < \frac{1}{\cos(-x)}.$$

La fonction sinus est impaire et la fonction cosinus est paire.

Nous en déduisons

$$1 < \frac{-x}{-\sin x} < \frac{1}{\cos x}.$$

Par conséquent, pour tout $x \in]-\frac{\pi}{2}, 0[$, nous obtenons à nouveau

$$1 < \frac{x}{\sin x} < \frac{1}{\cos x}.$$

4. De la double inégalité précédente, par décroissance de $x \mapsto \frac{1}{x}$ sur $]0, +\infty[$, il résulte que, pour tout réel $x \in]-\frac{\pi}{2}, 0[\cup]0, \frac{\pi}{2}[$,

$$\cos x < \frac{\sin x}{x} < 1.$$

Puisque $\lim_{x \to 0} 1 = 1$ et $\lim_{x \to 0} \cos x = 1$, par le théorème d'encadrement, nous obtenons

$$\lim_{x \to 0} \frac{\sin x}{x} = 1.$$

Remarques. Nous en avons deux.

- Cette limite est à retenir. Elle est utilisée notamment pour étudier la dérivabilité en 0 de la fonction sin.
- Cette limite signifie que pour x proche de 0, $\sin x \approx x$.

Cette approximation pour des valeurs "petites" de x est fréquemment utilisée en Physique.

Exercice 6. Limite à droite, à gauche

Soit f la fonction définie sur $\mathbb{R} - \{1\}$ par

$$f : x \mapsto \frac{|x-1|}{x-1}\sqrt{|x-1|}.$$

Cette fonction admet-elle une limite en $x = 1$?

Solution

La fonction f est définie sur $\mathbb{R} - \{1\}$.

En $x = 1$, nous sommes en présence d'une forme indéterminée "$\frac{0}{0}$".

Pour $x \neq 1$, deux cas s'imposent par disjonction.

1^er^cas : $x > 1$. Il vient

$$f(x) = \frac{x-1}{x-1}\sqrt{x-1} = \sqrt{x-1}.$$

2^e^cas : $x < 1$. Nous obtenons

$$f(x) = -\frac{x-1}{x-1}\sqrt{-(x-1)} = -\sqrt{1-x}.$$

Nous en déduisons que

$$\lim_{\substack{x \to 1 \\ x > 1}} f(x) = \lim_{\substack{x \to 1 \\ x > 1}} \sqrt{x-1} = 0,$$
$$\lim_{\substack{x \to 1 \\ x < 1}} f(x) = \lim_{\substack{x \to 1 \\ x < 1}} -\sqrt{1-x} = 0.$$

Il en résulte, puisque la limite à gauche en 1 de f est égale à la limite à droite de f en 1, que

$$\lim_{x \to 1} f(x) = 0.$$

Nous contrôlons graphiquement

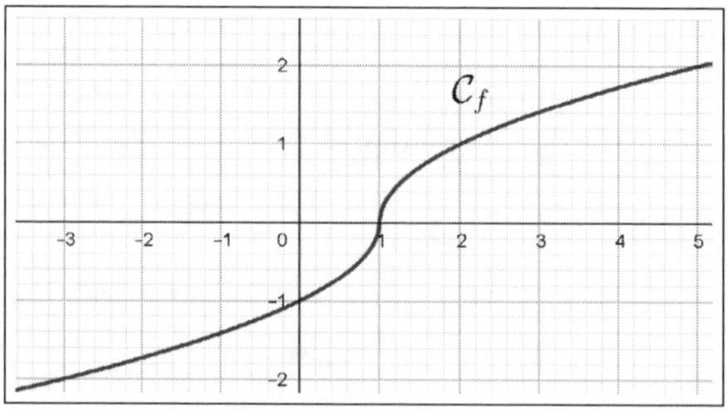

Remarque. En posant $f(1) = 0$, par extension nous définissons la fonction f sur $\mathbb{R}$. Nous pouvons observer qu'au point d'abscisse $x = 1$, la courbe $\mathcal{C}_f$ admet une tangente verticale et qu'en ce point la courbe "traverse la tangente". Ces observations seront étudiées dans le chapitre suivant.

Exercice 7. Tangente en un point d'une courbe

Nous considérons la fonction définie sur $]0, +\infty[$ *par* $f : x \mapsto \dfrac{1}{x}$.

Soient A *un point fixé sur la courbe* $\mathcal{C}_f$ *d'abscisse* $a > 0$ *et* B *un point de* $\mathcal{C}_f$ *d'abscisse* $b > 0$ *tel que* $b \neq a$.

1. Déterminer une équation de la droite (AB).

2. Justifier que le coefficient directeur de cette droite admet une limite m' *lorsque* b *tend vers* a.

3. Déterminer une équation de la droite (T) *passant par* A *et de coefficient directeur* m'. *Que peut-on dire de cette droite ? Observer graphiquement la situation.*

Solution

1. Tout d'abord, nous disposons de la figure suivante :

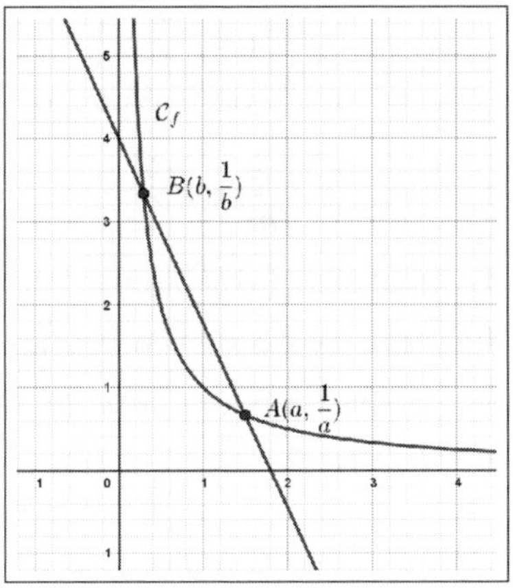

Puisque $a \neq b$, la droite (AB) est non parallèle à la droite des ordonnées, une équation réduite de cette droite est de la forme

$$y = mx + p.$$

Nous calculons le coefficient directeur m de (AB), il vient

$$m = \frac{f(b) - f(a)}{b - a} = \frac{\dfrac{1}{b} - \dfrac{1}{a}}{b - a} = \frac{\dfrac{a - b}{ab}}{b - a} = -\frac{1}{ab}.$$

Une équation de la droite (AB) est :

$$y = -\frac{1}{ab}x + p.$$

Puisque $A(a, \frac{1}{a})$ appartient à cette droite, nous obtenons

$$p = \frac{1}{a} + \frac{1}{ab}a = \frac{1}{a} + \frac{1}{b}.$$

Nous en concluons qu'une équation de la droite (AB) est

$$y = -\frac{1}{ab}x + \frac{1}{a} + \frac{1}{b}.$$

2. D'après la question précédente, nous obtenons

$$m' = \lim_{b \to a} \frac{f(b) - f(a)}{b - a} = \lim_{b \to a} -\frac{1}{ab} = -\frac{1}{a^2}.$$

3. Une équation réduite de la droite (T) est de la forme

$$y = m'x + p, \text{ soit } y = -\frac{1}{a^2}x + p.$$

Puisque $A(a, \frac{1}{a})$ appartient à cette droite, il vient

$$p = \frac{1}{a} + \frac{1}{a^2}a = \frac{2}{a}.$$

Nous en déduisons que la droite (T) a pour équation

$$y = -\frac{1}{a^2}x + \frac{2}{a}.$$

Lorsque b tend vers a, la droite (AB) tend vers une position limite qui est la droite (T). Par définition, cette droite est la tangente à la courbe $\mathcal{C}_f$ au point $A(a, f(a))$. Nous verrons dans le chapitre suivant que l'obtention de cette tangente caractérise géométriquement la notion de dérivabilité de f en $x = a$.

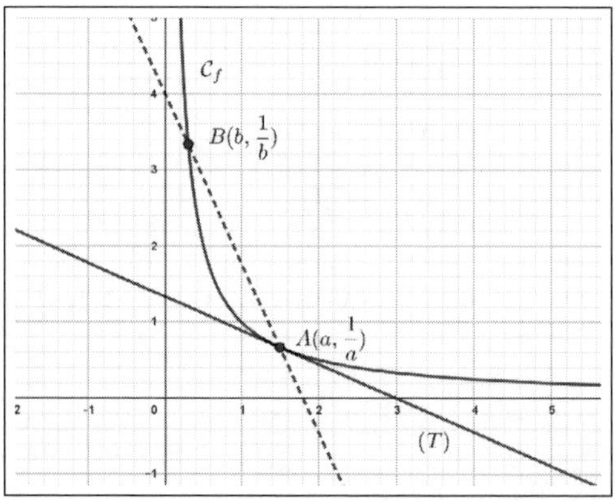

CHAPITRE 5

Dérivation

Ce chapitre est sans conteste le plus central dans un cours de Première.

La notion de dérivée en un point permet d'étudier de nombreuses questions théoriques, comme par exemple :

- la notion d'approximation affine d'une fonction en un point,

- la notion de tangente en un point d'une courbe,

- l'obtention du sens de variations d'une fonction et en particulier la détermination d'inégalités,

- les problèmes d'optimisation,

- les algorithmes d'approximation d'une solution d'une équation.

En mathématiques appliquées, les domaines qui utilisent la dérivation sont multiples. Pour exemples, nous citons :

- en physique : la vitesse d'un mobile à un instant t, l'intensité d'un courant dont la tension est variable dans le temps ; en électromagnétisme : la loi de Faraday,

- en économie : le taux de croissance instantanée, le coût marginal d'une fonction de coût.

Historiquement la notion de dérivée est le point de départ de l'analyse moderne. Au XVIIe siècle, Gottfried Wilhelm Leibniz et Isaac Newton amorcent l'idée de dérivée en proposant la notion "d'infiniment petit" . Cependant cette notion est très intuitive donc peu rigoureuse. Il faut attendre le XVIIIe siècle pour que d'Alembert affine la notion de dérivée en un point en considérant la notion de taux d'accroissement. Le concept rigoureux de limite en un point est établi au milieu du XIXe siècle et c'est avec Weierstrass que la dérivation est proposée telle que nous le connaissons de nos jours.

5.1 Dérivabilité en un point

Définition. *Soit f une fonction définie sur un intervalle I non vide.*

Soient a un réel appartenant à cet intervalle et h un réel non nul tel que $a+h \in I$.

La fonction f est dérivable en a si et seulement si

$$\text{la fonction } h \mapsto \frac{f(a+h)-f(a)}{h} \text{ admet une limite finie en } 0.$$

Cette limite finie est le nombre dérivé *de f en a. Ce dernier est noté $f'(a)$.*

En d'autre termes, nous obtenons

$$f \text{ est dérivable en } a \text{ si et seulement si } \lim_{h\to 0} \frac{f(a+h)-f(a)}{h} = f'(a).$$

Proposition. *Soit f une fonction définie sur un intervalle I et $a \in I$. Les deux propositions suivantes sont équivalentes :*

(i) f est dérivable en a,

(ii) $\lim_{x\to a} \frac{f(x)-f(a)}{x-a} = f'(a)$.

Démonstration. $(i) \Rightarrow (ii)$

Nous supposons que f est dérivable en a. En posant $x = a+h$, par composition, nous obtenons

$$\lim_{x\to a} \frac{f(x)-f(a)}{x-a} = \lim_{h\to 0} \frac{f(a+h)-f(a)}{h} = f'(a).$$

$(ii) \Rightarrow (i)$

Nous supposons (ii). Á nouveau par composition, en posant $h = x-a$, il vient

$$\lim_{h\to 0} \frac{f(a+h)-f(a)}{h} = \lim_{x\to a} \frac{f(x)-f(a)}{x-a} = f'(a).$$

Remarque. Nous en donnons quatre.

• La fonction $h \mapsto \frac{f(a+h)-f(a)}{h}$ est le taux d'accroissement de f entre les valeurs $a+h$ et h.

• La fonction $x \mapsto \frac{f(x)-f(a)}{x-a}$ est le taux d'accroissement de f entre les valeurs x et a.

• Étudier la dérivabilité d'une fonction en a revient à lever une indétermination du type "$\frac{0}{0}$".

• Si la fonction f est définie en $x = 0$, étudier sa dérivabilité en 0 revient à déterminer la limite en 0 du taux d'accroissement de la définition qui est égal au taux d'accroissement de la proposition ci-dessus. En d'autres termes, nous avons

$$f \text{ dérivable en } 0 \Leftrightarrow \lim_{h \to 0} \frac{f(h) - f(0)}{h} = \lim_{x \to 0} \frac{f(x) - f(0)}{x} = f'(0).$$

Exemples. Nous proposons un premier exemple de fonction dérivable en un point puis un contre-exemple de référence.

- Nous étudions la dérivabilité en $a \in \mathbb{R}$ de la fonction carré $f : x \mapsto x^2$.

Pour tout réel $x \neq a$, nous avons

$$\frac{f(x) - f(a)}{x - a} = \frac{x^2 - a^2}{x - a} = \frac{(x - a)(x + a)}{x - a} = x + a.$$

Il en résulte que

$$\lim_{x \to a} \frac{f(x) - f(a)}{x - a} = \lim_{x \to a} x + a = 2a,$$

ce qui prouve que, pour tout réel a, f est dérivable en a et $f'(a) = 2a$.

Nous pouvons remarquer que ce calcul de limite a déjà été effectué comme second exemple à la fin du paragraphe 4.4.

- Nous étudions la dérivabilité en 0 de la fonction valeur absolue $f : x \mapsto |x|$.

Pour tout réel $x \neq 0$, nous avons

$$\frac{f(x) - f(0)}{x} = \frac{|x|}{x}.$$

En reprenant l'exemple introductif du paragraphe 4.5, nous obtenons

$$\lim_{\substack{x \to 0 \\ x > 0}} \frac{f(x) - f(0)}{x} = 1 \text{ et } \lim_{\substack{x \to 0 \\ x < 0}} \frac{f(x) - f(0)}{x} = -1.$$

Les limites à droite et à gauche en 0 du taux d'accroissement ne sont pas égales. Il en résulte que la fonction $x \mapsto \dfrac{f(x) - f(0)}{x}$ n'a pas de limite en 0.

Par conséquent la fonction valeur absolue n'est pas dérivable en 0.

Proposition. *Si f est une fonction dérivable en $a \in I$, alors f admet une limite finie en a.*

Plus précisément $\lim_{x \to a} f(x) = f(a)$, ce qui signifie que la fonction f est continue *en a.*

Démonstration. Puisque f est dérivable en a, nous en déduisons

$$\lim_{x \to a} \left(\frac{f(x) - f(a)}{x - a} - f'(a) \right) = 0.$$

En posant, pour tout $x \in I$, $\epsilon(x) = \dfrac{f(x) - f(a)}{x - a} - f'(a)$, nous obtenons

$$f(x) = f(a) + (x - a)f'(a) + (x - a)\epsilon(x), \text{ avec } \lim_{x \to a} \epsilon(x) = 0.$$

Puisque $\lim_{x \to a}(x - a) = 0$ et $\lim_{x \to a} \epsilon(x) = 0$, par somme et produit de limites quand x tend a, il vient

$$\lim_{x \to a} f(x) = f(a),$$

ce qui prouve que si f est dérivable en a, alors la fonction f est continue en a.

Remarque. Nous retiendrons que la réciproque de cette proposition est fausse.

En effet nous disposons du contre-exemple suivant :

La fonction $x \mapsto |x|$ n'est pas dérivable en 0, bien qu'elle soit continue en 0 car $\lim_{x \to 0} |x| = 0$.

5.2 Tangente en un point d'une courbe

Dans ce paragraphe, le plan est rapporté à un repère orthogonal ou orthonormal du plan.

Proposition. *Soient f une fonction dérivable en a appartenant à un intervalle I , $\mathcal{C}_f$ sa représentation graphique et A un point de cette courbe d'abscisse a.*

Pour tout réel $x \in I$ distinct de a, on désigne par $M(x, f(x))$ un point de la courbe $\mathcal{C}_f$.

Lorsque x tend vers a, la droite (AM) tend vers une position limite qui est la droite (T) passant par A et de coefficient directeur $f'(a)$.

Démonstration. Nous disposons de la figure suivante :

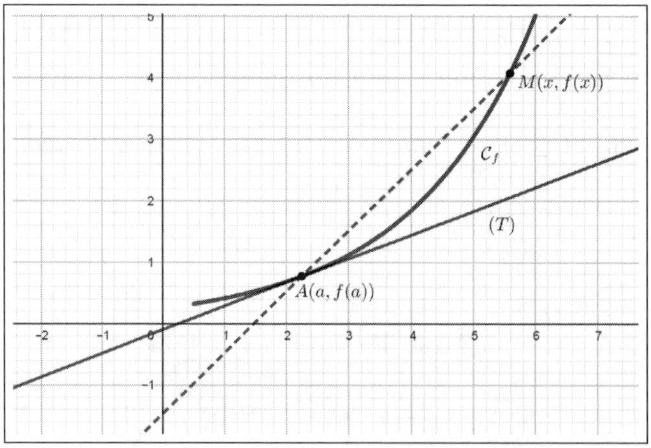

Pour $x \neq a$, le coefficient directeur de la droite (AM) est

$$\frac{f(x) - f(a)}{x - a}.$$

Puisque f est dérivable en a, nous avons

$$\lim_{x \to a} \frac{f(x) - f(a)}{x - a} = f'(a).$$

Nous en déduisons que lorsque x tend vers a, la droite (AM) occupe une position limite qui est la droite (T) passant par A et de coefficient directeur $f'(a)$.

Définition. *Soient f une fonction dérivable en a appartenant à un intervalle I , $\mathcal{C}_f$ sa représentation graphique et A un point de cette courbe d'abscisse a. La droite (T) passant par A et de coefficient directeur $f'(a)$ est la* tangente *à la courbe $\mathcal{C}_f$ au point $A(a, f(a))$.*

Proposition. *Dans les conditions de la définition, une équation réduite de la tangente (T) à la courbe $\mathcal{C}_f$ au point $A(a,\ f(a))$ est*

$$y = f'(a)(x - a) + f(a).$$

Démonstration. La droite (T) a une équation de la forme

$$y = f'(a)x + p.$$

Puisque $A \in \mathcal{C}_f$, il vient

$$p = f(a) - f'(a)a.$$

Par conséquent, une équation de (T) est

$$y = f'(a)x + f(a) - af'(a), \text{ soit } y = f'(a)(x - a) + f(a).$$

Exemples. Nous exploitons deux exemples abordés précedemment.

- En reprenant le 1er exemple du paragraphe 5.1, nous savons que la fonction $f : x \mapsto x^2$ est dérivable quel que soit $a \in \mathbb{R}$ et $f'(a) = 2a$.

Il en résulte qu'une équation de la tangente à $\mathcal{C}_f$ au point $A(a,\ a^2)$ est

$$y = 2a(x - a) + a^2, \text{ soit } y = 2ax - a^2.$$

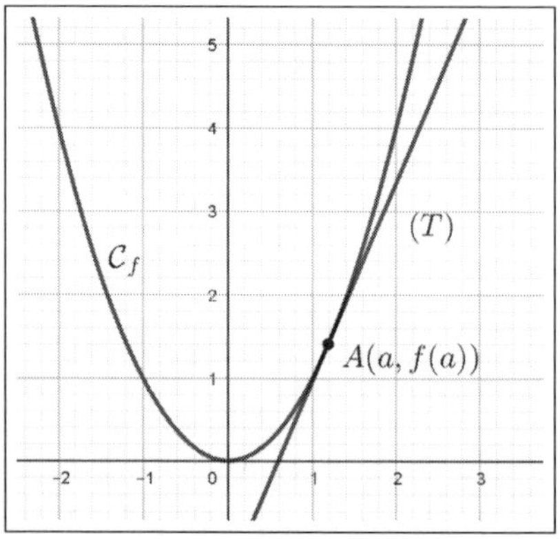

• En reprenant l'exercice corrigé 6 du chapitre précédent, nous savons que la fonction $f : x \mapsto \dfrac{1}{x}$ est dérivable quel que soit $a \in]0, +\infty[$ mais aussi, par un calcul identique, pour tout $a \in]-\infty, 0[$ et ainsi, pour tout réel $a \neq 0$, nous avons

$$f'(a) = -\frac{1}{a^2}.$$

Une équation de la tangente à $\mathcal{C}_f$ au point $A(a, \dfrac{1}{a})$ est

$$y = -\frac{1}{a^2}(x - a) + \frac{1}{a}, \text{ soit } y = -\frac{1}{a^2}x + \frac{2}{a}.$$

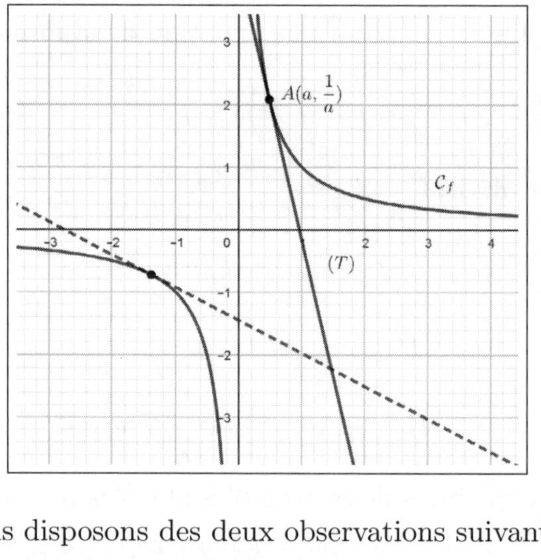

Remarques. Nous disposons des deux observations suivantes :

• Lorsqu'une fonction f est dérivable en a, la tangente à $\mathcal{C}_f$ en $A(a, f(a))$ ne peut pas être parallèle à la droite des ordonnées car dans ce cas le taux d'accroissement $x \mapsto \dfrac{f(x) - f(a)}{x - a}$ n'a pas de limite finie en a. Plus précisément une tangente "verticale" est induite par une limite infinie du taux d'accroissement.

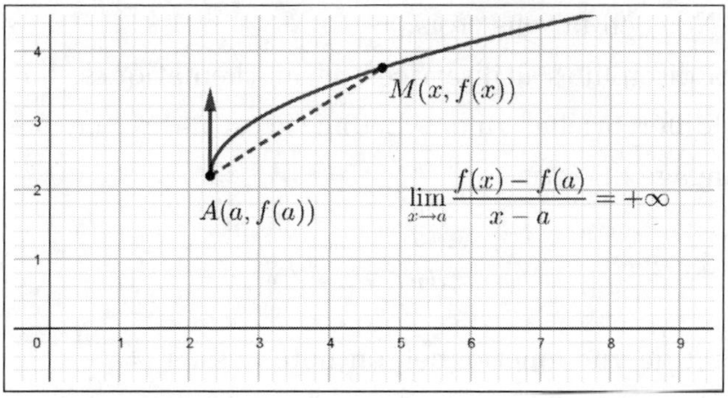

• La tangente (T) au point $A \in \mathcal{C}_f$ est la représentation graphique de la fonction affine $x \mapsto f'(a)(x-a) + f(a)$.

5.3 Fonction dérivée

5.3.1 Définition d'une fonction dérivée

Définition. *Une fonction f est dérivable sur un intervalle I si et seulement si quel que soit $x \in I$, f est dérivable en x.*

La fonction notée $f' : x \mapsto f'(x)$ est la fonction dérivée ou la dérivée *de f sur l'intervalle I.*

Exemples. Nous connaissons déjà, grâce aux exemples précédents, deux fonctions dérivées.

• La fonction carré $f : x \mapsto x^2$ est telle que

$$\forall a \in \mathbb{R},\ f'(a) = 2a,$$

ce qui justifie que f est dérivable sur $\mathbb{R}$ et f' est définie sur $\mathbb{R}$ par

$$\forall x \in \mathbb{R},\ f'(x) = 2x.$$

• La fonction inverse $f : x \mapsto \dfrac{1}{x}$ est telle que

$$\forall a \in \mathbb{R}^*,\ f'(a) = -\frac{1}{a^2},$$

ce qui prouve que f est dérivable sur les intervalles $]-\infty, 0[$ et $]0, +\infty[$ et par extension sur $\mathbb{R}^*$. Ainsi f' est définie sur $\mathbb{R}^*$ par

$$\forall x \in \mathbb{R}^*,\ f'(x) = -\frac{1}{x^2}.$$

Remarques. Nous en faisons trois.

• Dans les disciplines utilisatrices de mathématiques, on utilise souvent une notation "différentielle" due à Leibniz c'est-à-dire, en posant $y = f(x)$, par abus de langage on écrit

$$\frac{dy}{dx} = f'(x).$$

• D'un point de vue fonctionnel, on note aussi $f' = \frac{df}{dx}$.

• Le nom d'une variable étant "muet", si par exemple x est une fonction du temps de la forme $x = g(t)$, alors on peut écrire

$$\frac{dx}{dt} = g'(t).$$

5.3.2 Dérivée de fonctions usuelles

Proposition (fonction constante). *Soit $c \in \mathbb{R}$. la fonction f définie sur $\mathbb{R}$ par $f : x \mapsto c$ est dérivable sur $\mathbb{R}$ et nous avons*

$$\forall x \in \mathbb{R},\ f'(x) = 0.$$

Démonstration. Soient a et x deux réels tels que $x \neq a$. Nous avons

$$\frac{f(x) - f(a)}{x - a} = \frac{c - c}{x - a} = 0.$$

Il en résulte

$$\lim_{x \to a} \frac{f(x) - f(a)}{x - a} = 0,$$

ce qui justifie que pour tout $a \in \mathbb{R}$, $f'(a) = 0$.

Nous en concluons que f est dérivable sur $\mathbb{R}$ et

$$\forall x \in \mathbb{R},\ f'(x) = 0.$$

Proposition (dérivée de la fonction identité). *La fonction identité définie sur $\mathbb{R}$ par $id : x \mapsto x$ est dérivable sur $\mathbb{R}$ et on a*

$$\forall x \in \mathbb{R},\ id'(x) = 1.$$

Démonstration. Soient a et x deux réels tels que $x \neq a$. Nous avons

$$\frac{id(x) - id(a)}{x - a} = \frac{x - a}{x - a} = 1.$$

Il en résulte

$$\lim_{x \to a} \frac{id(x) - id(a)}{x - a} = 1,$$

ce qui prouve que, pour tout $a \in \mathbb{R}$, $id'(a) = 1$.

Nous en concluons que la fonction id est dérivable sur $a \in \mathbb{R}$ et

$$\forall x \in \mathbb{R},\ id'(x) = 1.$$

Proposition (dérivée d'une fonction puissance). *Soit $n \in \mathbb{N}^*$. La fonction puissance définie sur $\mathbb{R}$ par $p : x \mapsto x^n$ est dérivable sur $\mathbb{R}$ et nous avons*

$$\forall x \in \mathbb{R},\ p'(x) = nx^{n-1}.$$

Démonstration. Soient a et x deux réels tels que $x \neq a$. En utilisant la factorisation vue au paragraphe 2.3, il vient

$$\frac{p(x) - p(a)}{x - a} = \frac{x^n - a^n}{x - a} = \frac{(x - a)\sum\limits_{k=0}^{n-1} x^{n-1-k}a^k}{x - a} = \sum_{k=0}^{n-1} x^{n-1-k}a^k.$$

Nous en déduisons

$$\lim_{x \to a} \frac{p(x) - p(a)}{x - a} = \lim_{x \to a} \sum_{k=0}^{n-1} x^{n-1-k}a^k = \sum_{k=0}^{n-1} a^{n-1-k}a^k = \sum_{k=0}^{n-1} a^{n-1}.$$

Puisque la somme $\sum\limits_{k=0}^{n-1} a^{n-1}$ est formée de n termes égaux à a^{n-1}, nous obtenons

$$\lim_{x \to a} \frac{p(x) - p(a)}{x - a} = na^{n-1},$$

ce qui montre que pour tout réel a, $p'(a) = na^{n-1}$.

Ainsi la fonction p est dérivable sur $\mathbb{R}$ et nous obtenons

$$\forall x \in \mathbb{R},\ p'(x) = nx^{n-1}.$$

Proposition (dérivée de l'inverse d'une fonction puissance). *Soit $n \in \mathbb{N}^*$. La fonction f définie sur $\mathbb{R}^*$ par $f : x \mapsto \dfrac{1}{x^n}$ est dérivable sur $\mathbb{R}^*$ et nous avons*

$$\forall x \in \mathbb{R}^*,\ f'(x) = -\frac{n}{x^{n+1}} = (-n)x^{(-n)-1}.$$

Démonstration. Soient a et x deux réels non nuls tels que $x \neq a$. Il vient

$$\frac{f(x) - f(a)}{x - a} = \frac{\frac{1}{x^n} - \frac{1}{a^n}}{x - a} = -\frac{x^n - a^n}{x - a} \times \frac{1}{a^n x^n}.$$

En utilisant la factorisation précédente, nous obtenons

$$\frac{f(x)-f(a)}{x-a} = -\sum_{k=0}^{n-1} x^{n-1-k}a^k \times \frac{1}{a^n x^n}.$$

Par produit et inverse de limites en a, nous en déduisons

$$\lim_{x\to a} \frac{f(x)-f(a)}{x-a} = -na^{n-1} \times \frac{1}{a^{2n}} = \frac{-n}{a^{n+1}} = (-n)a^{(-n)-1}.$$

Nous en concluons que la fonction f est dérivable sur $\mathbb{R}^*$ et

$$\forall x \in \mathbb{R}^*,\ f'(x) = -\frac{n}{x^{n+1}} = (-n)x^{(-n)-1}.$$

Corollaire. *Soit $n \in \mathbb{Z}^*$. La fonction f définie sur $\mathbb{R}^*$ par $f : x \mapsto x^n$ est dérivable sur $\mathbb{R}^*$ et nous avons*

$$\forall x \in \mathbb{R}^*,\ f'(x) = nx^{n-1}.$$

Démonstration. Soit $n \in \mathbb{Z}^*$. Nous procédons par disjonction.

1er cas : $n > 0$.

La proposition ci-dessus dérivant une fonction puissance justifie la formule de dérivation attendue qui est d'ailleurs validée dans ce cas sur tout $\mathbb{R}$.

2e cas : $n < 0$.

Nous posons $p = -n$. Dans ce cas, nous observons que $p \in \mathbb{N}^*$.

Pour tout $x \in \mathbb{R}^*$, nous avons

$$x^n = x^{-p} = \frac{1}{x^p}.$$

De la proposition précédente, il résulte que la fonction $f : x \mapsto \dfrac{1}{x^p}$ est dérivable sur $\mathbb{R}^*$ et pour tout réel non nul, il vient

$$f'(x) = (-p)x^{(-p)-1} = nx^{n-1}.$$

Nous en concluons

$$\forall n \in \mathbb{Z}^*,\ \forall x \in \mathbb{R}^*,\ f'(x) = nx^{n-1}.$$

Remarques. Nous en proposons quatre.

- Pour tout réel x, si $n = 1$ ou $n = 2$ ou $n = 3$, alors nous obtenons

$$\begin{aligned} f(x) = x &\Rightarrow f'(x) = 1, \\ f(x) = x^2 &\Rightarrow f'(x) = 2x, \\ f(x) = x^3 &\Rightarrow f'(x) = 3x^2. \end{aligned}$$

- Pour tout réel x non nul, si $n = -1$, alors nous obtenons à nouveau

$$f(x) = \frac{1}{x} \Rightarrow f'(x) = -\frac{1}{x^2}.$$

- Nous retiendrons que les réciproques des implications précédentes sont fausses. Un contre-exemple est :

$$f'(x) = 2x \text{ et } f(x) = x^2 + 2.$$

- Le corollaire ci-dessous est très pratique notamment pour dériver les fonctions $x \mapsto x^n$ lorsque $n < 0$, comme le montre l'exemple ci-dessous.

Exemple. Nous considérons la fonction f définie sur $\mathbb{R}^*$ par

$$f(x) = \frac{1}{x^5} = x^{-5}.$$

En appliquant le corollaire précédent, cette fonction est dérivable sur $\mathbb{R}^*$ et, pour tout réel non nul, nous obtenons

$$f'(x) = -5x^{-4} = -\frac{5}{x^4}.$$

Proposition (dérivée de la fonction racine carrée)**.** *La fonction r définie sur $[0, +\infty[$ par $f : x \mapsto \sqrt{x}$ est dérivable sur l'intervalle ouvert $]0, +\infty[$ et nous avons*

$$\forall x \in]0, +\infty[,\ r'(x) = \frac{1}{2\sqrt{x}}.$$

Démonstration. Soient deux réels $a \geq 0$ et $x \geq 0$ tels que $x \neq a$. Nous distinguons deux cas.

1er cas : $a > 0$. Pour $x \neq a$, nous avons

$$\frac{r(x) - r(a)}{x - a} = \frac{\sqrt{x} - \sqrt{a}}{x - a} = \frac{(\sqrt{x} - \sqrt{a})(\sqrt{x} + \sqrt{a})}{(x - a)(\sqrt{x} + \sqrt{a})} = \frac{x - a}{(x - a)(\sqrt{x} + \sqrt{a})},$$

$$\frac{r(x) - r(a)}{x - a} = \frac{1}{\sqrt{x} + \sqrt{a}}.$$

Par le calcul de la limite de l'inverse d'une limite non nulle, nous en déduisons

$$\lim_{x \to a} \frac{r(x) - r(a)}{x - a} = \frac{1}{2\sqrt{a}},$$

ce qui prouve que pour tout réel $a > 0$, $r'(a) = \frac{1}{2\sqrt{a}}$.

Nous en concluons, dans ce premier cas, que la fonction r est dérivable sur $]0, +\infty[$ et nous obtenons :

$$\forall x \in]0, +\infty[, \; r'(x) = \frac{1}{2\sqrt{x}}.$$

2e cas : $a = 0$.

Dans ce cas, pour $x \neq 0$, c'est-à-dire $x > 0$, nous avons

$$\frac{r(x) - r(0)}{x} = \frac{\sqrt{x}}{x} = \frac{\sqrt{x} \times \sqrt{x}}{x\sqrt{x}} = \frac{1}{\sqrt{x}}.$$

Quand x tend vers 0 tel que $x > 0$, dans le langage des limites, nous obtenons

$$\lim_{x \to 0^+} \frac{r(x) - r(0)}{x} = \lim_{x \to 0^+} \frac{1}{\sqrt{x}} = +\infty.$$

Cette limite infinie signifie que la fonction racine carrée n'est pas dérivable en 0.

Cependant nous interprétons graphiquement ce résultat en observant que $\mathcal{C}_r$ admet à l'origine du repère une demi-tangente qui est la demi-droite des ordonnées $y \geq 0$.

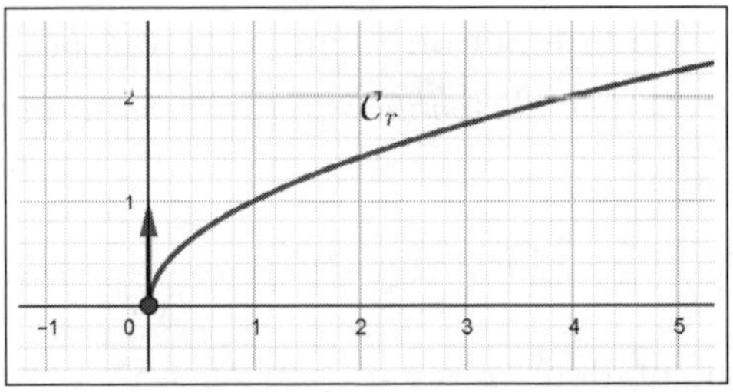

Remarque. La fonction racine carrée r est un contre-exemple à retenir pour lequel $D_{r'} \neq D_r$. Plus précisément nous avons, au sens strict, $D_{r'} \subset D_r$.

5.3.3 Tableau des dérivées de fonctions usuelles

Dans ce tableau, nous désignons par :

- I un intervalle,
- f une fonction dérivable sur I,
- f' la dérivée de f sur I.

Pour $x \in I$ tel que	si $f(x) =$	alors $f'(x) =$
$I = \mathbb{R}$ ou $I \subset \mathbb{R}$	$c \in \mathbb{R}$	0
$I = \mathbb{R}$ ou $I \subset \mathbb{R}$	x	1
$I = \mathbb{R}$ ou $I \subset \mathbb{R}$	x^n $(n \in \mathbb{N}^*)$	nx^{n-1}
$I =]-\infty, 0[$ ou $I =]0, +\infty[$	$\frac{1}{x}$	$-\frac{1}{x^2}$
$I =]-\infty, 0[$ ou $I =]0, +\infty[$	x^n $(n \in \mathbb{Z}^*)$	nx^{n-1}
$I =]0, +\infty[$	$\sqrt{x}$	$\frac{1}{2\sqrt{x}}$

5.4 Opérations sur les dérivées

Dans ce paragraphe, I désigne un intervalle ou une réunion d'intervalles.

5.4.1 Dérivée d'une somme

Proposition. *Soient u et v deux fonctions dérivables sur I. Nous avons*

- *la fonction $u + v$ est dérivable sur I,*
- $\forall x \in I$, $(u+v)'(x) = u'(x) + v'(x)$.

Démonstration. Posons $s = u + v$. Pour $a \in I$ et $x \in I$ tel que $x \neq a$, il vient

$$\begin{aligned}\frac{s(x)-s(a)}{x-a} &= \frac{(u+v)(x)-(u+v)(a)}{x-a},\\ &= \frac{u(x)+v(x)-u(a)-v(a)}{x-a},\\ &= \frac{u(x)-u(a)}{x-a}+\frac{v(x)-v(a)}{x-a}.\end{aligned}$$

Sachant que les fonctions u et v sont dérivables en a et que la limite d'une somme en a est égale à la somme des limites en a, nous obtenons

$$\begin{aligned}\lim_{x\to a}\frac{s(x)-s(a)}{x-a} &= \lim_{x\to a}\frac{u(x)-u(a)}{x-a}+\lim_{x\to a}\frac{v(x)-v(a)}{x-a},\\ &= u'(a)+v'(a).\end{aligned}$$

Nous en déduisons que, quel que soit $a \in I$, la fonction $s = u + v$ est dérivable en a, ce qui justifie les deux conclusions de la proposition.

Exemple. Nous considérons la fonction f définie sur $[0, +\infty[$ par

$$f : x \mapsto x^2 + \sqrt{x}.$$

La fonction $x \mapsto \sqrt{x}$ est dérivable sur $]0, +\infty[$.

La fonction $x \mapsto x^2$ est dérivable sur $\mathbb{R}$ donc sur $]0, +\infty[$.

Il en résulte, par somme, que la fonction f est dérivable sur $]0, +\infty[$ et, nous obtenons

$$\forall x \in]0, +\infty[,\ f'(x) = 2x + \frac{1}{2\sqrt{x}}.$$

Remarques. nous disposons des deux points suivants :

- en termes fonctionnels, nous avons $(u+v)' = u' + v'$,
- en termes différentiels, nous avons $\dfrac{d}{dx}(u+v) = \dfrac{du}{dx} + \dfrac{dv}{dx}$.

5.4.2 Dérivée d'un produit

Proposition. *Soient u et v deux fonctions dérivables sur I. Nous avons*

- *la fonction produit uv est dérivable sur I,*
- $\forall x \in I,\ (uv)'(x) = u'(x)v(x) + u(x)v'(x)$.

Démonstration. Nous posons $p = uv$. Pour $a \in I$ et $x \in I$ tel que $x \neq a$, il vient

$$\begin{aligned}\frac{p(x)-p(a)}{x-a} &= \frac{(uv)(x)-(uv)(a)}{x-a},\\ &= \frac{u(x)v(x)-u(a)v(a)}{x-a},\\ &= \frac{u(x)v(x)-v(x)u(a)+v(x)u(a)-u(a)v(a)}{x-a},\\ &= \frac{u(x)-u(a)}{x-a}\times v(x)+u(a)\times\frac{v(x)-v(a)}{x-a}.\end{aligned}$$

Puisque les fonctions u et v sont dérivables sur I, en utilisant le calcul de la limite d'un produit puis d'une somme, et sachant que v est continue en a, nous obtenons

$$\begin{aligned}\lim_{x\to a}\frac{s(x)-s(a)}{x-a} &= \lim_{x\to a}\frac{u(x)-u(a)}{x-a}\lim_{x\to a}v(x)+u(a)\lim_{x\to a}\frac{v(x)-v(a)}{x-a},\\ &= u'(a)v(a)+u(a)v'(a).\end{aligned}$$

Nous en déduisons que, quel que soit $a \in I$, la fonction $p = uv$ est dérivable en a, ce qui prouve les deux conclusions de la proposition.

Exemple. Nous considérons la fonction f définie sur $[0, +\infty[$ par

$$f : x \mapsto x\sqrt{x}.$$

La fonction $x \mapsto \sqrt{x}$ est dérivable sur $]0, +\infty[$.

La fonction $x \mapsto x$ est dérivable sur $\mathbb{R}$ donc sur $]0, +\infty[$.

Il en résulte, par produit, que la fonction f est dérivable sur $]0, +\infty[$ et pour tout réel $x \in]0, +\infty[$, nous avons

$$f'(x) = 1\times\sqrt{x}+x\times\frac{1}{2\sqrt{x}} = \frac{3}{2}\frac{x}{\sqrt{x}} = \frac{3}{2}\sqrt{x}.$$

Remarques. Nous disposons des deux points suivants :

- en termes fonctionnels, nous avons $(uv)' = u'v + uv'$,
- en termes différentiels, nous avons $\dfrac{d}{dx}(uv) = \dfrac{du}{dx}v + u\dfrac{dv}{dx}$.

5.4.3 Dérivée du produit d'un réel par une fonction

Proposition. *Si u est une fonction dérivable sur I et $k \in \mathbb{R}$, alors*

- *la fonction ku est dérivable sur I,*
- $\forall x \in I$, $(ku)'(x) = ku'(x)$.

Démonstration. La fonction ku est dérivable sur I comme produit des fonctions $x \mapsto k$ et u toutes deux dérivables sur I.

Pour tout réel $x \in I$, nous obtenons

$$(ku)'(x) = 0 \times u(x) + k \times u'(x) = ku'(x).$$

Remarques. Nous en proposons cinq.

- En termes fonctionnels, nous avons $(ku)' = ku'$.
- En termes différentiels, nous avons $\dfrac{d}{dx}(ku) = k\dfrac{du}{dx}$.
- Pour $k = -1$, on a $(-u)' = -u'$.
- Nous en déduisons $(u - v)' = u' - v'$.
- Les égalités $(u + v)' = u' + v'$ et $(ku)' = ku'$ traduisent par définition la *linéarité* de la dérivation,
- Par linéarité, nous en déduisons dans le tableau qui suit, la dérivée sur $\mathbb{R}$, d'une fonction linéaire, affine, trinôme, polynomiale de degré $n \geq 1$.

f	f'
$x \mapsto ax$	$x \mapsto a$
$x \mapsto ax + b$	$x \mapsto a$
$x \mapsto ax^2 + bx + c$	$x \mapsto 2ax + b$
$x \mapsto ax^n$	$x \mapsto nax^{n-1}$
$x \mapsto \sum\limits_{k=0}^{n} a_k x^k$	$x \mapsto \sum\limits_{k=1}^{n} ka_k x^{k-1}$

5.4.4 Dérivée de l'inverse d'une fonction

Proposition. *Si v est une fonction dérivable sur I telle que,*

$$\forall x \in I, \ v(x) \neq 0,$$

alors

- *la fonction $\dfrac{1}{v}$ est dérivable sur I,*
- $\forall x \in I$, $\left(\dfrac{1}{v}\right)'(x) = -\dfrac{v'(x)}{[v(x)]^2}$.

Démonstration. Soient x et a dans I tel que $x \neq a$. Nous avons

$$\begin{aligned}
\frac{\frac{1}{v}(x) - \frac{1}{v}(a)}{x-a} &= \frac{\frac{1}{v(x)} - \frac{1}{v(a)}}{x-a}, \\
&= \frac{\frac{v(a)-v(x)}{v(x)v(a)}}{x-a}, \\
&= -\frac{1}{v(x)v(a)} \times \frac{v(x)-v(a)}{x-a}.
\end{aligned}$$

Puisque v est dérivable en a, nous savons que

$$\lim_{x \to a} \frac{v(x)-v(a)}{x-a} = v'(a) \text{ et } \lim_{x \to a} v(x) = v(a) \neq 0.$$

En utilisant le calcul de la limite d'un produit et d'un inverse en a, il vient

$$\lim_{x \to a} \frac{\frac{1}{v}(x) - \frac{1}{v}(a)}{x-a} = -\frac{v'(a)}{[v(a)]^2},$$

ce qui prouve que pour tout $a \in I$, la fonction $\frac{1}{v}$ est dérivable en a.

Nous en concluons que la fonction $\frac{1}{v}$ est dérivable sur I et

$$\forall x \in I,\ \left(\frac{1}{v}\right)'(x) = -\frac{v'(x)}{[v(x)]^2}.$$

Remarques. Nous en donnons deux.

- En termes fonctionnels, nous avons $\left(\frac{1}{v}\right)' = -\frac{v'}{v^2}$.
- En termes différentiels, nous avons $\frac{d}{dx}(\frac{1}{v}) = -\frac{1}{v^2}\frac{dv}{dx}$.

Exemple. La fonction $f : x \mapsto \frac{1}{x^2+1}$ est définie sur $\mathbb{R}$.

Par inverse, cette fonction est dérivable sur $\mathbb{R}$. Nous obtenons

$$\forall x \in \mathbb{R},\ f'(x) = -\frac{2x}{(x^2+1)^2}.$$

5.4.5 Dérivée du quotient de deux fonctions

Proposition. *Si u et v sont deux fonctions dérivables sur I telles que,*

$$\forall x \in I,\ v(x) \neq 0,$$

alors

- *la fonction $\dfrac{u}{v}$ est dérivable sur I,*
- $\forall x \in I,\ \left(\dfrac{u}{v}\right)'(x) = \dfrac{u'(x)v(x) - u(x)v'(x)}{[v(x)]^2}.$

Démonstration. Soit $x \in I$ tel que $v(x) \neq 0$. Nous observons que

$$\left(\frac{u}{v}\right)(x) = \frac{u(x)}{v(x)} = u(x) \times \frac{1}{v(x)} = \left(u.\frac{1}{v}\right)(x).$$

Puisque $x \mapsto u(x)$ et $x \mapsto \dfrac{1}{v(x)}$ sont dérivables sur I, nous en déduisons par produit que la fonction $\dfrac{u}{v}$ est dérivable sur I. Pour tout réel $x \in I$, nous obtenons

$$\begin{aligned}\left(\frac{u}{v}\right)'(x) &= u'(x) \times \frac{1}{v(x)} + u(x) \times \left(\frac{1}{v}\right)'(x),\\ &= u'(x) \times \frac{1}{v(x)} - u(x) \times \frac{v'(x)}{v^2(x)},\\ &= \frac{u'(x)v(x) - u(x)v'(x)}{[v(x)]^2}.\end{aligned}$$

Remarques. Nous disposons des deux points suivants :

- en termes fonctionnels, nous avons $\left(\dfrac{u}{v}\right)' = \dfrac{u'v - uv'}{v^2}$,
- en termes différentiels, nous avons $\dfrac{d}{dx}(\dfrac{u}{v}) = \dfrac{1}{v^2}\left(v\dfrac{du}{dx} - u\dfrac{dv}{dx}\right)$.

Exemples.

• Soit une fonction homographique $f : x \mapsto \dfrac{ax+b}{cx+d}$, avec a, b, c et d réels tels que $c \neq 0$ et $ad - bc \neq 0$.

Par quotient de deux fonction affines, cette fonction est dérivable sur $D_f =]-\infty, -\frac{c}{d}[\cup]-\frac{c}{d}, +\infty[$.

Pour tout réel $x \in D_f$, nous obtenons

$$\begin{aligned} f'(x) &= \frac{a(cx+d)-(ax+b)c}{(cx+d)^2}, \\ &= \frac{ad-bc}{(cx+d)^2}, \\ &= \frac{\begin{vmatrix} a & c \\ b & d \end{vmatrix}}{(cx+d)^2}. \end{aligned}$$

- Soit f la fonction définie $\mathbb{R}^+$ par $f : x \mapsto \dfrac{x}{1+\sqrt{x}}$.

Par quotient, cette fonction est dérivable sur $\mathbb{R}^{+*}$ et pour tout $x > 0$, il vient

$$\begin{aligned} f'(x) &= \frac{1}{(1+\sqrt{x})^2}\left(1+\sqrt{x} - x \times \frac{1}{2\sqrt{x}}\right), \\ &= \frac{1}{(1+\sqrt{x})^2}\left(1+\sqrt{x} - \frac{\sqrt{x}}{2}\right), \\ &= \frac{2+\sqrt{x}}{2(1+\sqrt{x})^2}. \end{aligned}$$

Nous remarquons que pour $x > 0$, nous avons

$$\frac{f(x)-f(0)}{x} = \frac{f(x)}{x} = \frac{1}{1+\sqrt{x}}.$$

Nous en déduisons que

$$\lim_{\substack{x \to 0 \\ x > 0}} \frac{f(x)-f(0)}{x} = 1.$$

Par conséquent la fonction f est dérivable en 0 à droite et à l'origine la courbe C_f admet une demi tangente de pente 1.

Nous contrôlons graphiquement la dérivabilité en 0 de cette fonction.

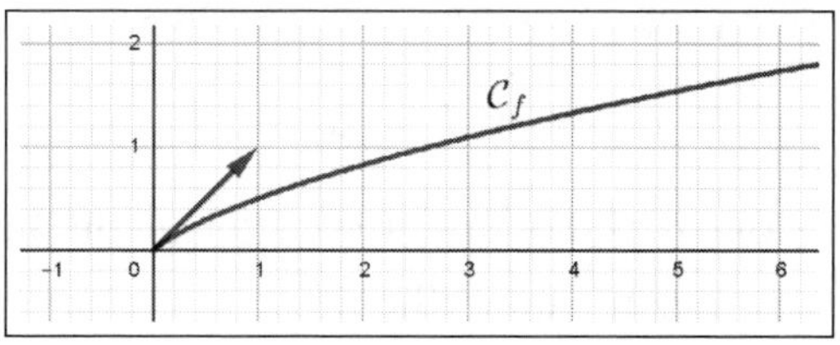

5.4.6 Tableau récapitulatif des opérations sur les dérivées

Dans ce tableau, nous désignons par :

- I un intervalle,
- f, u et v trois fonctions dérivables sur I,
- k un réel non nul, $n \geq 2$ un entier naturel.

Pour $x \in I$ tel que	si $f(x) =$	alors $f'(x) =$
$I = \mathbb{R}$ ou $I \subset \mathbb{R}$	$u(x) + v(x)$	$u'(x) + v'(x)$
$I = \mathbb{R}$ ou $I \subset \mathbb{R}$	$ku(x)$	$ku'(x)$
$I = \mathbb{R}$ ou $I \subset \mathbb{R}$	$u(x)v(x)$	$u'(x)v(x) + u(x)v'(x)$
$u(x) \neq 0$	$\dfrac{1}{u(x)}$	$-\dfrac{u'(x)}{u^2(x)}$
$v(x) \neq 0$	$\dfrac{u(x)}{v(x)}$	$\dfrac{u'(x)v(x) - u(x)v'(x)}{v^2(x)}$
$I = \mathbb{R}$ ou $I \subset \mathbb{R}$	$u^n(x)$	$nu'(x)u^{n-1}(x)$
$u(x) > 0$	$\sqrt{u(x)}$	$\dfrac{u'(x)}{2\sqrt{u(x)}}$

Remarque. Les deux dernières lignes de ce tableau seront justifiées dans les exercices corrigés 9 et 10.

5.4.7 Dérivée de la composée avec une fonction affine

Lemme. *Soient $a \in \mathbb{R}^*$ et $b \in \mathbb{R}$.*

Si J un intervalle de $\mathbb{R}$, alors $I = \{x \in \mathbb{R} / ax + b \in J\}$ est aussi un intervalle de $\mathbb{R}$.

Démonstration. Nous proposons une preuve dans le cas où

$$a > 0 \text{ et } J =]\alpha, +\infty[.$$

Les autres cas, tels que $a > 0$ ou $a < 0$ et J fermé ou ouvert ou semi-ouvert, se déroulent de la même façon sans difficultés.

Ainsi, nous avons

$$I = \{x \in \mathbb{R}/ax+b > \alpha\} = \left\{x \in \mathbb{R}/x > \frac{\alpha-b}{a}\right\} = \left]\frac{\alpha-b}{a}, +\infty\right[.$$

Proposition. *Soient $a \in \mathbb{R}^*$, $b \in \mathbb{R}$, u une fonction dérivable sur un intervalle J et I un intervalle tel que*

$$\forall x \in I,\ ax+b \in J.$$

La fonction $f : x \mapsto u(ax+b)$ définie sur l'intervalle I, est dérivable sur I, et nous avons

$$\forall x \in I,\ f'(x) = au'(ax+b).$$

Démonstration. Soient $x \in I$ et $x_0 \in I$ distincts.

Posons $y = ax+b$ et $y_0 = ax_0+b$. Nous avons

$$y \in J,\ y_0 \in J \text{ et } y \neq y_0.$$

Sous ces conditions, nous obtenons

$$\begin{aligned}\frac{f(x)-f(x_0)}{x-x_0} &= \frac{u(ax+b)-u(ax_0+b)}{x-x_0},\\ &= \frac{u(y)-u(y_0)}{y-y_0} \times \frac{y-y_0}{x-x_0},\\ &= a \times \frac{u(y)-u(y_0)}{y-y_0}.\end{aligned}$$

La fonction u est dérivable en y_0 donc

$$\lim_{y\to y_0} \frac{u(y)-u(y_0)}{y-y_0} = u'(y_0).$$

En considérant la limite de la composée, nous obtenons

$$\lim_{x\to x_0} \frac{f(x)-f(x_0)}{x-x_0} = a \lim_{y\to y_0} \frac{u(y)-u(y_0)}{y-y_0} = au'(y_0) = au'(ax_0+b),$$

ce qui prouve que, pour tout $x_0 \in I$, la fonction f est dérivable en ce point. Nous en concluons que f est dérivable sur I et

$$\forall x \in I,\ f'(x) = au'(ax+b).$$

Exemples. Dans chaque exemple nous supposons que $a \neq 0$.

- Pour tout $n \in \mathbb{N}^*$, la fonction $f : x \mapsto (ax+b)^n$ est la composée de $u : x \mapsto x^n$ dérivable sur $\mathbb{R}$ avec la fonction affine $x \mapsto ax+b$. Cette fonction est donc dérivable sur $\mathbb{R}$ et nous obtenons :

$$\forall x \in \mathbb{R},\ f'(x) = au'(ax+b) = an(ax+b)^{n-1}.$$

• La fonction $f : x \mapsto \dfrac{1}{ax+b}$ est la composée de $u : x \mapsto \dfrac{1}{x}$ dérivable sur $\mathbb{R}^*$ avec la fonction affine $x \mapsto ax+b$. Cette fonction est donc dérivable sur $D = \{x \in \mathbb{R}/ax+b \neq 0\}$ et nous obtenons

$$\forall x \in D,\ f'(x) = au'(ax+b) = -\frac{a}{ax+b}.$$

• La fonction $f : x \mapsto \sqrt{ax+b}$ est la composée de $u : x \mapsto \sqrt{x}$ dérivable sur $\mathbb{R}^{+*}$ avec la fonction affine $x \mapsto ax+b$. Cette fonction est donc dérivable sur $D = \{x \in \mathbb{R}/ax+b > 0\}$ et nous obtenons

$$\forall x \in D,\ f'(x) = au'(ax+b) = \frac{a}{2\sqrt{ax+b}}.$$

Remarques. Nous en proposons quatre.

• Dans les conditions de la proposition ci-dessus, en désignant par v la fonction affine $x \mapsto ax+b$, nous avons $f = u \circ v$.

Par conséquent, pour tout $x \in I$, nous obtenons

$$\begin{aligned}(u \circ v)'(x) &= u'(v(x)) \times v'(x),\\ &= (u' \circ v)(x)) \times v'(x),\\ &= \big((u' \circ v).v'\big)(x).\end{aligned}$$

Nous en déduisons

• En termes fonctionnels : $(u \circ v)' = ((u' \circ v).v')$.

• En termes différentiels : $\dfrac{d(u \circ v)}{dx} = \dfrac{du}{dv}\dfrac{dv}{dx}$.

• Nous montrerons dans l'exercice corrigé 11 que la formule de dérivation $(u \circ v)' = ((u' \circ v).v')$ peut être généralisée à une fonction u dérivable sur un intervalle J et à une fonction v dérivable sur un intervalle I telles que

$$\forall x \in I,\ v(x) \in J.$$

5.5 Approximation affine tangente

Proposition. *Soient f une fonction définie sur un intervalle I, $a \in I$ et $h \in \mathbb{R}^*$ tel que $a + h \in I$. Si f est dérivable en a, alors il existe une fonction ϕ définie au voisinage de 0 telle que*

$$f(a+h) = f(a) + hf'(a) + h\phi(h), \text{ avec } \lim_{h \to 0} \phi(h) = 0.$$

Démonstration. Avec les données de l'énoncé, puisque f est dérivable en a, nous savons

$$\lim_{h \to 0} \frac{f(a+h) - f(a)}{h} = f'(a).$$

En posant

$$\phi(h) = \frac{f(a+h) - f(a)}{h} - f'(a),$$

nous obtenons d'une part

$$\lim_{h \to 0} \phi(h) = 0,$$

et d'autre part

$$h\phi(h) = f(a+h) - f(a) - hf'(a), \text{ soit } f(a+h) = f(a) + hf'(a) + h\phi(h).$$

Remarques. Nous en donnons deux.

- Nous démontrerons dans l'exercice corrigé 13 la réciproque de cette proposition.
- En posant $x = a + h$ et $\epsilon(x) = \phi(x - a)$, nous obtenons, pour x proche de a,

$$f(x) = f(a) + (x-a)f'(a) + (x-a)\epsilon(x), \text{ avec } \lim_{x \to a} \epsilon(x) = 0.$$

Nous remarquons que cette dernière égalité a déjà été obtenue dans la seconde proposition du paragraphe 5.1, pour prouver que la dérivabilité en a entraîne la continuité en a.

Définition. *Soit f une fonction dérivable sur un intervalle I, $a \in I$. La fonction affine $x \mapsto f(a) + (x-a)f'(a)$ est l'approximation affine de f en a.*

Corollaire. *Si f est dérivable en a, alors nous disposons des approximations suivantes :*

- $f(x) \approx f(a) + (x-a)f'(a)$, *pour x proche de a.*
- $f(a+h) \approx f(a) + hf'(a)$, *pour h proche de 0.*

Démonstration. De la proposition ci-dessus, il résulte que l'erreur commise en approximant $f(x)$ par $f(a) + (x-a)f'(a)$ est égale à $|(x-a)\epsilon(x)|$ qui est proche de 0 quand x est proche de a.

De même l'erreur commise en approximant $f(a+h)$ par $f(a) + hf'(a)$ est égale à $|h\phi(h)|$ qui est proche de 0 lorsque h est voisin de 0.

Avec les notations de la figure, nous illustrons graphiquement l'approximation de $f(a+h)$ par le réel $y_P = f(a) + hf'(a)$ qui est l'ordonnée du point P sur la tangente (T).

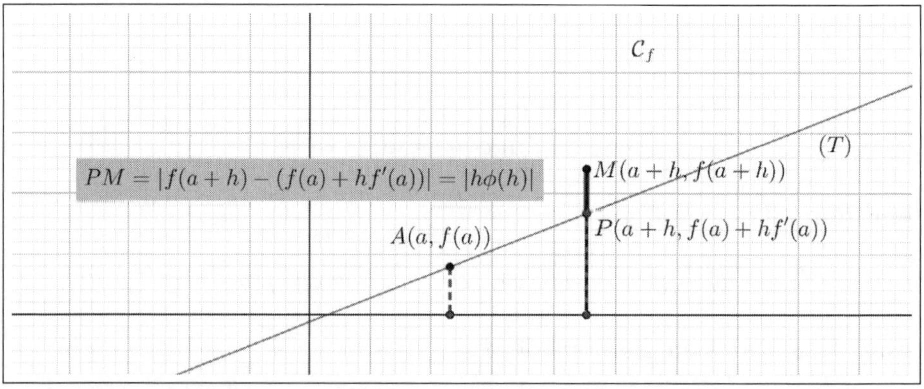

Exemple. Nous considérons la fonction $f : x \mapsto x^3$ dérivable sur $\mathbb{R}$.

Nous proposons pour h proche de 0 :

- de déterminer l'approximation affine tangente de f en $a = 1$,
- de déterminer un majorant de l'erreur commise dans cette approximation.

Nous avons

$$f(1) = 1 \text{ et } f'(1) = 3,$$

ce qui donne, pour h proche de 0

$$f(1+h) \approx f(1) + hf'(1),$$
$$f(1+h) \approx 1 + 3h.$$

Pour h voisin de 0, nous en concluons :

$$(1+h)^3 \approx 1+3h.$$

Nous évaluons à présent un majorant de l'erreur commise dans cette approximation. Nous avons

$$(1+h)^3 = 1+3h+3h^2+h^3 = 1+3h+h(3h+h^2),$$

nous en déduisons $|(1+h)^3-(1+3h)| = |h^2(3+h)| = h^2|3+h|$.

Puisque h est proche de 0, nous pouvons supposer, pour fixer les idées, que

$$-\frac{1}{10} \leq h \leq \frac{1}{10}, \text{ soit } |h| \leq \frac{1}{10}.$$

Dans ce cas, nous obtenons

$$3-\frac{1}{10} \leq 3+h \leq 3+\frac{1}{10}, \text{ soit } \frac{29}{10} \leq 3+h \leq \frac{31}{10},$$

ce qui implique $|3+h| \leq \frac{31}{10}$.

Ainsi, pour $|h| \leq \frac{1}{10}$, nous en déduisons

$$|(1+h)^3-(1+3h)| \leq \frac{31}{10}h^2.$$

Nous en concluons que, pour $-\frac{1}{10} \leq h \leq \frac{1}{10}$, l'erreur commise en remplaçant $(1+h)^2$ par $1+3h$ est majorée par $\frac{31}{10}h^2$.

Remarque. Nous en donnons deux.

- Nous obtenons dans cet exemple un majorant du type λh^2, où λ est un réel strictement positif qui dépend du choix de l'intervalle centré en 0 auquel le réel h appartient.

- Nous justifierons par l'étude d'un exemple dans l'exercice corrigé 14 que l'approximation affine tangente d'une fonction f dérivable en a est la "meilleure" approximation de $f(a+h)$, comparativement à toute fonction affine passant par le point $A(a,\ f(a))$.

5.6 Applications de la dérivation

5.6.1 Dérivée et variations d'une fonction

Proposition. *Soit f une fonction dérivable sur un intervalle I.*

- *Si f est croissante sur I, alors pour tout réel $x \in I$, $f'(x) \geq 0$.*
- *Si f est décroissante sur I, alors pour tout réel $x \in I$, $f'(x) \leq 0$.*
- *Si f est constante sur I, alors pour tout réel $x \in I$, $f'(x) = 0$.*

Démonstration. Soient $x \in I$ et $a \in I$ tels que $x \neq a$.

1er cas : f est croissante sur I.

Dans ce cas,

$$\text{si } x < a, \text{ alors } f(x) \leq f(a),$$
$$\text{si } x > a, \text{ alors } f(x) \geq f(a).$$

Nous en déduisons que pour $x \neq a$, nous obtenons

$$\frac{f(x) - f(a)}{x - a} \geq 0.$$

Puisque f est dérivable en $a \in I$, nous savons que

$$\lim_{x \to a} \frac{f(x) - f(a)}{x - a} = f'(a)$$

En utilisant la propriété de passage à la limite sur une inégalité (paragraphe 4.6), nous obtenons

$$f'(a) \geq 0, \text{ pour tout } a \in I,$$

ce qui permet de conclure par

$$\forall x \in I, f'(x) \geq 0.$$

2e cas : f est décroissante sur I. Cette fois, nous avons

$$\text{si } x < a, \text{ alors } f(x) \geq f(a),$$
$$\text{si } x > a, \text{ alors } f(x) \leq f(a).$$

Nous en déduisons que pour $x \neq a$

$$\frac{f(x) - f(a)}{x - a} \leq 0.$$

Puisque f est dérivable en $a \in I$, nous savons que

$$\lim_{x \to a} \frac{f(x) - f(a)}{x - a} = f'(a)$$

En utilisant à nouveau la propriété de passage à la limite sur une inégalité, il vient

$$f'(a) \leq 0, \text{ pour tout } a \in I,$$

ce qui permet de conclure par

$$\forall x \in I,\ f'(x) \leq 0.$$

3ᵉ cas : f est constante sur I.

Dans ce 3ᵉ cas, pour $x \neq a$, nous avons

$$\frac{f(x) - f(a)}{x - a} = 0$$

Nous en déduisons que

$$\lim_{x \to a} \frac{f(x) - f(a)}{x - a} = 0.$$

Puisque f est dérivable en a et par unicité de la limite en ce point, nous en déduisons

$$f'(a) = 0, \text{ pour tout } a \in I.$$

Nous en concluons

$$\forall x \in I,\ f'(x) = 0.$$

Remarques. Nous en disposons de deux.

- Le 3ᵉ cas peut être prouvé plus rapidement car depuis le paragraphe 5.3.2 nous savons que si f est constante sur I, alors

$$\forall x \in I,\ f'(x) = 0.$$

- La réciproque de cette proposition est vraie. Elle est importante puisque le signe de la dérivée détermine le sens de variations de la fonction considérée.

Une preuve complète de cette réciproque dépasse la cadre de ce livre. En effet les outils utilisés comme le théorème de Rolle [1] reposent sur des connaissances approfondies sur la continuité.

Cependant nous proposons un lemme qui est une interprétation graphique du théorème des accroissements finis (conséquence du théorème de Rolle). Ceci va nous permettre de justifier partiellement mais raisonnablement une preuve de la réciproque en question.

1. Mathématicien français : 1652-1719

Lemme (des accroissements finis). *Soit f une fonction dérivable sur un intervalle I. Si $a \in I$ et $b \in I$ tel que $a < b$, alors*

$$\exists c \in]a, b[, \ f'(c) = \frac{f(b) - f(a)}{b - a}.$$

Démonstration (partielle). Sur la figure ci-dessous, la sécante (AB) a pour coefficient directeur $\frac{f(b) - f(a)}{b - a}$. Nous observons qu'il existe au moins une tangente à la courbe Cf en un point C d'abscisse $c \in]a, b[$, qui est parallélle à (AB).

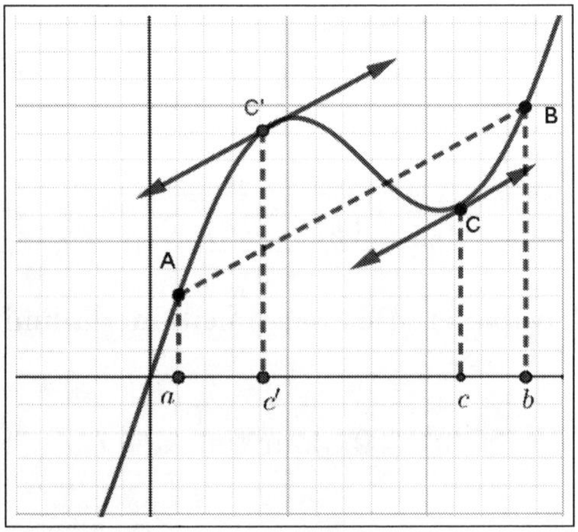

Cela justifie qu'il existe $c \in]a, b[$ tel que

$$f'(c) = \frac{f(b) - f(a)}{b - a}.$$

Théorème (principe de Lagrange[2]). *Soit f une fonction dérivable sur un intervalle I.*

Si, pour tout réel $x \in I$, on a :

- *$f'(x) \geq 0$, alors f est croissante sur I,*
- *$f'(x) \leq 0$, alors f est décroissante sur I,*
- *$f'(x) = 0$, alors f est constante sur I.*

2. Mathématicien franco-italien : 1736-1813

Démonstration. Soient $a \in I$ et $b \in I$ tels que $a < b$.

1er cas : $\forall x \in I,\ f'(x) \geq 0$.

Graphiquement, nous observons ce cas dans la figure suivante :

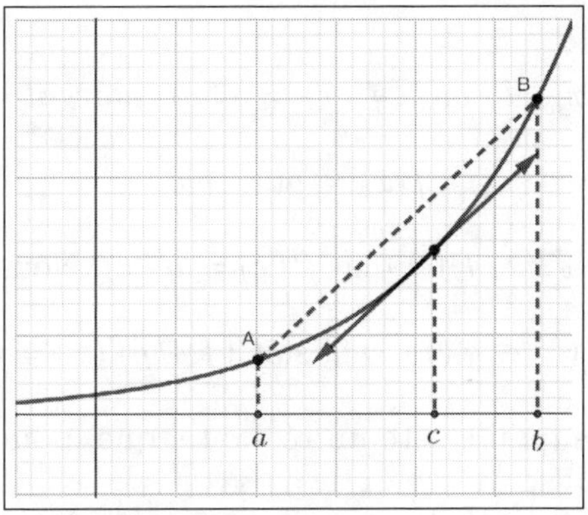

Du lemme précédent, il résulte que

$$\exists c \in]a, b[,\ f'(c) = \frac{f(b) - f(a)}{b - a}.$$

Nous savons que dans ce premier cas, en particulier pour $x = c$, nous obtenons

$$f'(c) \geq 0, \text{ ce qui implique } \frac{f(b) - f(a)}{b - a} \geq 0.$$

Nous en déduisons que si $a < b$, alors $f(a) \leq f(b)$.

Nous en concluons que la fonction f est croissante sur I.

2e cas : $\forall x \in I,\ f'(x) \leq 0$.

En appliquant à nouveau le lemme des accroissements finis, sachant qu'en particulier pour $x = c$, nous avons $f'(c) \leq 0$, il vient

$$\frac{f(b) - f(a)}{b - a} \leq 0.$$

Nous en déduisons que si $a < b$, alors $f(a) \geq f(b)$.

Nous en concluons, dans ce second cas, que la fonction f est décroissante sur I.

3e cas : $\forall x \in I,\ f'(x) = 0$.

Toujours, en appliquant le lemme ci-dessus, sachant qu'en particulier pour $x = c$, nous avons $f'(c) = 0$, nous obtenons

$$\frac{f(b) - f(a)}{b - a} = 0.$$

Nous en déduisons que si $a < b$, alors $f(a) = f(b)$, ce qui prouve que la fonction f est constante sur I.

Corollaire (égalité de deux dérivées). *Soient f et g deux fonctions dérivables sur un intervalle I.*

Si, pour tout réel $x \in I$, on a $f'(x) = g'(x)$, alors il existe $c \in \mathbb{R}$ tel que

$$f(x) = g(x) + c.$$

Démonstration. Soit $x \in I$ tel que $f'(x) = g'(x)$. Nous obtenons

$$f'(x) - g'(x) = 0, \text{ soit } (f - g)'(x) = 0.$$

Nous en déduisons qu'il existe un réel c tel que, pour tout réel $x \in I$,

$$(f - g)(x) = c, \text{ soit } f(x) = g(x) + c.$$

Exemple (application à la physique). Un mobile est soumis à un mouvement rectiligne uniforme de vitesse v constante égale à v_0 en $m.s^{-1}$. Ainsi, pour tout réel $t \geq 0$, nous avons

$$v(t) = x'(t) = \frac{dx}{dt} = v_0.$$

La loi horaire de ce mobile est donc

$$x(t) = v_0 t + c, \text{ où } c \text{ est une constante.}$$

En considérant la condition initiale $x(0) = x_0$, nous obtenons

$$c = x_0, \text{ soit } x(t) = v_0 t + x_0.$$

Proposition (monotonie stricte). *Soit f une fonction dérivable sur un intervalle I. On suppose que*

$$N = \{x \in I / f'(x) = 0\} \textit{ n'est pas un intervalle non vide.}$$

- *Si pour tout $x \in I$, $f'(x) \geq 0$, alors f est croissante strictement sur I.*
- *Si pour tout $x \in I$, $f'(x) \leq 0$, alors f est décroissante strictement sur I.*

Démonstration. Nous raisonnons par l'absurde, en supposant que la fonction f est croissante sans être strictement croissante sur l'intervalle I, ce qui donne

$$\exists x_1 \in I, \exists x_2 \in I, x_1 < x_2 \text{ et } f(x_1) = f(x_2).$$

Soit $x \in [x_1, x_2]$. Puisque f est croissante sur I, nous obtenons :

$$x_1 \leq x \leq x_2 \Rightarrow f(x_1) \leq f(x) \leq f(x_2).$$

Nous en déduisons

$$\forall x \in [x_1,\, x_2],\, f(x) = f(x_1) = f(x_2),$$

ce qui prouve que f est une fonction constante sur l'intervalle $[x_1,\, x_2]$.

Il en résulte que

$$\forall x \in [x_1,\, x_2],\, f'(x) = 0,$$

ce qui est contradictoire avec N qui n'est pas un intervalle.

La preuve est analogue dans le cas où, pour tout $x \in I,\, f'(x) \leq 0$.

Remarque. Lorsque $N = \{x \in I / f'(x) = 0\}$ n'est pas un intervalle, on dit que les éléments de N sont des points "isolés".

Corollaire. *Soit f une fonction dérivable sur un intervalle I.*

- *Si pour tout $x \in I,\, f'(x) > 0$, alors f est croissante strictement sur I.*
- *Si pour tout $x \in I,\, f'(x) < 0$, alors f est décroissante strictement sur I.*

Démonstration. Nous appliquons la proposition précédente lorsque $N = \emptyset$.

5.6.2 Dérivée et extremum

Définition (extremum global). *Soient f une fonction définie sur un intervalle I, m et M deux réels. On dit que :*

- *La fonction f admet sur I le réel m pour* minimum *si et seulement si,*
$$\forall x \in I,\, f(x) \geq m, \text{ et, } \exists a \in I,\, f(a) = m.$$
- *La fonction f admet sur I le réel M pour* maximum *si et seulement si,*
$$\forall x \in I,\, f(x) \leq M, \text{ et, } \exists a \in I,\, f(a) = M.$$

Définition (extremum local). *Soit f une fonction définie sur un intervalle I et $a \in I$.*

On dit que $f(a)$ est un maximum local *(respectivement un minimum* local*) de f sur I s'il existe un intervalle $J \subset I$ ouvert centré $a \in J$ tel que $f(a)$ soit un maximum (respectivement un minimum) de f sur J.*

Remarque. Un extremum global est local.

Proposition (condition nécessaire d'existence d'un extremum local). *Soient f une fonction dérivable sur un intervalle I ouvert et $a \in I$.*

Si f admet un extremum local en a, alors $f'(a) = 0$.

Démonstration. Pour fixer les idées, nous supposons que $f(a)$ est un minimum local.

Par définition, il existe $\epsilon > 0$ et un intervalle $J =]a - \epsilon, a + \epsilon[\subset I$ centré en a tel que

$$\forall x \in]a - \epsilon, a + \epsilon[, f(x) \geq f(a).$$

Nous distinguons deux cas.

1er cas : $x \in]a, a + \epsilon[$.

Dans ce cas, nous avons

$$\frac{f(x) - f(a)}{x - a} \geq 0.$$

Puisque f est dérivable en a, en appliquant la proposition du paragraphe 4. 6 concernant la passage à la limite sur une inégalité, nous obtenons

$$f'(a) = \lim_{x \to a} \frac{f(x) - f(a)}{x - a} = \lim_{x \to a^+} \frac{f(x) - f(a)}{x - a} \geq 0.$$

2e cas : $x \in]a - \epsilon, a[$.

Dans ce second cas, nous avons

$$\frac{f(x) - f(a)}{x - a} \leq 0.$$

Puisque f est dérivable en a, en appliquant la proposition du paragraphe 4. 6 citée ci-dessus, nous obtenons

$$f'(a) = \lim_{x \to a} \frac{f(x) - f(a)}{x - a} = \lim_{x \to a^-} \frac{f(x) - f(a)}{x - a} \leq 0.$$

Nous déduisons de ces deux cas que

$$f'(a) \geq 0 \text{ et } f'(a) \leq 0,$$

ce qui prouve que $f'(a) = 0$.

La preuve est analogue en supposant que $f(a)$ est un maximum local.

Remarques. Nous en proposons quatre.

• La réciproque de cette proposition est fausse. En d'autres termes nous pouvons trouver un contre-exemple de fonction dont la dérivée est nulle en un point et qui n'admet pas d'extremum en ce point.

La fonction cube $f : x \mapsto x^3$ convient. En effet, pour tout réel x, on a

$$f'(x) = 3x^2 \geq 0,$$

ce qui implique que $f'(0) = 0$.

Par contre, nous avons

$$\text{si } x \geq 0, \text{ alors } f(x) \geq 0,$$
$$\text{si } x \leq 0, \text{ alors } f(x) \leq 0.$$

Ceci justifie que $f(0) = 0$ n'est pas un extremum pour la fonction cube.

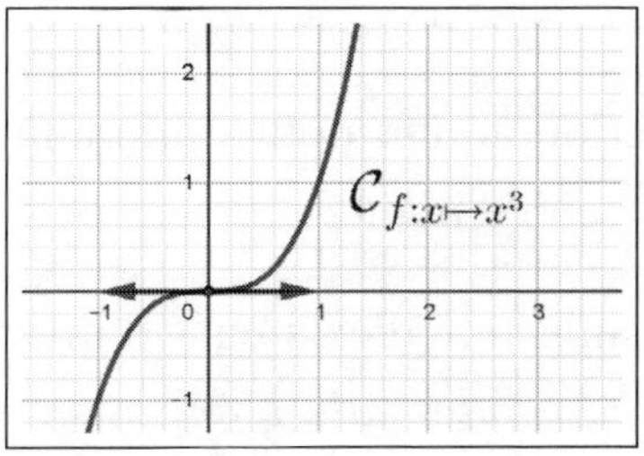

• La contrainte "f est dérivable sur I **ouvert**" est justifiée par le contre-exemple suivant qui met en défaut la conclusion de la proposition.

Considérons la fonction f définie sur $I =]-1, 1]$ par $x \mapsto x$.

Nous observons que $f(1)$ est un maximum, bien que

$$\forall x \in]-1, 1], \; f'(x) = 1 \neq 0.$$

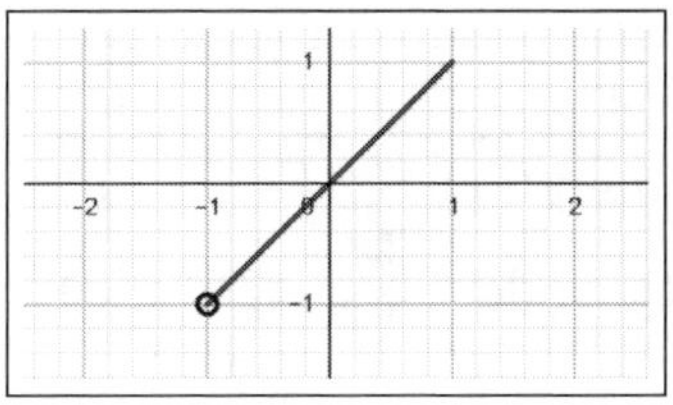

• Une fonction peut admettre un extremum local en a sans être dérivable en ce point. La fonction valeur absolue en est un exemple. En effet $x \mapsto |x|$ n'est pas dérivable en 0 bien que

$$\forall x \in \mathbb{R}, \; |x| \geq 0.$$

• Une fonction peut admettre un extremum local en a sans être continue en ce point. En effet, nous considérons par exemple la fonction f définie sur $\mathbb{R}$ par

$$f(x) = \begin{cases} |x| & \text{si} \quad x \neq 0 \\ -1 & \text{si} \quad x = 0 \end{cases}.$$

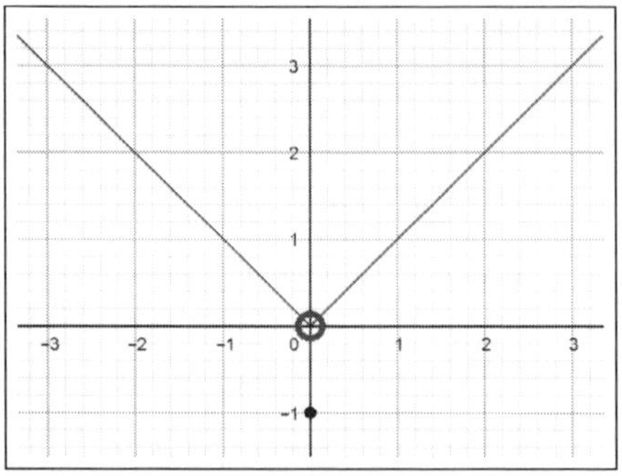

Clairement, cette fonction admet pour minimum -1 en $x = 0$ bien qu'elle présente une discontinuité en ce point.

Proposition (condition suffisante d'existence d'un extremum local). *Soient f une fonction dérivable sur un intervalle I ouvert et $a \in I$.*

Si

- $f'(a) = 0$,
- $f'(x)$ *change de signe en* $x = a$,

alors $f(a)$ est un extremum local pour la fonction f.

Démonstration. Soit $x \in I$. Nous distinguons deux cas.

1er cas : $f'(x) < 0$, pour $x < a$ et $f'(x) > 0$, pour $x > a$.

Nous disposons dans ce cas du tableau de variations suivant :

x	a
signe de $f'(x)$	$-$ 0 $+$
variations de f	$\searrow$ $f(a)$ $\nearrow$

Dans ce premier cas f admet un minimum local.

2e cas : $f'(x) > 0$, pour $x < a$ et $f'(x) < 0$, pour $x > a$.

Nous disposons du tableau de variations suivant :

x	a
signe de $f'(x)$	$+$ 0 $-$
variations de f	$\nearrow$ $f(a)$ $\searrow$

Dans ce second cas f admet un maximum local.

5.7 Exercices corrigés

5.7.1 Dérivabilité en un point

Exercice 1. Dérivabilité en $x = 0$

On considère les fonctions f, g et h définies sur $\mathbb{R}$ par

$$f : x \mapsto \frac{1}{1+|x|},\ g : x \mapsto xf(x) \text{ et } h : x \mapsto |x|f(x).$$

Étudier la dérivabilité en 0 de chacune de ces fonctions.

Contrôler graphiquement l'aspect de chaque représentation graphique localement en 0.

Solution

• Dérivabilité de f en 0 ?

Pour tout réel $x \neq 0$, nous avons

$$\begin{aligned}\frac{f(x)-f(0)}{x} &= \frac{1}{x}\left(\frac{1}{1+|x|}-1\right),\\ &= -\frac{|x|}{x(1+|x|)}.\end{aligned}$$

Nous observons, quand x tend vers 0, une forme indéterminée du type "$\frac{0}{0}$".
Pour lever cette indétermination, nous distinguons deux cas par disjonction.

1er cas : $x > 0$. Il vient

$$\frac{f(x)-f(0)}{x} = -\frac{x}{x(1+x)} = -\frac{1}{1+x}.$$

Nous en déduisons

$$\lim_{\substack{x\to 0\\ x>0}} \frac{f(x)-f(0)}{x} = -1.$$

2e cas : $x < 0$. Nous obtenons

$$\frac{f(x)-f(0)}{x} = -\frac{-x}{x(1-x)} = \frac{1}{1-x}.$$

Nous en déduisons

$$\lim_{\substack{x\to 0\\ x<0}} \frac{f(x)-f(0)}{x} = 1.$$

Puisque :

$$\lim_{\substack{x \to 0 \\ x > 0}} \frac{f(x) - f(0)}{x} \neq \lim_{\substack{x \to 0 \\ x < 0}} \frac{f(x) - f(0)}{x},$$

nous en concluons que $x \mapsto \dfrac{f(x) - f(0)}{x}$ n'a pas de limite en 0.

Par conséquent la fonction f n'est pas dérivable en 0.

Contrôle graphique.

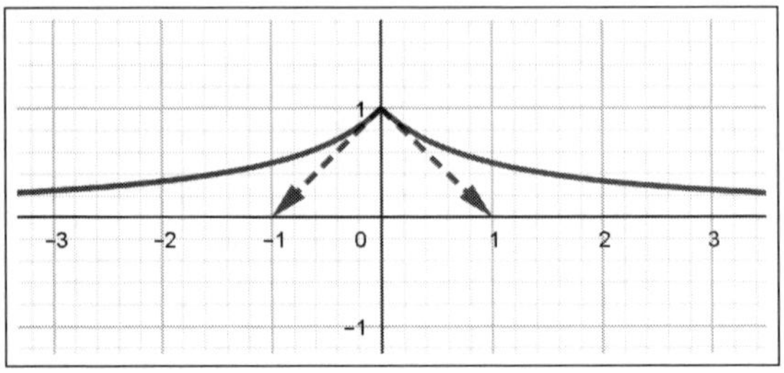

Pour analyser cette figure, nous donnons les compléments suivants :

Bien que la fonction f ne soit pas dérivable en 0, par extension, dans cet exemple, nous considérons que f est dérivable à droite et à gauche en 0.

Le nombre dérivé à droite qui est la limite à droite de $x \mapsto \dfrac{f(x) - f(0)}{x}$ est égal à -1, il est noté $f'_d(0)$.

Le nombre dérivé à gauche qui est la limite à gauche de $x \mapsto \dfrac{f(x) - f(0)}{x}$ est égal à 1 ; il est noté $f'_g(0)$.

C'est cette notion de dérivablité à droite et à gauche qui justifie l'existence de deux demi-tangentes au point de coordonnées (0, 1) de pente respective $f'_d(0) = -1$ et $f'_g(0) = 1$.

Nous ajoutons que la non dérivabilité de f en 0 induit un point "anguleux" sur C_f au point de coordonnées (0, 1), en contraste avec le "lissage tangentiel" effectué sur la courbe, en tout point où la fonction f est dérivable.

- Dérivabilité de g en 0 ?

Pour $x \neq 0$, nous avons

$$\frac{g(x) - g(0)}{x} = \frac{g(x)}{x} = \frac{xf(x)}{x} = f(x).$$

Puisque $\lim\limits_{x \to 0} 1+|x| = 1$, en prenant la limite en 0 de l'inverse, nous obtenons

$$\lim_{x \to 0} \frac{g(x) - g(0)}{x} = \lim_{x \to 0} \frac{1}{1 + |x|} = 1.$$

Nous en concluons que la fonction g est dérivable en 0 et $g'(0) = 1$.

Contrôle graphique.

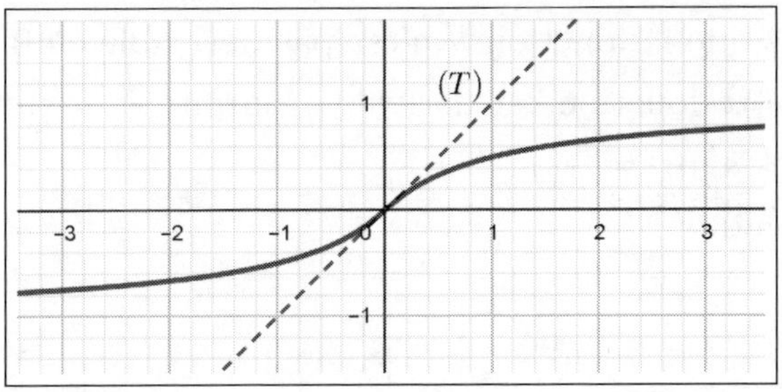

Nous observons que la droite (T) d'équation $y = x$ est tangente à la courbe $\mathcal{C}_g$ à l'origine du repère.

De plus nous observons graphiquement que

$$\text{Si } x \geq 0, \text{ alors } g(x) \leq x.$$
$$\text{Si } x \leq 0, \text{ alors } g(x) \geq x.$$

Par conséquent, nous pouvons dire que $\mathcal{C}_g$ "traverse" la tangente en O, ce qui signifie que l'origine du repère est un point particulier appelé point d'*inflexion*.

- Dérivabilité de h en 0 ?

Pour $x \neq 0$, nous avons

$$\frac{h(x) - h(0)}{x} = \frac{h(x)}{x} = \frac{|x|f(x)}{x},$$

ce qui donne

$$\frac{h(x) - h(0)}{x} = \begin{cases} f(x) & \text{si} \quad x > 0 \\ -f(x) & \text{si} \quad x < 0 \end{cases} = \begin{cases} \dfrac{1}{1+x} & \text{si} \quad x > 0 \\ \\ -\dfrac{1}{1-x} & \text{si} \quad x < 0 \end{cases}.$$

Nous en déduisons, d'une part

$$\lim_{\substack{x \to 0 \\ x > 0}} \frac{h(x) - h(0)}{x} = \lim_{\substack{x \to 0 \\ x > 0}} \frac{1}{1+x} = 1,$$

et d'autre part

$$\lim_{\substack{x \to 0 \\ x < 0}} \frac{h(x) - h(0)}{x} = \lim_{\substack{x \to 0 \\ x < 0}} -\frac{1}{1-x} = -1.$$

Puisque

$$\lim_{\substack{x \to 0 \\ x > 0}} \frac{h(x) - h(0)}{x} \neq \lim_{\substack{x \to 0 \\ x < 0}} \frac{h(x) - h(0)}{x},$$

nous en concluons que la fonction h n'est pas dérivable en 0.

Cependant, cette fonction est dérivable à droite et à gauche en 0 et nous avons $h'_d(0) = 1$ et $h'_g(0) = -1$.

Contrôle graphique.

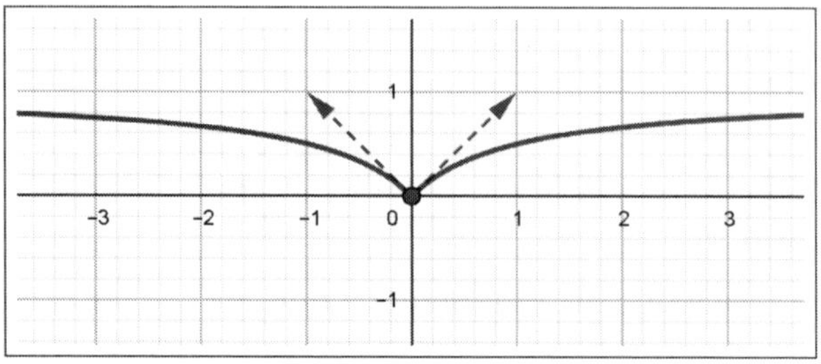

Nous observons l'existence de deux demi-tangentes à l'origine du repère de pente respective $h'_d(0) = 1$ et $h'_g(0) = 1$.

Exercice 2. Dérivabilité en $x = 1$

Soit la fonction $f : x \mapsto |x - 1|\sqrt{x}$ définie sur $\mathbb{R}^+$.

1. Étudier la dérivabilité de f en $x = 1$

2. Contrôler graphiquement, dans un repère orthonormal du plan.

Représenter dans le même repère la fonction $g : x \mapsto |x - 1|$.

3. Pour $x \in \mathbb{R}^+$, étudier les positions relatives des courbes $\mathcal{C}_f$ et $\mathcal{C}_g$.

Solution

1. Soit $x \in \mathbb{R}^+$ tel que $x \neq 1$. Nous avons

$$\frac{f(x) - f(1)}{x - 1} = \frac{|x - 1|\sqrt{x}}{x - 1} = \begin{cases} \dfrac{(x - 1)\sqrt{x}}{x - 1} = \sqrt{x} & \text{si} \quad x > 1 \\ \\ \dfrac{(1 - x)\sqrt{x}}{x - 1} = -\sqrt{x} & \text{si} \quad 0 \leq x < 1 \end{cases}.$$

Nous en déduisons, d'une part

$$\lim_{\substack{x \to 1 \\ x > 1}} \frac{f(x) - f(1)}{x - 1} = \lim_{\substack{x \to 1 \\ x > 1}} \sqrt{x} = 1,$$

et d'autre part

$$\lim_{\substack{x \to 1 \\ x < 1}} \frac{f(x) - f(1)}{x - 1} = \lim_{\substack{x \to 1 \\ x < 1}} -\sqrt{x} = -1.$$

Puisque

$$\lim_{\substack{x \to 1 \\ x > 1}} \frac{f(x) - f(1)}{x - 1} \neq \lim_{\substack{x \to 1 \\ x < 1}} \frac{f(x) - f(1)}{x - 1},$$

nous en concluons que la fonction f n'est pas dérivable en $x = 1$.

2.

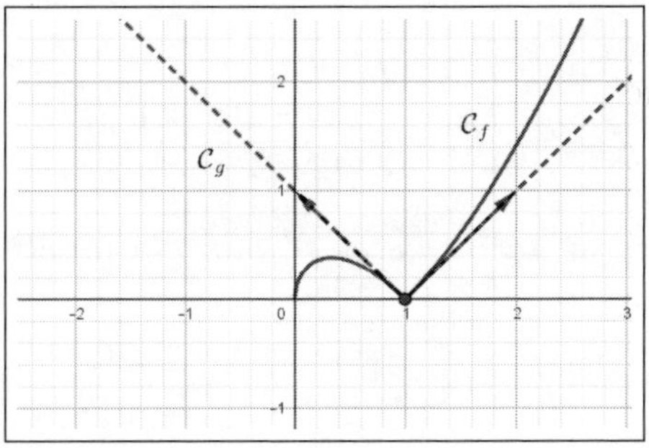

Nous observons que :

• au point de coordonnées (1, 0), la courbe admet deux demi-tangentes, une à droite de pente 1 et l'autre à gauche de pente -1,

• la réunion de ces deux demi-droites restituent la courbe $\mathcal{C}_g$,

• pour $x \geq 1$, la courbe $\mathcal{C}_f$ est au-dessus de $\mathcal{C}_g$,

• pour $0 \leq x \leq 1$, la courbe $\mathcal{C}_f$ est en-dessous de $\mathcal{C}_g$.

Nous justifions dans la question qui suit, ces deux derniers points.

3. Pour étudier la position relative des courbes $\mathcal{C}_f$ et $\mathcal{C}_g$, nous étudions classiquement le signe de la différence $f(x) - g(x)$ (ou le signe de $g(x) - f(x)$), pour $x \in \mathbb{R}^+$.

Pour tout réel $x \geq 0$, nous avons

$$f(x) - g(x) = |x - 1|\sqrt{x} - |x - 1| = |x - 1|\left(\sqrt{x} - 1\right).$$

Puisque, pour tout réel $x \geq 0$, $|x - 1| \geq 0$, le signe de $f(x) - g(x)$ est le signe de $\sqrt{x} - 1$.

Ainsi, nous obtenons

$$x \geq 1 \text{ implique } \sqrt{x} \geq 1, \text{ soit } \sqrt{x} - 1 \geq 0,$$
$$0 \leq x \leq 1 \text{ implique } \sqrt{x} \leq 1, \text{ soit } \sqrt{x} - 1 \leq 0.$$

Nous en déduisons

$$x \geq 1 \text{ implique } f(x) - g(x) \geq 0, \text{ soit } f(x) \geq g(x),$$
$$0 \leq x \leq 1 \text{ implique } f(x) - g(x) \leq 0, \text{ soit } f(x) \leq g(x).$$

Nous en concluons que

si $x \geq 1$, alors $\mathcal{C}_f$ est au-dessus de $\mathcal{C}_g$,

si $0 \leq x \leq 1$, alors $\mathcal{C}_f$ est en-dessous de $\mathcal{C}_g$.

Exercice 3. Fonction symétriquement dérivable en 0

Soit f une fonction définie sur $\mathbb{R}$. On considère la fonction ρ définie sur $\mathbb{R}^*$ par

$$\rho(x) = \frac{f(x) - f(-x)}{2x}.$$

1. Monter que si f est dérivable en 0, alors la fonction ρ admet une limite finie en 0.

2. La réciproque est-elle vraie ?

Solution

1. Pour tout réel $x \neq 0$, nous avons

$$\rho(x) = \frac{f(x) - f(0) + f(0) - f(-x)}{2x} = \frac{1}{2}\left(\frac{f(x) - f(0)}{x} + \frac{f(0) - f(-x)}{x}\right).$$

D'une part, puisque f est dérivable en 0, nous avons

$$\lim_{x \to 0} \frac{f(x) - f(0)}{x} = f'(0).$$

D'autre part, en posant $X = -x$, nous obtenons

$$\frac{f(0) - f(-x)}{x} = \frac{f(0) - f(X)}{-X} = \frac{f(X) - f(0)}{X}.$$

Par composition, nous en déduisons

$$\lim_{x \to 0} \frac{f(0) - f(x)}{x} = \lim_{X \to 0} \frac{f(X) - f(0)}{X} = f'(0).$$

Par conséquent, par somme de limite finie en 0, nous en concluons que la fonction ρ admet une limite finie en 0 et nous avons

$$\lim_{x \to 0} \rho(x) = f'(0).$$

2. La réciproque est fausse. Nous proposons un contre-exemple de fonction qui n'est pas dérivable en 0 mais symétriquement dérivable en 0.

La fonction valeur absolue $f : x \mapsto |x|$ convient. En effet nous savons que cette dernière n'est pas dérivable en 0.

Mais, pour tout réel $x \neq 0$, nous avons

$$\rho(x) = \frac{|x| - |-x|}{2x} = 0.$$

Il en résulte que dans ce cas la fonction ρ admet une limite finie en 0 qui est égale à 0. Par conséquent, la fonction $f : x \mapsto |x|$ est symétriquement dérivable en 0.

Exercice 4. Fonction partie entière et dérivabilité en 0

La définition de la fonction partie entière $x \mapsto \lfloor x \rfloor$ est rappelée dans l'exercice corrigé 7 du chapitre 3.

Nous considérons la fonction f définie sur $\mathbb{R}$ par

$$f(x) = \begin{cases} x^2 \lfloor \frac{1}{x} \rfloor & \text{si} \quad x \neq 0 \\ 0 & \text{si} \quad x = 0 \end{cases}.$$

1. Reprendre le 1er exemple du paragraphe 4.6 pour justifier que $f(0) = 0$.

2. Étudier la dérivabilité de f en 0.

Solution

2. Soit un réel $x \neq 0$. Nous avons

$$\frac{f(x) - f(0)}{x} = \frac{f(x)}{x} = x \lfloor \frac{1}{x} \rfloor.$$

En reprenant le 1er exemple du paragraphe 4.6 , nous savons que pour réel tout $x \neq 0$, nous avons

$$\frac{1}{x} - 1 < \lfloor \frac{1}{x} \rfloor \leq \frac{1}{x}.$$

Pour encadrer $\dfrac{f(x) - f(0)}{x}$, nous procédons par disjonction selon que $x > 0$ ou $x < 0$.

1er cas : $x > 0$.

Dans ce cas, nous obtenons

$$1 - x < x \lfloor \frac{1}{x} \rfloor \leq 1.$$

2e cas : $x < 0$.

Dans ce second cas, nous obtenons

$$1 \leq x \lfloor \frac{1}{x} \rfloor < 1 - x.$$

En appliquant le théorème d'encadrement quand x tend vers 0 à gauche ou à droite, il vient

$$\lim_{\substack{x \to 0 \\ x > 0}} \frac{f(x) - f(0)}{x} = 1,$$
$$\lim_{\substack{x \to 0 \\ x < 0}} \frac{f(x) - f(0)}{x} = 1.$$

Ces deux limites sont égales, nous en déduisons

$$\lim_{x \to 0} \frac{f(x) - f(0)}{x} = 1.$$

Nous en concluons que la fonction f est dérivable en 0 et $f'(0) = 1$.
Contrôle graphique.

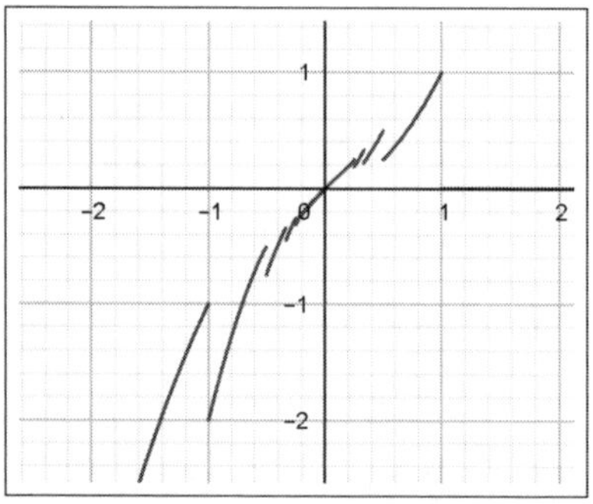

Exercice 5. Limite en a et taux d'accroissement

Soient un réel $a > 0$ et u la fonction définie sur $\mathbb{R} - \{a\}$ par

$$u(x) = \frac{a^2\sqrt{x} - x^2\sqrt{a}}{x - a}.$$

En proposant deux méthodes, étudier la limite en a de la fonction u.

Solution

Lorsque x tend vers a, nous observons une forme indéterminée du type "$\frac{0}{0}$".

Méthode 1. Pour $x \neq a$, nous avons

$$u(x) = \frac{\left(a^2\sqrt{x} - x^2\sqrt{a}\right)\left(a^2\sqrt{x} + x^2\sqrt{a}\right)}{(x - a)\left(a^2\sqrt{x} + x^2\sqrt{a}\right)},$$

$$u(x) = \frac{a^4x - ax^4}{(x - a)\left(a^2\sqrt{x} + x^2\sqrt{a}\right)},$$

$$u(x) = -\frac{ax(x^3 - a^3)}{(x - a)\left(a^2\sqrt{x} + x^2\sqrt{a}\right)},$$

$$u(x) = -\frac{ax(x - a)(x^2 + ax + a^2)}{(x - a)\left(a^2\sqrt{x} + x^2\sqrt{a}\right)},$$

$$u(x) = -\frac{ax(x^2 + ax + a^2)}{\left(a^2\sqrt{x} + x^2\sqrt{a}\right)}.$$

Puisque $\lim_{x \to a} ax(x^2 + ax + a^2) = 3a^4$ et $\lim_{x \to a} a^2\sqrt{x} + x^2\sqrt{a} = 2a^2\sqrt{a}$, par quotient de ces deux limites en a, nous en déduisons :

$$\lim_{x \to a} u(x) = -\frac{3a^4}{2a^2\sqrt{a}} = -\frac{3a^2}{2\sqrt{a}} = -\frac{3}{2}a\sqrt{a}.$$

Méthode 2. Nous proposons ici une méthode plus rapide en observant que le réel $u(x)$ est un taux d'accroissement "caché".

En effet, en posant, pour $x > 0$ $f(x) = a^2\sqrt{x} - x^2\sqrt{a}$, nous avons $f(a) = 0$.

Par conséquent, nous obtenons

$$u(x) = \frac{f(x)}{x - a} = \frac{f(x) - f(a)}{x - a}.$$

La fonction f par différence est dérivable sur $]0, +\infty[$.

Nous en déduisons

$$\lim_{x \to a} u(x) = \lim_{x \to a} \frac{f(x) - f(a)}{x - a} = f'(a).$$

Il reste à calculer $f'(x)$ pour $x > 0$. Il vient

$$f'(x) = \frac{a^2}{2\sqrt{x}} - 2x\sqrt{a},$$

par conséquent, nous obtenons

$$f'(a) = \frac{a^2}{2\sqrt{a}} - 2a\sqrt{a} = -\frac{3a^2}{2\sqrt{a}} = -\frac{3}{2}a\sqrt{a}.$$

Nous en concluons à nouveau que

$$\lim_{x \to a} u(x) = -\frac{3}{2}a\sqrt{a}.$$

5.7.2 Tangente

Exercice 6. Tangente et normale en un point d'une parabole

Dans un repère orthonormal du plan, on désigne par $\mathcal{P}$ la représentation graphique de la fonction carré $f : x \mapsto x^2$.

1. Soit M un point de $\mathcal{P}$, d'abscisse $a \in \mathbb{R}^*$. Déterminer une équation de la tangente (T) en M à la courbe $\mathcal{P}$.

En déduire l'ordonnée du point d'intersection T de la droite (T) avec la droite (Oy) des ordonnées du repère.

2. On désigne par (N) la normale *à $\mathcal{P}$ en M, c'est-à-dire la droite perpendiculaire en M à la droite (T).*

> *On rappelle que deux droites non parallèles à la droite des ordonnées, de coefficients directeurs m et m', sont perpendiculaires en un point si et seulement si $m \times m' = -1$.*

Déterminer une équation de la droite (N).

En déduire l'ordonnée du point d'intersection N de la droite (N) avec la droite (Oy) des ordonnées du repère.

3. Soit m le projeté orthogonal de M sur la droite (Oy). Montrer que

- *la distance mN est constante,*
- *le milieu du segment $[Tm]$ est un point fixe.*

Solution

1. Une équation de la tangente (T) en $M(a,, a^2)$ à la courbe $\mathcal{P}$ est

$$y = f'(a)(x - a) + f(a).$$

Puisque $f(a) = a^2$ et, pour tout réel x, $f'(x) = 2x$, nous obtenons

$$y = 2a(x - a) + a^2.$$

Nous en concluons qu'une équation de la droite (T) est

$$\boxed{y = 2ax - a^2}.$$

Nous avons $T(0, y_T)$ tel que $y_T = 2a \times 0 - a^2 = -a^2$.

Il en résulte que

$$y_T = -a^2, \text{ soit } T(0, -a^2).$$

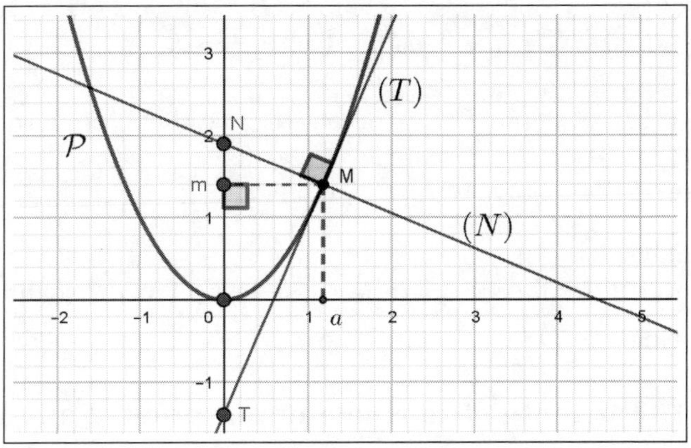

2. La normale (N) à $\mathcal{P}$ en M a une équation de la forme

$$y = mx + p.$$

Puisque $a \neq 0$ et (N) orthogonale à (T) , nous obtenons

$$m \times 2a = -1, \text{ soit } m = -\frac{1}{2a},$$

ce qui implique que la droite (N) a pour équation

$$y = -\frac{1}{2a}x + p.$$

Puisque $M(a,, a^2) \in \mathcal{P}$, nous en déduisons

$$p = y_M + \frac{1}{2a}x_M = a^2 + \frac{1}{2a} \times a = a^2 + \frac{1}{2}.$$

Nous en concluons que la droite (N) a pour équation

$$\boxed{y = -\frac{1}{2a}x + a^2 + \frac{1}{2}}.$$

Nous avons $N(0,\, y_N)$ tel que $y_N = -\dfrac{1}{2a} \times 0 + a^2 + \dfrac{1}{2} = a^2 + \dfrac{1}{2}$, ce qui donne

$$y_N = a^2 + \frac{1}{2}, \text{ soit } N(0,\, a^2 + \frac{1}{2}).$$

3. Le projeté orthogonal m de M sur la droite (Oy) est tel que

$$m(0,\, y_M), \text{ soit } m(0,\, a^2).$$

- Nous obtenons ainsi :

$$mN = |y_N - y_m| = |a^2 + \frac{1}{2} - a^2| = \frac{1}{2}.$$

- Le milieu du segment $[Tm]$ a pour abscisse 0 et pour ordonnée

$$\frac{y_T + y_m}{2} = \frac{-a^2 + a^2}{2} = 0,$$

ce qui justifie que l'origine O du repère est le milieu du segment $[Tm]$, quel que soit M distinct de O sur la parabole $\mathcal{P}$.

Exercice 7. Tangente et normale en un point d'une hyperbole

Dans un repère orthonormal du plan, on désigne par $\mathcal{H}$ la représentation graphique de la fonction inverse $f : x \mapsto \frac{1}{x}$, définie sur $\mathbb{R}^*$.

1. Soit A un point de $\mathcal{H}$, d'abscisse $a \in \mathbb{R}^*$. Déterminer une équation de la tangente (T) en A à la courbe $\mathcal{H}$.

En déduire les coordonnées des points B et C, intersection de la droite (T) avec respectivement la droite des ordonnées et la droite des abscisses.

2. Lorsque a décrit $\mathbb{R}^*$:

- *Quel est le milieu du segment $[BC]$?*
- *Quelle est l'aire du triangle BOC ?*

3. On désigne par (N) la normale *à $\mathcal{H}$ en A, c'est-à-dire la droite perpendiculaire en A à la tangente (T). Déterminer une équation de la droite (N).*

En déduire les coordonnées des points D et E, intersection de la droite (N) avec respectivement la droite des ordonnées et la droite des abscisses.

4. Montrer que les triangles BAD et EAC sont semblables c'est-à-dire justifier que $\frac{BD}{EC} = \frac{AB}{AE} = \frac{AD}{AC}$.

Solution

1. Une équation de la tangente (T) en $A(a, \frac{1}{a})$ à la courbe $\mathcal{H}$ est

$$y = f'(a)(x - a) + f(a).$$

Puisque $f(a) = \frac{1}{a}$ et pour tout réel $x \neq 0$, $f'(x) = -\frac{1}{x^2}$, nous obtenons

$$y = -\frac{1}{a^2}(x - a) + \frac{1}{a}.$$

Nous en concluons qu'une équation de la droite (T) est

$$\boxed{y = -\frac{1}{a^2}x + \frac{2}{a}}.$$

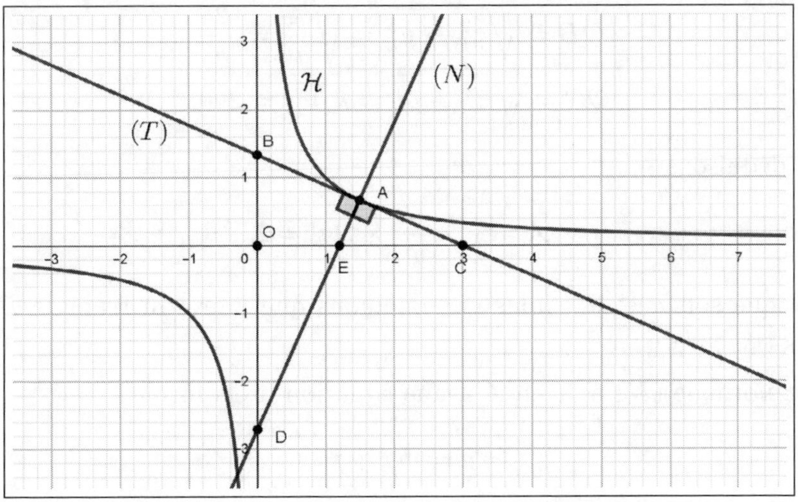

Nous avons $B(0,\, y_B)$ tel que $y_B = -\dfrac{1}{a^2} \times 0 + \dfrac{2}{a} = \dfrac{2}{a}$.
Il en résulte

$$B(0,\, \frac{2}{a}).$$

Nous avons $C(x_C,\, 0)$ tel que

$$-\frac{1}{a^2}x_C + \frac{2}{a} = 0 \Leftrightarrow \frac{1}{a^2}x_C = \frac{2}{a},$$
$$\Leftrightarrow x_C = 2a.$$

Nous en concluons

$$C(2a,\, 0).$$

2. Soit a un réel non nul.

• Le milieu du segment $[BC]$ a pour coordonnées

$$\left(\frac{0+2a}{2},\, \frac{1}{2}\left(\frac{2}{a}+0\right)\right) \text{, soit } (a,\, \frac{1}{a}).$$

Quel que soit $a \in \mathbb{R}^*$, nous en concluons que le segment $[BC]$ a pour milieu le point A.

• L'aire du triangle BOC est le réel $\mathcal{A} > 0$ tel que

$$\mathcal{A} = \frac{OB \times OC}{2}.$$

Puisque :

$$OB = \sqrt{x_B^2 + y_B^2} = \sqrt{\frac{4}{a^2}} = \frac{2}{|a|},$$
$$OC = \sqrt{x_C^2 + y_C^2} = \sqrt{4a^2} = 2|a|,$$

nous en déduisons

$$\mathcal{A} = \frac{1}{2} \times \frac{2}{|a|} \times 2|a| = 2.$$

Quel que soit $a \in \mathbb{R}^*$, nous en concluons que l'aire du triangle BOC est constante, égale à 2.

3. La normale (N) à $\mathcal{H}$ en A a une équation de la forme

$$y = mx + p.$$

Puisque $a \neq 0$ et (N) orthogonale à (T) , nous obtenons

$$m \times (-\frac{1}{a^2}) = -1, \text{ soit } m = a^2,$$

ce qui implique que la droite (N) a pour équation

$$y = a^2 x + p.$$

Puisque $A(a, \frac{1}{a}) \in \mathcal{H}$, nous en déduisons

$$p = y_A - a^2 x_A = \frac{1}{a} - a^2 \times a = \frac{1}{a} - a^3 = \frac{1 - a^4}{a}.$$

Nous en concluons que la droite (N) a pour équation

$$\boxed{y = a^2 x + \frac{1 - a^4}{a}}.$$

Nous avons $D(0, y_D)$ tel que $y_D = a^2 \times 0 + \frac{1 - a^4}{a} = \frac{1 - a^4}{a}$, ce qui donne

$$D(0, \frac{1 - a^4}{a}).$$

Nous avons $E(x_E, 0)$ tel que

$$a^2 x_E + \frac{1 - a^4}{a} = 0 \Leftrightarrow a^2 x_E = \frac{a^4 - 1}{a},$$
$$\Leftrightarrow x = \frac{a^4 - 1}{a^3}.$$

Par conséquent, nous obtenons :

$$E(\frac{a^4-1}{a^3}, 0).$$

4. Nous avons successivement

$$BD = \sqrt{(y_D - y_B)^2} = |y_D - y_B| = |\frac{1-a^4}{a} - \frac{2}{a}| = \frac{a^4+1}{|a|},$$
$$EC = |x_C - x_E| = |2a - \frac{a^4-1}{a^3}| = \frac{a^4+1}{|a|^3}.$$

Nous en déduisons que

$$\frac{BD}{EC} = \frac{a^4+1}{|a|} \times \frac{|a|^3}{a^4+1} = |a|^2 = a^2.$$

De même, nous avons

$$AB = \sqrt{(x_B - x_A)^2 + (y_B - y_A)^2},$$
$$= \sqrt{(-a)^2 + (\frac{2}{a} - \frac{1}{a})^2} = \sqrt{\frac{a^4+1}{a^2}} = \frac{\sqrt{a^4+1}}{|a|}.$$

$$AE = \sqrt{(x_E - x_A)^2 + (y_E - y_A)^2},$$
$$= \sqrt{(\frac{a^4-1}{a^3} - a)^2 + \frac{1}{a^2}} = \sqrt{\frac{1+a^4}{a^6}} = \frac{\sqrt{1+a^4}}{|a|^3}.$$

Ainsi nous obtenons

$$\frac{AB}{AE} = \frac{\sqrt{a^4+1}}{|a|} \times \frac{|a|^3}{\sqrt{1+a^4}} = a^2.$$

Enfin, de la même façon, nous avons

$$AD = \sqrt{(x_D - x_A)^2 + (y_D - y_A)^2},$$
$$= \sqrt{a^2 + (\frac{1-a^4}{a} - \frac{1}{a})^2} = \sqrt{a^2(1+a^4} = |a|\sqrt{1+a^4}.$$

$$AC = \sqrt{(x_C - x_A)^2 + (y_C - y_A)^2},$$
$$= \sqrt{a^2 + \frac{1}{a^2}} = \sqrt{\frac{a^4+1}{a^2}} = \frac{\sqrt{a^4+1}}{|a|}.$$

Il en résulte

$$\frac{AD}{AC} = |a|\sqrt{1+a^4} \times \frac{|a|}{\sqrt{1+a^4}} = |a|^2 = a^2.$$

Nous en concluons

$$\frac{BD}{EC} = \frac{AB}{AE} = \frac{AD}{AC},$$

ce qui signifie que les triangles BAD et EAC sont semblables.

Exercice 8. Position d'une courbe par rapport à une tangente

Soit f la fonction définie sur $\mathbb{R}$ par $f(x) = x^3 - 2x^2 + 1$.

$\mathcal{C}_f$ est la représentation graphique de f dans un repère orthonormal du plan dont l'origine est le point O.

1. Déterminer une équation de la tangente (T) à la courbe $\mathcal{C}_f$ au point A d'abscisse 1.

Étudier la position de $\mathcal{C}_f$ par rapport à la droite (T).

2. En quel point de $\mathcal{C}_f$ existe-t-il une tangente strictement parallèle à (T) ?

3. Soit m un réel non nul donné. Selon les valeurs du réel m, donner le nombre de points d'intersection de la courbe $\mathcal{C}_f$ avec la droite (d) dont une équation est $y = mx + 1$.

Solution

1. La fonction f est dérivable sur $\mathbb{R}$ puisque f est polynomiale. Pour tout réel x, nous avons

$$f'(x) = 3x^2 - 4x.$$

Une équation de la tangente (T) à la courbe $\mathcal{C}_f$ au point A d'abscisse 1 est

$$y = f'(1)(x-1) + f(1),$$

ce qui donne, puisque $f'(1) = -1$ et $f(1) = 0$,

$$y = -x + 1.$$

Pour déterminer la position de $\mathcal{C}_f$ par rapport à la droite (T), nous étudions le signe de la différence $f(x) - (1-x)$. Il vient

$$\begin{aligned} f(x) - (1-x) &= x^3 - 2x^2 + 1 - 1 + x, \\ &= x^3 - 2x^2 + x, \\ &= x(x^2 - 2x + 1), \\ &= x(x-1)^2. \end{aligned}$$

Le signe de $f(x) - (1-x)$ est le signe du réel x.

1er cas : $x \geq 0$
Nous avons

$$f(x) - (1 - x) \geq 0, \text{ soit } f(x) \geq 1 - x.$$

Dans ce cas la courbe $\mathcal{C}_f$ est au-dessus de la tangente (T).
2e cas : $x \leq 0$
Nous avons

$$f(x) - (1 - x) \leq 0, \text{ soit } f(x) \leq 1 - x.$$

Dans ce second cas la courbe $\mathcal{C}_f$ est en-dessous de la tangente (T).

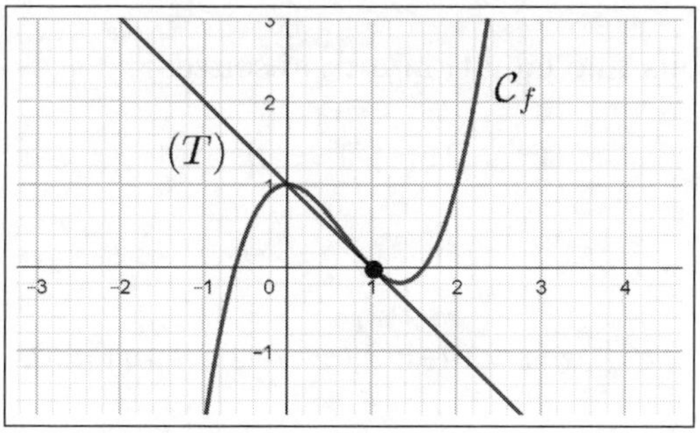

2. L'abscisse a d'un point de $\mathcal{C}_f$ en lequel il existe une tangente parallèle à (T) satisfait à

$$f'(a) = -1,$$

ce qui équivaut à

$$3a^2 - 4a = -1, \text{ soit } 3a^2 - 4a + 1 = 0.$$

Puisque

$$\Delta' = (-2)^2 - 3 = 1,$$

nous en déduisons

$$a = 1 \text{ ou } a = \frac{1}{3}.$$

Le parallélisme étant strict, nous en concluons que la courbe $\mathcal{C}_f$ admet, au point d'abscisse $\frac{1}{3}$, une tangente strictement parallèle à (T).

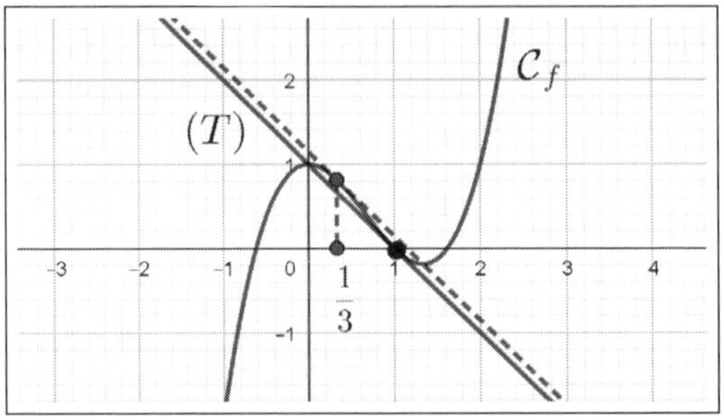

3. Pour déterminer le nombre de points d'intersection de la courbe $\mathcal{C}_f$ avec la droite (d), nous considérons le système

$$\begin{cases} y = x^3 - 2x^2 + 1 \\ y = mx + 1 \end{cases}.$$

Nous en déduisons une équation aux abscisses

$$x^3 - 2x^2 + 1 = mx + 1,$$

ce qui équivaut à

$$\begin{aligned} x^3 - 2x^2 - mx = 0 &\Leftrightarrow x(x^2 - 2x - m) = 0, \\ &\Leftrightarrow x = 0 \,\text{ou}\, x^2 - 2x - m = 0. \end{aligned}$$

Le point de coordonnées (0, 1) est commun à $\mathcal{C}_f$ et à (d) quel que soit le réel m. Il y a donc au moins un point commun à la courbe et à la droite.

Les autres points d'intersection sont comptés par le nombre de solutions de l'équation du second degré

$$x^2 - 2x - m = 0.$$

Nous avons

$$\Delta' = (-1)^2 - (-m) = 1 + m.$$

En comptant le point fixe de coordonnées (0, 1), nous en concluons que

▷ si $m > -1$ et $m \neq 0$, alors $\mathcal{C}_f$ et (d) ont trois points en commun,

▷ si $m = -1$, alors $\mathcal{C}_f$ et (d) ont deux points en commun,

▷ si $m < -1$, alors $\mathcal{C}_f$ et (d) ont un point en commun.

Nous remarquons que si $m = 0$, la droite (d) a pour équation $y = 1$. Dans ce cas, la courbe $\mathcal{C}_f$ et la droite (d) ont deux points en commun : le point de coordonnées (0, 1) et le point de coordonnées (2, 1).

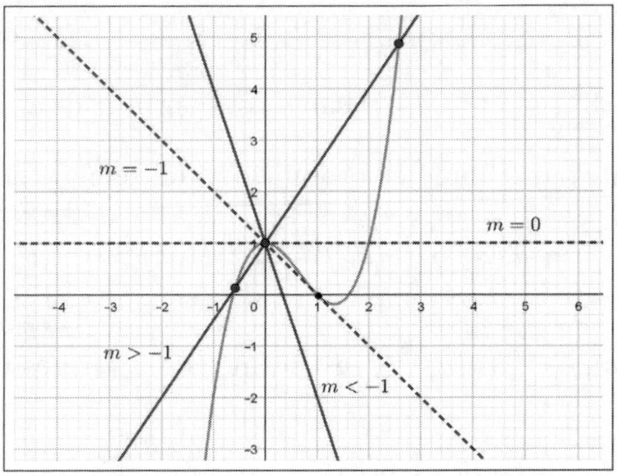

5.7.3 Opérations sur les dérivées : compléments

Exercice 9. Dérivée de $x \mapsto u^n(x)$

Soient u une fonction dérivable sur un intervalle I et $n \geq 2$ un entier naturel. On considére la fonction g définie sur I par

$$g(x) = (u(x))^n = u^n(x).$$

Montrer que cette fonction est dérivable en $a \in I$ et pour tout $a \in I$,

$$g'(a) = nu'(a)\,(u(a))^{n-1}$$

On proposera deux méthodes :

- *en utilisant l'égalité de Bernoulli*[3],
- *par récurrence*[4].

Solution

Méthode 1. En utilisant l'égalité de Bernoulli.

Soient $x \in I$ et $a \in I$ tels que $x \neq a$. Nous avons

$$\begin{aligned}\frac{g(x) - g(a)}{x - a} &= \frac{(u(x))^n - (u(a))^n}{x - a},\\ &= \frac{u(x) - u(a)}{x - a} \sum_{k=0}^{n-1} (u(x))^{n-1-k}(u(a))^k.\end{aligned}$$

Puisque la fonction u est dérivable en a, nous en déduisons d'une part

$$\lim_{x \to a} \frac{u(x) - u(a)}{x - a} = u'(a),$$

3. Chapitre 2.3
4. Annexe : § 12.5.5

et d'autre part

$$\lim_{x \to a} u(x) = u(a), \text{ car } u \text{ est continue en } a.$$

Par conséquent, par somme et produit de limite en a, nous obtenons

$$\lim_{x \to a} \frac{g(x) - g(a)}{x - a} = u'(a) \sum_{k=0}^{n-1} (u(a))^{n-1-k}(u(a))^k = u'(a) \sum_{k=0}^{n-1} (u(a))^{n-1}.$$

Puisque la somme $\sum_{k=0}^{n-1} (u(a))^{n-1}$ est formée de n termes égaux à $(u(a))^{n-1}$, nous obtenons

$$\lim_{x \to a} \frac{g(x) - g(a)}{x - a} = nu'(a)(u(a))^{n-1},$$

ce qui montre que, pour tout réel $a \in I$, la fonction g est dérivable en a et nous avons

$$g'(a) = nu'(a)(u(a))^{n-1}.$$

Ainsi la fonction g est dérivable sur I et nous obtenons

$$\forall x \in I, \ g'(x) = nu'(x)(u(x))^{n-1}.$$

Remarque

Fonctionnellement, en posant $g = u^n$, nous obtenons

$$(u^n)' = nu'u^{n-1}.$$

Méthode 2. Par récurrence. Pour simplifier nous prouvons fonctionnellement, par récurrence, que

$$\text{Pour tout entier } n \geq 2, \ (u^n)' = nu'u^{n-1}.$$

Initialisation.

Pour $n = 2$, la fonction $u^2 = uu$ est dérivable sur I par produit. Nous obtenons

$$\left(u^2\right)' = (uu)' = u'u + uu' = 2u'u,$$

ce qui justifie que l'égalité attendue est initialisée au rang $n = 2$.

Hérédité.

Nous supposons qu'à un rang $n \geq 2$ fixé, on ait $(u^n)' = nu'u^{n-1}$.

Montrons que $\left(u^{n+1}\right)' = (n+1)u'u^n$.

La fonction $u^{n+1} = u^n u$ est dérivable sur I par produit.

En utilisant l'hypothèse de récurrence, il vient :

$$\left(u^{n+1}\right)' = (u^n u)' = (u^n)'u + u^n u' = nu'u^{n-1}u + u^n u' ,$$
$$\left(u^{n+1}\right)' = nu'u^n + u'u^n = (n+1)u'u^n.$$

L'égalité proposée est donc héréditaire.

Nous en concluons

$$\text{Pour tout entier } n \geq 2,\ (u^n)' = nu'u^{n-1}.$$

Exercice 10. Dérivée de $x \mapsto \sqrt{u(x)}$

Soient u un fonction dérivable sur un intervalle I telle que

$$\forall x \in I,\ u(x) > 0.$$

On considère la fonction f définie sur I par $f(x) = \sqrt{u(x)}$.

Montrer que cette fonction est dérivable en $a \in I$ *et, pour tout* $a \in I$,

$$f'(a) = \frac{u'(a)}{2\sqrt{u(a)}}.$$

Solution

Soient $x \in I$ et $a \in I$ tels que $x \neq a$. Nous avons

$$\begin{aligned}
\frac{f(x) - f(a)}{x - a} &= \frac{\sqrt{u(x)} - \sqrt{u(a)}}{x - a}, \\
&= \frac{\left(\sqrt{u(x)} - \sqrt{u(a)}\right)\left(\sqrt{u(x)} + \sqrt{u(a)}\right)}{(x - a)\left(\sqrt{u(x)} + \sqrt{u(a)}\right)}, \\
&= \frac{u(x) - u(a)}{x - a} \times \frac{1}{\sqrt{u(x)} + \sqrt{u(a)}}.
\end{aligned}$$

Puisque la fonction u est dérivable en a, nous en déduisons d'une part,

$$\lim_{x \to a} \frac{u(x) - u(a)}{x - a} = u'(a),$$

et d'autre part

$$\lim_{x \to a} u(x) = u(a), \text{ car } u \text{ est continue en } a.$$

Par conséquent, par somme, inverse et produit de limite en a, nous obtenons

$$\lim_{x \to a} \frac{f(x) - f(a)}{x - a} = u'(a) \times \frac{1}{2\sqrt{u(a)}} = \frac{u'(a)}{2\sqrt{u(a)}}.$$

Il en résulte que, pour tout $a \in I$ la fonction f est dérivable en a et nous avons :

$$f'(a) = \frac{u'(a)}{2\sqrt{u(a)}}$$

Nous en concluons que la fonction f est dérivable sur I et nous obtenons

$$\forall x \in I,\ f'(x) = \frac{u'(x)}{2\sqrt{u(x)}}.$$

Exercice 11. Dérivée de la composée de deux fonctions

1. *Soit u une fonction dérivable sur un intervalle I et g une fonction dérivable sur un intervalle J tel que :*

$$\forall x \in I,\ u(x) \in J.$$

On considère la fonction $f = g \circ u$ définie sur I par $f : x \mapsto g\left(u(x)\right)$.

Pour tout $a \in I$, en posant $b = u(a) \in J$, montrer que la fonction $f = g \circ u$ est dérivable en a et

$$f'(a) = \left(g \circ u\right)'(a) = u'(a)g'\left(u(a)\right).$$

2. Justifier à nouveau les formules de dérivation obtenues dans les deux exercices précédents.

Solution

1. Soit $y \in J$ tel que $y \neq b$. Nous posons

$$T_b(y) = \frac{g(y) - g(b)}{y - b}.$$

Pour tout réel $x \neq a$, nous avons

$$\frac{f(x) - f(a)}{x - a} = \frac{(g \circ u)(x) - (g \circ u)(a)}{x - a} = \frac{g\left(u(x)\right) - g\left(u(a)\right)}{x - a}.$$

Sous réserve que pour $x \neq a$, on ait $u(x) \neq u(a)$, il vient

$$\begin{aligned}\frac{f(x) - f(a)}{x - a} &= \frac{g\left(u(x)\right) - g\left(u(a)\right)}{u(x) - u(a)} \times \frac{u(x) - u(a)}{x - a},\\ &= T_b\left(u(x)\right) \times \frac{u(x) - u(a)}{x - a}.\end{aligned}$$

Puisque u est dérivable en a, nous avons

$$\lim_{x \to a} \frac{u(x) - u(a)}{x - a} = u'(a).$$

De plus nous avons $\lim\limits_{x\to a} u(x) = u(a)$. Par conséquent, en posant $y = u(x)$ et sachant que g est dérivable en $b = u(a)$, par composition et produit de limites en a, nous obtenons :

$$\lim_{x\to a} \frac{f(x) - f(a)}{x - a} = \lim_{y\to u(a)} T_b(y) \times u'(a) = g'(u(a))\, u'(a),$$

ce qui prouve que, pour tout $a \in I$, $f = g \circ u$ est dérivable au point a et nous en concluons

$$f'(a) = (g \circ u)'(a) = u'(a) g'(u(a)).$$

2.

• Avec les données de l'exercice 9, pour tout réel x, nous posons $p(x) = x^n$.
Pour tout $x \in I$, nous avons

$$g(x) = (u(x))^n = p(u(x)) = (p \circ u)(x).$$

La fonction u est dérivable sur I.
La fonction p est dérivable sur $\mathbb{R}$.
Pour tout réel $x \in I$, on a $u(x) \in \mathbb{R}$.
Il en résulte que la fonction g est dérivable sur I par composition et nous en déduisons

$$\forall x \in I,\ g'(x) = p'(u(x))\, u'(x) = n\, (u(x))^{n-1}\, u'(x).$$

• Avec les données de l'exercice 10, pour tout réel $x > 0$, posons $g(x) = \sqrt{x}$.
Pour tout $x > 0$, nous avons

$$f(x) = \sqrt{u(x)} = g(u(x)) = (g \circ u)(x).$$

La fonction u est dérivable sur I.
La fonction g est dérivable sur $\mathbb{R}^{+*}$.
Pour tout réel $x \in I$, on a $u(x) > 0$.
Il en résulte, par composition, que la fonction f est dérivable sur I et nous en déduisons

$$\forall x \in I,\ f'(x) = g'(u(x))\, u'(x) = \frac{u'(x)}{2\sqrt{u(x)}}.$$

5.7.4 Application affine tangente

Exercice 12. Approximation affine en 0 de $x \mapsto \sqrt{x+1}$

Soit f la fonction définie sur $[-1, +\infty[$, par $f(x) = \sqrt{1+x}$.

1. Déterminer l'approximation affine tangente de la fonction f, en 0.

2. Montrer que si $x \in [-\frac{1}{2}, \frac{1}{2}]$, alors un majorant de l'erreur commise dans cette approximation est $\frac{3x^2}{16}$.

3. Une application. On considère un triangle rectangle dont les côtés de l'angle droit ont pour mesures 1 et $x > 0$ supposé très grand.

Justifier qu'une approximation de la mesure de l'hypoténuse de ce triangle est $x + \frac{1}{2x}$.

Solution

1. La fonction f est, par composition, dérivable sur $]-1, +\infty[$.

Pour tout réel $x > -1$, nous obtenons

$$f'(x) = \frac{1}{2\sqrt{x+1}}.$$

L'approximation affine tangente à f en 0 est la fonction affine g tel que

$$g(x) = f(0) + xf'(0), \text{ soit } g(x) = 1 + \frac{1}{2}x.$$

Nous en concluons que, pour x voisin de 0, nous disposons de l'approximation

$$\sqrt{1+x} \approx 1 + \frac{1}{2}x.$$

2. L'erreur commise lors de cette approximation, pour des valeurs de x proches de 0, est le réel $e(x)$ définie par

$$e(x) = |f(x) - g(x)|,$$

ce qui donne :

$$\begin{aligned} e(x) &= \left| \sqrt{1+x} - (1 + \frac{1}{2}x) \right|, \\ &= \left| \frac{\left(\sqrt{1+x} - (1+\frac{1}{2}x)\right)\left(\sqrt{1+x} + (1+\frac{1}{2}x)\right)}{\sqrt{1+x} + (1+\frac{1}{2}x)} \right|, \\ &= \left| \frac{-\frac{x^2}{4}}{\sqrt{1+x} + (1+\frac{1}{2}x)} \right| = \frac{\frac{x^2}{4}}{|\sqrt{1+x} + (1+\frac{1}{2}x)|}. \end{aligned}$$

Puisque $-\frac{1}{2} \leq x \leq \frac{1}{2}$, nous en déduisons que

$$\frac{3}{4} \leq 1 + \frac{1}{2}x \leq \frac{5}{4}, \text{ ce qui implique } 1 + \frac{1}{2}x \geq \frac{3}{4}.$$

De plus $\sqrt{1+x} > 0$, donc nous avons

$$\sqrt{1+x} + (1 + \frac{1}{2}) \geq \frac{3}{4} > 0.$$

Il en résulte, par décroissance de la fonction inverse sur $]0, +\infty[$ que

$$\frac{1}{|\sqrt{1+x} + (1 + \frac{1}{2})|} = \frac{1}{\sqrt{1+x} + (1 + \frac{1}{2})} \leq \frac{4}{3}.$$

Finalement, nous obtenons

$$e(x) \leq \frac{x^2}{4} \times \frac{3}{4}, \text{ soit } e(x) \leq \frac{3x^2}{16}.$$

3. Désignons par $l(x)$, avec $x > 0$, la mesure de l'hypoténuse de ce triangle. Le théorème de Pythagore nous autorise à écrire

$$l(x) = \sqrt{1 + x^2},$$

ce qui implique

$$l(x) = \sqrt{x^2 \left(1 + \frac{1}{x^2}\right)} = x\sqrt{1 + \frac{1}{x^2}}.$$

Puisque x est supposé très grand, nous en déduisons que $h = \frac{1}{x^2}$ est proche de 0.

Avec ce changement de variable, en utilisant l'approximation établie à la question 1, il vient

$$\sqrt{1 + \frac{1}{x^2}} = \sqrt{1+h} \approx 1 + \frac{1}{2}h,$$

ce qui donne en revenant à la variable x

$$\sqrt{1 + \frac{1}{x^2}} \approx 1 + \frac{1}{2x^2}.$$

Ainsi, pour x très grand, nous en déduisons

$$l(x) \approx x\left(1 + \frac{1}{2x^2}\right) \text{ soit } l(x) \approx x + \frac{1}{2x}.$$

Exercice 13. Réciproque de la proposition du paragraphe 5.5

Soient f une fonction définie sur un intervalle I, $a \in I$ et $h \in \mathbb{R}^*$ tel que $a+h \in I$.

S'il existe une fonction ϕ définie au voisinage de 0 et un réel A tels que

$$f(a+h) = f(a) + Ah + h\phi(h), \text{ avec } \lim_{h \to 0} \phi(h) = 0,$$

alors la fonction f est dérivable en a.

Solution

Pour tout réel $h \neq 0$, nous avons

$$f(a+h) - f(a) = Ah + h\phi(h), \text{ soit } \frac{f(a+h)-f(a)}{h} = A + \phi(h).$$

Puisque $\lim_{h \to 0} \phi(h) = 0$, nous en déduisons

$$\lim_{h \to 0} \frac{f(a+h)-f(a)}{h} = A,$$

ce qui prouve que la fonction f est dérivable en a et $f'(a) = A$.

Exercice 14. Meilleure approximation affine : étude d'un exemple

Soit f la fonction définie sur $\mathbb{R}$ par $f(x) = x^2 - 2x$.

1. Déterminer l'approximation affine g tangente à f en 0.

2. Nous considérons la fonction linéaire h définie par $h(x) = ax$, où a est un réel distinct de -2. Pour tout réel x, justifier

$$|f(x) - g(x)| \leq |f(x) - h(x)| \Leftrightarrow |x| \leq |x - (a+2)|.$$

3. Déterminer le signe du réel $\phi_a(x) = |x| - |x-(a+2)|$, en distinguant les cas $a > -2$ ou $a < -2$.

4. En déduire qu'il existe un intervalle I centré en 0 tel que

$$\forall x \in I, \ |f(x) - g(x)| \leq |f(x) - h(x)|.$$

5. Conclure.

Solution

1. La fonction f est dérivable sur $\mathbb{R}$ et

$$\forall x \in \mathbb{R}, \ f'(x) = 2x - 2.$$

L'approximation affine tangente g en 0 est définie sur $\mathbb{R}$ par

$$\forall x \in \mathbb{R}, \ g(x) = f(0) + xf'(0) = -2x.$$

2. Pour tout réel x, nous disposons des équivalences

$$\begin{aligned}|f(x) - g(x)| \leq |f(x) - h(x)| &\Leftrightarrow |x^2 - 2x + 2x| \leq |x^2 - 2x - ax|,\\ &\Leftrightarrow |x^2| \leq |x^2 - x(a+2)|,\\ &\Leftrightarrow |x|^2 \leq |x||x - (a+2)|.\end{aligned}$$

Puisque, pour tout réel x, $|x| \geq 0$, nous en concluons

$$\forall x \in \mathbb{R},\ |f(x) - g(x)| \leq |f(x) - h(x)| \Leftrightarrow |x| \leq |x - (a+2)|.$$

3. Pour étudier le signe du réel proposé, nous commençons par déterminer à l'aide de deux tableaux les expressions affines de $\phi_a(x)$ en distinguant les deux cas $a > -2$ ou $a < -2$.

1er cas : $a > -2$.

x		0		$a+2$	
$\lvert x\rvert$	$-x$	0	x		x
$\lvert x-(a+2)\rvert$	$-x+a+2$		$-x+a+2$	0	$x-(a+2)$
$\phi_a(x)$	$-(a+2) < 0$		$2x-(a+2)$		$a+2 > 0$

Nous en déduisons que

$$\begin{aligned}&\text{si } x \in]-\infty, 0[, \text{ alors } \phi_a(x) < 0,\\ &\text{si } x \in]a+2, +\infty[, \text{ alors } \phi_a(x) > 0.\end{aligned}$$

Sur l'intervalle $[0, a+2]$, le signe de $\phi_a(x)$ est le signe de la fonction affine $x \mapsto 2x - (a+2)$, ce qui donne

$$\begin{aligned}&\text{si } x \in [0, \frac{a+2}{2}[, \text{ alors } \phi_a(x) < 0,\\ &\text{si } x \in [\frac{a+2}{2}, a+2], \text{ alors } \phi_a(x) \geq 0.\end{aligned}$$

Nous résumons, dans le cas $a > -2$, le signe de $\phi_a(x)$ par le tableau de signe ci-dessous

x	$-\infty$		$\frac{a+2}{2}$		$+\infty$
$\phi_a(x)$		$-$	0	$+$	

2e cas : $a < -2$.

x		$a+2$		0	
$\lvert x\rvert$	$-x$		$-x$	0	x
$\lvert x-(a+2)\rvert$	$-x+a+2$	0	$x-(a+2)$		$x-(a+2)$
$\phi_a(x)$	$-(a+2)>0$		$-2x+(a+2)$		$a+2<0$

De la même façon que dans le 1er cas, nous obtenons le signe du réel $\phi_a(x)$ qui est résumé par le tableau de signes

x	$-\infty$		$\frac{a+2}{2}$		$+\infty$
$\phi_a(x)$		$+$	0	$-$	

4. D'après la question 2, nous savons

$$|f(x)-g(x)| \leq |f(x)-h(x)| \Leftrightarrow \phi_a(x) \leq 0$$

En distinguant à nouveau les deux cas précédents :

1er cas : $a > -2$.

En prenant $I = [-\frac{a+2}{2}, \frac{a+2}{2}]$, nous avons, pour tout $x \in I$,

$$\phi_a(x) \leq 0, \text{ soit } |f(x)-g(x)| \leq |f(x)-h(x)|.$$

2e cas : $a < -2$.

En prenant $I = [\frac{a+2}{2}, -\frac{a+2}{2}]$, nous avons, pour tout $x \in I$,

$$\phi_a(x) \leq 0, \text{ soit } |f(x)-g(x)| \leq |f(x)-h(x)|.$$

Pour résumer ces deux cas, en choisissant pour $a \neq -2$, nous obtenons

$$I = [-\frac{|a+2|}{2}, \frac{|a+2|}{2}]$$

Nous en concluons

$$\forall x \in I, \; |f(x)-g(x)| \leq |f(x)-h(x)|.$$

5. Pour conclure, nous observons que pour tout réel x appartenant à l'intervalle I obtenu ci-dessus le réel $g(x) = -2x$ minimise la distance entre $f(x)$ et $h(x)$ où h est une fonction affine quelconque passant par l'origine O du repère.

C'est sous cet aspect que l'approximation affine tangente g de f est la "meilleure" approximation affine de f, comparativement à toute fonction affine passant par le point O.

5.7.5 Applications de la dérivation

Exercice 15. Dérivation et polynôme

Soient a un réel et p un polynôme de degré $n \geq 2$.

Nous proposons de montrer que les deux propositions suivantes sont équivalentes :

(i) pour tout réel x, $(x-a)^2$ est en facteur dans $p(x)$.

(ii) $p(a) = p'(a) = 0$.

1. Justifier que (i) $\Rightarrow$ (ii).

2. En utilisant le théorème de division par $x-a$ du paragraphe 2.4, justifier que (ii) $\Rightarrow$ (i).

3. Un exemple d'application.

Pour tout réel x, on considère le polynôme p défini par

$$p(x) = x^3 - 4x^2 + 5x - 2.$$

Montrer qu'il existe un réel a tel que $(x-a)^2$ est en facteur dans $p(x)$.

En déduire les solutions de l'équation $p(x) = 0$.

Solution

1. $(i) \Rightarrow (ii)$.

Nous supposons (i).

Il existe un polynôme q de degré $n-2$ tel que pour tout réel x, on ait

$$p(x) = (x-a)^2 q(x).$$

Nous avons immédiatement $p(a) = 0$.

De plus p est dérivable sur $\mathbb{R}$ par produit et, pour tout réel x, nous obtenons

$$p'(x) = 2(x-a)q(x) + (x-a)^2 q'(x).$$

Il en résulte que $p'(a) = 0$. La proposition (ii) est ainsi justifiée.

2. $(ii) \Rightarrow (i)$.

Nous supposons (ii).

Puisque $p(a) = 0$, nous appliquons le théorème de division par $x-a$ du paragraphe 2.4.

Par conséquent il existe un polynôme q de degré $n-1$ tel que pour tout réel x, on ait

$$p(x) = (x-a)q(x).$$

Le polynôme p est dérivable sur $\mathbb{R}$ par produit et, pour tout réel x, nous obtenons

$$p'(x) = q(x) + (x - a)q'(x).$$

Puisque $p'(a) = 0$, nous en déduisons que $q(a) = 0$.

Nous appliquons à nouveau le théorème de division par $x - a$.

Il existe un polynôme r de degré $n - 2$ tel que pour tout réel x, on ait

$$q(x) = (x - a)r(x).$$

Ceci justifie que , pour tout réel x, nous avons

$$p(x) = (x - a)^2 r(x),$$

ce qui prouve la proposition (i).

3. Nous observons que 1 est une racine évidente du polynôme p, c'est-à-dire $p(1) = 0$.

De plus p est dérivable sur $\mathbb{R}$ en tant que fonction polynôme et, pour tout réel x, nous obtenons

$$p'(x) = 3x^2 - 8x + 5.$$

Nous observons à nouveau que $p'(1) = 0$.

Par conséquent, en appliquant l'implication $(ii) \Rightarrow (i)$ démontrée ci-dessus, nous en concluons

$$(x - 1)^2 \text{ est en facteur dans } p(x).$$

• Résolution dans $\mathbb{R}$ de l'équation $p(x) = 0$.

Puisque p est de degré 3, il existe un réel α tel que

$$\forall x \in \mathbb{R},\ p(x) = (x - 1)^2(x + \alpha).$$

Pour déterminer α, nous procédons par une identification rapide, en prenant en particulier $x = 0$. Il vient

$$-2 = p(0) = (-1)^2\alpha, \text{ soit } \alpha = -2.$$

Il en résulte que

$$\forall x \in \mathbb{R},\ p(x) = (x - 1)^2(x - 2).$$

Nous en concluons que les solutions de l'équation proposée sont $x = 1$ ou $x = 2$.

Remarque On dit que $x = 1$ est une racine *double* de l'équation $p(x) = 0$ ou du polynôme p.

Exercice 16. Une autre application de l'exercice 14

Soient p et q deux réels tels que $p < 0$ et $q \neq 0$.

On désigne par f le polynôme défini sur $\mathbb{R}$ par

$$f(x) = x^3 + px + q.$$

1. Nous supposons que f admet une racine double. Montrer que

$$4p^3 + 27q^2 = 0.$$

2. En déduire dans ce cas les solutions de l'équation $x^3 + px + q = 0$.

Solution

Nous appliquons l'équivalence établie dans l'exercice précédent.

Si f admet une racine double, alors nous avons

$$\begin{cases} f(a) = 0 \\ f'(a) = 0 \end{cases},$$

c'est-à-dire

$$\begin{cases} a^3 + pa + q = 0 & [1] \\ 3a^2 + p = 0 & [2] \end{cases}.$$

De l'égalité [2], il résulte que $a^2 = -\frac{p}{3}$.

Nous remarquons que la contrainte $p < 0$ est ainsi justifiée.

Puisque l'égalité [1] équivaut à $a(a^2 + p) + q = 0$, en reportant dans [1], nous obtenons

$$a\left(-\frac{p}{3} + p\right) + q = 0, \text{ soit } a \times \frac{2p}{3} + q = 0.$$

Nous en déduisons que

$$a = -\frac{3q}{2p}.$$

Nous reportons à présent l'expression de a en fonction de p et q dans l'égalité [2]. Il vient

$$3\left(-\frac{3q}{2p}\right)^2 + p = 0, \text{ soit } \frac{27q^2}{4p^2} + p = 0,$$

ce qui permet d'obtenir la relation attendue

$$4p^3 + 27q^2 = 0.$$

2. Des calculs effectués dans la question 1, nous en déduisons que $a = -\dfrac{3q}{2p}$ est une racine double de l'équation $f(x) = 0$.

Puisque f est de degré 3 et le coefficient de x^3 est égal à 1, il existe un réel α tel que

$$\forall x \in \mathbb{R},\ f(x) = (x-a)^2(x+\alpha).$$

Pour déterminer α, nous procédons par identification en développant $f(x) = (x-a)^2(x+\alpha)$. Il vient

$$\begin{aligned} f(x) &= (x^2 - 2ax + a^2)(x+\alpha), \\ &= x^3 + (\alpha - 2a)x^2 + (a^2 - 2a\alpha)x + a^2\alpha. \end{aligned}$$

Par identification du coefficient de x^2, nous obtenons

$$\alpha - 2a = 0, \text{ soit } \alpha = -\frac{3q}{p}.$$

Nous en concluons que

$$\forall x \in \mathbb{R},\ f(x) = \left(x + \frac{3q}{2p}\right)^2 \left(x - \frac{3q}{p}\right).$$

Par conséquent les solutions dans $\mathbb{R}$ de l'équation $x^3 + px + q = 0$ sont

$$x = -\frac{3q}{2p} \text{ ou } x = \frac{3q}{p}.$$

Exercice 17. Calculs de dérivées.

Soient un réel $b > 0$ et un entier $n \geq 1$.

1. On considère la fonction f définie sur $[0, +\infty[$ par $f(x) = \sqrt{x}(x+b)^n$. Justifier que f est dérivable sur un intervalle I que l'on précisera. Montrer que, pour tout réel $x \in I$, il existe une fonction affine g telle que

$$f'(x) = \frac{(x+b)^{n-1} g(x)}{\sqrt{x}}.$$

2. On considère la fonction h définie sur $[0, +\infty[$ par $h(x) = \dfrac{\sqrt{x}}{(x+b)^n}$. Montrer que, pour tout réel $x \in I$, il existe une fonction affine a telle que

$$h'(x) = \frac{a(x)}{\sqrt{x}(x+b)^{n+1}}.$$

Solution

1. La fonction $x \mapsto \sqrt{x}$ est dérivable sur $]0, +\infty[$.
Par produit, la fonction f est dérivable sur $I =]0, +\infty[$.
Pour tout réel $x \in I$, nous avons

$$\begin{aligned}
f'(x) &= \frac{1}{2\sqrt{x}}(x+b)^n + \sqrt{x}\left(n(x+b)^{n-1}\right), \\
&= (x+b)^{n-1}\left(\frac{1}{2\sqrt{x}}(x+b) + n\sqrt{x}\right), \\
&= (x+b)^{n-1}\left(\frac{x+b+2nx}{2\sqrt{x}}\right), \\
&= \frac{(x+b)^{n-1}}{\sqrt{x}}\left(\frac{2n+1}{2}x + \frac{b}{2}\right).
\end{aligned}$$

En posant, pour tout réel $x > 0$, $g(x) = \frac{2n+1}{2}x + \frac{b}{2}$, nous obtenons

$$f'(x) = \frac{(x+b)^{n-1}g(x)}{\sqrt{x}}.$$

2. De la même façon, la fonction $x \mapsto \sqrt{x}$ est dérivable sur $]0, +\infty[$.
Par quotient, la fonction h est dérivable sur $I =]0, +\infty[$.
Pour tout réel $x \in I$, nous avons

$$\begin{aligned}
h'(x) &= \frac{1}{(x+b)^{2n}}\left(\frac{1}{2\sqrt{x}}(x+b)^n - \sqrt{x} \times n(x+b)^{n-1}\right), \\
&= \frac{(x+b)^{n-1}}{(x+b)^{2n}}\left(\frac{1}{2\sqrt{x}}(x+b) - n\sqrt{x}\right), \\
&= \frac{1}{(x+n)^{n+1}}\left(\frac{x+b-2nx}{2\sqrt{x}}\right), \\
&= \frac{1}{\sqrt{x}(x+n)^{n+1}}\left(\frac{1-2n}{2}x + \frac{b}{2}\right).
\end{aligned}$$

En posant, pour tout réel $x > 0$, $a(x) = \frac{1-2n}{2}x + \frac{b}{2}$, nous obtenons

$$h'(x) = \frac{a(x)}{\sqrt{x}(x+b)^{n+1}}.$$

Exercice 18. Dérivée d'une somme

Soit $n \in \mathbb{N}^*$. On considère la fonction s_n définie sur $\mathbb{R}$ par

$$s_n(x) = 1 + x + x^2 + \cdots + x^n.$$

1. Calculer $s_n(1)$.

2. En calculant $xs_n(x) - s_n(x)$, justifier que pour tout réel $x \neq 1$, nous avons $s_n(x) = \dfrac{x^{n+1}-1}{x-1}$.

3. En déduire que pour tout réel $x \neq 1$, nous disposons de l'égalité

$$1 + 2x + 3x^2 + \cdots + nx^{n-1} = \frac{nx^{n+1} - (n+1)x^n + 1}{(x-1)^2}.$$

Solution

1. Nous avons $s_n(1) = \underbrace{1 + 1 + \cdots + 1}_{n+1\, termes\, =\, 1} = n + 1$.

2. Pour tout réel $x \neq 1$, nous avons

$$\begin{aligned} xs_n(x) - s_n(x) &= x + x^2 + \cdots + x^n + x^{n+1} - (1 + x + x^2 + \cdots + x^n), \\ &= x^{n+1} - 1. \end{aligned}$$

Il en résulte que, $(x-1)s_n(x) = x^{n+1} - 1$, ce qui donne

$$\forall x \neq 1,\ s_n(x) = \frac{x^{n+1}-1}{x-1}.$$

3. Soit un réel $x \neq 1$. D'une part, en dérivant un polynôme, nous avons

$$s_n'(x) = 1 + 2x + 3x^2 + \cdots + nx^{n-1}.$$

D'autre part, en dérivant un quotient, nous obtenons

$$\begin{aligned} s_n'(x) &= \frac{(n+1)x^n(x-1) - (x^{n+1}-1)}{(x-1)^2}, \\ &= \frac{(n+1)x^{n+1} - (n+1)x^n - x^{n+1} + 1}{(x-1)^2}, \\ &= \frac{nx^{n+1} - (n+1)x^n + 1}{(x-1)^2}. \end{aligned}$$

Nous en concluons que, pour tout réel $x \neq 1$, nous disposons de l'égalité

$$1 + 2x + 3x^2 + \cdots + nx^{n-1} = \frac{nx^{n+1} - (n+1)x^n + 1}{(x-1)^2}.$$

Exercice 19. Dérivée et parité

Soit f une fonction dérivable sur $\mathbb{R}$.

1. Montrer que si f est paire, alors f' est impaire. Étudier la réciproque.

2. Montrer que si f est impaire, alors f' est paire.

On suppose que $f(0) = 0$. La réciproque est-elle vraie ?

Solution

1.

- Nous supposons que f est paire, c'est-à-dire

$$\forall x \in \mathbb{R},\ f(-x) = f(x).$$

La fonction $x \mapsto f(-x)$ est dérivable sur $\mathbb{R}$ par composition et la dérivée de cette fonction est $x \mapsto -f'(-x)$.

En dérivant les deux membres de l'égalité $f(-x) = f(x)$, pour tout réel x, nous obtenons

$$-f'(-x) = f'(x)),\ \text{soit}\ f'(-x) = -f'(x),$$

ce qui prouve que si f est paire, alors f' est impaire.

- Réciproquement, nous supposons que la dérivée f' est impaire.

Nous considérons la fonction g définie sur $\mathbb{R}$ par $g(x) = f(x) - f(-x)$.

Cette fonction est dérivable sur $\mathbb{R}$ par composition et différence et nous obtenons

$$\forall x \in \mathbb{R},\ g'(x) = f'(x) - (-f'(-x)) = f'(x) + f'(-x).$$

Puisque f' est impaire, nous en déduisons

$$\forall x \in \mathbb{R},\ g'(x) = f'(x) - f'(x) = 0.$$

En appliquant le principe de Lagrange énoncé au paragraphe 5.6.1, il existe une constante $c \in \mathbb{R}$ tel que

$$\forall x \in \mathbb{R}, g(x) = c.$$

En particulier, pour $x = 0$, il vient

$$c = g(0) = f(0) - f(0) = 0,$$

ce qui implique, pour tout réel x,

$$g(x) = 0,\ \text{soit}\ f(x) = f(-x).$$

Ainsi nous avons démontré que si f' est impaire, alors f est paire.

2.

- Nous supposons que f est impaire, c'est-à-dire

$$\forall x \in \mathbb{R},\ f(-x) = -f(x).$$

La fonction $x \mapsto f(-x)$ est dérivable sur $\mathbb{R}$ par composition et la dérivée de cette fonction est $x \mapsto -f'(-x)$.

En dérivant les deux membres de l'égalité $f(-x) = -f(x)$, pour tout réel x, nous obtenons

$$-f'(-x) = -f'(x)),\ \text{soit}\ f'(-x) = f'(x),$$

ce qui prouve que si f est impaire, alors f' est paire.

- Réciproquement, nous supposons que la dérivée f' est paire et $f(0) = 0$.

Nous considérons la fonction h définie sur $\mathbb{R}$ par $g(x) = f(x) + f(-x)$.

Cette fonction est dérivable sur $\mathbb{R}$ par composition et somme et nous obtenons

$$\forall x \in \mathbb{R},\ h'(x) = f'(x) + (-f'(-x)) = f'(x) - f'(-x).$$

Puisque f' est paire, nous en déduisons

$$\forall x \in \mathbb{R},\ h'(x) = f'(x) - f'(x) = 0.$$

En appliquant le principe de Lagrange énoncé au paragraphe 5.6.1, il existe une constante $c \in \mathbb{R}$ tel que

$$\forall x \in \mathbb{R}, h(x) = c.$$

En particulier, pour $x = 0$, il vient

$$c = h(0) = f(0) + f(0) = 2f(0) = 0,$$

ce qui implique, pour tout réel x,

$$h(x) = 0,\ \text{soit}\ f(x) = -f(-x).$$

Ainsi, nous avons démontré que si f' est paire et $f(0) = 0$, alors f est impaire.

Exercice 20. Une inégalité des accroissements finis

Soit f une fonction dérivable sur un intervalle I.

Nous supposons qu'il existe un réel λ tel que pour tout réel $x \in I$, on ait

$$f'(x) \leq \lambda.$$

1. Étudier les variations de la fonction g définie sur I par $g : x \mapsto f(x) - \lambda x$.

2. En déduire que si a et b sont deux éléments de I tels que $a < b$, alors

$$f(b) - f(a) \leq \lambda(b - a).$$

Solution

1. La fonction g est dérivable sur I par différence.

Pour tout réel $x \in I$, il vient

$$g'(x) = f'(x) - \lambda.$$

Puisque, pour tout réel $x \in I$, $f'(x) \leq \lambda$, nous en déduisons

$$g'x) \leq 0, \text{ ce qui implique que } g \text{ est décroissante sur } I.$$

2. Soient $a \in I$ et $b \in I$ tels que $a < b$. Puisque la fonction g est décroissante sur I, nous en déduisons

$$g(a) \geq g(b), \text{ soit } f(a) - \lambda a \geq f(b) - \lambda b.$$

Nous en concluons

$$f(a) - f(b) \geq \lambda(a - b), \text{ soit } f(b) - f(a) \leq \lambda(b - a).$$

Exercice 21. Inégalité de Bernoulli [5]

1. Soit $n \in \mathbb{N}^*$. Déterminer le sens de variations sur $[0, +\infty[$ de la fonction

$$p : x \mapsto x^n.$$

2. On suppose que $n \geq 2$. Quel est le sens de variations sur $[0, +\infty[$ de la fonction

$$g : x \mapsto (1 + x)^n - nx - 1\ ?$$

5. Famille de mathématiciens originaires d'Anvers, XVII [e] siècle

En déduire que, pour tout $n \in \mathbb{N}^*$ et tout réel $x \geq 0$, nous disposons de l'inégalité de Bernoulli : $(1+x)^n \geq 1+nx$.

3. Applications . Montrer que

- $\forall n \in \mathbb{N}^*,\ 3^n \geq 1+2n$.
- $\forall n \in \mathbb{N}^*,\ \left(1+\dfrac{1}{n}\right)^n \geq 2$.
- $\forall n \in \mathbb{N}^*,\ \forall q \in]1, +\infty[,\ q^n \geq 1+(n-1)q$.

Solution

1. Soit $n \in \mathbb{N}^*$. La fonction p est dérivable sur $[0, +\infty[$ et

$$p'(x) = nx^{n-1}.$$

Il en résulte que si $x \geq 0$, alors $p'(x) \geq 0$, ce qui justifie que

$$p : x \mapsto x^n \text{ est croissante sur } [0, +\infty[.$$

2. La fonction g est dérivable sur $[0, +\infty[$ par composition et différence. Nous avons

$$g'(x) = n(1+x)^{n-1} - n = n\left((1+x)^{n-1} - 1\right).$$

Pour $x \geq 0$, nous avons $1+x \geq 1$.

Puisque $n-1 \in \mathbb{N}^*$, par croissance de la fonction $x \mapsto x^{n-1}$ sur $\mathbb{R}^+$, nous obtenons

$$(1+x)^{n-1} \geq 1,$$

ce qui prouve que $g'(x) \geq 0$.

Nous en concluons que la fonction g est croissante sur $[0, +\infty[$.

Pour $n = 1$, l'inégalité attendue est vérifiée.

Pour $n \geq 2$, la fonction g est croissante sur $[0, +\infty[$.

Il en résulte que

$$\text{si } x \geq 0, \text{ alors } g(x) \geq g(0).$$

Puisque $g(0) = 0$, pour tout réel $x \geq 0$, nous en déduisons

$$g(x) \geq 0, \text{ soit } (1+x)^n \geq 1+nx.$$

Nous en concluons

$$\forall n \in \mathbb{N}^*, \forall x \in \mathbb{R}^+, (1+x)^n \geq 1+nx.$$

3.

• En particulier pour $x = 2$ dans l'inégalité de Bernoulli, nous obtenons

$$\forall n \in \mathbb{N}^*, 3^n \geq 1 + 2n.$$

• Pour tout entier $n \in \mathbb{N}^*$, en posant $x = \dfrac{1}{n} > 0$, il vient

$$\left(1 + \frac{1}{n}\right)^n \geq 1 + n \times \frac{1}{n}, \text{ soit } \left(1 + \frac{1}{n}\right)^n \geq 2.$$

• Soit un réel $q > 1$. Puisque $q - 1 > 0$, nous pouvons appliquer l'inégalité de Bernoulli en $x = q - 1$.

Pour tout entier $n \in \mathbb{N}^*$, nous avons

$$q^n = (1 + (q-1))^n \geq 1 + (q-1)n$$

Remarque. Cette dernière inégalité sera utilisée dans le chapitre 6 pour étudier le comportement d'une suite géométrique lorsque l'entier n tend vers $+\infty$.

Exercice 22. Extremum d'une fonction et inégalité

Soit f la fonction définie sur $]0, +\infty[$ par

$$f(x) = 3x^3 + \frac{1}{x}.$$

1. Montrer que cette fonction atteint sur $]0, +\infty[$ un minimum que l'on précisera.

2. Soient trois réels $a > 0$, $b > 0$ et $c > 0$. Justifier l'inégalité

$$3abc(a^3 + b^3 + c^3) + ab + ac + bc \geq 4\sqrt{3}abc.$$

Solution

1. La fonction f est dérivable sur $]0, +\infty[$ par somme.

Pour tout réel $x > 0$, nous avons

$$f'(x) = 9x^2 - \frac{1}{x^2} = \frac{9x^4 - 1}{x^2}.$$

Puisque $x \in]0, +\infty[$, il vient

$$\begin{aligned} f'(x) = 0 &\Leftrightarrow 9x^4 = 1, \\ &\Leftrightarrow x^2 = \frac{1}{3}, \\ &\Leftrightarrow x = \frac{1}{\sqrt{3}}. \end{aligned}$$

Nous en déduisons :

$$f'(x) < 0 \Leftrightarrow 0 < x < \frac{1}{\sqrt{3}},$$
$$f'(x) < 0 \Leftrightarrow x > \frac{1}{\sqrt{3}}.$$

Ainsi la fonction f est décroissante sur $]0, \frac{1}{\sqrt{3}}[$ et croissante sur $]\frac{1}{\sqrt{3}}, +\infty[$.

Comme $f'(x)$ s'annule en $x = \frac{1}{\sqrt{3}}$ en changeant de signe, nous en déduisons que f atteint en $x = \frac{1}{\sqrt{3}}$ un extremum qui est, relativement au sens de variations de la fonction f, un minimum égal à $f\left(\frac{1}{\sqrt{3}}\right)$.

De plus, nous obtenons

$$f\left(\frac{1}{\sqrt{3}}\right) = 3\left(\frac{1}{\sqrt{3}}\right)^3 + \sqrt{3} = \frac{1}{\sqrt{3}} + \sqrt{3} = \frac{4}{\sqrt{3}} = \frac{4\sqrt{3}}{3}.$$

Pour résumer, nous donnons le tableau de variations de la fonction f.

x	0		$\frac{1}{\sqrt{3}}$		$+\infty$
signe de $f'(x)$	$\|\|$	$-$	0	$+$	
variations de f	$\|\|$	$\searrow$	$\frac{4\sqrt{3}}{3}$	$\nearrow$	

2. Nous savons que

$$\forall x \in]0, +\infty[, \ f(x) \geq \frac{4\sqrt{3}}{3}.$$

En particulier pour $x = a > 0$, $x = b > 0$ et $x = c > 0$, nous obtenons

$$\begin{cases} f(a) \geq \frac{4\sqrt{3}}{3} \\ f(b) \geq \frac{4\sqrt{3}}{3} \\ f(c) \geq \frac{4\sqrt{3}}{3} \end{cases}.$$

Par addition membres à membres de ces trois inégalités, il vient

$$f(a) + f(b) + f(c) \geq 3 \times \frac{4\sqrt{3}}{3}.$$

Nous en déduisons :

$$3(a^3+b^3+c^3)+\frac{1}{a}+\frac{1}{b}+\frac{1}{c}\geq 4\sqrt{3}, \text{ soit}$$
$$3(a^3+b^3+c^3)+\frac{ab+ac+bc}{abc}\geq 4\sqrt{3}$$

En multipliant par $abc>0$ les deux membres de cette dernière inégalité, nous en concluons

$$\forall a>0, b>0, c>0,\ 3abc(a^3+b^3+c^3)+ab+ac+bc\geq 4\sqrt{3}abc.$$

Exercice 23. Fonctions convexes

Soit f une fonction dérivable sur $\mathbb{R}$. On désigne par $\mathcal{C}_f$ la courbe représentative de la fonction f relativement à un repère orthogonal du plan.

Montrer que quel que soit le réel a, si la dérivée f' est croissante sur $\mathbb{R}$, alors la courbe $\mathcal{C}_f$ est au-dessus de la tangente (T) au point de coordonnée $(a, f(a))$.

Solution

Soit a un réel. Une équation de la tangente (T) en un point de la courbe $\mathcal{C}_f$, abscisse a est :

$$y=f'(a)(x-a)+f(a).$$

Pour étudier la position de $\mathcal{C}_f$ relativement à la droite (T), nous considérons la fonction d définie sur $\mathbb{R}$ par $d(x)=f(x)-(f'(a)(x-a)+f(a))$.

Cette fonction est dérivable sur $\mathbb{R}$ et, pour tout réel x, nous avons

$$d'(x)=f'(x)-f'(a).$$

Puisque f' est croissante, nous obtenons

$$\text{si } x>a, \text{ alors } f'(x)>f'(a), \text{ soit } d'(x)>0,$$
$$\text{si } x<a, \text{ alors } f'(x)<f'(a), \text{ soit } d'(x)<0.$$

Il en résulte que

$$d \text{ est décroissante sur }]-\infty, a[,$$
$$d \text{ est croissante sur }]a,+\infty[.$$

De plus, nous observons que $d'(a)=0$.

Comme $d'(x)$ s'annule en $x=a$ en changeant de signe, nous en déduisons que d atteint en $x=a$ un extremum qui est, relativement au sens de variations de la fonction d, un minimum égal à $d(a)=0$.

Pour résumer, nous disposons du tableau de variations suivant :

x	$-\infty$ $\qquad$ a $\qquad$ $+\infty$
signe de $d'(x)$	$-$ $\quad$ 0 $\quad$ $+$
variations de d	$\searrow$ $\quad$ 0 $\quad$ $\nearrow$

De cette étude il résulte que, pour tout réel x,

$$d(x) \geq 0, \text{ soit } f(x) \geq f(a) + (x-a)f'(a).$$

Nous en concluons que, quel que soit le réel a, si la dérivée f' est croissante sur $\mathbb{R}$, alors la courbe $\mathcal{C}_f$ est au-dessus de la tangente (T) au point de coordonnée $(a, f(a))$.

Remarque. Une fonction dérivable sur un intervalle dont la représentation graphique est au-dessus de chacune de ses tangentes est *convexe*. Dans le cas contraire, on dit que la fonction est *concave*.

Exercice 24. Moyenne-variance

Pour $n \in \mathbb{N}^*$, on donne n réels $a_1, a_2, \cdots, a_n$. On considère la fonction f définie sur $\mathbb{R}$ par

$$f(x) = \frac{1}{n}\left[(x-a_1)^2 + (x-a_2)^2 + \cdots + (x-a_n)^2\right] = \frac{1}{n}\sum_{k=1}^{n}(x-a_k)^2.$$

On désigne par $\overline{x} = \frac{1}{n}\sum_{k=1}^{n} a_k$ la moyenne arithmétique des n réels $a_1, a_2, \cdots, a_n$.

Montrer que cette fonction admet un minimum que l'on précisera.

Solution

La fonction f est dérivable sur $\mathbb{R}$ par composition et somme.

Pour tout réel x, nous avons

$$\begin{aligned} f'(x) &= \frac{1}{n}\left(\sum_{k=1}^{n} 2(x-a_k)\right), \\ &= \frac{2}{n}\left(\sum_{k=1}^{n} x - \sum_{k=1}^{n} a_k\right), \\ &= \frac{2}{n}\left(nx - \sum_{k=1}^{n} a_k\right), \\ &= 2\left(x - \frac{1}{n}\sum_{k=1}^{n} a_k\right), \\ &= 2(x-\overline{x}). \end{aligned}$$

Il résulte de ce calcul que

$$\text{si } x > \overline{x}, \text{ alors } f'(x) > 0,$$
$$\text{si } x < \overline{x}, \text{ alors } f'(x) < 0.$$

Nous en déduisons que

$$f \text{ est croissante sur }]\overline{x}, +\infty[,$$
$$f \text{ est décroissante sur }]-\infty, \overline{x}[.$$

Comme $f'(x)$ s'annule en $x = \overline{x}$ en changeant de signe, nous en déduisons que f atteint en $x = \overline{x}$ un extremum qui est, relativement au sens de variations de la fonction f, un minimum égal à $f(\overline{x})$.

De plus, nous avons

$$\begin{aligned} f(\overline{x}) &= \frac{1}{n}\sum_{k=1}^{n}(\overline{x} - a_k)^2, \\ &= \frac{1}{n}\sum_{k=1}^{n}(\overline{x}^2 - 2\overline{x}a_k + a_k^2), \\ &= \frac{1}{n}\sum_{k=1}^{n}\overline{x}^2 - 2\overline{x} \times \frac{1}{n}\sum_{k=1}^{n} a_k + \frac{1}{n}\sum_{k=1}^{n} a_k^2, \\ &= \frac{1}{n} \times n\overline{x}^2 - 2\overline{x} \times \overline{x} + \frac{1}{n}\sum_{k=1}^{n} a_k^2, \\ &= \frac{1}{n}\sum_{k=1}^{n} a_k^2 - \overline{x}^2. \end{aligned}$$

Remarques

• Le réel positif $f(\overline{x}) = \frac{1}{n}\sum\limits_{k=1}^{n} a_k^2 - \overline{x}^2$ est la *variance* des n réels $a_1, a_2, \cdots, a_n$.

• Le réel $\sqrt{f(\overline{x})}$ est *l'écart-type* de ces n réels.

• Nous pouvons interpréter géométriquement la notion de variance. Nous supposons que les n réels $a_1, a_2, \cdots, a_n$ sont les abscisses de n points sur une droite munie d'un repère unitaire et nous considérons un point quelconque de cette droite d'abscisse x.

Le réel $f(x)$ est la moyenne arithmétique des carrés de la distance de x à chaque réel $a_1, a_2, \cdots, a_n$.

$f(\overline{x})$ est la valeur minimum de la moyenne arithmétique des carrés de la distance entre x et chaque réel $a_1, a_2, \cdots, a_n$.

Exercice 25. Règle de l'Hospital [6]

Soient f et g deux fonctions dérivables sur un intervalle ouvert I.

Nous supposons qu'il existe un réel $a \in I$ tel que

- $f(a) = g(a) = 0$,
- $g'(a) \neq 0$.

Montrer que $\lim\limits_{x \to a} \dfrac{f(x)}{g(x)} = \dfrac{f'(a)}{g'(a)}$.

Application.

Quelle est la limite en 0 de la fonction $h : x \mapsto \dfrac{x+1-\sqrt{x+1}}{x^3-2x}$ *?*

Solution

Lorsque x tend vers a, nous observons une forme indéterminée du type "$\dfrac{0}{0}$".

Pour tout réel $x \neq a$, nous avons

$$\frac{f(x)}{g(x)} = \frac{f(x)-f(a)}{g(x)-g(a)} = \frac{\dfrac{f(x)-f(a)}{x-a}}{\dfrac{g(x)-g(a)}{x-a}}.$$

Puisque les fonction f et g sont dérivables en a et $g(a) \neq 0$, nous obtenons, par quotient de deux limites en a

$$\lim_{x \to a} \frac{f(x)}{g(x)} = \frac{f'(a)}{g'(a)}.$$

Application. Nous posons

$$f(x) = x + 1 - \sqrt{x+1} \text{ et } g(x) = x^3 - 2x.$$

La fonction f est dérivable pour tout réel $x \in]-1, +\infty[$, et nous avons

$$f'(x) = 1 - \frac{1}{2\sqrt{x+1}}.$$

La fonction g est dérivable pour tout réel $x \in \mathbb{R}$, et nous avons

$$g'(x) = 3x^2 - 2$$

Nous vérifions que

$$\begin{cases} f(0) = g(0) = 0 \\ g'(0) = -2 \neq 0 \end{cases}.$$

Nous sommes en mesure d'appliquer la règle de l'Hospital, ce qui donne

$$\lim_{x \to 0} h(x) = \lim_{x \to 0} \frac{f(x)}{g(x)} = \frac{f'(0)}{g'(0)} = \frac{\frac{1}{2}}{-2} = -\frac{1}{4}.$$

6. Mathématicien français, XVII ^{e} siècle

Exercice 26. Une aire minimale

Un carré $ABCD$ est donné tel que $AB = 1$.

On désigne par $\mathcal{C}$ et $\mathcal{C}'$ deux cercles tangents entre eux, centrés respectivement en $I \in [AB]$ et $J \in [BC]$.

On suppose de plus que $A \in \mathcal{C}$ et $C \in \mathcal{C}'$.

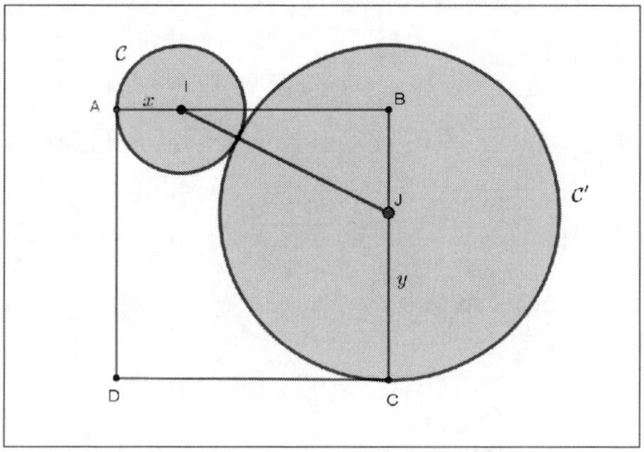

On pose $AI = x \in [0,\ 1]$ et $CJ = y$.

1. Exprimer y en fonction de x.

Nous souhaitons déterminer pour quelle valeur du réel x, l'aire $s(x)$ des deux disques grisés sur la figure est-elle minimale ?

2. Justifier que, pour tout réel $x \in [0,\ 1]$, nous avons

$$s(x) = \pi\left[\left(\frac{x^2+1}{x+1}\right)^2 - \frac{2x(1-x)}{x+1}\right]$$

3. Prouver que, pour tout réel $x \in [0,\ 1]$, il existe deux trinômes p et q du second degré tels que

$$s'(x) = \frac{2\pi p(x)q(x)}{(x+1)^3}.$$

4. En déduire que la fonction $x \mapsto s(x)$ atteint un minimum en un unique réel $a \in [0,\ 1]$ que l'on précisera.

5. Calculer CJ lorsque $x = a$. En déduire $s(a)$ et faire une figure dans ce cas.

Solution

1. Nous appliquons le théorème de Pythagore dans la triangle IBJ rectangle en B. Il vient

$$IJ^2 = BI^2 + BJ^2, \text{ soit } (x+y)^2 = (1-x)^2 + (1-y)^2.$$

Nous notons [1] cette égalité.

En développant, nous sommes amenés à résoudre une équation d'inconnue y, ce qui donne

$$\begin{aligned}
[1] &\Leftrightarrow x^2 + 2xy + y^2 = 1 + x^2 - 2x + 1 + y^2 - 2y, \\
&\Leftrightarrow xy + y = 1 - x, \\
&\Leftrightarrow y(1 + x) = 1 - x.
\end{aligned}$$

Puisque $x \in [0,\, 1]$, $1 + x \neq 0$, ce qui permet de conclure par

$$y = \frac{1 - x}{1 + x}.$$

2. Pour $x \in [0,\, 1]$, nous avons

$$s(x) = \pi(x^2 + y^2).$$

En observant l'expression attendue de $s(x)$ nous utilisons l'identité

$$x^2 + y^2 = (x + y)^2 - 2xy,$$

ce qui donne

$$\begin{aligned}
s(x) &= \pi\left((x + y)^2 - 2xy\right), \\
&= \pi\left[\left(x + \frac{1 - x}{1 + x}\right)^2 - 2x\frac{1 - x}{1 + x}\right], \\
&= \pi\left[\left(\frac{x^2 + 1}{x + 1}\right)^2 - \frac{2x(1 - x)}{1 + x}\right].
\end{aligned}$$

3. Sur l'intervalle $[0,\, 1]$, la fonction $x \mapsto s(x)$ est dérivable par composition, quotient et différence.

Comme le calcul est conséquent, pour tout $x \in [0,\, 1]$, nous posons

$$u(x) = \left(\frac{x^2 + 1}{x + 1}\right)^2 \text{ et } v(x) = \frac{2x(1 - x)}{x + 1} = \frac{2(x - x^2)}{x + 1}.$$

Ainsi nous obtenons

$$\forall x \in [0,\, 1],\ s(x) = \pi\left(u(x) - v(x)\right).$$

- Calculons $u'(x)$, il vient

$$\begin{aligned} u'(x) &= 2 \times \frac{2x(x+1)-(x^2+1)}{(x+1)^2} \times \frac{x^2+1}{x+1}, \\ &= \frac{2(x^2+2x-1)(x^2+1)}{(x+1)^3}. \end{aligned}$$

- Calculons $v'(x)$, nous avons

$$\begin{aligned} v'(x) &= 2 \times \frac{(1-2x)(x+1)-(x-x^2)}{(x+1)^2}, \\ &= (-2)\frac{x^2+2x-1}{(x+1)^2}. \end{aligned}$$

- Nous en déduisons

$$\begin{aligned} s'(x) &= \pi\left(u'(x)-v'(x)\right), \\ &= 2\pi\left(\frac{(x^2+2x-1)(x^2+1)}{(x+1)^3} + \frac{x^2+2x-1}{(x+1)^2}\right), \\ &= \frac{2\pi(x^2+2x-1)}{(x+1)^2}\left(\frac{x^2+1}{x+1}+1\right), \\ &= \frac{2\pi(x^2+2x-1)}{(x+1)^2} \times \frac{x^2+x+2}{x+1}, \\ &= \frac{2\pi(x^2+2x-1)(x^2+x+2)}{(x+1)^3}. \end{aligned}$$

En posant

$$p(x) = x^2+2x-1 \text{ et } q(x) = x^2+x+2,$$

nous en concluons

$$\forall x \in [0,\ 1],\ s'(x) = \frac{2\pi p(x)q(x)}{(x+1)^3}.$$

4. Pour tout réel $x \in [0,\ 1]$, nous remarquons que

$$q(x) = x^2+x+2 > 0.$$

Par conséquent, le signe de $s'(x)$ sur $[0,\ 1]$ est le signe de $p(x) = x^2+2x-1$. Nous avons

$$\Delta' = 1^2-(-1) = 2, \text{ ce qui donne } x = -1-\sqrt{2} \text{ ou } x = -1+\sqrt{2}.$$

Puisque $x \in [0,\, 1]$, seule la valeur $a = \sqrt{2} - 1$ convient.

Il en résulte que

$$\text{si } x \in [0,\, \sqrt{2}-1[, \text{ alors } s'(x) < 0,$$
$$\text{si } x \in]\sqrt{2}-1,\, 1], \text{ alors } s'(x) > 0.$$

Par suite, il vient

$$s \text{ est décroissante sur } [0,\, \sqrt{2}-1[,$$
$$s \text{ est croissante sur }]\sqrt{2}-1,\, 1].$$

De plus $s'(x)$ s'annule en $x = a = \sqrt{2} - 1$ en changeant de signe, nous en déduisons que $x \mapsto s(x)$ atteint en $x = a$ un extremum qui est relativement au sens de variations de cette fonction un minimum égal à $f(a)$.

Pour résumer, nous disposons du tableau de variations suivant :

x	0		$a = \sqrt{2} - 1$		1
signe de $s'(x)$		$-$	0	$+$	
variations de s		$\searrow$	$f(a)$	$\nearrow$	

5. Lorsque $x = a = AI$, nous avons

$$CJ = y = \frac{1-a}{a+1} = \frac{1-(\sqrt{2}-1)}{\sqrt{2}-1+1} = \frac{2-\sqrt{2}}{\sqrt{2}} = \sqrt{2} - 1 = a.$$

Nous en déduisons

$$s(a) = \pi(a^2 + a^2) = 2\pi a^2 = 2\pi(\sqrt{2}-1)^2 = 2\pi(3 - 2\sqrt{2}).$$

Quand $x = y = a$ les deux cercles $\mathcal{C}$ et $\mathcal{C}'$ ont le même rayon et restituent ainsi deux disques de même aire, ce qui correspond au minimum atteint par la fonction $x \mapsto s(x)$.

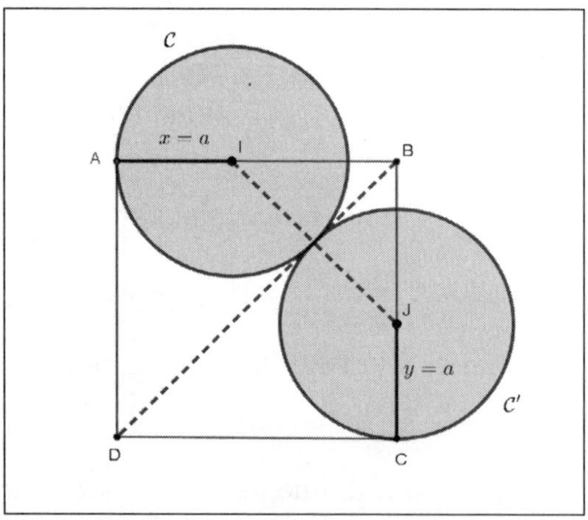

Exercice 27. Une équation fonctionnelle

Soit une fonction f dérivable sur $\mathbb{R}$ satisfaisant aux propriétés suivantes :

- $f'(0) = 1$.
- $\forall x \in \mathbb{R}, \forall a \in \mathbb{R}, f(a+x) = f(a)f(x)$. [1]

1. Justifier que $f(0) = 1$.

2. Montrer que pour tout réel x, $f(x) > 0$.

3. Nous supposons que a est un réel fixé.

On considère la fonction g définie sur $\mathbb{R}$ par $g(x) = f(a+x) - f(a)f(x)$.

En dérivant la fonction g de deux façons, prouver que

$$\forall x \in \mathbb{R}, f'(x+a) = f(a)f'(x). \text{ [2]}$$

En déduire que

$$f' = f.$$

Solution

1. En particulier, pour $x = a = 0$ dans [1], nous avons

$$f(0) = [f(0)]^2, \text{ soit } f(0)(1 - f(0)) = 0.$$

Il en résulte que $f(0) = 0$ ou $f(0) = 1$.

Si $f(0) = 0$, alors en particulier pour $a = 0$ dans [1], nous obtenons, pour tout réel x,

$$f(x) = f(x+0) = f(x)f(0) = 0,$$

ce qui implique

$$\forall x \in \mathbb{R}, f'(x) = 0.$$

En particulier $f'(0) = 0$, ce qui est en contradiction avec $f'(0) = 1$.

Par l'absurde, nous en concluons que

$$f(0) = 1.$$

2. En particulier, pour $x = a = \dfrac{u}{2}$ dans l'égalité [1], pour tout réel u, il vient

$$f(u) = \left[f(\frac{u}{2})\right]^2 \geq 0.$$

Supposons qu'il existe un réel x_0 tel que $f(x_0) = 0$.

Pour tout réel a, en posant $x = a + x_0$, nous appliquons à nouveau l'égalité [1].

Pour tout réel x, nous avons

$$f(x) = f(a + x_0) = f(a)f(x_0) = 0,$$

ce qui implique

$$\forall x \in \mathbb{R},\ f'(x) = 0.$$

Cela est contradictoire avec la condition $f'(0) = 1$.

Par l'absurde, nous avons prouvé que

$$\forall x \in \mathbb{R},\ f(x) > 0.$$

3.

- D'une part, pour tout réel x, nous avons

$$g(x) = 0, \text{ ce qui implique } g'(x) = 0.$$

- D'autre part, par composition et différence et puisque $f(a)$ est une constante, pour tout réel x, nous obtenons

$$g'(x) = f'(a + x) - f(a)f'(x).$$

Nous en déduisons que pour tout réel x, il vient

$$f'(a + x) - f(a)f'(x) = 0, \text{ soit } f'(a + x) = f(a)f'(x).$$

En particulier pour $x = 0$ dans [2], nous avons

$$\forall a \in \mathbb{R},\ f'(a) = f'(0)f(a).$$

Puisque $f'(0) = 1$, nous en concluons

$$\forall a \in \mathbb{R},\ f'(a) = f(a), \text{ soit } f' = f.$$

Remarque. Nous verrons au chapitre 7 que la fonction exponentielle est l'unique fonction f dérivable sur $\mathbb{R}$ satisfaisant à

$$f' = f \text{ et } f(0) = 1.$$

CHAPITRE 6

Suites

La notion de suite est essentielle puisque c'est un pré-requis à une branche importante des mathématiques que l'on nomme mathématiques "discrètes". Le terme "discret" est proposé en opposition au terme "continu" comme par exemple une variable réelle.

Il s'agit donc de considérer une suite comme un "processus" qui dépend d'une variable entière et plus précisément comme une fonction définie sur $\mathbb{N}$ (ou sur une partie de $\mathbb{N}$).

Dès à présent, nous précisons que l'étude d'une suite est différente de l'étude d'une fonction d'une variable réelle. En effet dans l'ensemble des entiers naturels nous ne disposons pas de la notion d'intervalle de $\mathbb{R}$. Ainsi la notion de limite en un point et de dérivabilité ne sont plus adaptées pour l'étude d'une suite. Nous conserverons cependant, pour cette dernière, des propriétés qualitatives d'une fonction comme celles qui sont liées à l'ordre dans $\mathbb{N}$, c'est-à-dire les notions de sens de variations, de majorant ou de minorant.

En terme de limite, la seule observation qui a du sens, pour une variable entière n, est lorsque n tend vers $+\infty$.

Ceci sera pour nous, une première incursion dans le langage des limites finies ou infinies lorsque n tend vers $+\infty$.

La notion de suites est ancienne puisque par exemple, Archimède, au IIIe siècle avant notre ère, a utilisé des suites pour encadrer π.

Au XVIIe, XVIIIe et XIXe siècles de nombreux mathématiciens se sont intéressés aux suites mais c'est avec Cauchy (1789-1857) et Peano (1858-1932) que la théorie a été rigoureusement fondée telle que nous l'utilisons de nos jours.

Les suites sont utilisées dans de nombreux domaines.

Citons par exemple :

- les sciences de la vie et de la terre, avec notamment la suite de Fibonacci ou la datation du carbone 14,

- en physique, la théorie du signal et la science du numérique,

- en démographie, l'étude de différents modèles d'évolution des populations,

- en théorie du chaos, avec le concept de fractales.

6.1 Généralités sur les suites

6.1.1 Les définitions

Définition (suite définie sur $\mathbb{N}$). *Une suite est une fonction u définie sur $\mathbb{N}$.*

Pour tout entier naturel n, nous posons $u(n) = u_n$ (lire u indice n).

On dit que u_n est le terme de rang n ou le terme général de la suite u.

La donnée de la suite u de terme général u_n est notée (u_n) ou bien $(u_n)_{n\in\mathbb{N}}$.

Définition (intervalle de $\mathbb{N}$). *Soit n_0 un entier naturel. Un intervalle de $\mathbb{N}$, noté $[\![n_0,\, +\infty[\![$, est défini par*

$$[\![n_0,\, +\infty[\![= [n_0,\, +\infty[\cap \mathbb{N} = \{n_0,\, n_0+1,\, n_0+2, \cdots\}.$$

Définition (suite définie à partir d'un certain rang). *Soit $n_0 \in \mathbb{N}$. Lorsque la suite (u_n) est définie sur l'intervalle $[\![n_0,\, +\infty[\![$, on dit que cette suite est définie à partir du rang n_0, c'est-à-dire pour tout entier $n \geq n_0$.*

On note $(u_n)_{n\geq n_0}$ la donnée d'une suite définie à partir du rang n_0.

Exemples. Nous en proposons deux.

- La suite (u_n) est définie sur $\mathbb{N}$ par son terme général $u_n = \dfrac{1}{n+1}$.

Nous avons $u_0 = 1$, $u_1 = \dfrac{1}{2}$, $u_2 = \dfrac{1}{3}, \cdots$.

Plus généralement, pour tous n et p entiers naturels, nous avons

$$u_{n+1} = \frac{1}{(n+1)+1} = \frac{1}{n+2} \text{ et } u_{n+p} = \frac{1}{n+p+1}.$$

- La suite (v_n) est définie sur $\mathbb{N}^*$, donc à partir du rang $n_0 = 1$, par

$$v_n = \frac{1}{n(n+1)}.$$

Nous avons :

$$v_1 = \frac{1}{2}, v_2 = \frac{1}{6}, \cdots,$$

et plus généralement, pour tout entier $n \geq 1$,

$$v_{2n} = \frac{1}{2n(2n+1)} \text{ et } v_{2n+1} = \frac{1}{(2n+1)(2n+1+1)} = \frac{1}{2(n+1)(2n+1)}.$$

6.1.2 Différentes modalités pour définir une suite

Suite définie explicitement

Définition. *Soit a un réel et f une fonction définie sur l'intervalle $[a, +\infty[$. On définit une suite (u_n), explicitement en fonction de n, en posant*

$$u_n = f(n), \text{ avec } n \in [a, +\infty[\cap\mathbb{N}.$$

Exemples. Nous en proposons deux.

• La fonction $f : x \mapsto \sqrt{x - \frac{3}{2}}$, définie sur $[\frac{3}{2}, +\infty[$ génère la suite (u_n) définie par

$$u_n = f(n) = \sqrt{n - \frac{3}{2}}, \text{ avec } n \in [\frac{3}{2}, +\infty[\cap\mathbb{N} = [\![2, +\infty[\![.$$

Ainsi cette suite est définie à partir du rang 2.

• La fonction $g : x \mapsto \frac{1}{x^3+1}$, définie sur $]-1, +\infty[$ induit la suite (v_n) définie par

$$v_n = g(n) = \frac{1}{n^3+1}, \text{ avec } n \in]-1, +\infty[\cap\mathbb{N} = \mathbb{N}.$$

Ainsi cette suite est définie sur $\mathbb{N}$.

Remarques. Nous disposons des points suivants :

• si $a \in \mathbb{N}$, alors $[a, +\infty[\cap\mathbb{N} = [\![a, +\infty[\![$,

• si $a > 0$ et $a \notin \mathbb{N}$, alors $[a, +\infty[\cap\mathbb{N} = [\![n_0 + \infty[\![$, avec $n_0 = \lfloor a \rfloor + 1$.

• La représentation graphique de la suite(u_n) telle que $u_n = f(n)$ est le sous-ensemble Γ du plan défini par

$$\Gamma = \{(n, f(n))/n \in [a, +\infty[\cap\mathbb{N}\}.$$

Ci-après, nous représentons graphiquement notre premier exemple.

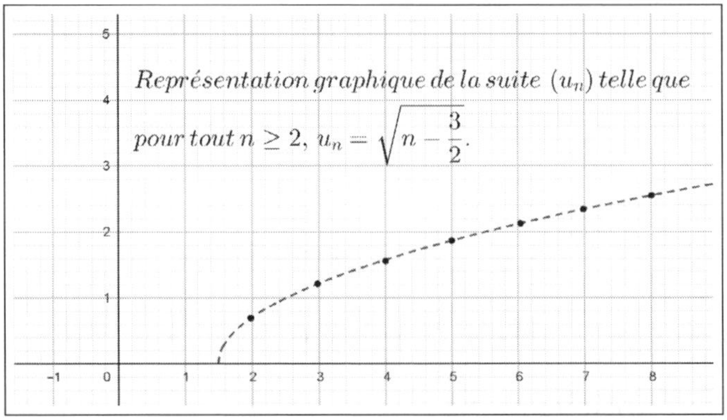

Suite définie par récurrence

Définition. *Soient f une fonction définie sur un intervalle I et $a \in I$.*

Une suite (u_n) définie à partir du rang $n_0 \in \mathbb{N}$ est donnée par itération de la fonction f si et seulement si

$$\begin{cases} u_{n_0} = a, \\ \forall n \geq n_0,\ u_n \in I \text{ et } u_{n+1} = f(u_n). \end{cases}$$

Remarques. Nous disposons des deux points suivants :

- l'égalité $u_{n+1} = f(u_n)$ est une relation de récurrence,
- l'itération des termes de la suite dépend du 1er terme u_{n_0}, c'est-à-dire de l'initialisation de la récurrence.

Exemples. Nous en proposons deux qui mettent en place la représentation sur la droite des abscisses, des premiers termes d'une suite donnée par une formule de récurrence.

1er Exemple.

Nous considérons la suite (u_n) définie sur $\mathbb{N}$ par son premier terme $u_0 \geq -3$ et la relation de récurrence

$$\forall n \in \mathbb{N},\ u_{n+1} = \sqrt{3 + u_n}.$$

Les termes de cette suite sont itérés par la fonction $f : x \mapsto \sqrt{x+3}$ qui est définie sur $[-3,\ +\infty[$.

Dans un repère orthonormal du plan, nous désignons par Δ la droite d'équation $y = x$ et par l l'abscisse du point d'intersection de la courbe $\mathcal{C}_f$ avec la droite Δ.

Les premiers termes de la suite, obtenus comme images par f sur la droite des ordonnées, sont représentés sur la droite des abscisses grâce au "rabattement" de ces derniers en passant par la droite Δ d'équation $y = x$.

Ci-après, nous représentons graphiquement les premiers termes de la suite en distinguant les deux cas :

$$u_0 \in [-3, l[\text{ ou } u_0 \in]l, +\infty[,$$

ce qui justifie la dépendance de l'itération des termes de la suite vis-à-vis de son 1er terme.

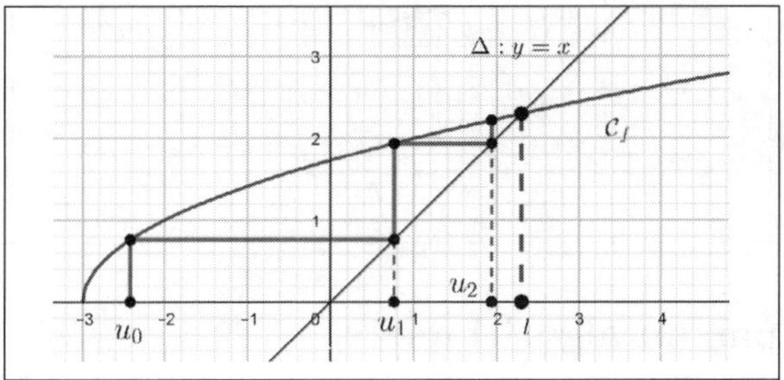

$u_0 \in [-3, l[$

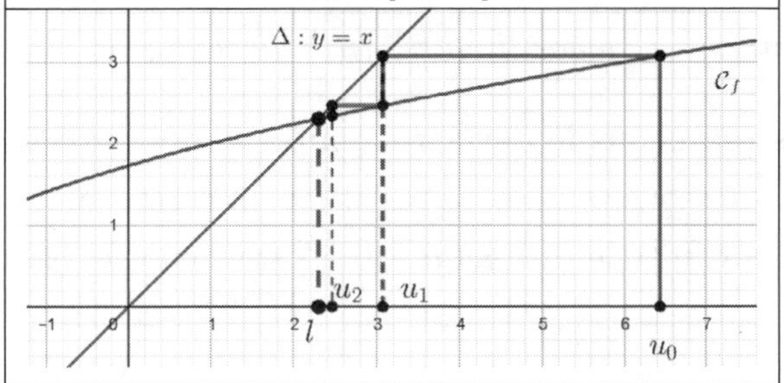

$u_0 \in]l, +\infty[$

Nous remarquons que :

- le réel l est une solution de l'équation $f(x) = x$,
- si $u_0 = l$, alors la suite (u_n) est constante, c'est-à-dire

$$\forall n \in \mathbb{N},\ u_n = l.$$

2e Exemple.

Nous considérons la suite (u_n) définie sur $\mathbb{N}$ par son premier terme $u_0 \in]0, 1[$ et la relation de récurrence

$$\forall n \in \mathbb{N},\ u_{n+1} = 1 + \frac{1}{u_n}.$$

Les termes de cette suite sont itérés par la fonction $f : x \mapsto 1 + \frac{1}{x}$, définie sur $]0, +\infty[$.

En utilisant la méthode exposée dans le premier exemple, nous représentons graphiquement les premiers termes de la suite.

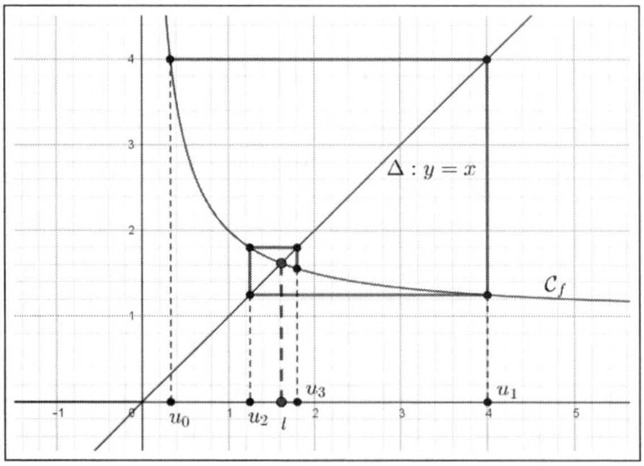

Suite définie par un algorithme

Définition. *Une suite est définie par un algorithme lorsque pour un entier N saisi par l'utilisateur, cet algorithme restitue le terme de la suite de rang N.*

Exemple. Nous reprenons le dernier exemple exposé précédemment. L'algorithme proposé ci-dessous permet de restituer un terme quelconque de rang N. Ce rang et la valeur initiale du réel $a \in]0, 1[$ sont choisis par l'utilisateur.

$U \leftarrow a$
Pour I allant de 1 à N
  $U \leftarrow 1 + \frac{1}{U}$
Fin Pour

```python
n=int(input("n="))
a=float(input("a="))
u=a
for i in range(1,n+1):
    u=1+1/u
print(u)
```

6.2 Propriétés qualitatives d'une suite

6.2.1 Sens de variation d'une suite

Définition. *Soit (u_n) une suite définie à partir du rang $n_0 \in \mathbb{N}$.*

On dit que cette suite est :

- *croissante si et seulement si pour tout entier $n \geq n_0$, $u_n \leq u_{n+1}$.*
- *décroissante si et seulement si pour tout entier $n \geq n_0$, $u_n \geq u_{n+1}$.*

Remarques. Nous disposons des deux points suivants :

- En remplaçant $u_n \leq u_{n+1}$ (respectivement $u_n \geq u_{n+1}$) par $u_n < u_{n+1}$ (respectivement $u_n > u_{n+1}$), la suite est strictement croissante (respectivement strictement décroissante).
- En général, pour étudier la monotonie d'une suite (u_n), on détermine, pour $n \geq n_0$, le signe de $u_{n+1} - u_n$.

Exemples. Nous en donnons deux ainsi qu'un contre-exemple.

1er Exemple

Nous considérons la suite (u_n) définie sur $\mathbb{N}$ par $u_n = \dfrac{2n}{n+2}$.

Pour tout entier naturel n, nous avons

$$\begin{aligned} u_{n+1} - u_n &= \frac{2(n+1}{n+3} - \frac{2n}{n+2}, \\ &= \frac{2(n+1)(n+2) - 2n(n+3)}{(n+2)(n+3)}, \\ &= \frac{2}{(n+2)(n+3)}. \end{aligned}$$

Il en résulte que, pour tout $n \in \mathbb{N}$, $u_{n+1} - u_n > 0$.

Nous en concluons que la suite (u_n) est croissante strictement.

2e Exemple Nous considérons la suite (u_n) définie par récurrence sur $\mathbb{N}$, son premier terme u_0 est donné et nous avons

$$\forall n \in \mathbb{N},\ u_{n+1} = u_n(1 - u_n).$$

Pour tout entier naturel n, nous avons

$$u_{n+1} - u_n = u_n(1 - u_n) - u_n = u_n(1 - u_n - 1) = -u_n^2 \leq 0.$$

Nous en déduisons que, pour tout $n \in \mathbb{N}$, $u_{n+1} - u_n \leq 0$, ce qui prouve que la suite (u_n) est décroissante.

Un contre-exemple

Nous considérons la suite (u_n) définie sur $\mathbb{N}^*$ par $u_n = \dfrac{(-1)^n}{n}$.

Nous avons $u_1 = -1$, $u_2 = \dfrac{1}{2}$ et $u_2 = -\dfrac{1}{3}$.

Il en résulte que $u_1 < u_2$ et $u_2 > u_3$.

C'est un contre-exemple qui justifie que cette suite n'est pas monotone.

Proposition (suite strictement positive).

Soient $n_0 \in \mathbb{N}$ et $(u_n)_{n \geq n_0}$ une suite.

On suppose

$$\forall n \geq n_0,\ u_n > 0.$$

Les deux propositions suivantes sont équivalentes :

(i) $\forall n \geq n_0,\ \dfrac{u_{n+1}}{u_n} \geq 1$,

(ii) la suite (u_n) est croissante.

Démonstration.

Nous commençons par justifier que

$(i) \Rightarrow (ii)$

Pour $n \geq n_0$, en multipliant par $u_n > 0$ les deux membres de l'inégalité $\dfrac{u_{n+1}}{u_n} \geq 1$, nous en déduisons

$$u_{n+1} \geq u_n,$$

ce qui prouve que cette suite est croissante.

Réciproquement montrons que

$(ii) \Rightarrow (i)$ Nous supposons que la suite (u_n) est croissante.

Pour $n \geq n_0$, en divisant par $u_n > 0$ les deux membres de l'inégalité $u_{n+1} \geq u_n$, , nous en déduisons

$$\frac{u_{n+1}}{u_n} \geq 1,$$

ce qui prouve (i).

Remarque. Nous disposons également de la proposition

$$\forall n \geq n_0,\ \frac{u_{n+1}}{u_n} \leq 1 \Leftrightarrow (u_n) \text{ décroissante.}$$

Exemple. Pour $a \in]0,\ 1[$, nous considérons la suite (u_n) définie sur $\mathbb{N}^*$ par :

$$\forall n \geq 1,\ u_n = \frac{2n}{a^n}.$$

Nous remarquons que, pour tout entier $n \geq 1$, $u_n > 0$.

Nous pouvons donc appliquer la proposition précédente. Il vient

$$\frac{u_{n+1}}{u_n} = \frac{2(n+1)}{a^{n+1}} \times \frac{a^n}{2n} = \frac{1}{a} \times \frac{n+1}{n}.$$

Puisque

$$a \in]0,\ 1[\text{ implique } \frac{1}{a} > 1$$
$$n \geq 1 \text{ implique } n+1 > n, \text{ soit } \frac{n+1}{n} > 1,$$

nous en déduisons

$$\frac{1}{a} \times \frac{n+1}{n} > 1, \text{ soit } \frac{u_{n+1}}{u_n} > 1.$$

Nous en concluons que la suite (u_n) est croissante strictement.

Proposition (variation d'une suite définie explicitement).

Soient $n_0 \in \mathbb{N}$ et f une fonction définie sur $[n_0, +\infty[$.

On considère la suite (u_n) définie pour $n \geq n_0$ par $u_n = f(n)$.

- *Si f est croissante sur $[n_0, +\infty[$, alors la suite (u_n) est croissante.*
- *Si f est décroissante sur $[n_0, +\infty[$, alors la suite (u_n) est décroissante.*

Démonstration.

On suppose que f est croissante sur $[n_0, +\infty[$.

Pour tout entier $n \geq n_0$, nous avons

$$u_{n+1} - u_n = f(n+1) - f(n).$$

Puisque f est croissante sur $[n_0, +\infty[$, nous savons

$$n < n+1 \text{ implique } f(n) \leq f(n+1), \text{ soit } f(n+1) - f(n) \geq 0.$$

Nous en déduisons que $u_{n+1} - u_n \geq 0$, ce qui prouve que la suite(u_n) est croissante.

La preuve est analogue lorsque f est décroissante sur $[n_0, +\infty[$

Exemple.

Nous considérons la suite (u_n) définie sur $\mathbb{N}$ par :

$$\forall n \geq 0,\ u_n = \frac{2n^3}{n+2}.$$

En considérant la fonction $f : x \mapsto \dfrac{2x^3}{x+2}$, qui est définie sur $[0, +\infty[$, cette suite est définie explicitement car

$$\forall n \geq 0,\ u_n = f(n).$$

La fonction f est dérivable par quotient sur $[0, +\infty[$. Pour tout réel $x \geq 0$, nous obtenons

$$f'(x) = \frac{6x^2(x+2) - 2x^3}{(x+2)^2} = \frac{4x^3 + 12x^2}{(x+2)^2}.$$

Pour $x \in [0, +\infty[$, nous avons

$$f'(x) \geq 0, \text{ ce qui justifie que } f \text{ est croissante sur } [0, +\infty[.$$

La proposition précédente permet de conclure que la suite (u_n) est croissante.

Remarques. Nous en donnons deux.

- Les réciproques des deux implications ci-dessus sont fausses.

En d'autres termes, comme l'illustre le contre-exemple ci-après, nous pouvons trouver une fonction g non monotone sur un intervalle tel que la suite (v_n) définie par $v_n = g(n)$ soit monotone. Soit g la fonction définie sur $[1, +\infty[$ par

$$g(x) = \frac{\cos(2\pi x)}{x}.$$

Nous considérons la représentation graphique de cette fonction.

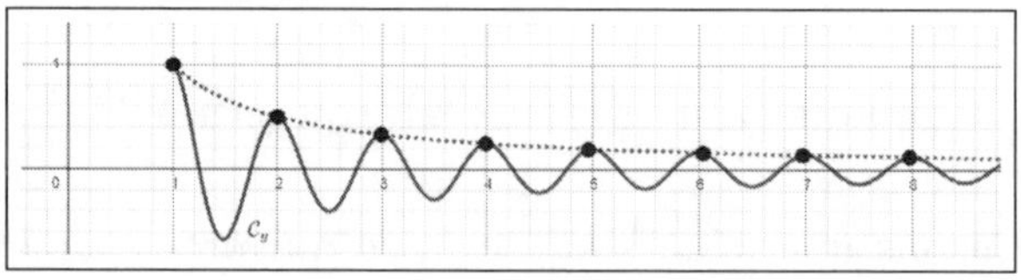

Nous observons que g n'est pas monotone sur $[1, +\infty[$.

Mais, pour tout entier $n \geq 1$, nous avons

$$v_n = g(n) = \frac{\cos(2\pi n)}{n} = \frac{1}{n}.$$

Par conséquent la suite $(v_n)_{n\geq 1}$ est décroissante.

• Il s'agit ici de **retenir** que cette proposition ne s'applique pas à une suite définie par récurrence .

Nous prenons comme exemple la suite (u_n) obtenue par l'itération de la fonction affine $f : x \mapsto \frac{1}{2}(x+3)$, en prenant pour terme initial $u_0 > 3$.

Graphiquement, nous avons :

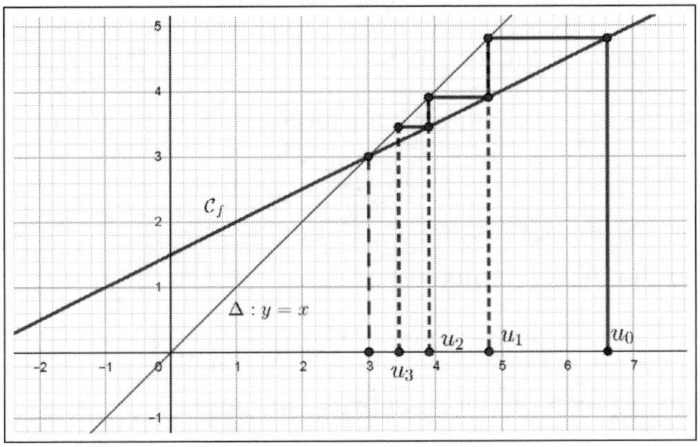

Nous observons que la fonction f est croissante sur $\mathbb{R}$, bien que la suite (u_n) soit décroissante.

6.2.2 Suite majorée, minorée, bornée

Définition.

Soient $n_0 \in \mathbb{N}$ et (u_n) une suite définie à partir du rang n_0.

On dit que cette suite est

• majorée *si et seulement si*

$$\exists M \in \mathbb{R}, \forall n \geq n_0, u_n \leq M,$$

• minorée *si et seulement si*

$$\exists m \in \mathbb{R}, \forall n \geq n_0, u_n \geq m,$$

• bornée *si et seulement si*

elle est majorée et minorée.

Remarques. Elles sont au nombre de trois.

• Avec les données de la définition, on dit que :

M est un majorant de la suite (u_n),
m est un minorant de la suite (u_n).

- Si la suite $(u_n)_{n\geq n_0}$ est croissante, alors

$$\forall n \geq n_0,\ u_{n_0} \leq u_{n_0+1} \leq \cdots \leq u_n \leq \cdots$$

Par conséquent la suite (u_n) est minorée par son premier terme u_{n_0}.

- Si la suite $(u_n)_{n\geq n_0}$ est décroissante, alors :

$$\forall n \geq n_0,\ u_{n_0} \geq u_{n_0+1} \geq \cdots \geq u_n \geq \cdots$$

Par conséquent la suite (u_n) est majorée par son premier terme u_{n_0}.

Exemple.
Nous considérons la suite définie sur $\mathbb{N}^*$ par $u_n = \dfrac{1}{n} + (-1)^n$.

Pour tout entier $n \geq 1$, nous avons

$$-1 \leq (-1)^n \leq 1 \text{ et } 0 < \frac{1}{n} \leq 1,$$

ce qui, par addition membres à membres, donne

$$\forall n \geq 1,\ -1 \leq u_n \leq 2.$$

Nous en concluons que (u_n) est minorée par -1 et majorée par 2.
Elle est donc bornée.

6.2.3 Suite périodique

Définition. *Soient $p \in \mathbb{N}^*$ et $n_0 \in \mathbb{N}$. Une suite $(u_n)_{n\geq n_0}$ est périodique, de période p si et seulement si*

$$\forall n \geq n_0,\ u_{n+p} = u_n.$$

On dit aussi que cette suite est p-périodique.

Exemples. Nous en proposons deux.

- La suite (u_n) définie sur $\mathbb{N}$ par $u_n = (-1)^n$ est 2-périodique car pour tout entier n, on a

$$u_{n+2} = (-1)^{n+2} = (-1)^n \times (-1)^2 = (-1)^n = u_n.$$

- Nous considérons le nombre rationnel

$$\frac{24}{13} = 1,846153846153\cdots.$$

La suite (d_n) définie sur $\mathbb{N}^*$ telle que d_n soit la n^{e} décimale dans le développement de la fraction proposée est périodique de période 6.

6.3 Suite arithmétique

Dans ce paragraphe, pour alléger l'exposé, nous supposons, sauf mention contraire, que les suites considérées sont définies sur $\mathbb{N}$.

6.3.1 Définition - Exemples

Définition (par récurrence). *Une suite* (u_n) *est* arithmétique *si et seulement si,* u_0 *étant donné, il existe un réel* r *tel que, pour tout* $n \in \mathbb{N}$,

$$u_{n+1} = u_n + r.$$

Le réel r *est appelé la* raison *de cette suite.*

Exemples. Nous donnons quatre suites arithmétiques de premier terme u_0 et de raison r.

- La suite des entiers naturels :

$$u_0 = 0 \text{ et } r = 1.$$

- La suite des entiers naturels pairs :

$$u_0 = 0 \text{ et } r = 2.$$

- La suite des entiers naturels impairs :

$$u_0 = 1 \text{ et } r = 2.$$

- La suite définie sur $\mathbb{N}$, de terme général $u_n = 5n - 2$.
En effet, pour tout entier naturel n, nous avons $u_0 = -2$ et

$$u_{n+1} - u_n = 5(n+1) - 2 - (5n - 2) = 5 = r.$$

Remarques. Nous en proposons quatre.

- Une méthode efficace pour prouver qu'une suite (u_n) est arithmétique est de justifier que, pour tout entier naturel n, $u_{n+1} - u_n$ est une constante **indépendante** de l'entier n.
- Pour prouver qu'une suite **n'est pas arithmétique**, nous donnons un contre-exemple, en vérifiant que

$$u_1 - u_0 \neq u_2 - u_1.$$

• Une suite arithmétique de premier terme u_0 et de raison r est itérée par la fonction affine $f : x \mapsto x + r$.

Nous donnons graphiquement les premiers termes d'une suite arithmétique de raison r en distinguant deux cas : $r > 0$ ou $r < 0$.

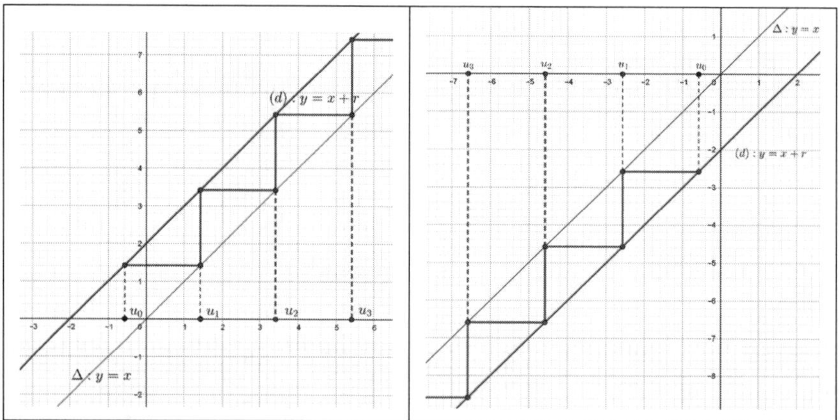

$r > 0$	$r < 0$

• Cas particulier.

Si $r = 0$, alors la suite (u_n) est constante et cette dernière est égale à u_0.

Proposition (une justification du terme arithmétique). *Soient a,b et c trois réels.*

Les deux propositions suivantes sont équivalentes :

(i) a, b et c sont les trois termes consécutifs d'une suite arithmétique,

(ii) le réel b est la moyenne arithmétique des réels a et c, c'est-à-dire

$$b = \frac{a + c}{2}.$$

Démonstration. Soient a, b et c trois réels.

$(i) \Rightarrow (ii)$

Nous supposons que a, b et c sont les trois termes consécutifs d'une suite arithmétique de raison r. Nous avons par définition

$$b - a = r \text{ et } c - b = r.$$

Nous en déduisons que

$$b - a = c - b, \text{ soit } 2b = a + c.$$

Nous en concluons que $b = \dfrac{a+c}{2}$.
$(ii) \Rightarrow (i)$
Nous supposons réciproquement que $b = \dfrac{a+c}{2}$.
Nous en déduisons

$$2b = a + c, \text{ soit } b - a = c - b,$$

ce qui prouve que a, b et c sont les trois termes consécutifs d'une suite arithmétique de raison $r = b - a$.

6.3.2 Propriétés d'une suite arithmétique

Proposition (calcul explicite de u_n en fonction de n, u_0 et r)**.** *Soit (u_n) une suite arithmétique de premier terme u_0 et de raison le réel r. Nous avons*

$$\forall n \in \mathbb{N},\ u_n = u_0 + nr.$$

Démonstration. Soit $n \in \mathbb{N}$.

Pour $n = 0$, l'égalité attendue est vraie.

Nous supposons que $n \geq 1$. Puisque la suite (u_n) est arithmétique de raison r, nous avons, pour tout entier $k \in [\![0,\ n-1]\!]$,

$$u_{k+1} - u_k = r.$$

Nous en déduisons que

$$\sum_{k=0}^{n-1} (u_{k+1} - u_k) = \sum_{k=0}^{n-1} r.$$

Or, par "télescopage", nous obtenons

$$\sum_{k=0}^{n-1} (u_{k+1} - u_k) = u_n - u_0.$$

De plus, nous avons

$$\sum_{k=0}^{n-1} r = nr.$$

Par conséquent, il vient

$$u_n - u_0 = nr, \text{ soit } u_n = u_0 + nr.$$

Cette égalité étant vraie au rang $n = 0$, nous en concluons :

$$\forall n \in \mathbb{N},\ u_n = u_0 + nr.$$

Remarque. Cette proposition peut aussi être démontrée par récurrence.

Proposition (relation entre deux termes quelconques). *Soit (u_n) une suite arithmétique de premier terme u_0 et de raison le réel r. Pour tous entiers naturels p et k, nous avons*

$$u_p - u_k = (p - k)r.$$

Démonstration. Soient deux entiers naturels p et k. Nous avons

$$u_p = u_o + pr \text{ et } u_k = u_o + kr.$$

Par soustraction, nous en concluons

$$u_p - u_k = pr - kr = (p - k)r.$$

Remarques. Selon le rang initial, nous avons :

- Si la suite arithmétique (u_n) est définie à partir du rang $n = 1$, pour tout entier naturel $n \geq 1$,

$$u_n - u_1 = (n - 1)r, \text{ soit } u_n = u_1 + (n - 1)r.$$

- Si la suite arithmétique (u_n) est définie à partir du rang $n = n_0$, pour tout entier naturel $n \geq n_0$,

$$u_n - u_{n_0} = (n - n_0)r, \text{ soit } u_n = u_{n_0} + (n - n_0)r.$$

Exemples. Nous en donnons deux.

1er Exemple. La suite (u_n) est arithmétique de raison $r = 3$ telle que $u_{100} = 290$. Nous avons

$$u_{2019} - u_{100} = (2019 - 100)r, \text{ soit } u_{2019} = 290 + 1919 \times 3 = 6047.$$

2e Exemple. La suite (u_n) est arithmétique telle que

$$u_{16} = 12 \text{ et } u_{31} = -18.$$

Nous en déduisons

$$r = \frac{u_{31} - u_{16}}{31 - 16} = \frac{-18 - 12}{15} = -2.$$

6.3.3 Somme des termes consécutifs d'une suite arithmétique

Proposition (somme des n premiers entiers). *Pour tout $n \in \mathbb{N}^*$, nous disposons de l'égalité*

$$1 + 2 + 3 + \cdots + n = \frac{n(n+1)}{2}.$$

Démonstration. Soit un entier naturel $n \geq 1$.

Nous considérons la somme à évaluer en écrivant ses termes en ordre croissant puis décroissant. Ainsi nous posons

$$s = 1 + 2 + 3 + \cdots + (n-1) + n,$$
$$s = n + (n-1) + \cdots + 3 + 2 + 1.$$

Par addition membres à membres, nous obtenons

$$\begin{aligned} 2s &= (1+n) + (2+n-1) + \cdots + (n-1+2) + (n+1), \\ &= \underbrace{(n+1) + (n+1) + \cdots + (n+1)}_{n \text{ termes égaux}}, \\ &= n(n+1). \end{aligned}$$

Nous en concluons que

$$s = 1 + 2 + 3 + \cdots + n = \frac{n(n+1)}{2}.$$

Remarques. Nous en faisons ici deux.

- $1 + 2 + 3 + \cdots + n$ est la somme des n premiers termes d'une suite arithmétique de premier terme 1 et de raison $r = 1$.
- Pour $n \in \mathbb{N}^*$, l'égalité $2s = n(n+1)$ prouve que le produit de deux entiers naturels consécutifs est un multiple de 2.

Proposition (somme des $n+1$ premiers termes d'une suite arithmétique). *Soit $S = u_0 + u_1 + \cdots + u_n = \sum\limits_{k=0}^{n} u_k$ la somme des $n+1$ premiers termes d'une suite arithmétique (u_n) de premier terme u_0 et de raison le réel r.*

Pour tout entier naturel n, nous avons

$$S = (n+1)\left(\frac{u_0 + u_n}{2}\right).$$

Démonstration. Puisque la suite (u_n) est arithmétique de premier terme u_0 et de raison r, pour tout $k \in [|0, n|]$, nous avons

$$u_k = u_0 + kr,$$

ce qui donne

$$\begin{aligned}
S &= \sum_{k=0}^{n} u_k, \\
&= \sum_{k=0}^{n} (u_0 + kr), \\
&= \sum_{k=0}^{n} u_0 + \sum_{k=0}^{n} kr, \\
&= (n+1)u_0 + r\sum_{k=1}^{n} k, \\
&= (n+1)u_o + \frac{n(n+1)}{2} r, \\
&= (n+1)\left(u_0 + \frac{nr}{2}\right), \\
&= (n+1)\left(\frac{2u_0 + nr}{2}\right), \\
&= (n+1)\left(\frac{u_0 + u_0 + nr}{2}\right), \\
&= (n+1)\left(\frac{u_0 + u_n}{2}\right).
\end{aligned}$$

Proposition (cas général). *Soit (u_n) une suite arithmétique de raison r. Pour tous les entiers naturels m et p tels que $p > m$, nous avons*

$$u_m + u_{m+1} + \cdots + u_p = (p - m + 1)\left(\frac{u_m + u_p}{2}\right).$$

Démonstration. Soient deux entiers naturels m et p tels que $p > m$.

Nous posons $q = p - m \in \mathbb{N}^*$ et $S = u_m + u_{m+1} + \cdots + u_p$.

En appliquant la relation reliant deux termes quelconques d'une suite arithmétique, nous obtenons

$$\begin{aligned}
u_{m+1} &= u_m + r, \\
u_{m+2} &= u_m + 2r, \\
&\vdots \\
u_p = u_{m+q} &= u_m + qr.
\end{aligned}$$

Par addition membres à membres, nous avons

$$\begin{aligned}
S &= u_m + (u_{m+1} + \cdots + u_p), \\
&= u_m + (u_m + r) + (u_m + 2r) + \cdots + (u_m + qr), \\
&= \underbrace{u_m + u_m + \cdots + u_m}_{q+1 \text{ termes}} + r(1 + 2 + \cdots + q), \\
&= (q+1)u_m + r\frac{q(q+1)}{2}, \\
&= (q+1)\left(u_m + \frac{rq}{2}\right).
\end{aligned}$$

Puisque $q = p - m$, il vient

$$\begin{aligned}
S &= (p-m+1)\left(u_m + \frac{r(p-m)}{2}\right), \\
&= (p-m+1)\left(\frac{2u_m + (p-m)r}{2}\right), \\
&= (p-m+1)\left(\frac{u_m + u_m + (p-m)r}{2}\right), \\
&= (p-m+1)\left(\frac{u_m + u_p}{2}\right).
\end{aligned}$$

Remarques. Nous en donnons de trois .

- Si (u_n) est initialisée au rang $n = 1$, nous avons

$$S = u_1 + u_2 + \cdots + u_n = n \times \left(\frac{u_1 + u_n}{2}\right).$$

- Si (u_n) est initialisée au rang $n = n_0$, nous avons

$$S = u_{n_0} + u_{n_0+1} + \cdots + u_n = (n - n_0 + 1) \times \left(\frac{u_{n_0} + u_n}{2}\right).$$

- Nous pouvons retenir la formule générique

$$S = (\text{nombre de termes}) \times \left(\frac{\text{premier terme } + \text{ dernier terme}}{2}\right).$$

Exemples. Nous en proposons deux pour observer l'influence du terme initial.

1er exemple. Initialisation au rang $n = 0$.

On se propose de calculer la somme $S = 1 + 5 + 9 + \cdots + 77 + 81$.

Le réel S est la somme des premiers termes d'une suite arithmétique de premier terme $u_0 = 1$ et raison $r = 4$.

Nous cherchons l'entier n tel que la somme S comporte $n+1$ termes puisque la suite est initialisée au rang $n = 0$.

Pour cet entier, nous avons

$$u_n = 81 = u_0 + nr = 1 + 4n,$$

ce qui implique

$$n = \frac{81 - 1}{4} = 20.$$

Par conséquent cette somme comporte 21 termes, et nous obtenons

$$S = (20 + 1)\left(\frac{u_0 + u_{20}}{2}\right) = 21 \times \left(\frac{1 + 81}{2}\right) = 861.$$

2e exemple. Initialisation au rang $n = 1$.

Nous calculons à présent la somme $S = 0,5 + 0,75 + 1 + \cdots + 12,5 + 12,75$.

Le réel S est la somme des premiers termes d'une suite arithmétique de premier terme $u_1 = 0,5$ et raison $r = 0,25$.

Nous cherchons l'entier n tel que la somme S comporte n termes puisque la suite est initialisée au rang $n = 1$.

Pour cet entier, nous avons

$$u_n = 12,75 = u_1 + (n - 1)r = 0,5 + (n - 1)0,25,$$

ce qui implique

$$n - 1 = \frac{12,75 - 0,5}{0,25} = 49.$$

Par conséquent cette somme comporte 50 termes, et nous en concluons

$$S = 50\left(\frac{u_1 + u_{50}}{2}\right) = 50 \times \left(\frac{0,5 + 12,75}{2}\right) = 331,25.$$

6.4 Suite géométrique

Dans ce paragraphe, pour alléger l'exposé, nous supposons, sauf mention contraire, que les suites considérées sont définies sur $\mathbb{N}$.

6.4.1 Définition - Exemples

Définition (par récurrence). *Une suite* (u_n) *est* géométrique *si et seulement si,* u_0 *étant donné, il existe un réel* q *tel que, pour tout* $n \in \mathbb{N}$,

$$u_{n+1} = qu_n.$$

Le réel q *est appelé la* raison *de cette suite.*

Exemples. Nous en proposons trois.

• La suite 1; 2; 4; 8; 16; 32; 64;... est géométrique de premier terme 1 et de raison $q = 2$.

• La suite (u_n) définie sur $\mathbb{N}$ par $u_n = (-1)^n$ est géométrique de premier terme $u_0 = 1$ et de raison $q = -1$.

• La suite définie sur $\mathbb{N}$, de terme général $u_n = 2 \times 3^n$ est géométrique de premier terme $u_0 = 2$ et de raison $q = 3$.

En effet, pour tout entier naturel n, nous avons

$$u_{n+1} = 2 \times 3^{n+1} = 3u_n.$$

Remarques. Nous en faisons quatre.

• Une méthode efficace pour prouver qu'une suite (u_n) est géométrique est de justifier que, pour tout entier naturel n, $\dfrac{u_{n+1}}{u_n}$ est une constante **indépendante** de l'entier n, sous réserve que

$$\forall n \in \mathbb{N},\ u_n \neq 0.$$

• Pour prouver qu'une suite **n'est pas géométrique**, nous donnons un contre-exemple, en vérifiant que

$$\frac{u_1}{u_0} \neq \frac{u_2}{u_1}.$$

• Une suite géométrique de premier terme u_0 et de raison q est itérée par la fonction linéaire $f : x \mapsto qx$.

Nous donnons graphiquement les premiers termes d'une suite géométrique de raison q en distinguant deux cas lorsque $q > 0$: $0 < q < 1$ ou $q > 1$.

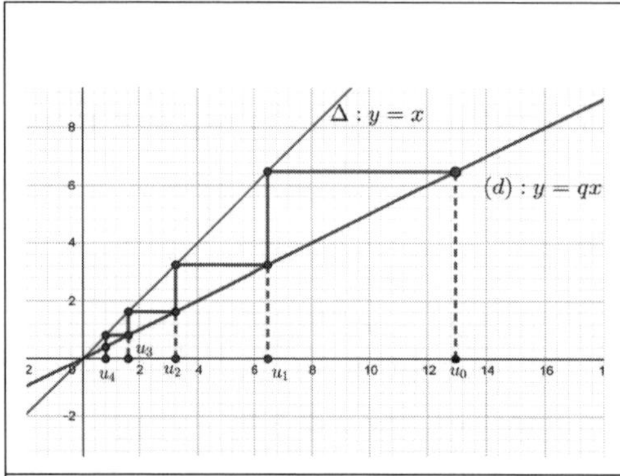	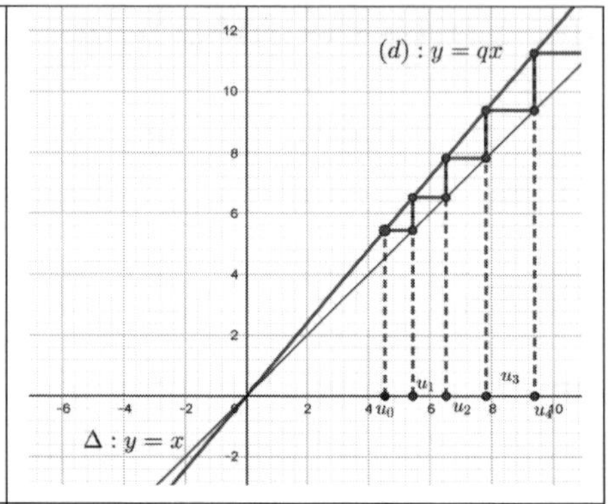
$0 < q < 1$	$q > 1$

- Cas particuliers.

Si $q = 1$, alors la suite géométrique (u_n) est constante et cette dernière est égale à u_0.

Si $q = 0$, alors la suite géométrique (u_n) est la suite nulle, c'est-à-dire, pour tout entier naturel n, $u_n = 0$.

Proposition (une justification du terme géométrique)**.** *Soient a,b et c trois réels strictement positifs.*

Les deux propositions suivantes sont équivalentes :

(i) a, b et c sont les trois termes consécutifs d'une suite géométrique,

(ii) le réel b est la moyenne géométrique des réels a et c, c'est-à-dire

$$b = \sqrt{ac}.$$

Démonstration. Soient a, b et c trois réels strictement positifs.

$(i) \Rightarrow (ii)$

Nous supposons que a, b et c sont les trois termes consécutifs d'une suite géométrique de raison q. Nous avons par définition

$$b = aq \text{ et } c = bq.$$

Nous en déduisons que

$$\frac{b}{a} = \frac{c}{b}, \text{ soit } b^2 = ac.$$

Puisque $a > 0$, $b > 0$ et $c > 0$, nous en concluons que $b = \sqrt{ac}$.

$(ii) \Rightarrow (i)$

Nous supposons réciproquement que $b = \sqrt{ac}$.

Nous en déduisons :

$$b^2 = ac,$$

ce qui implique

$$\frac{b}{a} = \frac{c}{b}.$$

Nous en concluons que a, b et c sont les trois termes consécutifs d'une suite géométrique de raison $q = \frac{b}{a}$.

6.4.2 Propriétés d'une suite géométrique

Proposition (calcul explicite de u_n en fonction de n, u_0 et q). *Soit (u_n) une suite géométrique de premier terme u_0 et de raison le réel q. Nous avons*

$$\forall n \in \mathbb{N},\ u_n = u_0 q^n.$$

Démonstration. Nous démontrons cette égalité par récurrence [1].

Initialisation.

Pour $n = 0$, nous avons $u_0 = u_0 q^0$, ce qui justifie que l'égalité attendue est vraie au rang $n = 0$.

Héréditité. Nous supposons qu'à un rang $n \in \mathbb{N}$ fixé on ait

$$u_n = u_0 q^n.$$

Montrons que $u_{n+1} = u_0 q^{n+1}$.

Puisque (u_n) est géométrique de raison q et en utilisant l'hypothèse de récurrence, nous obtenons

$$u_{n+1} = qu_n = q(u_0 q^n) = u_o q^{n+1},$$

ce qui prouve que l'égalité proposée est vraie au rang $n + 1$.

Nous en concluons, en appliquant le principe de récurrence que

$$\forall n \in \mathbb{N},\ u_n = u_0 q^n.$$

Proposition (relation entre deux termes quelconques). *Soit (u_n) une suite géométrique de premier terme u_0 et de raison le réel $q \neq 0$. Pour tous les entiers naturels p et k, nous avons*

$$u_p = u_k q^{p-k}.$$

1. Annexe : § 12.5.5

Démonstration. Soient p et k deux entiers naturels . Nous avons

$$u_p = u_0 q^p \text{ et } u_k = u_0 q^k.$$

Puisque $q \neq 0$, nous en déduisons

$$u_0 = \frac{u_k}{q^k},$$

ce qui implique

$$u_p = \frac{u_k}{q^k} \times q^p = u_k q^{p-k}.$$

Remarques. Selon le rang initial, nous avons :

- Si la suite géométrique (u_n) est définie à partir du rang $n = 1$, pour tout entier naturel $n \geq 1$,

$$u_n = u_1 q^{n-1}.$$

- Si la suite géométriquee (u_n) est définie à partir du rang $n = n_0$, pour tout entier naturel $n \geq n_0$,

$$u_n = u_{n_0} q^{n-n_0}.$$

Exemple. Nous considérons la suite géométrique (v_n) définie à partir du rang 3 telle que

$$v_7 = 16 \text{ et } v_{10} = -\frac{128}{27}.$$

Nous cherchons à exprimer v_n en fonction de v_3 et $n \geq 3$.

En appliquant la proposition précédente, nous obtenons

$$v_{10} = q^3 v_7,$$

ce qui implique

$$q^3 = \frac{v_{10}}{v_7} = -\frac{128}{27} \times \frac{1}{16} = -\frac{8}{27} = \left(-\frac{2}{3}\right)^3.$$

Nous en déduisons $q = \sqrt[3]{\left(-\frac{2}{3}\right)^3} = -\frac{2}{3}$.

Pour calculer v_3, nous appliquons à nouveau la proposition précédente. Il vient

$$v_7 = q^4 v_3,$$

ce qui donne

$$v_3 = \frac{v_7}{q^4} = 16 \times \left(-\frac{3}{2}\right)^4 = 81.$$

Nous en concluons que, pour tout entier $n \geq 3$,

$$v_n = v_3 q^{n-3} = 81 \times \left(-\frac{2}{3}\right)^{n-3}.$$

6.4.3 Somme des termes consécutifs d'une suite géométrique

Proposition (calcul de la somme $1+q+q^2+\cdots+q^n$). *Pour tout entier naturel n et tout réel $q \neq 1$, nous disposons de l'égalité*

$$1 + q + q^2 + \cdots + q^n = \frac{1-q^{n+1}}{1-q} = \frac{q^{n+1}-1}{q-1}.$$

Démonstration. Soient $n \in \mathbb{N}$ et $q \in \mathbb{R} - \{1\}$.

Le lemme énoncé et démontré dans le chapitre 2.3 permet d'obtenir la factorisation

$$q^n - 1 = (q-1)(1 + q + q^2 + \cdots + q^n).$$

Puisque $q \neq 1$, nous en déduisons les égalités attendues

$$1 + q + q^2 + \cdots + q^n = \frac{q^{n+1}-1}{q-1} = \frac{1-q^{n+1}}{1-q}.$$

Remarque. Nous examinons le cas où $q = 1$. Il vient

$$1 + q + q^2 + \cdots + q^n = \underbrace{1 + 1 + \cdots + 1}_{n+1 \text{ termes}} = (n+1) \times 1 = n+1.$$

Exemple. Nous considérons la suite (x_n) défini sur $\mathbb{N}$ par

$$x_n = 1,\underbrace{111\ldots1}_{n \text{ chiffres } 1}.$$

Nous avons

$$\begin{aligned} x_n &= 1 + 0,1 + 0,01 + \cdots + 0,\underbrace{00\ldots0}_{n-1 \text{ chiffres } 0}1, \\ &= 1 + 10^{-1} + 10^{-2} + \cdots + 10^{-n}, \\ &= \frac{1-\left(10^{-1}\right)^{n+1}}{1-10^{-1}}, \\ &= \frac{10}{9}\left(1 - \frac{1}{10^{n+1}}\right). \end{aligned}$$

Nous remarquons que lorsque n est très grand, x_n est proche de $\frac{10}{9}$.

L'égalité obtenue ci-dessus justifie que le développement décimal du nombre rationnel $\frac{10}{9}$ est

$$\frac{10}{9} = 1,111\ldots111\ldots.$$

Proposition (somme des $n+1$ premiers termes d'une suite géométrique)**.** *Soit $S = u_0 + u_1 + \cdots + u_n = \sum_{k=0}^{n} u_k$ la somme des $n+1$ premiers termes d'une suite géométrique (u_n) de premier terme u_0 et de raison le réel $q \neq 1$.*

Pour tout entier naturel n, nous avons

$$S = u_0 \frac{q^{n+1}-1}{q-1} = u_0 \frac{1-q^{n+1}}{1-q}.$$

Démonstration. Puisque la suite (u_n) est géométrique de premier terme u_0 et de raison $q \neq 1$, pour tout $k \in [\![0, n]\!]$, nous avons

$$u_k = u_0 q^k,$$

ce qui donne

$$S = \sum_{k=0}^{n} u_k = \sum_{k=0}^{n} u_0 q^k = u_0 \sum_{k=0}^{n} q^k = u_0 \frac{q^{n+1}-1}{q-1} = u_0 \frac{1-q^{n+1}}{1-q}.$$

Proposition (cas général)**.** *Soit (u_n) une suite géométrique de raison $q \neq 1$. Pour tous les entiers naturels m et p tels que $p > m$, nous avons*

$$u_m + u_{m+1} + \cdots + u_p = u_m \frac{1-q^{p-m+1}}{1-q} = u_m \frac{q^{p-m+1}-1}{q-1}.$$

Démonstration. Soient deux entiers naturels m et p tels que $p > m$.

Nous posons $S = u_m + u_{m+1} + \cdots + u_p$.

En appliquant la relation reliant deux termes quelconques d'une suite géométrique, nous obtenons successivement

$$\begin{aligned} u_{m+1} &= u_m q, \\ u_{m+2} &= u_m q^2, \\ &\vdots \\ u_p &= u_m q^{p-m}. \end{aligned}$$

Par addition membres à membres, il vient

$$\begin{aligned} S &= u_m + (u_{m+1} + \cdots + u_p), \\ &= u_m(1 + q + q^2 + \cdots + q^{p-m}), \\ &= u_m \frac{1 - q^{p-m+1}}{1 - q}. \end{aligned}$$

Remarques. Nous disposons des trois points.

- Si (u_n) est initialisée au rang $n = 1$ et $q \neq 1$, nous avons

$$S = u_1 + u_2 + \cdots + u_n = u_1 \frac{1 - q^n}{1 - q}.$$

- Si (u_n) est initialisée au rang $n = n_0$ et $q \neq 1$, nous avons

$$S = u_{n_0} + u_{n_0+1} + \cdots + u_n = u_{n_0} \frac{1 - q^{n-n_0+1}}{1 - q}.$$

- Pour $q \neq 1$, nous pouvons retenir la formule générique

$$S = (\text{premier terme}) \times \left(\frac{1 - q^{\text{nombre de termes}}}{1 - q} \right).$$

Exemples. Nous en donnons deux.

1er exemple.

La somme $S = 2^3 + 2^4 + \cdots + 2^{22}$ est la somme de $22 - 3 + 1 = 20$ termes consécutifs d'une suite géométrique de raison 2. Nous en déduisons que

$$S = 2^3 \frac{2^{20} - 1}{2 - 1} = 8(2^{20} - 1).$$

2e exemple.

Pour tout entier naturel n et tout réel $x \neq -1$, nous posons

$$P(x) = -x + x^2 - x^3 + \cdots + (-x)^n.$$

Le réel $P(x)$ est la somme des n premiers termes d'une suite géométrique de raison $q = -x \neq 1$ et de premier terme $u_1 = -x$. Nous en déduisons

$$P(x) = u_1 \frac{1 - q^n}{1 - q} = -x \frac{1 - (-x)^n}{1 - (-x)} = \frac{x}{x+1} ((-x)^n - 1),$$
$$P(x) = \frac{x}{x+1} ((-1)^n x^n - 1).$$

6.5 Suites convergentes

Dans ce paragraphe, pour alléger l'exposé, nous supposons, sauf mention contraire, que les suites considérées sont définies sur $\mathbb{N}$.

6.5.1 Un exemple introductif

Nous considérons la suite (u_n) définie sur $\mathbb{N}^*$ par

$$u_n = 2 + \frac{1}{n}$$

Nous représentons graphiquement cette suite.

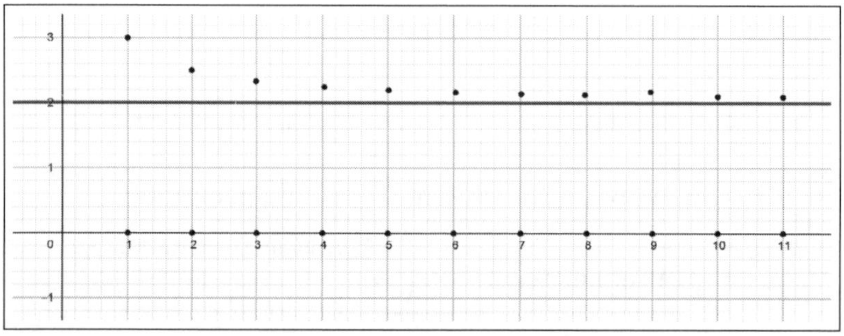

Nous observons sur cette figure que lorsque n devient grand, le réel u_n se rapproche de 2.

Comme en mathématiques, la précision est en général de mise, nous allons estimer à partir de quelles valeurs de l'entier naturel n, nous pouvons affirmer que u_n est proche de 2 au dixième près.

Cela signifie que l'on souhaite prouver l'existence d'un entier naturel p non nul tel que pour tout entier $n \in \mathbb{N}^*$, on ait

$$n \geq p \text{ implique } 2 - \frac{1}{10} < u_n < 2 + \frac{1}{10}.$$

La difficulté est de comprendre ici qu'il s'agit de trouver un condition *suffisante* pour que $2 - \frac{1}{10} < u_n < 2 + \frac{1}{10}$.

Nous avons les équivalences suivantes :

$$\begin{aligned} 2 - \frac{1}{10} < u_n < 2 + \frac{1}{10} &\Leftrightarrow -\frac{1}{10} < u_n - 2 < \frac{1}{10}, \\ &\Leftrightarrow -\frac{1}{10} < \frac{1}{n} < \frac{1}{10}. \end{aligned}$$

Puisque n est un entier strictement positif, nous avons :

$0 < \frac{1}{n} < \frac{1}{10}$, soit $n > 10$, donc $n \geq 11$ implique $-\frac{1}{10} < \frac{1}{n} < \frac{1}{10}$.

Par conséquent pour que $2 - \frac{1}{10} < u_n < 2 + \frac{1}{10}$, il **suffit** que $n \geq 11$.

Ainsi $p = 11$ convient.

Pour terminer cet exemple, nous proposons trois remarques importantes.

• Si $n \geq 11$, alors $-\frac{1}{10} < u_n - 2 < \frac{1}{10}$, c'est-à-dire $|u_n - 2| < \frac{1}{10}$, ce qui signifie que la distance entre u_n et 2 est inférieure à $\frac{1}{10}$ dés que $n \geq 11$.

• Tous les termes de la suite (u_n) appartiennent à l'intervalle ouvert $\left]2 - \frac{1}{10}, 2 + \frac{1}{10}\right[$, sauf un nombre fini d'entre eux car les termes u_1, u_2, ... u_{10} n'appartiennent pas à cet intervalle.

• Nous pouvons rendre u_n aussi proche de 2 que l'on veut, à partir d'un certain rang p, en choisissant le niveau de précision souhaité.

L'algorithme ci-dessous illustre cette remarque.

La variable P est contrôlée par l'utilisateur.

En sortie, nous obtenons un rang N tel que pour $n \geq N$, on ait $|u_n - 2| < 10^{-P}$.

$N \leftarrow 1$
$U \leftarrow 3$
Tant que $\lvert U - 2\rvert \geq 10^{-P}$
    $U \leftarrow 2 + \frac{1}{N}$
    $N \leftarrow N + 1$
Fin Tant que
	`p=int(input("p="))`
	`n=1`
	`u=3`
	`while abs(u-2)>=10**(-p):`
	    `u=2+1/n`
	    `n=n+1`
	`print(n)`

6.5.2 Définitions d'une suite convergente

Définition. *Soient (u_n) un suite définie sur $\mathbb{N}$ et l un réel.*

La suite (u_n) converge vers le réel l si et seulement si tout intervalle ouvert I centré en l contient tous les termes de la suite sauf un nombre fini d'entre eux.

On note dans ce cas : $\lim\limits_{n \to +\infty} u_n = l$.

Remarque. Nous pouvons aussi énoncer cette définition par :

Tout intervalle ouvert I centré en l contient tous les termes de la suite à partir d'un certain rang.

Définition (théorique). *nous disposons des deux définitions équivalentes :*

- $\lim\limits_{n \to +\infty} u_n = l$ *si et seulement si*

$$\forall \epsilon \in \mathbb{R}^{+*},\ \exists p \in \mathbb{N},\ \forall n \in \mathbb{N},\ n \geq p \Rightarrow u_n \in]l - \epsilon,\ l + \epsilon[.$$

- $\lim\limits_{n \to +\infty} u_n = l$ *si et seulement si*

$$\forall \epsilon \in \mathbb{R}^{+*},\ \exists p \in \mathbb{N},\ \forall n \in \mathbb{N},\ n \geq p \Rightarrow |u_n - l| < \epsilon.$$

Remarques. Nous faisons ici deux observations.

- Lorsque $\lim\limits_{n \to +\infty} u_n = l$ nous pouvons préciser que l est **la** limite de la suite (u_n) car cette limite est unique. Ce résultat est démontré dans la partie 6.5.3 qui suit.
- Dans les définitions théoriques ci-dessus le choix de l'entier p dépend de $\epsilon > 0$, ce qui signifie aussi que p est contrôlé par le réel $\epsilon > 0$. Cette remarque est illustrée en détails dans l'exemple et la proposition qui suivent.

Exemples. Nous en proposons un ainsi qu'un contre-exemple.

- Soit (v_n) la suite définie sur $\mathbb{N}^*$ par $v_n = \dfrac{1}{n^2}$.

Une représentation graphique de cette suite, nous permet d'observer que $\lim\limits_{n \to +\infty} v_n = 0$.

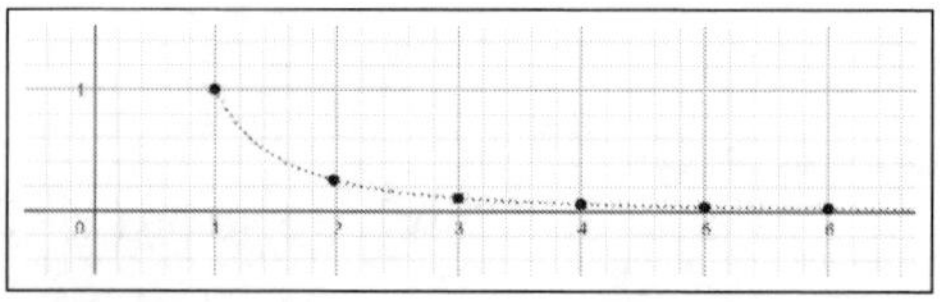

Démontrons-le.

Soit un réel $\epsilon > 0$ donné.

Pour tout entier naturel n non nul, pour que

$$|v_n| < \epsilon, \text{ il suffit que } \frac{1}{n^2} < \epsilon.$$

Puisque $n > 0$, nous avons

$$\frac{1}{n^2} < \epsilon \Leftrightarrow n^2 > \frac{1}{\epsilon} \Leftrightarrow n > \frac{1}{\sqrt{\epsilon}}.$$

Comme illustré sur la figure ci-dessous, l'entier $p = \lfloor \frac{1}{\sqrt{\epsilon}} \rfloor + 1$ convient.

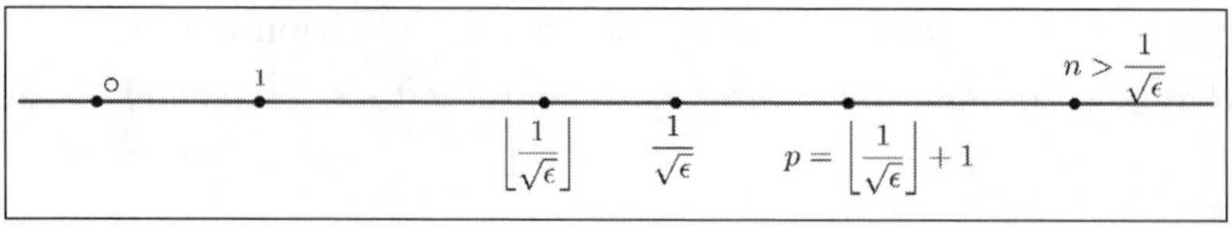

Nous en déduisons que, pour tout entier naturel n non nul,

$$n \geq p > \frac{1}{\sqrt{\epsilon}} \Rightarrow |v_n| < \epsilon,$$

ce qui justifie que $\lim_{n \to +\infty} v_n = 0$.

• Un **contre-exemple**. Nous considérons la suite (u_n) définie sur $\mathbb{N}$ par

$$u_n = (-1)^n.$$

Nous donnons ci-dessous la représentation de cette suite.

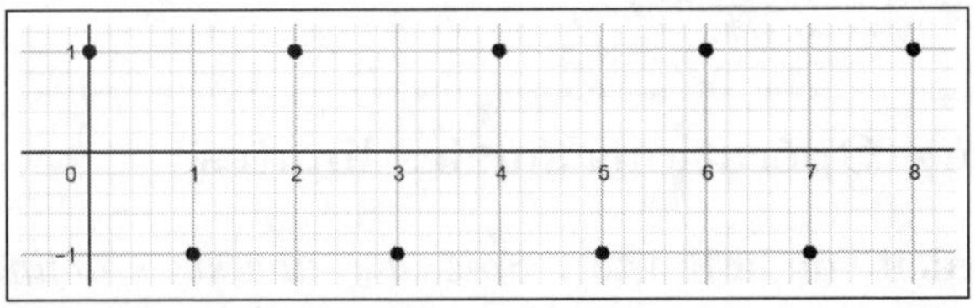

Nous observons que cette suite ne converge pas, on dit qu'elle diverge.

Nous justifierons cette divergence dans l'exercice corrigé 18 de ce chapitre.

Vous pouvez retenir ce contre-exemple d'une suite qui ne converge pas.

Nous remarquons cependant que cette suite est bornée. En effet, nous avons

$$\forall n \in \mathbb{N},\ -1 \leq u_n \leq 1.$$

Proposition (suites de référence de limite nulle en $+\infty$). *Nous disposons des résultats suivants :*

• $\lim_{n \to +\infty} \frac{1}{n^k} = 0$, *avec* $k \in \mathbb{N}^*$,

• $\lim_{n \to +\infty} \frac{1}{\sqrt{n}} = 0$.

Démonstration. Le cas particulier où $k = 2$ est traité dans l'exemple ci-dessus.

• Pour $k \in \mathbb{N}^*$, la preuve est la même à condition de remplacer les équivalences

$$\frac{1}{n^2} < \epsilon \Leftrightarrow n^2 > \frac{1}{\epsilon} \Leftrightarrow n > \frac{1}{\sqrt{\epsilon}},$$

par

$$\frac{1}{n^k} < \epsilon \Leftrightarrow n^k > \frac{1}{\epsilon} \Leftrightarrow n > \frac{1}{\sqrt[k]{\epsilon}}.$$

• Montrons que $\lim_{n \to +\infty} \frac{1}{\sqrt{n}} = 0$.

Soit un réel $\epsilon > 0$ donné.

Pour tout entier naturel n non nul,

$$\frac{1}{\sqrt{n}} < \epsilon \Leftrightarrow \sqrt{n} > \frac{1}{\epsilon} \Leftrightarrow n > \frac{1}{\epsilon^2}.$$

L'entier $p = \lfloor \frac{1}{\epsilon^2} \rfloor + 1$ convient.

En effet, pour tout entier naturel n non nul,

$$n \geq p > \frac{1}{\epsilon^2} \Rightarrow \frac{1}{\sqrt{n}} < \epsilon,$$

ce qui justifie que $\lim\limits_{n \to +\infty} \frac{1}{\sqrt{n}} = 0$.

6.5.3 Unicité - Opérations sur les limites

Proposition (unicité de la limite). *Soit (u_n) une suite définie sur $\mathbb{N}$.*

Si cette suite converge vers un réel l, alors cette limite est unique.

Démonstration. Supposons que la suite (u_n) converge vers deux réels distincts l et l'. Nous pouvons supposer par exemple que $l > l'$.

Pour tout $\epsilon > 0$, nous avons

$$\exists p \in \mathbb{N},\ \forall n \in \mathbb{N},\ n \geq p \Rightarrow |u_n - l| < \varepsilon\ ,$$
$$\exists p' \in \mathbb{N},\ \forall n \in \mathbb{N},\ n \geq p' \Rightarrow |u_n - l'| < \varepsilon.$$

Nous observons, en appliquant l'inégalité triangulaire, que :

$$l - l' = \left|l - l'\right| = \left|(l - u_n) + \left(u_n - l'\right)\right| \leq |l - u_n| + \left|u_n - l'\right|.$$

Nous en déduisons

$$n \geq \max\{p, p'\} \text{ implique } l - l' < 2\varepsilon.$$

Puisque $\epsilon > 0$ est quelconque, choisissons par exemple :

$$\varepsilon = \frac{l - l'}{4} > 0.$$

Dans ce cas, nous avons

$$l - l' < \frac{l - l'}{2},$$

ce qui est absurde.

Par conséquent si la suite (u_n) converge vers un réel , ce réel est unique.

Proposition (opérations sur les limites). *Soient (u_n) et (v_n) deux suites définies sur $\mathbb{N}$ qui convergent respectivement vers les réels l et l'. Nous avons*

- $\lim\limits_{n\to+\infty}(u_n+v_n)=l+l'$.
- $\lim\limits_{n\to+\infty}(u_n\times v_n)=ll'$.
- $\lim\limits_{n\to+\infty}\left(\dfrac{u_n}{v_n}\right)=\dfrac{l}{l'}$, *à condition que* $l'\neq 0$.

Démonstration. Nous étudions le premier point. Les preuves pour la limite d'un produit ou d'un quotient sont proposées dans les exercices corrigés 16 et 17 de ce chapitre.

Pour tout réel $\epsilon>0$, puisque $\lim\limits_{n\to+\infty}u_n=l$ et $\lim\limits_{n\to+\infty}v_n=l$, nous savons que :

▷ il existe $p\in\mathbb{N}$ tel que, pour tout entier naturel n, si $n\geq p$, alors
$$|u_n-l|<\frac{\epsilon}{2},$$
▷ il existe $p'\in\mathbb{N}$ tel que, pour tout entier naturel n, si $n\geq p'$, alors
$$|v_n-l'|<\frac{\epsilon}{2}.$$

En utilisant l'inégalité triangulaire, pour tout entier n, nous avons

$$|(u_n+v_n)-(l+l')|=|(u_n-l)+(v_n-l')|\leq|u_n-l|+|v_n-l'|.$$

Posons $p''=\max\{p,\,p'\}$.

Pour tout entier naturel $n\geq p''$, nous avons

$$|u_n-l|<\frac{\epsilon}{2}\text{ et }|v_n-l'|<\frac{\epsilon}{2}.$$

Nous en déduisons que, pour tout entier naturel $n\geq p''$,

$$|(u_n+v_n)-(l+l')|\leq\epsilon,$$

ce qui prouve que $\lim\limits_{n\to+\infty}(u_n+v_n)=l+l'$.

Remarque. En utilisant les opérations sur les limites et les limites nulles des suites de référence en $+\infty$, nous pouvons déterminer la limite en $+\infty$ (si elle existe) de nombreuses suites définies explicitement, sans avoir à utiliser les définitions "$(\epsilon,\,p)$".

Les exemples qui suivent illustrent cette remarque.

Exemples (formes indéterminées). Nous en proposons deux.

1er exemple. Nous considérons la suite (u_n) définie sur $\mathbb{N}$ par

$$u_n = \frac{2n-1}{n+1}.$$

Quand n tend vers $+\infty$, nous observons une forme indéterminée du type "$\frac{\infty}{\infty}$".

Pour lever cette indétermination, nous mettons en facteur n, au numérateur et au dénominateur de l'expression de u_n.

Pour $n \geq 1$, il vient

$$u_n = \frac{n\left(2-\frac{1}{n}\right)}{n\left(1+\frac{1}{n}\right)} = \frac{2-\frac{1}{n}}{1+\frac{1}{n}}.$$

Puisque

$$\lim_{n\to+\infty} 2-\frac{1}{n} = 2 \text{ et } \lim_{n\to+\infty} 1+\frac{1}{n} = 1,$$

par quotient de ces deux limites, nous en déduisons

$$\lim_{n\to+\infty} u_n = 2\ .$$

2e exemple. Soit la suite (v_n) définie pour tout entier $n \geq 2$ par

$$u_n = \frac{2n-1}{n^2-1}.$$

Quand n tend vers $+\infty$, nous observons une forme indéterminée du type "$\frac{\infty}{\infty}$".

Pour lever cette indétermination, nous mettons en facteur n au numérateur et n^2 au dénominateur de l'expression de u_n.

Pour $n \geq 2$, il vient

$$u_n = \frac{n\left(2-\frac{1}{n}\right)}{n^2\left(1-\frac{1}{n^2}\right)} = \frac{1}{n}\frac{2-\frac{1}{n}}{1-\frac{1}{n^2}}.$$

Puisque

$$\lim_{n\to+\infty} \frac{1}{n} = 0,\ \lim_{n\to+\infty} 2-\frac{1}{n} = 2 \text{ et } \lim_{n\to+\infty} 1-\frac{1}{n^2} = 1,$$

par quotient et produit de ces limites, nous en déduisons

$$\lim_{n\to+\infty} v_n = 0.$$

6.5.4 Suites convergentes et inégalités

Théorème (d'encadrement ou des gendarmes). *Soient (u_n), (v_n) et (w_n) trois suites définies sur $\mathbb{N}$ et l un réel.*

Si

- *les suites (v_n) et (w_n) convergent vers l,*
- $\forall n \in \mathbb{N}, v_n \leq u_n \leq w_n$,

alors la suite (u_n) converge vers l.

Démonstration. Puisque

$$\lim_{n \to +\infty} v_n = \lim_{n \to +\infty} w_n = l,$$

nous pouvons affirmer que pour tout $\epsilon > 0$,

$$\exists p \in \mathbb{N},\ \forall n \in \mathbb{N},\ n \geq p \Rightarrow v_n \in]l - \varepsilon, l + \varepsilon[,$$

$$\exists p' \in \mathbb{N},\ \forall n \in \mathbb{N},\ n \geq p' \Rightarrow w_n \in]l - \varepsilon, l + \varepsilon[.$$

Il en résulte que pour $n \geq \max\{p, p'\}$, nous obtenons

$$l - \varepsilon < v_n \leq u_n \leq w_n < l + \varepsilon.$$

Par conséquent,

$$n \geq \max\{p, p'\} \text{ implique } l - \varepsilon < u_n < l + \varepsilon.$$

Nous en concluons que la suite (u_n) converge vers le réel l.

Remarque. Le théorème demeure vrai en remplaçant les inégalités larges par des inégalités strictes.

Exemple. Nous considérons la suite (u_n) définie sur $\mathbb{N}^*$ par $u_n = \dfrac{(-1)^n}{n}$.

Nous ne pouvons pas utiliser les opérations sur les limites car la suite $((-1)^n)$ ne converge pas.

D'où l'efficacité dans ce cas du théorème d'encadrement.

Pour tout entier $n \geq 1$, nous avons

$$-1 \leq (-1)^n \leq 1.$$

Comme $n > 0$, nous en déduisons :

$$-\frac{1}{n} \leq u_n \leq \frac{1}{n}.$$

Puisque $\lim_{n\to+\infty} -\frac{1}{n} = \lim_{n\to+\infty} \frac{1}{n} = 0$, nous en concluons, par encadrement, que la suite (u_n) converge vers 0.

Proposition (passage à la limite sur une inégalité). *Soient (u_n) une suite définie sur $\mathbb{N}$, et l un réel.*

Si

- $\forall n \in \mathbb{N},\ u_n > 0,$
- *(u_n) converge vers l,*

$$\textit{alors } l \geq 0.$$

Démonstration. Nous supposons par l'absurde que $l < 0$.

Puisque $\lim_{n\to+\infty} u_n = l$, on a

$$\forall \epsilon > 0,\ \exists p \in \mathbb{N},\ \forall n \in \mathbb{N},\ n \geq p \Rightarrow u_n \in]l-\epsilon; l+\epsilon[\ .$$

En choisissant $\epsilon = -l > 0$, nous obtenons

$$n \geq p \text{ implique } u_n \in]2l; 0[,$$

ce qui contredit la condition

$$\forall n \in \mathbb{N},\ u_n > 0.$$

Nous en concluons que $l \geq 0$.

Remarque. Nous retiendrons que le passage à la limite sur une inégalité stricte restitue une inégalité large.

Corollaire. *Soient (u_n), (v_n) deux suites définies sur $\mathbb{N}$, l et l' deux réels.*

Si

- *les suites (u_n) et (v_n) convergent respectivement vers l et l',*
- $\forall n \in \mathbb{N},\ u_n > v_n,$

$$\textit{alors } l \geq l'.$$

Démonstration. Nous appliquons la proposition précédente à la suite (w_n) définie sur $\mathbb{N}$ par $w_n = u_n - v_n$.

6.6 Suites divergentes vers l'infini

Dans ce paragraphe, pour alléger l'exposé, nous supposons, sauf mention contraire, que les suites considérées sont définies sur $\mathbb{N}$.

6.6.1 Un exemple introductif

Nous considérons la suite (u_n) définie sur $\mathbb{N}$ pat $u_n = \frac{1}{4}n^2$.
Graphiquement, nous obtenons

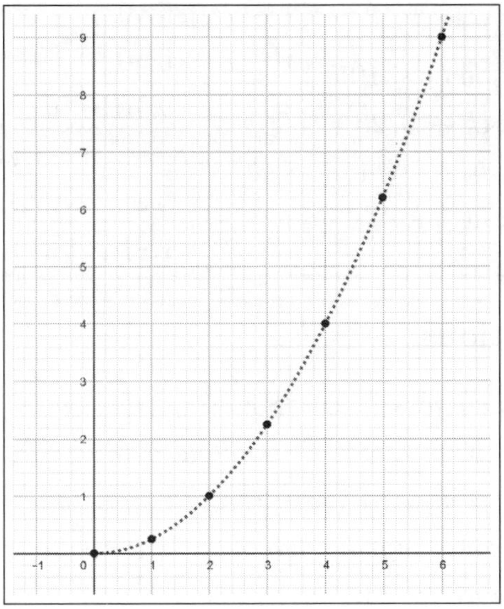

Nous observons sur cette figure que lorsque n devient "grand", le réel u_n est également grand.

Dans le langage des limites, on dit que u_n tend vers $+\infty$ lorsque n tend vers $+\infty$, ce qui se note $\lim\limits_{n \to +\infty} u_n = +\infty$.

Pour préciser cette notion de limite infinie, nous allons prouver que, un réel $a > 0$ étant donné, tous les termes de la suite, à partir d'un certain rang, appartiennent à l'intervalle $]a, +\infty[$.

En effet, $a > 0$ étant donné, pour que $u_n \in]a, +\infty[$, il suffit que

$$\frac{1}{4}n^2 > a, \text{ soit, puisque } n \geq 0,\ n > 2\sqrt{a}.$$

En posant $p = \lfloor 2\sqrt{a} \rfloor + 1$, nous en déduisons, pour tout entier naturel n,

$$n \geq p > 2\sqrt{a} \Rightarrow u_n \in]a, +\infty[.$$

L'algorithme ci-dessous illustre la détermination d'un rang N contrôlé par le choix du réel $a > 0$

Nous posons $a = 10^P$ où P est une variable entière choisie par l'utilisateur.

En sortie, nous obtenons un rang N tel que pour $n \geq N$, on ait

$$0,25 \times n^2 > 10^P,$$

ce qui donne

$N \leftarrow 0$
$U \leftarrow 0$
Tant que $U \leq 10^P$
    $U \leftarrow 0,25 * N^2$
    $N \leftarrow N + 1$
Fin Tant que
	p=**int**(**input**("p="))
	n=0
	u=0
	while u<=10**p:
	    u=0.25*n**2
	    n=n+1
	print(n)

6.6.2 Les définitions

Définition (divergence vers $+\infty$). *Soit (u_n) une suite définie sur $\mathbb{N}$. On dit que cette suite admet pour limite $+\infty$ quand n tend vers $+\infty$, ou diverge vers $+\infty$, si et seulement si quel que soit le réel $a > 0$, tous les termes de la suite, à partir d'un certain rang, appartiennent à l'intervalle $]a, +\infty[$.*

Dans ce cas, on note : $\lim\limits_{n \to +\infty} u_n = +\infty$

En d'autres termes, nous obtenons que $\lim\limits_{n \to +\infty} u_n = +\infty$ *équivaut à*

$$\forall a \in \mathbb{R}^{+*}, \exists p \in \mathbb{N}, \forall n \in \mathbb{N}, n \geq p \Rightarrow u_n \in]a, +\infty[.$$

Définition (divergence vers $-\infty$). *Soit (u_n) une suite définie sur $\mathbb{N}$. On dit que cette suite admet pour limite $-\infty$ quand n tend vers $+\infty$, ou diverge vers $-\infty$, si et seulement si quel que soit le réel $a > 0$, tous les termes de la suite, à partir d'un certain rang, appartiennent à l'intervalle $]-\infty, -a[$.*

Dans ce cas, on note : $\lim\limits_{n \to +\infty} u_n = -\infty$.

En d'autres termes, nous obtenons que $\lim\limits_{n \to +\infty} u_n = -\infty$ *équivaut à*

$$\forall a \in \mathbb{R}^{+*}, \exists p \in \mathbb{N}, \forall n \in \mathbb{N}, n \geq p \Rightarrow u_n \in]-\infty, -a[.$$

Remarque. Nous disposons de l'équivalence suivante :

$$\lim_{n \to +\infty} u_n = +\infty \Leftrightarrow \lim_{n \to +\infty} (-u_n) = -\infty.$$

Proposition (suites de référence de limite infinie en $+\infty$). *Nous disposons des résultats suivants :*

- $\lim\limits_{n \to +\infty} n^k = +\infty$, *avec* $k \in \mathbb{N}^*$,
- $\lim\limits_{n \to +\infty} \sqrt{n} = +\infty$.

Démonstration. Nous justifions les deux résultats annoncés.

- Preuve de $\lim\limits_{n \to +\infty} n^k = +\infty$.

Soit un réel $a > 0$.

Pour que $n^k > a$, il suffit que $n > \sqrt[k]{a}$.

En posant $p = \lfloor \sqrt[k]{a} \rfloor + 1$, nous en déduisons

$$n \geq p > \sqrt[k]{a} \Rightarrow n^k > a,$$

ce qui prouve que $\lim\limits_{n \to +\infty} n^k = +\infty$, avec $k \in \mathbb{N}^*$.

- Preuve de $\lim\limits_{n \to +\infty} \sqrt{n} = +\infty$.

Soit un réel $a > 0$.

Pour que $\sqrt{n} > a$, il suffit que $n > a^2$.

En posant $p = \lfloor a^2 \rfloor + 1$, nous en déduisons

$$n \geq p > a^2 \Rightarrow \sqrt{n} > a,$$

ce qui prouve que $\lim\limits_{n \to +\infty} \sqrt{n} = +\infty$.

6.6.3 Opérations sur les suites de limite finie ou infinie

Pour déterminer la limite d'une somme, d'un produit ou d'un quotient de deux suites, nous disposons des tableaux ci-après. Nous justifierons quelques lignes de ces tableaux dans le paragraphe "Exercices corrigés".

Attention, dans les trois tableaux qui suivent, les " **?**" signifient la présence d'une forme indéterminée.

- Limite d'une somme.

$\lim\limits_{n \to +\infty} u_n$	$\lim\limits_{n \to +\infty} v_n$	$\lim\limits_{n \to +\infty} (u_n + v_n)$
l	l'	$l + l'$
l	$+\infty$	$+\infty$
l	$-\infty$	$-\infty$
$+\infty$	$+\infty$	$+\infty$
$-\infty$	$-\infty$	$-\infty$
$+\infty$	$-\infty$	**?**

- Limite d'un produit.

$\lim\limits_{n\to+\infty} u_n$	$\lim\limits_{n\to+\infty} v_n$	$\lim\limits_{n\to+\infty} (u_n \times v_n)$
l	l'	$l \times l'$
$l > 0$	$+\infty$	$+\infty$
$l < 0$	$+\infty$	$-\infty$
$l > 0$	$-\infty$	$-\infty$
$l < 0$	$-\infty$	$+\infty$
$+\infty$	$+\infty$	$+\infty$
$-\infty$	$-\infty$	$+\infty$
$+\infty$	$-\infty$	$-\infty$
$+\infty$	0	?
$-\infty$	0	?

- Limite d'un quotient.

$\lim\limits_{n\to+\infty} u_n$	$\lim\limits_{n\to+\infty} v_n$	$\lim\limits_{n\to+\infty} \left(\dfrac{u_n}{v_n}\right)$
l	$l' \neq 0$	$\dfrac{l}{l'}$
l	$+\infty$ ou $-\infty$	0
$+\infty$	$l' > 0$	$+\infty$
$+\infty$	$l' < 0$	$-\infty$
$-\infty$	$l' > 0$	$-\infty$
$-\infty$	$l' < 0$	$+\infty$
$+\infty$ ou $-\infty$	$+\infty$ ou $-\infty$	?
$l > 0$ ou $+\infty$	0^+	$+\infty$
$l > 0$ ou $+\infty$	0^-	$-\infty$
$l < 0$ ou $-\infty$	0^+	$-\infty$
$l < 0$ ou $-\infty$	0^-	$+\infty$
0	0	?

Exemples. Nous en étudions ici quelques cas d'indéterminations.

1er exemple. Nous considérons la suite (u_n) définie sur $\mathbb{N}$ par

$$u_n = 2n^2 - 3n + 1.$$

Il s'agit ici d'un trinôme du second degré définie sur $\mathbb{N}$.

Lorsque n tend vers $+\infty$, nous observons une forme indéterminée du type "$+\infty - \infty$".

Pour lever cette indétermination, nous mettons en facteur n^2, dans l'expression de u_n.

Pour $n \geq 1$, il vient

$$u_n = n^2 \left(2 - \frac{3}{n} + \frac{1}{n^2}\right).$$

Puisque

$$\lim_{n \to +\infty} 2 - \frac{3}{n} + \frac{1}{n^2} = 2 \text{ et } \lim_{n \to +\infty} n^2 = +\infty,$$

par produit de ces deux limites, nous en déduisons

$$\lim_{n \to +\infty} u_n = +\infty \ .$$

2e exemple. Nous considérons la suite (v_n) définie à partir du rang 3 par

$$v_n = \frac{2n^3 - 1}{n - 2}.$$

Lorsque n tend vers $+\infty$, nous observons une forme indéterminée du type "$\frac{+\infty}{+\infty}$".

Pour lever cette indétermination, nous mettons en facteur, n^3 au numérateur et n au dénominateur, dans l'expression de v_n.

Pour $n \geq 3$, il vient

$$v_n = \frac{n^3\left(2 - \frac{1}{n^3}\right)}{n\left(1 - \frac{2}{n}\right)} = n^2 \frac{2 - \frac{1}{n^3}}{1 - \frac{2}{n}}.$$

Puisque

$$\lim_{n \to +\infty} 2 - \frac{1}{n^3} = 2, \lim_{n \to +\infty} 1 - \frac{2}{n} = 1 \text{ et } \lim_{n \to +\infty} n^2 = +\infty,$$

par quotient et produit de ces limites, nous en déduisons

$$\lim_{n \to +\infty} v_n = +\infty.$$

3e exemple. Nous considérons la suite (u_n) définie sur $\mathbb{N}$ par :

$$u_n = n - \sqrt{n}.$$

Lorsque n tend vers $+\infty$, nous observons une forme indéterminée du type "$+\infty - \infty$".

Pour lever cette indétermination, nous mettons en facteur n, dans l'expression de u_n.

Pour $n \geq 1$, il vient

$$u_n = n\left(1 - \frac{\sqrt{n}}{n}\right) = n\left(1 - \frac{1}{\sqrt{n}}\right)$$

Puisque

$$\lim_{n \to +\infty} 1 - \frac{1}{\sqrt{n}} = 1 \text{ et } \lim_{n \to +\infty} n = +\infty,$$

par produit de ces limites, nous en déduisons

$$\lim_{n \to +\infty} u_n = +\infty.$$

6.6.4 Limites infinies et inégalités

Théorème (de comparaison). *Soient (u_n) et (v_n) deux suites définies sur $\mathbb{N}$ telles que*

$$\forall n \in \mathbb{N},\ u_n \leq v_n.$$

- *Si $\lim_{n \to +\infty} u_n = +\infty$, alors $\lim_{n \to +\infty} v_n = +\infty$.*
- *Si $\lim_{n \to +\infty} v_n = -\infty$, alors $\lim_{n \to +\infty} u_n = -\infty$.*

Démonstration. • Nous supposons que $\lim_{n \to +\infty} u_n = +\infty$, donc

$$\forall a \in \mathbb{R}^{+*},\ \exists p \in \mathbb{N},\ \forall n \in \mathbb{N},\ n \geq p \Rightarrow u_n \in]a, +\infty[.$$

Le réel $a > 0$ étant donné et puisque, pour tout $n \in \mathbb{N}$, nous avons $u_n \leq v_n$, nous en déduisons

$$\text{pour tout } n \geq p \Rightarrow a < u_n \leq v_n,$$

ce qui implique,

$$n \geq p \Rightarrow v_n \in]a, +\infty[,$$

ce qui justifie que $\lim_{n \to +\infty} v_n = +\infty$.

• Nous supposons que $\lim_{n \to +\infty} v_n = -\infty$, ce qui donne :

$$\forall a \in \mathbb{R}^{+*},\ \exists p \in \mathbb{N},\ \forall n \in \mathbb{N},\ n \geq p \Rightarrow v_n \in]-\infty,\ -a[.$$

Le réel $a > 0$ étant donné et puisque, pour tout $n \in \mathbb{N}$, nous avons $u_n \leq v_n$, nous en déduisons

$$\text{pour tout } n \geq p \Rightarrow u_n \leq v_n < -a.$$

Par suite, nous obtenons

$$n \geq p \Rightarrow u_n \in]-\infty,\ -a[,$$

ce qui justifie que $\lim\limits_{n \to +\infty} u_n = -\infty$.

Exemple. Nous considérons la suite (u_n) définie sur $\mathbb{N}$ par $u_n = n^2 + (-1)^n$.

Nous ne pouvons pas utiliser les opérations sur les limites car la suite $((-1)^n)$ ne converge pas.

Ainsi nous procédons par encadrement et éventuellement par comparaison.

Pour tout entier $n \geq 0$, nous avons

$$-1 \leq (-1)^n \leq 1,$$

ce qui donne

$$n^2 - 1 \leq u_n \leq n^2 + 1.$$

Nous n'employons pas ici le théorème d'encadrement car ce dernier ne concerne que des limites finies.

De la double inégalité ci-dessous, pour tout entier $n \geq 0$, nous en déduisons

$$u_n \geq n^2 - 1.$$

Puisque de plus $\lim\limits_{n \to +\infty} n^2 - 1 = +\infty$, nous appliquons le théorème de comparaison.

Nous en concluons que $\lim\limits_{n \to +\infty} u_n = +\infty$.

6.7 Limite d'une suite géométrique

6.7.1 Limite de q^n

Lemme (Inégalité de Bernoulli). *Nous disposons de l'inégalité*

$$\forall n \in \mathbb{N},\ \forall x \in [0,\ +\infty[,\ (1 + x)^n \geq 1 + nx.$$

Démonstration. Pour $n \in \mathbb{N}^*$, cette inégalité est prouvée au chapitre 5-exercice corrigé 20.

Pour $n = 0$, cette inégalité est vraie car

$$(1 + x)^0 = 1 = 1 + 0 \times x.$$

Théorème (limite de q^n). *Soient $n \in \mathbb{N}$ et $q \in \mathbb{R} - \{-1, 1\}$.*

Nous disposons de la disjonction suivante :

- *si $q > 1$, alors $\lim_{n \to +\infty} q^n = +\infty$,*
- *si $-1 < q < 1$, alors $\lim_{n \to +\infty} q^n = 0$,*
- *si $q < -1$, alors la suite (q^n) n'a pas de limite en $+\infty$.*

Démonstration. Nous distinguons trois cas par disjonction.

1er cas. $q > 1$.

Nous posons $a = q - 1$. Ainsi nous avons

$$a > 0 \text{ et } q = a + 1.$$

Nous en déduisons, en appliquant l'inégalité de Bernoulli

$$q^n = (1 + a)^n \geq 1 + na, \text{ soit } q^n \geq 1 + n(q - 1).$$

Puisque $q > 1$, nous avons $\lim_{n \to +\infty} 1 + n(q - 1) = +\infty$, ce qui par comparaison donne

$$\lim_{n \to +\infty} q^n = +\infty.$$

2e cas. $-1 < q < 1$, c'est-à-dire $|q| < 1$.

Si $q = 0$, alors $0^n = 0$, ce qui donne dans ce cas $\lim_{n \to +\infty} q^n = 0$.

Si $q \neq 0$, comme $|q| < 1$, nous avons

$$\frac{1}{|q|} > 1.$$

Du premier cas, il résulte

$$\lim_{n \to +\infty} \left(\frac{1}{|q|}\right)^n = \lim_{n \to +\infty} \frac{1}{|q|^n} = +\infty.$$

Nous en déduisons, en prenant la limite de l'inverse que

$$\lim_{n \to +\infty} |q|^n = \lim_{n \to +\infty} |q^n| = 0.$$

Pour tout entier naturel n, nous disposons de l'encadrement :

$$-|q^n| \leq q^n \leq |q^n|,$$

ce qui, par le théorème d'encadrement, permet de conclure que

$$\lim_{n\to+\infty} q^n = 0.$$

3e cas. $q < -1$.
Pour tout entier naturel n, posons $u_n = q^n$ et $q' = -q$.
Dans ce cas, nous avons $q' > 1$ et nous obtenons

$$q^n = (-q')^n = (-1)^n q'^n.$$

Nous considérons les deux suites (v_n) et (w_n) définie par

$$v_n = u_{2n} \text{ et } w_n = u_{2n+1}.$$

Pour tout entier naturel n, nous en déduisons que
$v_n = (-1)^{2n} q'^{2n} = (q'^2)^n$,
$w_n = (-1)^{2n+1} q'^{2n+1} = -q'^{2n+1} = -q' v_n$.
Puisque $q' > 1$ implique $q'^2 > 1$, nous obtenons

$$\lim_{n\to+\infty} v_n = +\infty \text{ et } \lim_{n\to+\infty} w_n = -\infty.$$

Nous en concluons que selon la parité de l'entier n que la suite (q^n) diverge vers $+\infty$ ou $-\infty$.

Nous admettons que dans cette configuration la suite (q^n) diverge et n'a pas de limite.

Remarques. Nous en donnons trois.

- Si $q = 1$, alors $q^n = 1^n = 1$, donc $\lim\limits_{n\to+\infty} q^n = 1$.
- Si $q = -1$, alors $q^n = (-1)^n$. Nous savons que cette suite n'a pas de limite.
- Si (u_n) est une suite géométrique de premier terme $u_0 \neq 0$ et de raison $q \in \mathbb{R} - \{-1, 1\}$, nous savons que pour tout entier naturel n

$$u_n = u_0 q^n.$$

Nous en déduisons le tableau

$q < -1$	$-1 < q < 1$	$q > 1$
(u_n) pas de limite	$\lim\limits_{n\to+\infty} u_n = 0$	$\lim\limits_{n\to+\infty} u_n = \begin{cases} +\infty \text{ si } u_0 > 0 \\ -\infty \text{ si } u_0 < 0 \end{cases}$

Exemple. Nous étudions, lorsque n tend vers $+\infty$, le comportement de la suite (u_n) définie sur $\mathbb{N}$ par

$$u_n = \frac{3^n - 5^n}{3^n + 5^n}.$$

Nous observons une forme indéterminée du type "$+\infty - \infty$, au numérateur de l'expression de u_n.

Pour lever cette indétermination, nous mettons en facteur, 5^n dans le numérateur et le dénominateur, de l'expression de u_n.

Pour $n \geq 0$, il vient

$$u_n = \frac{5^n\left(\frac{3^n}{5^n} - 1\right)}{5^n\left(\frac{3^n}{5^n} + 1\right)} = \frac{\left(\frac{3}{5}\right)^n - 1}{\left(\frac{3}{5}\right)^n + 1}.$$

Puisque $-1 < \frac{3}{5} < 1$, nous en déduisons que $\lim\limits_{n\to+\infty} \left(\frac{3}{5}\right)^n = 0.$
Par quotient de deux limites finies, nous en concluons

$$\lim_{n\to+\infty} u_n = -1.$$

6.7.2 Limite de la somme des termes d'une suite géométrique

Proposition. *Nous disposons du résultat suivant :*

$$si\ |x| < 1,\ alors\ \lim_{n\to+\infty} (1 + x + x^2 + \cdots + x^n) = \frac{1}{1-x}.$$

Démonstration. Nous savons (paragraphe 6.4.3) que pour tout entier naturel n et tout réel $x \neq 1$, nous avons

$$1 + x + x^2 + \cdots + x^n = \frac{1 - x^{n+1}}{1-x}.$$

Puisque $|x| < 1$, en appliquant le théorème précédent, nous obtenons

$$\lim_{n\to+\infty} x^{n+1} = 0,$$

ce qui donne

$$\lim_{n\to+\infty} (1 + x + x^2 + \cdots + x^n) = \lim_{n\to+\infty} \frac{1 - x^{n+1}}{1-x} = \frac{1}{1-x}.$$

Exemples. Nous en proposons deux.

1er exemple. Nous avons

$$\lim_{n\to+\infty}(1+\frac{1}{2}+\frac{1}{4}+\cdots+\frac{1}{2^n})=\frac{1}{1-\frac{1}{2}}=2.$$

2e exemple. Nous cherchons le nombre rationnel r dont le développement décimal illimité, de période 2, est $0,63636363636\ldots$.

Pour tout entier $n\geq 1$, nous posons

$$r_n=0,\underbrace{636363\cdots 63}_{2n\,\text{termes}}.$$

Nous avons

$$\begin{aligned}
r_n &= 0,63+0,0063+\cdots+0,00\ldots0063,\\
&= \frac{63}{10^2}+\frac{63}{10^4}+\cdots+\frac{63}{10^{2n}},\\
&= \frac{63}{10^2}\left(1+\frac{1}{10^2}+\cdots+\frac{1}{(10^2)^{n-1}}\right),\\
&= \frac{63}{100}\times\frac{1-(\frac{1}{100})^n}{1-\frac{1}{100}},\\
&= \frac{7}{11}\left(1-(\frac{1}{100})^n\right).
\end{aligned}$$

Puisque $-1<\frac{1}{100}<1$, nous en déduisons

$$r=\lim_{n\to+\infty}r_n=\frac{7}{11}.$$

6.8 Exercices corrigés

6.8.1 Propriétés qualitatives d'une suite

Exercice 1. Suite définie explicitement par une fonction

Soit f la fonction définie sur $[0, +\infty[$ par

$$f(x) = \sqrt{x+1} - \sqrt{x}.$$

On considère la suite (u_n) définie sur $\mathbb{N}$ par

$$u_n = f(n) = \sqrt{n+1} - \sqrt{n}.$$

1. *Déterminer les variations de la fonction f sur l'intervalle $[0, +\infty[$.*
2. *En déduire le sens de variations de la suite (u_n).*
3. *Justifier que cette suite est majorée par un réel que l'on précisera.*
4. *Pour tout entier naturel n, calculer la somme*

$$S_n = u_0 + u_1 + \cdots + u_n = \sum_{k=0}^{n} u_k.$$

5. *Quelles sont les limites des suites (u_n) et (S_n) ?*

Solution

1. La fonction f est dérivable sur $[0, +\infty[$ par composition et différence. Pour tout réel $x \geq 0$, nous obtenons

$$f'(x) = \frac{1}{2\sqrt{x+1}} - \frac{1}{2\sqrt{x}} = \frac{\sqrt{x} - \sqrt{x+1}}{2\sqrt{x}\sqrt{x+1}}.$$

Le signe de $f'(x)$ est du signe de $\sqrt{x} - \sqrt{x+1}$.

Or, pour tout réel $x \geq 0$, nous avons

$$x < x+1, \text{ ce qui implique } \sqrt{x} < \sqrt{x+1}.$$

Nous en déduisons que pour tout réel $x \geq 0$, $f'(x) < 0$.

Nous en concluons que la fonction f est décroissante (strictement) sur l'intervalle $[0, +\infty[$.

2. Pour tout entier naturel n, on a $n + 1 > n$.

Puisque f est décroissante sur $[0, +\infty[$, nous obtenons

$$f(n+1) < f(n), \text{ soit } u_{n+1} < u_n,$$

ce qui prouve que la suite (u_n) est décroissante.

3. En appliquant, à nouveau la décroissance de la fonction f, pour tout entier n, nous avons :

$$n \geq 0 \text{ implique } f(n) \leq f(0), \text{ soit } u_n \leq 1.$$

Nous en concluons que cette suite est majorée par 1.

4. Nous observons que la somme S se simplifie par "télescopage". En effet nous avons

$$S_n = \sqrt{1} - \sqrt{0} + \sqrt{2} - \sqrt{1} + \sqrt{3} - \sqrt{2} + \cdots + \sqrt{n+1} - \sqrt{n} = \sqrt{n+1}.$$

5.

• Détermination de la limite de (u_n).

Quand n tend vers $+\infty$, nous observons une forme indéterminée du type $+\infty - \infty$.

Pour lever cette indétermination, nous utilisons l'expression conjuguée de u_n, c'est-à-dire $\sqrt{n+1} + \sqrt{n}$.

Pour tout entier naturel, nous obtenons

$$u_n = \frac{(\sqrt{n+1} - \sqrt{n})(\sqrt{n+1} + \sqrt{n})}{\sqrt{n+1} + \sqrt{n}} = \frac{1}{\sqrt{n+1} + \sqrt{n}}.$$

Puisque, par somme, nous avons

$$\lim_{n \to +\infty} \sqrt{n+1} + \sqrt{n} = +\infty,$$

nous en concluons, en prenant la limite d'un inverse

$$\lim_{n \to +\infty} u_n = 0.$$

• Détermination de la limite de (S_n).

Nous obtenons immédiatement

$$\lim_{n \to +\infty} S_n = \lim_{n \to +\infty} \sqrt{n+1} = +\infty.$$

Remarque.

Nous remarquons que la somme S_n diverge vers $+\infty$ bien que son terme générique u_n tende vers 0 .

Exercice 2. Calcul d'une somme

On considère la suite (s_n) définie sur $\mathbb{N}^*$ par

$$s_n = n + (n+1) + (n+2) + \cdots + (2n).$$

1. Déterminer s_1 et s_2.

2. Montrer que pour tout entier naturel $n \geq 1$,

$$s_{n+1} = s_n + 3(n+1).$$

3. Proposer un algorithme qui restitue un terme quelconque de cette suite.

4. Montrer que pour tout entier naturel $n \geq 1$,

$$s_n = \frac{3}{2}n(n+1).$$

En déduire un algorithme qui restitue un rang N tel que pour tout entier $n \geq N$, on ait $s_n > 10^P$.

Solution

1. Nous avons

$$s_1 = 1 + (1+1) = 3,$$
$$s_2 = 2 + (2+1) + (2+2) = 9.$$

2. Pour tout entier $n \geq 1$, nous avons

$$\begin{aligned} s_{n+1} &= (n+1) + (n+2) + \cdots + (2n) + (2n+1) + (2(n+1)), \\ &= s_n - n + (2n+1) + (2n+2), \\ &= s_n + 3(n+1). \end{aligned}$$

3. L'algorithme proposé ci-dessous permet de restituer un terme quelconque de rang N. Ce rang est choisi par l'utilisateur.

$S \leftarrow 0$
Pour I allant de 1 à N
$\quad S \leftarrow S + 3 * I$
Fin Pour
	`n=int(input("n="))`
	`s=0`
	`for i in range(1,n+1):`
	`    s=s+3*i`
	`print(s)`

4. Nous donnons deux méthodes.

Méthode 1. Nous considérons la relation de récurrence obtenue à la question 2 en affectant à n la valeur $k-1$, avec $2 \leq k \leq n$, ce qui donne :

$$s_k = s_{k-1} + 3k, \text{ soit } s_k - s_{k-1} = 3k.$$

En additionnant membres à membres, lorsque k varie de 2 à n et, par "télescopage", nous obtenons successivement

$$\sum_{k=2}^{n}(s_k - s_{k-1}) = \sum_{k=2}^{n}(3k),$$
$$s_n - s_1 = 3\sum_{k=2}^{n} k.$$

Or, nous avons

$$\sum_{k=2}^{n} k = \left(\sum_{k=1}^{n} k\right) - 1 = \frac{n(n+1)}{2} - 1.$$

Nous en déduisons

$$s_n - 3 = 3\left(\frac{n(n+1)}{2} - 1\right),$$

ce qui, pour tout entier $n \geq 1$, donne en conclusion

$$s_n = \frac{3}{2}n(n+1).$$

Méthode 2. Nous partons de la définition initiale de s_n.
Pour tout entier $n \geq 1$, nous avons

$$\begin{aligned} s_n &= \underbrace{n + n + \cdots + n}_{n+1 \text{ termes}} + 1 + 2 + \cdots + n, \\ &= n(n+1) + \frac{n(n+1)}{2}, \\ &= \frac{3}{2}n(n+1). \end{aligned}$$

Nous donnons à présent un algorithme qui restitue un rang N à partir duquel la suite est strictement plus grande que 10^P. L'entier P est choisi par l'utilisateur.

$N \leftarrow 1$
$S \leftarrow 1$
Tant que $S \leq 10^P$
    $S \leftarrow 1.5 * N * (N+1)$
    $N \leftarrow N + 1$
Fin Tant que
	`p=int(input("p="))`
	`n=1`
	`s=1`
	`while s<=10**p:`
	`    s=1.5*n*(n+1)`
	`    n=n+1`
	`print(n)`

Exercice 3. D'après une olympiade anglaise

Soit (u_n) une suite définie sur $\mathbb{N}^*$ telle que :

- $u_1 = 2019$,
- *pour tout entier* $n \geq 1$, $\sum_{k=1}^{n} u_k = n^2 u_n$.

Calculer u_{2019}.

Solution

En particulier, pour $n = 2$, nous obtenons

$$u_1 + u_2 = 4u_2,$$

ce qui donne

$$3u_2 = u_1, \text{ soit } u_2 = \frac{u_1}{3}.$$

En particulier pour $n = 3$, il vient

$$u_1 + u_2 + u_3 = 9u_3,$$

ce qui donne

$$8u_3 = u_1 + u_2 = u_1 + \frac{u_1}{3} = \frac{4u_1}{8}.$$

Nous en déduisons

$$u_3 = \frac{u_1}{6}.$$

Pour imaginer une formule générale donnant u_n pour chaque $n \geq 1$, nous remarquons que

$$3 = 1 + 2 \text{ et } 6 = 1 + 2 + 3.$$

Ainsi, nous conjecturons que

$$\forall n \in \mathbb{N}^*, \; u_n = \frac{u_1}{1 + 2 + \cdots + n} = \frac{2u_1}{n(n+1)}.$$

Nous prouvons cette égalité par récurrence [2].

2. Annexe : § 12.5.5

Initialisation

L'égalité proposée est vraie au rang $n = 1$ car

$$\frac{2u_1}{1 \times 2} = u_1.$$

Hérédité

Nous supposons qu'à un rang $n \geq 1$ fixé, on ait

$$u_n = \frac{2u_1}{n(n+1)}.$$

Montrons que cette égalité est encore vraie au rang $n + 1$, c'est-à-dire prouvons que :

$$u_{n+1} = \frac{2u_1}{(n+1)(n+2)}.$$

Avec les données de l'énoncé, nous avons

$$(u_1 + u_2 + \cdots + u_n) + u_{n+1} = (n+1)^2 u_{n+1}.$$

Nous en déduisons

$$\left((n+1)^2 - 1\right) u_{n+1} = \sum_{k=1}^{n} u_k = n^2 u_n,$$

ce qui donne, en appliquant l'hypothèse de récurrence

$$n(n+2)u_{n+1} = n^2 \frac{2u_1}{n(n+1)}.$$

Il en résulte que

$$u_{n+1} = \frac{2u_1}{(n+1)(n+2)},$$

ce qui démontre que l'égalité proposée est vraie au rang $n + 1$.

Nous en concluons, en appliquant le principe de récurrence que

$$\forall n \in \mathbb{N}^*, \, u_n = \frac{2u_1}{n(n+1)}.$$

Par conséquent, nous obtenons

$$u_{2019} = \frac{2 \times 2019}{2019 \times 2020} = \frac{1}{1010}.$$

Exercice 4. Étude d'une suite

Soit la suite (u_n) définie sur $\mathbb{N}^*$ par son premier terme $u_1 = \dfrac{1}{2}$ et par la relation de récurrence

$$u_{n+1} = \frac{n+1}{2n} u_n.$$

1. *Justifier que, pour tout entier $n \geq 1$, $u_n > 0$.*
2. *Quel est le sens de variations de cette suite ?*
3. *Pour tout entier $n \geq 1$, exprimer u_n en fonction de n.*

Solution

1. Nous montrons par récurrence que : $\forall n \in \mathbb{N}^*$, $u_n > 0$.

Initialisation

Nous avons $u_1 = \dfrac{1}{2}$, donc $u_1 > 0$. L'inégalité est vraie au rang $n = 1$.

Hérédité

Nous supposons qu'à un rang $n \geq 1$ fixé, on ait

$$u_n > 0.$$

Montrons que cette égalité est encore vraie au rang $n + 1$, c'est-à-dire prouvons que $u_{n+1} > 0$.

En appliquant l'hypothèse de récurrence, nous savons que $u_n > 0$.

De plus, pour $n \geq 1$, nous avons $\dfrac{n+1}{2n} > 0$.

Nous en déduisons que $u_{n+1} > 0$, ce qui prouve que l'inégalité attendue est héréditaire.

Nous en concluons, en appliquant le principe de récurrence, que

$$\forall n \in \mathbb{N}^*, \; u_n > 0.$$

2. Puisque, pour tout $n \geq 1$, $u_n > 0$, nous pouvons comparer le quotient $\dfrac{u_{n+1}}{u_n}$ avec 1.

Nous avons

$$\frac{u_{n+1}}{u_n} = \frac{n+1}{2n}.$$

Or, pour tout entier $n \geq 1$, nous obtenons

$$n + 1 \leq 2n, \text{ soit } \frac{n+1}{2n} \leq 1,$$

ce qui prouve :

$$\frac{u_{n+1}}{u_n} \leq 1$$

Nous en concluons que cette suite est décroissante.

3. Nous calculons les premiers termes de cette suite pour tenter de deviner l'expression de u_n en fonction de n. Nous obtenons

$$u_2 = \frac{2}{2}u_1 = \frac{1}{2} = \frac{2}{2^2},$$
$$u_3 = \frac{3}{4}u_2 = \frac{3}{4} \times \frac{1}{2} = \frac{3}{8} = \frac{3}{2^3},$$
$$u_4 = \frac{4}{6}u_3 = \frac{4}{6} \times \frac{3}{8} = \frac{4}{16} = \frac{4}{2^4}.$$

Ainsi, nous conjecturons que, pour tout entier $n \geq 1$,

$$u_n = \frac{n}{2^n}.$$

Il s'agit maintenant de prouver cette égalité par récurrence.

Initialisation

Nous avons

$$u_1 = \frac{1}{2} = \frac{1}{2^1},$$

ce qui justifie l'égalité attendue au rang $n = 1$.

Hérédité

Nous supposons qu'à un rang entier $n \geq 1$, fixé, nous disposons de l'égalité

$$u_n = \frac{n}{2^n}.$$

Montrons que cette égalité reste vraie au rang $n+1$, c'est-à-dire, prouvons que

$$u_{n+1} = \frac{n+1}{2^{n+1}}.$$

Par définition de la suite (u_n) et en appliquant l'hypothèse de récurrence, il vient

$$u_{n+1} = \frac{n+1}{2n}u_n = \frac{n+1}{2n} \times \frac{n}{2^n} = \frac{n+1}{2} \times \frac{1}{2^n} = \frac{n+1}{2^{n+1}}.$$

L'égalité est ainsi vraie au rang $n+1$.

En appliquant le principe de récurrence, nous en concluons que

$$\forall n \in \mathbb{N}^*, \, u_n = \frac{n}{2^n}.$$

Exercice 5. Somme des n premiers cubes

Soit la suite (c_n) définie sur $\mathbb{N}^*$ par

$$c_n = \left[\frac{n(n+1)}{2}\right]^2.$$

1.Montrer que pour tout entier $n \geq 1$,

$$c_{n+1} - c_n = (n+1)^3.$$

2. En déduire que pour tout entier $n \geq 1$, on a

$$1^3 + 2^3 + 3^3 + \cdots + n^3 = \frac{n^2(n+1)^2}{4}.$$

Solution

1. Soit un entier $n \geq 1$, nous avons

$$\begin{aligned}
c_{n+1} - c_n &= \left[(\frac{n+1)(n+2)}{2}\right]^2 - \left[\frac{n(n+1)}{2}\right]^2, \\
&= \left[\frac{(n+1)(n+2)}{2} - \frac{n(n+1)}{2}\right]\left[\frac{(n+1)(n+2)}{2} + \frac{n(n+1)}{2}\right], \\
&= \left(\frac{n+1}{2}\right)^2 \left[(n+2) - n\right]\left[(n+2) + n\right], \\
&= \left(\frac{n+1}{2}\right)^2 \times 4(n+1), \\
&= (n+1)^3.
\end{aligned}$$

2. Soit k un entier naturel tel que $1 \leq k \leq n-1$, avec $n \geq 2$. D'après la question précédente, nous avons

$$\sum_{k=1}^{n-1}(c_{k+1} - c_k) = \sum_{k=1}^{n-1}(k+1)^3.$$

Par "télescopage" dans la somme de gauche, nous obtenons

$$c_n - c_1 = 2^3 + 3^3 + \cdots + n^3.$$

Puisque $c_1 = 1$, nous obtenons, pour tout $n \geq 2$,

$$c_n = 1^3 + 2^3 + 3^3 + \cdots + n^3.$$

Cette dernière égalité est vraie pour $n = 1$. De plus, nous savons que

$$1 + 2 + 3 + \cdots + n = \frac{n(n+1)}{2}.$$

Nous en concluons, pour tout $n \geq 1$,

$$1^3 + 2^3 + 3^3 + \cdots + n^3 = \left(\frac{n(n+1)}{2}\right)^2 = \frac{n^2(n+1)^2}{4}.$$

6.8.2 Suites arithmétiques - Suites géométriques

Exercice 6. Division euclidienne et suites arithmétiques

> *Nous rappelons le principe de la division euclidienne.*
> *Soient a et b deux entiers naturels tels que $b \neq 0$.*
> *Il existe deux entiers naturels uniques q et r, satisfaisant à*
>
> $$a = bq + r, \text{ avec } 0 \leq r < b.$$

Soient (a_n) et (b_n) deux suites définies sur $\mathbb{N}^*$ par

$$a_n = 8n^2 + 5n - 5 \text{ et } b_n = 4n + 3.$$

1. Justifier que, pour tout entier $n \geq 1$, $a_n \in \mathbb{N}$ et $b_n \in \mathbb{N}^*$.

2. Pour chaque entier $n \geq 1$, on désigne respectivement par q_n et r_n le quotient et le reste de la division euclidienne de a_n par b_n. A l'aide d'un tableur ou en donnant un algorithme, déterminer q_n et r_n pour n variant de 1 à 10.

Quelles conjectures peut-on faire concernant la nature des suites (q_n) et (r_n) ?

3. Vérifier que les suites (q_n) et (v_n) conviennent.

Solution

1. Soit n un entier naturel non nul.

• Nous avons

$$8n^2 + 5n \in \mathbb{N}.$$

De plus,

$$\text{si } n \geq 1, \text{ alors } 8n^2 \geq 8 \text{ et } 5n \geq 5,$$

ce qui donne $8n^2 + 5n - 5 \geq 8$ et par suite $a_n \in \mathbb{N}$.

• De même pour $n \geq 1$, nous avons

$$4n + 3 \in \mathbb{N} \text{ et } 4n + 3 \geq 7,$$

ce qui justifie que $b_n \in \mathbb{N}^*$.

2.

• Nous donnons les dix premières valeurs de q_n et r_n avec le tableur ci-contre.

n	a_n	b_n	$q_n = \lfloor \frac{a_n}{b_n} \rfloor$	$r_n = a_n - q_n \times b_n$
1	8	7	1	1
2	37	11	3	4
3	82	15	5	7
4	143	19	7	10
5	220	23	9	13
6	313	27	11	16
7	422	31	13	19
8	547	35	15	22
9	688	39	17	25
10	845	43	19	28

• Nous proposons à présent un algorithme qui restitue le quotient Q et le reste R de la division euclidienne de A par B, l'entier N étant choisi par l'utilisateur.

Pseudo-code	Python

Pour I allant de 1 à N
$A \leftarrow 8 * I^2 + 5 * I - 5$
$B \leftarrow 4 * I + 3$
$Q \leftarrow \lfloor \frac{A}{B} \rfloor$
$R \leftarrow A - Q * B$
Afficher Q
Afficher R
Fin Pour
	`n=int(input("n="))`
	`Q=[]`
	`R=[]`
	`for i in range(1,n+1):`
	`    a=8*i**2+5*i-5`
	`    b=4*i+3`
	`    q=int(a/b)`
	`    r=a-b*q`
	`    Q.append(q)`
	`    R.append(r)`
	`print("quotient",Q)`
	`print("reste",R)`

Nous conjecturons que

• (q_n) est une suite arithmétique de premier terme $q_1 = 1$ et de raison $r = 2$,

• (r_n) est une suite arithmétique de premier terme $r_1 = 1$ et de raison $r = 3$.

Nous en déduisons que, pour tout entier $n \geq 1$, nous avons

$$q_n = q_1 + (n-1)r = 1 + (n-1)2 = 2n - 1,$$

$$r_n = r_1 + (n-1)r = 1 + (n-1)3 = 3n - 2.$$

3. Pour $n \geq 1$, nous obtenons

$$b_n \times q_n + r_n = (4n+3)(2n-1) + 3n - 2 = 8n^2 + 5n - 5 = a_n.$$

De plus, nous avons

$$r_n - b_n = 3n - 2 - (4n+3) = -n - 5 < 0,$$

ce qui justifie

$$0 \leq r_n < b_n.$$

Ainsi nous avons prouvé que pour chaque entier $n \geq 1$, les entiers q_n et r_n sont respectivement le quotient et le reste de la division euclidienne de a_n par b_n.

Exercice 7. Suite récurrente - Suite arithmétique

Soit f la fonction définie sur $[0, +\infty[$ par $f(x) = \dfrac{x}{x+1}$.

On considère la suite (u_n) définie sur $\mathbb{N}$ par

$$u_0 = 2 \text{ et pour tout entier naturel } n,\ u_{n+1} = f(u_n).$$

1. En utilisant la courbe $\mathcal{C}_f$ représentative de la fonction f :

- *Placer sur la droite des abscisses les premiers termes.*
- *Quel est le signe de u_n, pour tout entier naturel n ?*
- *Quel est le sens de variations de la suite (u_n) ?*

2. Prouver ces deux dernières observations.

3. Pour tout entier naturel n, nous posons $v_n = \dfrac{1}{u_n}$.

Quelle est la nature de la suite (v_n) ?

En déduire la limite de la suite (u_n).

Solution

1.

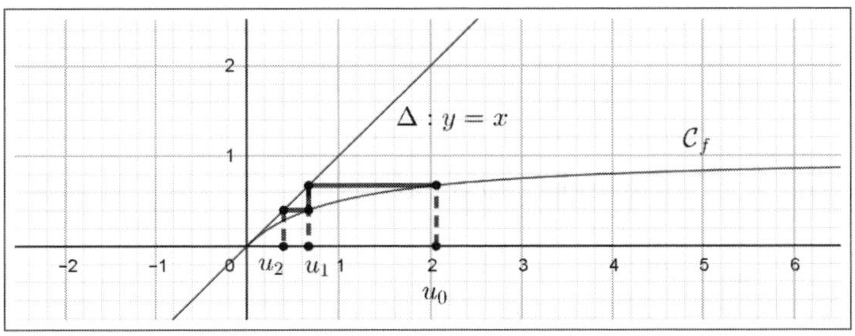

Nous conjecturons graphiquement que

- pour tout entier naturel n, $u_n > 0$,
- la suite (u_n) est décroissante.

2.

• Nous prouvons par récurrence que, pour tout entier naturel n, $u_n > 0$.

Initialisation.

Nous avons $u_0 = 2$, donc $u_0 > 0$. L'inégalité est vraie au rang $n = 0$.

Hérédité.

Nous supposons qu'à un rang $n \geq 0$ fixé, on ait

$$u_n > 0.$$

Montrons que cette égalité est encore vraie au rang $n + 1$, c'est-à-dire prouvons que $u_{n+1} > 0$.

En appliquant l'hypothèse de récurrence, nous savons que $u_n > 0$.

Il en résulte $1 + u_n > 0$, ce qui donne

$$u_{n+1} = \frac{u_n}{1 + u_n} > 0,$$

ce qui prouve que l'inégalité attendue est héréditaire.

Nous en concluons, en appliquant le principe de récurrence que

$$\forall n \in \mathbb{N},\ u_n > 0.$$

• Nous montrons que la suite (u_n) est décroissante.

Pour tout entier naturel n, nous avons

$$\begin{aligned} u_{n+1} - u_n &= f(u_n) - u_n, \\ &= \frac{u_n}{u_n + 1} - u_n, \\ &= -\frac{u_n^2}{u_n + 1}. \end{aligned}$$

Puisque $1 + u_n > 0$, pour tout entier naturel n, nous en déduisons

$$u_{n+1} - u_n \leq 0,$$

ce qui justifie que la suite (u_n) est décroissante.

3. Pour tout entier naturel n, nous avons

$$v_{n+1} = \frac{1}{u_{n+1}} = \frac{u_n + 1}{u_n} = 1 + \frac{1}{u_n} = v_n + 1,$$

ce qui prouve que la suite (v_n) est arithmétique de premier terme $v_0 = \dfrac{1}{2}$ et de raison $r = 1$.

Pour tout entier naturel n, nous en déduisons

$$v_n = v_0 + nr = \frac{1}{2} + n, \text{ soit } u_n = \frac{1}{n+\frac{1}{2}}.$$

Puisque $\lim\limits_{n \to +\infty} (n + \frac{1}{2}) = +\infty$, nous en concluons que la suite (u_n) converge et nous obtenons

$$\lim_{n \to +\infty} u_n = 0.$$

Exercice 8. Récurrence double - Suite géométrique

Soit la suite (u_n) définie sur $\mathbb{N}$ par

$$u_0 = 1 \text{ et } u_1 = 2,$$
$$\forall n \in \mathbb{N},\ u_{n+2} = \frac{1}{2}(u_{n+1} + u_n).$$

1. Donner un algorithme qui restitue un terme de rang N, cet entier étant choisi par l'utilisateur.

Cette suite est-elle monotone, semble-t-elle convergente ?

2. Pour tout entier naturel n, on pose

$$v_n = u_{n+1} - u_n.$$

Montrer que la suite (v_n) est géométrique.

3. Pour tout entier $n \geq 1$, nous posons

$$S_n = \sum_{k=0}^{n-1} v_k.$$

Calculer S_n puis u_n en fonction de n.

En déduire la limite de la suite (u_n).

Solution

1. Nous obtenons l'algorithme

<table>
<tr>
<td>

$A \leftarrow 1$
$B \leftarrow 2$
Pour I allant de 2 à N
    $U \leftarrow 0.5 * (A + B)$
    $A \leftarrow B$
    $B \leftarrow U$
Fin Pour

</td>
<td>

```
n=int(input("n="))
a,b=1,2
L=[]
for i in range(2,n+1):
    u=0.5*(a+b)
    a,b=b,u
    L.append(u)
print(L)
```

</td>
</tr>
</table>

Vous pouvez remarquer l'invariance, dans tout algorithme d'une suite définie par une récurrence double, des affectations :

$$A \leftarrow B$$
$$B \leftarrow U$$

En implémentant cet algorithme dans le langage de programmation de votre choix, par exemple en Python ou votre calculatrice, nous obtenons les résultats suivants :

N	3	4	5	...	10	...	100
U	1,5	1,75	1,625	...	1,66796875	...	1,6666666667

Nous avons

$$u_3 < u_4 \text{ et } u_4 > u_5,$$

ce qui fournit un contre-exemple qui justifie que cette suite n'est pas monotone.

Nous conjecturons que cette suite converge vers le rationnel $\frac{5}{3}$.

2.

Pour tout entier naturel n, nous avons

$$\begin{aligned} v_{n+1} &= u_{n+2} - u_{n+1}, \\ &= \frac{1}{2}(u_{n+1} + u_n) - u_{n+1}, \\ &= -\frac{1}{2}u_{n+1} + \frac{1}{2}u_n, \\ &= \left(-\frac{1}{2}\right)(u_{n+1} - u_n), \\ &= \left(-\frac{1}{2}\right)v_n. \end{aligned}$$

Nous en concluons que la suite (v_n) est géométrique de raison $q = -\frac{1}{2}$ et de premier terme $v_0 = u_1 - u_0 = 1$.

3.

• Pour tout entier $n \geq 1$, S_n est la somme des n premiers termes de la suite géométrique (v_n). Nous avons

$$S_n = v_0 \frac{1 - q^n}{1 - q} = \frac{1 - \left(-\frac{1}{2}\right)^n}{1 + \frac{1}{2}} = \frac{2}{3}\left[1 - \left(-\frac{1}{2}\right)^n\right].$$

- Par "télescopage", nous obtenons

$$S_n = \sum_{k=0}^{n-1} v_k = \sum_{k=0}^{n-1} (u_{k+1} - u_k) = u_n - u_1 = u_n - 1.$$

Pour tout entier $n \geq 1$, nous en déduisons

$$u_n = S_n + 1 = \frac{2}{3}\left[1 - \left(-\frac{1}{2}\right)^n\right] + 1.$$

Cette égalité étant encore vraie pour $n = 0$, nous en concluons

$$\forall n \in \mathbb{N}, u_n = \frac{2}{3}\left[1 - \left(-\frac{1}{2}\right)^n\right] + 1.$$

- Puisque $|-\frac{1}{2}| < 1$, nous avons

$$\lim_{n \to +\infty} \left(-\frac{1}{2}\right)^n = 0.$$

Nous en concluons

$$\lim_{n \to +\infty} u_n = \frac{2}{3} + 1 = \frac{5}{3}.$$

Exercice 9. Suite arithmétique

Soient a, b et c trois réels strictement positifs.

Montrer que les réels $\frac{1}{a+b}$, $\frac{1}{a+c}$ *et* $\frac{1}{b+c}$ *sont les trois termes consécutifs d'une suite arithmétique si et seulement si* $2b^2 = a^2 + c^2$.

Que peut-on dire dans ce cas des réels a^2, b^2 *et* c^2 *?*

Solution

Nous appliquons la proposition du paragraphe 6.3.1.

Nous savons que $\frac{1}{a+b}$, $\frac{1}{a+c}$ et $\frac{1}{b+c}$ sont les trois termes consécutifs d'une suite arithmétique si et seulement si

$$\frac{1}{a+c} = \frac{1}{2}\left(\frac{1}{a+b} + \frac{1}{b+c}\right), \text{ égalité que nous notons [1].}$$

Nous avons

$$\begin{aligned}
[1] &\Leftrightarrow \frac{2}{a+c} = \left(\frac{1}{a+b} + \frac{1}{b+c}\right), \\
&\Leftrightarrow \frac{2}{a+c} = \frac{a+c+2b}{(a+b)(b+c)}, \\
&\Leftrightarrow 2(a+b)(b+c) = (a+c)(a+c+2b).
\end{aligned}$$

En développant puis en réduisant, nous obtenons le résultat attendu, c'est-à-dire :

$$[1] \Leftrightarrow 2b^2 = a^2 + c^2.$$

Cette dernière égalité équivaut à $b^2 = \dfrac{a^2 + c^2}{2}$.

Ainsi en appliquant à nouveau la proposition du paragraphe 6.3.1, nous en déduisons que les réels a^2, b^2 et c^2 sont les trois termes consécutifs d'une suite arithmétique.

Exercice 10. Suite géométrique

Soient a, b et c trois réels strictement positifs. Montrer que si ces réels sont les trois termes consécutifs d'une suite géométrique, alors pour tout entier naturel $n \geq 1$,

$$(a^n + b^n + c^n)(a^n - b^n + c^n) = a^{2n} + b^{2n} + c^{2n}.$$

Étudier la réciproque.

Solution

Pour tout entier naturel $n \geq 1$, nous avons

$$\begin{aligned}(a^n + b^n + c^n)(a^n - b^n + c^n) &= ((a^n + c^n) + b^n)\,((a^n + c^n) - b^n)\,,\\ &= (a^n + c^n)^2 - (b^n)^2,\\ &= a^{2n} + c^{2n} + 2a^n c^n - b^{2n}.\end{aligned}$$

Or, en appliquant la proposition du paragraphe 6.4.1, puisque a, b et c sont les trois termes consécutifs d'une suite géométrique, nous savons que

$$b^2 = ac,$$

ce qui implique

$$a^n c^n = (ac)^n = (b^2)^n = b^{2n}.$$

Nous en déduisons

$$\begin{aligned}(a^n + b^n + c^n)(a^n - b^n + c^n) &= a^{2n} + c^{2n} + 2b^{2n} - b^{2n},\\ &= a^{2n} + b^{2n} + c^{2n},\end{aligned}$$

ce qui prouve l'égalité attendue.

Réciproquement, nous supposons que, pour tous réels $a > 0$, $b > 0$ et $c > 0$ et pour tout entier naturel $n \geq 1$,

$$(a^n + b^n + c^n)(a^n - b^n + c^n) = a^{2n} + b^{2n} + c^{2n}.$$

En utilisant les calculs ci-dessus, nous obtenons

$$a^{2n} + c^{2n} + 2a^n c^n - b^{2n} = a^{2n} + b^{2n} + c^{2n},$$

ce qui implique

$$b^{2n} = (ac)^n, \text{ soit } (b^2)^n - (ac)^n = 0.$$

En utilisant la proposition du paragraphe 2.3 (factorisation de $x^n - a^n$), nous obtenons

$$(b^2)^n - (ac)^n = (b^2 - ac) \sum_{k=0}^{n-1} (b^2)^{n-1-k}(ac)^k.$$

Puisque $a > 0$, $b > 0$ et $c > 0$, nous en déduisons

$$\sum_{k=0}^{n-1} (b^2)^{n-1-k}(ac)^k > 0$$

Par conséquent, si $(b^2)^n - (ac)^n = 0$, alors nous obtenons

$$b^2 - ac = 0, \text{ soit } b^2 = ac,$$

ce qui prouve, en appliquant à nouveau la proposition du paragraphe 6.4.1, que les réels $a > 0$, $b > 0$ et $c > 0$ sont les trois termes consécutifs d'une suite géométrique.

Exercice 11. Suite géométrique et carrés

Á partir du carré de côté $c_1 = 1$, on construit sur la figure ci-dessous la suite des carrés de côtés c_2, c_3 . . . .

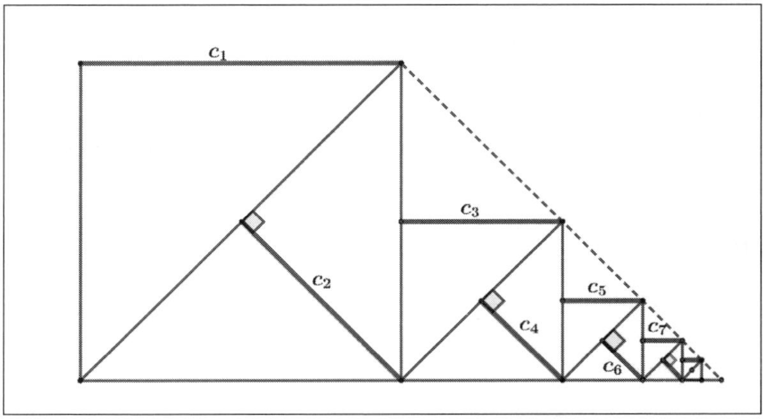

1. Calculer c_2.

2. Déterminer c_3 et c_4.

En déduire une conjecture donnant c_n en fonction de $n \geq 1$.

Quelle est la nature de la suite (c_n) ?

3. Pour tout entier $n \geq 1$, on pose

$$L_n = c_1 + c_2 + \cdots + c_n.$$

Montrer que, pour tout $n \in \mathbb{N}^*$, le réel L_n est majoré.

4. Quelle est la limite l de la suite $(L_n)_{n\geq 1}$?

5. Donner un algorithme qui restitue un rang N tel que pour $n \geq N$, on ait

$$|L_n - l| < 10^{-P},$$

la variable P étant contrôlée par l'utilisateur.

Solution

1. Nous observons que c_2 est la moitié de la longueur de la diagonale du carré de côté c_1, ce qui donne

$$c_2 = \frac{1}{2}c_1\sqrt{2} = \frac{\sqrt{2}}{2}.$$

2. De la même façon, c_3 est la moitié de la longueur de la diagonale du carré de côté c_2, soit

$$c_3 = \frac{1}{2}c_2\sqrt{2} = \left(\frac{\sqrt{2}}{2}\right)^2.$$

Nous conjecturons que, pour tout entier $n \geq 1$,

$$c_n = \left(\frac{\sqrt{2}}{2}\right)^{n-1}.$$

Nous démontrons cette conjecture par récurrence.

Initialisation.

$c_1 = 1 = \left(\frac{\sqrt{2}}{2}\right)^{1-1}$, ce qui justifie que l'égalité proposée est vraie au rang $n = 1$.

Hérédité.

Nous supposons qu'à un rang $n \geq 1$, on ait

$$c_n = \left(\frac{\sqrt{2}}{2}\right)^{n-1}.$$

Montrons que $c_{n+1} = \left(\dfrac{\sqrt{2}}{2}\right)^n$.

En réitérant ce procédé pour obtenir les carrés successifs de la figure, c_{n+1} est la moitié de la longueur de la diagonale du carré de côté c_n.

En appliquant de plus l'hypothèse de récurrence, nous obtenons

$$c_{n+1} = \frac{1}{2} c_n \sqrt{2} = \frac{\sqrt{2}}{2}\left(\frac{\sqrt{2}}{2}\right)^{n-1} = \left(\frac{\sqrt{2}}{2}\right)^n.$$

L'égalité attendue est donc héréditaire.

En appliquant le principe de récurrence, nous en concluons,

$$\forall n \in \mathbb{N}^*,\ c_n = \left(\frac{\sqrt{2}}{2}\right)^{n-1}.$$

Cette suite, par construction, est géométrique de raison $q = \dfrac{\sqrt{2}}{2}$ et de premier terme $c_1 = 1$.

3. Pour tout entier $n \geq 1$, L_n est la somme des n premiers termes de la suite géométrique $(c_n)_{n\geq 1}$ dont la raison est distincte de 1. Ainsi, nous obtenons

$$L_n = c_1 \frac{1-q^n}{1-q} = \frac{1-\left(\dfrac{\sqrt{2}}{2}\right)^n}{1-\dfrac{\sqrt{2}}{2}} = \frac{2}{2-\sqrt{2}}\left[1-\left(\frac{\sqrt{2}}{2}\right)^n\right].$$

Nous remarquons que :

$$\frac{2}{2-\sqrt{2}} = \frac{2(2+\sqrt{2})}{(2-\sqrt{2})(2+\sqrt{2})} = 2+\sqrt{2}.$$

Pour tout entier $n \geq 1$, nous en concluons

$$L_n = (2+\sqrt{2})\left[1-\left(\frac{\sqrt{2}}{2}\right)^n\right].$$

Nous en déduisons

$$\begin{aligned} L_n - (2+\sqrt{2}) &= (2+\sqrt{2})\left[1-\left(\frac{\sqrt{2}}{2}\right)^n\right] - (2+\sqrt{2}), \\ &= -(2+\sqrt{2})\left(\frac{\sqrt{2}}{2}\right)^n. \end{aligned}$$

Ce calcul prouve que, quel que soit l'entier $n \geq 1$,

$$L_n - (2+\sqrt{2}) \leq 0, \text{ soit } L_n \leq (2+\sqrt{2}),$$

ce qui justifie que la suite $(L_n)_{n\geq 1}$ est majorée par $2+\sqrt{2}$

4. Puisque $-1 < \dfrac{\sqrt{2}}{2} < 1$, nous avons

$$\lim_{n\to+\infty} \left(\frac{\sqrt{2}}{2}\right)^n = 0.$$

Nous en déduisons

$$l = \lim_{n\to+\infty} L_n = 2+\sqrt{2}.$$

5. Nous donnons à présent un algorithme qui restitue un rang N tel que pour $n \geq N$, on ait

$$|L_n - l| < 10^{-P},$$

la variable P étant contrôlée par l'utilisateur.

$L \leftarrow 1$
$N \leftarrow 1$
Tant que $(2+\sqrt{2}) - L \geq 10^{-P}$
  $L \leftarrow (2+\sqrt{2}) * \left(1 - \left(\frac{\sqrt{2}}{2}\right)^N\right)$
  $N \leftarrow N+1$
Fin Tant que

```
from math import*
p=int(input("p="))
l,n=1,1
while 2+sqrt(2)-l>=10**(-p):
    l=(2+sqrt(2))*(1-(sqrt(2)/2)**n)
    n=n+1
print(n)
```

En implémentant cet algorithme dans le langage de programmation de votre choix, par exemple en Python ou votre calculatrice programmable, nous obtenons les résultats suivants :

P	1	2	3	4
N	12	18	25	32

Exercice 12. Suites géométriques et disques

Nous considérons, pour tout entier naturel $n \geq 1$, une suite de disques tangents (D_n) comme indiqués sur la figure ci-après.

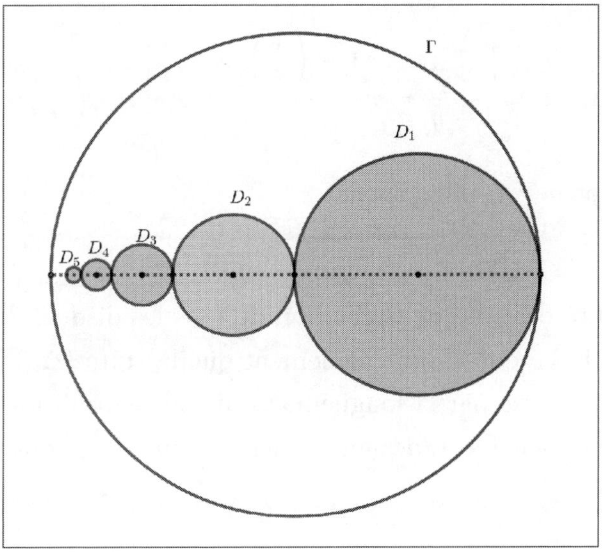

Le rayon du disque Γ est $r > 0$, celui de D_1 est $\dfrac{r}{2}$ et le rayon de D_{n+1} est la moitié du rayon de D_n.

Pour tout entier $n \geq 1$, nous désignons par d_n la diamètre du disque D_n, et nous posons

$$\Delta_n = d_1 + d_2 + \cdots + d_n.$$

1. Calculer Δ_n en fonction de n et r.

2. Montrer que la réunion de tous les disques D_n reste à l'intérieur du disque Γ.

3. On désigne par $\mathcal{A}_n$ l'aire de la partie du plan obtenue par la réunion des disques $D_1, D_2, \ldots, D_n$.

Montrer que la suite $\mathcal{A}_n$ converge et a pour limite le tiers de l'aire du disque Γ.

Solution

1. Nous avons $d_1 = r$. Par itération du processus, pour tout entier $n \geq 1$, nous obtenons

$$d_{n+1} = \frac{1}{2} d_n,$$

ce qui justifie que la suite (d_n) est géométrique de raison $q = \frac{1}{2}$ et de premier terme $d_1 = r$.

Le réel Δ_n est la somme des n premiers termes de cette suite. Pour tout entier $n \geq 1$, nous en déduisons

$$\Delta_n = d_1 \frac{1 - q^n}{1 - q} = r \frac{1 - \left(\frac{1}{2}\right)^n}{1 - \frac{1}{2}} = 2r \left[1 - \left(\frac{1}{2}\right)^n\right].$$

2. Pour entier $n \geq 1$, nous avons

$$\Delta_n - 2r = -\frac{2r}{2^n} < 0, \text{ soit } \Delta_n < 2r.$$

Cette inégalité prouve que la réunion de tous les disques D_n reste à l'intérieur du disque Γ, ce qui signifie également que la suite (Δ_n) est majorée par $2r$, c'est-à-dire majorée par la longueur du diamètre du disque Γ.

3. Pour tout entier $n \geq 1$, désignons par a_n l'aire du disque D_n. Nous avons

$$a_n = \pi \left(\frac{d_n}{2}\right)^2.$$

Puisque nous savons que $d_{n+1} = \frac{1}{2} d_n$, il vient

$$a_{n+1} = \pi \left(\frac{d_{n+1}}{2}\right)^2 = \pi \left(\frac{d_n}{4}\right)^2 = \frac{\pi}{4} \left(\frac{d_n}{2}\right)^2 = \frac{1}{4} a_n,$$

ce qui prouve que la suite (a_n) est géométrique de raison $q = \frac{1}{4}$ et de premier terme $a_1 = \pi \left(\frac{d_1}{2}\right)^2 = \pi \frac{r^2}{4}$.

Nous en déduisons que $\mathcal{A}_n$ est la somme des n premiers termes de la suite (a_n), ce qui donne pour tout entier $n \geq 1$

$$\begin{aligned}
\mathcal{A}_n &= \sum_{k=1}^{n} a_k, \\
&= a_1 \frac{1 - q^n}{1 - q}, \\
&= \pi \frac{r^2}{4} \left[\frac{1 - \left(\frac{1}{4}\right)^n}{1 - \frac{1}{4}}\right], \\
&= \frac{\pi r^2}{3} \left[1 - \left(\frac{1}{4}\right)^n\right].
\end{aligned}$$

Puisque $\frac{1}{4} \in]-1, 1[$, nous avons $\lim_{n \to +\infty} \left(\frac{1}{4}\right)^n = 0$.
Il en résulte

$$\lim_{n \to +\infty} \mathcal{A}_n = \frac{\pi r^2}{3},$$

ce qui signifie que $\mathcal{A}_n$ converge et a pour limite le tiers de l'aire du disque Γ.

Exercice 13. Suite géométrique et partie entière

$\lfloor x \rfloor$ désigne la partie entière d'un réel x.

Déterminer un réel $x > 1$ tel que $x - \lfloor x \rfloor$, $\lfloor x \rfloor$ et x soient les trois termes consécutifs d'une suite géométrique.

Solution

Soit un réel $x > 1$. En appliquant la proposition du paragraphe 6.4.1, nous savons que les réels $x - \lfloor x \rfloor$, $\lfloor x \rfloor$ et x sont les trois termes consécutifs d'une suite géométrique si et seulement si

$$\frac{\lfloor x \rfloor}{x - \lfloor x \rfloor} = \frac{x}{\lfloor x \rfloor}.$$

Pour $x \in]1, +\infty[$, nous observons que

$$\lfloor x \rfloor \neq 0 \text{ et } x - \lfloor x \rfloor \neq 0,$$

ainsi, cette équation, notée [1], est définie sur $]1, +\infty[$.

Nous avons, sachant que $\lfloor x \rfloor \neq 0$,

$$\begin{aligned}
[1] &\Leftrightarrow \lfloor x \rfloor^2 = x(x - \lfloor x \rfloor), \\
&\Leftrightarrow x^2 - x\lfloor x \rfloor - \lfloor x \rfloor^2 = 0, \\
&\Leftrightarrow \frac{x^2}{\lfloor x \rfloor^2} - \frac{x}{\lfloor x \rfloor} - 1 = 0.
\end{aligned}$$

En posant $q = \frac{x}{\lfloor x \rfloor}$ (c'est la raison de cette suite), nous obtenons l'équation du second degré

$$q^2 - q - 1 = 0.$$

Puisque $\Delta = (-1)^2 - 4(-1) = 5 > 0$, les solutions de cette dernière équation sont

$$q = \frac{1 - \sqrt{5}}{2} \text{ ou } q = \frac{1 + \sqrt{5}}{2}.$$

Puisque $q = \dfrac{x}{\lfloor x \rfloor} > 0$, seule la solution $q = \dfrac{1+\sqrt{5}}{2}$ est retenue.

Le réel $x = \dfrac{1+\sqrt{5}}{2}$ (c'est le nombre d'or ϕ) convient car

$$\lfloor \phi \rfloor = 1 \text{ donc } q = \frac{1+\sqrt{5}}{2} = \frac{\phi}{1} = \phi.$$

Nous en concluons que les réels

$$\phi - \lfloor \phi \rfloor = \frac{\sqrt{5}-1}{2}, \lfloor \phi \rfloor = 1 \text{ et } \phi = \frac{\sqrt{5}+1}{2},$$

sont les trois termes consécutifs d'une suite géométrique de raison ϕ.

6.8.3 Limite d'une suite

Exercice 14. Suite convergente bornée

1. Soit (u_n) une suite qui converge vers 0. Montrer que cette suite est bornée.

2. En déduire qu'il en est de même si (u_n) est une suite qui converge vers un réel l.

3. La réciproque est-elle vraie ?

Solution

1. Soit (u_n) une suite convergente vers 0.

En choisissant, en particulier $\epsilon = 1$ dans la définition de la convergence vers 0, nous obtenons

$$\exists p \in \mathbb{N}, \forall n \in \mathbb{N}, n \geq p \Rightarrow |u_n| < 1.$$

Soit M le réel défini par $M = \max\{|u_0|, |u_1|, \cdots |u_{p-1}|, 1\}$.

Nous en déduisons que

$$\forall n \in \mathbb{N}, |u_n| \leq M,$$

ce qui justifie qu'une suite qui converge vers 0 est bornée.

2. Soit (u_n) une suite convergente vers un réel l.

La suite $(u_n - l)$ converge vers 0. Cette suite est donc bornée, ce qui donne

$$\exists M \in \mathbb{R}, \forall n \in \mathbb{N}, |u_n - l| \leq M.$$

En appliquant l'inégalité triangulaire, nous avons, pour tout $n \in \mathbb{N}$,

$$|u_n| = |(u_n - l) + l| \leq |u_n - l| + |l| \leq M + |l|,$$

ce qui prouve qu'une suite qui converge vers un réel l est bornée.

3. Cette réciproque est fausse.

Contre exemple : la suite (u_n) définie sur $\mathbb{N}$ par $u_n = (-1)^n$, est bornée par -1 et 1 mais elle diverge puisque cette suite n'a pas de limite en $+\infty$.

Exercice 15. Limite de la suite $(|u_n|)$

Soit (u_n) une suite définie sur $\mathbb{N}$, convergente vers un réel l.

Montrer que la suite $(|u_n|)$ converge vers $|l|$.

Solution

Dans l'exercice corrigé 11 du chapitre 3, nous avons prouvé l'inégalité

$$\forall x,\, y \in \mathbb{R}, ||x| - |y|| \leq |x - y|.$$

Pour tout entier naturel n, nous en déduisons $||u_n| - |l|| \leq |u_n - l|$.

Nous savons que $\lim\limits_{n \to +\infty} u_n = l$, ce qui implique

$$\lim_{n \to +\infty} |u_n - l| = 0.$$

En appliquant le théorème d'encadrement, nous en concluons

$$\lim_{n \to +\infty} |u_n| - |l| = 0, \text{ soit } \lim_{n \to +\infty} |u_n| = |l|.$$

Exercice 16. Limite d'un produit

Soient (u_n) et (v_n) deux suites définies sur $\mathbb{N}$ qui convergent respectivement vers les réels l et l'.

1. Montrer que pour tout entier naturel n, on a

$$|u_n v_n - ll'| \leq |u_n||v_n - l'| + |l'||u_n - l|.$$

2. En utilisant l'exercice 14, montrer que

$$\lim_{n \to +\infty} (u_n \times v_n) = ll'.$$

Solution

1. Pour tout entier naturel n, nous avons

$$u_n v_n - ll' = u_n v_n - l' u_n + l' u_n - ll' = u_n(v_n - l') + l'(u_n - l),$$

ce qui, en appliquant l'inégalité triangulaire, donne :

$$|u_nv_n - ll'| \leq |u_n||v_n - l'| + |l'||u_n - l|.$$

2. Puisque (u_n) converge, cette suite est bornée donc il existe un réel M tel que pour tout entier naturel n, on ait

$$|u_n| \leq M.$$

Nous en déduisons

$$\forall n \in \mathbb{N},\ |u_nv_n - ll'| \leq M|v_n - l'| + |l'||u_n - l|.$$

Comme (u_n) et (v_n) convergent respectivement vers les réels l et l', nous obtenons

$$\lim_{n\to+\infty} M|v_n - l'| + |l'||u_n - l| = 0,$$

ce qui prouve, en appliquant le théorème d'encadrement,

$$\lim_{n\to+\infty} u_nv_n - ll' = 0, \text{ soit } \lim_{n\to+\infty} u_nv_n = ll'.$$

Exercice 17. Limite d'un inverse, d'un quotient

Soient (u_n) et (v_n) deux suites définies sur $\mathbb{N}$ qui convergent respectivement vers les réels l et $l' \neq 0$.

1. Montrer qu'il existe une entier naturel p et un réel $m > 0$, tels que pour tout entier $n \geq p$, on ait

$$|v_n| > m.$$

2. En déduire que pour $n \geq p$, nous disposons de l'inégalité

$$|\frac{1}{v_n} - \frac{1}{l'}| \leq \frac{1}{|l'|m}|l' - v_n|.$$

En déduire la limite en $+\infty$ de la suite $\left(\frac{1}{v_n}\right)$.

3. Justifier que $\lim_{n\to+\infty}\left(\frac{u_n}{v_n}\right) = \frac{l}{l'}$, à condition que $l' \neq 0$.

Solution

1. En appliquant le résultat de l'exercice 15 ci-dessus, puisque $\lim_{n\to+\infty} v_n = l'$, nous savons que

$$\lim_{n\to+\infty} |v_n| = |l'|.$$

En choisissant $\epsilon = \frac{|l'|}{2} > 0$, nous en déduisons qu'il existe un entier naturel p tel que pour tout entier n, si $n \geq p$ alors

$$-\frac{|l'|}{2} < |v_n| - |l'| < \frac{|l'|}{2},$$

ce qui implique, pour $n \geq p$

$$\frac{|l'|}{2} < |v_n| < 3\frac{|l'|}{2}.$$

En posant $m = \frac{|l'|}{2}$, nous en concluons qu'il existe une entier naturel p et un réel $m > 0$, tels que pour tout entier $n \geq p$, on ait

$$|v_n| > m.$$

Nous remarquons que cette inégalité implique, pour $n \geq p$,que $v_n \neq 0$.

2. Pour tout entier $n \geq p$, puisque $l' \neq 0$ et $v_n \neq 0$, nous avons

$$|\frac{1}{v_n} - \frac{1}{l'}| = \frac{|l' - v_n|}{|v_n l'|}.$$

De l'inégalité $|v_n| > m$, il résulte, pour $n \geq p$, que

$$|\frac{1}{v_n} - \frac{1}{l'}| < \frac{1}{|l'|m}|v_n - l'|.$$

Puisque $\lim_{n \to +\infty} |v_n - l'| = 0$, le théorème d'encadrement permet de conclure que

$$\lim_{n \to +\infty} \frac{1}{v_n} - \frac{1}{l'} = 0, \text{ soit } \lim_{n \to +\infty} \frac{1}{v_n} = \frac{1}{l'}.$$

3. Pour tout entier naturel n, nous avons

$$\frac{u_n}{v_n} = u_n \times \frac{1}{v_n}.$$

Puisque $\lim_{n \to +\infty} u_n = l$ et $\lim_{n \to +\infty} \frac{1}{v_n} = \frac{1}{l'}$, avec $l' \neq 0$, par produit de ces deux limites, nous en concluons

$$\lim_{n \to +\infty} \left(\frac{u_n}{v_n}\right) = l \times \frac{1}{l'} = \frac{l}{l'}.$$

Exercice 18. Divergence de la suite $((-1)^n)$

Montrer que la suite $((-1)^n)$ n'a pas de limite quand n tend vers $+\infty$.

Solution

Nous supposons par l'absurde que la suite $((-1)^n)$ converge vers un réel l.

Cela signifie que pour tout $\epsilon > 0$, il existe $p \in \mathbb{N}$ tel que pour tout entier n, si $n \geq p$, alors :

$$|(-1)^n - l| < \varepsilon.$$

Il en résulte que pour les entiers n **pairs** tels que $n \geq p$, on a

$$|1 - l| < \varepsilon \ ,$$

et, pour les entiers n **impairs** tels que $n \geq p$, on a

$$|-1 - l| < \varepsilon, \text{ soit } |1 + l| < \varepsilon.$$

Or nous observons que $2 = 1 + 1 = (1 - l) + (1 + l)$.
En utilisant l'inégalité triangulaire, il en résulte

$$2 = |(1 - l) + (1 + l)| \leq |1 - l| + |1 + l| \, .$$

Ainsi pour les entiers n pairs ou impairs tels que $n \geq p$, nous avons

$$2 = |1 - l| + |1 + l| < 2\varepsilon.$$

En prenant par exemple $\varepsilon = \frac{1}{2}$, nous obtenons

$$2 < 1,$$

ce qui est contradictoire.

Nous pouvons en conclure que la suite $((-1)^n)$ n'a pas de limite quand n tend vers $+\infty$.

Exercice 19. Limite d'une somme

Pour tout entier naturel $n \geq 1$, nous considérons les suites (u_n) et (s_n) définies par

$$u_n = \frac{n}{n + \sqrt{n}} \text{ et } s_n = \sum_{k=1}^{n} \frac{1}{n + \sqrt{k}}.$$

1. *Déterminer la limite de la suite (u_n).*
2. *Calculer s_1 et s_2.*
3. *Montrer que pour tout entier $k \in [\![1, n]\!]$,*

$$\frac{1}{n + \sqrt{n}} \leq \frac{1}{n + \sqrt{k}} \leq \frac{1}{n + 1}.$$

En déduire que pour tout $n \in \mathbb{N}^*$,

$$u_n \leq s_n \leq \frac{n}{n + 1}.$$

4. Justifier que la suite (s_n) est convergente et donner sa limite.

5. Déterminer un entier N tel que pour tout entier $n \geq N$, on ait

$$1 - s_n < 10^{-1}.$$

Écrire un algorithme qui restitue un rang N à partir duquel $1 - s_N < 10^{-P}$, l'entier P étant choisi par l'utilisateur.

Solution

1. Lorsque n tend vers $+\infty$, nous observons une forme indéterminée du type "$\dfrac{+\infty}{+\infty}$".

Pour lever cette indétermination, nous avons, pour $n \geq 1$,

$$u_n = \frac{n}{n\left(1 + \dfrac{\sqrt{n}}{n}\right)} = \frac{1}{1 + \dfrac{\sqrt{n}}{n}} = \frac{1}{1 + \dfrac{1}{\sqrt{n}}}.$$

Puisque $\lim\limits_{n \to +\infty} \dfrac{1}{\sqrt{n}} = 0$, par passage à la limite de l'inverse, nous en déduisons

$$\lim_{n \to +\infty} u_n = 1.$$

2. Nous avons

$$s_1 = \frac{1}{1 + \sqrt{1}} = \frac{1}{2},$$

$$s_2 = \frac{1}{2 + \sqrt{1}} + \frac{1}{2 + \sqrt{2}} = \frac{1}{3} + \frac{1}{2 + \sqrt{2}}.$$

3. Pour tout entier naturel k tel que $1 \leq k \leq n$, par croissance de la fonction racine carrée sur $\mathbb{R}^+$, nous obtenons

$$1 \leq \sqrt{k} \leq \sqrt{n},$$

ce qui donne

$$0 < n + 1 \leq n + \sqrt{k} \leq n + \sqrt{n}.$$

En utilisant la décroissance de la fonction inverse sur $]0, +\infty[$, nous en concluons que, pour tout entier $k \in [\![1, n]\!]$,

$$\frac{1}{n + \sqrt{n}} \leq \frac{1}{n + \sqrt{k}} \leq \frac{1}{n + 1}.$$

Par sommation, pour k variant de 1 à n, il vient

$$\sum_{k=1}^{n} \frac{1}{n+\sqrt{n}} \leq \sum_{k=1}^{n} \frac{1}{n+\sqrt{k}} \leq \sum_{k=1}^{n} \frac{1}{n+1},$$

ce qui justifie, pour tout entier $n \geq 1$,

$$u_n \leq s_n \leq \frac{n}{n+1}.$$

4. Puisque

$$\lim_{n \to +\infty} u_n = 1,$$
$$\lim_{n \to +\infty} \frac{n}{n+1} = \lim_{n \to +\infty} \frac{1}{1+\frac{1}{n}} = 1,$$

par le théorème d'encadrement, nous en concluons que la suite (s_n) converge vers le réel 1.

5. Pour tout entier $n \geq 1$, nous commençons par encadrer $1 - s_n$. Nous obtenons

$$\begin{aligned} u_n \leq s_n \leq \frac{n}{n+1} &\Leftrightarrow -\frac{n}{n+1} \leq -s_n \leq -\frac{n}{n+\sqrt{n}}, \\ &\Leftrightarrow 1 - \frac{n}{n+1} \leq 1 - s_n \leq 1 - \frac{n}{n+\sqrt{n}}, \\ &\Leftrightarrow \frac{1}{n+1} \leq 1 - s_n \leq \frac{\sqrt{n}}{n+\sqrt{n}}. \end{aligned}$$

Nous en déduisons qu'une condition **suffisante** pour que $1 - s_n < \frac{1}{10}$ est $\frac{\sqrt{n}}{n+\sqrt{n}} < \frac{1}{10}$, ce qui signifie que nous disposons de l'implication

$$\frac{\sqrt{n}}{n+\sqrt{n}} < \frac{1}{10} \Rightarrow 1 - s_n < \frac{1}{10}.$$

Nous résolvons, pour $n \in \mathbb{N}^*$, l'inéquation $\frac{\sqrt{n}}{n+\sqrt{n}} < \frac{1}{10}$, notée [1]. Il vient

$$\begin{aligned} [1] &\Leftrightarrow \frac{\sqrt{n}}{n+\sqrt{n}} - \frac{1}{10} < 0, \\ [1] &\Leftrightarrow \frac{10\sqrt{n} - (n+\sqrt{n})}{n+\sqrt{n}} < 0, \\ [1] &\Leftrightarrow \frac{9\sqrt{n} - n}{n+\sqrt{n}} < 0. \end{aligned}$$

Puisque $n + \sqrt{n} > 0$, nous obtenons :

$$[1] \Leftrightarrow 9\sqrt{n} - n < 0,$$

$$[1] \Leftrightarrow \sqrt{n}\left(9 - \frac{n}{\sqrt{n}}\right) < 0,$$

$$[1] \Leftrightarrow 9 - \sqrt{n} < 0,$$

$$[1] \Leftrightarrow \sqrt{n} > 9.$$

La fonction carré est croissante sur $\mathbb{R}^+$, ce qui donne

$$[1] \Leftrightarrow n > 81.$$

Nous en concluons qu'il suffit que

$$n \in]81, +\infty[\cap \mathbb{N}^* \text{ pour que } 1 - s_n < \frac{1}{10}.$$

Ainsi l'entier $N = 82$ convient.

Nous donnons à présent un algorithme qui restitue un rang N tel que

$$1 - s_N < 10^{-P},$$

la variable P étant contrôlée par l'utilisateur.

$N \leftarrow 1$
Tant que $\dfrac{\sqrt{N}}{N + \sqrt{N}} \geq 10^{-P}$
  $N \leftarrow N + 1$
Fin Tant que

```
from math import*
p=int(input("p="))
n=1
while sqrt(n)/(n+sqrt(n))>=10**(-p):
    n=n+1
print(n)
```

En implémentant cet algorithme dans le langage de programmation de votre choix, par exemple en Python ou avec celui de votre calculatrice programmable, nous obtenons les résultats suivants :

P	1	2	3
N	82	9802	998002

Exercice 20. Convergence vers le nombre d'or

Soit la suite (u_n) *définie sur* $\mathbb{N}$ *par*

$$u_0 = 0,\ u_1 = \sqrt{1},\ u_2 = \sqrt{1+\sqrt{1}},\ u_3 = \sqrt{1+\sqrt{1+\sqrt{1}}},\ \ldots,$$

et, pour tout entier naturel n, $u_n = \underbrace{\sqrt{1+\cdots+\sqrt{1+\sqrt{1+\sqrt{1+\sqrt{1}}}}}}_{n\,\text{radicaux}}.$

Phase d'observation.

1. Déterminer une fonction f *définie sur* $\mathbb{R}^+$ *telle que, pour tout entier naturel* n, $u_{n+1} = f(u_n)$.

Représenter sur la droite des abscisses d'un repère orthonormal les premiers termes de cette suite.

Que peut-on conjecturer du comportement de (u_n) *quand* n *tend vers* $+\infty$ *?*

Donner un algorithme qui restitue un terme de rang N *de cette suite, cet entier étant choisi par l'utilisateur.*

Démonstration de la conjecture.

Nous désignons par :

- ϕ *la solution positive de l'équation* $f(x) = x$,
- (v_n) *la suite définie sur* $\mathbb{N}$ *par* $v_n = \phi - u_n$.

2. Justifier, par récurrence[3],

$$\forall n \in \mathbb{N},\ v_n > 0.$$

3. Montrer que pour tout entier naturel n,

$$\frac{v_{n+1}}{v_n} = \frac{\sqrt{1+\phi} - \sqrt{1+u_n}}{\phi - u_n} = \frac{1}{\phi + \sqrt{1+u_n}}$$

4. En déduire que, pour tout entier naturel n,

- $\dfrac{v_{n+1}}{v_n} \leq \dfrac{1}{\phi+1}$,
- $v_n \leq \dfrac{\phi}{(\phi+1)^n}$.

5. Quelle est la limite de la suite (u_n) *?*

3. Annexe : § 12.2.5

Solution

1. Nous avons

$$u_1 = \sqrt{1} = \sqrt{1+u_0},$$
$$u_2 = \sqrt{1+\sqrt{1}} = \sqrt{1+u_1},$$
$$\vdots$$
$$u_{n+1} = \sqrt{1+u_n}.$$

Nous considérons la fonction f définie sur $\mathbb{R}^+$, par

$$f(x) = \sqrt{1+x}.$$

En remarquant que, pour tout entier naturel n, $u_n \geq 0$, nous obtenons

$$u_{n+1} = f(u_n).$$

Nous en déduisons

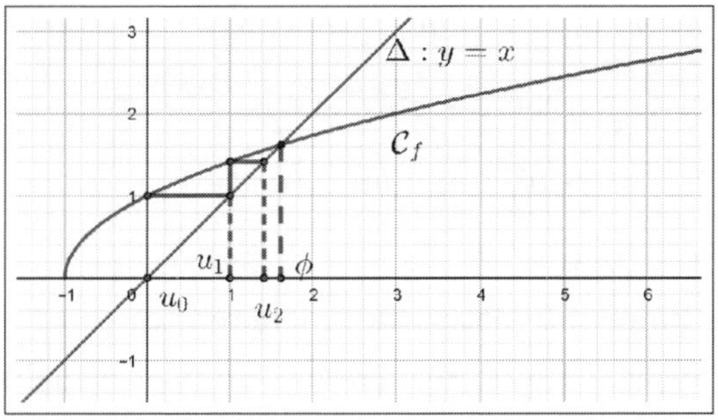

Nous conjecturons que la suite (u_n) converge vers un réel ϕ, solution positive de l'équation $f(x) = x$.

Nous obtenons l'algorithme suivant, qui restitue un terme de rang N de cette suite, cet entier étant choisi par l'utilisateur.

$U \leftarrow 0$
Pour I allant de 1 à N
$U \leftarrow \sqrt{1+U}$
Fin Pour
	`from math import*`
	`n=int(input("n="))`
	`u=0`
	`for i in range(1,n+1):`
	`    u=sqrt(1+u)`
	`print(u)`

En implémentant cet algorithme, nous obtenons la tableau suivant :

n	1	2	5	10	20
u_n	1	$1,414...$	$1,611...$	$1,618...$	$1,618...$

Nous observons que $\phi \approx 1,618$, ce qui est une valeur approchée du nombre d'or.

2. Par récurrence, nous prouvons que pour tout entier naturel n, $\phi > u_n$.

Initialisation.

Nous avons

$$v_0 = \phi - u_0 = \phi > 0,$$

ce qui justifie que l'inégalité est vraie au rang $n = 0$.

Hérédité.

Nous supposons que pour un entier n quelconque fixé, on ait

$$v_n > 0, \text{ c'est-à-dire } \phi > u_n.$$

Montrons que $v_{n+1} > 0$.

On a

$$v_{n+1} = \phi - u_{n+1} = f(\phi) - f(u_n).$$

Puisque la fonction f est croissante sur $\mathbb{R}^+$, l'hypothèse de récurrence

$$\phi > u_n \text{ implique } f(\phi) > f(u_n),$$

ce qui prouve que $v_{n+1} > 0$.

Par conséquent l'inégalité attendue est héréditaire.

En appliquant le principe de récurrence, nous en concluons

$$\forall n \in \mathbb{N},\ v_n > 0.$$

3. Soit n un entier naturel. Sachant que

$$v_n > 0,\ \phi = f(\phi) \text{ et } u_{n+1} = f(u_n),$$

il vient

$$\begin{aligned}
\frac{v_{n+1}}{v_n} &= \frac{\phi - u_{n+1}}{\phi - u_n},\\
&= \frac{f(\phi) - f(u_n)}{\phi - u_n},\\
&= \frac{\sqrt{1+\phi} - \sqrt{1+u_n}}{\phi - u_n},\\
&= \frac{\left(\sqrt{1+\phi} - \sqrt{1+u_n}\right)\left(\sqrt{1+\phi} + \sqrt{1+u_n}\right)}{(\phi - u_n)\left(\sqrt{1+\phi} + \sqrt{1+u_n}\right)},\\
&= \frac{\phi - u_n}{(\phi - u_n)\left(\sqrt{1+\phi} + \sqrt{1+u_n}\right)}.
\end{aligned}$$

Après simplification et sachant que $\phi = \sqrt{1+\phi}$, pour tout entier naturel n, nous obtenons

$$\frac{v_{n+1}}{v_n} = \frac{1}{\phi + \sqrt{1+u_n}}.$$

4.

• Pour tout entier naturel n, nous savons que $u_n \geq 0$.
Il en résulte que

$$1 + u_n \geq 1, \text{ soit } \phi + \sqrt{1+u_n} \geq \phi + 1 > 0.$$

La fonction inverse est décroissante sur $]0, +\infty[$, donc

$$\frac{1}{\phi + \sqrt{1+u_n}} \leq \frac{1}{\phi+1}.$$

Nous en concluons

$$\forall n \in \mathbb{N}, \frac{v_{n+1}}{v_n} \leq \frac{1}{\phi+1}.$$

• Montrons par récurrence que

$$\forall n \in \mathbb{N}, v_n \leq \frac{\phi}{(\phi+1)^n}.$$

Initialisation.
Nous avons

$$v_0 = \phi \leq \frac{\phi}{(1+\phi)^0},$$

ainsi l'inégalité attendue est vraie au rang $n = 0$.

Hérédité.
Nous supposons que pour un entier n quelconque fixé, on ait

$$v_n \leq \frac{\phi}{(\phi+1)^n}.$$

Montrons que $v_{n+1} \leq \dfrac{\phi}{(\phi+1)^{n+1}}$.
Puisque $v_n > 0$, de l'inégalité précédente, il résulte que

$$v_{n+1} \leq \frac{1}{\phi+1} v_n.$$

En utilisant l'hypothèse de récurrence, puisque $\dfrac{1}{\phi+1} > 0$, nous obtenons

$$\frac{1}{\phi+1}v_n \leq \frac{\phi}{(\phi+1)^{n+1}},$$

ce qui implique, par transitivité de la relation $\leq$,

$$v_{n+1} \leq \frac{\phi}{(\phi+1)^{n+1}}.$$

La propriété est héréditaire. En appliquant le principe de récurrence, nous en concluons

$$\forall n \in \mathbb{N},\ v_n \leq \frac{\phi}{(\phi+1)^n}.$$

5. Pour tout entier naturel n, nous disposons de l'encadrement

$$0 < v_n \leq \frac{\phi}{(\phi+1)^n}.$$

Puisque $\phi > 0$, nous en déduisons

$$\phi+1 > 1,\ \text{soit}\ 0 < \frac{1}{1+\phi} < 1.$$

Il en résulte que

$$\lim_{n\to+\infty} \frac{1}{(\phi+1)^n} = \lim_{n\to+\infty} \left(\frac{1}{\phi+1}\right)^n = 0,\ \text{donc}\ \lim_{n\to+\infty} \frac{\phi}{(\phi+1)^n} = 0.$$

Nous appliquons le théorème d'encadrement qui justifie que la suite (v_n) converge vers 0.

Nous en déduisons que

$$\lim_{n\to+\infty} \phi - u_n = 0.$$

Nous en concluons que la suite (u_n) converge vers le réel $\phi = \dfrac{1+\sqrt{5}}{2}$, c'est le nombre d'or, qui est la solution strictement positive de l'équation $f(x) = x$.

Exercice 21. Méthode de Newton

Partie A

Soit f une fonction dérivable sur un intervalle I.

Nous supposons :

- *qu'il existe un réel $\alpha \in I$ tel que $f(\alpha) = 0$,*
- *pour tout réel $x \in I$, $f'(x) \neq 0$.*

1. Soit $x_0 \in I$ et $\mathcal{T}_0$ la tangente à la courbe $\mathcal{C}_f$ au points M_0 d'abscisse x_0.

Déterminer l'abscisse x_1 du point d'intersection de $\mathcal{T}_0$ avec la droite des abscisses.

2. Soit $\mathcal{T}_1$ la tangente à la courbe $\mathcal{C}_f$ au point M_1 d'abscisse x_1. Déterminer l'abscisse x_2 du point d'intersection de $\mathcal{T}_1$ avec la droite des abscisses.

3. En réitérant ce processus, pour tout entier naturel n, nous désignons par :

- *$\mathcal{T}_n$ la tangente à $\mathcal{C}_f$ au point M_n d'abscisse x_n*
- *x_{n+1} l'abscisse du point d'intersection de $\mathcal{T}_n$ avec la droite des abscisses.*

Montrer que, le réel x_0 étant donné, la suite (x_n) est définie par la relation de récurrence

$$x_{n+1} = x_n - \frac{f(x_n)}{f'(x_n)}.$$

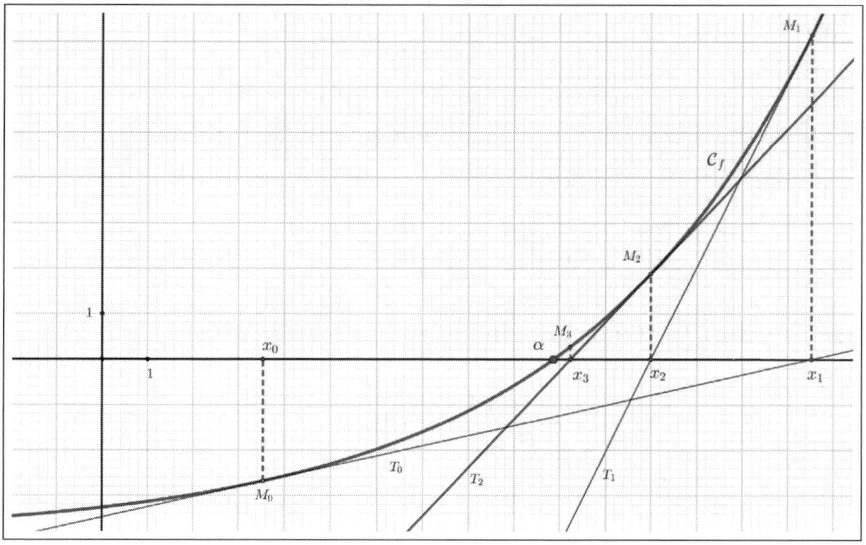

Partie B

Nous étudions à présent ce modèle sur l'exemple qui suit.

La fonction f est définie sur $\mathbb{R}$ par $f(x) = x^2 - 2$.

Nous considérons la suite (x_n), de premier terme $x_0 = 1$, générée par la méthode de Newton, afin de prouver la convergence de cette suite vers $\sqrt{2}$ qui est la solution positive de l'équation $f(x) = 0$.

1. Exprimer, pour tout entier naturel, x_{n+1} en fonction de x_n.

2. Pour tout entier naturel n, montrer que

- *$x_n \neq 0$,*
- *$x_n \geq 1$.*

3. Pour tout entier naturel n, prouver l'inégalité

$$|x_{n+1} - \sqrt{2}| \leq \frac{1}{2}(x_n - \sqrt{2})^2.$$

4. En déduire, par récurrence que, pour tout entier n,

$$|x_n - \sqrt{2}| < \frac{1}{2^{2^n}}.$$

5. Conclure et écrire un algorithme qui restitue un rang N à partir duquel $|x_N - \sqrt{2}| < \frac{1}{2^{2^N}}$, le terme initial X de la suite étant choisi par l'utilisateur.

Solution

Partie A

1. Une équation de la tangente $\mathcal{T}_0$ à la courbe $\mathcal{C}_f$ au point M_0 d'abscisse x_0 est

$$y = f'(x_0)(x - x_0) + f(x_0).$$

Nous en déduisons que l'abscisse x_1 du point d'intersection de $\mathcal{T}_0$ avec la droite des abscisses satisfait à l'équation

$$f'(x_0)(x_1 - x_0) + f(x_0) = 0.$$

Puisque $f'(x_0) \neq 0$, nous obtenons

$$x_1 - x_0 = -\frac{f(x_0)}{f'(x_0)}, \text{ soit } x_1 = x_0 - \frac{f(x_0)}{f'(x_0)}.$$

2. Nous procédons de la même façon.

Une équation de la tangente $\mathcal{T}_1$ à la courbe $\mathcal{C}_f$ au points M_1 d'abscisse x_1 est

$$y = f'(x_1)(x - x_1) + f(x_1).$$

Nous en déduisons que l'abscisse x_2 du point d'intersection de $\mathcal{T}_1$ avec la droite des abscisses satisfait à l'équation

$$f'(x_1)(x_2 - x_1) + f(x_1) = 0.$$

Puisque $f'(x_1) \neq 0$, nous obtenons

$$x_2 - x_1 = -\frac{f(x_1)}{f'(x_1)}, \text{ soit } x_2 = x_1 - \frac{f(x_1)}{f'(x_1)}.$$

3. Nous réitérons ce processus en considérant, pour tout entier naturel n, la tangente $\mathcal{T}_n$ à $\mathcal{C}_f$ au point M_n d'abscisse x_n.

Une équation de cette tangente est

$$y = f'(x_n)(x - x_n) + f(x_n).$$

Nous en déduisons que l'abscisse x_{n+1} du point d'intersection de $\mathcal{T}_n$ avec la droite des abscisses est solution de l'équation

$$f'(x_n)(x_{n+1} - x_n) + f(x_n) = 0.$$

Puisque $f'(x_n) \neq 0$, nous obtenons

$$x_{n+1} - x_n = -\frac{f(x_n)}{f'(x_n)}, \text{ soit } x_{n+1} = x_n - \frac{f(x_n)}{f'(x_n)}.$$

Partie B

1. La fonction g qui génère la suite (x_n) est définie sur $\mathbb{R}^*$ par

$$g(x) = x - \frac{f(x)}{f'(x)} = x - \frac{x^2 - 2}{2x} = \frac{x^2 + 2}{2x}$$

Ainsi, nous obtenons, sachant que $x_0 = 1$, la relation de récurrence

$$x_{n+1} = x_n - \frac{x_n^2 - 2}{2x_n} = \frac{x_n^2 + 2}{2x_n}.$$

2.

- Montrons par récurrence que

$$\forall n \in \mathbb{N},\ x_n \neq 0.$$

Initilisation

Nous avons $x_0 = 1$. La propriété est donc vraie au rang $n = 0$.

Hérédité

Nous supposons qu'à un rang quelconque fixé, on ait $x_n \neq 0$.

Nous en déduisons immédiatement que $x_{n+1} = \dfrac{x_n^2 + 2}{2x_n} \neq 0$.

Le principe de récurrence nous permet de conclure

$$\forall n \in \mathbb{N},\ x_n \neq 0.$$

- Montrons par récurrence que

$$\forall n \in \mathbb{N},\ x_n \geq 1.$$

Initilisation

Puisque $x_0 = 1$, la propriété est vraie au rang $n = 0$.

Hérédité

Nous supposons qu'à un rang n quelconque fixé, on ait $x_n \geq 1$.

Nous avons

$$x_{n+1} - 1 = \frac{x_n^2 + 2}{2x_n} - 1 = \frac{x_n^2 + 2 - 2x_n}{2x_n} = \frac{(x_n - 1)^2 + 1}{2x_n}.$$

En appliquant l'hypothèse de récurrence et sachant que $(x_n - 1) + 1)^2 > 0$, nous en concluons

$$x_{n+1} - 1 \geq 0, \text{ soit } x_{n+1} \geq 1.$$

L'inégalité attendue est héréditaire.

Le principe de récurrence nous permet de conclure

$$\forall n \in \mathbb{N},\ x_n \geq 1.$$

3. Soit n un entier naturel. Nous avons

$$\begin{aligned} |x_{n+1} - \sqrt{2}| &= \left| \frac{x_n^2 + 2}{2x_n} - \sqrt{2} \right|, \\ &= \left| \frac{x_n^2 + 2 - 2\sqrt{2}x_n}{2x_n} \right|, \\ &= \left| \frac{(x_n - \sqrt{2})^2}{2x_n} \right|, \\ &= \frac{(x_n - \sqrt{2})^2}{2x_n}. \end{aligned}$$

Puisque $x_n \geq 1$, nous en déduisons

$$0 < \frac{1}{x_n} \leq 1,$$

ce qui implique

$$\frac{(x_n - \sqrt{2})^2}{2x_n} \leq \frac{(x_n - \sqrt{2})^2}{2}.$$

Ainsi, pour tout entier naturel n, nous obtenons

$$|x_{n+1} - \sqrt{2}| \leq \frac{1}{2}(x_n - \sqrt{2})^2.$$

4. Montrons, par récurrence que, pour tout entier naturel n,

$$|x_n - \sqrt{2}| < \frac{1}{2^{2^n}}.$$

Initialisation
$|x_0 - \sqrt{2}| = |1 - \sqrt{2}| = \sqrt{2} - 1 < \frac{1}{2} = \frac{1}{2^{2^0}}.$
Hérédité
Nous supposons qu'à un rang n quelconque fixé, on ait

$$|x_n - \sqrt{2}| < \frac{1}{2^{2^n}}.$$

Montrons que $|x_{n+1} - \sqrt{2}| < \frac{1}{2^{2^{n+1}}}.$

De l'hypothèse de récurrence, par croissance de la fonction carré sur $\mathbb{R}^+$, il résulte

$$(|x_n - \sqrt{2}|)^2 < \left(\frac{1}{2^{2^n}}\right)^2, \text{ soit } (x_n - \sqrt{2})^2 < (\frac{1}{(2^{2^n})^2}.$$

En utilisant l'inégalité obtenue en B.3, il vient successivement

$$|x_{n+1} - \sqrt{2}| < \frac{1}{2} \times \frac{1}{2^{2^n \times 2}},$$
$$|x_{n+1} - \sqrt{2}| < \frac{1}{2} \times \frac{1}{2^{2^{n+1}}} < \frac{1}{2^{2^{n+1}}}.$$

L'inégalité attendue est héréditaire. Le principe de récurrence permet de conclure que, pour tout entier naturel n,

$$|x_n - \sqrt{2}| < \frac{1}{2^{2^n}}.$$

5. Nous avons $\lim\limits_{n \to +\infty} 2^n = +\infty$. En posant $N = 2^n$, il vient

$$\lim_{n \to +\infty} 2^{2^n} = \lim_{N \to +\infty} 2^N = +\infty, \text{ ce qui implique } \lim_{n \to +\infty} \frac{1}{2^{2^n}} = 0.$$

Nous en déduisons

$$\lim_{n \to +\infty} |x_n - \sqrt{2}| = 0,$$

ce qui permet de conclure que la suite (x_n) converge vers $\sqrt{2}$.

Nous proposons l'algorithme suivant, qui restitue pour cette suite un rang N ainsi que la valeur approchée X_N de $\sqrt{2}$, le terme initial X étant choisi par l'utilisateur.

$N \leftarrow 0$
Tant que $|X - \sqrt{2}| \geq \frac{1}{2^{2^N}}$
  $X \leftarrow \frac{X}{2} + \frac{1}{X}$
  $N \leftarrow N + 1$
Fin Tant

```
from math import*
x=4
n=0
while abs(x-sqrt(2))>=1/(2**(2**n)):
    x=x/2+1/x
    n=n+1
print(n)
print(x)
```

Cet algorithme est très rapide, puisque en l'implémentant avec par exemple $X = 4$, une valeur approchée de $\sqrt{2}$ est restituée à 10^{-8} prés en $N = 5$ itérations.

Exercice 22. Calcul d'une aire sous une courbe

Nous désignons par $\mathcal{C}_f$ la courbe représentative de la fonction f définie sur l'intervalle $[1, 2]$ par $f(x) = \frac{1}{x^2}$.

L'objectif est de calculer, pour $1 \leq x \leq 2$, la valeur de l'aire $\mathcal{A}$ sous la courbe $\mathcal{C}_f$.

Comme indiqué sur la figure, pour $n \in \mathbb{N}^*$, nous subdivisons l'intervalle $[1, 2]$ en n intervalles de longueur $\frac{1}{n}$.

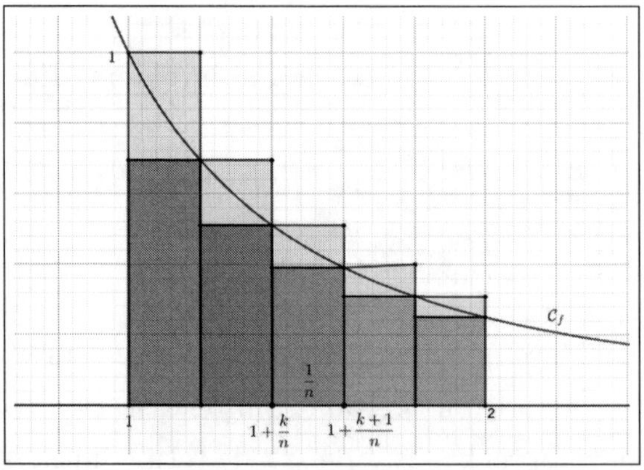

Pour tout $n \in \mathbb{N}^*$ nous désignons par :

- $s_n = \frac{1}{n}\left(f(1+\frac{1}{n}) + f(1+\frac{2}{n}) + \cdots + f(1+\frac{n}{n})\right) = \frac{1}{n}\sum_{k=1}^{n} f(1+\frac{k}{n})$,

c'est la somme des aires des rectangles, en gris foncé sur la figure.

- $S_n = \frac{1}{n}\left(f(1+\frac{0}{n}) + f(1+\frac{1}{n}) + \cdots + f(1+\frac{n-1}{n})\right) = \frac{1}{n}\sum_{k=0}^{n-1} f(1+\frac{k}{n})$,

c'est la somme des aires des rectangles qui sont en gris foncé et gris clair sur la figure.

- *Nous admettons que, pour tout entier* $n \in \mathbb{N}^*$, $s_n \leq \mathcal{A} \leq S_n$.

1. Justifier que, pour tout entier naturel $n \geq 1$,

$$s_n = n\sum_{k=1}^{n} \frac{1}{(n+k)^2} \text{ et } S_n = n\sum_{k=0}^{n-1} \frac{1}{(n+k)^2}.$$

En déduire la limite de la suite $(S_n - s_n)$ *quand* n *tend vers* $+\infty$.

2. Montrer que, pour tout entier $k \geq 2$,

$$\frac{1}{k} - \frac{1}{k+1} \leq \frac{1}{k^2} \leq \frac{1}{k-1} - \frac{1}{k}.$$

En déduire que, pour $n \geq 2$,

$$\frac{n^2}{(n+1)(2n+1)} \leq s_n \leq \frac{1}{2}.$$

3. Montrer que la suite (s_n) *converge et donner sa limite. Que peut-on dire de la convergence de la suite* (S_n) *?*

4. Justifier que, pour tout $n \in \mathbb{N}^*$,

$$0 \leq \mathcal{A} - s_n \leq \frac{3}{4n}.$$

En déduire la valeur du réel $\mathcal{A}$.

5. Déterminer un rang N *tel que pour* $n \geq N$, *on ait* $\mathcal{A} - s_n < 10^{-2}$.

Solution

1. Soit un entier $n \geq 1$. Nous avons

$$\begin{aligned} s_n &= \frac{1}{n}\left[\frac{1}{\left(1+\frac{1}{n}\right)^2} + \frac{1}{\left(1+\frac{2}{n}\right)^2} + \cdots + \frac{1}{\left(1+\frac{n}{n}\right)^2}\right], \\ &= \frac{1}{n}\left(\frac{n^2}{(n+1)^2} + \frac{n^2}{(n+2)^2} + \cdots + \frac{n^2}{(n+n)^2}\right), \\ &= n\left(\frac{1}{(n+1)^2} + \frac{1}{(n+2)^2} + \cdots + \frac{1}{(n+n)^2}\right), \\ &= n\sum_{k=1}^{n} \frac{1}{(n+k)^2}. \end{aligned}$$

De la même façon, nous obtenons :

$$\begin{aligned}
S_n &= \frac{1}{n}\left[\frac{1}{\left(1+\frac{0}{n}\right)^2}+\frac{1}{\left(1+\frac{1}{n}\right)^2}+\cdots+\frac{1}{\left(1+\frac{n-1}{n}\right)^2}\right],\\
&= \frac{1}{n}\left(\frac{n^2}{(n+0)^2}+\frac{n^2}{(n+1)^2}+\cdots+\frac{n^2}{(n+(n-1))^2}\right),\\
&= n\left(\frac{1}{(n+0)^2}+\frac{1}{(n+1)^2}+\cdots+\frac{1}{(n+(n-1))^2}\right),\\
&= n\sum_{k=0}^{n-1}\frac{1}{(n+k)^2}.
\end{aligned}$$

De plus, pour $n \geq 1$, il vient

$$\begin{aligned}
S_n - s_n &= n\left(\sum_{k=0}^{n-1}\frac{1}{(n+k)^2}-\sum_{k=1}^{n}\frac{1}{(n+k)^2}\right),\\
&= n\left(\frac{1}{n^2}+\sum_{k=1}^{n-1}\frac{1}{(n+k)^2}-\sum_{k=1}^{n-1}\frac{1}{(n+k)^2}-\frac{1}{(2n)^2}\right),\\
&= n\left(\frac{1}{n^2}-\frac{1}{4n^2}\right),\\
&= \frac{3}{4n}.
\end{aligned}$$

Nous en déduisons

$$\lim_{n\to+\infty}(S_n - s_n) = \lim_{n\to+\infty}\frac{3}{4n} = 0.$$

2. Soit un entier $k \geq 2$.

Pour réviser, nous prouvons cette double inégalité en utilisant, pour chacune d'entre elles, une méthode différente.

• Par différence, comparons $\frac{1}{k}-\frac{1}{k+1}$ avec $\frac{1}{k^2}$.

Il vient

$$\frac{1}{k^2}-\left(\frac{1}{k}-\frac{1}{k+1}\right) = \frac{k+1-k(k+1)+k^2}{k^2(k+1)} = \frac{1}{k^2(k+1)} > 0,$$

ce qui justifie

$$\frac{1}{k^2}-\left(\frac{1}{k}-\frac{1}{k+1}\right) > 0, \text{ soit } \frac{1}{k}-\frac{1}{k+1} \leq \frac{1}{k^2}.$$

- En utilisant les règles usuelles de comparaisons, comparons les réels $\frac{1}{k^2}$ et $\frac{1}{k-1} - \frac{1}{k}$.

Nous avons

$$\frac{1}{k-1} - \frac{1}{k} = \frac{1}{k(k-1)}.$$

Pour $k \geq 2$, nous avons

$$k(k-1) = k^2 - k > k^2 > 0.$$

La fonction inverse étant décroissante sur $\mathbb{R}^{+*}$, nous en déduisons

$$\frac{1}{k(k-1)} < \frac{1}{k^2},$$

ce qui prouve que

$$\frac{1}{k^2} \leq \frac{1}{k-1} - \frac{1}{k}.$$

Nous en concluons, pour tout entier $k \geq 2$,

$$\frac{1}{k} - \frac{1}{k+1} \leq \frac{1}{k^2} \leq \frac{1}{k-1} - \frac{1}{k}.$$

Soit $n \geq 2$. Dans la double inégalité ci-dessus, nous affectons à la variable k, successivement les valeurs $n+1$, $n+2$, ..., $2n-1$, $2n$. Il vient

$$\begin{aligned}
k \leftarrow n+1,\ & \frac{1}{n+1} - \frac{1}{n+2} \leq \frac{1}{(n+1)^2} \leq \frac{1}{n} - \frac{1}{n+1}, \\
k \leftarrow n+2,\ & \frac{1}{n+2} - \frac{1}{n+3} \leq \frac{1}{(n+2)^2} \leq \frac{1}{n+1} - \frac{1}{n+2}, \\
& \vdots \\
k \leftarrow 2n-1,\ & \frac{1}{2n-1} - \frac{1}{2n} \leq \frac{1}{(2n-1)^2} \leq \frac{1}{2n-2} - \frac{1}{2n-1}, \\
k \leftarrow 2n,\ & \frac{1}{2n} - \frac{1}{2n+1} \leq \frac{1}{(2n)^2} \leq \frac{1}{2n-1} - \frac{1}{2n}.
\end{aligned}$$

Par addition membres à membres de ces n doubles inégalités puis par "télescopage", nous obtenons

$$\frac{1}{n+1} - \frac{1}{2n+1} \leq \frac{s_n}{n} \leq \frac{1}{n} - \frac{1}{2n},$$

ce qui donne successivement :

$$n\left(\frac{1}{n+1}-\frac{1}{2n+1}\right) \leq s_n \leq n\left(\frac{1}{n}-\frac{1}{2n}\right),$$
$$\frac{n^2}{(n+1)(2n+1)} \leq s_n \leq \frac{1}{2}.$$

3. Pour $n \geq 2$, nous avons

$$\frac{n^2}{(n+1)(2n+1)} = \frac{n^2}{n^2(1+\frac{1}{n})(2+\frac{1}{n})} = \frac{1}{(1+\frac{1}{n})(2+\frac{1}{n})}.$$

Puisque

$$\lim_{n\to+\infty} 1+\frac{1}{n} = 1 \text{ et } \lim_{n\to+\infty} 2+\frac{1}{n} = 2,$$

nous en déduisons par produit et inverse de limites,

$$\lim_{n\to+\infty} \frac{n^2}{(n+1)(2n+1)} = \frac{1}{2}.$$

En utilisant la double inégalité obtenue en 3, le théorème d'encadrement nous assure que la suite (s_n) converge vers $\frac{1}{2}$.

De plus, pour tout $n \geq 2$, nous avons

$$S_n = (S_n - s_n) + s_n.$$

Puisque $\lim_{n\to+\infty}(S_n - s_n) = 0$ et $\lim_{n\to+\infty} s_n = \frac{1}{2}$, nous obtenons par somme

$$\lim_{n\to+\infty} S_n = \frac{1}{2}.$$

4. Nous avons admis que pour tout entier $n \in \mathbb{N}^*$, $s_n \leq \mathcal{A} \leq S_n$. Il en résulte immédiatement, pour tout $n \in \mathbb{N}^*$,

$$0 \leq \mathcal{A} - s_n \leq S_n - s_n, \text{ soit } 0 \leq \mathcal{A} - s_n \leq \frac{3}{4n}.$$

En appliquant le théorème d'encadrement, nous en concluons

$$\lim_{n\to+\infty} \mathcal{A} - s_n = 0,$$

c'est-à-dire

$$\lim_{n\to+\infty} s_n = \mathcal{A} = \frac{1}{2}.$$

5. Pour que $\mathcal{A} - s_n < 10^{-2}$, il suffit que

$$\frac{3}{4n} < 10^{-2}, \text{ soit } \frac{4n}{3} > 100.$$

Nous en déduisons que $n > 75$.

Ainsi l'entier $N = 76$ convient.

Exercice 23. Une courbe fractale : flocons de Von Koch [4]

Nous initialisons la première étape en considérant un triangle équilatéral F_1 *de côté* 1 .

Dans la seconde étape, nous partageons en trois longueurs égales chacun de ces côtés. Nous obtenons la figure F_2*, en construisant sur chaque côté de* F_1 *un triangle équilatéral ayant pour base le segment médian.*

Ce processus est ainsi réitéré. Pour passer de l'étape n*, c'est-à-dire disposant de la figure* F_n*, à l'étape suivante* $n+1$*, nous divisons par trois chaque segment de la figure* F_n.

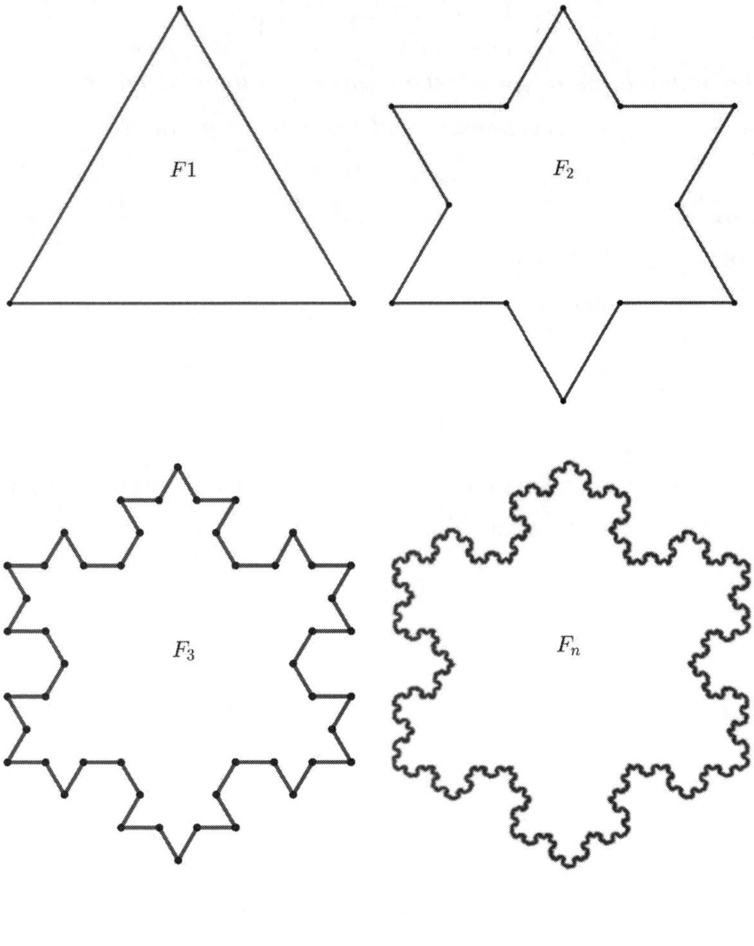

Pour tout entier naturel $n \geq 1$*, nous désignons par :*

- c_n *le nombre de côtés du flocon* F_n*,*
- l_n *la longueur d'un côté de* F_n*,*

4. Mathématicien suédois : 1870-1924

- *p_n le périmètre de F_n,*
- *$\mathcal{A}_n$ l'aire de F_n.*

1. Déterminer c_1 et c_{n+1} en fonction c_n.

En déduire, pour tout entier $n \geq 1$, c_n en fonction de n.

2. De la même façon, exprimer l_n en fonction de l'entier $n \geq 1$.

3. En déduire la nature de la suite (p_n). Cette suite converge-t-elle ?

Donner un algorithme qui restitue un rang N à partir duquel $p_N > 10^P$, l'entier P étant choisi par l'utilisateur.

4. Calculer $\mathcal{A}_1$. Justifier que pour tout entier naturel $n \geq 1$,

$$\mathcal{A}_{n+1} = \mathcal{A}_n + \frac{3\sqrt{3}}{16} \times \left(\frac{4}{9}\right)^n.$$

En déduire que la suite $(\mathcal{A}_n)$ est majorée. Converge-t-elle ?.

5. Quel paradoxe observez-vous relativement au périmètre et à l'aire de ce fractal ?

Solution

1. Le flocon F_1 a trois côtés donc $c_1 = 3$.

A chaque itération le nombre de côtés est multiplié par 4, ce qui donne, pour tout $n \geq 1$,

$$c_{n+1} = 4c_n.$$

La suite (c_n) est géométrique de raison $q = 4$ et de premier terme $c_1 = 3$, pour tout $n \geq 1$, nous obtenons

$$c_n = c_1 q^{n-1} = 3 \times 4^{n-1}.$$

2. Nous avons $l_1 = 1$.

A chaque itération la longueur d'un côté est divisée par 3. Pour tout $n \geq 1$, nous avons

$$l_{n+1} = \frac{1}{3} l_n.$$

La suite (l_n) est géométrique de raison $q = \frac{1}{3}$ et de premier terme $l_1 = 1$. Pour tout $n \geq 1$, nous obtenons

$$l_n = l_1 q^{n-1} = 1 \times \left(\frac{1}{3}\right)^{n-1} = \left(\frac{1}{3}\right)^{n-1}.$$

3. Pour tout entier $n \geq 1$, nous avons :

$$p_n = c_n \times l_n = 3 \times 4^{n-1} \times \left(\frac{1}{3}\right)^{n-1} = 3 \times \left(\frac{4}{3}\right)^{n-1}.$$

Nous en déduisons

$$p_{n+1} = 3 \times \left(\frac{4}{3}\right)^n = 3 \times \left(\frac{4}{3}\right)^{n-1} \times \frac{4}{3} = \frac{4}{3}p_n,$$

ce qui prouve que la suite (p_n) est géométrique de raison $\frac{4}{3}$ et de premier terme $p_1 = c_1 \times l_1 = 3$.

Puisque $\frac{4}{3} > 1$, cette suite diverge et nous avons

$$\lim_{n \to +\infty} p_n = +\infty.$$

Ainsi la longueur de cette courbe fractale n'est pas majorée.

Nous disposons de l'algorithme ci-dessous qui restitue un rang N à partir duquel le périmètre du flocon est aussi grand que l'on veut.

$N \leftarrow 1$
Tant que $3 \times \left(\frac{4}{3}\right)^{n-1} \leq 10^P$
$N \leftarrow N + 1$
Fin Tant que
	`p=int(input("p="))`
	`n=1`
	`while 3*(4/3)**(n-1)<=10**p:`
	`    n=n+1`
	`print(n)`

4. Puisque le triangle F_1 est équilatéral, nous avons

$$\mathcal{A}_1 = \frac{1}{2} \times l_1 \times l_1 \frac{\sqrt{3}}{2} = \frac{\sqrt{3}}{4}.$$

Nous remarquons que, disposant de F_n, nous construisons F_{n+1} en ajoutant sur chaque côté de F_n un triangle équilatéral de côté l_{n+1}. Cela donne, pour tout entier $n \geq 1$

$$\mathcal{A}_{n+1} = \mathcal{A}_n + c_n \times \frac{1}{2} \times l_{n+1} \times l_{n+1} \frac{\sqrt{3}}{2},$$

$$\mathcal{A}_{n+1} = \mathcal{A}_n + \frac{\sqrt{3}}{4} c_n l_{n+1}^2,$$

$$\mathcal{A}_{n+1} = \mathcal{A}_n + \frac{\sqrt{3}}{4} \times 3 \times 4^{n-1} \times \left(\frac{1}{3^n}\right)^2,$$

$$\mathcal{A}_{n+1} = \mathcal{A}_n + \frac{\sqrt{3}}{4} \times 3 \times 4^{n-1} \times \frac{1}{3^{2n}},$$

$$\mathcal{A}_{n+1} = \mathcal{A}_n + \frac{3\sqrt{3}}{16} \times \left(\frac{4}{9}\right)^n.$$

Nous remarquons que cette suite est ni arithmétique, ni géométrique.

Pour tout entier $k \geq 1$, nous en déduisons :

$$\mathcal{A}_{k+1} - \mathcal{A}_k = \frac{3\sqrt{3}}{16} \times \left(\frac{4}{9}\right)^k.$$

En affectant successivement à k les valeurs $1, 2, \cdots, n-1$, puis en sommant membres à membres, nous avons

$$\sum_{k=1}^{n-1} (\mathcal{A}_{k+1} - \mathcal{A}_k) = \sum_{k=1}^{n-1} \frac{3\sqrt{3}}{16} \times \left(\frac{4}{9}\right)^k.$$

Par "télescopage", nous obtenons

$$\mathcal{A}_n - \mathcal{A}_1 = \frac{3\sqrt{3}}{16} \sum_{k=1}^{n-1} \left(\frac{4}{9}\right)^k,$$

ce qui donne

$$\begin{aligned}
\mathcal{A}_n &= \mathcal{A}_1 + \frac{3\sqrt{3}}{16} \sum_{k=1}^{n-1} \left(\frac{4}{9}\right)^k, \\
&= \frac{\sqrt{3}}{4} + \frac{3\sqrt{3}}{16} \sum_{k=1}^{n-1} \left(\frac{4}{9}\right)^k, \\
&= \frac{\sqrt{3}}{4} + \frac{3\sqrt{3}}{16} \left(\frac{4}{9} \times \frac{1 - \left(\frac{4}{9}\right)^{n-1}}{1 - \frac{4}{9}} \right), \\
&= \frac{\sqrt{3}}{4} + \frac{3\sqrt{3}}{16} \times \frac{4}{5} \left(1 - \left(\frac{4}{9}\right)^{n-1}\right).
\end{aligned}$$

Pour tout entier $n \geq 1$, puisque $1 - \left(\frac{4}{9}\right)^{n-1} \leq 1$, nous en déduisons

$$\mathcal{A}_n \leq \frac{\sqrt{3}}{4} + \frac{3\sqrt{3}}{20}, \text{ soit } \mathcal{A}_n \leq \frac{2\sqrt{3}}{5},$$

ce qui montre que la suite $(\mathcal{A}_n)$ est majorée par le réel $\frac{2\sqrt{3}}{5}$.

De plus, nous avons

$$\lim_{n \to +\infty} \left(\frac{4}{9}\right)^{n-1} = 0.$$

Nous en concluons :

$$\lim_{n \to +\infty} \mathcal{A}_n = \frac{2\sqrt{3}}{5}.$$

5. Paradoxalement la longueur du flocon n'est pas majorée bien que son aire le soit.

CHAPITRE 7

La fonction exponentielle

Nous connaissons les règles de calcul concernant les exposants entiers de nombres réels non nuls. En d'autres termes nous disposons des suites géométriques du type a^n ou $\left(\frac{1}{a}\right)^n = a^{-n}$, avec $a \in \mathbb{R}^*$ et $n \in \mathbb{N}$ tel qu'en multipliant deux de ces suites, les exposants s'additionnent. Ainsi nous résumons, avec les données ci-dessus, cette propriété algébrique que l'on peut qualifier d'exponentiation discrète, c'est-à-dire portant sur des variables entières par l'égalité

$$a^n \times a^p = a^{n+p}$$

L'objectif de ce chapitre, par analogie à l' exponentiation discrète, est de disposer d'une fonction d'une variable réelle qui restitue une exponentiation réelle, c'est-à-dire qui transforme une addition de deux réels en une multiplication de ces deux derniers.

Historiquement la découverte des logarithmes par le mathématicien écossais John Napier dit Neper (1550-1617) induit la découverte de cette fonction environ un siècle plus tard . C'est en effet au XVIIIe siècle que le mathématicien suisse Léonard Euler (1707-1783) définit le nombre e et par voie de conséquence la fonction exponentielle.

En plus de l'apport théorique exceptionnel de la fonction exponentielle en mathématiques, l'importance de cette fonction réside aussi dans le fait qu'elle est largement utilisée en sciences pour modéliser des processus à croissance ou décroissance très rapide, comme par exemple :

- la désintégration de noyaux radioactifs,
- la croissance de certaines espèces végétales,
- les fonctions logistisques pour décrire l'évolution d'une population,

- en probabilité, pour étudier la durée de vie de certains composants électroniques,

- en physique pour obtenir la loi de l'intensité d'un courant variable dans le temps, qui parcourt certains circuits électriques (régimes transitoires).

L'exercice corrigé 26 du chapitre 5 nous permet de proposer une définition simple et conforme au programme de Première de la fonction exponentielle.

7.1 Définition de la fonction exponentielle

7.1.1 Existence et unicité

Théorème (existence). *Il existe une fonction f, dérivable sur $\mathbb{R}$, distincte de la fonction nulle $x \mapsto 0$ satisfaisant aux deux conditions suivantes notées (E) :*

$$\begin{cases} \forall x \in \mathbb{R},\ f'(x) = f(x), \\ f(0) = 1. \end{cases}$$

Démonstration. La preuve de l'existence d'une telle fonction dépasse largement le cadre de cet ouvrage ; nous l'admettons tout en précisant que cette démonstration pourra être présentée en Terminale dans le cadre d'un approfondissement.

Pour prouver l'unicité de f, nous avons besoin de la proposition suivante :

Proposition. *Si f est une fonction satisfaisant à (E), alors*

$$\forall x \in \mathbb{R},\ f(x) \neq 0.$$

Démonstration. Nous considérons la fonction g définie sur $\mathbb{R}$ par

$$g(x) = f(x) \times f(-x).$$

Par composition et produit, la fonction g est dérivable sur $\mathbb{R}$. Pour tout réel x nous obtenons

$$g'(x) = f'(x)f(-x) - f(x)f'(-x).$$

Nous savons que pour tout réel x,

$$f'(x) = f(x) \text{ et } f'(-x) = f(-x),$$

ce qui donne

$$\forall x \in \mathbb{R},\ g'(x) = f(x).f(-x) - f(x).f(-x) = 0.$$

Nous en déduisons qu'il existe une constante $c \in \mathbb{R}$ telle que

$$\forall x \in \mathbb{R},\ g(x) = c.$$

En particulier, pour $x = 0$, nous obtenons

$$c = g(0) = [f(0)]^2 = 1.$$

Il en résulte que, pour tout réel x, on a

$$f(x).f(-x) = 1 \text{ ce qui implique } f(x) \neq 0.$$

En effet s'il existe un réel a tel que $f(a) = 0$, alors

$$f(a).f(-a) = 0,$$

ce qui contradictoire avec l'égalité $f(x).f(-x) = 1$, vraie quel que soit le réel x.

Remarque. L'égalité $f(x).f(-x) = 1$, signifie que pour tout réel x, le réel $f(x) \neq 0$ admet un inverse et nous avons

$$[f(x)]^{-1} = \frac{1}{f(x)} = f(-x).$$

Théorème (unicité)**.** *Si f est une fonction satisfaisant aux conditions (E), alors f est unique.*

Démonstration. Nous supposons qu'il existe deux fonctions f et g telles que

$$\begin{cases} \forall x \in \mathbb{R},\ f'(x) = f(x) \\ f(0) = 1 \end{cases} \text{ et } \begin{cases} \forall x \in \mathbb{R},\ g'(x) = g(x) \\ g(0) = 1 \end{cases}.$$

Puisque, pour tout réel x, $g(x) \neq 0$, nous considérons la fonction u définie sur $\mathbb{R}$ par

$$u(x) = \frac{f(x)}{g(x)}.$$

Cette fonction est, par quotient, dérivable sur $\mathbb{R}$.

Quel que soit le réel x, sachant que $f'(x) = f(x)$ et $g'(x) = g(x)$, il vient

$$u'(x) = \frac{f'(x)g(x) - f(x)g'(x)}{[g(x)]^2} = \frac{f(x)g(x) - f(x)g(x)}{[g(x)]^2} = 0,$$

ce qui implique qu'il existe un réel c tel que, pour tout réel x,

$$u(x) = \frac{f(x)}{g(x)} = c.$$

En particulier, pour $x = 0$, nous obtenons

$$c = \frac{f(0)}{g(0)} = 1,$$

ce qui prouve

$$\forall x \in \mathbb{R},\ f(x) = g(x), \text{ c'est-à-dire } f = g.$$

L'unicité d'une fonction f satisfaisant à (E) est ainsi démontrée.

7.1.2 La définition - Les premières propriétés

Définition. *La fonction exponentielle, notée* exp, *est l'unique fonction dérivable sur* $\mathbb{R}$ *satisfaisant à*

$$\exp' = \exp \text{ et } \exp(0) = 1.$$

Proposition (propriétés immédiates). *Pour tout réel x, nous disposons des propriétés suivantes :*

$$\exp'(x) = \exp(x),$$
$$\exp(x) \neq 0,$$
$$\exp(-x) = \frac{1}{\exp(x)}.$$

De plus, nous avons

$$\exp(0) = 1.$$

Démonstration. Ces propriétés résultent immédiatement de la définition de la fonction exp et des résultats obtenus dans le paragraphe précédent.

Exemples. Nous dérivons les fonctions suivantes :

- La fonction $f : x \mapsto \exp(x) + x$ est dérivable par somme sur $\mathbb{R}$ et pour tout réel x, il vient

$$f'(x) = \exp(x) + 1.$$

- La fonction $g : x \mapsto x^2 \exp(x)$ est dérivable par produit sur $\mathbb{R}$ et pour tout réel x, nous obtenons

$$g'(x) = 2x \exp(x) + x^2 \exp(x) = x \exp(x)(2 + x).$$

- La fonction $h : x \mapsto \exp(-x)$ est dérivable par composition sur $\mathbb{R}$ et pour tout réel x, nous obtenons

$$h'(x) = -\exp(-x).$$

7.2 Propriétés algébriques

7.2.1 Action sur l'addition des réels

Théorème. *Pour tous les réels x et y, nous disposons de l'égalité*

$$\exp(x+y) = \exp(x) \times \exp(y).$$

Démonstration. Soient x et y deux réels. Nous fixons y et nous considérons la fonction u définie sur $\mathbb{R}$ par

$$u(x) = \frac{\exp(x+y)}{\exp(x)}.$$

La fonction $x \mapsto \exp(x+y)$ est dérivable sur $\mathbb{R}$ car elle est la composée de exp avec la fonction affine $x \mapsto x+y$.

Nous en déduisons, par quotient, que u est dérivable sur $\mathbb{R}$.

Pour tout réel x, nous obtenons

$$\begin{aligned}
u'(x) &= \frac{1 \times \exp'(x+y) \times \exp(x) - \exp(x+y) \times \exp'(x)}{[\exp(x)]^2}, \\
u'(x) &= \frac{\exp(x+y) \times \exp(x) - \exp(x+y) \times \exp(x)}{[\exp(x)]^2}, \\
u'(x) &= 0,
\end{aligned}$$

ce qui implique l'existence d'un réel c tel que, pour tout réel x,

$$u(x) = c.$$

En particulier, pour $x = 0$, nous obtenons

$$c = u(0) = \frac{\exp(y)}{\exp(0)} = \exp(y).$$

Nous en déduisons, pour tout réel x,

$$\frac{\exp(x+y)}{\exp(x)} = \exp(y)$$

Puisque y est un réel quelconque, nous en concluons que, pour tous les réels x et y, nous disposons de l'égalité

$$\exp(x+y) = \exp(x) \times \exp(y).$$

Exemple. Nous en donnons un.

Pour tout réel x, nous avons

$$\exp(4x^2) \times \exp(4x+1) = \exp(4x^2+4x+1) = \exp((2x+1)^2).$$

Proposition (signe de exp). *Nous disposons de l'inégalité*

$$\forall x \in \mathbb{R}, \exp(x) > 0.$$

Démonstration. Soit x un réel.

En particulier, en affectant à x et y la valeur $\frac{x}{2}$ dans l'égalité obtenue ci-dessus, et sachant que $\exp(\frac{x}{2}) \neq 0$, il vient

$$\exp(x) = \exp(\frac{x}{2}+\frac{x}{2}) = \Big(\exp(\frac{x}{2})\Big)^2 > 0.$$

Exemple. Nous considérons la fonction $f : x \mapsto \dfrac{\exp(x)}{\exp(x)+1}$.

Cette fonction est définie sur $\mathbb{R}$ puisque pour tout réel x, $\exp(x)+1 > 0$.

De plus, par quotient, cette fonction est dérivable sur $\mathbb{R}$.

Nous obtenons, pour tout réel x,

$$f'(x) = \frac{\exp(x)(\exp(x)+1) - \exp(x)\exp(x)}{(\exp(x)+1)^2} = \frac{\exp(x)}{(\exp(x)+1)^2} > 0.$$

Nous en déduisons que f est croissante strictement sur $\mathbb{R}$.

7.2.2 Action sur l'opposé, sur la soustraction

Proposition. *Pour tous les réels x et y, nous disposons des deux égalités suivantes :*

$$\exp(-x) = \frac{1}{\exp(x)},$$
$$\exp(x-y) = \frac{\exp(x)}{\exp(y)}.$$

Démonstration. La première égalité a été justifiée lors de la proposition du paragraphe 7.1.2. Cependant nous en proposons une autre preuve pour insister sur la façon dont la fonction exp transforme une addition en une multiplication.

- Soit x un réel. Nous savons que

$$x + (-x) = 0,$$

ce qui implique :

$$\exp(x + (-x)) = \exp(0), \text{ soit } \exp(x) \times \exp(-x) = 1.$$

Puisque pour tout réel x, $\exp(x) \neq 0$, nous en concluons

$$\exp(-x) = \frac{1}{\exp(x)}.$$

- Soient x et y deux réels. Nous obtenons

$$\begin{aligned}
\exp(x - y) &= \exp((x + (-y)), \\
&= \exp(x) \times \exp(-y), \\
&= \exp(x) \times \frac{1}{\exp(y)}, \\
&= \frac{\exp(x)}{\exp(y)}.
\end{aligned}$$

Exemple. Nous considérons la fonction f définie sur $\mathbb{R}$ par

$$f : x \mapsto \frac{\exp(x) - 1}{\exp(x) + 1}.$$

Nous proposons d'étudier la parité de cette fonction.
Tout d'abord nous précisons que $\mathbb{R}$ est symétrique par rapport à 0.
Pour tout réel x, il vient

$$\begin{aligned}
f(-x) &= \frac{\exp(-x) - 1}{\exp(-x) + 1}, \\
&= \frac{\frac{1}{\exp(x)} - 1}{\frac{1}{\exp(x)} + 1}, \\
&= \frac{1 - \exp(x)}{1 + \exp(x)}, \\
&= -\frac{\exp(x) - 1}{\exp(x) + 1}, \\
&= -f(x).
\end{aligned}$$

Nous en concluons que la fonction f est impaire.

7.2.3 Action sur le produit nx avec $n \in \mathbb{Z}$ et $x \in \mathbb{R}$

Proposition. *Pour tout entier relatif n et tout réel x, nous disposons de l'égalité*

$$\exp(nx) = (\exp(x))^n.$$

Démonstration.

Soient n un entier relatif et x un réel.

Par disjonction, nous distinguons deux cas selon que $n \geq 0$ ou $n < 0$.

1er cas : $n \in \mathbb{N}$.

Nous démontrons par récurrence, pour x donné, l'égalité attendue, c'est-à-dire

$$\forall n \in \mathbb{N}, \exp(nx) = (\exp(x))^n.$$

Initialisation.

Nous avons

$$\exp(0 \times x) = \exp(0) = 1 = (\exp(x))^0,$$

ce qui justifie que l'égalité est vraie au rang $n = 0$.

Hérédité.

Nous supposons qu'à un rang $n \in \mathbb{N}$, fixé, on ait

$$\exp(nx) = (\exp(x))^n.$$

Montrons que $\exp(n+1)x = (\exp(x))^{n+1}$.

En utilisant l'action de exp sur une addition et l'hypothèse de récurrence, nous obtenons

$$\begin{aligned}
\exp(n+1)x &= \exp(nx + x), \\
&= \exp(nx) \times \exp(x), \\
&= (\exp(x))^n \times \exp(x), \\
&= (\exp(x))^{n+1}.
\end{aligned}$$

L'égalité attendue est ainsi héréditaire.

En appliquant le principe de récurrence, nous concluons :

$$\forall n \in \mathbb{N},\ \exp(nx) = (\exp(x))^n.$$

2e cas : $n < 0$. Nous posons $p = -n$.
Ainsi, nous avons $p \in \mathbb{N}^*$.
Nous en déduisons

$$\begin{aligned}\exp(nx) &= \exp(-px),\\ &= \frac{1}{\exp(px)},\\ &= \frac{1}{(\exp(x))^p},\\ &= (\exp(x))^{-p},\\ &= (\exp(x))^n.\end{aligned}$$

Remarques. Nous disposons des remarques suivantes :

- En particulier, pour $n = 2$, quel que soit le réel x, nous obtenons

$$\exp(2x) = (\exp(x))^2.$$

- En particulier, pour $x = 1$, quel que soit l'entier relatif n, il vient

$$\exp(n) = (\exp(1))^n.$$

7.2.4 Composée de la fonction racine carrée avec exp

Proposition. *Pour tout réel x, nous avons*

$$\sqrt{\exp(x)} = \exp(\frac{x}{2}).$$

Démonstration. Soit x un réel.
D'une part, nous avons

$$\left(\exp(\frac{x}{2})\right)^2 = \exp(2 \times \frac{x}{2}) = \exp(x).$$

D'autre part, il vient

$$\left(\sqrt{\exp(x)}\right)^2 = \exp(x).$$

Nous en déduisons que

$$\left(\exp(\frac{x}{2})\right)^2 = \left(\sqrt{\exp(x)}\right)^2.$$

Puisque $\exp(\frac{x}{2}) > 0$ et $\sqrt{\exp(x)} > 0$, pour tout réel x, nous en concluons,

$$\sqrt{\exp(x)} = \exp(\frac{x}{2}).$$

Remarque. Nous en proposons deux.

- Par extension de la proposition "action sur un produit", nous énonçons

$$\exp(\frac{x}{2}) = (\exp(x))^{\frac{1}{2}} = \sqrt{\exp(x)}.$$

- En particulier $x = 1$, nous obtenons

$$\exp(\frac{1}{2}) = (\exp(1))^{\frac{1}{2}}.$$

7.3 La notation exponentielle

7.3.1 Le nombre e

Définition. *Le nombre réel e est l'image de 1 par la fonction* exp.
Ainsi, nous avons

$$\exp(1) = e.$$

Remarques. Nous en donnons deux.

- Nous justifierons dans les exercices corrigés 6 et 13 que

$$e \approx 2,718 \text{ arrondi à } 10^{-4} \text{ près.}$$

- Nous prouverons en Terminale que e est un nombre irrationnel.

7.3.2 La fonction $x \mapsto e^x$

Proposition. *Pour tout entier relatif n, nous avons*

$$\exp(n) = e^n \text{ et } \exp(\frac{1}{2}) = e^{\frac{1}{2}}.$$

Démonstration. Nous utilisons les remarques des deux paragraphes 7.2.3 et 7.2.4, ce qui donne, pour tout $n \in \mathbb{Z}$,

$$\exp(n) = (\exp(1))^n = e^n.$$

et

$$\exp(\frac{1}{2}) = (\exp(1))^{\frac{1}{2}} = e^{\frac{1}{2}}.$$

Définition. *Par extension, nous admettons que les égalités précédentes demeurent vraies pour tout exposant réel.*

En d'autres termes, nous posons par définition

$$\forall x \in \mathbb{R}, \exp(x) = e^x.$$

Remarque. Le nombre e est élevé à un exposant réel !

Par exemple

$$e^\pi = \exp(\pi) \approx 23,14.$$

Nous résumons les propriétés de la fonction exp rencontrées dans les paragraphes précédents par la proposition suivante :

Proposition. *Quels que soient les réels x et y et l'entier relatif n, nous disposons des propriétés :*

- $e^0 = 1$,
- $\exp'(x) = e^x$,
- $e^1 = e$,
- $e^x > 0$,
- $e^{x+y} = e^x \times e^y$,
- $e^{-x} = \dfrac{1}{e^x}$,
- $e^{x-y} = \dfrac{e^x}{e^y}$,
- $(e^x)^n = e^{nx}$.

Exemples. Nous en proposons trois.

1er exemple.

Soient deux réels a et b. Nous avons

$$\sqrt{e^{2a} \times e^{2b}} = \sqrt{(e^a)^2} \times \sqrt{(e^b)^2} = e^a \times e^b = e^{a+b}.$$

2e exemple. Une équation de la tangente à la courbe $\mathcal{C}_{\exp}$ au point d'abscisse 0 est $y = \exp'(0)x + \exp(0)$, soit $y = x + 1$.

L'approximation affine tangente de exp en 0 est

$$\exp(x) \approx x + 1.$$

3e exemple. Une équation de la tangente à la courbe $\mathcal{C}_{\exp}$ au point d'abscisse 1 est $y = \exp'(1)(x - 1) + \exp(1)$, soit $y = ex$.

7.3.3 Variation de exp

Proposition. *La fonction exponentielle est croissante strictement sur* $\mathbb{R}$.

Démonstration. Pour tout réel x,

$$\exp'(x) = e^x > 0,$$

ce qui justifie la croissance stricte de exp sur $\mathbb{R}$.

Nous donnons la représentation graphique de $\exp : x \mapsto e^x$.

En utilisant les propriétés tangentielles exposées dans les deux derniers exemples, nous obtenons

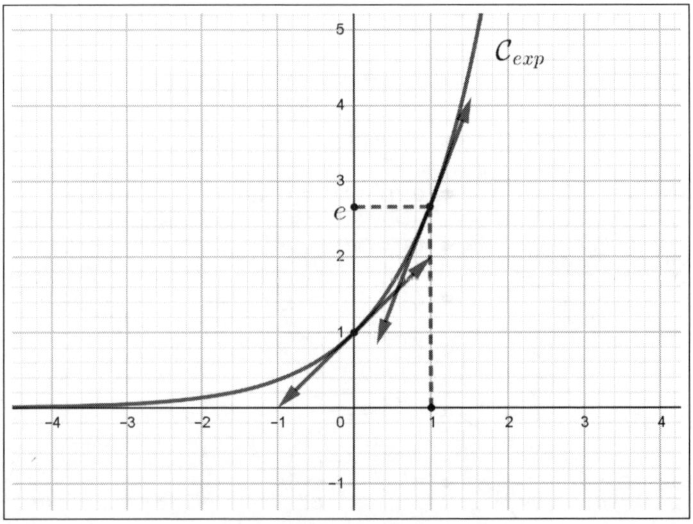

Corollaire. *Pour tout réel* x, *nous avons*

- $x < 0 \Leftrightarrow 0 < e^x < 1$,
- $x > 0 \Leftrightarrow e^x > 1$,
- $x = 0 \Leftrightarrow e^x = 1$.

Démonstration. • Puisque $x \mapsto e^x$ est croissante strictement sur $\mathbb{R}$, nous en déduisons

$$x < 0 \text{ implique } e^x < e^0,$$

ce qui donne, puisque $e^x > 0$,

$$x < 0 \Rightarrow 0 < e^x < 1.$$

Nous admettons la réciproque car cette dernière nécessite de disposer de la fonction logarithme népérien ln.

Cependant, à minima, nous introduirons cette fonction dans l'exercice corrigé 14 de ce chapitre. En effet, travailler avec la fonction exp sans pouvoir utiliser la fonction ln, est peu naturel et induit très souvent une impossibilité à conclure.

- En utilisant l'équivalence précédente, nous obtenons

$$x > 0 \Leftrightarrow -x < 0 \Leftrightarrow 0 < e^{-x} < 1 \Leftrightarrow 0 < \frac{1}{e^x} < 1 \Leftrightarrow e^x > 1.$$

- Si $x = 0$, alors $e^x = e^0 = 1$.

Justifions la réciproque par contraposition [1].
Si $x \neq 0$, alors $x > 0$ ou $x < 0$.
Nous en déduisons que

$$e^x > 1 \text{ ou } e^x < 1, \text{ soit } e^x \neq 1,$$

ce qui justifie, en prenant la contraposée,

$$x = 0 \Rightarrow e^x = 1.$$

Corollaire. *Soient a et b deux réels. Nous disposons des deux équivalences suivantes :*

- $a < b \Leftrightarrow e^a < e^b$.
- $a = b \Leftrightarrow e^a = e^b$.

Démonstration. Soient a et b deux réels. Nous utilisons le corollaire précédent.

- Sachant que $e^b > 0$, il vient

$$a < b \Leftrightarrow a - b < 0 \Leftrightarrow e^{a-b} < 1 \Leftrightarrow \frac{e^a}{e^b} < 1 \Leftrightarrow e^a < e^b.$$

- De la même façon, nous obtenons

$$a = b \Leftrightarrow a - b = 0 \Leftrightarrow e^{a-b} = 1 \Leftrightarrow \frac{e^a}{e^b} = 1 \Leftrightarrow e^a = e^b.$$

Exemples. Nous appliquons les deux corollaires ci-dessus pour résoudre dans $\mathbb{R}$ deux équations et une inéquation.

1. Annexe : § 12.5.2

1er exemple. Nous résolvons l'équation

$$[1] : e^{3x-1} - e^{-2x} = 0.$$

Il vient

$$[1] \Leftrightarrow e^{3x-1} = e^{-2x} \Leftrightarrow 3x - 1 = -2x \Leftrightarrow x = \frac{1}{5}.$$

Conclusion. $S_{[1]} = \left\{\frac{1}{5}\right\}$.

2e exemple. Nous considérons l'inéquation

$$[2] : e^{3x} \leq e^{-x}.$$

Nous avons

$$[2] \Leftrightarrow 3x \leq -x \Leftrightarrow 4x \leq 0 \Leftrightarrow x \leq 0.$$

Conclusion. $S_{[1]} =]-\infty, 0]$.

3e exemple. Nous résolvons l'équation

$$[3] : e^{2x} + 2e^{x} - 3 = 0.$$

En posant $X = e^x$, nous obtenons

$$X^2 + 2X - 3 = 0.$$

Cette équation du second degré admet $X = 1$ pour racine évidente. Nous en déduisons grâce au produit des racines qui vaut -3, que $X = -3$ est l'autre solution.

Puisque $e^x > 0$, il vient

$$[3] \Leftrightarrow e^x = 1 \Leftrightarrow x = 0.$$

Conclusion. $S_{[3]} = \{0\}$.

7.4 Dérivation et fonction exponentielle

7.4.1 Dérivée de $x \mapsto e^{ax+b}$

Proposition. *Soient a et b deux réels avec $a \neq 0$. La fonction $f : x \mapsto e^{ax+b}$ est dérivable sur $\mathbb{R}$ et nous avons*

$$\forall x \in \mathbb{R},\ f'(x) = ae^{ax+b}.$$

Démonstration. Nous utilisons la proposition du paragraphe 5.4.7 démontrée au chapitre 5 qui permet de dériver la composée d'une fonction dérivable sur un intervalle par une fonction affine.

Par conséquent la fonction f est, par composition, dérivable sur $\mathbb{R}$. Pour tout réel x, nous obtenons

$$f'(x) = a\exp'(ax+b) = ae^{ax+b}.$$

Exemples. Nous en proposons deux.

1er exemple. Nous renvoyons au troisième exemple du paragraphe 7.1.2.

2e exemple. La fonction $f : x \mapsto \sqrt{x}e^{2x}$ est dérivable par composition et produit sur $]0, +\infty[$.

Pour tout réel $x > 0$, nous obtenons

$$f'(x) = \frac{1}{2\sqrt{x}} \times e^{2x} + 2\sqrt{x} \times e^{2x} = \frac{1+4x}{2\sqrt{x}}e^{2x}.$$

7.4.2 Dérivée de $x \mapsto e^{u(x)}$

Proposition. *Soient u une fonction dérivable sur un intervalle I. La fonction $f : x \mapsto e^{u(x)}$ est dérivable sur I et nous avons*

$$\forall x \in I,\ f'(x) = u'(x)e^{u(x)}.$$

Démonstration. Dans l'exercice corrigé 11 du chapitre 5, nous avons justifié la formule de dérivation de la composée de deux fonctions dérivables, ce qui nous permettrait de conclure dans le cas particulier de la composée de exp avec une fonction u.

Cependant pour améliorer notre compréhension de la dérivation d'une composition, nous proposons une preuve directe de ce résultat.

Soient $a \in I$ et $x \in I$ tels que $x \neq a$. Nous avons

$$\frac{f(x) - f(a)}{x - a} = \frac{e^{u(x)} - e^{u(a)}}{x - a}.$$

Sous réserve que pour $x \neq a$, on ait $u(x) \neq u(a)$, il vient

$$\frac{f(x) - f(a)}{x - a} = \frac{e^{u(x)} - e^{u(a)}}{u(x) - u(a)} \times \frac{u(x) - u(a)}{x - a}.$$

Nous posons $b = u(a)$ et $y = u(x)$. Nous obtenons

$$\frac{f(x) - f(a)}{x - a} = \frac{e^{y} - e^{b}}{y - b} \times \frac{u(x) - u(a)}{x - a}.$$

Puisque la fonction u est dérivable en $a \in I$, nous avons

$$\lim_{x \to a} \frac{u(x) - u(a)}{x - a} = u'(a).$$

De plus, exp est dérivable en $b \in \mathbb{R}$, ce qui donne

$$\lim_{y \to b} \frac{e^y - e^b}{y - b} = e^b = e^{u(a)}.$$

Par produit de ces deux limites, il vient

$$\lim_{x \to a} \frac{f(x) - f(a)}{x - a} = e^{u(a)} \times u'(a).$$

Nous en concluons que la fonction $f : x \mapsto e^{u(x)}$ est dérivable sur I et nous avons

$$\forall x \in I,\ f'(x) = u'(x)e^{u(x)}.$$

Remarques. Nous en donnons trois.

- Cette preuve est un peu restrictive car elle impose que la fonction u soit « injective » ce qui signifie que deux réels distincts ont des images distinctes par u.
- En termes fonctionnels, nous avons $(e^u)' = u' \times e^u$.
- En termes différentiels, nous avons $\dfrac{d}{dx}(e^u) = e^u \times \dfrac{du}{dx}$.

Exemples. Nous en proposons deux .

1er exemple. Nous considérons la fonction $\phi : t \mapsto e^{-t^2}$.

Cette fonction est dérivable sur $\mathbb{R}$ par composition.

Pour tout réel t, nous obtenons

$$\phi'(t) = -2te^{-t^2}.$$

Nous remarquons que ϕ est paire.

Pour tout réel $t \geq 0$, $\phi'(t) \leq 0$, par conséquent ϕ est décroissante sur $\mathbb{R}^+$.

Cette fonction étant paire, nous en déduisons qu'elle est croissante sur $\mathbb{R}^-$.

La fonction ϕ est importante en théorie des probabilités. Sa représentation graphique est une courbe de référence appelée courbe en "cloche".

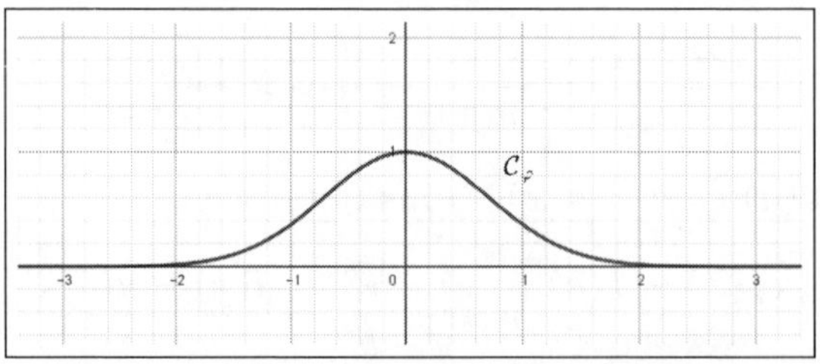

2e exemple. Nous étudions les variations sur $]0, +\infty[$ de la fonction $f : x \mapsto xe^{\frac{1}{x}}$.

Par composition et produit, la fonction f est dérivable sur $]0, +\infty[$ et pour tout réel $x > 0$, nous avons

$$f'(x) = e^{\frac{1}{x}} + x \times (-\frac{1}{x^2})e^{\frac{1}{x}} = e^{\frac{1}{x}} \left(\frac{x-1}{x}\right).$$

Pour $x > 0$, le signe de $f'x)$ est le signe $x - 1$.

Nous en concluons que f est

- décroissante sur $]0, 1]$,
- croissante sur $[1, +\infty[$.

7.5 Exercices corrigés

Exercice 1. Fonctions hyperboliques

Soient c et s deux fonctions définies sur $\mathbb{R}$ par

$$c(x) = \frac{e^x + e^{-x}}{2} \text{ et } s(x) = \frac{e^x - e^{-x}}{2}.$$

1. Quelle est la parité de chacune de ces deux fonctions ?

2. Pour tout réel x, calculer $(c(x))^2 - (s(x))^2$.

3. Justifier que, pour tout réel x,

$$c(2x) = (c(x))^2 + (s(x))^2 \text{ et } s(2x) = 2c(x) \times s(x).$$

Solution

1. $\mathbb{R}$ est symétrique par rapport à 0. Pour tout réel x, nous avons

$$c(-x) = \frac{e^{-x} + e^x}{2} = c(x),$$
$$s(-x) = \frac{e^{-x} - e^x}{2} = -s(x).$$

Nous en concluons que le fonction c est paire et s est impaire.

2. Soit $x \in \mathbb{R}$. il vient

$$\begin{aligned}(c(x))^2 - (s(x))^2 &= (c(x) + s(x))(c(x) - s(x)),\\ &= e^x \times e^{-x},\\ &= e^{x+(-x)} = e^0 = 1.\end{aligned}$$

3. Pour tout réel x, d'une part nous avons :

$$
\begin{aligned}
(c(x))^2 + (s(x))^2 &= \left(\frac{e^x + e^{-x}}{2}\right)^2 + \left(\frac{e^x - e^{-x}}{2}\right)^2, \\
&= \frac{1}{4}\left(e^{2x} + 2e^x \times e^{-x} + e^{-2x} + e^{2x} - 2e^x \times e^{-x} + e^{-2x}\right), \\
&= \frac{e^{2x} + e^{-2x}}{2}, \\
&= c(2x).
\end{aligned}
$$

D'autre part, il vient

$$
\begin{aligned}
2c(x) \times s(x) &= 2 \times \left(\frac{e^x + e^{-x}}{2}\right) \times \left(\frac{e^x - e^{-x}}{2}\right), \\
&= \left(\frac{e^{2x} - e^{-2x}}{2}\right), \\
&= s(2x).
\end{aligned}
$$

Exercice 2. Exponentielle d'une suite arithmétique

Soit (u_n) une suite arithmétique de premier terme u_0 et de raison r non nulle. Pour tout entier naturel n, nous posons $v_n = e^{-u_n}$.

1. Quelle est la nature de la suite (v_n) ?

2. Montrer que pour tout entier naturel n,

$$
s_n = v_0 + v_1 + \cdots + v_n = v_n \frac{e^{(n+1)r} - 1}{e^r - 1}.
$$

Solution

1. Puisque (u_n) est arithmétique de premier terme u_0 et de raison $r \neq 0$, pour tout entier naturel n, nous avons :

$$
v_n = e^{-(u_0 + nr)} = e^{-u_0} e^{-nr},
$$

ce qui donne

$$
v_{n+1} = e^{-u_0} e^{-(n+1)r} = e^{-r} \times e^{-u_0} e^{-nr} = e^{-r} v_n.
$$

Nous en concluons que la suite (v_n) est géométrique de premier terme $v_0 = e^{-u_0}$ et de raison $q = e^{-r}$.

2. Comme $r \neq 0$, on a $q = e^{-r} \neq 1$. Pour tout entier $n \geq 0$, s_n est la somme des $n + 1$ premiers termes de la suite géométrique (v_n).

Nous en déduisons

$$\begin{aligned}
s_n &= v_0 \frac{1-q^{n+1}}{1-q}, \\
&= e^{-u_0} \frac{1-e^{-r(n+1)}}{1-e^{-r}}, \\
&= e^{-u_0} \frac{1-\dfrac{1}{e^{(n+1)r}}}{1-\dfrac{1}{e^r}}, \\
&= e^{-u_0} \frac{e^{(n+1)r}-1}{e^{(n+1)r}} \times \frac{e^r}{e^r-1}, \\
&= e^{-(u_0+nr)} \times \frac{e^{(n+1)r}-1}{e^r-1}, \\
&= v_n \frac{e^{(n+1)r}-1}{e^r-1}.
\end{aligned}$$

Exercice 3. Une caractérisation de la fonction exponentielle

1. Soit x_0 un réel quelconque.

Nous désignons par $\mathcal{C}$ la représentation graphique de la fonction exp *et par M_0 un point quelconque de cette courbe, d'abscisse x_0.*

Montrer que la tangente à $\mathcal{C}$ au point M_0 coupe la droite des abscisses en un point M_1 d'abscisse $x_1 = x_0 - 1$.

2. Réciproquement, nous considérons une fonction f dérivable et croissante strictement sur $\mathbb{R}$.

Nous supposons que la tangente au point M_0, d'abscisse x_0, à la courbe $\mathcal{C}_f$ coupe la droite des abscisses en un point M_1 d'abscisse $x_1 = x_0 - 1$.

Montrer que $f' = f$.

Si de plus $f(0) = 1$, conclure.

Solution

1. Une équation de la tangente à $\mathcal{C}$ au point M_0 d'abscisses x_0 est

$$y = \exp'(x_0)(x - x_0) + e^{x_0}, \text{ soit } y = e^{x_0}(x - x_0 + 1).$$

Le point M_1 intersection de $\mathcal{C}$ avec la droite des abscisses est tel que son abscisse x_1 satisfait à

$$0 = e^{x_0}(x_1 - x_0 + 1).$$

Puisque $e^{x_0} > 0$, nous en concluons que $x_1 = x_0 - 1$.

2. Une équation de la tangente à $\mathcal{C}_f$ au point M_0 d'abscisses x_0 est

$$y = f'(x_0)(x - x_0) + f(x_0).$$

Le point M_1 intersection de $\mathcal{C}_f$ avec la droite des abscisses est tel que son abscisse x_1 satisfait à

$$0 = f'(x_0)(x_1 - x_0) + f(x_0).$$

Or, $f'(x_0) > 0$ car f est strictement croissante sur $\mathbb{R}$. Nous en déduisons

$$x_1 - x_0 = -\frac{f(x_0)}{f'(x_0)}.$$

Puisque $x_1 = x_0 - 1$, nous obtenons

$$\frac{f(x_0)}{f'(x_0)} = 1,$$

ce qui donne, pour tout réel x_0,

$$f'(x_0) = f(x_0), \text{ soit } f' = f.$$

Si $f(0) = 1$, nous en concluons

$$f = \exp$$

.

Exercice 4. Un centre de symétrie

Soit f la fonction définie sur $\mathbb{R}$ par $f(x) = \dfrac{e^x}{e^x + 1}$.

Nous désignons par $\mathcal{C}_f$ la représentation graphique de f relativement à un repère orthonormal du plan.

1. Montrer que le point $A(0, \frac{1}{2})$ est un centre de symétrie pour la courbe $\mathcal{C}_f$.

2. Déterminer une équation de la tangente (T) à $\mathcal{C}_f$ au point A.

Étudier la position de $\mathcal{C}_f$ par rapport à la droite (T).

Solution

1. Nous rappelons qu'un point $\Omega(a, b)$ est un centre de symétrie de la courbe $\mathcal{C}_f$ représentative d'une fonction f si et seulement si

$$\forall x \in D_f,\ 2a - x \in D_f,$$
$$\forall x \in D_f,\ f(2a - x) + f(x) = 2b.$$

Remarque. Une autre façon de caractériser que $\Omega(a, b)$ est un centre de symétrie de la courbe $\mathcal{C}_f$ est :

$$\forall h \in \mathbb{R}^*,\ a - h \in D_f \,\text{et}\, a + h \in D_f,$$
$$\forall h \in \mathbb{R}^*,\ f(a - h) + f(a + h) = 2b.$$

Dans le cas où $a = 0$ et $b = \frac{1}{2}$, pour tout réel x, nous justifions que

$$f(-x) + f(x) = 1.$$

En effet, nous obtenons

$$\begin{aligned} f(-x) + f(x) &= \frac{e^x}{e^x + 1} + \frac{e^{-x}}{e^{-x} + 1}, \\ &= \frac{e^x}{e^x + 1} + \frac{\frac{1}{e^x}}{\frac{1}{e^x} + 1}, \\ &= \frac{e^x}{e^x + 1} + \frac{1}{e^x} \times \frac{e^x}{e^x + 1}, \\ &= \frac{e^x + 1}{e^x + 1} = 1. \end{aligned}$$

Nous en concluons que le point $A(0, \frac{1}{2})$ est un centre de symétrie pour la courbe $\mathcal{C}_f$.

2. La fonction f est dérivable par quotient sur $\mathbb{R}$. Pour tout réel x, il vient

$$f'(x) = \frac{e^x(e^x + 1) - e^x \times e^x}{(e^x + 1)^2} = \frac{e^x}{(e^x + 1)^2}.$$

Une équation de la tangente (T) à $\mathcal{C}_f$ au point A est

$$y = f'(0)x + f(0), \text{ soit } y = \frac{1}{4}x + \frac{1}{2}.$$

Pour étudier la position de $\mathcal{C}_f$ par rapport à la droite (T), nous considérons la fonction d définie sur $\mathbb{R}$ par

$$d(x) = f(x) - (\frac{1}{4}x + \frac{1}{2}).$$

Cette fonction est, par différence, dérivable sur $\mathbb{R}$ et on a

$$\begin{aligned} d'(x) &= f'(x) - \frac{1}{4}, \\ &= \frac{e^x}{(e^x+1)^2} - \frac{1}{4}, \\ &= \frac{4e^x - (e^x+1)^2}{(e^x+1)^2}, \\ &= -\frac{e^{2x} - 2e^x + 1}{(e^x+1)^2}, \\ &= -\frac{(e^x-1)^2}{(e^x+1)^2}. \end{aligned}$$

Nous en déduisons

$$\forall x \in \mathbb{R},\ d'(x) \leq 0,$$

ce qui prouve que la fonction d est décroissante sur $\mathbb{R}$.

En remarquant que $d(0) = 0$, en utilisant la décroissance de d, nous obtenons les deux implications

$$\begin{aligned} x \leq 0 &\Rightarrow d(x) \geq 0, \\ x \geq 0 &\Rightarrow d(x) \leq 0. \end{aligned}$$

Nous en concluons que

▷ si $x \in]-\infty,\ 0]$, alors $\mathcal{C}_f$ est **au-dessus** de la droite (T),

▷ si $x \in [0,\ +\infty[$, alors $\mathcal{C}_f$ est **en-dessous** de la droite (T).

Nous remarquons que la courbe $\mathcal{C}_f$ "traverse" la tangente (T) au point A. Dans ce cas, ce point est un point d'*inflexion*.

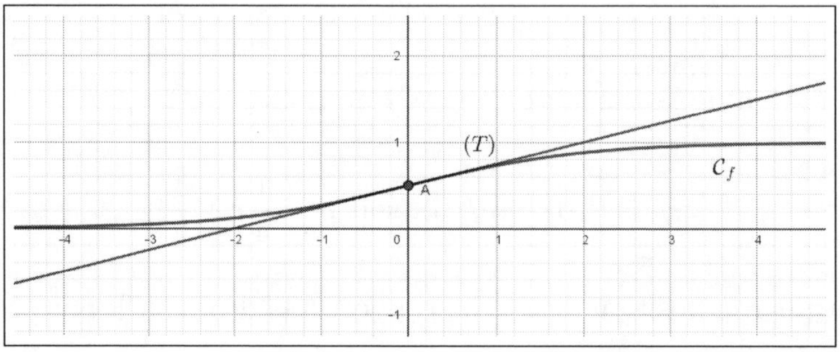

Exercice 5. Convexité de la fonction exponentielle

Soient a et b deux réels.

1. Comparer les réels $\dfrac{e^a + e^b}{2}$ et $e^{\frac{a+b}{2}}$.

2. Interpréter graphiquement l'inégalité obtenue.

Solution

Pour tous réels a et b, nous avons

$$\begin{aligned}\frac{e^a + e^b}{2} - e^{\frac{a+b}{2}} &= \frac{e^a + e^b - 2e^{\frac{a+b}{2}}}{2},\\ &= \frac{(e^{\frac{a}{2}})^2 + (e^{\frac{b}{2}})^2 - 2e^{\frac{a}{2}} \times e^{\frac{b}{2}}}{2},\\ &= \frac{(e^{\frac{a}{2}} - e^{\frac{b}{2}})^2}{2} \geq 0.\end{aligned}$$

Nous en concluons que quels que soient les réels a et b, nous disposons de l'inégalité

$$\frac{e^a + e^b}{2} \geq e^{\frac{a+b}{2}}.$$

2. Graphiquement, nous obtenons

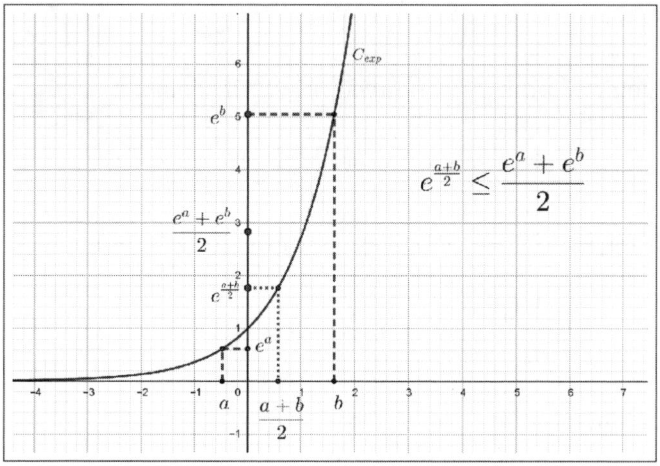

Exercice 6. Un encadrement du nombre e

1. Montrer que pour tout réel x, $1 + x \leq e^x$.

2. Pour tout entier naturel $n \geq 2$, en déduire la double inégalité

$$(1 + \frac{1}{n})^n \leq e \leq (1 - \frac{1}{n})^{-n}.$$

3. Donner un algorithme qui restitue une valeur approchée de e à 10^{-P} *près, l'entier P étant choisi par l'utilisateur.*

Solution

1. Pour tout réel x, nous posons $f(x) = e^x - (1 + x)$.

La fonction f est dérivable par différence sur $\mathbb{R}$ et nous avons

$$f'(x) = e^x - 1.$$

Nous en déduisons

$$f'(x) = 0 \Leftrightarrow x = 0,$$

ce qui donne le tableau de variation suivant.

x	$-\infty$	0	$+\infty$
signe de $f'(x)$	$-$	0	$+$
variations de f	$\searrow$	0	$\nearrow$

Il en résulte que la fonction f atteint en $x = 0$ un minimum $f(0) = 0$.

Pour tout réel x, nous en concluons

$$f(x) \geq 0, \text{ soit } 1 + x \leq e^x.$$

2.

- En particulier, pour $x = \frac{1}{n}$ avec $n \geq 2$, il vient

$$0 < 1 + \frac{1}{n} \leq e^{\frac{1}{n}}.$$

Puisque la fonction $x \mapsto x^n$ est croissante sur $\mathbb{R}^+$, nous en déduisons

$$(1 + \frac{1}{n})^n \leq (e^{\frac{1}{n}})^n, \text{ c'est-à-dire } (1 + \frac{1}{n})^n \leq e.$$

- En particulier, pour $x = -\frac{1}{n}$ avec $n \geq 2$, il vient

$$0 \leq 1 - \frac{1}{n} \leq e^{-\frac{1}{n}}.$$

De la même façon en utilisant la croissance de $x \mapsto x^n$ sur $\mathbb{R}^+$, nous obtenons

$$(1 - \frac{1}{n})^n \leq (e^{-\frac{1}{n}})^n, \text{ c'est-à-dire } 0 < (1 - \frac{1}{n})^n \leq e^{-1}.$$

En utilisant la décroissance de $x \mapsto \dfrac{1}{x}$ sur $]0, +\infty[$, il vient

$$(1 - \frac{1}{n})^{-n} \geq e.$$

Pour tout entier naturel $n \geq 2$, nous en concluons

$$(1 + \frac{1}{n})^{n} \leq e \leq (1 - \frac{1}{n})^{-n}$$

3. En remarquant que la double inégalité obtenue à la question 2 est équivalente à

$$0 \leq e - (1 + \frac{1}{n})^{n} \leq (1 - \frac{1}{n})^{-n} - (1 + \frac{1}{n})^{n},$$

nous obtenons l'algorithme demandé.

$U \leftarrow 2,25$
$N \leftarrow 2$
Tant que $(1 - \frac{1}{N})^{-N} - U \geq 10^{-P}$
  $U \leftarrow (1 + \frac{1}{N})^{N}$
  $N \leftarrow N + 1$
Fin Tant que

```
p=int(input("p="))
u=2.25
n=2
while (1-1/n)**(-n)-u>=10**(-p):
    u=(1+1/n)**n
    n=n+1
print(n)
print(u)
```

Exercice 7. Une limite remarquable en 0

1. La fonction exponentielle est dérivable en 0. En déduire

$$\lim_{x \to 0} \frac{e^{x} - 1}{x} = 1.$$

2. En utilisant le résultat de la question 1, déterminer les limites :

- *de la fonction $f : x \mapsto \dfrac{e^{2x} - 1}{x}$, en 0,*
- *de la suite (u_n) définie sur $\mathbb{N}^*$, par $u_n = n(e^{\frac{1}{n}} - 1)$.*

Solution

1. La fonction exponentielle est dérivable en 0. Par définition, nous obtenons

$$\lim_{x\to 0} \frac{e^x - e^0}{x - 0} = exp'(0) = 1,$$

ce qui permet de conclure par

$$\lim_{x\to 0} \frac{e^x - 1}{x} = 1.$$

2.

- Pour tout réel $x \neq 0$, nous avons

$$f(x) = 2\frac{e^{2x} - 1}{2x}.$$

En posant $X = 2x$, il vient

$$\lim_{x\to 0} f(x) = 2 \lim_{X\to 0} \frac{e^X - 1}{X} = 2.$$

- Pour tout $n \in \mathbb{N}^*$, on a

$$u_n = \frac{e^{\frac{1}{n}} - 1}{\frac{1}{n}}.$$

En posant $X = \frac{1}{n}$, nous obtenons

$$\lim_{n\to+\infty} u_n = \lim_{X\to 0} \frac{e^X - 1}{X} = 1.$$

Exercice 8. Étude d'une suite

1. Justifier que, pour tout réel $x \geq 0$, $e^x > x$.
En déduire

$$\forall x \in \mathbb{R}^+,\ e^x > \frac{x^2}{2}.$$

2. Quelle est la limite en $+\infty$ de la suite (u_n) définie sur $\mathbb{N}^*$ par

$$u_n = \frac{e^n}{n}\ ?$$

*3. **Une application**. Quelle est la limite en $+\infty$ de la suite (v_n) définie sur $\mathbb{N}^*$ par*

$$v_n = ne^{1-n}\ ?$$

Solution

1.

$\triangleright$ Pour tout réel $x \geq 0$, nous posons $f(x) = e^x - x$.

Cette fonction est dérivable par différence sur $\mathbb{R}^+$ et nous avons

$$f'(x) = e^x - 1.$$

Nous en déduisons

$$f'(x) \geq 0 \Leftrightarrow x \geq 0.$$

Par suite la fonction f est croissante sur $\mathbb{R}^+$.

Puisque $f(0) = 1$, nous obtenons

$$x \geq 0 \Rightarrow f(x) \geq f(0), \text{ c'est-à-dire } f(x) \geq 1 > 0.$$

Nous en concluons que,

$$\text{pour tout réel } x \geq 0,\ e^x > x.$$

$\triangleright$ Pour tout réel $x \geq 0$, nous posons $g(x) = e^x - \dfrac{x^2}{2}$.

Cette fonction est dérivable par différence sur $\mathbb{R}^+$ et nous avons

$$g'(x) = e^x - x = f(x) > 0.$$

Il en résulte que la fonction g est croissante strictement sur $\mathbb{R}^+$.

Puisque $g(0) = 1$, nous obtenons

$$x \geq 0 \Rightarrow g(x) \geq g(0), \text{ c'est-à-dire } g(x) \geq 1 > 0.$$

Pour tout réel $x \geq 0$, nous en concluons

$$e^x > \frac{x^2}{2}.$$

2. Nous remarquons que $\lim\limits_{n \to +\infty} e^n = +\infty$ car $e > 1$.

Le comportement de la suite (u_n), quand n tend vers $+\infty$, est une forme indéterminée du type "$\dfrac{+\infty}{+\infty}$".

Pour lever cette indétermination, nous appliquons l'inégalité ci-dessus, en particulier pour $x = n$, avec $n \in \mathbb{N}^*$.

Pour tout entier $n \geq 1$, il vient

$$e^n > \frac{n^2}{2}, \text{ soit } \frac{e^n}{n} > \frac{n}{2}.$$

Puisque $\lim_{n \to +\infty} \frac{n}{2} = +\infty$, par comparaison nous en concluons

$$\lim_{n \to +\infty} \frac{e^n}{n} = +\infty.$$

3. Pour tout entier naturel $n \geq 1$, nous avons

$$v_n = e \times \frac{n}{e^n}.$$

En prenant la limite de l'inverse du résultat déterminé à la question précédente, nous en déduisons

$$\lim_{n \to +\infty} \frac{n}{e^n} = 0,$$

ce qui induit la conclusion

$$\lim_{n \to +\infty} v_n = 0.$$

Exercice 9. D'après Bac 2017

Soient f et g les fonctions définies sur $\mathbb{R}$ par

$$f(x) = e^x \text{ et } g(x) = e^{-x}.$$

On désigne par $\mathcal{C}_f$ la courbe représentative de la fonction f et par $\mathcal{C}_g$ celle de la fonction g dans un repère orthonormal du plan.

Pour tout réel a, on note M le point de $\mathcal{C}_f$ d'abscisse a et N le point de $\mathcal{C}_g$ d'abscisse a. La tangente (T) en M à $\mathcal{C}_f$ coupe l'axe des abscisses en P, la tangente (T') en N à $\mathcal{C}_g$ coupe l'axe des abscisses en Q.

1. Montrer que PQ est une constante .

2. Que peut-on dire des droites (T) et (T') ?

Solution

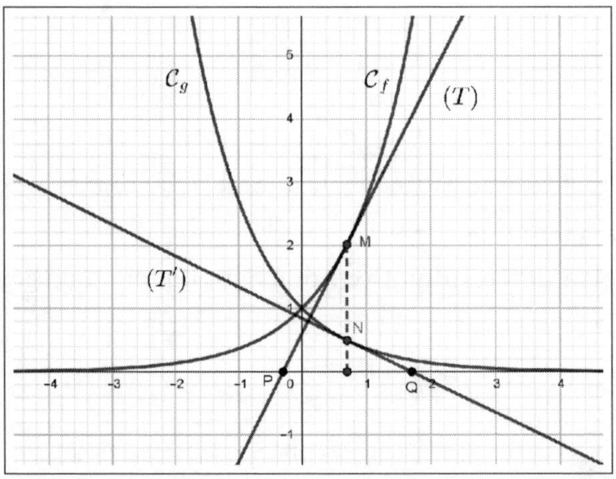

1.

- Nous commençons par déterminer les coordonnées du point P.

Une équation de la tangente (T) en $M(a, e^a)$ à $\mathcal{C}_f$ est

$$y = e^a(x-a) + e^a.$$

Nous en déduisons que l'abscisse x_P du point P, intersection de la courbe $\mathcal{C}_f$ avec l'axe des abscisses, satisfait à l'équation

$$0 = e^a(x_P - a) + e^a,$$

ce qui équivaut à, puisque $e^a > 0$,

$$x_P = a - 1.$$

- Nous déterminons à présent les coordonnées du point Q.

Une équation de la tangente (T') en $N(a, e^{-a})$ à $\mathcal{C}_g$ est

$$y = -e^{-a}(x-a) + e^{-a}.$$

Nous en déduisons que l'abscisse x_Q du point Q, intersection de la courbe $\mathcal{C}_g$ avec l'axe des abscisses, satisfait à l'équation

$$0 = -e^{-a}(x_Q - a) + e^{-a},$$

ce qui équivaut à, puisque $e^a > 0$,

$$x_Q = a + 1.$$

- Puisque $P(a-1, 0)$ et $Q(a+1, 0)$, nous en déduisons

$$PQ = \sqrt{(x_p - x_Q)^2} = \sqrt{(a-1-a-1)^2} = \sqrt{4} = 2.$$

Nous en concluons que pour tout réel a, la distance PQ est la constante 2.

2. Nous calculons le produit des coefficients directeurs des droites (T) et (T'). Il vient

$$e^a \times -e^{-a} = -e^0 = -1,$$

ce qui prouve que les droites (T) et (T') sont orthogonales.

Exercice 10. Une équation différentielle

Soit a un réel non nul. Déterminer la fonction f dérivable sur $\mathbb{R}$ et satisfaisant à

$$f' = f \text{ et } f(0) = a.$$

Solution

Pour tout réel x, nous posons $g(x) = \frac{1}{a} f(x)$.
La fonction g est dérivable sur $\mathbb{R}$ et nous obtenons

$$g'(x) = \frac{1}{a} f'(x) = \frac{1}{a} f(x) = g(x).$$

De plus, nous avons

$$g(0) = \frac{1}{a} f(0) = 1.$$

Nous savons que la fonction exp est l'unique fonction telle que

$$\exp' = \exp, \text{ avec } \exp(0) = 1.$$

Il en résulte que, pour tout réel x,

$$g(x) = \frac{1}{a} f(x) = e^x, \text{ soit } f(x) = ae^x.$$

Nous en concluons que l'unique fonction telle que

$$f' = f \text{ et } f(0) = a, \text{ est la fonction } f : x \mapsto ae^x.$$

Exercice 11. Loi de désintégration radioactive

En physique, les noyaux des atomes d'un corps radioactif se désintègrent selon la loi suivante :

$$\Delta N(t) = -aN(t)\Delta t,$$

où

- *$N(t)$ est le nombre d'atomes présents à l'instant t,*
- *$\Delta N(t)$ est la variation de $N(t)$ entre les instants t et $t + \Delta t$,*
- *$a > 0$ est une constante liée à la nature du corps radioactif considéré.*

1. Nous supposons que la fonction $t \mapsto N(t)$ est dérivable sur $[0, +\infty[$.

Justifier que pour tout réel $t \geq 0$, la loi de désintégration satisfait à l'équation (différentielle), notée (E),

$$N'(t) = -aN(t).$$

2. En posant $N(0) = N_0$, vérifier que la fonction $N : t \mapsto N_0 e^{-at}$ satisfait à l'équation (différentielle) (E).

3. Nous montrons que $N : t \mapsto N_0 e^{-at}$ est la seule fonction satisfaisant à (E).

Pour cela, nous supposons qu'il existe une autre fonction f dérivable sur $[0, +\infty[$ telle que pour tout réel $t \geq 0$,

$$f'(t) = -af(t) \text{ et } f(0) = N_0.$$

En posant $g(t) = f(t)e^{at}$, montrer que pour tout réel $t \geq 0$, $g(t) = N_0$.

En déduire que $f = N$.

4. La demi-vie d'un corps radioactif est le réel $T > 0$ tel que $N(T) = \dfrac{N_0}{2}$.

Montrer que, pour tout réel $t \geq 0$, $N(t+T) = \dfrac{1}{2}N(t)$.

5. Soit n un entier naturel. Nous posons $u_n = N(nT)$.

Montrer que la suite (u_n) est une suite géométrique dont on précisera le premier terme et la raison.

Que représente le réel u_n ?

6. Pour tout entier naturel n, nous désignons par $S(nT)$ le nombre de noyaux désintégrés à l'instant nT.

Exprimer $S(nT)$ en fonction de N_0 et n.

Solution

1. La loi de désintégration peut s'écrire

$$\frac{N(t+\Delta t) - N(t)}{\Delta t} = -aN(t),$$

ce qui donne, en passant à la limite, lorsque $\Delta t \to 0$,

$$\lim_{\Delta t \to 0} \frac{N(t+\Delta t) - N(t)}{\Delta t} = \lim_{\Delta t \to 0} (-aN(t)) = -aN(t).$$

Puisque $t \mapsto N(t)$ est dérivable sur $[0, +\infty[$, nous obtenons l'égalité (E) attendue, c'est-à-dire

$$N'(t) = -aN(t).$$

2. La fonction N est dérivable par composition sur $[0, +\infty[$ et nous obtenons

$$N'(t) = -aN_0 e^{-at} = -aN(t),$$

ce qui justifie que la fonction $N : t \mapsto N_0 e^{-at}$ satisfait à l'équation (E).

3. La fonction g est dérivable par composition et produit sur $[0, +\infty[$.

Pour tout réel $t \geq 0$, il vient :

$$g'(t) = f'(t)e^{at} + af(t)e^{at} = (f'(t) + af(t))e^{at}.$$

Or, nous savons que $f'(t) = -af(t)$. Il en résulte

$$\forall t \geq 0,\ g'(t) = 0.$$

Par conséquent, il existe un réel c, tel que pour tout réel $t \geq 0$,

$$g(t) = c.$$

En particulier, pour $t = 0$, nous obtenons

$$c = g(0) = f(0) = N_0.$$

Pour tout réel $t \geq 0$, nous en déduisons

$$g(t) = f(t)e^{at} = N_0, \text{ soit } f(t) = N_0 e^{-at},$$

ce qui prouve que $f = N$, l'unicité de la fonction N, solution de (E) est ainsi acquise.

4. Soit un réel $t \geq 0$. Nous avons

$$N(t+T) = N_0 e^{-a(t+T)} = N_0 e^{-at} e^{-aT} = N(t)e^{-aT}.$$

Par définition de la demi-vie, nous obtenons

$$N_0 e^{-aT} = \frac{N_0}{2}, \text{ ce implique } e^{-aT} = \frac{1}{2}.$$

Ainsi, pour tout réel $t \geq 0$, nous en concluons

$$N(t+T) = \frac{1}{2}N(t).$$

5. Pour tout entier naturel n, sachant que $e^{-aT} = \frac{1}{2}$, il vient

$$u_n = N_0 e^{-anT} = N_0 (e^{-aT})^n = N_0 \left(\frac{1}{2}\right)^n.$$

Nous en déduisons

$$u_{n+1} = N_0 \left(\frac{1}{2}\right)^{n+1} = \frac{1}{2} \times N_0 \left(\frac{1}{2}\right)^n = \frac{1}{2}u_n.$$

Nous en concluons que la suite (u_n) est géométrique de raison $q = \frac{1}{2}$ et de premier terme $u_0 = N_0$.

Le réel $u_n = N(nT)$ est le nombre de noyaux radioactifs qui restent à l'instant $t = nT$.

6. Pour tout entier naturel n, le nombre $S(nT)$ de noyaux désintégrés à l'instant nT est la somme cumulée du nombre de noyaux désintégrés à l'instant T, soit $S(T) = \frac{N_0}{2}$ et à l'instant $2T$, soit $S(2T) = \frac{N_0}{2} + \frac{N_0}{4}$, ceci jusqu'à l'instant nT, soit

$$S(nT) = \frac{N_0}{2} + \frac{N_0}{4} + \cdots + \frac{N_0}{2^n}.$$

Nous en déduisons

$$\begin{aligned} S(nT) &= N_0 \left(\frac{1}{2} + \left(\frac{1}{2}\right)^2 + \cdots + \left(\frac{1}{2}\right)^n \right), \\ &= N_0 \times \frac{1}{2} \times \frac{1 - \left(\frac{1}{2}\right)^n}{1 - \frac{1}{2}}, \\ &= N_0 \left(1 - \left(\frac{1}{2}\right)^n \right). \end{aligned}$$

Exercice 12. Étude d'une suite - d'après BAC 2015

Soit un réel $a > 0$ donné non nul. Nous proposons l'étude la suite (u_n) définie sur $\mathbb{N}$ par :

$$u_0 = a \text{ et, pour tout entier naturel } n,\ u_{n+1} = e^{2u_n} - e^{u_n} = f(u_n),$$

où f est la fonction définie sur $\mathbb{R}$ par $x \mapsto e^{2x} - e^x$.

1. Pour tout réel x, nous posons

$$g(x) = f(x) - x.$$

Étudier le sens de variations de la fonction g. En déduire

$$\forall x \in \mathbb{R}, g(x) \geq 0.$$

2. Déterminer le sens de variation de la suite (u_n). En déduire

$$\forall n \in \mathbb{N},\ u_n > 0.$$

3. Montrer que, pour tout entier naturel $n \geq 1$ et tout entier $k \in [\![0, n-1]\!]$,

$$u_{k+1} - u_k \geq g(a).$$

En déduire

$$\forall n \in \mathbb{N},\ u_n \geq a + n \times g(a).$$

Quelle est la limite de la suite (u_n) ?.

4. Le réel $a > 0$ et l'entier positif P étant choisis par l'utilisateur ; donner un algorithme qui restitue le plus petit entier N tel que $u_N > 10^P$.

Solution

1. La fonction g est dérivable sur $\mathbb{R}$ par composition et différence. Pour tout réel x, nous obtenons

$$g'(x) = f'(x) - 1 = 2e^{2x} - e^x - 1.$$

En posant $X = e^x$, nous obtenons le trinôme

$$2X^2 - X - 1.$$

Ce trinôme admet $X = 1$ pour racine évidente. L'autre racine est donc $X = -\frac{1}{2}$, obtenue car le produit des racines est lui-même égal à $-\frac{1}{2}$.

Nous en déduisons que

$$2X^2 - X - 1 = 2(X-1)(X+\frac{1}{2}) = (X-1)(2X+1),$$

ce qui donne, pour tout réel x,

$$g'(x) = (e^x - 1)(2e^x + 1).$$

Puisque $2e^x + 1 > 0$, le signe de $g'(x)$ est le signe de $e^x - 1$.

Il en résulte que

si $x < 0$, alors $g'(x) < 0$, donc g est décroissante sur $]-\infty, 0[$,

si $x > 0$, alors $g'(x) > 0$, donc g est croissante sur $]0, +\infty[$.

De plus $g'(x) = 0$ pour $x = 0$, en changeant de signe, ce qui justifie que la fonction g atteint un extremum qui est un minimum en $x = 0$, ce dernier est égal à $g(0) = 0$.

Nous en concluons

$$\forall x \in \mathbb{R}, g(x) \geq 0.$$

2. Soit n un entier naturel. Nous avons

$$u_{n+1} - u_n = f(u_n) - u_n = g(u_n).$$

En utilisant la première question, pour tout entier naturel n, nous savons

$$g(u_n) \geq 0, \text{ soit } u_{n+1} - u_n \geq 0,$$

ce qui prouve que la suite (u_n) est croissante.

De la croissance de cette suite, il résulte que, pour tout $n \in \mathbb{N}$,

$$u_n \geq u_0, \text{ soit } u_n \geq a > 0.$$

Nous en concluons

$$\forall n \in \mathbb{N},\ u_n > 0.$$

3. Soient $n \in \mathbb{N}^*$ et $k \in [\![0,\ n-1]\!]$. D'après la question précédente, nous savons

$$u_{k+1} - u_k = g(u_k).$$

Or $u_k \geq a$ et, puisque la fonction g est croissante sur $\mathbb{R}^+$, nous en déduisons

$$g(u_k) \geq g(a),$$

ce qui montre que pour tout entier naturel $n \geq 1$ et tout entier $k \in [\![0,\ n-1]\!]$,

$$u_{k+1} - u_k \geq g(a).$$

En sommant cette inégalité pour k variant de 0 à $n-1$, il vient

$$\sum_{k=0}^{n-1} (u_{k+1} - u_k) \geq \sum_{k=0}^{n-1} g(a),$$

ce qui donne par "télescopage"

$$u_n - u_0 \geq n \times g(a), \text{ soit } u_n \geq a + n \times g(a).$$

Cette dernière inégalité est vraie au rang $n = 0$. Nous en concluons

$$\forall n \in \mathbb{N},\ u_n \geq a + n \times g(a).$$

Nous savons que $g(a) = g(u_0) > 0$. Il en résulte $\lim\limits_{n \to +\infty} a + n \times g(a) = +\infty$.
Par comparaison, nous obtenons :

$$\lim_{n\to+\infty} u_n = +\infty.$$

4. Nous proposons l'algorithme suivant qui restitue le plus petit entier N tel que $u_N > 10^P$; le réel $a > 0$ et l'entier positif P étant choisi par l'utilisateur.

$N \leftarrow 0$
$U \leftarrow a$
Tant que $u \leq 10^P$
    $U \leftarrow e^{2u} - e^u$
    $N \leftarrow N+1$
Fin Tant que
	<pre>from math import*
	p=int(input("p="))
	a=float(input("a="))
	u=a
	n=0
	while u<=10**p:
	        u=exp(2*u)-exp(u)
	        n=n+1
	print(n)</pre>

Exercice 13. Suite convergente vers e

1. Montrer que pour tout réel x, $1+x \leq e^x$.
Pour quelles valeurs de x cette inégalité est-elle stricte ?
2. Justifier que, pour tout réel $x \in]-\infty, 1[$, $e^x \leq \dfrac{1}{1-x}$.
Pour quelles valeurs de x cette inégalité est-elle stricte ?
3. En déduire que, pour tout $n \in \mathbb{N}^*$, nous avons

$$\left(1+\frac{1}{n}\right)^n < e < \left(1+\frac{1}{n}\right)^{n+1}.$$

4. Pour tout $n \in \mathbb{N}^*$, nous posons $u_n = \left(1+\dfrac{1}{n}\right)^n$.
Montrer que

$$0 < e - u_n < \frac{3}{n}.$$

En déduire la limite de la suite (u_n) lorsque n tend vers$+\infty$.
5. Proposer un algorithme qui restitue un rang N à partir duquel

$$e - u_N < 10^{-P},$$

l'entier naturel P étant choisi par l'utilisateur.

Déterminer les valeurs de N lorsque $P \in [\![1, 4]\!]$.

Solution

1. Cette inégalité [1] a déjà été prouvée dans la 1re question de l'exercice 6 de ce chapitre.

Toujours d'après cette 1re question, l'égalité est atteinte si et seulement si $x = 0$.

Par conséquent l'inégalité est stricte si et seulement si $x \in \mathbb{R}^*$.

2. L'inégalité [1] reste vraie en remplaçant x par $-x$, ce qui donne :

$$\forall x \in \mathbb{R},\ 1 - x \leq e^{-x}.$$

Nous en déduisons que si $x < 1$, alors

$$e^{-x} \geq 1 - x > 0.$$

Puisque la fonction inverse est décroissante sur $]0, +\infty[$, pour tout réel $x \in]-\infty, 1[$, il vient

$$\frac{1}{e^{-x}} \leq \frac{1}{1-x},\ \text{soit } e^{x} \leq \frac{1}{1-x},\ \text{notée [2]}.$$

Comme ci-dessus l'égalité est atteinte si et seulement si $x = 0$.

Par conséquent l'inégalité est stricte si et seulement si $x \in]-\infty, 0[\cup]0, 1[$.

3. Soit $n \in \mathbb{N}^*$.

- En particulier, pour $x = \dfrac{1}{n} \neq 0$ dans [1], il vient

$$0 < 1 + \frac{1}{n} < e^{\frac{1}{n}}.$$

Puisque la fonction $x \mapsto x^n$ est croissante strictement sur $\mathbb{R}^{+*}$, nous en déduisons

$$(1 + \frac{1}{n})^n < (e^{\frac{1}{n}})^n,\ \text{c'est-à-dire } (1 + \frac{1}{n})^n < e.$$

- En particulier, pour $x = \dfrac{1}{n+1} \in]0, 1[$ dans [2],nous avons

$$e^{\frac{1}{n+1}} < \frac{1}{1 - \frac{1}{n+1}},$$

ce qui donne

$$e^{\frac{1}{n+1}} < \frac{n+1}{n},\ \text{soit } e^{\frac{1}{n+1}} < 1 + \frac{1}{n}.$$

La fonction $x \mapsto x^{n+1}$ est croissante strictement sur $]0, +\infty[$, donc :

$$\left(e^{\frac{1}{n+1}}\right)^{n+1} < \left(1+\frac{1}{n}\right)^{n+1}, \text{ soit } e < \left(1+\frac{1}{n}\right)^{n+1}.$$

Nous en concluons

$$\forall n \in \mathbb{N}^*, \left(1+\frac{1}{n}\right)^{n} < e < \left(1+\frac{1}{n}\right)^{n+1}.$$

4. Pour tout entier $n > 0$, nous déduisons de cette double inégalité :

$$0 < e - u_n < \left(1+\frac{1}{n}\right)^{n+1} - \left(1+\frac{1}{n}\right)^{n},$$

ce qui donne

$$0 < e - u_n < (1+\frac{1}{n})^n(1+\frac{1}{n}-1) < \frac{e}{n}.$$

Nous savons que $e < 3$, ce qui permet de conclure

$$\forall n \in \mathbb{N}^*, 0 < e - u_n < \frac{3}{n}$$

Puisque $\lim_{n\to+\infty} \frac{3}{n} = 0$, en appliquant le théorème d'encadrement, nous obtenons

$$\lim_{n\to+\infty} e - u_n = 0, \text{ soit } \lim_{n\to+\infty} u_n = e.$$

5. Nous proposons l'algorithme suivant, qui restitue un rang N à partir duquel

$$e - u_N < 10^{-P},$$

l'entier naturel P étant choisi par l'utilisateur :

<table>
<tr>
<td>$N \leftarrow 1$
$U \leftarrow 2$
Tant que $\exp(1) - U \geq 10^{-P}$
    $U \leftarrow \left(1+\frac{1}{N}\right)^N$
    $N \leftarrow N+1$
Fin Tant que</td>
<td>

```
from math import*
p=int(input("p="))

u=2
n=1
while exp(1)-u>=10**(-p):
    u=(1+1/n)**n
    n=n+1
print(n)
print(u)
```

</td>
</tr>
</table>

L'implémentation de cet algorithme fournit le tableau suivant lorsque $P \in [\![1, 4]\!]$:

P	1	2	3	4
N	14	136	1360	13592
$U \approx$	$2,660$	$2,708$	$2,717$	$2,718$

Nous remarquons que la convergence de la suite (u_n) est lente.

Nous pourrons, en classe de Terminale, étudier des suites qui convergent plus rapidement vers e comme par exemple la suite(v_n) définie sur $\mathbb{N}$ par

$$v_n = \sum_{k=0}^{n} \frac{1}{k!}.$$

Exercice 14. Introduction à la fonction logarithme népérien

Soit f une fonction dérivable sur $]0, +\infty[$ qui satisfait à l'égalité fonctionnelle, notée (L) :

$$\forall x \in]0, +\infty[, \forall a \in]0, +\infty[, f(ax) = f(a) + f(x).$$

1. Justifier que $f(1) = 0$.

2. Montrer que, pour tout réel $a > 0$, $f(\frac{1}{a}) = -f(a)$.

3. Nous supposons que le réel a est fixé dans l'intervalle $]0, +\infty[$.

Nous considérons la fonction g définie sur $]0, +\infty[$ par :

$$g(x) = f(ax) - f(x).$$

Montrer que, pour tout réel $x > 0$, $f'(ax) = \dfrac{f'(x)}{a}$.

En posant $f'(1) = 1$, en déduire que, pour tout réel $x > 0$,

$$f'(x) = \frac{1}{x}$$

Quel est le sens de variations de f sur $]0, +\infty[$?

4. La fonction f satisfaisant à l'égalité fonctionnelle (L) telle que $f'(1) = 1$ est, par définition, la fonction logarithme népérien, *notée* ln.

Nous considérons la fonction h définie sur $\mathbb{R}$ par :

$$h(x) = \ln(e^x) - x.$$

Prouver que, pour tout réel x, $\ln(e^x) = x$.

5. Nous reprenons le corollaire du paragraphe 7.3.3. Montrer que :

$$0 < e^x < 1 \Rightarrow x < 0.$$

Solution

1. En particulier, pour $x = a = 1$, l'égalité (L) devient

$$f(1) = 2f(1), \text{ soit } f(1) = 0.$$

2. Soit un réel $a > 0$. Dans l'égalité (L), nous posons $x = \frac{1}{a}$, ce qui donne :

$$f(a \times \frac{1}{a}) = f(a) + f(\frac{1}{a}), \text{ soit } f(1) = f(a) + f(\frac{1}{a}).$$

Puisque $f(1) = 0$, pour tout réel $a > 0$, nous en concluons

$$f(\frac{1}{a}) = -f(a).$$

3. Soit un réel $x \in]0, +\infty[$.

D'une part, nous avons $g(x) = f(a)$. La fonction g constante est dérivable sur $]0, +\infty[$ et nous obtenons :

$$g'(x) = 0.$$

D'autre part, la fonction g est dérivable sur $]0, +\infty[$ par composition et différence. Pour tout réel $x > 0$, il vient :

$$g'(x) = af'(ax) - f'(x).$$

Il en résulte que, pour tous les réels $x > 0$ et $a > 0$,

$$af'(ax) - f'(x) = 0, \text{ soit } f'(ax) = \frac{f'(x)}{a}.$$

En particulier, pour $x = 1$, sachant que $f'(1) = 1$, nous obtenons

$$f'(a) = \frac{f'(1)}{a} = \frac{1}{a}.$$

En échangeant les rôles de a et x, nous en concluons que

$$\forall x \in]0, +\infty[, \ f'(x) = \frac{1}{x}.$$

Puisque, pour tout réel $x > 0$, $f'(x) > 0$, nous en déduisons que la fonction f est croissante strictement sur l'intervalle $]0, +\infty[$.

4. La fonction h est dérivable sur $\mathbb{R}$ par composition et différence.

Pour tout réel x, nous obtenons

$$h'(x) = e^x \ln'(e^x) - 1 = e^x \times \frac{1}{e^x} - 1 = 0.$$

Nous en déduisons qu'il existe une constante réelle c telle que, pour tout réel x, $h(x) = c$.

En particulier, pour $x = 0$, nous obtenons

$$c = h(0) = \ln(e^0) = \ln 1 = 0,$$

ce qui prouve, pour tout réel x, que $h(x) = 0$, c'est-à-dire

$$\forall x \in \mathbb{R}, \ln(e^x) = x.$$

5. Soit x un réel tel que $0 < e^x < 1$.

Puisque la fonction ln est croissante strictement sur $]0, +\infty[$, nous en déduisons

$$\ln(e^x) < \ln(1), \text{ soit } x < 0,$$

ce qui complète la preuve du corollaire du paragraphe 7.3.3.

CHAPITRE 8

Trigonométrie

La trigonométrie dans un triangle rectangle est étudiée au collège.

Il s'agit de définir le cosinus et le sinus d'un angle aigu de ce triangle par les rapports de longueurs de ses côtés.

Cette trigonométrie est très pratique et permet de résoudre de nombreuses questions notamment dans un triangle équilatéral ou rectangle isocèle.

Cependant lorsque intervient un angle obtus ou un angle au centre dans un cercle, la trigonométrie dans un triangle rectangle ne fonctionne plus de façon satisfaisante.

C'est pour cette raison que nous développons dans ce chapitre la notion d'angle orienté et une trigonométrie plus générale qui s'appuie essentiellement sur le repérage d'un point sur un cercle de référence, de centre l'origine d'un repère donné et de rayon 1, sur lequel un sens de parcours est choisi : c'est le fameux cercle trigonométrique.

Nous commençons par définir un nouvelle unité d'angle, le radian. Cette nouvelle unité permet entre autres de mesurer très simplement la longueur d'un arc de cercle. Elle autorise également une définition simple et satisfaisante de deux nouvelles fonctions de référence : les fonctions trigonométriques cosinus et sinus. Nous profitons de ce chapitre pour définir la fonction tangente.

Nous terminons par la résolution d'équations trigonométriques de référence.

8.1 Le radian

8.1.1 Longueur d'un arc de cercle

Théorème. *Soient (C) un cercle de centre O et de rayon $R > 0$, A et M deux points de (C) tel que l'angle au centre $\widehat{AOM}$ ait pour mesure a en degrés avec $a \in [0,\, 360]$.*

En désignant par L la longueur de l'arc $\widehat{AM}$, nous avons

$$L = \frac{a\pi R}{180}.$$

Démonstration. Nous commençons par former le tableau suivant qui détermine la longueur L de l'arc $\widehat{AM}$ en fonction de R pour des valeurs particulières de a en degré.

$a°$	$180°$	$90°$	$60°$	$45°$	$30°$	$135°$
L	πR	$\frac{\pi R}{2}$	$\frac{\pi R}{3}$	$\frac{\pi R}{4}$	$\frac{\pi R}{6}$	$\frac{3\pi R}{4}$

Nous constatons que les mesures en degré des angles au centre sont proportionnelles aux longueurs des arcs interceptés, ce qui donne

$$\frac{L}{a} = \frac{\pi R}{180}.$$

Nous en déduisons pour conclure

$$L = \frac{a\pi R}{180}.$$

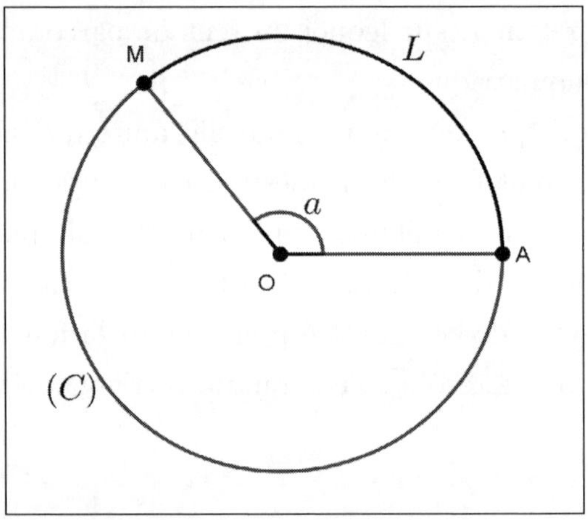

Remarque. La longueur de l'arc correspondant à l'angle au centre de mesure en degré $360 - a$ est $2\pi R - \dfrac{a\pi R}{180}$.

Exemple. Nous nous plaçons dans le cas particulier $R = 1$, l'unité de longueur étant choisie.

- Si $a = 180°$, alors

$$L = \frac{180\pi}{180} = \pi.$$

- De plus, nous avons $a = \dfrac{180L}{\pi R}$ donc, si $L = 1$, alors

$$a = \frac{180}{\pi} \approx 57,3°.$$

8.1.2 Le radian : une unité d'angle

Définition. *Soit (C) un cercle de centre O et de rayon 1.*

Soient A et M deux points de (C) .

Le réel α mesurant la longueur de l'arc $\widehat{AM}$ est la mesure en radian de l'angle $\widehat{AOM}$.

Ainsi, nous retiendrons

- *π radians mesure un angle plat.*
- *1 radian mesure un angle de $57,3°$ environ.*

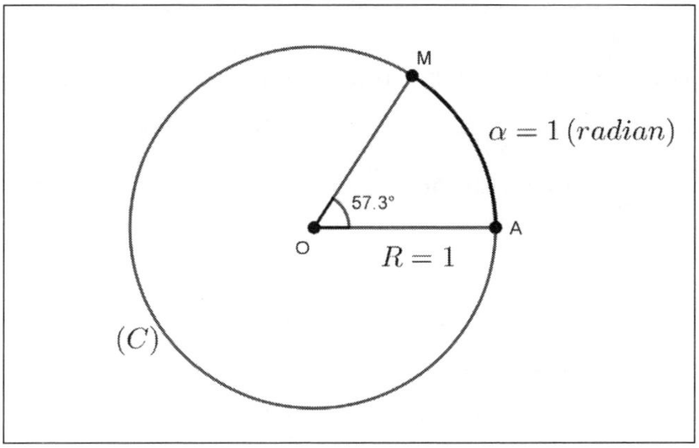

Proposition (conversion). *Avec les notations ci-dessus, soient α et a les mesures en radians et degrés respectivement de l'angle $\widehat{AOM}$.*

Nous disposons de l'égalité

$$\frac{\alpha}{\pi} = \frac{a}{180}.$$

Démonstration. La proposition précédente, en particulier pour $R = 1$ et $L = \alpha$, donne

$$\alpha = \frac{a\pi}{180} \Leftrightarrow \frac{\alpha}{\pi} = \frac{a}{180}.$$

Proposition (longueur d'un arc de cercle et radian). *Soit (C) un cercle de centre O et de rayon R. Soient A et M deux points de (C) tel que l'angle $\widehat{AOM}$ ait pour mesure α radians avec $\alpha \in [0, 2\pi]$. L'arc $\widehat{AM}$ a pour longueur*

$$L = R\alpha.$$

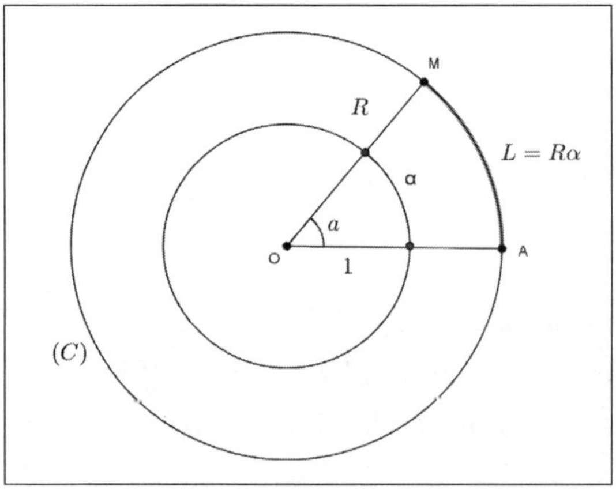

Démonstration. Désignons par a une mesure en degrés de l'angle $\widehat{AOM}$.

Nous savons que $L = \dfrac{a\pi}{180}R$.

Puisque $\alpha = \dfrac{a\pi}{180}$, nous obtenons $L = R\alpha$.

Remarque. Une première justification de l'utilisation de l'unité radian réside dans la formule $L = R\alpha$ qui est plus simple que celle donnant la longueur d'un arc de cercle avec un angle au centre en degré.

Proposition. *Avec les données ci-dessus on désigne par $\mathcal{A}$ l'aire du secteur angulaire correspondant à l'arc $\widehat{AM}$. Nous disposons de l'égalité*

$$\mathcal{A} = \frac{R^2}{2}\alpha.$$

Démonstration. En considérant que les aires des secteurs angulaires sont proportionnelles aux longueurs des arcs interceptés, nous obtenons :

$$\frac{\mathcal{A}}{\frac{\pi R^2}{2}} = \frac{\alpha}{\pi}.$$

Nous en concluons que $\mathcal{A} = \frac{\alpha}{\pi} \times \frac{\pi R^2}{2} = \frac{R^2}{2}\alpha.$

Exemple. Dans la figure ci-dessous, calculons l'aire de la partie S.

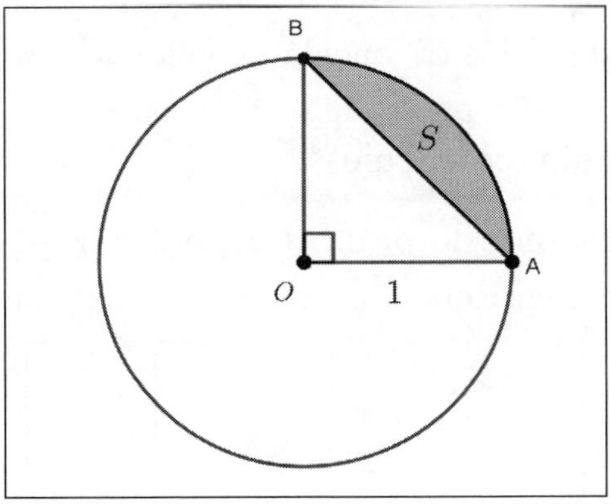

L'aire du secteur angulaire correspondant à l'arc $\widehat{AB}$ est $\frac{1^2}{2} \times \frac{\pi}{2} = \frac{\pi}{4}.$

L'aire du triangle AOB est égale à $\frac{1}{2}.$

Il en résulte que l'aire de la partie S est $\frac{\pi}{4} - \frac{1}{2}.$

8.2 Repérage sur le cercle trigonométrique

Dans ce paragraphe, $(O\,;\,\vec{\imath}, \vec{\jmath})$ est un repère orthonormal.

8.2.1 Le cercle trigonométrique

Définition. *Le cercle trigonométrique est le cercle de centre O et de rayon 1. Ce cercle est souvent noté $C_{O,1}$.*

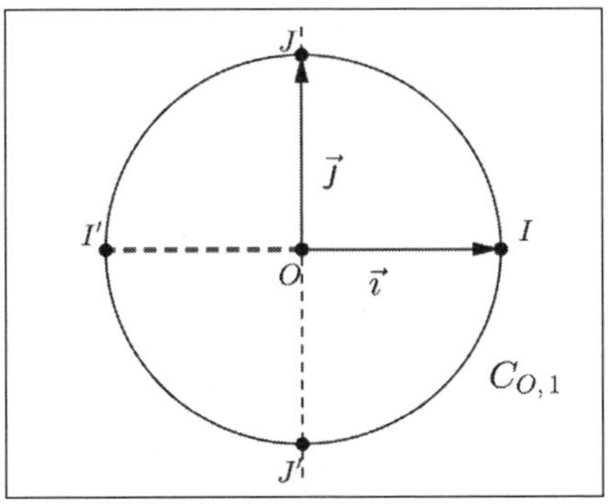

Avec les notations de la figure, ce cercle est orienté de la façon suivante :
- *le sens est direct lorsque ce cercle est décrit de I vers J,*
- *le sens est indirect lorsque ce cercle est décrit de I vers J'.*

Remarques. Nous disposons des deux remarques suivantes :

- Le sens direct est le sens contraire « des aiguilles d'une montre ». Le sens direct est également appelé sens trigonométrique.
- Une équation du cercle trigonométrique est $x^2 + y^2 = 1$.

8.2.2 Repérage sur ce cercle

Étude d'un exemple : le point J repéré par $\frac{\pi}{2}$

Soit (T) la droite numérique tangente à $C_{O,1}$ au point I.

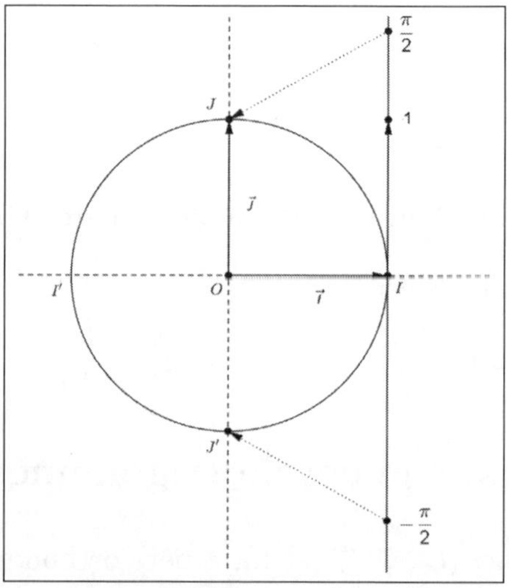

Au réel $\frac{\pi}{2}$ sur la droite (T), on associe par « enroulement » le point J tel que l'arc $\widehat{IJ}$ a pour longueur $\frac{\pi}{2}$ ou bien tel que l'angle $\widehat{IOJ}$ a pour mesure $\frac{\pi}{2}$ radians.

Nous observons que le point J est également associé par « enroulement » aux réels $\frac{\pi}{2} + 2\pi$ ou $\frac{\pi}{2} - 2\pi$ sur la droite (T).

Plus généralement, ce même point J est associé par « enroulement », aux réels $\frac{\pi}{2} + k(2\pi)$, avec $k \in \mathbb{Z}$.

Nous en concluons que le point J est repéré sur $C_{O,1}$ par le réel $\frac{\pi}{2}$ et plus généralement par tout réel de la forme $\frac{\pi}{2} + k(2\pi)$, avec $k \in \mathbb{Z}$.

De la même façon, le point J' est repéré sur $C_{O,1}$ par le réel $-\frac{\pi}{2}$ et plus généralement par tout réel de la forme $-\frac{\pi}{2} + k(2\pi)$, avec $k \in \mathbb{Z}$.

Définition. *A tout point* $M \in C_{O,1}$*, est associé « par enroulement » un unique réel* $a \in]-\pi, \pi]$ *tel que l'arc* $\widehat{IM}$ *a pour la longueur* $|a|$*, c'est-à-dire tel que l'angle* $\widehat{IOM}$ *a pour mesure* $|a|$ *radians.*

On dit que M *est repéré sur le cercle trigonométrique par le réel* a*.*

Tout réel de la forme $a + k(2\pi)$*, avec* $k \in \mathbb{Z}$*, repère aussi ce point* M *sur le cercle trigonométrique.*

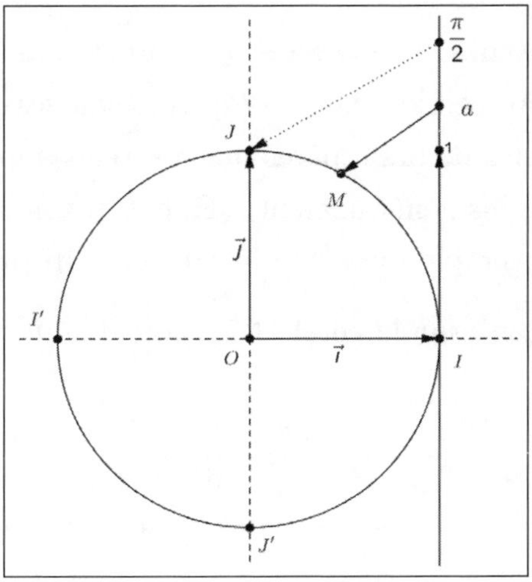

8.2.3 Repérage dans le premier quadrant

Proposition. *Sur le cercle trigonométrique, dans le premier quadrant, nous disposons des repérages particuliers suivants :*

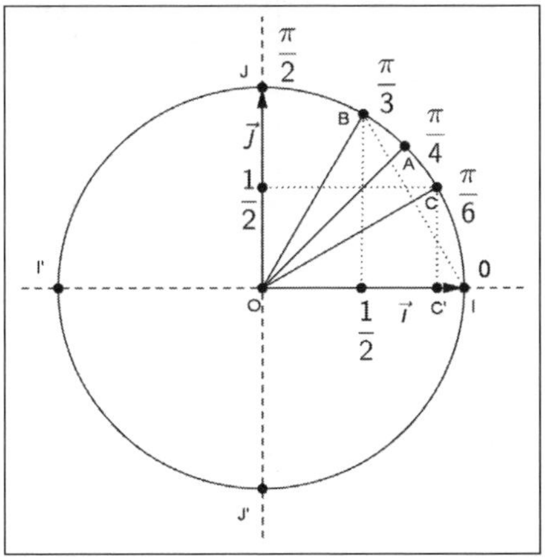

Démonstration. Avec les notations de la figure, nous avons

- I est repéré par 0.
- J est repéré par $\dfrac{\pi}{2}$.

- A est repéré par $\dfrac{\pi}{4}$ car la droite (OA) est la bissectrice de l'angle $\widehat{IOJ}$.
- B est repéré par $\dfrac{\pi}{3}$ car le triangle IOB est équilatéral. De plus B a pour abscisse $\dfrac{1}{2}$.
- C est repéré par $\dfrac{\pi}{6}$ car le triangle COC' est demi-équilatéral. De plus C a pour ordonnée $\dfrac{1}{2}$.

Remarque. Connaissant ces repérages particuliers dans le premier quadrant, nous pouvons, grâce au cercle trigonométrique et à ses éléments de symétrie, placer sur ce dernier, des points repérés par des réels appartenant à l'intervalle $]-\pi,\, \pi]$ ou $[0,\, 2\pi[$ et plus généralement à $\mathbb{R}$, en "tournant de 2π" dans le sens direct ou indirect. L'exemple qui suit illustre cette **importante** remarque.

Exemple. Nous plaçons sur le cercle trigonométrique les points repérés par les réels suivants :

$$\frac{2\pi}{3},\ -\frac{\pi}{3},\ \frac{3\pi}{4},\ -\frac{\pi}{6} \text{ et } -\frac{5\pi}{6}.$$

Pour placer ces points, nous observons ci-dessous des symétries qui seront justifiées ultérieurement.

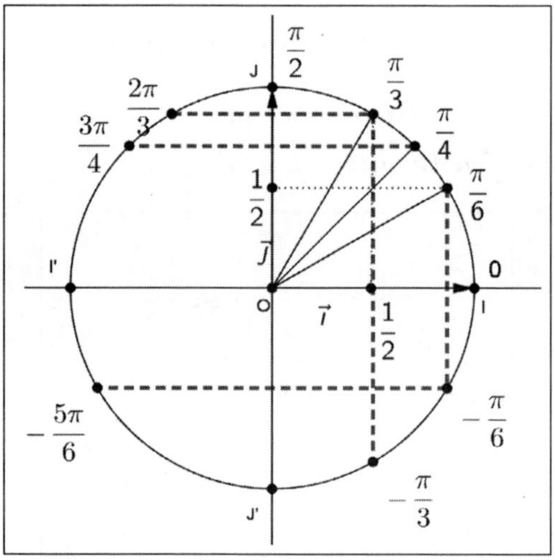

Nous plaçons maintenant sur le cercle trigonométrique le point repéré par $\dfrac{2019\pi}{4}$.

Heureusement, nous ne tournons pas sur le cercle "2019 fois de $\dfrac{\pi}{4}$" !

Nous effectuons la division euclidienne de 2019 par 4.

Ainsi nous obtenons, $2019 = 4 \times 504 + 3$.

Cela permet de déduire :

$$\frac{2019\pi}{4} = (4 \times 504 + 3)\frac{\pi}{4} = \frac{3\pi}{4} + 252(2\pi).$$

Nous en concluons que le point considéré est repéré sur le cercle trigonométrique par le réel $\frac{3\pi}{4}$.

8.3 Angle orienté

8.3.1 Angle orienté de deux vecteurs unitaires

Définition. *Soient $\vec{u}$ et $\vec{v}$ deux vecteurs unitaires c'est-à-dire tels que $||\vec{u}|| = 1$ et $||\vec{v}|| = 1$.*

Soient A et B deux points du cercle trigonométrique repérés sur ce cercle respectivement par les réels a et b, tels que $\overrightarrow{OA} = \vec{u}$ et $\overrightarrow{OB} = \vec{v}$.

- *Le couple $(\vec{u}, \vec{v}) = (\overrightarrow{OA}, \overrightarrow{OB})$ est un angle orienté de deux vecteurs.*
- *Le réel $\alpha = b - a$ est une mesure en radians de l'angle orienté$(\vec{u}, \vec{v})$.*

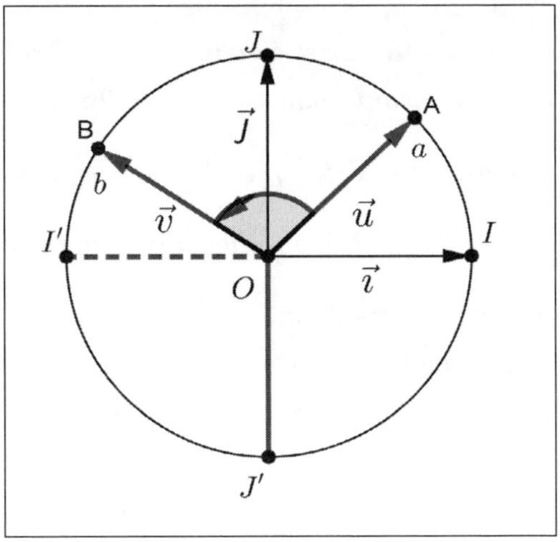

Remarque. Avec les notations de la figure, nous observons les cas particuliers suivants :

L'angle orienté $(\vec{i}, \vec{u}) = (\overrightarrow{OI}, \overrightarrow{OA})$ a pour mesure a.
L'angle orienté $(\vec{i}, \vec{j}) = (\overrightarrow{OI}, \overrightarrow{OJ})$ a pour mesure $\frac{\pi}{2}$.
L'angle orienté $(\vec{i}, -\vec{i}) = (\overrightarrow{OI}, \overrightarrow{OI'})$ a pour mesure π.
L'angle orienté $(\vec{i}, -\vec{j}) = (\overrightarrow{OI}, \overrightarrow{OJ'})$ a pour mesure $-\frac{\pi}{2}$.

Proposition. *Si les réels α et α' sont deux mesures de l'angle orienté $(\vec{u}, \vec{v})$, alors : $\exists k \in \mathbb{Z}$, $\alpha' = \alpha + k(2\pi)$.*

Démonstration. Avec les notations de la figure, nous posons

$$\alpha = b - a \text{ et } \alpha' = b' - a',$$

où

a et a' sont deux réels qui repèrent le point A,
b et b' sont deux réels qui repèrent le point B.
Nous savons que

$$a' = a + k_1(2\pi), \text{ avec } k_1 \in \mathbb{Z},$$
$$b' = b + k_2(2\pi), \text{ avec } k_2 \in \mathbb{Z}.$$

Nous en déduisons

$$b' - a' = b - a + (k_2 - k_1)2\pi,$$

ce qui donne, en posant $k = k_2 - k_1 \in \mathbb{Z}$,

$$\alpha' = \alpha + k(2\pi).$$

Définition (congruence modulo 2π). *Soient α' et α deux réels.*
On dit que ces deux réels sont congrus modulo 2π si et seulement si

$$\textit{il existe } k \in \mathbb{Z} \textit{ tel que } \alpha' = \alpha + k(2\pi).$$

On note dans ce cas, $\alpha' \equiv \alpha[2\pi]$ ou plus simplement $\alpha' = \alpha[2\pi]$.

Remarques. Nous en proposons deux.

- De la proposition précédente, il résulte que si α est une mesure de l'angle orienté $(\vec{u}, \vec{v})$, alors toute autre mesure de cet angle est de la forme $\alpha + k(2\pi)$, avec $k \in \mathbb{Z}$.
- Par abus de langage, nous confondons un angle orienté avec sa mesure en radians, ce qui permet d'écrire

$$(\vec{u}, \vec{v}) = \alpha[2\pi] \text{ ou bien } (\vec{u}, \vec{v}) = \alpha + k(2\pi), \text{ avec } k \in \mathbb{Z}$$

Définition (mesure principale). *Un réel α est la mesure principale de l'angle orienté $(\vec{u}, \vec{v})$ si et seulement si*

$$(\vec{u}, \vec{v}) = \alpha[2\pi] \textit{ avec } \alpha \in]-\pi, \pi].$$

Remarque. Avec les notations de la figure, si $\alpha \in]-\pi, \pi]$ est la mesure principale de l'angle orienté $(\overrightarrow{OA}, \overrightarrow{OB})$, alors $|a|$ est la mesure en radians de l'angle géométrique $\widehat{AOB}$.

Exemples. Nous en proposons deux.

Un point A est repéré sur le cercle trigonométrique par le réel $-\frac{2\pi}{3}$.

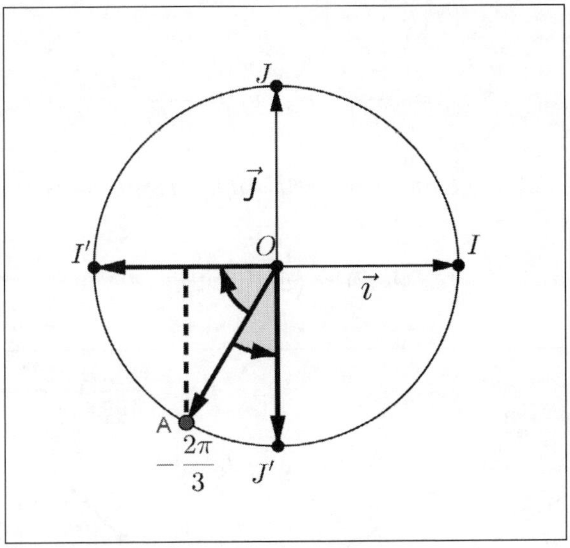

1er exemple. Nous avons

$$(\overrightarrow{OA}, \overrightarrow{OJ'}) = -\frac{\pi}{2} - (-\frac{2\pi}{3})[2\pi] = \frac{\pi}{6}[2\pi],$$

ce qui justifie que $\frac{\pi}{6} \in]-\pi, \pi]$ est la mesure principale de cet angle.

2^{e} exemple. Nous avons

$$(\overrightarrow{OA}, \overrightarrow{OI'}) = \pi - (-\frac{2\pi}{3})[2\pi] = \frac{5\pi}{3}[2\pi].$$

Mais, $\frac{5\pi}{3} \notin]-\pi,, \pi]$ et nous obtenons

$$\frac{5\pi}{3} = -\frac{\pi}{3} + 2\pi, \text{ soit } \frac{5\pi}{3} = -\frac{\pi}{3}[2\pi],$$

ce qui justifie que $-\frac{\pi}{3} \in]-\pi, \pi]$ est la mesure principale de cet angle.

8.3.2 Angle orienté de deux vecteurs non nuls

Définition. *Soient $\vec{u}$ et $\vec{v}$ deux vecteurs non nuls.*

Nous posons

$$\vec{u_1} = \frac{1}{||\vec{u}||} \cdot \vec{u} \text{ et } \vec{v_1} = \frac{1}{||\vec{v}||} \cdot \vec{v}.$$

Les vecteurs $\vec{u_1}$ et $\vec{v_1}$ sont unitaires et l'angle orienté $(\vec{u}, \vec{v})$ est défini par

$$(\vec{u}, \vec{v}) = (\vec{u_1}, \vec{v_1})[2\pi].$$

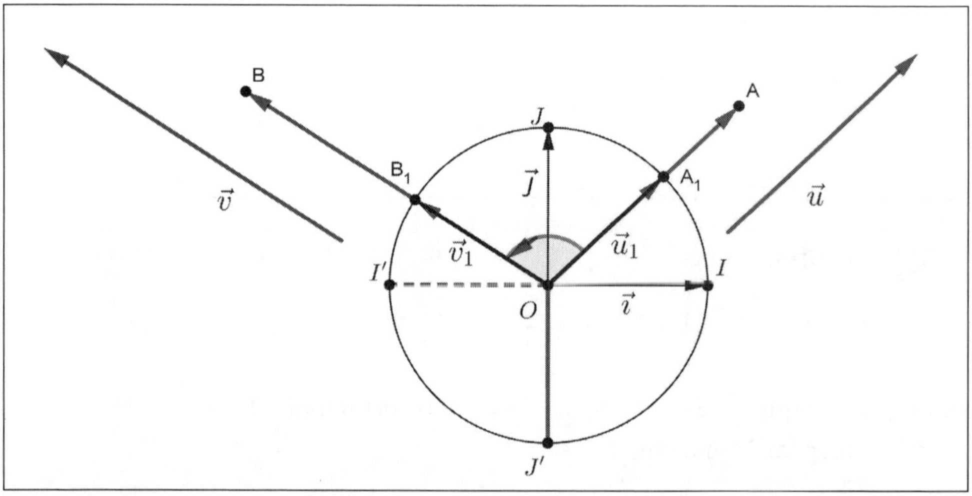

Remarque. Avec les notations de la figure, nous avons

$$(\overrightarrow{OA}, \overrightarrow{OB}) = (\overrightarrow{OA}_1, \overrightarrow{OB}_1)[2\pi].$$

8.3.3 Propriétés de calcul avec les angles orientés

Proposition (angle nul - angle plat)**.** *Soit $\vec{u}$ un vecteur non nul. Nous avons*

- $(\vec{u}, \vec{u}) = 0[2\pi]$,
- $(\vec{u}, -\vec{u}) = \pi[2\pi]$.

Démonstration. La définition précédente permet de supposer que $\vec{u}$ est un vecteur unitaire.

- Avec les notations de la figure,

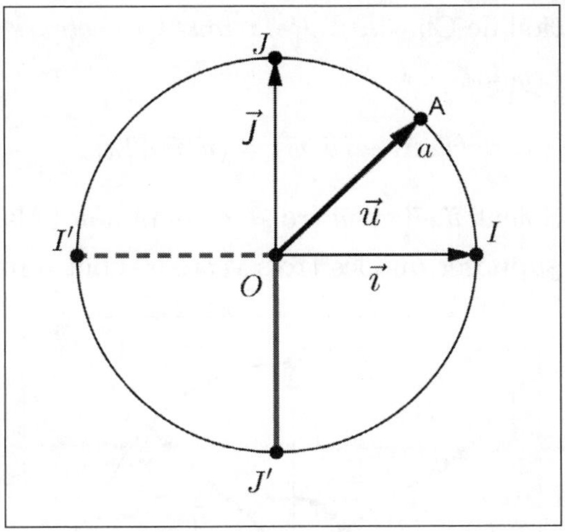

nous obtenons

$$(\vec{u}, \vec{u}) = (\overrightarrow{OA}, \overrightarrow{OA}) = a - a[2\pi] = 0[2\pi].$$

- Avec les notations de la figure,

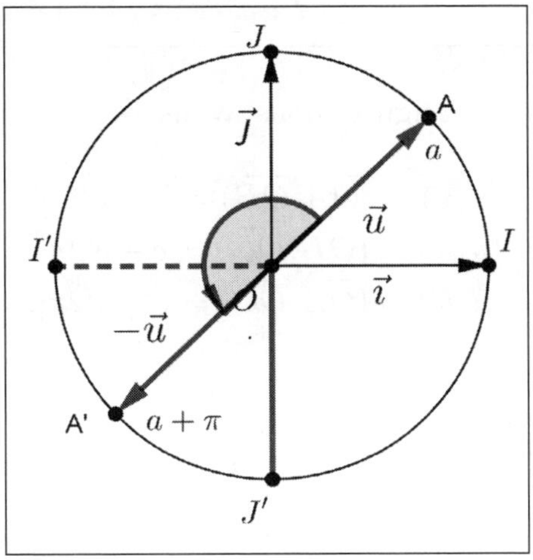

nous obtenons

$$(\vec{u}, -\vec{u}) = (\overrightarrow{OA}, \overrightarrow{OA'}) = a + \pi - a[2\pi] = \pi[2\pi].$$

Remarque. Pour tout vecteur $\vec{u} \neq \vec{0}$, nous avons

$$(\vec{u}, -\vec{u}) = (-\vec{u}, \vec{u})[2\pi].$$

Proposition (relation de Chasles). *Pour tous les vecteurs $\vec{u}$, $\vec{v}$ et $\vec{w}$ non nuls, nous disposons de l'égalité*

$$(\vec{u},\vec{v})+(\vec{v},\vec{w})=(\vec{u},\vec{w})[2\pi]$$

Démonstration. Soient $\vec{u}$, $\vec{v}$ et $\vec{w}$ trois vecteurs non nuls. La définition précédente permet de supposer que les trois vecteurs sont unitaires.

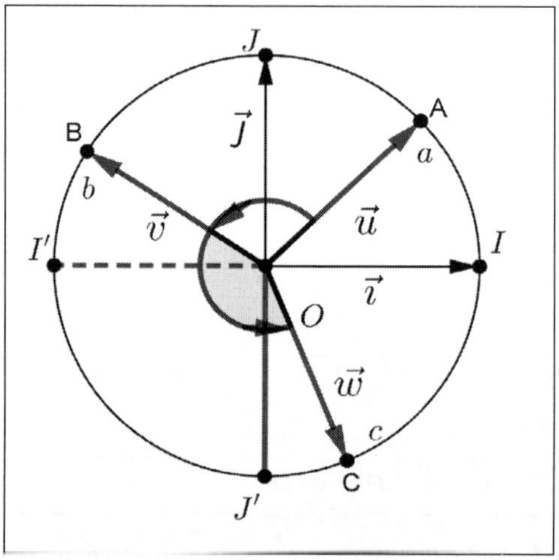

Avec les notations de la figure, nous avons

$$\begin{aligned}(\vec{u},\vec{v})&=(\overrightarrow{OA},\overrightarrow{OB})=b-a[2\pi],\\(\vec{v},\vec{w})&=(\overrightarrow{OB},\overrightarrow{OC})=c-b[2\pi],\\(\vec{u},\vec{w})&=(\overrightarrow{OA},\overrightarrow{OC})=c-a[2\pi].\end{aligned}$$

Nous en déduisons

$$(\vec{u},\vec{v})+(\vec{v},\vec{w})=c-a[2\pi]=(\vec{u},\vec{w})[2\pi].$$

Corollaire. Quels que soient les vecteurs $\vec{u}$ et $\vec{v}$ non nuls, on a :

- $(\vec{u},\vec{v})=-(\vec{v},\vec{u})[2\pi]$,
- $(-\vec{u},\vec{v})=(\vec{u},-\vec{v})=(\vec{u},\vec{v})+\pi[2\pi]$,
- $(-\vec{u},-\vec{v})=(\vec{u},\vec{v})[2\pi]$

Démonstration. Soient $\vec{u}\neq\vec{0}$ et $\vec{v}\neq\vec{0}$.

- En appliquant la relation de Chasles, il vient

$$(\vec{u},\vec{v})+(\vec{v},\vec{u})=(\vec{u},\vec{u})[2\pi]=0[2\pi],$$

ce qui prouve :

$$(\vec{u},\vec{v}) = -(\vec{v},\vec{u})[2\pi]$$

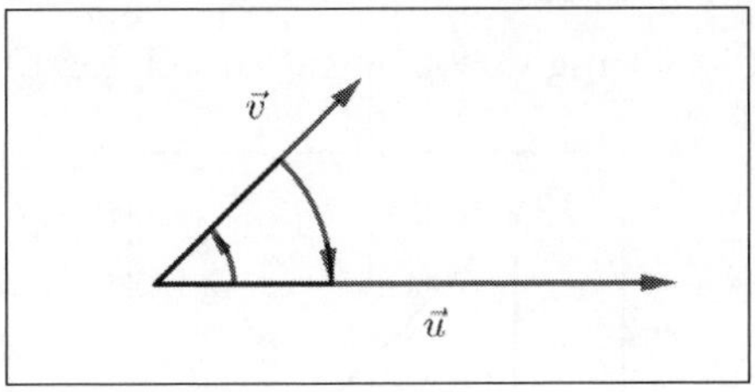

- En appliquant à nouveau la relation de Chasles, nous obtenons

$$(-\vec{u},\vec{v}) = (-\vec{u},\vec{u}) + (\vec{u},\vec{v})[2\pi] = \pi + (\vec{u},\vec{v})[2\pi].$$

De même, nous avons

$$(\vec{u},-\vec{v}) = (\vec{u},\vec{v}) + (\vec{v},-\vec{v})[2\pi] = (\vec{u},\vec{v}) + \pi[2\pi].$$

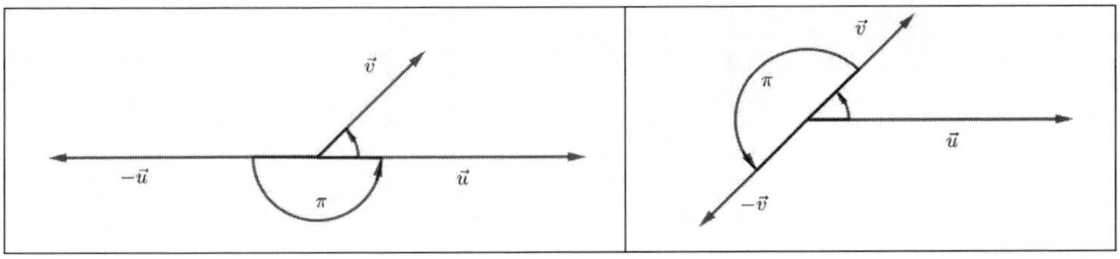

- Toujours grâce à la relation de Chasles, il vient

$$(-\vec{u},-\vec{v}) = (-\vec{u},\vec{u}) + (\vec{u},\vec{v}) + (\vec{v},-\vec{v})[2\pi] = \pi + (\vec{u},\vec{v}) + \pi[2\pi] = (\vec{u},\vec{v})[2\pi].$$

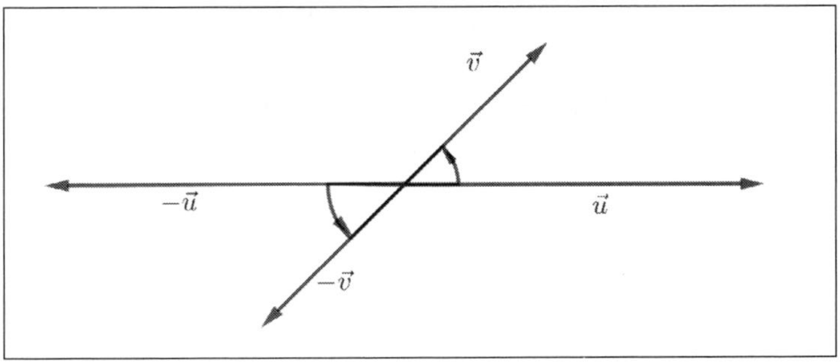

8.3.4 Orientation du plan

Définition. *Une base orthonormale* $(\vec{u},\vec{v})$ *est*

- *directe si et seulement si l'angle orienté* $(\vec{u},\vec{v}) = \frac{\pi}{2}[2\pi]$,
- *indirecte si et seulement si l'angle orienté* $(\vec{u},\vec{v}) = -\frac{\pi}{2}[2\pi]$.

Remarques. Par extension, nous étendons la notion d'orientation aux configurations usuelles, par exemple :

- Le triangle ABC rectangle isocèle est direct lorsque $(\overrightarrow{AB}, \overrightarrow{AC}) = \frac{\pi}{2}[2\pi]$.

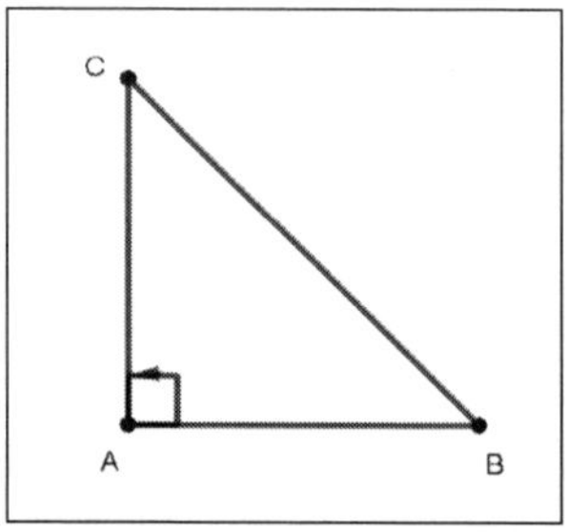

- Le carré $ABCD$ est direct lorsque $(\overrightarrow{AB}, \overrightarrow{AD}) = \frac{\pi}{2}[2\pi]$.

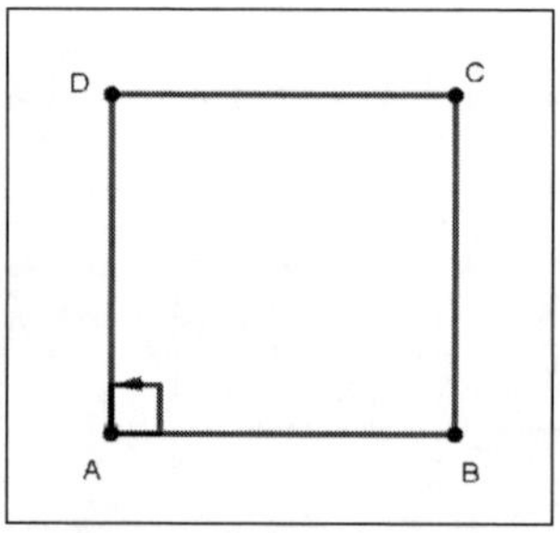

Plus généralement un triangle ABC est de sens direct lorsque ses sommets A, B et C sont donnés dans cet ordre selon le sens trigonométrique.

Proposition. *Soit ABC un triangle quelconque. Nous avons*

$$(\overrightarrow{AB}, \overrightarrow{AC}) + (\overrightarrow{BC}, \overrightarrow{BA}) + (\overrightarrow{CA}, \overrightarrow{CB}) = \pi[2\pi].$$

Démonstration. Nous supposons que le triangle ABC est direct.

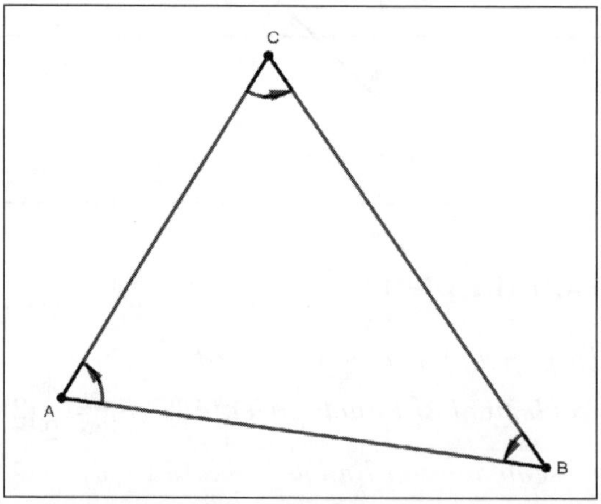

Nous observons que

$$(\overrightarrow{AB}, \overrightarrow{AC}) = (\overrightarrow{BA}, \overrightarrow{CA}).$$

Il en résulte

$$\begin{aligned}(\overrightarrow{AB}, \overrightarrow{AC}) + (\overrightarrow{BC}, \overrightarrow{BA}) + (\overrightarrow{CA}, \overrightarrow{CB}) &= (\overrightarrow{BC}, \overrightarrow{BA}) + (\overrightarrow{BA}, \overrightarrow{CA}) + (\overrightarrow{CA}, \overrightarrow{CB}),\\ &= (\overrightarrow{BC}, \overrightarrow{CA}) + (\overrightarrow{CA}, \overrightarrow{CB}),\\ &= (\overrightarrow{BC}, \overrightarrow{CB}),\\ &= (\overrightarrow{BC}, -\overrightarrow{BC}),\\ &= \pi[2\pi].\end{aligned}$$

Si le triangle ABC est indirect, l'égalité obtenue reste vraie.

Remarque. Cette proposition est la version " géométrie orientée" d'un résultat vu au collège qui énonce que la somme des mesures des trois angles d'un triangle est égale à 180°, c'est-à-dire π radians.

8.3.5 Angle orienté et vecteurs colinéaires

Proposition. *Soient $\vec{u}$, $\vec{v}$ deux vecteurs non nuls, k et k' deux réels non nuls. Nous avons*

$$(k\vec{u}, k'\vec{v}) = \begin{cases} (\vec{u}, \vec{v})[2\pi] & \text{si} \quad k \times k' > 0 \\ (\vec{u}, \vec{v}) + \pi[2\pi] & \text{si} \quad k \times k' < 0 \end{cases}.$$

Démonstration. Nous supposons que $\vec{u}$, $\vec{v}$ sont unitaires et soient $k \in \mathbb{R}^*$ et $k' \in \mathbb{R}^*$.

Par définition, nous avons

$$(k\vec{u}, k'\vec{v}) = (\frac{1}{||k\vec{u}||}k\vec{u}, \frac{1}{||k'\vec{v}||}k'\vec{v})[2\pi] = (\frac{1}{|k|||\vec{u}||}k\vec{u}, \frac{1}{|k'|||\vec{v}||}k'\vec{v})[2\pi].$$

Puisque $||u|| = ||v|| = 1$, nous en déduisons

$$(k\vec{u}, k'\vec{v}) = (\frac{k}{|k|}\vec{u}, \frac{k'}{|k'|}\vec{v})[2\pi].$$

1er cas : $k \times k' > 0$, soit $k > 0$ et $k' > 0$ ou $k < 0$ et $k' < 0$.

Ainsi, nous traitons deux sous-cas.

- $k > 0$ et $k' > 0$.

Nous avons $\frac{k}{|k|} = \frac{k'}{|k'|} = 1$, donc :

$$(k\vec{u}, k'\vec{v}) = (\vec{u}, \vec{v})[2\pi].$$

- $k < 0$ et $k' < 0$.
Nous avons $\dfrac{k}{|k|} = \dfrac{k'}{|k'|} = -1$, donc

$$(k\vec{u}, k'\vec{v}) = (-\vec{u}, -\vec{v})[2\pi] = (\vec{u}, \vec{v})[2\pi].$$

Nous en concluons que

$$\text{si } k \times k' > 0, \text{ alors } (k\vec{u}, k'\vec{v}) = (\vec{u}, \vec{v})[2\pi].$$

2^e^ cas : $k \times k' < 0$, soit $k > 0$ et $k' < 0$ ou $k < 0$ et $k' > 0$.
De la même façon, nous traitons deux sous-cas.

- $k > 0$ et $k' < 0$.
Nous avons $\dfrac{k}{|k|} = 1$ et $\dfrac{k'}{|k'|} = -1$, donc

$$(k\vec{u}, k'\vec{v}) = (\vec{u}, -\vec{v})[2\pi] = (\vec{u}, \vec{v}) + \pi[2\pi].$$

- $k < 0$ et $k' > 0$.
Nous avons $\dfrac{k}{|k|} = -1$ et $\dfrac{k'}{|k'|} = 1$, donc

$$(k\vec{u}, k'\vec{v}) = (-\vec{u}, \vec{v})[2\pi] = (\vec{u}, \vec{v}) + \pi[2\pi].$$

Nous en concluons que

$$\text{si } k \times k' < 0, \text{ alors } (k\vec{u}, k'\vec{v}) = (\vec{u}, \vec{v}) + \pi[2\pi].$$

Corollaire. *Soient $\vec{u}$, $\vec{v}$ deux vecteurs non nuls et k un réel non nul. Nous avons*

- $(k\vec{u}, \vec{v}) = \begin{cases} (\vec{u}, \vec{v})[2\pi] & \text{si } k > 0 \\ (\vec{u}, \vec{v}) + \pi[2\pi] & \text{si } k < 0 \end{cases}$.
- $(k\vec{u}, k\vec{v}) = (\vec{u}, \vec{v})[2\pi]$.

Démonstration. Soient $\vec{u} \neq \vec{0}$, $\vec{v} \neq \vec{0}$ et $k \in \mathbb{R}^*$.

- Nous appliquons la proposition précédente, en particulier pour $k' = 1$.
- Nous appliquons la proposition précédente, en particulier pour $k' = k$.

Dans ce cas, nous avons $k \times k' = k^2 > 0$. L'égalité attendue en résulte.

Proposition (caractérisation angulaire de la colinéarité). *Soient $\vec{u}$ et $\vec{v}$ deux vecteurs non nuls. Nous disposons des deux caractérisations suivantes :*

- *$\vec{u}$ et $\vec{v}$ sont colinéaires de **même sens** si et seulement si*

$$(\vec{u}, \vec{v}) = 0[2\pi].$$

- *$\vec{u}$ et $\vec{v}$ sont colinéaires de **sens contraires** si et seulement si*

$$(\vec{u}, \vec{v}) = \pi[2\pi].$$

Démonstration. • Soient $\vec{u}$ et $\vec{v}$ deux vecteurs non nuls, colinéaires de même sens.

Dans ce cas, il existe un réel $k > 0$ tel que $\vec{v} = k\vec{u}$.

En appliquant le corollaire précédent, nous en déduisons

$$(\vec{u}, \vec{v}) = (\vec{u}, k\vec{u})[2\pi] = (\vec{u}, \vec{u})[2\pi] = 0[2\pi].$$

Réciproquement, soient $\vec{u}$ et $\vec{v}$ deux vecteurs non nuls tels que

$$(\vec{u}, \vec{v}) = 0[2\pi].$$

Par définition d'un angle orienté, il vient

$$(\frac{1}{||\vec{u}||}\vec{u}, \frac{1}{||\vec{v}||}\vec{v}) = 0[2\pi].$$

Les vecteurs $\frac{1}{||\vec{u}||}\vec{u}$ et $\frac{1}{||\vec{v}||}\vec{v}$ sont unitaires, ce qui implique

$$\frac{1}{||\vec{u}||}\vec{u} = \frac{1}{||\vec{v}||}\vec{v}.$$

Il en résulte que

$$\vec{v} = \frac{||\vec{v}||}{||\vec{u}||}\vec{u}.$$

Puisque $\frac{||\vec{v}||}{||\vec{u}||} > 0$, nous en concluons $\vec{u}$ et $\vec{v}$ sont deux vecteurs non nuls, colinéaires de même sens.

• Soient $\vec{u}$ et $\vec{v}$ deux vecteurs non nuls, colinéaires de sens contraires.

Dans ce cas, il existe un réel $k < 0$ tel que $\vec{v} = k\vec{u}$.

En appliquant le corollaire précédent, nous en déduisons

$$(\vec{u}, \vec{v}) = (\vec{u}, k\vec{u})[2\pi] = (\vec{u}, \vec{u}) + \pi[2\pi] = \pi[2\pi].$$

Réciproquement, soient $\vec{u}$ et $\vec{v}$ deux vecteurs non nuls tels que

$$(\vec{u}, \vec{v}) = \pi[2\pi].$$

Par définition d'un angle orienté, il vient

$$(\frac{1}{||\vec{u}||}\vec{u}, \frac{1}{||\vec{v}||}\vec{v}) = \pi[2\pi].$$

Les vecteurs $\frac{1}{||\vec{u}||}\vec{u}$ et $\frac{1}{||\vec{v}||}\vec{v}$ sont unitaires, de sens contraires, ce qui implique

$$\frac{1}{||\vec{u}||}\vec{u} = -\frac{1}{||\vec{v}||}\vec{v}.$$

Il en résulte que

$$\vec{v} = -\frac{||\vec{v}||}{||\vec{u}||}\vec{u}.$$

Puisque $-\frac{||\vec{v}||}{||\vec{u}||} < 0$, nous en concluons que $\vec{u}$ et $\vec{v}$ sont deux vecteurs non nuls, colinéaires de sens contraires.

Remarques. Nous en proposons quatre.

- Pour tous les vecteurs $\vec{u} \neq \vec{0}$ et $\vec{v} \neq \vec{0}$, nous pouvons résumer les deux caractérisations ci-dessus par la proposition :

$\vec{u}$ et $\vec{v}$ sont colinéaires si et seulement si $(\vec{u}, \vec{v}) = 0[\pi]$

- Caractérisation angulaire de l'alignement.

Trois points A, B et C distincts sont alignés si et seulement si $(\overrightarrow{AB}, \overrightarrow{AC}) = 0[\pi]$.

- Caractérisation angulaire du parallélisme.

Deux droites (AB) et (CD) sont parallèles si et seulement si $(\overrightarrow{AB}, \overrightarrow{CD}) = 0[\pi]$.

- Caractérisation angulaire de l'orthogonalité.

Deux droites (AB) et (CD) sont orthogonales si et seulement si $(\overrightarrow{AB}, \overrightarrow{CD}) = \frac{\pi}{2}[\pi]$.

8.4 Cosinus et sinus d'un nombre réel

Dans ce paragraphe, $(O\,;\vec{\imath},\,\vec{\jmath})$ est un repère orthonormal.

8.4.1 Les définitions du cosinus et du sinus

Définition. *Soit M un point du cercle trigonométrique repéré sur ce cercle par un réel x.*

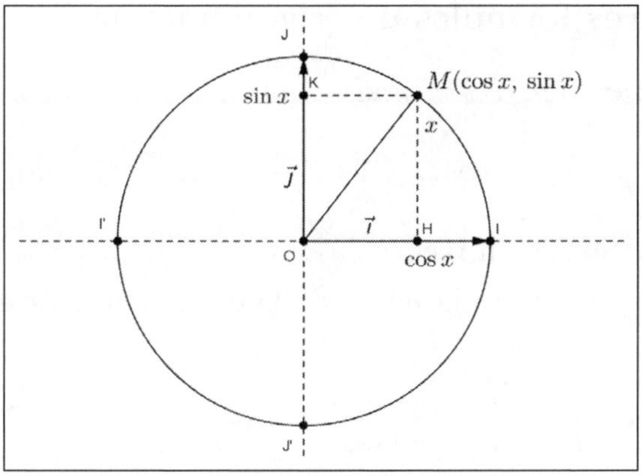

- *Le cosinus de x, noté $\cos x$, est l'abscisse de M dans le repère $(O\,;\vec{\imath},\,\vec{\jmath})$.*
- *Le sinus de x, noté $\sin x$, est l'ordonnée de M dans le repère $(O\,;\vec{\imath},\,\vec{\jmath})$.*

Ainsi, dans ce repère, nous retiendrons que

$$M(\cos x,\,\sin x).$$

Remarques. Nous en donnons trois.

- Avec les notations de la figure, nous avons
$$\overline{OH} = \cos x \text{ et } \overline{OK} = \sin x.$$
- La droite des abscisses est appelée aussi la droite (ou l'axe) des cosinus. La droite des ordonnées est appelée aussi la droite (ou l'axe) des sinus.
- La fonction cosinus, notée cos, est définie sur $\mathbb{R}$ par $\cos : x \mapsto \cos x$. La fonction sinus, notée sin, est définie sur $\mathbb{R}$ par $\sin : x \mapsto \sin x$.

Proposition (détermination de $\cos x$ et $\sin x$ pour $x \in \{-\frac{\pi}{2},\,0,\,\frac{\pi}{2},\,\pi\}$). *Nous disposons du tableau suivant :*

x	$-\frac{\pi}{2}$	0	$\frac{\pi}{2}$	π
$\cos x$	0	1	0	-1
$\sin x$	-1	0	1	0

Démonstration. Avec les notations de la figure ci-contre, nous observons que :

- le point $J'(0,\, -1)$ est repéré par le réel $-\dfrac{\pi}{2}$ donc $\cos(-\dfrac{\pi}{2}) = 0$ et $\sin(-\dfrac{\pi}{2}) = -1$,

- le point $I(1,\, 0)$ est repéré par le réel 0 donc $\cos(0) = 1$ et $\sin(0) = 0$,

- le point $J(0,\, 1)$ est repéré par le réel $\dfrac{\pi}{2}$ donc $\cos(\dfrac{\pi}{2}) = 0$ et $\sin(\dfrac{\pi}{2}) = 1$,

- le point $I'(-1,\, 0)$ est repéré par le réel π donc $\cos(\pi) = -1$ et $\sin(\pi) = 0$.

8.4.2 Premières formules de trigonométrie

Proposition. *Pour tout réel x, nous avons*

$$-1 \leq \cos x \leq 1 \text{ et } -1 \leq \sin x \leq 1.$$

Démonstration. Soit x un réel.

Nous utilisons à nouveau la figure de la définition ci-dessus.

Il vient

$$H \in [I'I] \text{ donc } x_H = \overline{OH} \in [-1,\, 1],$$

ce qui justifie que $-1 \leq \cos x \leq 1$.

De même, nous avons $K \in [J'J]$ donc $-1 \leq \sin x \leq 1$.

Remarques. Nous en proposons deux.

- Un énoncé équivalent de cette proposition est

$$\forall x \in \mathbb{R},\ |\cos x| \leq 1 \text{ et } |\sin x| \leq 1.$$

- Ces deux doubles inégalités traduisent que les fonctions cos et sin sont bornées sur $\mathbb{R}$.

Proposition. *Pour tout réel x, nous avons* $(\cos x)^2 + (\sin x)^2 = 1$.

Démonstration. A nouveau avec les données de la définition ci-dessus, le point $M(\cos x,\, \sin x)$ appartient au cercle $C_{O,\,1}$.

Nous en déduisons

$$1 = OM^2 = (\cos x)^2 + (\sin x)^2.$$

Remarque. La plupart du temps on note

$$(\cos x)^2 = \cos^2 x \text{ et } (\sin x)^2 = \sin^2 x.$$

La proposition énoncée devient

$$\forall x \in \mathbb{R}, \cos^2 x + \sin^2 x = 1.$$

Exemple. Nous plaçons sur le cercle trigonométrique, à la règle et au compas, les points A et B repérés respectivement par les réels $\frac{\pi}{4}$ et $\frac{\pi}{8}$, ce qui donne

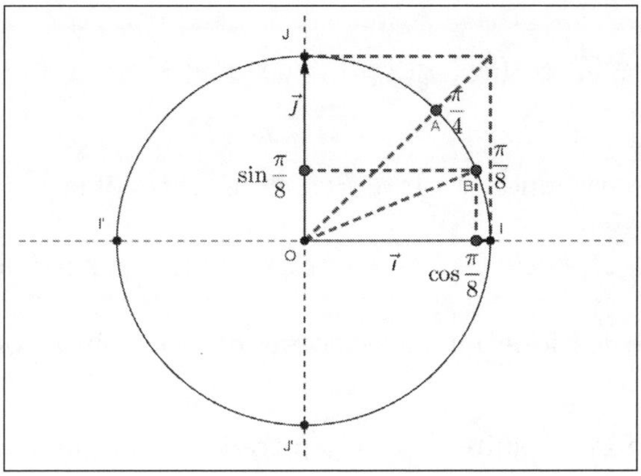

Nous donnons $\sin\frac{\pi}{8} = \frac{\sqrt{2-\sqrt{2}}}{2}$. Nous en déduisons

$$\cos^2\frac{\pi}{8} = 1 - \sin^2\frac{\pi}{8} = 1 - \left(\frac{\sqrt{2-\sqrt{2}}}{2}\right)^2 = 1 - \frac{2-\sqrt{2}}{4} = \frac{2+\sqrt{2}}{4}.$$

Puisque $\frac{\pi}{8} \in]0, \frac{\pi}{2}[$, nous obtenons

$$\cos\frac{\pi}{8} = \frac{\sqrt{2+\sqrt{2}}}{2}.$$

Nous remarquons que

$$2\sin\frac{\pi}{8}\cos\frac{\pi}{8} = 2\frac{\sqrt{2-\sqrt{2}}}{2} \times \frac{\sqrt{2+\sqrt{2}}}{2} = 2\frac{\sqrt{(2-\sqrt{2})(2-\sqrt{2})}}{4} = \frac{\sqrt{2}}{2}.$$

Nous verrons, dans la suite de ce chapitre, que $\sin\frac{\pi}{4} = \frac{\sqrt{2}}{2}$, ce qui donne $2\sin\frac{\pi}{8}\cos\frac{\pi}{8} = \cos\frac{\pi}{4}$.

Nous avons ainsi vérifié un cas particulier d'une formule de trigonométrie appelée formule de duplication énoncée par :

$$\forall x \in \mathbb{R}, \sin 2x = 2 \sin x \cos x.$$

Cette égalité sera justifiée dans la suite du cours.

Proposition. *Pour tout réel x et tout $k \in \mathbb{Z}$, nous disposons des égalités*

$$\cos(x + k(2\pi)) = \cos x \text{ et } \sin(x + k(2\pi)) = \sin x.$$

Démonstration. Soient x un réel et k un entier relatif.

Les réels x et $x+k(2\pi)$ repèrent le même point sur le cercle trigonométrique. Il en résulte que

$$\forall x \in \mathbb{R}, \forall k \in \mathbb{Z}, \cos(x + k(2\pi)) = \cos x \text{ et } \sin(x + k(2\pi)) = \sin x.$$

Remarque. En particulier, pour $k = 1$, nous obtenons

$$\forall x \in \mathbb{R}, \cos(x + 2\pi) = \cos x \, \text{et} \, \sin(x + 2\pi) = \sin x,$$

ce qui signifie que les fonctions $x \mapsto \cos x$ et $x \mapsto \sin x$ sont *périodiques*, de période 2π.

Nous verrons dans la suite de ce chapitre les conséquences de cette période pour les représentations graphiques des fonctions cos et sin.

Proposition (valeurs remarquables de $\cos x$ et $\sin x$ dans le premier quadrant). *Nous disposons du tableau suivant :*

x	0	$\frac{\pi}{6}$	$\frac{\pi}{4}$	$\frac{\pi}{3}$	$\frac{\pi}{2}$
$\cos x$	1	$\frac{\sqrt{3}}{2}$	$\frac{\sqrt{2}}{2}$	$\frac{1}{2}$	0
$\sin x$	0	$\frac{1}{2}$	$\frac{\sqrt{2}}{2}$	$\frac{\sqrt{3}}{2}$	1

Démonstration. Nous reprenons le repérage dans le premier quadrant.

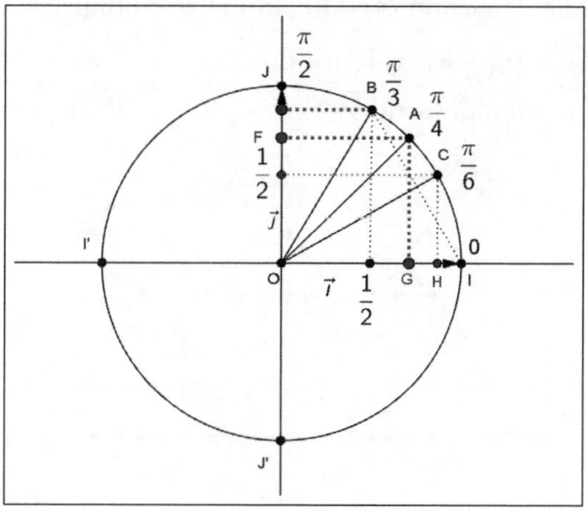

- $x = \frac{\pi}{3}$

Nous avons $B(\frac{1}{2}, \sin\frac{\pi}{3})$.

D'une part, nous en déduisons que $\cos\frac{\pi}{3} = \frac{1}{2}$.

D'autre part, $\sin\frac{\pi}{3}$ mesure la longueur de la hauteur issue du sommet B du triangle équilatéral OBI de côté 1. Il en résulte que $\sin\frac{\pi}{3} = \frac{\sqrt{3}}{2}$.

- $x = \frac{\pi}{6}$

Nous avons $C(\cos\frac{\pi}{6}, \frac{1}{2},)$.

Nous en déduisons donc que $\sin\frac{\pi}{6} = \frac{1}{2}$.

De plus, $OH = \cos\frac{\pi}{6}$ mesure la longueur de la hauteur issue du sommet O du demi-triangle équilatéral OCH de côté 1.

Il en résulte que $\cos\frac{\pi}{6} = \frac{\sqrt{3}}{2}$.

- $x = \frac{\pi}{4}$

Nous avons $A(\cos\frac{\pi}{4}, \sin\frac{\pi}{4})$.

Le quadrilatère $OFAG$ est un carré, donc $\cos\frac{\pi}{4} = OH = OG = \sin\frac{\pi}{4}$.

Le segment $[OA]$ est une diagonale de ce carré telle que $OA = 1$.

Nous en déduisons que $\left(\cos\frac{\pi}{4}\right)\sqrt{2} = 1$.

Nous obtenons $\cos\frac{\pi}{4} = \frac{1}{\sqrt{2}} = \frac{\sqrt{2}}{2} = \sin\frac{\pi}{4}$.

Exemple. Comment utiliser le cercle trigonométrique ?

À l'aide du cercle trigonométrique, nous donnons les valeurs exactes des réels $\cos\dfrac{2\pi}{3}$ et $\sin\dfrac{2\pi}{3}$, puis les valeurs de $\cos(-\dfrac{3\pi}{4})$ et $\sin(-\dfrac{3\pi}{4})$.

Nous utilisons les éléments de symétrie du cercle trigonométrique.

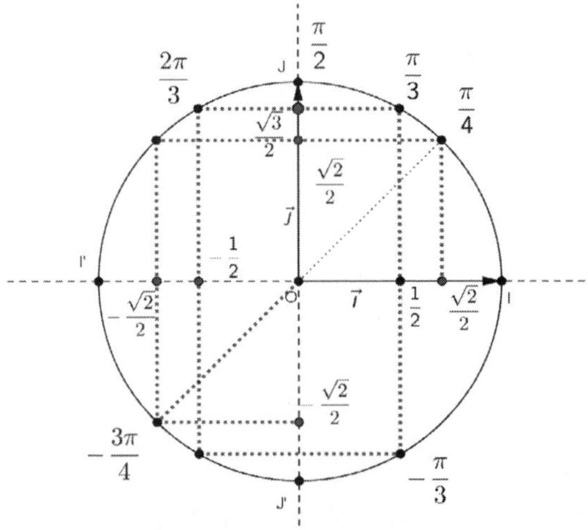

Nous en déduisons

$$\cos\frac{2\pi}{3} = -\frac{1}{2} \text{ et } \sin\frac{2\pi}{3} = \frac{\sqrt{3}}{2},$$
$$\cos(-\frac{3\pi}{4}) = -\frac{\sqrt{2}}{2} \text{ et } \sin(-\frac{3\pi}{4}) = -\frac{\sqrt{2}}{2}.$$

8.4.3 Cosinus et sinus d'un angle orienté

Définition. Soient $\vec{u}$ et $\vec{v}$ deux vecteurs non nuls tels que

$$(\vec{u}, \vec{v}) = x[2\pi].$$

Par définition, nous posons :

$$\cos(\vec{u}, \vec{v}) = \cos x,$$
$$\sin(\vec{u}, \vec{v}) = \sin x.$$

Exemple. Dans le triangle équilatéral direct ABC, nous avons

$$\cos(\overrightarrow{AB}, \overrightarrow{AC}) = \cos\frac{\pi}{3} = \frac{1}{2},$$
$$\sin(\overrightarrow{AB}, \overrightarrow{AC}) = \sin\frac{\pi}{3} = \frac{\sqrt{3}}{2}.$$

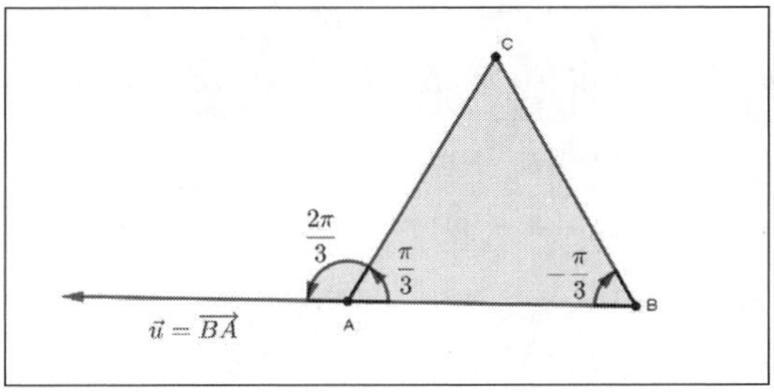

On a aussi

$$\cos(\overrightarrow{BA}, \overrightarrow{BC}) = \cos\left(-\frac{\pi}{3}\right) = \frac{1}{2},$$
$$\sin(\overrightarrow{BA}, \overrightarrow{BC}) = \sin\left(-\frac{\pi}{3}\right) = -\frac{\sqrt{3}}{2}.$$

De plus, nous avons

$$(\overrightarrow{AC}, \overrightarrow{BA}) = (\overrightarrow{AC}, -\overrightarrow{AB})[2\pi] = \pi + (\overrightarrow{AC}, \overrightarrow{AB})[2\pi] = \pi - \frac{\pi}{3}[2\pi] = \frac{2\pi}{3}[2\pi].$$

Il en résulte

$$\cos(\overrightarrow{AC}, \overrightarrow{BA}) = \cos\frac{2\pi}{3} = -\frac{1}{2},$$
$$\sin(\overrightarrow{AC}, \overrightarrow{BA}) = \sin\frac{2\pi}{3} = \frac{\sqrt{3}}{2}.$$

8.4.4 Cosinus et sinus de réels associés à x

Soit x un réel donné. Connaissant $\cos x$ et $\sin x$, nous utilisons les symétries par rapport aux axes du repère et la symétrie par rapport à O pour déterminer $\cos y$ et $\sin y$, avec $y \in \{-x,\ \pi - x,\ \pi + x,\}$, comme l'indique la figure suivante, nommée parfois configuration rectangle.

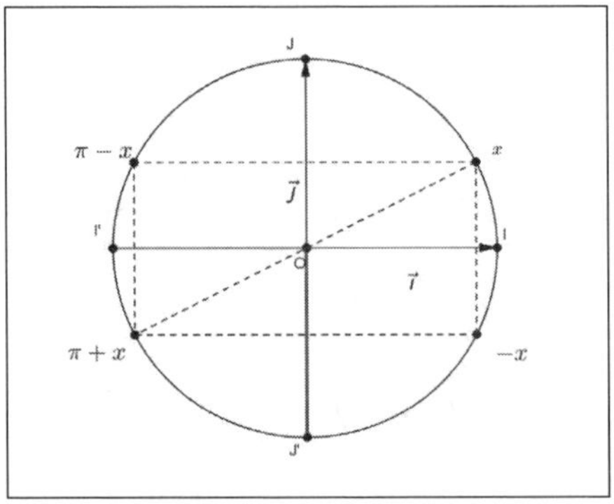

Proposition. *Pour tout réel x, nous disposons des égalités suivantes :*

$$\begin{array}{l} \cos(-x) = \cos x \\ \sin(-x) = -\sin x \end{array} \quad et \quad \begin{array}{l} \cos(\pi - x) = -\cos x \\ \sin(\pi - x) = \sin x \end{array} \quad et \quad \begin{array}{l} \cos(\pi + x) = -\cos x \\ \sin(\pi + x) = -\sin x \end{array}.$$

Démonstration. Ces égalités sont justifiées par lecture et exploitation des symétries sur le cercle trigonométrique.

Exemple. Nous calculons $\cos \frac{5\pi}{6}$ et $\sin \frac{5\pi}{6}$.

Nous avons

$$\cos \frac{5\pi}{6} = \cos(\pi - \frac{\pi}{6}) = -\cos \frac{\pi}{6} = -\frac{\sqrt{3}}{2}.$$
$$\sin \frac{5\pi}{6} = \sin(\pi - \frac{\pi}{6}) = \sin \frac{\pi}{6} = \frac{1}{2}.$$

Nous contrôlons sur le cercle trigonométrique.

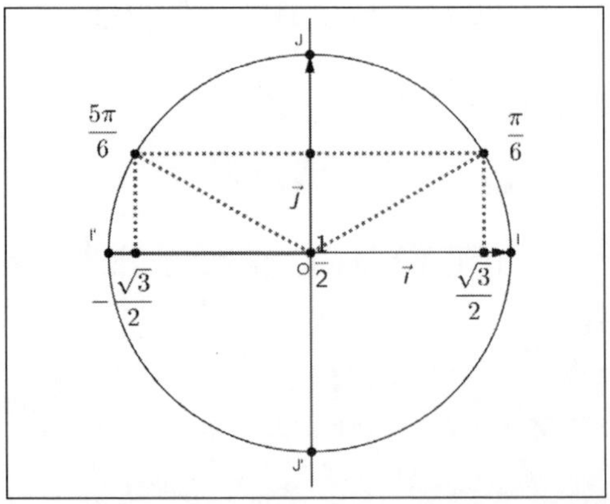

Proposition (égalités associées à $\frac{\pi}{2} - x$ et $\frac{\pi}{2} + x$). *Pour tout réel x, nous disposons des égalités suivantes :*

$$\cos(\frac{\pi}{2} - x) = \sin x \qquad \cos(\frac{\pi}{2} + x) = -\sin x$$

et

$$\sin(\frac{\pi}{2} - x) = \cos x \qquad \sin(\frac{\pi}{2} + x) = \cos x$$

Démonstration. Nous observons que le point repéré par x et le point repéré par le réel $\frac{\pi}{2} - x$ sur le cercle $C_{O,1}$ sont symétriques par rapport à la première bissectrice δ du repère dont une équation est $y = x$.

Nous obtenons ainsi grâce à la figure qui suit les deux premières égalités.

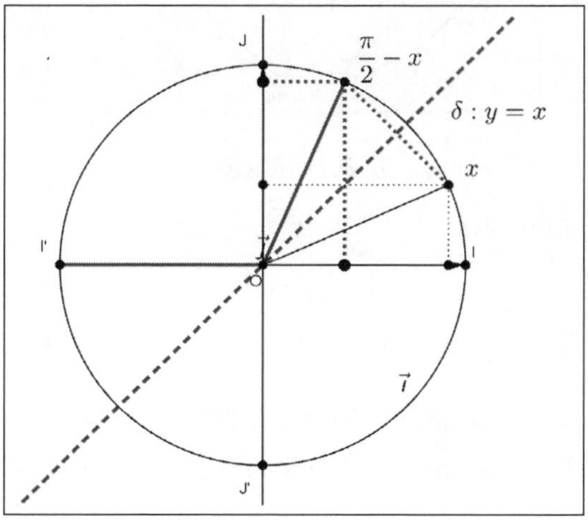

Pour le passage de x à $\frac{\pi}{2} + x$ nous observons la figure qui suit pour obtenir les deux égalités proposées.

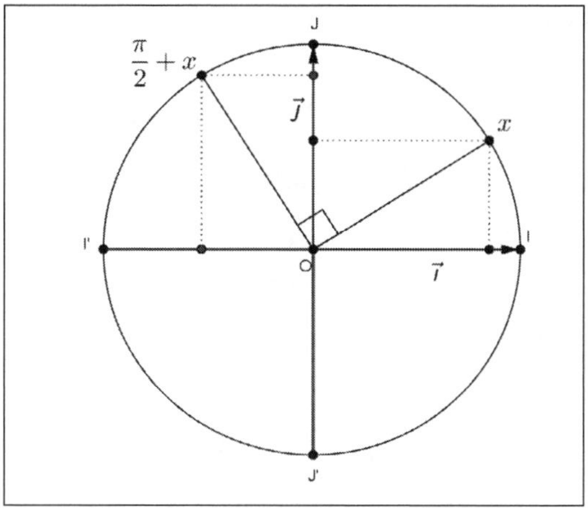

Remarque. Les différentes formules associées pourront être justifiées par les formules d'addition qui seront proposées dans la suite du cours.

8.4.5 Lien avec la trigonométrie dans un triangle rectangle

Proposition. *Sur la figure ci-après, le triangle OAB est rectangle en A.*

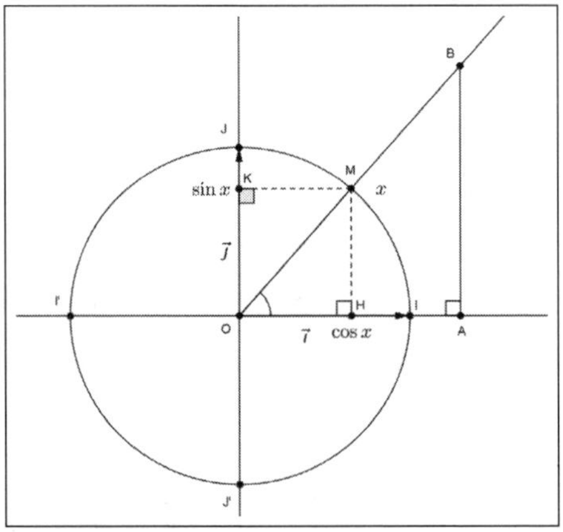

Le point $M \in [OB]$ est un point du cercle trigonométrique repéré sur ce cercle par le réel $x \in]0, \frac{\pi}{2}[$.

Nous disposons des égalités suivantes :

$$\cos \widehat{AOB} = \cos x, \quad \sin \widehat{AOB} = \sin x, \quad \tan \widehat{AOB} = \frac{\sin x}{\cos x}.$$

Démonstration. • Puisque les droites (MH) et (AB) sont parallèles, nous pouvons appliquer le théorème de Thalès dans le triangle OAB.

Nous obtenons

$$\frac{OH}{OA} = \frac{OM}{OB} = \frac{MH}{AB}.$$

Nous en déduisons

$$\frac{OH}{OA} = \frac{OM}{OB}, \text{ soit } \frac{OH}{OM} = \frac{OA}{OB}.$$

Puisque $OH = \cos x$ et $OM = 1$, nous en concluons

$$\cos \widehat{AOB} = \frac{OA}{OB} = \cos x.$$

• De plus, nous en déduisons aussi

$$\frac{OM}{OB} = \frac{MH}{AB}, \text{ soit, } \frac{AB}{OB} = \frac{MH}{OM}.$$

Puisque $MH = OK = \sin x$ et $OM = 1$, nous obtenons

$$\sin \widehat{AOB} = \frac{AB}{OB} = \sin x.$$

- Nous avons également

$$\frac{OH}{OA} = \frac{MH}{AB},$$

ce qui implique

$$\tan \widehat{AOB} = \frac{AB}{OA} = \frac{MH}{OH} = \frac{\sin x}{\cos x}.$$

8.5 Fonction tangente

Lemme. *Dans $\mathbb{R}$, l'équation $\cos x = 0$ a pour solutions les réels de la forme $\frac{\pi}{2} + k\pi$, avec $k \in \mathbb{Z}$.*

Démonstration. Par une lecture attentive sur le cercle trigonométrique, nous obtenons

$$\cos x = 0 \Leftrightarrow x = \frac{\pi}{2} + k(2\pi) \text{ ou } x = -\frac{\pi}{2} + k(2\pi) \Leftrightarrow x = \frac{\pi}{2} + k\pi \text{ avec } k \in \mathbb{Z}.$$

Définition. *Soit x un réel distinct de $\frac{\pi}{2} + k\pi$, avec $k \in \mathbb{Z}$.*

La tangente de x, notée $\tan x$, est définie par

$$\tan x = \frac{\sin x}{\cos x}.$$

Remarque. La fonction tangente, notée tan est définie, pour tout réel $x \neq \frac{\pi}{2} + k\pi$ tel que $k \in \mathbb{Z}$, par $\tan : x \mapsto \tan x$.

Proposition (valeurs de $\tan x$ pour $x \in \left\{0, \frac{\pi}{6}, \frac{\pi}{4}, \frac{\pi}{3}, \frac{\pi}{2}\right\}$). *Nous disposons du tableau suivant :*

x	0	$\frac{\pi}{6}$	$\frac{\pi}{4}$	$\frac{\pi}{3}$	$\frac{\pi}{2}$
$\tan x$	0	$\frac{1}{\sqrt{3}}$	1	$\sqrt{3}$	$\|$

Démonstration. Par définition de $\tan x$ pour $x \in \left\{0, \frac{\pi}{6}, \frac{\pi}{4}, \frac{\pi}{3}, \frac{\pi}{2}\right\}$.

Lecture de $\tan x$ sur le cercle trigonométrique

- On suppose que le point M est repéré sur le cercle trigonométrique par le réel $x \in [0, \frac{\pi}{2}[$.

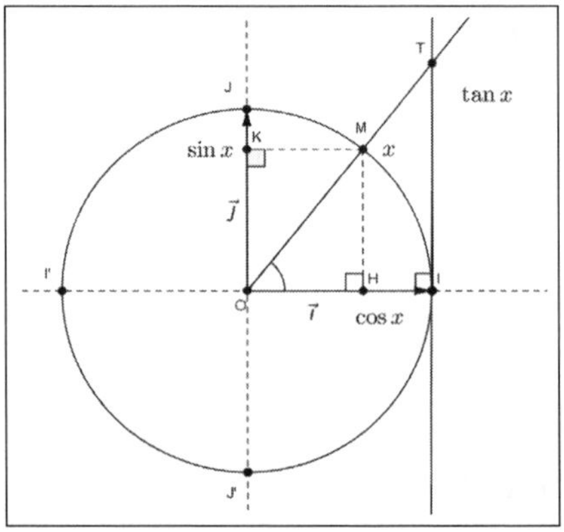

En appliquant le théorème de Thalès dans le triangle OIT, nous obtenons

$$\frac{OH}{OI} = \frac{MH}{IT} \Leftrightarrow \frac{\cos x}{1} = \frac{\sin x}{IT}.$$

Nous en déduisons que $IT = \dfrac{\sin x}{\cos x} = \tan x$.

• Plus généralement, soit un réel $x \neq \dfrac{\pi}{2} + k\pi$, avec $k \in \mathbb{Z}$. En supposant que la droite (IT) est orientée, nous posons

$$\overline{IT} = \tan x.$$

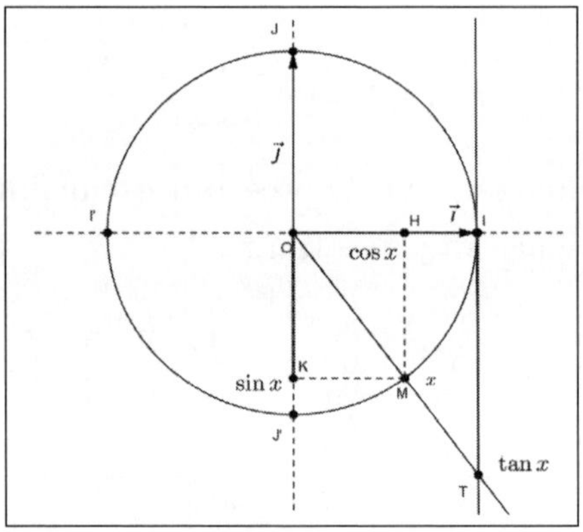

Proposition (une formule à connaître). *Pour tout réel $x \neq \dfrac{\pi}{2} + k\pi$, avec $k \in \mathbb{Z}$, nous disposons de l'égalité*

$$1 + \tan^2 x = \frac{1}{\cos^2 x}.$$

Démonstration. Soit x un réel distinct $\dfrac{\pi}{2} + k\pi$, avec $k \in \mathbb{Z}$. Nous avons

$$1 + \tan^2 x = 1 + \left(\frac{\sin x}{\cos x}\right)^2 = \frac{\cos^2 x + \sin^2 x}{\cos^2 x} = \frac{1}{\cos^2 x}.$$

Exemple. Une application de la proposition précédente.

• Nous déterminons d'abord l'ensemble D des réels x tel que le réel $1+\dfrac{1}{\tan^2 x}$ soit défini.

Le réel $1+\dfrac{1}{\tan^2 x}$ est défini si et seulement si $x \neq \dfrac{\pi}{2}+k\pi$, avec $k \in \mathbb{Z}$ et $\tan x \neq 0$.

Or, nous avons

$$\tan x = 0 \Leftrightarrow x = k\pi, \text{ avec } k \in \mathbb{Z} \,.$$

Nous en déduisons que $x \in D$ si et seulement si $x \neq \dfrac{\pi}{2}+k\pi$ et $x \neq k\pi$ avec $k \in \mathbb{Z}$.

Nous en concluons

$$D = \mathbb{R} - \left\{ k\frac{\pi}{2} / k \in \mathbb{Z} \right\}.$$

• Pour $x \in D$, nous justifions l'égalité

$$1+\frac{1}{\tan^2 x} = \frac{1}{\sin^2 x}.$$

Soit un réel $x \in D$, nous avons

$$1+\frac{1}{\tan^2 x} = \frac{1+\tan^2 x}{\tan^2 x} = \frac{1}{\cos^2 x} \times \frac{\cos^2 x}{\sin^2 x} = \frac{1}{\sin^2 x}.$$

8.6 Équations trigonométriques

8.6.1 Équation de la forme $\cos x = a$, où a est un réel donné

- **Étude d'un exemple**

Nous résolvons l'équation $\cos x = -\dfrac{1}{2}$ dans les intervalles suivants :

$$(1)[0,\, \pi],\ (2)\ ]-\pi,\, 0],\ (3)\ ]-\pi,\, \pi],\ (4)\ \mathbb{R}.$$

Une fois de plus, nous exploitons le cercle trigonométrique.

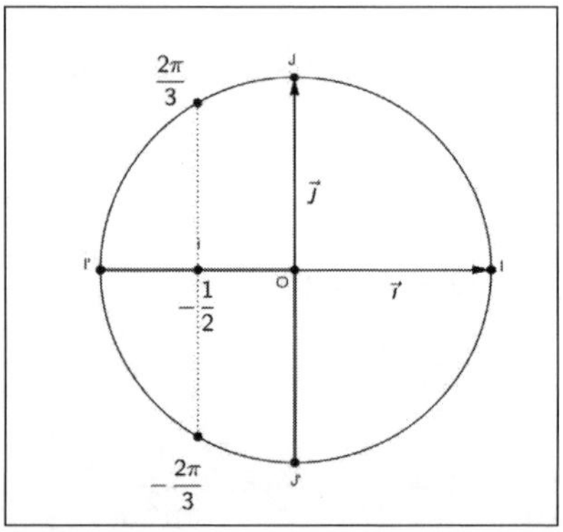

Nous obtenons immédiatement les solutions de cette équation, dans chaque intervalle proposé.

$$(1)\ x = \frac{2\pi}{3}.$$
$$(2)\ x = -\frac{2\pi}{3}.$$
$$(3)\ x = \frac{2\pi}{3} \text{ ou } x = -\frac{2\pi}{3}.$$
$$(4)\ x = \frac{2\pi}{3} + k(2\pi) \text{ ou } x = -\frac{2\pi}{3} + k(2\pi), \text{ avec } k \in \mathbb{Z}.$$

- **Une résolution approchée**

Nous résolvons, à l'aide de votre calculatrice, l'équation $\cos x = 0,8$ dans les intervalles suivants : $(1)[0,\, \pi]$, $(2)\ ]-\pi,\, 0]$.

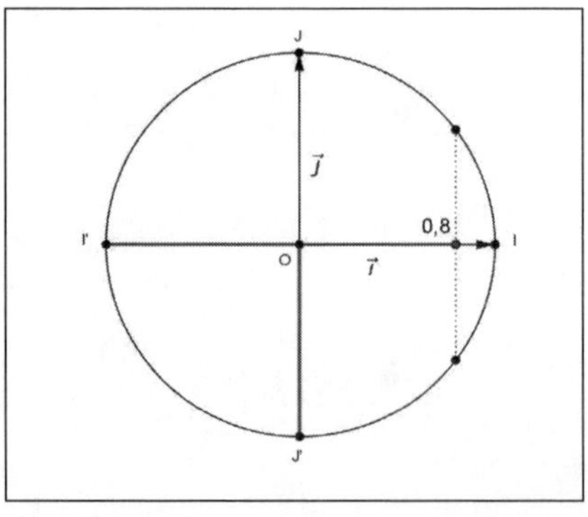

Votre calculatrice est en "mode radian".

(1) Si $x \in [0, \pi]$, alors

$$x = cos^{-1}(0,8) \approx 0,6435 \text{ radians.}$$

(2) Si $x \in]-\pi, 0]$, alors

$$x = -cos^{-1}(0,8) \approx -0,6435 \text{ radians.}$$

Théorème (cas général). *Soit a un réel donné.*

***1er cas** : $a \notin [-1, 1]$.*

L'équation $\cos x = a$ n'a pas de solution.

***2e cas** : $a \in [-1, 1]$.*

En désignant par α l'unique réel appartenant à $[0, \pi]$ tel que $\cos\alpha = a$, nous avons

$$\cos x = a \Leftrightarrow \cos x = \cos\alpha \Leftrightarrow x = \alpha + k(2\pi) \text{ ou } x = -\alpha + k(2\pi), \text{ avec } k \in \mathbb{Z}.$$

Démonstration. 1er cas : $a \notin [-1, 1]$.

Nous savons que pour tout réel x, $-1 \leq \cos x \leq 1$, ce qui justifie, dans ce cas, que l'équation $\cos x = a$ n'a pas de solution.

2e cas : $a \in [-1, 1]$.

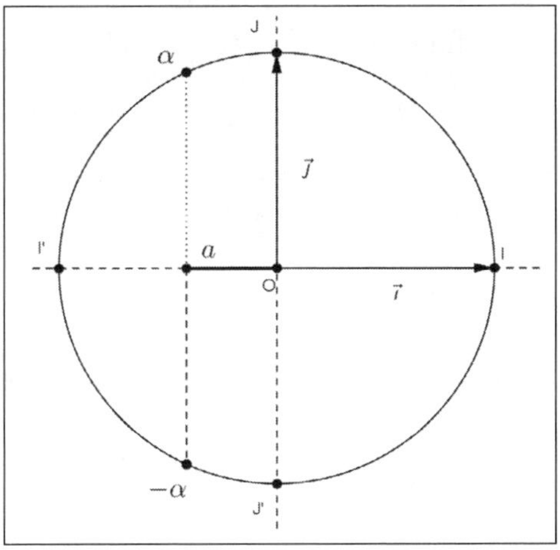

Les réels α ou $-\alpha$ sont solutions de l'équation $\cos x = \cos\alpha$.

Nous en déduisons à l'aide du cercle trigonométrique

$$\cos x = \cos\alpha \Leftrightarrow x = \alpha + k(2\pi) \text{ ou } x = -\alpha + k(2\pi), \text{ avec } k \in \mathbb{Z}.$$

Proposition (cas particuliers lorsque $a \in \{-1, 0, 1\}$). *Nous disposons du tableau suivant :*

équations	$\cos x = -1$	$\cos x = 0$	$\cos x = 1$
solutions, avec $k \in \mathbb{Z}$	$x = \pi + k(2\pi)$	$x = \frac{\pi}{2} + k\pi$	$x = k(2\pi)$

Démonstration. Pour chaque équation, nous repérons l'ensemble des solutions sur le cercle trigonométrique.

Exemples. Nous déterminons les ensembles de définition des fonctions suivantes :

$$f : x \mapsto \frac{1}{2+\cos x}, \; g : x \mapsto \frac{1}{1+\cos x}, \; h : x \mapsto \frac{1}{|\cos x|-1}.$$

• La fonction f est définie pour les réels x tels que $2 + \cos x \neq 0$.
Pour tout réel x , on a $-1 \leq \cos x \leq 1$, ce qui implique $1 \leq 2 + \cos x \leq 3$.
Nous en concluons que $D_f = \mathbb{R}$.

• La fonction g est définie pour les réels x tels que : $1 + \cos x \neq 0$. Nous avons

$$1 + \cos x = 0 \Leftrightarrow \cos x = -1 \Leftrightarrow x = \pi + k(2\pi).$$

Il en résulte que $D_g = \mathbb{R} - \{(2k+1)\pi / k \in \mathbb{Z}\}$.

• La fonction h est définie pour les réels x tels que $|\cos x| - 1 \neq 0$. Nous avons

$$|\cos x| - 1 = 0 \Leftrightarrow \cos x = -1 \,\text{ou}\, \cos x = 1,$$
$$|\cos x| - 1 = 0 \Leftrightarrow x = \pi + k(2\pi) \,\text{ou}\, x = k(2\pi) \Leftrightarrow x = k\pi.$$

Nous en concluons que $D_h = \mathbb{R} - \{k\pi / k \in \mathbb{Z}\}$.

Exemple. Nous résolvons dans $\mathbb{R}$ l'équation $2\cos 2x = \sqrt{2}$, puis nous plaçons sur le cercle trigonométrique les solutions de cette équation qui appartiennent à l'intervalle $]-\pi, \pi]$. Nous avons

$$\cos 2x = \tfrac{\sqrt{2}}{2} \Leftrightarrow \cos 2x = \cos \tfrac{\pi}{4}.$$

En appliquant le théorème précédent, il vient

$$\begin{cases} 2x = \dfrac{\pi}{4} + k(2\pi) \\ \text{ou} \\ 2x = -\dfrac{\pi}{4} + k(2\pi) \end{cases} \Leftrightarrow \begin{cases} x = \dfrac{\pi}{8} + k\pi \\ \text{ou} \\ x = -\dfrac{\pi}{8} + k\pi \end{cases}.$$

Nous en concluons

$$S = \{\frac{\pi}{8} + k\pi/k \in \mathbb{Z}\} \cup \{-\frac{\pi}{8} + k\pi/k \in \mathbb{Z}\}.$$

Nous observons que

$$S \cap]-\pi, \pi] = \{-\frac{\pi}{8}, \frac{\pi}{8}, -\frac{\pi}{8} + \pi, \frac{\pi}{8} - \pi\} = \{-\frac{\pi}{8}, \frac{\pi}{8}, -\frac{7\pi}{8}, \frac{7\pi}{8}\}.$$

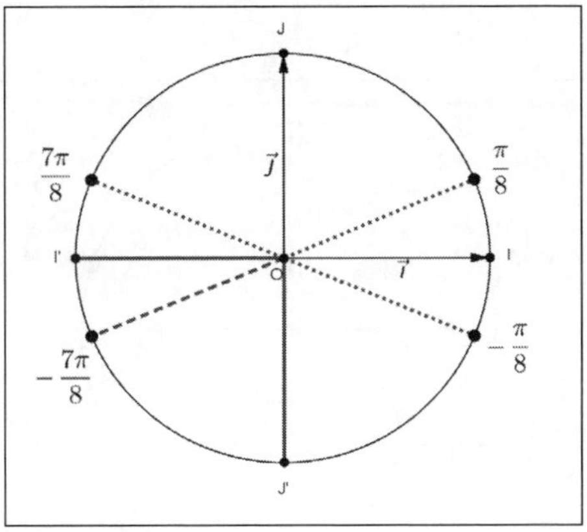

8.6.2 Équation de la forme $\sin x = a$, où a est un réel donné

Étude d'un exemple

Nous résolvons l'équation $\sin x = \frac{\sqrt{2}}{2}$ dans les intervalles suivants :

$$(1)[0, \frac{\pi}{2}], \ (2) \ ]-\pi, \pi], \ (3) \ \mathbb{R}.$$

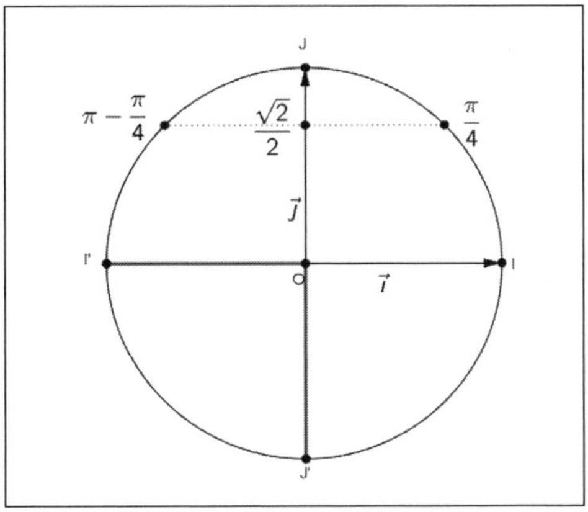

Une lecture sur le cercle trigonométrique donne :

$$(1)\ x = \frac{\pi}{4}.$$

$$(2)\ x = \frac{\pi}{4} \text{ ou } x = \pi - \frac{\pi}{4} = \frac{3\pi}{4}.$$

$$(3) x = \frac{\pi}{4} + k(2\pi) \text{ ou } x = \frac{3\pi}{4} + k(2\pi), \text{ avec } k \in \mathbb{Z}.$$

Résolution approchée

Nous résolvons, dans l'intervalle $[\frac{\pi}{2}, \pi]$, à l'aide de la calculatrice, l'équation $\sin x = \frac{1}{3}$.

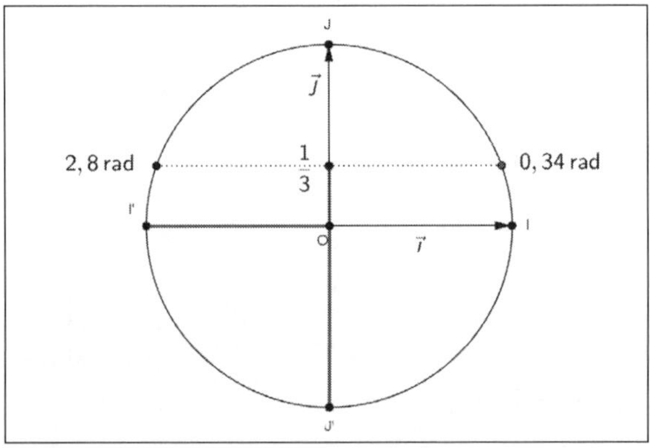

Votre calculatrice en mode "radian" restitue $x = \sin^{-1}\frac{1}{3} \approx 0,34$ radians.

Puisque $x \in [\frac{\pi}{2}, \pi]$, nous obtenons $x \approx \pi - 0,34 \approx 2,8$ radians.

Théorème (cas général). *Soit a un réel donné.*

***1er cas** : $a \notin [-1, 1]$.*

L'équation $\sin x = a$ n'a pas de solution.

***2e cas** : $a \in [-1, 1]$.*

En désignant par α l'unique réel appartenant à $[-\frac{\pi}{2}, \frac{\pi}{2}]$ tel que $\sin \alpha = a$, nous avons

$$\sin x = a \Leftrightarrow \sin x = \sin \alpha \Leftrightarrow x = \alpha + k(2\pi) \text{ ou } x = \pi - \alpha + k(2\pi), \text{ avec } k \in \mathbb{Z}.$$

Démonstration. 1er cas : $a \notin [-1, 1]$.

Nous savons que pour tout réel x, $-1 \leq \sin x \leq 1$, ce qui justifie, dans ce cas, que l'équation $\sin x = a$ n'a pas de solution.

2e cas : $a \in [-1, 1]$.

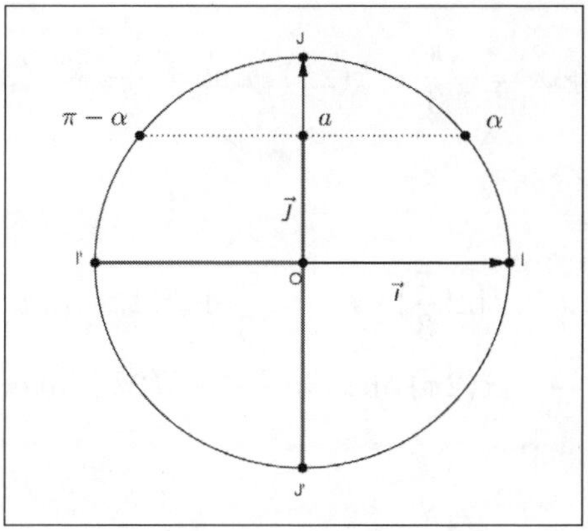

Les réels α ou $\pi - \alpha$ sont solutions de l'équation $\sin x = \sin \alpha$.
Nous en déduisons à l'aide du cercle trigonométrique que

$$\sin x = \sin \alpha \Leftrightarrow x = \alpha + k(2\pi) \,\text{ou}\, x = \pi - \alpha + k(2\pi),\ \text{avec}\, k \in \mathbb{Z}.$$

Proposition (cas particuliers lorsque $a \in \{-1, 0, 1\}$). *Nous disposons du tableau suivant :*

équations	$\sin x = -1$	$\sin x = 0$	$\sin x = 1$
solutions, avec $k \in \mathbb{Z}$	$x = -\dfrac{\pi}{2} + k(2\pi)$	$x = k\pi$	$x = \dfrac{\pi}{2} + k(2\pi)$

Démonstration. Pour chaque équation, nous repérons l'ensemble des solutions sur le cercle trigonométrique.

Exemples. Nous résolvons dans $\mathbb{R}$ les équations suivantes :

$$(1)\ \sin x = -\frac{\sqrt{3}}{2},\ (2)\ 4\sin^2 x = 3,\ (3)\ 2\sin\frac{x}{2} = \sqrt{3}.$$

Résolution de l'équation (1). Nous avons

$$(1) \Leftrightarrow \sin x = \sin(-\frac{\pi}{3}) \Leftrightarrow x = -\frac{\pi}{3} + k(2\pi) \,\text{ou}\, x = \pi + \frac{\pi}{3} + k(2\pi),\ \text{avec}\, k \in \mathbb{Z}.$$

Nous en concluons

$$S_{(1)} = \{-\frac{\pi}{3} + k\pi/k \in \mathbb{Z}\} \cup \{\frac{4\pi}{3} + k\pi/k \in \mathbb{Z}\}.$$

Résolution de l'équation (2). Nous avons

$$(2) \Leftrightarrow \sin^2 x = \frac{3}{4} \Leftrightarrow \sin x = -\frac{\sqrt{3}}{2} \,\text{ou}\, \sin x = \frac{\sqrt{3}}{2}.$$

De la question (1), il résulte

$$\sin x = -\frac{\sqrt{3}}{2} \Leftrightarrow x = -\frac{\pi}{3} + k(2\pi) \,\text{ou}\, x = \frac{4\pi}{3} + k(2\pi), \text{ avec}\, k \in \mathbb{Z}.$$

De plus, nous avons

$$\begin{aligned}\sin x = \frac{\sqrt{3}}{2} &\Leftrightarrow \sin x = \sin(\frac{\pi}{3}) \Leftrightarrow x = \frac{\pi}{3} + k(2\pi) \,\text{ou}\, x = \pi - \frac{\pi}{3} + k(2\pi),\\ &\Leftrightarrow x = \frac{\pi}{3} + k(2\pi) \,\text{ou}\, x = \frac{2\pi}{3} + k(2\pi), \text{ avec}\, k \in \mathbb{Z}.\end{aligned}$$

Nous en concluons

$$\begin{aligned}S_{(2)} &= \{-\frac{\pi}{3} + k(2\pi)/k \in \mathbb{Z}\} \cup \{\frac{4\pi}{3} + k(2\pi)/k \in \mathbb{Z}\}\\ &\cup\{\frac{\pi}{3} + k(2\pi)/k \in \mathbb{Z}\} \cup \{\frac{2\pi}{3} + k(2\pi)/k \in \mathbb{Z}\}.\end{aligned}$$

Résolution de l'équation (3). Nous avons

$$(3) \Leftrightarrow \sin\frac{x}{2} = \frac{\sqrt{3}}{2} = \sin(\frac{\pi}{3}).$$

De la question (2), nous déduisons

$$\begin{aligned}(3) &\Leftrightarrow \frac{x}{2} = \frac{\pi}{3} + k(2\pi) \,\text{ou}\, \frac{x}{2} = \frac{2\pi}{3} + k(2\pi),\\ (3) &\Leftrightarrow x = \frac{2\pi}{3} + k(4\pi) \,\text{ou}\, x = \frac{4\pi}{3} + k(4\pi), \text{ avec}\, k \in \mathbb{Z}.\end{aligned}$$

Nous en concluons

$$S_{(3)} = \{\frac{2\pi}{3} + k(4\pi)/k \in \mathbb{Z}\} \cup \{\frac{4\pi}{3} + k(4\pi)/k \in \mathbb{Z}\}.$$

8.6.3 Équation de la forme $\tan x = a$, où a est un réel donné

Étude d'un exemple

Nous résolvons l'équation $\tan x = 1$ dans les intervalles suivants :

$$(1)] -\frac{\pi}{2}, \frac{\pi}{2}[, \; (2) \;]\frac{\pi}{2}, \frac{3\pi}{2}[, \; (3) \; \mathbb{R}.$$

Nous résolvons cette équation pour tout réel $x \neq \frac{\pi}{2} + k\pi$.

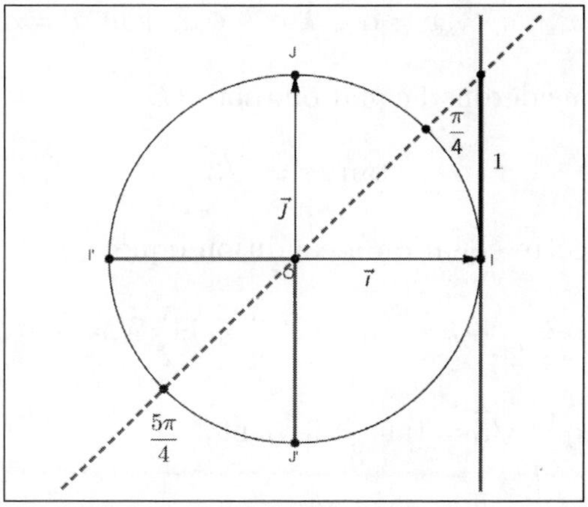

Une lecture sur le cercle trigonométrique donne

$$(1)\ x = \frac{\pi}{4}.$$
$$(2)\ x = \frac{5\pi}{4}.$$
$$(3)\ x = \frac{\pi}{4} + k\pi, \text{ avec } k \in \mathbb{Z}, \text{ soit } x = \frac{\pi}{4}[\pi].$$

Théorème (cas général)**.** *Soit a un réel donné.*

Nous désignons par $\alpha \in]-\frac{\pi}{2}, \frac{\pi}{2}[$ l'unique réel tel que $\tan\alpha = a$.

Pour $x \neq \frac{\pi}{2} + k\pi$, avec $k \in \mathbb{Z}$, nous avons

$$\tan x = a \Leftrightarrow x = \alpha + k\pi,\ k \in \mathbb{Z},\ soit\ x = \alpha[\pi].$$

Démonstration. Soit $a \in \mathbb{R}$.

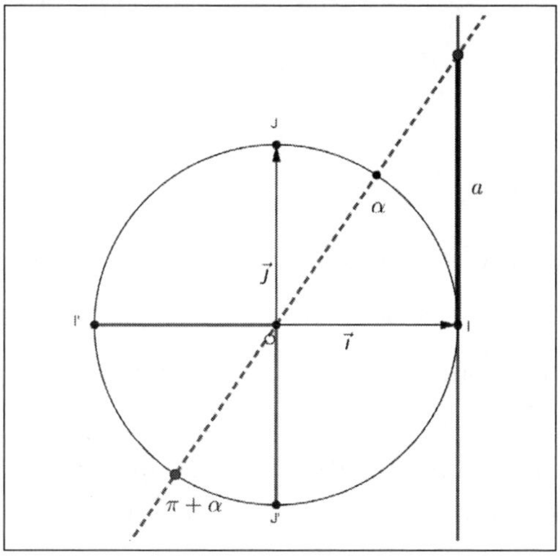

Puisque les réels α et $\pi + \alpha$ sont deux solutions modulo $[2\pi]$ de l'équation $\tan x = a$, à l'aide du cercle trigonométrique, nous obtenons

$$\tan x = a \Leftrightarrow x = \alpha + k\pi,\ k \in \mathbb{Z}, \text{ soit } x = \alpha[\pi].$$

Exemple. Nous considérons l'équation, noté (E) :

$$\tan 2x = \sqrt{3}.$$

Nous résolvons cette équation à condition qque

$$2x \neq \frac{\pi}{2} + k\pi, \text{ soit } x \neq \frac{\pi}{4} + k\frac{\pi}{2} \text{ avec } k \in \mathbb{Z}.$$

En remarquant que $\sqrt{3} = \tan\frac{\pi}{3}$, il vient

$$(E) \Leftrightarrow \tan 2x = \tan\frac{\pi}{3} \Leftrightarrow 2x = \frac{\pi}{3} + k\pi \Leftrightarrow x = \frac{\pi}{6} + k\frac{\pi}{2}, \text{ avec } k \in \mathbb{Z}.$$

Nous en concluons

$$S_{(E)} = \left\{\frac{\pi}{6} + k\frac{\pi}{2}/k \in \mathbb{Z}\right\}.$$

Nous représentons sur le cercle trigonométrique, les solutions de (E) qui appartiennent à $[0, 2\pi[- \left\{\frac{\pi}{2}, \frac{3\pi}{2}\right\}$.

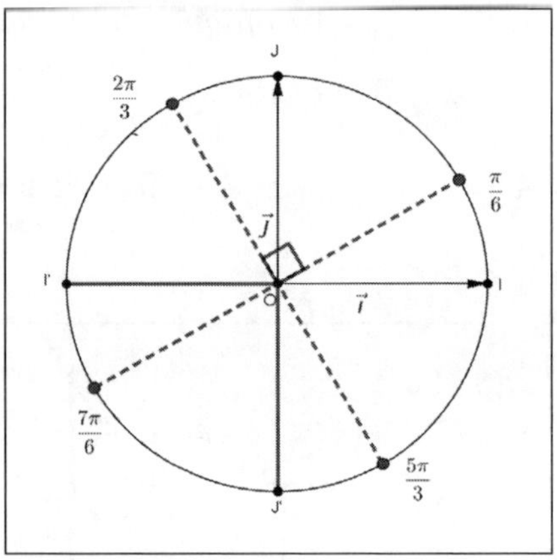

Exemple. Pour conclure et appliquer ce chapitre, nous proposons l'étude de quelques propriétés de la fonction trigonométrique $f : x \mapsto \dfrac{2}{1 + |\sin x|}$. Nous reviendrons en détail au sujet des fonctions trigonométriques dans le chapitre 10.

- *Quel est l'ensemble de définition de cette fonction ?*

La fonction f est définie si et seulement si $1 + |\sin x| \neq 0$.

Puisque pour tout réel x, $|\sin x| \geq 0$, nous en déduisons

$$\forall x \in \mathbb{R}, 1 + |\sin x| > 0.$$

Il en résulte que $D_f = \mathbb{R}$.

• *Quelle est la parité de la fonction f ?*

Pour tout réel x, il vient

$$f(-x) = \frac{2}{1 + |\sin(-x)|} = \frac{2}{1 + |-\sin x|} = \frac{2}{1 + |\sin x|} = f(x).$$

Ainsi la fonction f est paire.

• *Nous justifions que, pour tout réel x, $f(x+\pi) = f(x)$.*

Pour tout réel x, nous avons

$$f(x+\pi) = \frac{2}{1 + |\sin(x+\pi)|} = \frac{2}{1 + |-\sin x|} = \frac{2}{1 + |\sin x|} = f(x),$$

ce qui signifie que la fonction f est π-périodique.

• *Nous montrons que, pour tout réel x, $1 \leq f(x) \leq 2$.*

Soit x un réel.

Nous savons que $|\sin x| \leq 1$, ce qui implique

$$0 < 1 + |\sin x| \leq 2.$$

La fonction $x \mapsto \dfrac{1}{x}$ est décroissante sur $]0, +\infty[$.

Il en résulte

$$\frac{1}{1 + |\sin x|} \geq \frac{1}{2}.$$

Nous obtenons que $f(x) \geq 1$.

Pour justifier que $f(x) \leq 2$, calculons $2 - f(x)$.

Il vient

$$2 - f(x) = 2 - \frac{2}{1 + |\sin x|} = 2(1 - \frac{1}{1 + |\sin x|}) = 2\frac{|\sin x|}{1 + |\sin x|}.$$

Nous en déduisons

$$2 - f(x) \geq 0, \text{ soit } f(x) \leq 2.$$

Nous en concluons

$$\forall x \in \mathbb{R}, 1 \leq f(x) \leq 2.$$

• *Á l'aide de la calculatrice graphique, nous donnons la représentation graphique de cette fonction.*

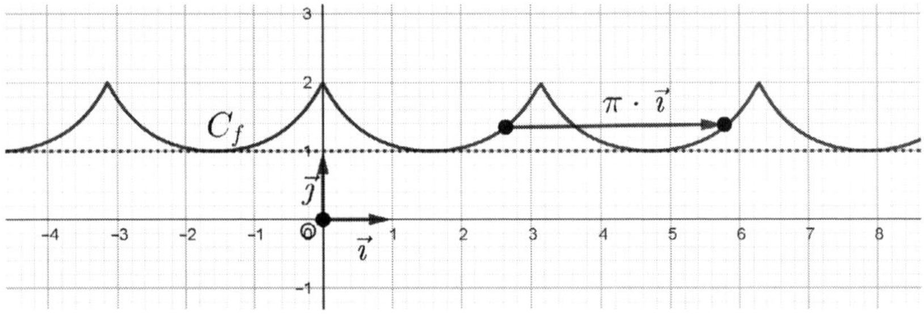

Nous observons que connaissant C_f sur l'intervalle $[0,\ \pi]$, nous en déduisons la courbe C_f sur $[0,\ +\infty[$ par la translation de vecteur $\pi \cdot \vec{\imath}$.

Par symétrie par rapport à la droite des ordonnées, nous obtenons la courbe C_f sur $D_f = \mathbb{R}$.

8.7 Exercices corrigés

8.7.1 Quelques exercices généraux

Exercice 1. Duplication et lignes trigonométriques de $\frac{\pi}{12}$

Sur la figure ci-dessous, on considère le demi-cercle de centre O et de diamètre $[AB]$ tel que $AB = 2$.

- *L'angle $\widehat{COM}$ a pour mesure en radians le réel $b \in]0,\ \frac{\pi}{2}[$.*
- *L'angle $\widehat{OAM}$ a pour mesure en radians le réel $a \in]0,\ \frac{\pi}{4}[$.*

.

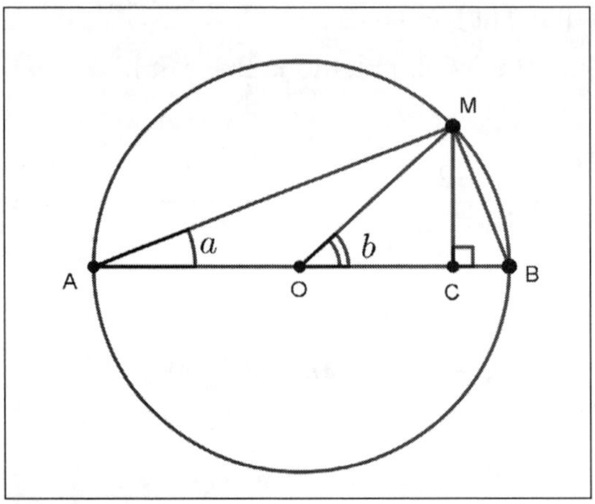

1. *Justifier que $b = 2a$.*
2. *Montrer que, pour tout $a \in]0,\ \frac{\pi}{4}[$, $\cos^2 a = \dfrac{1 + \cos 2a}{2}$.*
Calculer $\sin^2 a$ en fonction de $\cos 2a$.

3. Justifier que $\cos\frac{\pi}{12} = \frac{\sqrt{2+\sqrt{3}}}{2}$*. En déduire* $\sin\frac{\pi}{12}$.

Solution

1. L'angle $\widehat{OAM} = \widehat{BAM}$ est inscrit dans le demi-cercle et a pour angle au centre $\widehat{COM} = \widehat{BOM}$.

Il en résulte

$$\widehat{COM} = 2\widehat{OAM}, \text{ soit } b = 2a.$$

2. Dans le triangle ACM rectangle en C, nous avons d'une part

$$\cos a = \frac{AC}{AM},$$

ce qui implique

$$AM = \frac{AC}{\cos a}.$$

Dans le triangle AMB rectangle en M, nous avons d'autre part

$$\cos a = \frac{AM}{AB} = \frac{AM}{2}.$$

Il en résulte que

$$AM = 2\cos a.$$

Nous en déduisons

$$\frac{AC}{\cos a} = 2\cos a, \text{ soit } 2\cos^2 a = AC.$$

De plus, nous avons

$$AC = AO + OC = 1 + OC.$$

Dans le triangle OCM rectangle en C, puisque $OM = 1$, nous obtenons

$$\cos b = \frac{OC}{OM} = OC, \text{ soit } OC = \cos 2a.$$

Nous en déduisons

$$AC = 1 + \cos 2a.$$

Sachant que $2\cos^2 a = AC$ et $AC = 1 + \cos 2a$, il vient

$$1 + \cos 2a = 2\cos^2 a.$$

Pour tout $a \in]0, \frac{\pi}{4}[$, nous en concluons que :

$$\cos^2 a = \frac{1+\cos 2a}{2}.$$

Puisque $\sin^2 a = 1 - \cos^2 a$, nous obtenons

$$\sin^2 a = 1 - \frac{1+\cos 2a}{2} = \frac{1-\cos 2a}{2}.$$

3. En particulier pour $a = \frac{\pi}{12}$, nous avons

$$\cos^2 \frac{\pi}{12} = \frac{1+\cos\frac{\pi}{6}}{2} = \frac{1}{2}(1+\frac{\sqrt{3}}{2}) = \frac{2+\sqrt{3}}{4}.$$

Puisque $\cos\frac{\pi}{12} > 0$, nous en concluons

$$\cos\frac{\pi}{12} = \frac{\sqrt{2+\sqrt{3}}}{2}.$$

De la même façon, il vient

$$\sin^2 \frac{\pi}{12} = \frac{1-\cos\frac{\pi}{6}}{2} = \frac{1}{2}(1-\frac{\sqrt{3}}{2}) = \frac{2-\sqrt{3}}{4}.$$

Puisque $\sin\frac{\pi}{12} > 0$, nous obtenons

$$\sin\frac{\pi}{12} = \frac{\sqrt{2-\sqrt{3}}}{2}.$$

Exercice 2. Lignes trigonométriques de $\frac{\pi}{8}$

1. Soit x un réel distinct de $\frac{\pi}{2} + k\pi$, avec $k \in \mathbb{Z}$.
Justifier que $\tan(x+\pi) = \tan x$ et $\tan(\pi - x) = -\tan x$.
2. Placer, sur le cercle trigonométrique, le point repéré par le réel $\frac{\pi}{8}$.
La figure est à compléter au fur et à mesure de l'exercice.
3. On donne $\tan\frac{\pi}{8} = \sqrt{2} - 1$. Donner les valeurs exactes de $\tan\frac{9\pi}{8}$ et $\tan\frac{7\pi}{8}$.
4. Calculer les valeurs exactes de $\cos\frac{\pi}{8}$ et $\sin\frac{\pi}{8}$.
5. En déduire l'égalité $(\sqrt{2}-1)\sqrt{2+\sqrt{2}} = \sqrt{2-\sqrt{2}}$.

Solution

1. Soit x un réel distinct de $\frac{\pi}{2} + k\pi$, avec $k \in \mathbb{Z}$. Nous avons

$$\tan(x+\pi) = \frac{\sin(x+\pi)}{\cos(x+\pi)} = \frac{-\sin x}{-\cos x} = \frac{\sin x}{\cos x} = \tan x.$$
$$\tan(\pi - x) = \frac{\sin(\pi - x)}{\cos(\pi - x)} = \frac{\sin x}{-\cos x} = -\frac{\sin x}{\cos x} = -\tan x.$$

2.

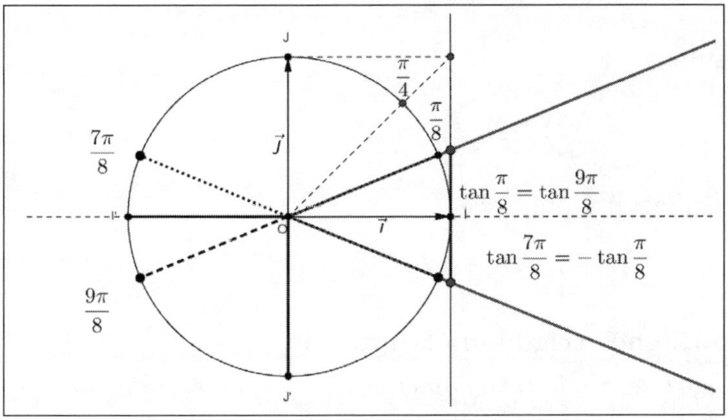

3. En appliquant les égalités obtenues à la question 1, nous avons :

$$\tan\frac{9\pi}{8} = \tan(\pi + \frac{\pi}{8}) = \tan\frac{\pi}{8} = \sqrt{2} - 1.$$
$$\tan\frac{7\pi}{8} = \tan(\pi - \frac{\pi}{8}) = -\tan\frac{\pi}{8} = 1 - \sqrt{2}.$$

4. Nous savons que

$$\frac{1}{\cos^2\frac{\pi}{8}} = 1 + \tan^2\frac{\pi}{8} = 1 + (\sqrt{2} - 1)^2 = 4 - 2\sqrt{2}.$$

Il en résulte

$$\cos^2\frac{\pi}{8} = \frac{1}{2(2-\sqrt{2})} = \frac{2+\sqrt{2}}{2(2-\sqrt{2})(2+\sqrt{2})} = \frac{2+\sqrt{2}}{4}.$$

Puisque $\cos\frac{\pi}{8} > 0$, nous obtenons

$$\cos\frac{\pi}{8} = \frac{\sqrt{2+\sqrt{2}}}{2}.$$

Nous en déduisons

$$\sin\frac{\pi}{8} = \tan\frac{\pi}{8} \times \cos\frac{\pi}{8} = \frac{(\sqrt{2}-1)\sqrt{2+\sqrt{2}}}{2}.$$

5. Calculons $\sin\frac{\pi}{8}$ d'une autre façon. Nous obtenons

$$\sin^2\frac{\pi}{8} = 1 - \cos^2\frac{\pi}{8} = 1 - \frac{2+\sqrt{2}}{4} = \frac{2-\sqrt{2}}{4}.$$

Puisque $\sin\frac{\pi}{8} > 0$, nous en déduisons :

$$\sin\frac{\pi}{8} = \frac{\sqrt{2-\sqrt{2}}}{2}.$$

Il en résulte

$$\frac{(\sqrt{2}-1)\sqrt{2+\sqrt{2}}}{2} = \frac{\sqrt{2-\sqrt{2}}}{2},$$

ce qui justifie l'égalité proposée

$$(\sqrt{2}-1)\sqrt{2+\sqrt{2}} = \sqrt{2-\sqrt{2}}.$$

Exercice 3. Lignes trigonométriques de $\frac{\pi}{5}$

Sur le quart de cercle trigonométrique représenté ci-dessous, le point A est repéré par $\frac{\pi}{5}$ radians, soit $\widehat{IOA} = 36°$. La bissectrice de l'angle $\widehat{OAI}$ coupe le segment $[OI]$ en E.

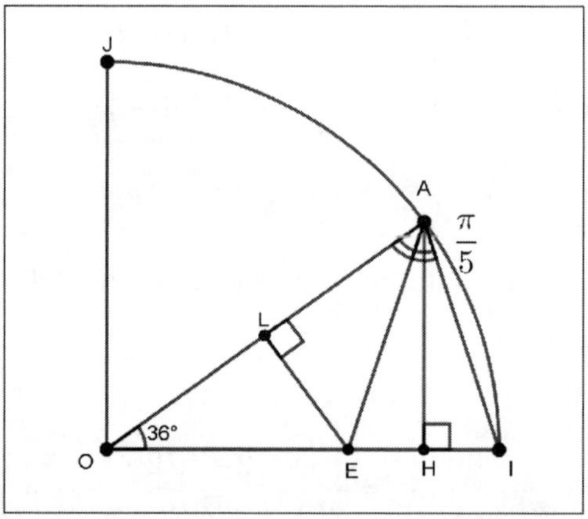

1. Montrer que les triangles OEA et EAI sont isocèles.

2. Dans le triangle EAI, H est le pied de la hauteur issue de A. Montrer que $HI = 1 - \cos\frac{\pi}{5}$. En déduire que $OE = 2\cos\frac{\pi}{5} - 1$.

3. Dans le triangle OEA, L est le pied de la hauteur issue de E. Montrer que $OE = \dfrac{1}{2\cos\frac{\pi}{5}}$.

4. Prouver que $\cos\frac{\pi}{5}$ est une solution de l'équation $4X^2 - 2X - 1 = 0$.

5. En déduire les lignes trigonométriques de $\frac{\pi}{5}$, c'est-à-dire les valeurs exactes de $\cos\frac{\pi}{5}$, $\sin\frac{\pi}{5}$ et $\tan\frac{\pi}{5}$.

Solution

1. Le triangle AOI est isocèle en O. Il en résulte

$$\widehat{OAI} = \widehat{OIA}.$$

De plus, nous savons que $\widehat{AOI} = 36°$.

Nous en déduisons

$$180° = 2\widehat{OAI} + 36° \Leftrightarrow \widehat{OAI} = 72°.$$

Puisque (AE) est la bissectrice de l'angle $\widehat{OAI}$, nous obtenons

$$\widehat{OAE} = 36° = \widehat{AOE},$$

ce qui justifie que le triangle OEA est isocèle en E.

Nous en déduisons

$$\widehat{AEI} = 180° - \widehat{OEA} = 180° - (180° - 2\widehat{AOE}) = 2\widehat{AOE} = 72°.$$

De plus, nous savons que $\widehat{EIA} = \widehat{OIA} = \widehat{IAO} = 72°$.

Ainsi nous obtenons

$$\widehat{AEI} = \widehat{EIA},$$

ce qui prouve que le triangle EAI est isocèle en A.

2. Nous avons

$$HI = OI - OH = 1 - OH.$$

Dans le triangle OHA rectangle en H, nous avons

$$\cos\frac{\pi}{5} = \frac{OH}{OA} = \frac{OH}{1} = OH.$$

Par suite, il vient

$$HI = 1 - \cos\frac{\pi}{5}.$$

De plus, le triangle IAE est isocèle en A, donc le point H est le milieu du segment $[IE]$.

Il en résulte

$$OE = OI - IE = 1 - 2HI = 1 - 2(1 - \cos\frac{\pi}{5}) = 2\cos\frac{\pi}{5} - 1.$$

3. Le triangle OLE est rectangle en L, donc

$$\cos\frac{\pi}{5} = \frac{OL}{OE}.$$

Puisque le triangle OEA est isocèle en E, le point L est le milieu de $[OA]$.

Nous en déduisons :

$$\cos\frac{\pi}{5}=\frac{\frac{1}{2}}{OE},\text{ soit } OE=\frac{1}{2\cos\frac{\pi}{5}}..$$

4. Il résulte, des deux expressions de OE, les équivalences suivantes :

$$2\cos\frac{\pi}{5}-1=\frac{1}{2\cos\frac{\pi}{5}}\Leftrightarrow 2\cos\frac{\pi}{5}(2\cos\frac{\pi}{5}-1)=1\Leftrightarrow 4\cos^2\frac{\pi}{5}-2\cos\frac{\pi}{5}-1=0.$$

Par conséquent $\cos\frac{\pi}{5}$ est une solution de l'équation

$$4X^2-2X-1=0.$$

5. Désignons par (E) cette équation.

En utilisant la mise sous forme canonique d'un trinôme du second degré, nous obtenons

$$(E)\Leftrightarrow X^2-\frac{1}{2}X=\frac{1}{4},$$
$$(E)\Leftrightarrow X^2-2\times\frac{1}{4}X+(\frac{1}{4})^2-(\frac{1}{4})^2=\frac{1}{4},$$
$$(E)\Leftrightarrow (X-\frac{1}{4})^2=\frac{5}{16}.$$

Il en résulte

$$X=\frac{1}{4}-\frac{\sqrt{5}}{4}\text{ ou } X=\frac{1}{4}+\frac{\sqrt{5}}{4}.$$

En remarquant que $1<\sqrt{5}$ et $\cos\frac{\pi}{5}>0$, nous en concluons

$$\cos\frac{\pi}{5}=\frac{\sqrt{5}+1}{4}.$$

De plus, nous avons

$$\sin^2\frac{\pi}{5}=1-\cos^2\frac{\pi}{5}=1-(\frac{\sqrt{5}+1}{4})^2=\frac{10-2\sqrt{5}}{16}.$$

Comme $\sin\frac{\pi}{5}>0$, nous en déduisons

$$\sin\frac{\pi}{5}=\frac{\sqrt{10-2\sqrt{5}}}{4}.$$

Enfin, nous obtenons

$$\tan\frac{\pi}{5}=\frac{\sin\frac{\pi}{5}}{\cos\frac{\pi}{5}}=\frac{\sqrt{10-2\sqrt{5}}}{\sqrt{5}+1}.$$

Exercice 4. Aire d'un triangle

Soit ABC un triangle quelconque.

On pose $AB = c$ et $AC = b$ et $BC = a$.

On désigne par $\widehat{A} \in]0, \pi[$, une mesure en radians de l'angle $\widehat{BAC}$.

1. Montrer que l'aire de ce triangle est égale à $\frac{1}{2}bc\sin\widehat{A}$.

2. En déduire la formule des sinus dans un triangle quelconque, c'est-à-dire

$$\frac{\sin\widehat{A}}{a} = \frac{\sin\widehat{B}}{b} = \frac{\sin\widehat{C}}{c}.$$

Solution

1. Nous distinguons deux cas selon que l'angle $\widehat{BAC}$ est aigu ou obtus.

1er cas : $\widehat{A} \in]0, \frac{\pi}{2}]$.

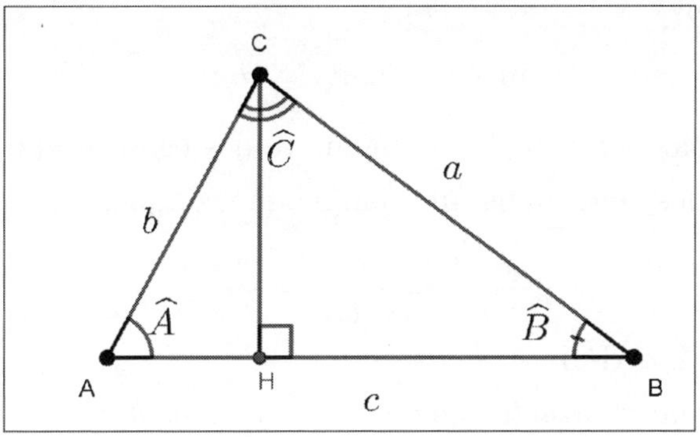

Désignons par $\mathcal{A}$ l'aire de ce triangle. Nous savons que

$$\mathcal{A} = \frac{1}{2}AB \times CH = \frac{1}{2}c \times CH.$$

Dans le triangle AHC rectangle en H, nous avons

$$CH = b\sin\widehat{A}.$$

Dans ce cas , nous obtenons l'égalité attendue, soit

$$\mathcal{A} = \frac{1}{2}bc\sin\widehat{A}.$$

2e cas : $\widehat{A} \in]\frac{\pi}{2}, \pi[$.

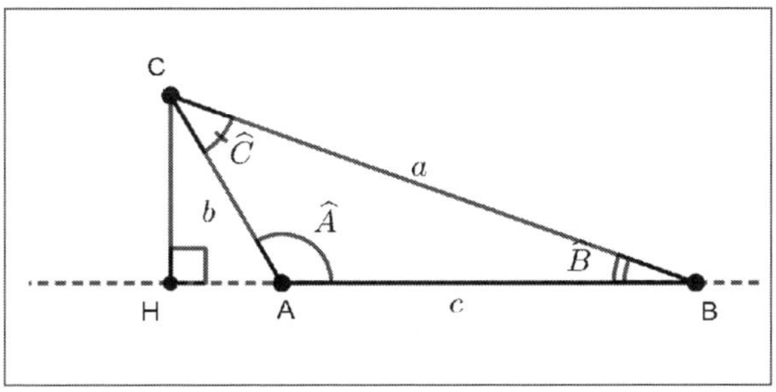

Nous avons, comme dans le 1er cas,

$$\mathcal{A} = \frac{1}{2}AB \times CH = \frac{1}{2}c \times CH.$$

Dans le triangle AHC rectangle en H, nous avons

$$CH = b\sin(\pi - \widehat{A}) = b\sin\widehat{A}.$$

Nous obtenons à nouveau l'égalité

$$\mathcal{A} = \frac{1}{2}bc\sin\widehat{A}.$$

2. Avec les notations des deux figures ci-dessus, nous avons également

$$\mathcal{A} = \frac{1}{2}bc\sin\widehat{A} = \frac{1}{2}ab\sin\widehat{C} = \frac{1}{2}ac\sin\widehat{B}.$$

Il en résulte que

$$bc\sin\widehat{A} = ab\sin\widehat{C} = ac\sin\widehat{B}.$$

En divisant par $abc > 0$ chaque membre des égalités ci-dessus, nous obtenons la formule des sinus dans un triangle quelconque, soit

$$\frac{\sin\widehat{A}}{a} = \frac{\sin\widehat{B}}{b} = \frac{\sin\widehat{C}}{c}.$$

Exercice 5. Un défi

Trouver les valeurs exactes de $\cos x$ *et* $\sin x$*, sachant que*

$$3\sin x + 4\cos x = 5.$$

Solution

Nous avons $3\sin x = 5 - 4\cos x$.

En élevant au carré les deux membres de cette égalité, nous obtenons

$$9\sin^2 x = (5 - 4\cos x)^2.$$

Nous en déduisons

$$\begin{aligned}9(1 - \cos^2 x) = 25 - 40\cos x + 16\cos^2 x &\Leftrightarrow 16 - 40\cos x + 25\cos^2 x = 0\\ &\Leftrightarrow (5\cos x - 4)^2 = 0.\end{aligned}$$

Ceci implique

$$5\cos x - 4 = 0.$$

Nous en concluons que $\cos x = \frac{4}{5}$.

Par suite, nous obtenons $3\sin x = 5 - 4 \times \frac{4}{5}$, ce qui permet de conclure par $\sin x = \frac{9}{15}$.

8.7.2 Angles orientés

Exercice 6. Angle au centre - Angle inscrit

Soient Γ un cercle de centre O, A et B deux points distincts de ce cercle.

Pour tout point $M \in \Gamma$, distincts de A et B, on désigne par M' le point de Γ diamétralement opposé à M.

1. Montrer que

$$2(\overrightarrow{MA}, \overrightarrow{MO}) = (\overrightarrow{OA}, \overrightarrow{OM'})[2\pi],$$
$$2(\overrightarrow{MB}, \overrightarrow{MO}) = (\overrightarrow{OB}, \overrightarrow{OM'})[2\pi].$$

2. En déduire que

$$2(\overrightarrow{MA}, \overrightarrow{MB}) = (\overrightarrow{OA}, \overrightarrow{OB})[2\pi].$$

Solution

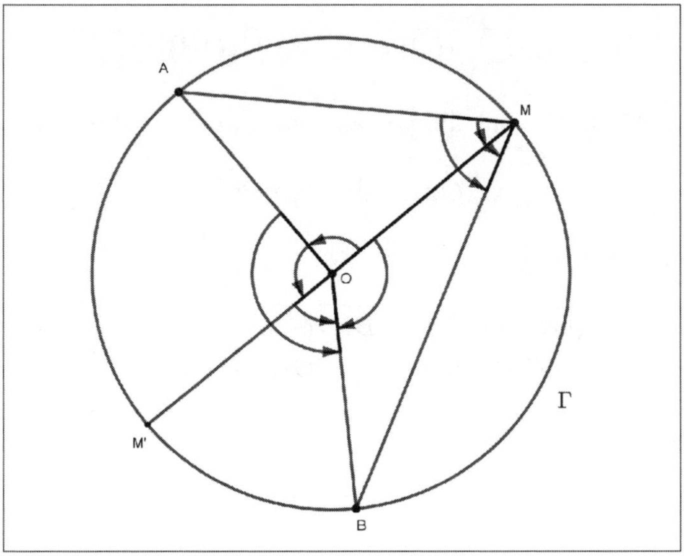

1. Le triangle MOA est isocèle en O, donc

$$2((\overrightarrow{MA}, \overrightarrow{MO}) + (\overrightarrow{OM}, \overrightarrow{OA}) = \pi[2\pi],$$

ce qui implique

$$2((\overrightarrow{MA}, \overrightarrow{MO}) = \pi - (\overrightarrow{OM}, \overrightarrow{OA})[2\pi].$$

Puisque M et M' sont deux points diamétralement opposés de Γ, nous avons :

$$(\overrightarrow{OM},\overrightarrow{OM'}) = (\overrightarrow{OM},-\overrightarrow{OM})[2\pi] = \pi[2\pi].$$

Nous en déduisons

$$\begin{gathered}(\overrightarrow{OM},\overrightarrow{OA}) + (\overrightarrow{OA},\overrightarrow{OM'}) = \pi[2\pi], \text{ soit}\\ (\overrightarrow{OM},\overrightarrow{OA}) = \pi - (\overrightarrow{OA},\overrightarrow{OM'})[2\pi].\end{gathered}$$

Ainsi, nous obtenons

$$2((\overrightarrow{MA},\overrightarrow{MO}) = \pi - (\pi - (\overrightarrow{OA},\overrightarrow{OM'}))[2\pi] = (\overrightarrow{OA},\overrightarrow{OM'})[2\pi].$$

Pour justifier la seconde égalité, nous procédons de la même manière, en nous plaçant cette fois dans le triangle MOB isocèle en O. Il vient

$$2((\overrightarrow{MB},\overrightarrow{MO}) + (\overrightarrow{OM},\overrightarrow{OB}) = \pi[2\pi],$$

ce qui donne

$$2((\overrightarrow{MB},\overrightarrow{MO}) = \pi - (\overrightarrow{OM},\overrightarrow{OB})[2\pi].$$

Les points M et M' sont diamétralement opposés , donc nous savons que

$$(\overrightarrow{OM},\overrightarrow{OM'}) = \pi[2\pi].$$

Nous en déduisons

$$\begin{gathered}(\overrightarrow{OM},\overrightarrow{OB}) + (\overrightarrow{OB},\overrightarrow{OM'}) = \pi[2\pi], \text{ soit}\\ (\overrightarrow{OM},\overrightarrow{OB}) = \pi - (\overrightarrow{OB},\overrightarrow{OM'})[2\pi].\end{gathered}$$

Ainsi, nous en concluons

$$2((\overrightarrow{MB},\overrightarrow{MO}) = \pi - (\pi - (\overrightarrow{OB},\overrightarrow{OM'}))[2\pi] = (\overrightarrow{OB},\overrightarrow{OM'})[2\pi].$$

2. En utilisant la relation de Chasles et la question précédente, nous obtenons

$$\begin{aligned}2(\overrightarrow{MA},\overrightarrow{MB}) &= 2(\overrightarrow{MA},\overrightarrow{MO}) + 2(\overrightarrow{MO},\overrightarrow{MB})[2\pi],\\ &= (\overrightarrow{OA},\overrightarrow{OM'}) - (\overrightarrow{OB},\overrightarrow{OM'})[2\pi],\\ &= (\overrightarrow{OA},\overrightarrow{OM'}) + (\overrightarrow{OM'},\overrightarrow{OB})[2\pi],\\ &= (\overrightarrow{OA},\overrightarrow{OB})[2\pi].\end{aligned}$$

Exercice 7. Tangente à un cercle et angle orienté

Soient Γ un cercle de centre O, A et B deux points distincts de ce cercle. On désigne par

- *A' le point de Γ diamétralement opposé à A,*
- *Δ la tangente en A au cercle Γ.*

1. Justifier que, pour tout point $T \in \Delta$ distinct de A, nous avons

$$2(\overrightarrow{AT}, \overrightarrow{AA'}) = (\overrightarrow{OA}, \overrightarrow{OA'})[2\pi].$$

2. En appliquant le théorème de "l'angle inscrit" établi dans le précédent exercice, montrer :

$$2(\overrightarrow{AT}, \overrightarrow{AB}) = (\overrightarrow{OA}, \overrightarrow{OB})[2\pi].$$

3. Réciproquement, soit $T_0 \neq A$ un point fixé sur la tangente Δ. Prouver que si $M \neq A$ est un point tel que

$$2(\overrightarrow{AM}, \overrightarrow{AB}) = (\overrightarrow{OA}, \overrightarrow{OB})[2\pi], \text{ alors } M \in \Delta.$$

Solution

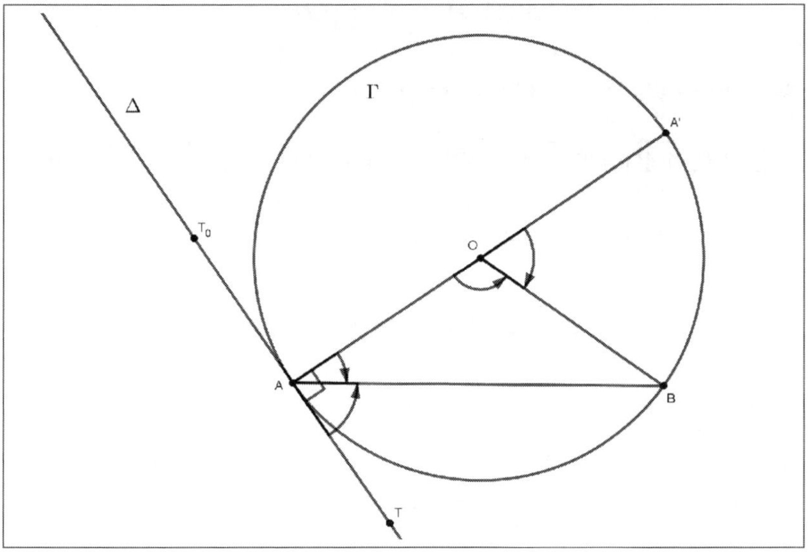

1. Puisque que les points A et A' sont diamétralement opposés sur le cercle Γ , nous avons

$$(\overrightarrow{OA}, \overrightarrow{OA'}) = \pi[2\pi].$$

Soit $T \neq A$ un point de la tangente Δ en A au cercle Γ.

Les droites (AT) et (AA') sont perpendiculaires en A, il en résulte que

$$(\overrightarrow{AT}, \overrightarrow{AA'}) = \frac{\pi}{2}[\pi].$$

Nous précisons que le modulo $[\pi]$ signifie que le point T peut être sur Δ, à gauche ou à droite de A. Ainsi l'égalité précédente modulo $[\pi]$ équivaut à

$$(\overrightarrow{AT}, \overrightarrow{AA'}) = \frac{\pi}{2}[2\pi] \text{ ou } (\overrightarrow{AT}, \overrightarrow{AA'}) = -\frac{\pi}{2}[2\pi].$$

Nous en déduisons

$$2(\overrightarrow{AT}, \overrightarrow{AA'}) = \pi[2\pi].$$

Nous en concluons que

$$2(\overrightarrow{AT}, \overrightarrow{AA'}) = (\overrightarrow{OA}, \overrightarrow{OA'})[2\pi].$$

2. En utilisant le théorème de "l'angle inscrit" établi à l'exercice 6, nous obtenons

$$2(\overrightarrow{AA'}, \overrightarrow{AB}) = (\overrightarrow{OA'}, \overrightarrow{OB})[2\pi].$$

Par addition membres à membres, il vient

$$2(\overrightarrow{AT}, \overrightarrow{AA'}) + 2(\overrightarrow{AA'}, \overrightarrow{AB}) = (\overrightarrow{OA}, \overrightarrow{OA'}) + (\overrightarrow{OA'}, \overrightarrow{OB})[2\pi],$$

ce qui donne, en utilisant la relation de Chasles,

$$2(\overrightarrow{AT}, \overrightarrow{AB}) = (\overrightarrow{OA}, \overrightarrow{OB})[2\pi].$$

3. Étude d'une réciproque.

Puisque $T_0 \neq A$ est un point fixé sur la tangente Δ, en appliquant la partie directe obtenue à la question précédente, nous avons

$$2(\overrightarrow{AT_0}, \overrightarrow{AB}) = (\overrightarrow{OA}, \overrightarrow{OB})[2\pi].$$

Soit $M \neq A$ un point tel que

$$2(\overrightarrow{AM}, \overrightarrow{AB}) = (\overrightarrow{OA}, \overrightarrow{OB})[2\pi].$$

Nous évaluons l'angle orienté $(\overrightarrow{AT_0}, \overrightarrow{AM})$. il vient

$$\begin{aligned}2(\overrightarrow{AT_0}, \overrightarrow{AM}) &= 2((\overrightarrow{AT_0}, \overrightarrow{AB}) + (\overrightarrow{AB}, \overrightarrow{AM}))[2\pi],\\ &= (\overrightarrow{OA}, \overrightarrow{OB}) - (\overrightarrow{OA}, \overrightarrow{OB})[2\pi],\\ &= 0[2\pi].\end{aligned}$$

Nous en déduisons

$$(\overrightarrow{AT_0}, \overrightarrow{AM}) = 0[\pi],$$

ce qui prouve que $M \in (AT_0)$ c'est-à-dire $M \in \Delta$.

Exercice 8. Ensemble des points M tels que $(\overrightarrow{MA}, \overrightarrow{MB}) = \frac{\pi}{2}[\pi]$

Soient A, B deux points distincts du plan.

Nous désignons par $\mathcal{C}$ l'ensemble des points M tel que $(\overrightarrow{MA}, \overrightarrow{MB}) = \frac{\pi}{2}[\pi]$, avec $M \neq A$ et $M \neq B$.

1. Montrer que $\mathcal{C}$ est le cercle de diamètre $[AB]$, privé des points A et B.

2. Quel est l'ensemble des points M distincts de A et B tels que :

- $(\overrightarrow{MA}, \overrightarrow{MB}) = \frac{\pi}{2}[2\pi]$?
- $(\overrightarrow{MA}, \overrightarrow{MB}) = -\frac{\pi}{2}[2\pi]$?

Solution

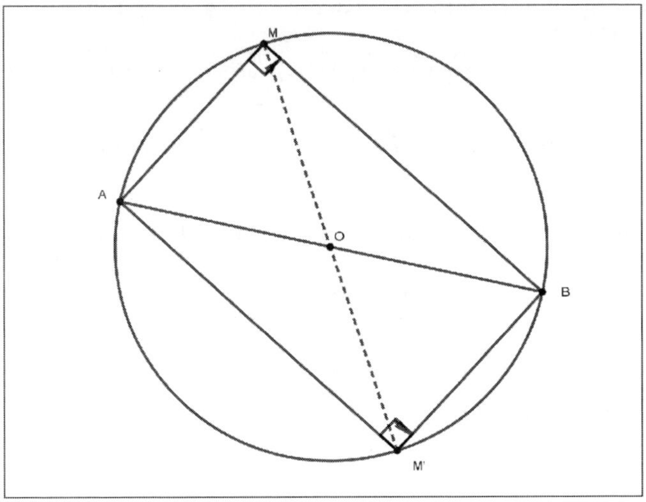

1. Soient $M \neq A$ et $M \neq B$. Si $M \in \mathcal{C}$, alors

$$(\overrightarrow{MA}, \overrightarrow{MB}) = \frac{\pi}{2}[\pi],$$

ce qui implique que le triangle AMB est rectangle en M donc l'hypoténuse est le segment $[AB]$.

Nous savons dans ce cas que le milieu O de $[AB]$ est le centre du cercle circonscrit au triangle AMB.

Par conséquent le point M appartient à ce cercle de diamètre $[AB]$ privé des points A et B.

Réciproquement, si $M \neq A$ et $M \neq B$ appartient au cercle de diamètre $[AB]$, donc de centre O, milieu du segment $[AB]$, alors en utilisant le théorème de l'angle au centre, nous obtenons

$$2(\overrightarrow{MA}, \overrightarrow{MB}) = (\overrightarrow{OA}, \overrightarrow{OB}) = \pi[2\pi],$$

c'est-à-dire

$$2(\overrightarrow{MA}, \overrightarrow{MB}) = \pi + k(2\pi), \text{ avec } k \in \mathbb{Z}.$$

Nous en déduisons

$$(\overrightarrow{MA}, \overrightarrow{MB}) = \frac{\pi}{2} + k\pi, \text{ avec } k \in \mathbb{Z}, \text{ soit } (\overrightarrow{MA}, \overrightarrow{MB}) = \frac{\pi}{2}[\pi],$$

ce qui prouve que $M \in \mathcal{C}$

Nous en concluons que $\mathcal{C}$ est le cercle de diamètre $[AB]$, privé des points A et B.

2. • L'ensemble des points M distincts de A et B tels que

$$(\overrightarrow{MA}, \overrightarrow{MB}) = \frac{\pi}{2}[2\pi]$$

est le demi-cercle de diamètre $[AB]$ privé des points A et B tel que le triangle rectangle AMB soit direct.

• L'ensemble des points M distincts de A et B tels que

$$(\overrightarrow{MA}, \overrightarrow{MB}) = -\frac{\pi}{2}[2\pi]$$

est le demi-cercle de diamètre $[AB]$ privé des points A et B tel que le triangle rectangle AMB soit indirect.

8.7.3 Équations - Inéquations trigonométriques

Exercice 9. Résolutions d'équations trigonométriques

Résoudre dans $\mathbb{R}$ les équations suivantes, puis sur le cercle trigonométrique, placer les solutions qui appartiennent à $]-\pi,\pi]$.

(1) $\sin 3x = 1$.

(2) $|\sin 3x| = 1$.

(3) $4\cos^3 x = \cos x$.

(4) $2\cos^2 x = 3\cos x - 1$.

(5) $2\cos x \sin x - 2\cos x + \sin x = 1$.

Solution

- Équation (1)

$$(1) \Leftrightarrow 3x = \frac{\pi}{2} + k(2\pi) \Leftrightarrow x = \frac{\pi}{6} + k(\frac{2\pi}{3}).$$

Nous en concluons

$$S_{(1)} = \{\frac{\pi}{6} + k(\frac{2\pi}{3})/k \in \mathbb{Z}\}.$$

De plus, nous obtenons

$$S_{(1)} \cap]-\pi,\pi] = \{-\frac{\pi}{2}, \frac{\pi}{6}, \frac{5\pi}{6}\}.$$

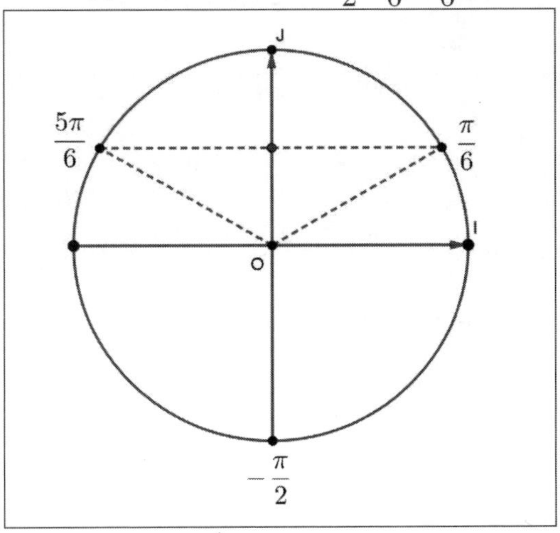

- Équation (2).

$$(2) \Leftrightarrow \sin 3x = 1 \text{ ou } \sin 3x = -1,$$
$$(2) \Leftrightarrow 3x = \frac{\pi}{2} + k(2\pi) \text{ ou } 3x = -\frac{\pi}{2} + k(2\pi),$$
$$(2) \Leftrightarrow 3x = \frac{\pi}{2} + k\pi,$$
$$(2) \Leftrightarrow x = \frac{\pi}{6} + k\frac{\pi}{3}.$$

Nous en concluons

$$S_{(2)} = \{\frac{\pi}{6} + k(\frac{\pi}{3})/k \in \mathbb{Z}\}.$$

De plus, nous obtenons

$$S_{(2)} \cap]-\pi,\, \pi] = \{-\frac{5\pi}{6},\, -\frac{\pi}{2},\, -\frac{\pi}{6},\, \frac{\pi}{6},\, \frac{\pi}{2},\, \frac{5\pi}{6}\}.$$

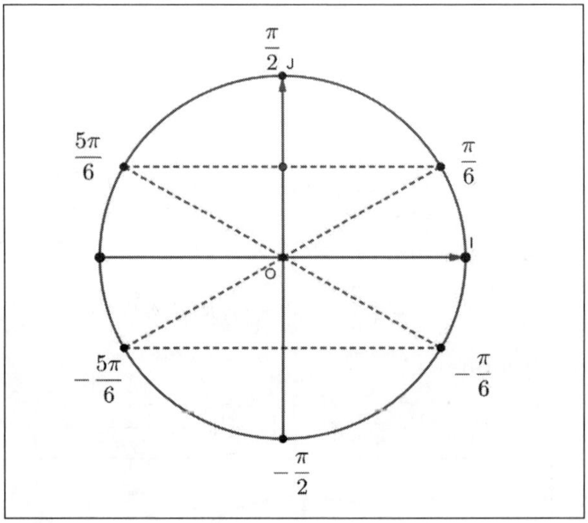

- Équation (3)

$$(3) \Leftrightarrow \cos x(4\cos^2 x - 1) = 0 \Leftrightarrow \cos x = 0 \,\text{ou}\, \cos^2 x = \frac{1}{4},$$
$$(3) \Leftrightarrow \cos x = 0 \,\text{ou}\, \cos x = \frac{1}{2} \,\text{ou}\, \cos x = -\frac{1}{2}.$$

Ainsi nous obtenons que les solutions de l'équation (3) sont les réels x tels que

$$x = \frac{\pi}{2} + k\pi \,\text{ou}\, x = \frac{\pi}{3} + k(2\pi) \,\text{ou}\, x = -\frac{\pi}{3} + k(2\pi) \,\text{ou}\, x = \frac{2\pi}{3} + k(2\pi) \,\text{ou}$$
$$x = -\frac{2\pi}{3} + k(2\pi),\, \text{avec}\, k \in \mathbb{Z}.$$

L'ensemble des solutions dans l'intervalle $]-\pi,\, \pi]$ est

$$\{-\frac{2\pi}{3},\, -\frac{\pi}{2},\, -\frac{\pi}{3},\, \frac{\pi}{3},\, \frac{\pi}{2},\, \frac{2\pi}{3}\}.$$

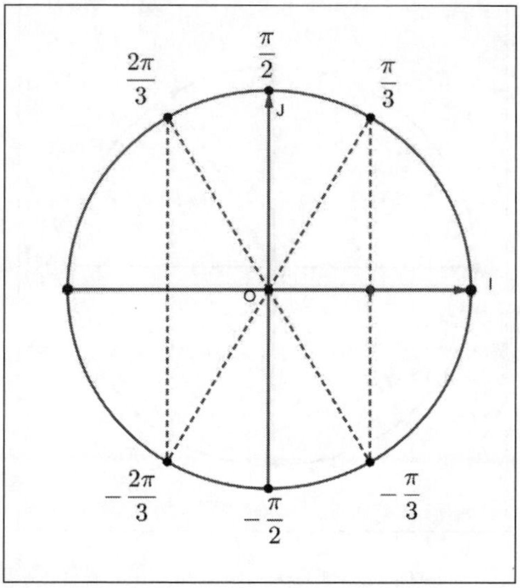

- Équation (4)

$$(4) \Leftrightarrow 2\cos^2 x - 3\cos x = -1 \Leftrightarrow \cos^2 x - \frac{3}{2}\cos x = -\frac{1}{2}.$$

Posons $X = \cos x$. Nous sommes ainsi amenés à résoudre l'équation du second degré notée (E), $X^2 - \frac{3}{2}X = -\frac{1}{2}$. Il vient

$$(E) \Leftrightarrow X^2 - 2(\frac{3}{4})X + (\frac{3}{4})^2 - (\frac{3}{4})^2 = -\frac{1}{2},$$
$$(E) \Leftrightarrow (X - \frac{3}{4})^2 = \frac{1}{16},$$
$$(E) \Leftrightarrow X - \frac{3}{4} = \frac{1}{4} \,\text{ou}\, X - \frac{3}{4} = -\frac{1}{4},$$
$$(E) \Leftrightarrow X = 1 \,\text{ou}\, X = \tfrac{1}{2}.$$

Nous en déduisons

$$(4) \Leftrightarrow \cos x = 1 \,\text{ou}\, \cos x = \frac{1}{2},$$
$$(4) \Leftrightarrow x = k(2\pi) \,\text{ou}\, x = \frac{\pi}{3} + k(2\pi) \,\text{ou}\, x = -\frac{\pi}{3} + k(2\pi).$$

Nous en concluons

$$S_{(4)} = \{k(2\pi)/k \in \mathbb{Z}\} \cup \{\frac{\pi}{3} + k(2\pi)/k \in \mathbb{Z}\} \cup \{-\frac{\pi}{3} + k(2\pi)/k \in \mathbb{Z}\}.$$

Nous en déduisons

$$S_{(4)} \cap]-\pi, \pi] = \{-\frac{\pi}{3}, 0, \frac{\pi}{3}\}.$$

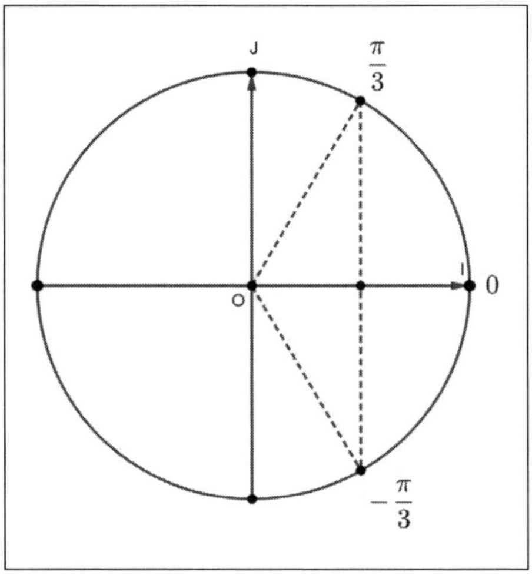

- Équation (5)

$$(5) \Leftrightarrow 2\cos x(\sin x - 1) + \sin x - 1 = 0 \Leftrightarrow (2\cos x + 1)(\sin x - 1) = 0,$$
$$(5) \Leftrightarrow \cos x = -\tfrac{1}{2} \text{ ou } \sin x = 1.$$

Cela donne

$$(5) \Leftrightarrow x = \frac{2\pi}{3} + k(2\pi) \text{ ou } x = -\frac{2\pi}{3} + k(2\pi) \text{ ou } x = \frac{\pi}{2} + k(2\pi).$$

Pour conclure, nous obtenons

$$S_{(5)} = \{\frac{\pi}{2} + k(2\pi)/k \in \mathbb{Z}\} \cup \{\frac{2\pi}{3} + k(2\pi)/k \in \mathbb{Z}\} \cup \{-\frac{2\pi}{3} + k(2\pi)/k \in \mathbb{Z}\}.$$

Nous en déduisons

$$S_{(5)} \cap]-\pi, \pi] = \{-\frac{2\pi}{3}, \frac{\pi}{2}, \frac{2\pi}{3}\}.$$

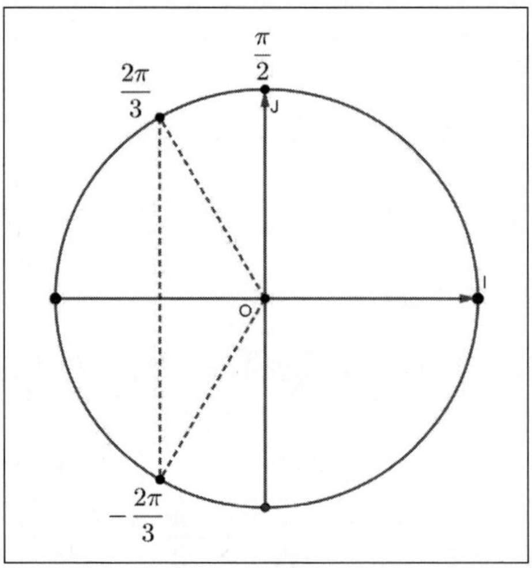

Exercice 10. Une inéquation

Résoudre dans l'intervalle $]0,\,2\pi[$ *l'inéquation* $\dfrac{1}{\cos x} < \dfrac{1}{\sin x}$.

Solution

Un réel $x \in]0,\,2\pi[$ est solution de cette inéquation à condition que

$$\cos x \neq 0 \text{ et } \sin x \neq 0.$$

Nous en déduisons que la résolution est autorisée pour les réels x tels que

$$x \neq 0 \text{ et } x \neq \frac{\pi}{2} \text{ et } x \neq \pi \text{ et } x \neq \frac{3\pi}{2}.$$

Sous ces conditions, nous obtenons

$$\frac{1}{\cos x} < \frac{1}{\sin x} \Leftrightarrow \frac{1}{\sin x}(\frac{\sin x}{\cos x} - 1) < 0 \Leftrightarrow \frac{\tan x - 1}{\sin x} < 0.$$

Nous formons le tableau de signes du quotient $\dfrac{\tan x - 1}{\sin x}$ en utilisant le cercle trigonométrique.

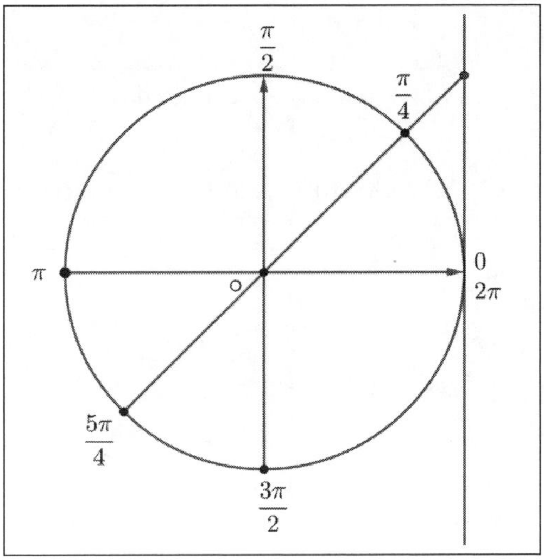

x	0		$\frac{\pi}{4}$		$\frac{\pi}{2}$		π		$\frac{5\pi}{4}$		$\frac{3\pi}{2}$		2π
$\tan x - 1$		$-$	0	$+$	$\|$	$-$		$-$	0	$+$	$\|$	$-$	$\|$
$\sin x$	0	$+$		$+$		$+$	0	$-$		$-$		$-$	$\|$
$\dfrac{\tan x - 1}{\sin x}$	$\|$	$-$	0	$+$	$\|$	$-$	$\|$	$+$	0	$-$	$\|$	$+$	$\|$

Nous en déduisons que l'ensemble S des solutions est

$$S =]0,\, \frac{\pi}{4}[\cup]\frac{\pi}{2},\, \pi[\cup]\frac{5\pi}{4},\, \frac{3\pi}{2}[.$$

Exercice 11. Second degré et trigonométrie

Pour quelles valeurs de $a \in]-\pi,, \pi]$, l'équation

$$x^2 - 2x \sin a + \cos^2 a = 0,$$

admet-elle deux solutions distinctes ?

Quel est le signe de chacune de ces deux solutions ?

Solution

Le discriminant réduit de cette équation du second degré est

$$\Delta' = \sin^2 a - \cos^2 a = \sin^2 a - (1 - \sin^2 a) = 2\sin^2 a - 1.$$

Par suite, cette équation admet deux solutions distinctes si et seulement si

$$\begin{aligned} \Delta' > 0 \Leftrightarrow & \ 2\sin^2 a - 1 > 0, \\ \Leftrightarrow & \ \sin^2 a > \frac{1}{2}, \\ \Leftrightarrow & \ \sin a > \frac{1}{\sqrt{2}} \text{ ou } \sin a < -\frac{1}{\sqrt{2}}. \end{aligned}$$

Puisque $a \in]-\pi,, \pi]$, à l'aide du cercle trigonométrique,

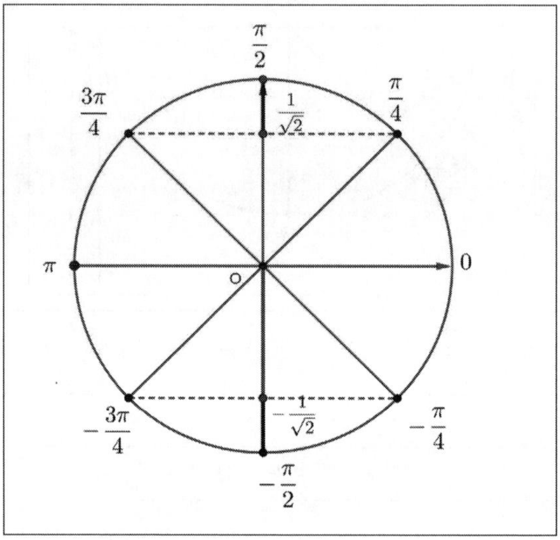

nous en concluons que l'équation proposée admet deux solutions distinctes si et seulement si

$$a \in]-\frac{3\pi}{4}, -\frac{\pi}{4}[\cup]\frac{\pi}{4}, \frac{3\pi}{4}[.$$

Pour les valeurs de a obtenues ci-dessus, le produit des deux solutions est égal à $\cos^2 a > 0$, ce qui justifie que ces dernières sont de même signe.

Exercice 12. Second degré et trigonométrie

Pour quelles valeurs de $a \in]-\frac{\pi}{2}, \frac{\pi}{2}[$, *a-t-on*

$$\forall x \in \mathbb{R},\ x^2 + x + \tan a > \frac{3}{4}\ ?$$

Solution

Pour tout réel x, nous posons

$$p(x) = x^2 + x + \tan a - \frac{3}{4}.$$

Le discriminant de ce trinôme est

$$\Delta = 1 - 4(\tan a - \frac{3}{4}) = 4(1 - \tan a).$$

En appliquant le théorème donnant le signe d'un trinôme du second degré, nous savons que, pour tout réel x,

$$p(x) > 0 \text{ si et seulement si } \Delta < 0.$$

Puisque $a \in]-\frac{\pi}{2}, \frac{\pi}{2}[$, nous obtenons

$$\Delta < 0 \Leftrightarrow \tan a > 1 \Leftrightarrow \frac{\pi}{4} < a < \frac{\pi}{2}.$$

Nous en concluons que, pour tout réel x,

$$x^2 + x + \tan a > \frac{3}{4} \text{ si et seulement si } a \in]\frac{\pi}{4}, \frac{\pi}{2}[.$$

Exercice 13. Équations trigonométriques et angles associés

Résoudre dans $\mathbb{R}$ *les équations suivantes :*

(1) $2\sin(x + \frac{\pi}{4}) + \cos(x - \frac{\pi}{4}) = \frac{3\sqrt{2}}{2}$.

(2) $\tan x \tan(2x + \frac{\pi}{4}) = 1$.

Solution

• Équation (1).

Nous remarquons que, pour tout réel x, on a

$$\sin(x + \frac{\pi}{4}) = \sin(x - \frac{\pi}{4} + \frac{\pi}{2}) = \cos(x - \frac{\pi}{4}).$$

Il en résulte que

$$\begin{aligned}
(1) &\Leftrightarrow 3\cos(x-\frac{\pi}{4}) = \frac{3\sqrt{2}}{2},\\
&\Leftrightarrow \cos(x-\frac{\pi}{4}) = \frac{\sqrt{2}}{2} = \cos\frac{\pi}{4},\\
&\Leftrightarrow x-\frac{\pi}{4} = \frac{\pi}{4} + k2\pi \,\text{ou}\, x-\frac{\pi}{4} = -\frac{\pi}{4} + k2\pi,\\
&\Leftrightarrow x = \frac{\pi}{2} + k2\pi \,\text{ou}\, x = k2\pi, \,\text{avec}\, k \in \mathbb{Z}.
\end{aligned}$$

Nous en concluons

$$S_{(1)} = \left\{\frac{\pi}{2} + k2\pi / k \in \mathbb{Z}\right\} \cup \{k2\pi / k \in \mathbb{Z}\}.$$

• Équation (2).

Nous résolvons cette équation à condition que

$$x \neq \frac{\pi}{2} + k\pi \text{ et } 2x + \frac{\pi}{4} \neq \frac{\pi}{2} + k\pi,$$

ce qui équivaut à

$$x \neq \frac{\pi}{2} + k\pi \text{ et } x \neq \frac{\pi}{8} + k\frac{\pi}{2}, \text{ avec } k \in \mathbb{Z}.$$

En remarquant de plus que les réels $x = 0[\pi]$ ne sont pas solutions de l'équation (2), donc sachant que $\tan x \neq 0$, nous obtenons

$$(2) \Leftrightarrow \tan(2x+\frac{\pi}{4}) = \frac{1}{\tan x}.$$

Pour tout réel $x \neq 0[\frac{\pi}{2}]$, nous avons

$$\frac{1}{\tan x} = \frac{\cos x}{\sin x} = \frac{\sin(\frac{\pi}{2}-x)}{\cos(\frac{\pi}{2}-x)} = \tan(\frac{\pi}{2}-x).$$

Nous en déduisons

$$\begin{aligned}
(2) &\Leftrightarrow \tan(2x+\frac{\pi}{4}) = \tan(\frac{\pi}{2}-x),\\
&\Leftrightarrow 2x + \frac{\pi}{4} = \frac{\pi}{2} - x + k\pi,\\
&\Leftrightarrow 3x = \frac{\pi}{4} + k\pi,\\
&\Leftrightarrow x = \frac{\pi}{12} + k\frac{\pi}{3}, \,\text{avec}\, k \in \mathbb{Z}.
\end{aligned}$$

Toutes les solutions conviennent comme nous pouvons le visualiser sur la figure ci-après.

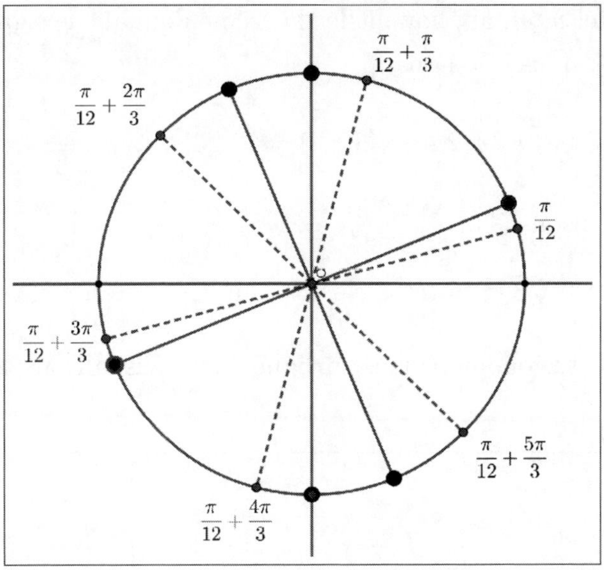

Nous en concluons

$$S_{(2)} = \left\{ \frac{\pi}{12} + k\frac{\pi}{3} / k \in \mathbb{Z} \right\}.$$

Exercice 14. Une inéquation

Résoudre dans l'intervalle $]-\pi, \pi]$, *l'inéquation*

$$\sqrt{3}\tan^2 x + 2\tan x - \sqrt{3} < 0.$$

Solution

Nous désignons par (E) cette inéquation que nous résolvons dans

$$D =]-\pi, \pi] - \left\{ -\frac{\pi}{2}, \frac{\pi}{2} \right\}.$$

Pour $x \in D$, nous posons $u = \tan x$, avec $u \in \mathbb{R}$.

Avec ce changement d'inconnue, nous sommes conduits à déterminer le signe du trinôme du second degré

$$\sqrt{3}u^2 + 2u - \sqrt{3}.$$

Nous avons

$$\Delta' = 1^2 - \sqrt{3} \times (-\sqrt{3}) = 4 > 0.$$

Ainsi ce trinôme a deux racines distinctes qui sont

$$u = \frac{-1-2}{\sqrt{3}} = -\frac{3}{\sqrt{3}} = -\sqrt{3} \text{ ou } u = \frac{-1+2}{\sqrt{3}} = \frac{1}{\sqrt{3}}.$$

Pour tout réel u, en appliquant le théorème donnant le signe d'un trinôme du second degré, nous obtenons

$$\sqrt{3}u^2 + 2u - \sqrt{3} < 0 \Leftrightarrow -\sqrt{3} < u < \frac{1}{\sqrt{3}}.$$

Nous en déduisons

$$(E) \Leftrightarrow -\sqrt{3} < \tan x < \frac{1}{\sqrt{3}} \Leftrightarrow \tan(-\frac{\pi}{3}) < \tan x < \tan\frac{\pi}{6}.$$

Sur le cercle trigonométrique, surligné, nous visualisons les solutions de (E),

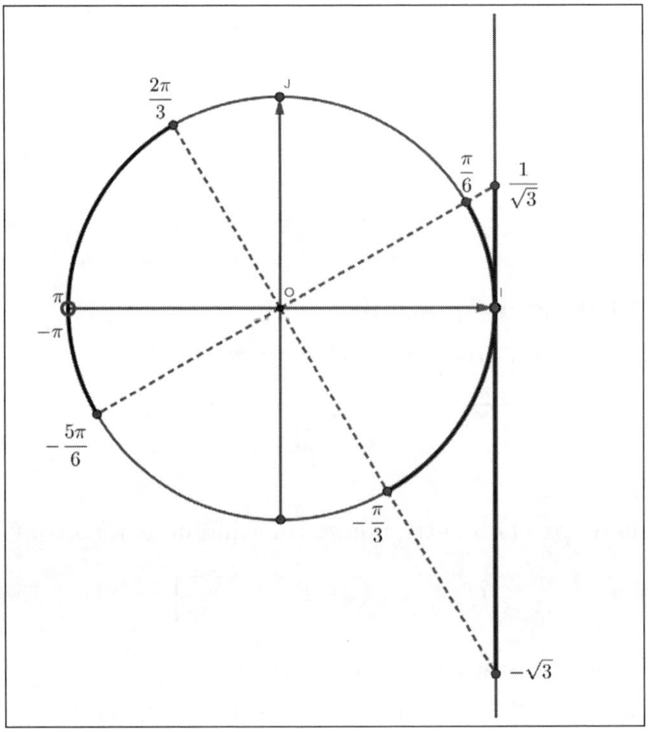

ce qui permet de conclure par

$$S_{(E)} =]-\pi, -\frac{5\pi}{6}[\cup]-\frac{\pi}{3}, \frac{\pi}{6}[\cup]\frac{2\pi}{3}, \pi[.$$

CHAPITRE 9

Produit scalaire

Nous savons additionner deux vecteurs et multiplier un vecteur par un réel, le résultat dans ces deux opérations restitue un vecteur. Il nous reste à définir la "multiplication" de deux vecteurs qui est une opération radicalement différente des deux premières, puisque cette dernière associe à tout couple de vecteurs un **nombre** réel.

C'est pour cette raison que cette opération est appelé **produit scalaire**, le terme scalaire signifiant nombre réel, tout du moins jusqu'au début du XXe siècle.

Le produit scalaire est une idée relativement récente. Il est issu de la physique puisqu'il a permis de modéliser la notion de travail d'une force. C'est le mathématicien allemand Hermann Grassmann (1809-1877) et le physicien américain Josiah Gibbs (1839-1903) qui ont introduit ce concept. C'est William Hamilton (1805-1865), mathématicien irlandais, qui en donna une première définition mathématique.

Le produit scalaire de deux vecteurs est un outil efficace pour étudier en géométrie plane ou dans l'espace les notions d'orthogonalité, de distance et d'angle. Nous verrons dans ce chapitre que le fameux théorème de Pythagore en est une idée centrale.

Dès à présent, nous précisons que ce concept peut être étendu à des espaces plus généraux comme des ensembles de polynômes ou de fonctions. C'est la notion d'espaces euclidiens.

9.1 Définition du produit scalaire

9.1.1 Introduction

Soient A, B et C trois points non alignés du plan.

Au collège, le théorème de Pythagore et sa réciproque nous ont appris que le triangle ABC est rectangle en A si et seulement si

$$AB^2 + AC^2 = BC^2, \text{ soit } AB^2 + AC^2 - BC^2 = 0,$$

D'où l'idée de regarder de plus près le réel $\Delta = AB^2 + AC^2 - BC^2$, lorsque ABC est un triangle quelconque

Lemme. *En posant $\vec{u} = \overrightarrow{AB}$ et $\vec{v} = \overrightarrow{AC}$, nous obtenons*

$$\Delta = ||\vec{u}||^2 + ||\vec{v}||^2 - ||\vec{v} - \vec{u}||^2.$$

Démonstration. Soient $\vec{u}$ et $\vec{v}$ tels que $\vec{u} = \overrightarrow{AB}$ et $\vec{v} = \overrightarrow{AC}$.

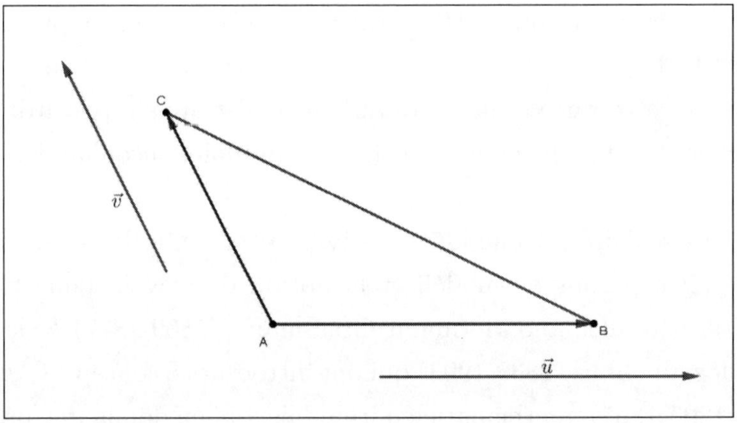

Il vient

$$\begin{aligned}\Delta &= AB^2 + AC^2 - BC^2,\\ &= ||\overrightarrow{AB}||^2 + ||\overrightarrow{AC}||^2 - ||\overrightarrow{BC}||^2,\\ &= ||\overrightarrow{AB}||^2 + ||\overrightarrow{AC}||^2 - ||\overrightarrow{AC} - \overrightarrow{AB}||^2,\\ &= ||\vec{u}||^2 + ||\vec{v}||^2 - ||\vec{v} - \vec{u}||^2.\end{aligned}$$

Lemme. *Soient $\vec{u}(x, y)$ et $\vec{v}(x', y')$ dans une base $(\vec{\imath}, \vec{\jmath})$ orthonormale, alors*

$$\frac{\Delta}{2} = xx' + yy'.$$

Démonstration. Dans une base orthonormale, nous savons que :

$$||\vec{u}||^2 = x^2 + y^2,\ ||\vec{v}||^2 = x'^2 + y'^2 \text{ et } ||\vec{v} - \vec{u}||^2 = (x' - x)^2 + (y' - y)^2.$$

Nous en déduisons

$$\Delta = x^2 + y^2 + x'^2 + y'^2 - \big((x' - x)^2 + (y' - y)^2\big) = 2(xx' + yy'),$$

ce qui donne, après simplification

$$\frac{\Delta}{2} = xx' + yy'.$$

9.1.2 Les définitions

Définition. *Soient $\vec{u}$ et $\vec{u}$ deux vecteurs.*

Le produit scalaire de ces deux vecteurs, noté $\vec{u}.\vec{v}$, est le réel défini par

$$\vec{u}.\vec{v} = \frac{1}{2}(||\vec{u}||^2 + ||\vec{v}||^2 - ||\vec{v} - \vec{u}||^2).$$

Remarques. Nous en comptons quatre.

- Nous retiendrons que, pour tous les vecteurs $\vec{u}$ et $\vec{v}$,

$$\vec{u}.\vec{v} \in \mathbb{R}.$$

- Si $\vec{u} = \vec{0}$ ou $\vec{v} = \vec{0}$, alors $\vec{u}.\vec{v} = 0$.

Mais la réciproque est fausse.

En effet, si $\vec{u}.\vec{v} = 0$, alors $||\vec{u}||^2 + ||\vec{v}||^2 = ||\vec{v} - \vec{u}||^2$.

Avec les notations de la partie introductive 9.1.1, nous en déduisons le théorème de Pythagore.

$$AB^2 + AC^2 = BC^2,$$

avec $A \neq B$ et $A \neq C$, c'est-à-dire $\vec{u} \neq \vec{0}$ et $\vec{v} \neq \vec{0}$.

- Puisque deux vecteurs opposés ont la même norme, pour tous les vecteurs $\vec{u}$ et $\vec{v}$, nous obtenons

$$\vec{u}.\vec{v} = \frac{1}{2}(|| - \vec{u}||^2 + ||\vec{v}||^2 - ||\vec{v} - (-\vec{u})||^2) = \frac{1}{2}(||\vec{u}||^2 + ||\vec{v}||^2 - ||\vec{u} + \vec{v}||^2).$$

- Avec les notations de la partie introductive 9.1.1, pour $\vec{u} = \overrightarrow{AB}$ et $\vec{v} = \overrightarrow{AC}$, nous avons

$$\overrightarrow{AB}.\overrightarrow{AC} = \frac{\Delta}{2} = \frac{1}{2}(AB^2 + AC^2 - BC^2).$$

Définition (carré scalaire). *Soit $\vec{u}$ un vecteur.*

Le carré scalaire de ce vecteur, noté $\vec{u}^2$, est le réel défini par

$$\vec{u}^2 = \vec{u}.\vec{u}.$$

Proposition. *Pour tout vecteur $\vec{u}$, nous avons*

$$\vec{u}^2 = ||\vec{u}||^2, \text{ soit } ||\vec{u}|| = \sqrt{\vec{u}^2}.$$

Démonstration. Soit un vecteur $\vec{u}$. Nous avons

$$\vec{u}^2 = \frac{1}{2}(||\vec{u}||^2 + ||\vec{u}||^2 - ||\vec{u} - \vec{u}||^2) = ||\vec{u}||^2.$$

Puisque $\vec{u}^2 \geq 0$, nous en déduisons

$$||\vec{u}|| = \sqrt{\vec{u}^2}.$$

Corollaire. *Pour tous les points A et B du plan, nous avons*

$$\overrightarrow{AB}^2 = ||\overrightarrow{AB}||^2 = AB^2$$

Démonstration. Ces égalités sont immédiates en posant $\vec{u} = \overrightarrow{AB}$.

Elles sont cependant importantes à mémoriser car elles permettent de traiter de nombreuses questions de géométrie métrique c'est-à-dire des développements qui nécessitent l'utilisation de la distance définie par le carré scalaire.

9.1.3 Expression analytique du produit scalaire

Proposition. *Si $\vec{u}(x, y)$ et $\vec{v}(x', y')$ dans la base $(\vec{\imath}, \vec{\jmath})$ orthonormale, alors*

$$\vec{u}.\vec{v} = xx' + yy'.$$

Démonstration. En utilisant le second lemme de la partie introductive 9.1.1, nous avons

$$\vec{u}.\vec{v} = \frac{\Delta}{2} = xx' + yy'.$$

Remarques. Nous en donnons trois.

• Nous savons depuis la classe de Seconde que si $\vec{u}(x,\, y)$ dans une base orthonormale, alors $||\vec{u}|| = \sqrt{x^2 + y^2}$.

Nous retrouvons cette égalité avec la définition du carré scalaire :

$$||\vec{u}|| = \sqrt{\vec{u}^2} = \sqrt{x \times x + y \times y} = \sqrt{x^2 + y^2}.$$

• Nous savons aussi depuis la Seconde que si $A(x_A,\, y_A)$ et $B(x_B,\, y_B)$ dans un repère orthonormal, alors

$$AB = \sqrt{(x_B - x_A)^2 + (y_B - y_A)^2}.$$

Nous retrouvons cette même égalité avec la définition du carré scalaire.

• La condition$(\vec{\imath}, \vec{\jmath})$ base orthonormale est indispensable. Pour en être persuadé, il faudrait reprendre la preuve, vue en Seconde, qui produit la formule de la distance de deux points dans un repère orthonormal.

Cependant, nous donnerons dans la remarque de la partie 9.2.1 une autre méthode pour justifier l'égalité $\vec{u}.\vec{v} = xx' + yy'$ afin d'insister sur l'importance de la donnée d'une base orthonormale.

Proposition. *Si $\vec{u}(x, y)$ dans la base orthonormale $(\vec{\imath}, \vec{\jmath})$, alors*

$$x = \vec{u}.\vec{\imath} \text{ et } y = \vec{u}.\vec{\jmath}.$$

Démonstration. Puisque $\vec{\imath}(1, 0)$ et $\vec{\jmath}(0, 1)$, nous obtenons

$$\vec{u}.\vec{\imath} = x \times 1 + y \times 0 = x,$$
$$\vec{u}.\vec{\jmath} = x \times 0 + y \times 1 = y.$$

Exemple. En physique, si $\vec{F}$ est une force ayant deux composantes (F_x, F_y) relativement à un repère orthonormal, alors nous avons

$$F_x = \vec{F}.\vec{\imath} \text{ et } F_y = \vec{F}.\vec{\jmath}$$

9.1.4 Vecteurs orthogonaux

Définition. *Soient deux vecteurs $\vec{u}$ et $\vec{v}$.*

Ces deux vecteurs sont orthogonaux si et seulement si $\vec{u}.\vec{v} = 0$.

Nous notons $\vec{u} \perp \vec{v}$ l'orthogonalité de ces deux vecteurs.

Nous retiendrons

$$\vec{u} \perp \vec{v} \Leftrightarrow \vec{u}.\vec{v} = 0.$$

Remarques. Nous en donnons trois.

• Dans une des remarques données en 9.1.2, nous savons que si $\vec{u} = \vec{0}$ ou $\vec{v} = \vec{0}$, alors $\vec{u}.\vec{v} = 0$.

Mais la réciproque est fausse puisque deux vecteurs non nuls orthogonaux induisent la nullité de leur produit scalaire.

• Pour tout vecteur $\vec{u}$ on a, $\vec{0}.\vec{u} = 0$, donc quel que soit le vecteur $\vec{u}$, $\vec{0} \perp \vec{u}$.

• La base $(\vec{\imath}, \vec{\jmath})$ orthonormale si et seulement si

$$\vec{\imath}.\vec{\jmath} = 0, \text{ avec } ||\vec{\imath}|| = ||\vec{\jmath}|| = 1.$$

Proposition (condition analytique d'orthogonalité). *Soient $\vec{u}(x, y)$ et $\vec{v}(x', y')$ deux vecteurs dans la base $(\vec{\imath}, \vec{\jmath})$ orthonormale. Nous avons*

$$\vec{u} \perp \vec{v} \Leftrightarrow xx' + yy' = 0.$$

Démonstration. La preuve est immédiate puisque

$$\vec{u} \perp \vec{v} \Leftrightarrow \vec{u}.\vec{v} = 0 = xx' + yy'.$$

Remarque. Si $\vec{u}(a, b)$ est un vecteur donné relativement à une base orthonormale, alors $\vec{v}(-b, a)$ est orthogonal à $\vec{u}$.

Exemple. Dans la base $(\vec{\imath}, \vec{\jmath})$ orthonormale, nous donnons le vecteur $\vec{u} = \vec{\imath} + \vec{\jmath}$. Á partir de ce vecteur, nous construisons une base orthonormale $(\vec{e_1}, \vec{e_2})$ directe de la façon suivante :

$||\vec{u}|| = \sqrt{2}$, donc le vecteur $\vec{e_1} = \dfrac{1}{\sqrt{2}}\vec{u}$ est unitaire.

Le vecteur $\vec{v} = -\vec{\imath} + \vec{\jmath}$ est non colinéaire à $\vec{u}$ et orthogonal à ce dernier.

De plus $||\vec{v}|| = \sqrt{2}$, donc le vecteur $\vec{e_2} = \dfrac{1}{\sqrt{2}}\vec{v}$ est unitaire.

Puisque

$$\vec{e_1} = (\frac{1}{\sqrt{2}}, \frac{1}{\sqrt{2}}) \text{ et } \vec{e_2} = (-\frac{1}{\sqrt{2}}, \frac{1}{\sqrt{2}}),$$

nous avons

$$\vec{e_1}.\vec{e_2} = 0, \text{ donc } \vec{e_1} \perp \vec{e_2}.$$

Nous en concluons que la base $(\vec{e_1}, \vec{e_2})$ est orthonormale.

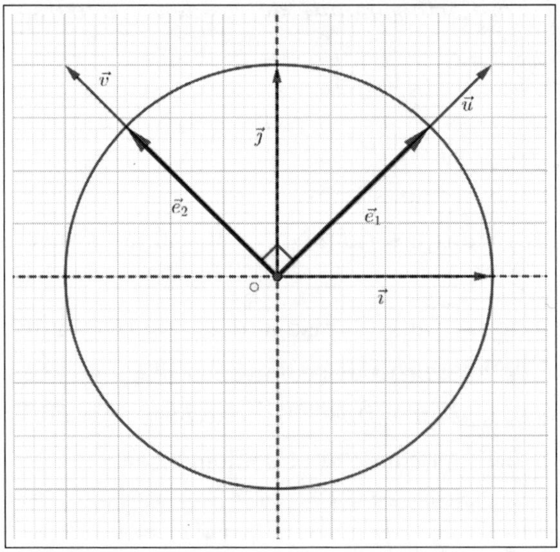

9.2 Propriétés du produit scalaire

9.2.1 Règles de calculs

Proposition (symétrie du produit scalaire). *Pour tous les vecteurs $\vec{u}$ et $\vec{v}$, nous disposons de l'égalité*

$$\vec{u}.\vec{v} = \vec{v}.\vec{u}.$$

Démonstration. Soient $\vec{u}$ et $\vec{v}$ deux vecteurs.

D'une part, nous avons

$$\vec{u}.\vec{v} = \frac{1}{2}(||\vec{u}||^2 + ||\vec{v}||^2 - ||\vec{v} - \vec{u}||^2),$$

d'autre part, il vient

$$\vec{v}.\vec{u} = \frac{1}{2}(||\vec{v}||^2 + ||\vec{u}||^2 - ||\vec{u} - \vec{v}||^2).$$

Puisque $||\vec{v} - \vec{u}|| = ||\vec{u} - \vec{v}||$, nous en concluons

$$\vec{u}.\vec{v} = \vec{v}.\vec{u}.$$

Proposition (bilinéarité du produit scalaire). *Nous disposons des deux propriétés suivantes :*

- *Pour tous les vecteurs $\vec{u}$, $\vec{v}$ et $\vec{w}$, nous avons*

$$(\vec{u} + \vec{v}).\vec{w} = \vec{w}.(\vec{u} + \vec{v}) = \vec{u}.\vec{w} + \vec{v}.\vec{w}.$$

- *Pour tous les vecteurs $\vec{u}$, $\vec{v}$ et tout réel λ, nous avons*

$$(\lambda\vec{u}).\vec{v} = \vec{u}.(\lambda\vec{v}) = \lambda \times (\vec{u}.\vec{v}).$$

Démonstration. • Soient $\vec{u}$, $\vec{v}$ et $\vec{w}$ trois vecteurs.

Par symétrie, nous obtenons

$$(\vec{u} + \vec{v}).\vec{w} = \vec{w}.(\vec{u} + \vec{v}).$$

De plus, en se plaçant dans une base orthonormale $(\vec{\imath}, \vec{\jmath})$, nous posons

$$\vec{u}(x,\, y),\ \vec{v}(x',\, y') \text{ et } \vec{w}(x'',\, y'').$$

Il vient

$$\begin{aligned}(\vec{u}+\vec{v}).\vec{w} &= (x+x')x''+(y+y')y'',\\ &= xx''+x'x''+yy''+y'y'',\\ &= (xx''+yy'')+(x'x''+y'y''),\\ &= \vec{u}.\vec{w}+\vec{v}.\vec{w}.\end{aligned}$$

- Soient $\vec{u}$, $\vec{v}$ deux vecteurs et λ un réel. En plaçant à nouveau dans la base orthonormale $(\vec{\imath}, \vec{\jmath})$, avec les mêmes données, nous obtenons

$$(\lambda x)x' + (\lambda y)y' = x(\lambda x') + y(\lambda y') = \lambda(xx' + yy'),$$

ce qui justifie

$$(\lambda\vec{u}).\vec{v} = \vec{u}.(\lambda\vec{v}) = \lambda \times (\vec{u}.\vec{v}).$$

Corollaire. Nous disposons des deux égalités

- Pour tout vecteur $\vec{u}$, on a $(-\vec{u})^2 = \vec{u}^2$.
- Pour tous les vecteurs $\vec{u}$, $\vec{v}$, $\vec{w}$ et pour tous les réels α et β, nous avons

$$(\alpha\vec{u} + \beta\vec{v}).\vec{w} = \alpha(\vec{u}.\vec{w}) + \beta(\vec{v}.\vec{w}).$$

Démonstration. Ces deux égalités sont obtenues immédiatement par bilinéarité.

Remarque. Dans la base orthonormale $(\vec{\imath}, \vec{\jmath})$, en posant

$$\vec{u} = x\vec{\imath} + y\vec{\jmath} \text{ et } \vec{v} = x'\vec{\imath} + y'\vec{\jmath},$$

nous retrouvons l'expression analytique de $\vec{u}.\vec{v}$, sachant que

$$\vec{\imath}.\vec{\jmath} = 0 \text{ et } \vec{\imath}^2 = \vec{\jmath}^2 = 1.$$

En effet, par bilinéarité et symétrie, nous avons

$$\vec{u}.\vec{v} = (x\vec{\imath} + y\vec{\jmath}).\vec{v} = x(\vec{\imath}.\vec{v}) + y(\vec{\jmath}.\vec{v}).$$

Or nous avons

$$\begin{aligned}\vec{\imath}.\vec{v} &= \vec{\imath}.(x'\vec{\imath} + y'\vec{\jmath}) = x'\vec{\imath}^2 + y'(\vec{\imath}.\vec{\jmath}) = x',\\ \vec{\jmath}.\vec{v} &= \vec{\jmath}.(x'\vec{\imath} + y'\vec{\jmath}) = x'(\vec{\imath}.\vec{\jmath}) + y'\vec{\jmath}^2 = y',\end{aligned}$$

Ainsi nous retrouvons l'expression analytique du produit scalaire :

$$\vec{u}.\vec{v} = xx' + yy'.$$

Ce calcul met en évidence l'importance qu'il y a à disposer d'une base orthonormale.

9.2.2 Identités remarquables et produit scalaire

Proposition. *Soient $\vec{u}$ et $\vec{v}$ deux vecteurs. Nous disposons des trois égalités remarquables suivantes :*

- $(\vec{u}+\vec{v})^2 = \vec{u}^2 + 2\vec{u}.\vec{v} + \vec{v}^2$,
- $(\vec{u}-\vec{v})^2 = \vec{u}^2 - 2\vec{u}.\vec{v} + \vec{v}^2$,
- $(\vec{u}+\vec{v}).(\vec{u}-\vec{v}) = \vec{u}^2 - \vec{v}^2$.

Démonstration. Soient $\vec{u}$ et $\vec{v}$ deux vecteurs.

- Par symétrie et bilinéarité, nous obtenons

$$\begin{aligned}(\vec{u}+\vec{v})^2 &= (\vec{u}+\vec{v}).(\vec{u}+\vec{v}),\\ &= \vec{u}^2 + \vec{u}.\vec{v} + \vec{v}.\vec{u} + \vec{v}^2,\\ &= \vec{u}^2 + 2\vec{u}.\vec{v} + \vec{v}^2.\end{aligned}$$

- En remplaçant $\vec{v}$ par $-\vec{v}$ dans l'égalité précédente, il vient

$$(\vec{u}-\vec{v})^2 = (\vec{u}+(-\vec{v}))^2 = \vec{u}^2 + 2\vec{u}.(-\vec{v}) + (-\vec{v})^2 = \vec{u}^2 - 2\vec{u}.\vec{v} + \vec{v}^2.$$

- Toujours par symétrie et bilinéarité, nous avons

$$(\vec{u}+\vec{v}).(\vec{u}-\vec{v}) = (\vec{u}+\vec{v}).\vec{u} - (\vec{u}+\vec{v}).\vec{v} = \vec{u}^2 + \vec{v}.\vec{u} - \vec{u}.\vec{v} - \vec{v}^2 = \vec{u}^2 - \vec{v}^2.$$

Remarque. Les trois égalités de la proposition précédente peuvent être énoncées en utilisant la norme au carré à la place du carré scalaire, ce qui donne, pour tous vecteurs $\vec{u}$ et $\vec{v}$,

- $||\vec{u}+\vec{v}||^2 = ||\vec{u}||^2 + 2\vec{u}.\vec{v} + ||\vec{v}||^2$,
- $||\vec{u}-\vec{v}||^2 = ||\vec{u}||^2 - 2\vec{u}.\vec{v} + ||\vec{v}||^2$,
- $(\vec{u}+\vec{v}).(\vec{u}-\vec{v}) = ||\vec{u}||^2 - ||\vec{v}||^2$.

9.2.3 Produit scalaire et vecteurs colinéaires

Proposition. *Soient $\vec{u}$ et $\vec{v}$ non nuls colinéaires.*

- *Si ces deux vecteurs sont de même sens, alors $\vec{u}.\vec{v} = ||\vec{u}|| \times ||\vec{v}||$.*
- *Si ces deux vecteurs sont de sens contraires, alors $\vec{u}.\vec{v} = -||\vec{u}|| \times ||\vec{v}||$.*

Démonstration. Puisque $\vec{u}$ et $\vec{v}$ sont deux vecteurs non nuls colinéaires, nous savons qu'il existe $k \in \mathbb{R}^*$ tel que

$$\vec{v} = k\vec{u}.$$

Nous en déduisons, d'une part

$$\vec{u}.\vec{v} = \vec{u}.(k\vec{u}) = k \times \vec{u}^2 = k \times ||\vec{u}||^2.$$

D'autre part, nous avons

$$||\vec{v}|| = ||k\vec{u}|| = |k| \times ||\vec{u}||,$$

ce qui donne

$$||\vec{u}|| \times ||\vec{v}|| = |k| \times ||\vec{u}||^2.$$

Puisque $k \neq 0$, il en résulte que

$$\frac{\vec{u}.\vec{v}}{k} = \frac{||\vec{u}|| \times ||\vec{v}||}{|k|}$$

Par disjonction, nous distinguons deux cas.

1er cas : les deux vecteurs sont de même sens, soit $k > 0$.

Après simplification par k, nous obtenons

$$\vec{u}.\vec{v} = ||\vec{u}|| \times ||\vec{v}||.$$

2e cas : les deux vecteurs sont de sens contraires, soit $k < 0$.

Après simplification par k, nous obtenons

$$\vec{u}.\vec{v} = -||\vec{u}|| \times ||\vec{v}||.$$

Remarques. Nous en donnons deux.

- Si $k = 0$, c'est-à-dire $\vec{v} = \vec{0}$, la proposition reste vraie.
- Si A, B et C sont trois points alignés dans cet ordre, nous avons par exemple :

$$\overrightarrow{AB}.\overrightarrow{AC} = AB \times AC.$$
$$\overrightarrow{BA}.\overrightarrow{BC} = -BA \times BC.$$

9.3 Produit scalaire et projeté orthogonal

9.3.1 Projeté orthogonal sur une droite

Définition (d'une projection orthogonale). *Soit (d) une droite donnée.*

La projection orthogonale sur la droite (d) associe à chaque point M du plan un unique point H, qui est le projeté orthogonal de M sur (d) et qui satisfait à :

- *si $M \in (d)$, alors $H = M$.*
- *si $M \notin (d)$, alors*

$$H \in (d),$$
$$\text{la droite } (MH) \text{ est perpendiculaire à } (d) \text{ en } H.$$

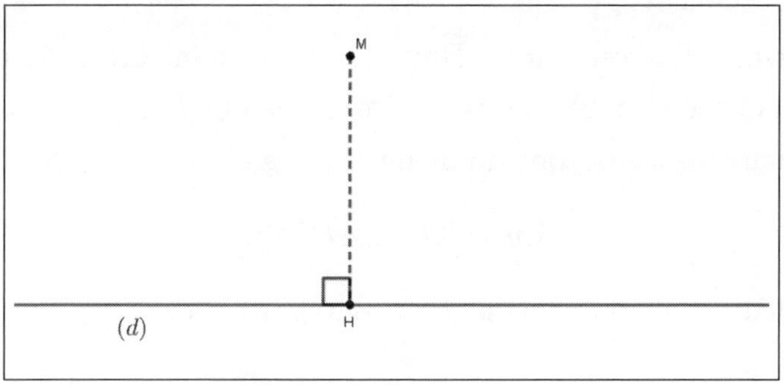

Proposition. *Soient $\vec{u}$, $\vec{v}$ deux vecteurs non nuls, A, B et C trois points distincts non alignés tels que $\vec{u} = \overrightarrow{AB}$ et $\vec{v} = \overrightarrow{AC}$.*

En désignant par H le projeté orthogonal de C sur la droite (AB), nous disposons de l'égalité

$$\vec{u}.\vec{v} = \overrightarrow{AB}.\overrightarrow{AH}$$

Démonstration.

Nous donnons les deux figures

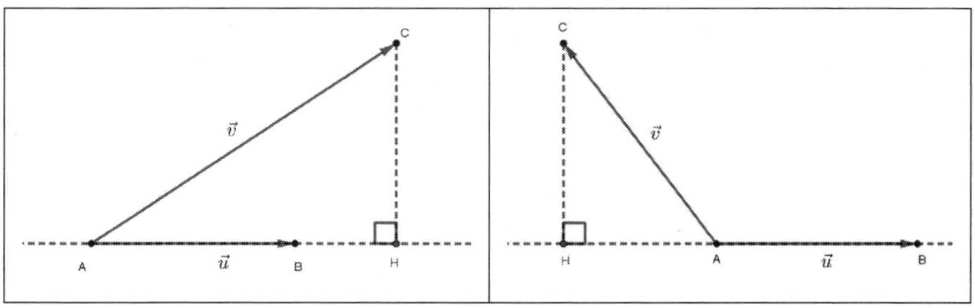

Avec les données de l'une ou l'autre figure, nous avons

$$\vec{u}.\vec{v} = \overrightarrow{AB}.\overrightarrow{AC} = \overrightarrow{AB}.(\overrightarrow{AH} + \overrightarrow{HC}) = \overrightarrow{AB}.\overrightarrow{AH} + \overrightarrow{AB}.\overrightarrow{HC}.$$

Puisque H est le projeté orthogonal de C sur la droite (AB), nous en déduisons que les vecteurs $\overrightarrow{AB}$ et $\overrightarrow{HC}$ sont orthogonaux. Par suite, nous avons

$$\overrightarrow{AB}.\overrightarrow{HC} = 0,$$

ce qui justifie l'égalité attendue, c'est-à-dire

$$\vec{u}.\vec{v} = \overrightarrow{AB}.\overrightarrow{AH}.$$

Corollaire. *Avec les données de la proposition précédente, nous avons*

$$|\vec{u}.\vec{v}| = AB \times AH.$$

Démonstration. Les vecteurs $\overrightarrow{AB}$ et $\overrightarrow{AH}$ sont colinéaires. En appliquant la proposition énoncée en 9.2.3, nous en déduisons que

- si ces deux vecteurs sont de même sens, alors

$$\vec{u}.\vec{v} = AB \times AH \geq 0,$$

- si ces deux vecteurs sont de sens contraires, alors

$$\vec{u}.\vec{v} = -AB \times AH \leq 0.$$

Pour résumer ces deux cas, nous en concluons

$$|\vec{u}.\vec{v}| = AB \times AH.$$

Exemples. Nous en donnons deux dans des configurations usuelles.

- Dans le triangle équilatéral ABC de côté 1, représenté ci-dessous, nous avons

$$\overrightarrow{AB}.\overrightarrow{AC} = \overrightarrow{AB}.\overrightarrow{AH} = AB \times AH = 1 \times \frac{1}{2} = \frac{1}{2}.$$

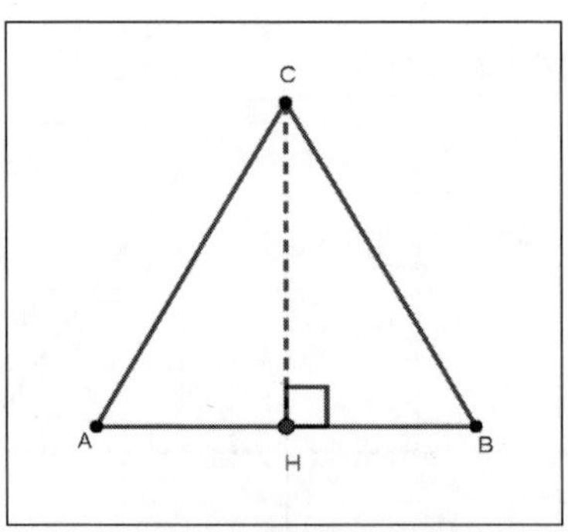

- Dans le carré $ABCD$ de côté 1, représenté ci-dessous, nous avons

$$\overrightarrow{AB}.\overrightarrow{AC} = \overrightarrow{AB}.\overrightarrow{AB} = AB^2 = 1.$$

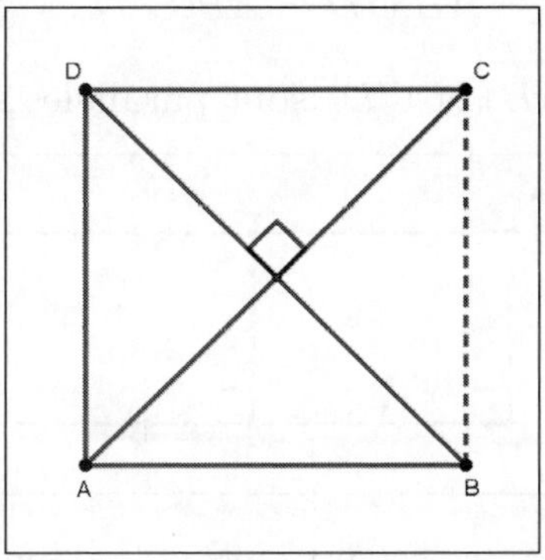

Nous remarquons également que les vecteurs $\overrightarrow{AC}$ et $\overrightarrow{BD}$ sont orthogonaux, ce qui donne

$$\overrightarrow{AC}.\overrightarrow{BD} = 0.$$

Proposition. *Soient (AB) et $CD)$ deux droites distinctes.*

En désignant par C' et D' les projetés orthogonaux respectifs des points C et D sur la droite (AB), nous avons

$$\overrightarrow{AB}.\overrightarrow{CD} = \overrightarrow{AB}.\overrightarrow{C'D'}.$$

Démonstration. Nous distinguons deux cas.

1er cas : les droites (AB) et $CD)$ sont sécantes.

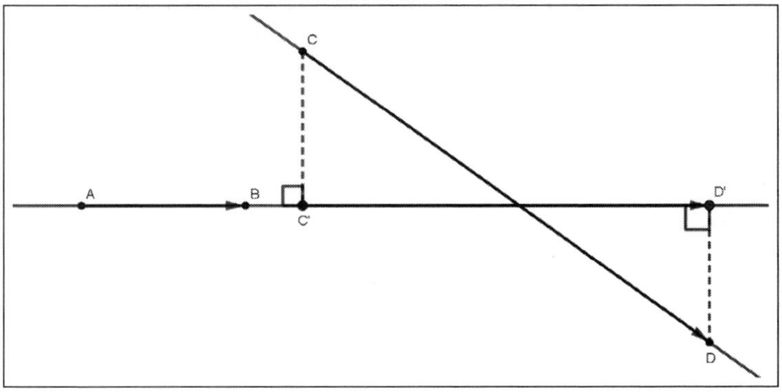

Nous avons

$$\begin{aligned}\overrightarrow{AB}.\overrightarrow{CD} &= \overrightarrow{AB}.(\overrightarrow{CC'} + \overrightarrow{C'D'} + \overrightarrow{D'D}),\\ &= \overrightarrow{AB}.\overrightarrow{CC'} + \overrightarrow{AB}.\overrightarrow{C'D'} + \overrightarrow{AB}.\overrightarrow{D'D}.\end{aligned}$$

Puisque les vecteurs $\overrightarrow{CC'}$ et $\overrightarrow{DD'}$ sont orthogonaux au vecteur $\overrightarrow{AB}$, nous en concluons

$$\overrightarrow{AB}.\overrightarrow{CD} = \overrightarrow{AB}.\overrightarrow{C'D'}.$$

2ᵉ cas : les droites (AB) et $CD)$ sont parallèles strictement.

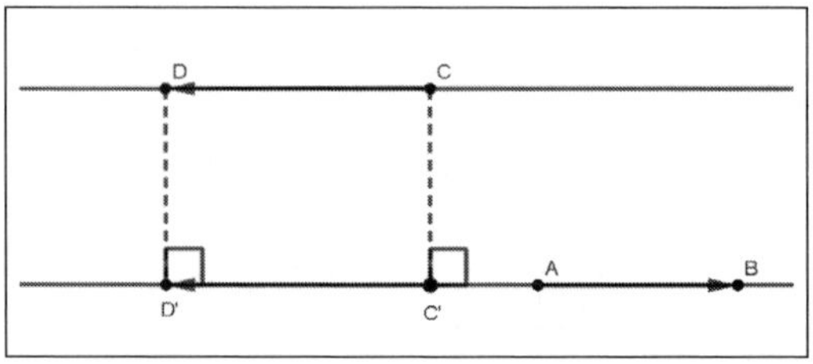

Dans ce cas le quadrilatère est un rectangle donc $\overrightarrow{CD} = \overrightarrow{C'D'}$.

Nous obtenons immédiatement $\overrightarrow{AB}.\overrightarrow{CD} = \overrightarrow{AB}.\overrightarrow{C'D'}$.

Remarque. Puisque par définition les points C' et D' appartiennent à la droite (AB), les vecteurs $\overrightarrow{AB}$ et $\overrightarrow{C'D'}$ sont colinéaires.

9.3.2 Projeté orthogonal d'un vecteur

Proposition. *Soient $\vec{u}$, $\vec{v}$ deux vecteurs non nuls.*

Il existe un unique vecteur $\vec{v}\,'$ tel que :

- *ce vecteur soit colinéaire à $\vec{u}$,*
- $\vec{u}.\vec{v} = \vec{u}.\vec{v}\,'$.

Démonstration. Nous supposons que $\vec{u}$ et $\vec{v}$ sont non nuls et non colinéaires.

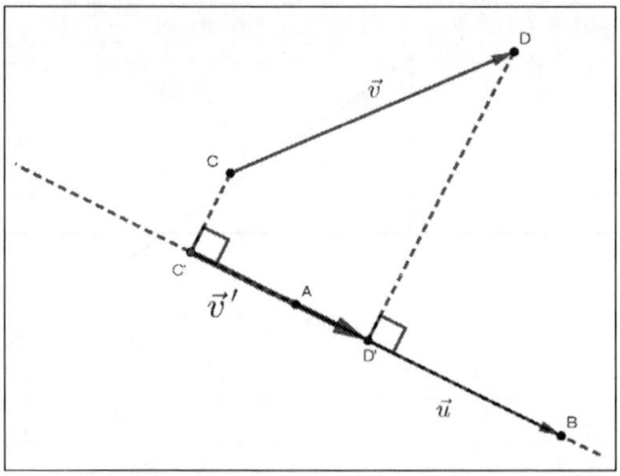

Nous posons $\vec{u} = \overrightarrow{AB}$, $\vec{v} = \overrightarrow{CD}$. En utilisant la proposition précédente le vecteur $\vec{v}\,' = \overrightarrow{C'D'}$ convient.

Pour prouver l'unicité du vecteur $\vec{v}\,'$ nous supposons qu'il existe deux vecteurs $\vec{v}\,'$ et $\vec{v}\,''$, colinéaires à $\vec{u}$ tels que :

$$\vec{u}.\vec{v} = \vec{u}.\vec{v}' = \vec{u}.\vec{v}''.$$

Nous en déduisons que $|\vec{u}.\vec{v}| = ||\vec{u}|| \times ||\vec{v}'|| = ||\vec{u}|| \times ||\vec{v}''||$.
Puisque $\vec{u} \neq \vec{0}$, il en résulte que $||\vec{v}'|| = ||\vec{v}''||$.
Les vecteurs $\vec{v}'$ et $\vec{v}''$ sont colinéaires donc

$$\vec{v}' = \vec{v}'' \text{ ou } \vec{v}' = -\vec{v}'',$$

mais cette dernière égalité est contradictoire avec

$$\vec{u}.\vec{v}' = \vec{u}.\vec{v}''.$$

Nous en concluons que $\vec{v}' = \vec{v}''$.

Si les vecteurs $\vec{u}$ et $\vec{v}$ sont non nuls et colinéaires, la preuve est identique.

Définition. *Soient $\vec{u}$, $\vec{v}$ deux vecteurs non nuls. Le projeté orthogonal de $\vec{v}$ sur $\vec{u}$ est le vecteur $\vec{v}'$ tel que*

- *$\vec{v}'$ soit colinéaire à $\vec{u}$,*
- *$\vec{u}.\vec{v} = \vec{u}.\vec{v}'$.*

Remarques. Nous en proposons deux.

- Si $\vec{v} = \vec{0}$, alors $\vec{v}' = \vec{0}$. Par conséquent la définition précédente reste exacte.
- Sur la figure qui suit, une infinité de vecteurs admettent le même projeté orthogonal.

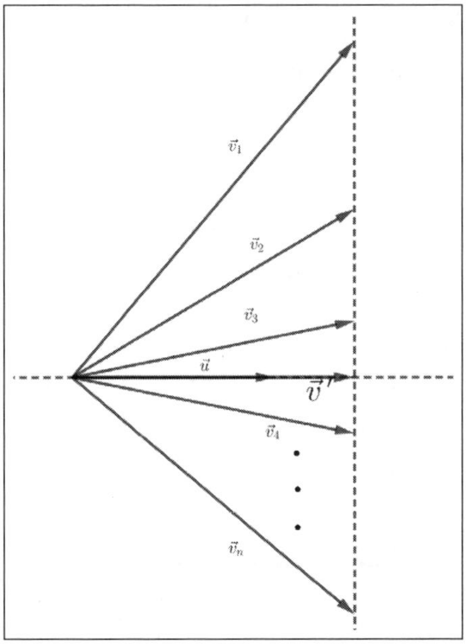

Proposition (caractérisation du projeté orthogonal). *Soient $\vec{u} \neq \vec{0}$ et $\vec{v}$ deux vecteurs.*

Les deux propositions suivantes sont équivalentes :

(i) le vecteur $\vec{v}\,'$ est le projeté orthogonal de $\vec{v}$ sur $\vec{u}$.

(ii) $\vec{v}\,' = \left(\dfrac{\vec{u}.\vec{v}}{||\vec{u}||^2}\right)\vec{u}.$

Démonstration. $(i) \Rightarrow (ii)$

Puisque $\vec{v}\,'$ est colinéaire au vecteur $\vec{u}$, il existe un réel k tel que

$$\vec{v}\,' = k\vec{u}.$$

De plus, par définition, nous avons

$$\vec{u}.\vec{v} = \vec{u}.\vec{v}\,'.$$

Nous en déduisons

$$\vec{u}.\vec{v} = \vec{u}.(k\vec{u}) = k \times \vec{u}^{\,2} = k \times ||\vec{u}||^2,$$

ce qui implique, puisque $\vec{u} \neq \vec{0}$,

$$k = \frac{\vec{u}.\vec{v}}{||\vec{u}||^2}.$$

Ainsi, nous en concluons

$$\vec{v}\,' = \left(\frac{\vec{u}.\vec{v}}{||\vec{u}||^2}\right)\vec{u}.$$

$(ii) \Rightarrow (i)$

Nous supposons que $\vec{v}\,' = \left(\dfrac{\vec{u}.\vec{v}}{||\vec{u}||^2}\right)\vec{u}.$

D'une part, le vecteur $\vec{v}\,'$ est colinéaire à $\vec{u}$.

D'autre part, nous avons

$$\vec{u}.\vec{v}\,' = \vec{u}.\left(\frac{\vec{u}.\vec{v}}{||\vec{u}||^2}\right)\vec{u} = \frac{\vec{u}.\vec{v}}{||\vec{u}||^2} \times (\vec{u}^{\,2}) = \vec{u}.\vec{v}$$

Remarque. Relativement à la base orthonormale$(\vec{\imath}, \vec{\jmath})$, le vecteur $\vec{v}(x, y)$ étant donné,

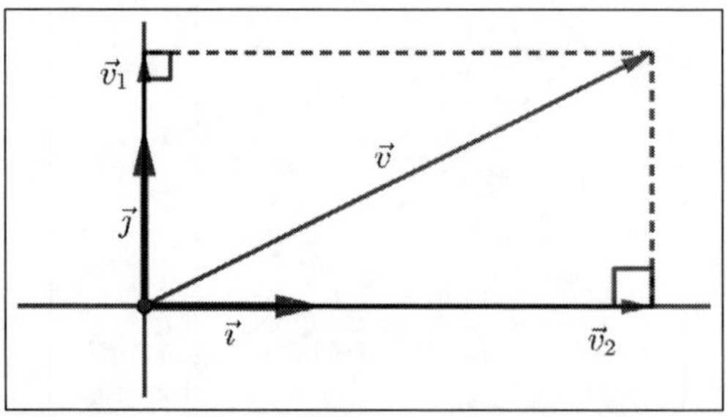

avec les notations de la figure, nous avons :

- $\vec{v_1} = (\vec{\imath}.\vec{v})\vec{\imath} = x\vec{\imath}$ est le projeté orthogonal de $\vec{v}$ sur $\vec{\imath}$.
- $\vec{v_2} = (\vec{\jmath}.\vec{v})\vec{\jmath} = y\vec{\jmath}$ est le projeté orthogonal de $\vec{v}$ sur $\vec{\jmath}$.

9.4 Produit scalaire et angle

Proposition. *Soient θ un réel, $\vec{u}$ et $\vec{v}$ deux vecteurs non nuls tels que*

$$(\vec{u}, \vec{v}) = \theta[2\pi].$$

Nous disposons de l'égalité suivante :

$$\vec{u}.\vec{v} = ||\vec{u}|| \times ||\vec{v}|| \times \cos\theta.$$

Démonstration. Puisque $\vec{u} \neq \vec{0}$, nous posons $\vec{\imath} = \dfrac{1}{||\vec{u}||}\vec{u}$.

Le vecteur $\vec{\imath}$ est unitaire.

Soit $\vec{\jmath}$ le vecteur unitaire tel que $(\vec{\imath}, \vec{\jmath}) = \dfrac{\pi}{2}[2\pi]$.

Par construction la base $(\vec{\imath}, \vec{\jmath})$ est orthonormale directe.

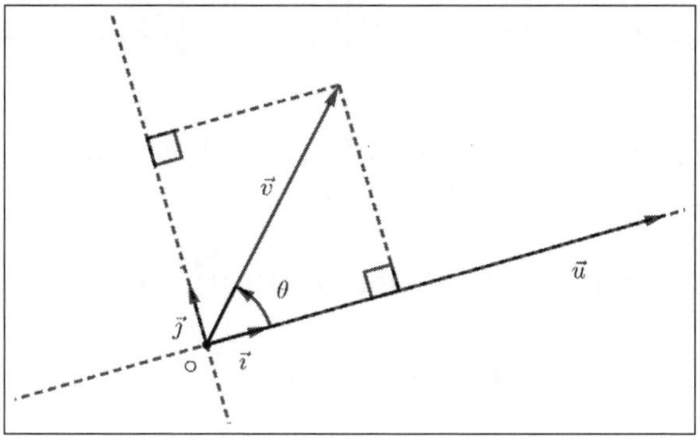

Relativement à cette base, nous avons

$$\vec{u} = ||\vec{u}||\vec{\imath}, \text{ donc } \vec{u}(||\vec{u}||, 0),$$
$$\vec{v}(||\vec{v}|| \times \cos\theta, ||\vec{v}|| \times \sin\theta).$$

La base $(\vec{\imath}, \vec{\jmath})$ étant orthonormale, nous obtenons

$$\vec{u}.\vec{v} = ||\vec{u}|| \times ||\vec{v}|| \times \cos\theta + 0 \times ||\vec{v}|| \times \sin\theta = ||\vec{u}|| \times ||\vec{v}|| \times \cos\theta.$$

Remarque. Avec les données de la proposition, nous posons

$$\vec{u} = \overrightarrow{AB} \text{ et } \vec{v} = \overrightarrow{AC}.$$

Nous obtenons

$$\overrightarrow{AB}.\overrightarrow{AC} = AB \times AC \times \cos(\overrightarrow{AB}, \overrightarrow{AC}).$$

La fonction $x \mapsto \cos x$ est paire, donc

$$\cos(\overrightarrow{AB}, \overrightarrow{AC}) = \cos(\overrightarrow{AC}, \overrightarrow{AB}),$$

ce qui permet d'exprimer le produit scalaire $\overrightarrow{AB}.\overrightarrow{AC}$ en fonction de l'angle géométrique $\widehat{BAC}$:

$$\overrightarrow{AB}.\overrightarrow{AC} = AB \times AC \times \cos(\widehat{BAC}).$$

Exemples. Dans le tableau qui suit, nous reprenons les deux exemples du paragraphe 9.3.1.

<table>
<tr><td></td><td>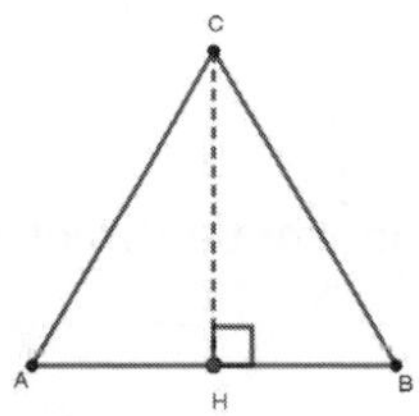</td><td>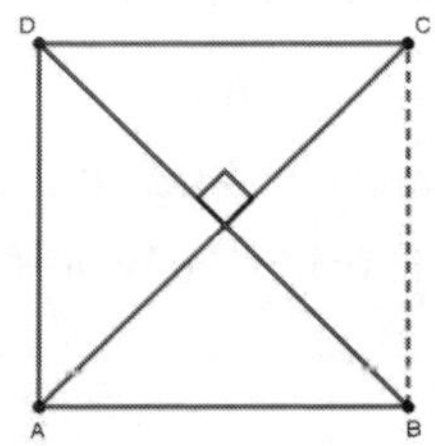</td></tr>
<tr><td>$\overrightarrow{AB}.\overrightarrow{AC} =$</td><td>$AB \times AC \cos\frac{\pi}{3} = \frac{1}{2}$</td><td>$AB \times AC \cos\frac{\pi}{4} = \sqrt{2} \times \frac{\sqrt{2}}{2} = 1$</td></tr>
</table>

9.5 Applications du produit scalaire

9.5.1 Vecteur normal à une droite

Dans ce paragraphe, le plan est rapporté à un repère $(O; \vec{\imath}, \vec{\jmath})$ orthonormal.

Proposition. *Soient A un point du plan et $\vec{n} \neq \vec{0}$ un vecteur donné.*

L'ensemble des points M du plan satisfaisant à

$$\overrightarrow{AM}.\vec{n} = 0,$$

est la droite Δ passant par A telle que le vecteur $\vec{n}$ soit orthogonal à un vecteur directeur de Δ.

Démonstration. Nous posons :

▷ $A(x_0, y_0)$ dans le repère orthonormal $(O; \vec{\imath}, \vec{\jmath})$,

▷ $\vec{n}(a, b)$, avec $a \neq 0$ ou $b \neq 0$, dans la base orthonormale $(\vec{\imath}, \vec{\jmath})$.

Nous désignons par (E) l'ensemble des points M tels que $\overrightarrow{AM}.\vec{n} = 0$ et nous procédons par double inclusion [1] en prouvant que $(E) \subset (\Delta)$ et réciproquement que $(\Delta) \subset (E)$.

• Montrons que $(E) \subset (\Delta)$.

Si $M(x, y)$ est un point appartenant à (E), alors

$$\overrightarrow{AM}.\vec{n} = 0, \text{ soit } (x - x_0)a + (y - y_0)b = 0,$$

ce qui implique

$$ax + by - (ax_0 + by_0) = 0.$$

En posant $c = -(ax_0 + by_0)$, nous avons prouvé que le point $M(x, y)$ appartient à la droite (Δ) dont une équation est $ax + by + c = 0$, ce qui prouve

$$(E) \subset (\Delta).$$

De plus, nous savons que le vecteur $\vec{u}(-b, a) \neq \vec{0}$ est directeur de (Δ).

Puisque

$$\vec{u}.\vec{n} = (-b) \times a + a \times b = 0,$$

nous en déduisons que $\vec{n}$ est orthogonal à un vecteur directeur de Δ.

• Réciproquement, prouvons que $(\Delta) \subset (E)$.

Si $M(x, y)$ est un point appartenant à la droite (Δ) passant par le point $A(x_0, y_0)$, alors

$$ax + by + c = 0 \text{ et } ax_0 + by_0 + c = 0.$$

Nous en déduisons, par soustraction membres à membres,

$$a(x - x_0) + b(y - y_0) = 0,$$

ce qui signifie que

$$\overrightarrow{AM}.\vec{n} = 0.$$

Nous en concluons que $M \in (E)$, c'est-à-dire

$$(\Delta) \subset (E).$$

1. Annexe § 1.4

Définition. *Un vecteur* $\vec{n} \neq \vec{0}$ *orthogonal à un vecteur directeur d'une droite est un vecteur* normal *à cette droite.*

Corollaire. *Soient* a, b, c *trois réels avec* $a \neq 0$ *ou* $b \neq 0$.

- *Une droite passant par un point* A, *de vecteur normal* $\vec{n}(a, b)$, *a une équation de la forme* $ax + by + c = 0$.
- *Réciproquement, une droite dont une équation est* $ax+by+c = 0$, *admet* $\vec{n}(a, b)$ *pour vecteur normal.*

Démonstration. C'est la preuve de la proposition précédente couplée avec la définition d'un vecteur normal.

Remarque. Soit (Δ) une droite non parallèle à la droite des ordonnées d'équation $y = mx + p$.

Nous rappelons que $\vec{u}(1, m)$ est directeur de cette droite.

Nous en déduisons que $\vec{n}(m, -1)$ est normal à (Δ).

En effet, nous avons

$$\vec{u}.\vec{n} = 1 \times m + m \times (-1) = 0.$$

Proposition. *Soient* (Δ) *et* (Δ') *deux droites d'équations respectives :*

$$ax + by + c = 0, \text{ avec } a \neq 0 \text{ ou } b \neq 0,$$
$$a'x + b'y + c' = 0, \text{ avec } a' \neq 0 \text{ ou } b' \neq 0.$$

Les deux propositions suivantes sont équivalentes :

(*i*) *les droites* (Δ) *et* (Δ') *sont orthogonales,*

(*ii*) $aa' + bb' = 0$.

Démonstration. Avec les données de l'énoncé :

- le vecteur $\vec{n}(a, b)$ est normal à la droite (Δ),

- le vecteur $\vec{n}\,'(a', b')$ est normal à la droite (Δ').

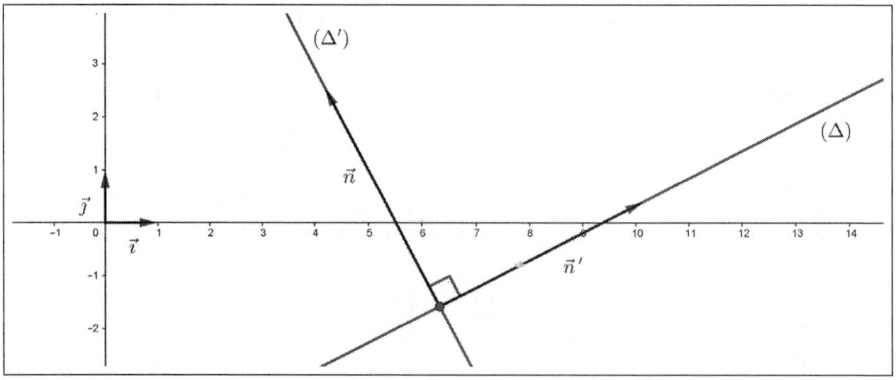

En raisonnant par équivalences, nous en déduisons

$$\begin{aligned}(\Delta)\perp(\Delta') &\Leftrightarrow \vec{n}\perp\vec{n}\,',\\ &\Leftrightarrow \vec{n}.\vec{n}\,' = 0,\\ &\Leftrightarrow aa' + bb' = 0.\end{aligned}$$

Corollaire. *Soient (Δ) et (Δ') deux droites non parallèles à la droite des ordonnées, d'équations réduites respectives :*

$$\begin{aligned}y &= mx + p,\\ y &= m'x + p'.\end{aligned}$$

Les deux propositions suivantes sont équivalentes :
(i) les droites (Δ) et (Δ') sont orthogonales,
(ii) $mm' = -1$.

Démonstration. Avec les données de l'énoncé, nous savons que
- le vecteur $\vec{n}(m,\ -1)$ est normal à la droite (Δ),
- le vecteur $\vec{n}\,'(m',\ -1)$ est normal à la droite (Δ').

En appliquant la proposition précédente, nous obtenons

$$(\Delta)\perp(\Delta') \Leftrightarrow mm' + 1 = 0 \Leftrightarrow mm' = -1.$$

Exemple.

Soit m un réel. Dans un repère orthonormal, nous considérons les droites (d_m) d'équations $x + my + 2 = 0$.

Pour chaque valeur du paramètre m, le vecteur $\vec{n}(1, m)$ est normal à la droite (d_m).

La droite (δ) d'équation $y = 2x - 1$, donc de vecteur normal $\vec{n}\,'(2, -1)$ est orthogonale à (d_m) si et seulement si

$$1 \times 2 + m \times (-1) = 0, \text{ soit } m = 2.$$

9.5.2 Réduction de $MA^2 + MB^2$

Proposition (propriété métrique de la médiane). *Soient A et B deux points distincts du plan.*

En désignant par I le milieu du segment $[AB]$, pour tout point M du plan, nous disposons de l'égalité

$$MA^2 + MB^2 = 2MI^2 + \frac{AB^2}{2}.$$

Démonstration. Avec les données de l'énoncé, nous considérons la figure suivante :

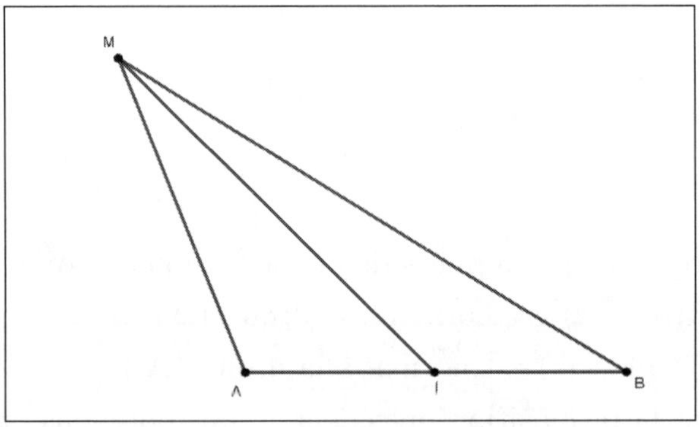

Pour tout point M du plan, nous avons

$$\begin{aligned} MA^2 + MB^2 &= \overrightarrow{MA}^2 + \overrightarrow{MB}^2, \\ &= (\overrightarrow{MI} + \overrightarrow{IA})^2 + (\overrightarrow{MI} + \overrightarrow{IB})^2, \\ &= \overrightarrow{MI}^2 + 2\overrightarrow{MI}.\overrightarrow{IA} + \overrightarrow{IA}^2 + \overrightarrow{MI}^2 + 2\overrightarrow{MI}.\overrightarrow{IB} + \overrightarrow{IB}^2, \\ &= 2MI^2 + IA^2 + IB^2 + 2\overrightarrow{MI}.(\overrightarrow{IA} + \overrightarrow{IB}). \end{aligned}$$

Or, puisque I est le milieu du segment $[AB]$, nous savons que

$$IA^2 + IB^2 = 2 \times (\frac{AB}{2})^2 = \frac{AB^2}{2} \text{ et } \overrightarrow{IA} + \overrightarrow{IB} = \vec{0}.$$

Nous en concluons que, pour tout point M du plan, nous avons

$$MA^2 + MB^2 = 2MI^2 + \frac{AB^2}{2}.$$

Remarques. Nous en donnons deux.

- Le terme "réduction" signifie que le point M apparaissant deux fois dans $MA^2 + MB^2$, ne figure plus qu'une fois dans $2MI^2 + \dfrac{AB^2}{2}$.

• Cette proposition est également appelée théorème (métrique) de la médiane.

Nous en profitons pour rappeler la propriété vectorielle de la médiane.

Avec les données de la figure précédente, nous avons :

$$\text{pour tout point } M \text{ du plan, } \overrightarrow{MA} + \overrightarrow{MB} = 2\overrightarrow{MI}.$$

Exemple. Nous considérons un rectangle $ABCD$ de centre O et M un point quelconque du plan.

Comme application, nous montrons que $MA^2 + MC^2 = MB^2 + MD^2$.

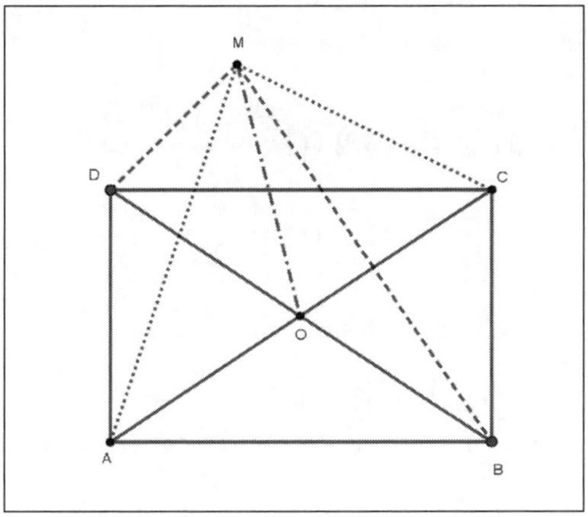

Puisque O est le milieu des segments $[AC]$ et $[BD]$, la propriété métrique de la médiane dans les triangles AMC et BMD donne

$$MA^2 + MC^2 = 2MO^2 + \frac{AC^2}{2},$$
$$MB^2 + MD^2 = 2MO^2 + \frac{DB^2}{2}.$$

Dans le rectangle $ABCD$, nous savons que $AC = BD$.

Nous en concluons que, pour tout point M du plan,

$$MA^2 + MC^2 = MB^2 + MD^2.$$

Proposition. *Soient A et B deux points distincts du plan, I le milieu du segment $[AB]$ et k un réel. Nous désignons par Γ_k l'ensemble des points M du plan tels que*

$$MA^2 + MB^2 = k.$$

Nous disposons des trois cas suivants :

- *si* $k > \dfrac{AB^2}{2}$, *alors* Γ_k *est un cercle de centre* I *et de rayon*

$$r = \sqrt{\frac{k}{2} - \frac{AB^2}{4}},$$

- *si* $k = \dfrac{AB^2}{2}$, *alors* $\Gamma_k = \{I\}$,
- *si* $k < \dfrac{AB^2}{2}$, *alors* $\Gamma_k = \emptyset$.

Démonstration. En appliquant la propriété de la médiane, nous avons les équivalences suivantes :

$$\begin{aligned} M \in \Gamma_k &\Leftrightarrow 2MI^2 + \frac{AB^2}{2} = k, \\ &\Leftrightarrow IM^2 = \frac{k}{2} - \frac{AB^2}{4}. \end{aligned}$$

Nous déduisons trois cas par disjonction.

1^er^cas : $\dfrac{k}{2} - \dfrac{AB^2}{4} > 0$, soit $k > \dfrac{AB^2}{2}$.

Nous en concluons que Γ_k est le cercle de centre I et de rayon

$$r = \sqrt{\frac{k}{2} - \frac{AB^2}{4}}.$$

2^e^cas : $\dfrac{k}{2} - \dfrac{AB^2}{4} = 0$, soit $k = \dfrac{AB^2}{2}$.

Dans ce cas, nous avons

$$IM^2 = 0 \Leftrightarrow M = I, \text{ soit } \Gamma_k = \{I\}.$$

3^e^cas : $\dfrac{k}{2} - \dfrac{AB^2}{4} < 0$, soit $k < \dfrac{AB^2}{2}$.

Dans ce dernier cas, nous en concluons que $\Gamma_k = \emptyset$.

9.5.3 Produit scalaire et cercle

Proposition (réduction de $\overrightarrow{MA}.\overrightarrow{MB}$). *Soient* A, B *deux points distincts du plan et* I *le milieu du segment* $[AB]$.

Pour tout point M *du plan, nous disposons de l'égalité*

$$\overrightarrow{MA}.\overrightarrow{MB} = MI^2 - \frac{AB^2}{4}.$$

Démonstration. Pour tout point M du plan, nous avons

$$\overrightarrow{MA}.\overrightarrow{MB} = (\overrightarrow{MI} + \overrightarrow{IA}).(\overrightarrow{MI} + \overrightarrow{IB}).$$

Or, $\overrightarrow{IB} = -\overrightarrow{IA}$, puisque I est le milieu du segment $[AB]$.
Il en résulte

$$\begin{aligned}\overrightarrow{MA}.\overrightarrow{MB} &= (\overrightarrow{MI} + \overrightarrow{IA}).(\overrightarrow{MI} - \overrightarrow{IA}),\\ &= MI^2 - IA^2,\\ &= MI^2 - \frac{AB^2}{4}.\end{aligned}$$

Proposition. *Les points A et B étant deux points distincts donnés, l'ensemble (C) des points M du plan tels que $\overrightarrow{MA}.\overrightarrow{MB} = 0$ est le cercle de diamètre $[AB]$.*

Démonstration. En appliquant l'égalité de réduction obtenue ci-dessus, nous obtenons

$$\begin{aligned}M \in (C) &\Leftrightarrow IM^2 = \frac{AB^2}{4},\\ &\Leftrightarrow IM = \frac{AB}{2},\end{aligned}$$

ce qui prouve que (C) est le cercle de diamètre $[AB]$.

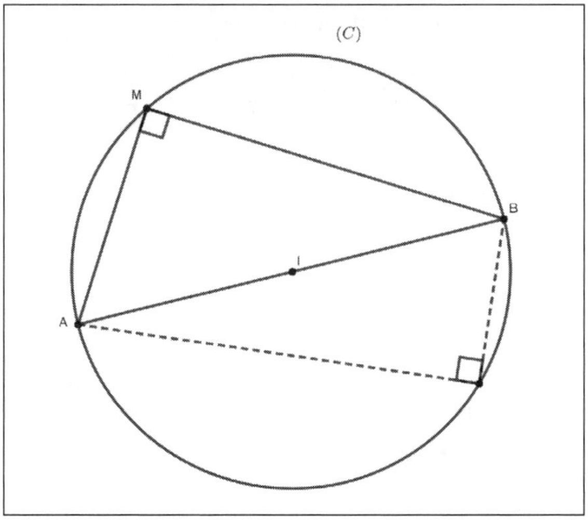

Remarque. Cette proposition est la version "produit scalaire" d'une propriété vue au collège qui énonce qu'un triangle AMB rectangle en M est inscriptible dans un cercle de diamètre $[AB]$.

Nous avons aussi abordé cette propriété dans l'exercice corrigé du paragraphe 8.7.2

Exemple. Dans le premier chapitre de ce livre, lors du paragraphe 1.4, nous avons étudié comment obtenir une équation d'un cercle, connaissant son centre et son rayon.

Nous proposons ici de déterminer une équation d'un cercle, le diamètre $[AB]$ de ce dernier étant donné.

Dans un repère orthonormal du plan, nous posons $A(x_A, y_A)$ et $B(x_B, y_B)$.

Soit un point $M(x,\, y)$.

En utilisant la proposition précédente, nous obtenons

$$\begin{aligned} M \in (C) &\Leftrightarrow \overrightarrow{MA}.\overrightarrow{MB} = 0, \\ &\Leftrightarrow \overrightarrow{AM}.\overrightarrow{BM} = 0, \\ &\Leftrightarrow (x - x_A)(x - x_B) + (y - y_A)(y - y_B) = 0, \\ &\Leftrightarrow x^2 + y^2 - (x_A + x_B)x - (y_A + y_B)y + x_A x_B + +y_A y_B = 0. \end{aligned}$$

En observant que

$$\begin{gathered} 2x_I = x_A + x_B \text{ et } 2y_I = y_A + y_B, \\ x_A x_B + +y_A y_B = \overrightarrow{OA}.\overrightarrow{OB} = OI^2 - \frac{AB^2}{4} = x_I^2 + y_I^2 - \frac{AB^2}{4}, \end{gathered}$$

nous en déduisons qu'une équation de (C) est

$$\begin{gathered} x^2 + y^2 - 2x_I x - 2y_I y + x_I^2 + y_I^2 - (x_I^2 + y_I^2) + x_I^2 + y_I^2 - \frac{AB^2}{4} = 0, \\ \Leftrightarrow (x - x_I)^2 + (y - y_I)^2 = \frac{AB^2}{4}. \end{gathered}$$

Nous reconnaissons une équation cartésienne du cercle (C) de centre I et de rayon $\dfrac{AB}{2}$.

Remarque. Pour $k \in \mathbb{R}$, de la même façon que dans le paragraphe précédent, nous montrons que l'ensemble des points M tels que $\overrightarrow{MA}.\overrightarrow{MB} = k$, s'il est non vide et non réduit à un point, est un cercle de centre le milieu I de $[AB]$ et de rayon $r = k + \dfrac{AB^2}{4} > 0$.

9.5.4 Réduction de $MA^2 - MB^2$

Proposition. *Soient A et B deux points distincts du plan.*

En désignant par I le milieu du segment $[AB]$, pour tout point M du plan, nous disposons de l'égalité

$$MA^2 - MB^2 = 2\overrightarrow{IM}.\overrightarrow{AB}.$$

Démonstration. Pour tout point M du plan, nous avons

$$\begin{aligned}
MA^2 - MB^2 &= \overrightarrow{MA}^2 - \overrightarrow{MB}^2, \\
&= (\overrightarrow{MI} + \overrightarrow{IA})^2 - (\overrightarrow{MI} + \overrightarrow{IB})^2, \\
&= \overrightarrow{MI}^2 + 2\overrightarrow{MI}.\overrightarrow{IA} + \overrightarrow{IA}^2 - \overrightarrow{MI}^2 - 2\overrightarrow{MI}.\overrightarrow{IB} - \overrightarrow{IB}^2, \\
&= 2\overrightarrow{MI}.(\overrightarrow{IA} - \overrightarrow{IB}), \\
&= 2\overrightarrow{MI}.\overrightarrow{BA}, \\
&= 2\overrightarrow{IM}.\overrightarrow{AB}.
\end{aligned}$$

Proposition. *Soient A et B deux points distincts du plan, I le milieu du segment $[AB]$ et k un réel. Nous désignons par E_k l'ensemble des points M du plan tels que*

$$MA^2 - MB^2 = k.$$

Pour chaque valeur du réel k, E_k est une droite orthogonale à la droite (AB).

Démonstration. En appliquant la proposition précédente, nous avons

$$M \in E_k \Leftrightarrow 2\overrightarrow{IM}.\overrightarrow{AB} = k.$$

En désignant par H le projeté orthogonal du point M sur la droite (AB), nous savons que

$$\overrightarrow{IM}.\overrightarrow{AB} = \overrightarrow{IH}.\overrightarrow{AB}.$$

Nous en déduisons que

$$M \in E_k \Leftrightarrow \begin{cases} 2\overrightarrow{IM}.\overrightarrow{AB} = k \\ 2\overrightarrow{IH}.\overrightarrow{AB} = k \end{cases},$$

ce qui donne

$$M \in E_k \Leftrightarrow 2(\overrightarrow{IM} - \overrightarrow{IH}).\overrightarrow{AB} = 0 \Leftrightarrow \overrightarrow{HM}.\overrightarrow{AB} = 0.$$

Nous appliquons la première proposition du paragraphe 9.5.1.

Nous en concluons que E_k est la droite passant par le point H, de vecteur normal $\overrightarrow{AB}$.

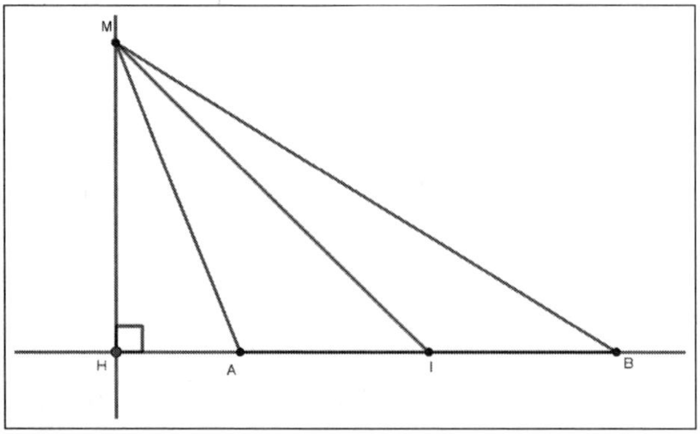

Remarque. Nous pouvons préciser la position du projeté orthogonal H sur la droite (AB).

Nous posons $\vec{\imath} = \dfrac{1}{AB}\overrightarrow{AB}$. Ce vecteur est unitaire.

Nous munissons la droite (AB) du repère $(I;\, \vec{\imath})$ et soit x_0 l'abscisse du point H relativement à ce repère.

Puisque $\overrightarrow{IH} = x_0\vec{\imath}$ et $\overrightarrow{AB} = AB\vec{\imath}$, nous obtenons

$$\begin{aligned} 2\overrightarrow{IH}.\overrightarrow{AB} = k &\Leftrightarrow 2(x_0\vec{\imath}).(AB\vec{\imath}) = k, \\ &\Leftrightarrow (2x_0 \times AB)\vec{\imath}^2 = k, \\ &\Leftrightarrow x_0 = \frac{k}{2AB}. \end{aligned}$$

Ainsi le point H est déterminé sur la droite (AB) par son abscisse $x_0 = \dfrac{k}{2AB}$ dans le repère unitaire $(I;\, \vec{\imath})$.

Par exemple :

- Si $k = 0$, alors $H = I$. L'ensemble E_0 est la médiatrice du segment $[AB]$.
- Si $k = -AB^2$, alors $x_0 = -\dfrac{AB}{2}$, donc $H = A$. L'ensemble E_{-AB^2} est la droite perpendiculaire en A à la droite (AB).

9.5.5 Formules d'Al-Kashi

Proposition (formules d'Al-Kashi [2]). *Soit ABC un triangle tel que $AB = c > 0$, $AC = b > 0$ et $BC = a > 0$. Avec les notations de la figure,*

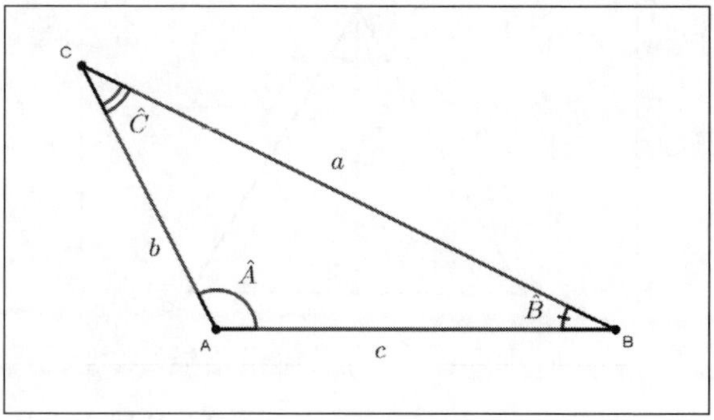

nous disposons des égalités suivantes :

- $a^2 = b^2 + c^2 - 2bc \cos \widehat{A}$,
- $b^2 = a^2 + c^2 - 2ac \cos \widehat{B}$,
- $c^2 = a^2 + b^2 - 2ab \cos \widehat{C}$.

Démonstration. Nous prouvons la première égalité. Les deux autres sont justifiées de la même façon. Il vient

$$\begin{aligned}
a^2 &= BC^2,\\
&= \overrightarrow{BC}^2,\\
&= (\overrightarrow{AC} - \overrightarrow{AB})^2,\\
&= AC^2 + AB^2 - 2\overrightarrow{AC}.\overrightarrow{AB},\\
&= b^2 + c^2 - 2AC \times AB \cos(\overrightarrow{AC}, \overrightarrow{AB}),\\
&= b^2 + c^2 - 2bc \cos \widehat{A}.
\end{aligned}$$

Remarque. Lorsque le triangle ABC est rectangle en A, respectivement en B ou C, nous retrouvons le théorème de Pythagore. C'est la raison pour laquelle la proposition précédente est parfois appelée théorème de Pythagore généralisé.

Exemple. Nous considérons un triangle ABC isocèle en A et $\alpha \in]0, \frac{\pi}{2}[$ une mesure de l'angle $\widehat{A}$.

Nous souhaitons exprimer, de deux façons, a en fonction de b et α pour en déduire l'égalité :

2. Mathématicien et astronome perse (1380-1429)

$$1 - \cos\alpha = 2\sin^2\frac{\alpha}{2}.$$

Avec les notations de la figure,

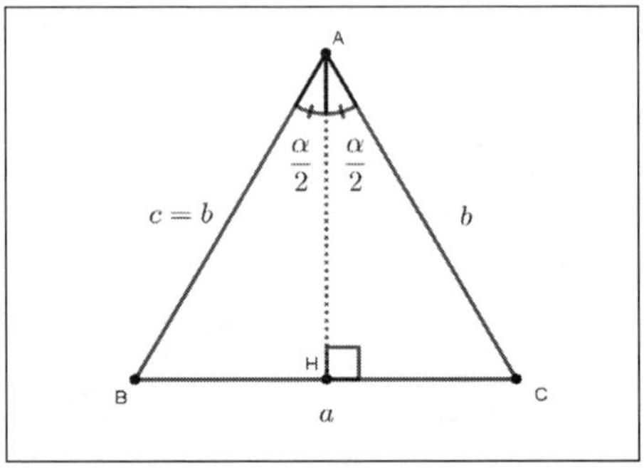

nous obtenons, en appliquant la première formule d'Al-Kashi,

$$a^2 = b^2 + c^2 - 2bc\cos\alpha = 2b^2(1 - \cos\alpha).$$

De plus, dans le triangle AHB, rectangle en H, nous avons

$$\sin\frac{\alpha}{2} = \frac{a}{2b}, \text{ ce qui implique } a^2 = 4b^2\sin^2\frac{\alpha}{2}.$$

Des deux expressions du réel a^2, après simplification, nous en déduisons

$$1 - \cos\alpha = 2\sin^2\frac{\alpha}{2}.$$

Nous verrons dans le chapitre 10 que cette égalité reste vraie pour tout réel α.

Remarque. Avec les notations de la figure illustrant les formules d'Al-Kashi, nous avons prouvé dans l'exercice corrigé 7 du paragraphe 8.7.1 du chapitre précédent :

- les formules donnant l'aire S du triangle ABC, c'est-à-dire

$$S = \frac{1}{2}bc\sin\widehat{A} = \frac{1}{2}ac\sin\widehat{B} = \frac{1}{2}ab\sin\widehat{C},$$

- la formule des sinus, c'est-à-dire

$$\frac{a}{\sin\widehat{A}} = \frac{b}{\sin\widehat{B}} = \frac{c}{\sin\widehat{C}} = \frac{abc}{2S}.$$

Les formules d'Al-Kashi et ces deux dernières formules permettent de "résoudre un triangle", c'est-à-dire à partir de certaines données initiales, de déterminer les mesures des angles et des côtés de ce triangle.

9.5.6 Distance d'un point à une droite

Lemme. *Soient M un point et (D) une droite du plan. On désigne par H le projeté orthogonal de M sur cette droite.*

Pour tout point $T \in (D)$, nous disposons de l'inégalité

$$MT \geq MH.$$

Démonstration. Soit M un point appartenant à la droite (D).

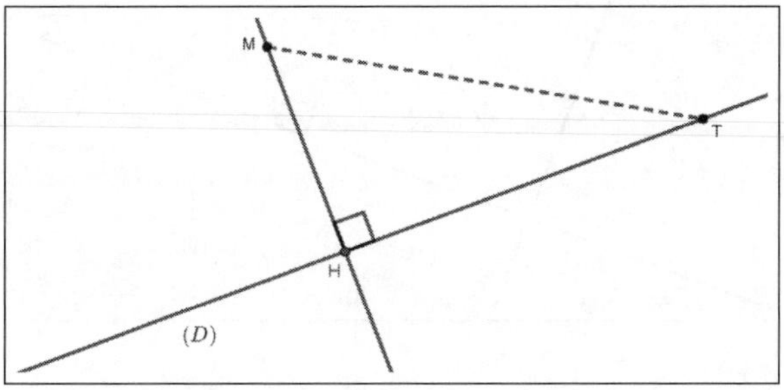

Nous appliquons le théorème de Pythagore dans le triangle THM rectangle en H. Il vient

$$MT^2 = MH^2 + HT^2, \text{ ce qui implique } MT^2 \geq MH^2.$$

Puisque $MT \geq 0$, $MH \geq 0$ et sachant que la fonction $x \mapsto \sqrt{x}$ est croissante sur $\mathbb{R}^+$, nous en déduisons que pour tout point $T \in (D)$, on a

$$MT \geq MH.$$

Cette inégalité signifie que la distance minimum entre le point M et la droite (D) est réalisée lorsque $T = H$, ce qui justifie la définition qui suit.

Définition. *Soient M un point et H son projeté orthogonal sur une droite (D).*

La distance du point M à cette droite, notée $d(M, (D))$ est définie par :

$$d(M, (D)) = MH.$$

Remarque. Nous avons

$$M \in (D) \Leftrightarrow d(M, (D)) = 0.$$

Proposition. *Soit (D) une droite passant par un point A, de vecteur normal $\vec{n} \neq \vec{0}$.*

Pour tout point M du plan, nous avons : $d(M, (D)) = \dfrac{|\vec{n}.\overrightarrow{AM}|}{||\vec{n}||}$.

Démonstration. Soit M un point quelconque du plan. Nous désignons par :

▷ H le projeté orthogonal de M sur la droite (D),

▷ H' le projeté orthogonal de M sur la droite (Δ) perpendiculaire en A à la droite (D).

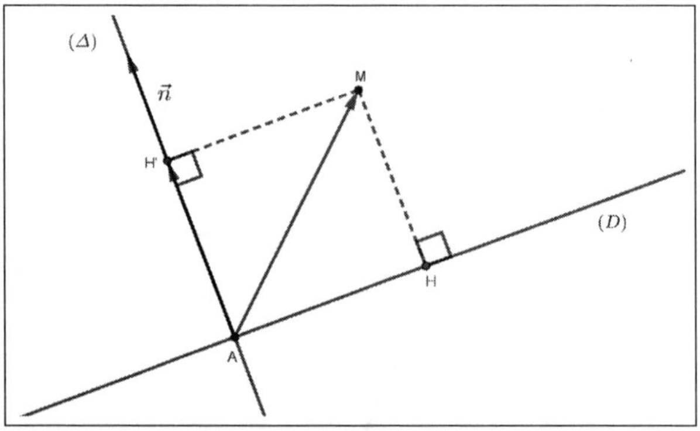

Le vecteur $\overrightarrow{AH'}$ est le projeté orthogonal de $\overrightarrow{AM}$ sur le vecteur $\vec{n}$.

En appliquant la seconde proposition du paragraphe 9.3.2, nous obtenons

$$\overrightarrow{AH'} = \frac{\vec{n}.\overrightarrow{AM}}{||\vec{n}||^2}\vec{n}.$$

Le quadrilatère $AHMH'$ est un parallélogramme donc

$$\overrightarrow{AH'} = \overrightarrow{HM},$$

ce qui donne

$$MH = ||\overrightarrow{HM}|| = ||\frac{\vec{n}.\overrightarrow{AM}}{||\vec{n}||^2}\vec{n}|| = \frac{|\vec{n}.\overrightarrow{AM}|}{||\vec{n}||^2} \times ||\vec{n}|| = \frac{|\vec{n}.\overrightarrow{AM}|}{||\vec{n}||}.$$

Proposition. *Dans un repère orthonormal $(O; \vec{\imath}, \vec{\jmath})$, on considère une droite (D) dont une équation est*

$$ax + by + c = 0, \text{ avec } a \neq 0 \text{ ou } b \neq 0.$$

Pour tout point $M(x, y)$, nous avons

$$d(M, (D)) = \frac{|ax + by + c|}{\sqrt{a^2 + b^2}}.$$

Démonstration. Soit $A(\alpha, \beta)$ un point de (D) et $\vec{n}(a, b)$ un vecteur normal à (D).

Puisque $a\alpha + b\beta + c = 0$, nous en déduisons :

$$c = -(a\alpha + b\beta).$$

Il en résulte que, pour tout point $M(x, y)$, nous avons

$$\vec{n}.\overrightarrow{AM} = a(x - \alpha) + b(y - \beta) = ax + by - (a\alpha + b\beta) = ax + by + c.$$

Nous appliquons la proposition précédente, ce qui donne

$$d(M, (D)) = \frac{|\vec{n}.\overrightarrow{AM}|}{||\vec{n}||} = \frac{|ax + by + c|}{\sqrt{a^2 + b^2}}.$$

Exemple. Avec les données de la proposition précédente, nous avons

$$d(O, (D)) = \frac{|c|}{\sqrt{a^2 + b^2}}.$$

Nous en déduisons que la droite (D) est tangente au cercle de centre O et de rayon 1 si et seulement si $d(O, (D)) = 1$, ce qui équivaut à

$$|c| = \sqrt{a^2 + b^2} \Leftrightarrow c^2 = a^2 + b^2.$$

9.6 Exercices corrigés

Exercice 1. Produit scalaire dans une configuration

Nous considérons un carré $ABCD$ de côté 1, ainsi que les milieux I et J respectifs des segments $[AB]$ et $[AD]$.

Nous proposons de montrer que les droites (CJ) et (DI) sont orthogonales par deux méthodes dont une est analytique.

Solution

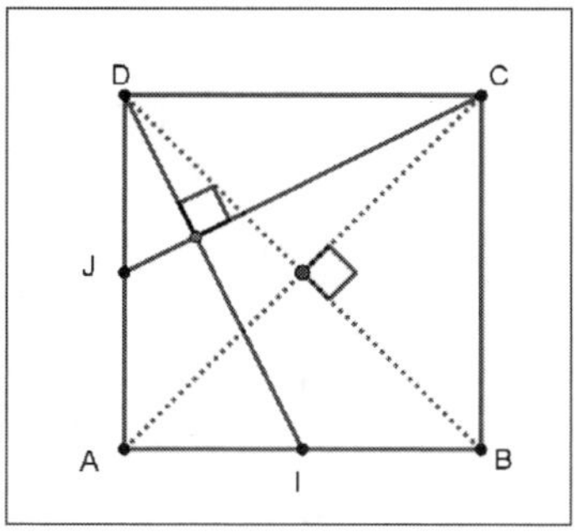

1er méthode. Nous calculons le produit scalaire $\overrightarrow{DI}.\overrightarrow{CJ}$ en décomposant ces deux vecteurs dans la configuration proposée : le carré.

D'une part, nous appliquons la propriété vectorielle de la médiane dans le triangle ADB, il vient :

$$2\overrightarrow{DI} = \overrightarrow{DA} + \overrightarrow{DB}.$$

D'autre part, en appliquant cette fois la propriété vectorielle de la médiane dans le triangle DCA, nous obtenons

$$2\overrightarrow{CJ} = \overrightarrow{CA} + \overrightarrow{CD}.$$

Nous en déduisons

$$\begin{aligned} 4\overrightarrow{DI}.\overrightarrow{CJ} &= (\overrightarrow{DA} + \overrightarrow{DB}).(\overrightarrow{CA} + \overrightarrow{CD}), \\ &= \overrightarrow{DA}.\overrightarrow{CA} + \overrightarrow{DA}.\overrightarrow{CD} + \overrightarrow{DB}.\overrightarrow{CA} + \overrightarrow{DB}.\overrightarrow{CD}. \end{aligned}$$

Dans la configuration du carré $ABCD$, nous avons

$$\overrightarrow{DA}.\overrightarrow{CD} = \overrightarrow{DB}.\overrightarrow{CA} = 0.$$

De plus, nous avons

$$\begin{aligned} \overrightarrow{DA}.\overrightarrow{CA} &= \overrightarrow{AD}.\overrightarrow{AC} = AD^2, \\ \overrightarrow{DB}.\overrightarrow{CD} &= -\overrightarrow{DC}.\overrightarrow{DB} = -DC^2. \end{aligned}$$

Il en résulte

$$4\overrightarrow{DI}.\overrightarrow{CJ} = AD^2 - DC^2 = 0, \text{ soit } \overrightarrow{DI}.\overrightarrow{CJ} = 0,$$

ce qui prouve que les droites (CJ) et (DI) sont orthogonales.

2e méthode : analytique.

Nous rapportons le plan au repère orthonormal $(A; \overrightarrow{AB}, \overrightarrow{AD})$.

Nous avons

$$\begin{aligned} \overrightarrow{DI} &= \overrightarrow{AI} - \overrightarrow{AD} = \frac{1}{2}\overrightarrow{AB} - \overrightarrow{AD}, \\ \overrightarrow{CJ} &= \overrightarrow{AJ} - \overrightarrow{AC} = \frac{1}{2}\overrightarrow{AD} - (\overrightarrow{AB} + \overrightarrow{AD}) = -\overrightarrow{AB} - \frac{1}{2}\overrightarrow{AD}, \end{aligned}$$

ce qui implique que, dans la base orthonormale $(\overrightarrow{AB}, \overrightarrow{AD})$, nous obtenons

$$\begin{aligned} &\overrightarrow{DI}(\frac{1}{2}, -1), \\ &\overrightarrow{CJ}(-1, -\frac{1}{2}). \end{aligned}$$

Il en résulte que dans cette base orthonormale,

$$\overrightarrow{DI}.\overrightarrow{CJ} = \frac{1}{2} \times (-1) + (-1) \times (-\frac{1}{2}) = 0,$$

ce qui justifie que les droites (CJ) et (DI) sont orthogonales.

Remarque. Nous pouvons prolonger cet exercice en déterminant les coordonnées du point d'intersection des droites (CJ) et (DI) qui sont perpendiculaires en ce point.

Exercice 2. Relations métriques dans un triangle rectangle

Soit un triangle ABC rectangle en A et H le projeté orthogonal de A sur (BC).

1. Montrer que :

$$\overrightarrow{BH}.\overrightarrow{BC} = AB^2,$$
$$\overrightarrow{CH}.\overrightarrow{CB} = AC^2.$$

2. Étudier la réciproque.

3. Prouver que : $AH^2 = -\overrightarrow{HB}.\overrightarrow{HC}$.

En déduire que : $AH^2 = HB \times HC$.

Solution

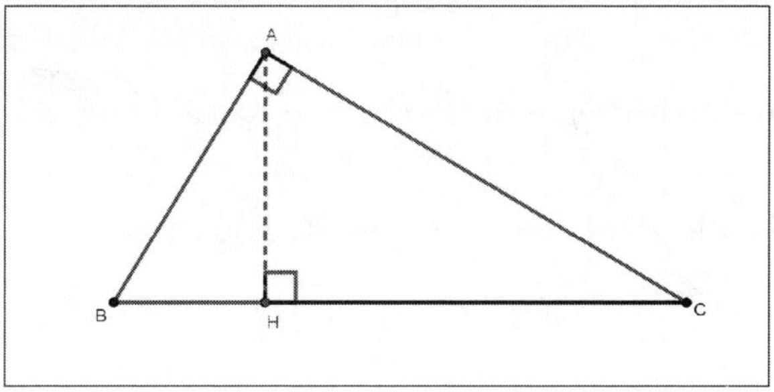

1. Puisque A se projette en H sur la droite (BC), nous avons

$$\overrightarrow{BA}.\overrightarrow{BC} = \overrightarrow{BC}.\overrightarrow{BH}.$$

Puisque C se projette en A sur la droite (AB), nous obtenons

$$\overrightarrow{BA}.\overrightarrow{BC} = \overrightarrow{BA}^2 = BA^2.$$

Nous en déduisons que

$$\overrightarrow{BC}.\overrightarrow{BH} = AB^2.$$

Nous procédons de la même façon pour obtenir la seconde égalité.

Le point$A$ se projette en H sur la droite (BC), donc nous avons

$$\overrightarrow{CA}.\overrightarrow{CB} = \overrightarrow{CB}.\overrightarrow{CH}.$$

Le point B se projette en A sur la droite (AC), nous obtenons :

$$\overrightarrow{CA}.\overrightarrow{CB} = \overrightarrow{CA}^2 = CA^2,$$

ce qui donne

$$\overrightarrow{CH}.\overrightarrow{CB} = AC^2.$$

2. Réciproquement, dans le rectangle ABC, nous supposons que

$$\overrightarrow{BH}.\overrightarrow{BC} = AB^2 \text{ et } \overrightarrow{CH}.\overrightarrow{CB} = AC^2.$$

Nous avons

$$\begin{aligned} AB^2 + AC^2 &= \overrightarrow{BH}.\overrightarrow{BC} + \overrightarrow{CH}.\overrightarrow{CB}, \\ &= \overrightarrow{BC}.(\overrightarrow{BH} - \overrightarrow{CH}), \\ &= \overrightarrow{BC}.(\overrightarrow{HC} - \overrightarrow{HB}), \\ &= \overrightarrow{BC}.\overrightarrow{BC}, \\ &= BC^2. \end{aligned}$$

La réciproque du théorème de Pythagore justifie que le triangle ABC est rectangle en A.

3. Dans le triangle AHB rectangle en H, nous avons

$$AB^2 = AH^2 + HB^2.$$

Or nous savons que $\overrightarrow{BC}.\overrightarrow{BH} = AB^2$. Il en résulte que

$$AH^2 + HB^2 = \overrightarrow{BH}.\overrightarrow{BC} = \overrightarrow{BH}.(\overrightarrow{BH} + \overrightarrow{HC} = BH^2 + \overrightarrow{BH}.\overrightarrow{HC}.$$

Après simplification, nous en déduisons

$$AH^2 = \overrightarrow{BH}.\overrightarrow{HC} = -\overrightarrow{HB}.\overrightarrow{HC}.$$

Les vecteurs $\overrightarrow{HB}$ et $\overrightarrow{HC}$ sont colinéaires de sens contraires, donc

$$\overrightarrow{HB}.\overrightarrow{HC} = -HB \times HC.$$

Nous en concluons

$$AH^2 = HB \times HC.$$

Exercice 3. Orthocentre d'un triangle

Soit H l'orthocentre d'un triangle ABC.

1. Montrer que

$$\overrightarrow{HA}.\overrightarrow{HB} = \overrightarrow{HB}.\overrightarrow{HC} = \overrightarrow{HC}.\overrightarrow{HA}.$$

2. Réciproquement, montrer que si M est un point du plan tel que

$$\overrightarrow{MA}.\overrightarrow{MB} = \overrightarrow{MB}.\overrightarrow{MC} = \overrightarrow{MC}.\overrightarrow{MA},$$

alors M est l'orthocentre H du triangle ABC.

3. Montrer que : $AB^2 - AC^2 = HB^2 - HC^2$.

Qu'en est-il de $BA^2 - BC^2$ et $CA^2 - CB^2$?

Solution

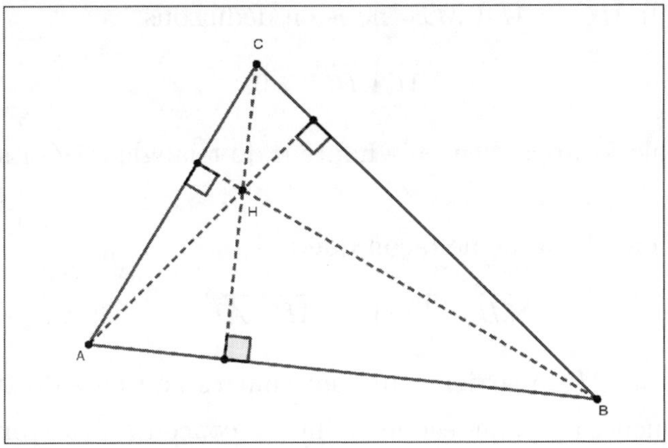

1. La droite (HA) est une hauteur du triangle donc cette droite est orthogonale à la droite (BC), ce qui donne

$$\overrightarrow{HA}.\overrightarrow{BC} = 0.$$

Nous en déduisons successivement que

$$\overrightarrow{HA}.(\overrightarrow{HC} - \overrightarrow{HB}) = 0,$$
$$\overrightarrow{HA}.\overrightarrow{HC} - \overrightarrow{HA}.\overrightarrow{HB} = 0,$$
$$\overrightarrow{HA}.\overrightarrow{HC} = \overrightarrow{HA}.\overrightarrow{HB}.$$

De la même façon, nous avons

$$\overrightarrow{HB}.\overrightarrow{AC} = 0,$$

ce qui donne successivement :

$$\begin{aligned} \overrightarrow{HB}.(\overrightarrow{HC} - \overrightarrow{HA}) &= 0, \\ \overrightarrow{HB}.\overrightarrow{HC} - \overrightarrow{HB}.\overrightarrow{HA} &= 0, \\ \overrightarrow{HB}.\overrightarrow{HC} &= \overrightarrow{HB}.\overrightarrow{HA}. \end{aligned}$$

Nous en concluons que

$$\overrightarrow{HA}.\overrightarrow{HB} = \overrightarrow{HB}.\overrightarrow{HC} = \overrightarrow{HC}.\overrightarrow{HA}.$$

2. Réciproquement, soit M un point du plan satisfaisant à :

$$\overrightarrow{MA}.\overrightarrow{MB} = \overrightarrow{MB}.\overrightarrow{MC} = \overrightarrow{MC}.\overrightarrow{MA}.$$

Nous avons

$$\overrightarrow{MA}.\overrightarrow{BC} = \overrightarrow{MA}.(\overrightarrow{MC} - \overrightarrow{MB}) = \overrightarrow{MA}.\overrightarrow{MC} - \overrightarrow{MA}.\overrightarrow{MB}.$$

Puisque $\overrightarrow{MA}.\overrightarrow{MC} = \overrightarrow{MA}.\overrightarrow{MB}$, nous en déduisons

$$\overrightarrow{MA}.\overrightarrow{BC} = 0,$$

ce qui prouve que M appartient à la hauteur du triangle ABC issue du sommet A.

Nous justifions de la même façon que :

$$\overrightarrow{MB}.\overrightarrow{CA} = 0 \text{ et } \overrightarrow{MC}.\overrightarrow{AB} = 0,$$

ce qui montre que M appartient aux deux autres hauteurs du triangle ABC.

Par conséquent, ce point est le point de concours des trois hauteurs du triangle ABC, ce qui démontre que M est l'orthocentre H de ce dernier.

3. Nous avons

$$\begin{aligned} AB^2 - AC^2 &= \overrightarrow{AB}^2 - \overrightarrow{AC}^2, \\ &= (\overrightarrow{HB} - \overrightarrow{HA})^2 - (\overrightarrow{HC} - \overrightarrow{HA})^2, \\ &= HB^2 + HA^2 - 2\overrightarrow{HB}.\overrightarrow{HA} - (HC^2 + HA^2 - 2\overrightarrow{HC}.\overrightarrow{HA}), \\ &= HB^2 - HC^2 + 2(\overrightarrow{HC}.\overrightarrow{HA} - \overrightarrow{HB}.\overrightarrow{HA}). \end{aligned}$$

En utilisant la question 1, nous savons que

$$\overrightarrow{HB}.\overrightarrow{HA} = \overrightarrow{HC}.\overrightarrow{HA},$$

ce qui prouve que

$$AB^2 - AC^2 = HB^2 - HC^2.$$

Nous montrons de la même façon

$$BA^2 - BC^2 = HA^2 - HC^2 \text{ et } CA^2 - CB^2 = HA^2 - HB^2.$$

Exercice 4. Puissance d'un point par rapport à un cercle

Soient (C) un cercle de centre O et de rayon r. Pour tout point M du plan, nous considérons une droite passant par M et sécante avec le cercle (C) en deux points A et B. On désigne par A' le point de (C) diamétralement opposé à A.

1. Montrer que

$$\overrightarrow{MA}.\overrightarrow{MB} = \overrightarrow{MA}.\overrightarrow{MA'}.$$

2. En déduire que

$$\overrightarrow{MA}.\overrightarrow{MB} = OM^2 - r^2.$$

Le réel $OM^2 - r^2$, souvent noté $C(M)$, est appelé puissance *du point M par rapport au cercle (C).*

3. Nous considérons une autre droite passant par M et sécante avec le cercle (C) en C et D. Justifier que

$$\overrightarrow{MA}.\overrightarrow{MB} = \overrightarrow{MC}.\overrightarrow{MD}.$$

4. On suppose que M est extérieur au cercle (C).
Soient $T \in (C)$ et (MT) la tangente à (C) en ce point. Prouver que

$$\overrightarrow{MA}.\overrightarrow{MB} = MT^2.$$

Solution

Nous commençons par donner deux cas de figures.

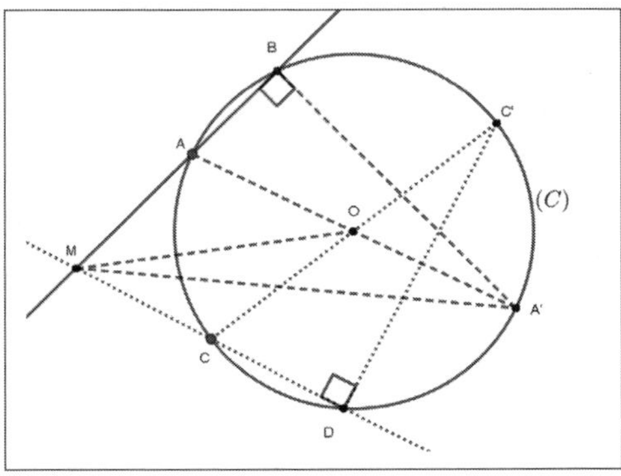

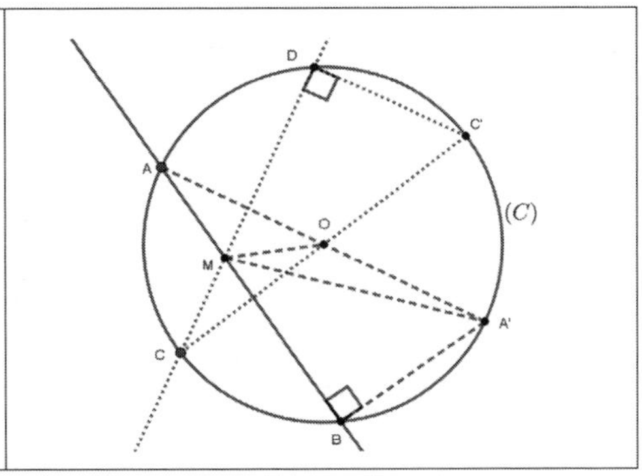

1. Pour tout point M du plan, nous avons

$$\overrightarrow{MA}.\overrightarrow{MB} = \overrightarrow{MA}.(\overrightarrow{MA'} + \overrightarrow{A'B}) = \overrightarrow{MA}.\overrightarrow{MA'} + \overrightarrow{MA}.\overrightarrow{A'B}.$$

Puisque $[AA']$ est un diamètre du cercle (C) et sachant que $B \in (C)$, nous en déduisons que le triangle ABA' est rectangle en B.
Il en résulte que les vecteurs $\overrightarrow{AB}$ et $\overrightarrow{A'B}$ sont orthogonaux.
Or, $M \in (AB)$, ce qui implique que $\overrightarrow{MA}$ et $\overrightarrow{A'B}$ sont aussi orthogonaux.
Par conséquent, nous obtenons

$$\overrightarrow{MA}.\overrightarrow{A'B} = 0.$$

Nous en concluons

$$\overrightarrow{MA}.\overrightarrow{MB} = \overrightarrow{MA}.\overrightarrow{MA'}.$$

2. Le centre O du cercle est le milieu du segment $[AA']$. En appliquant, dans le triangle AMA' la proposition de réduction du paragraphe 9.5.3, nous obtenons

$$\overrightarrow{MA}.\overrightarrow{MA'} = MO^2 - \frac{AA'^2}{4} = OM^2 - \frac{(2r)^2}{4} = OM^2 - r^2.$$

De la question précédente, il résulte que

$$\overrightarrow{MA}.\overrightarrow{MB} = OM^2 - r^2.$$

3. En considérant le point C' diamétralement opposé à C, nous prouvons de la même façon que

$$\overrightarrow{MC}.\overrightarrow{MD} = \overrightarrow{MC}.\overrightarrow{MC'} = OM^2 - r^2.$$

Nous en concluons

$$\overrightarrow{MA}.\overrightarrow{MB} = \overrightarrow{MC}.\overrightarrow{MD},$$

ce qui signifie que la puissance du point M par rapport au cercle (C) ne dépend pas de la sécante choisie.

4.

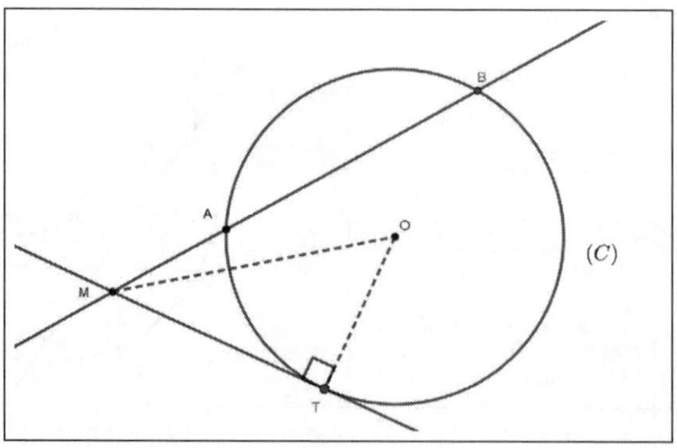

Le théorème de Pythagore, dans le triangle MTO rectangle en T, nous dit que

$$MT^2 = OM^2 - OT^2 = OM^2 - r^2.$$

En utilisant la question 2, nous en concluons

$$\overrightarrow{MA}.\overrightarrow{MB} = MT^2.$$

Exercice 5. Puissance d'un point et ensembles de points

Les données sont celles de l'exercice précédent. Les questions de cet exercice sont indépendantes.

1. Soit un réel k.

Quel est l'ensemble $\mathcal{C}_k$ des points M du plan tel que $C(M) = k$.

2. Soient (C) et (C') deux cercles sécants de centres respectifs O et O' distincts et de même rayon $r > 0$. Pour tout point M, on désigne par :

▷ $C(M)$ la puissance du point M par rapport au cercle (C),

▷ $C'(M)$ la puissance du point M par rapport au cercle (C').

Quel est l'ensemble $\mathcal{E}$ des points M tels que $C(M) = C'(M)$?

3. Déterminer l'ensemble $\mathcal{E}$ lorsque (C) et (C') sont deux cercles sécants de centres respectifs O et O' distincts et de rayons $r > 0$ et $r' > 0$, avec $r \neq r'$.

Solution

1. Soit M un point du plan. Nous avons

$$M \in \mathcal{C}_k \Leftrightarrow OM^2 - r^2 = k \Leftrightarrow OM^2 = r^2 + k.$$

Nous déduisons trois cas par disjonction.

1^er^cas : $r^2 + k > 0$, soit $k > -r^2$.

Nous en concluons que $\mathcal{C}_k$ est le cercle de centre O et de rayon

$$r = \sqrt{r^2 + k}.$$

Ainsi pour chaque valeur de $k \in]-r^2, +\infty[$, les cercles $\mathcal{C}_k$ sont concentriques au cercle (C).

2^e^cas : $r^2 + k = 0$, soit $k = -r^2$.

Dans ce cas, nous avons

$$OM^2 = 0 \Leftrightarrow M = O, \text{ soit } \mathcal{C}_{-r^2} = \{O\}.$$

3ecas : $r^2 + k < 0$, soit $k < -r^2$.

Dans ce dernier cas, nous en concluons que $\mathcal{C}_k = \emptyset$.

2.

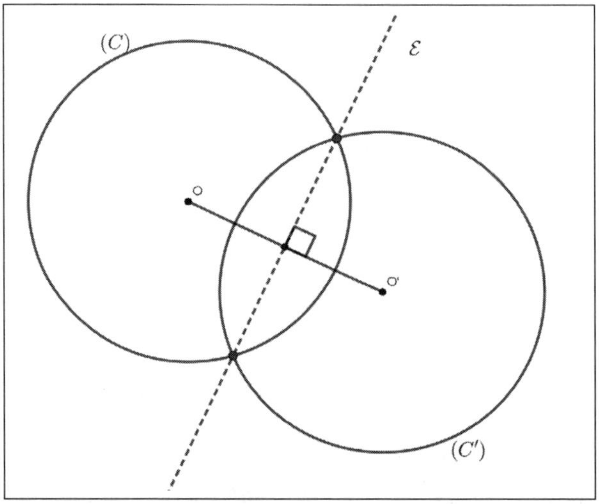

Soit M un point du plan. Nous avons

$$M \in \mathcal{E} \Leftrightarrow OM^2 - r^2 = O'M^2 - r^2 \Leftrightarrow OM^2 = O'M^2.$$

Puisque $OM \geq 0$ et $O'M \geq 0$, nous en déduisons

$$M \in \mathcal{E} \Leftrightarrow OM = O'M.$$

Nous en concluons que $\mathcal{E}$ est la médiatrice du segment $[OO']$.

3.

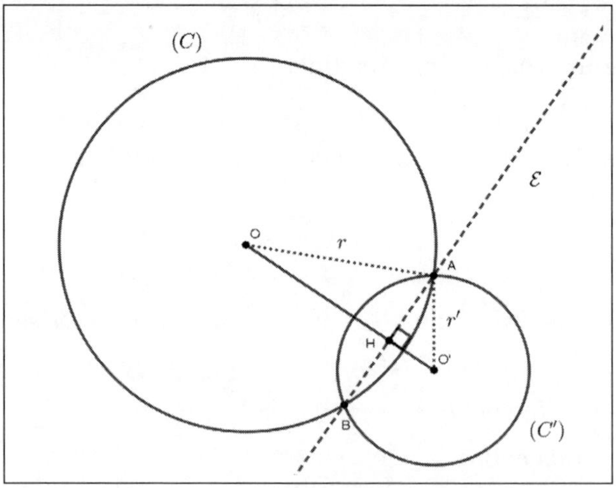

Soit M un point du plan. Nous avons

$$M \in \mathcal{E} \Leftrightarrow OM^2 - r^2 = O'M^2 - r'^2 \Leftrightarrow MO^2 - MO'^2 = r^2 - r'^2.$$

En appliquant la seconde proposition du paragraphe 9.5.4, nous savons que $\mathcal{E}$ est une droite orthogonale à la droite (OO').

Plus précisément, en désignant par A et B les deux points d'intersection des cercles (C) et (C'), nous avons

$$C(A) = OA^2 - r^2 = 0 \text{ et } C'(A) = O'A^2 - r'^2 = 0, \text{ soit } C(A) = C'(A),$$

ce qui justifie que $A \in \mathcal{E}$.

De la même façon, nous précisons que le point $B \in \mathcal{E}$.

Nous en concluons que la droite $\mathcal{E}$ est la droite (AB).

Nous terminons cet exercice en précisant que la droite $\mathcal{E}$ est appelée *axe radical* des deux cercles (C) et (C').

Exercice 6. Droite d'Euler dans un triangle

Soient ABC un triangle quelconque et Γ son cercle circonscrit, de centre O.

Nous considérons le point H satisfaisant à

$$\overrightarrow{OH} = \overrightarrow{OA} + \overrightarrow{OB} + \overrightarrow{OC}.$$

1. Justifier que H est l'orthocentre du triangle ABC.

2. Le point G étant le centre de gravité de ce triangle, montrer que les points O, H et G sont alignés.

3. On désigne par I le milieu du segment $[AB]$ et par H' le symétrique de H par rapport au point I. Montrer que

$$\overrightarrow{CH} = 2\overrightarrow{OI}.$$

En déduire que le point H' appartient au cercle Γ.

Solution

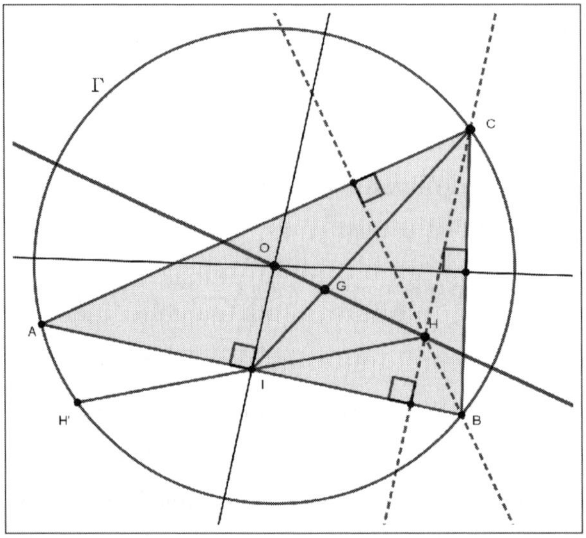

1. Nous avons

$$\begin{aligned}\overrightarrow{CH}.\overrightarrow{AB} &= (\overrightarrow{OH}-\overrightarrow{OC}).(\overrightarrow{OB}-\overrightarrow{OA}),\\ &= (\overrightarrow{OA}+\overrightarrow{OB}+\overrightarrow{OC}-\overrightarrow{OC}).(\overrightarrow{OB}-\overrightarrow{OA}),\\ &= (\overrightarrow{OB}-\overrightarrow{OA}).(\overrightarrow{OB}-\overrightarrow{OA}),\\ &= OB^2-OA^2.\end{aligned}$$

Puisque O est le centre du cercle Γ circonscrit au triangle ABC, nous en déduisons

$$OA = OB, \text{ ce qui implique } \overrightarrow{CH}.\overrightarrow{AB} = 0.$$

Nous prouvons de la même façon que

$$\overrightarrow{BH}.\overrightarrow{AC} = 0.$$

Ces deux produits scalaires égaux à 0, prouvent que les droites (CH) et (BH) sont deux hauteurs du triangle ABC sécantes en H.

Nous en concluons que le point H est l'orthocentre de ce triangle.

2. Nous rappelons que le centre de gravité du triangle ABC est l'unique point G satisfaisant à :

$$\overrightarrow{GA}+\overrightarrow{GB}+\overrightarrow{GC} = \vec{0}.$$

Nous réduisons cette égalité, en introduisant le point O via la relation de Chasles, pour obtenir

$$3\overrightarrow{OG} = \overrightarrow{OA} + \overrightarrow{OB} + \overrightarrow{OC}.$$

Nous en déduisons

$$3\overrightarrow{OG} = \overrightarrow{OH},$$

ce qui prouve que les vecteurs $\overrightarrow{OG}$ et $\overrightarrow{OH}$ sont colinéaires.

Nous en concluons que les points O, H et G sont alignés.

Nous précisons que la droite passant par ces trois points est la droite d'Euler[3] du triangle ABC.

3. Dans le triangle AOB, en appliquant la propriété vectorielle de la médiane, il vient

$$\overrightarrow{OA} + \overrightarrow{OB} = 2\overrightarrow{OI}.$$

Nous en déduisons que

$$\overrightarrow{OH} = \overrightarrow{OA} + \overrightarrow{OB} + \overrightarrow{OC} = 2\overrightarrow{OI} + \overrightarrow{OC},$$

ce qui implique

$$\overrightarrow{OH} - \overrightarrow{OC} = 2\overrightarrow{OI}, \text{ soit } \overrightarrow{CH} = 2\overrightarrow{OI}.$$

Le point I est le milieu du segment $[HH']$, donc $\overrightarrow{IH'} = \overrightarrow{HI}$.

Nous en déduisons

$$\overrightarrow{OH'} - \overrightarrow{OI} = \overrightarrow{OI} - \overrightarrow{OH},$$

ce qui donne, puisque $\overrightarrow{CH} = 2\overrightarrow{OI}$,

$$\begin{aligned}\overrightarrow{OH'} &= 2\overrightarrow{OI} - \overrightarrow{OH},\\ &= \overrightarrow{CH} - \overrightarrow{OH},\\ &= \overrightarrow{CH} + \overrightarrow{HO},\\ &= \overrightarrow{CO}.\end{aligned}$$

L'égalité $\overrightarrow{OH'} = \overrightarrow{CO}$ prouve que les points C et H' sont symétriques par rapport au point O qui est centre du cercle Γ.

3. Leonhard Euler, mathématicien et physicien, 1707-1783

Puisque $C \in \Gamma$, le point H' est diamétralement opposé à C, ce qui démontre que $H' \in \Gamma$.

Remarque.

Nous démontrons de la même façon que les symétriques de l'orthocentre H du triangle par rapport aux milieux de chacun des deux autres côtés appartiennent aussi à Γ.

Dans le livre de Seconde de la même collection (page 108), nous avons prouvé que les symétriques de l'orthocentre H du triangle par rapport à chacun des trois côtés appartiennent également à Γ.

Exercice 7. Centre de gravité : une relation métrique

Soit ABC un triangle quelconque de centre de gravité G.

On pose $AB = c > 0$, $AC = b > 0$ et $BC = a > 0$. On désigne par I, J et K les milieux respectifs des segments $[AB]$, $[BC]$ et $[AC]$.

1. Montrer que :

$$GA^2 + GB^2 + GC^2 = \frac{1}{3}(a^2 + b^2 + c^2).$$

2. Déterminer l'ensemble Γ des points M du plan tels que

$$MA^2 + MB^2 + MC^2 = a^2 + b^2 + c^2.$$

Déterminer et construire Γ lorsque le triangle ABC est équilatéral.

Solution

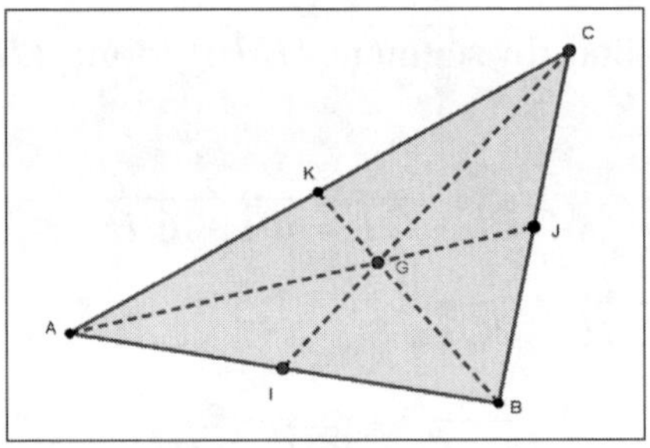

Nous appliquons la propriété métrique de la médiane (paragraphe 9.5.2) relativement aux trois milieux I, J et K respectifs des segments $[AB]$, $[BC]$ et $[AC]$. Il vient

$$AB^2 + AC^2 = 2AJ^2 + \frac{BC^2}{2},$$
$$BA^2 + BC^2 = 2BK^2 + \frac{AC^2}{2},$$
$$CA^2 + CB^2 = 2CI^2 + \frac{AB^2}{2}.$$

En additionnant membres à membres ces trois égalités, nous obtenons

$$2AB^2 + 2AC^2 + 2BC^2 = 2(AJ^2 + BK^2 + CI^2) + \frac{BC^2}{2} + \frac{AC^2}{2} + \frac{AB^2}{2},$$

ce qui donne

$$2(AJ^2 + BK^2 + CI^2) = \frac{3}{2}(AB^2 + AC^2 + BC^2).$$

Puisque G est le centre de gravité du triangle ABC, nous avons

$$AG = \frac{2}{3}AJ,\ BG = \frac{2}{3}BK \text{ et } CG = \frac{2}{3}CI,$$

ce qui donne

$$AJ^2 = \frac{9}{4}AG^2,\ BK^2 = \frac{9}{4}BG^2 \text{ et } CI^2 = \frac{9}{4}CG^2.$$

Nous en déduisons

$$2 \times \frac{9}{4}(GA^2 + GB^2 + GC^2) = \frac{3}{2}(a^2 + b^2 + c^2).$$

Après simplification, nous en concluons

$$GA^2 + GB^2 + GC^2 = \frac{1}{3}(a^2 + b^2 + c^2).$$

2. Nous commençons par réduire le réel $f(M) = MA^2 + MB^2 + MC^2$, en utilisant le centre de gravité G du triangle ABC. Nous obtenons

$$\begin{aligned} f(M) &= \overrightarrow{MA}^2 + \overrightarrow{MB}^2 + \overrightarrow{MC}^2, \\ &= (\overrightarrow{MG} + \overrightarrow{GA})^2 + (\overrightarrow{MG} + \overrightarrow{GB})^2 + (\overrightarrow{MG} + \overrightarrow{GC})^2, \\ &= 3MG^2 + GA^2 + GB^2 + GC^2 + 2\overrightarrow{MG}.(\overrightarrow{GA} + \overrightarrow{GB} + \overrightarrow{GC}). \end{aligned}$$

Puisque $\overrightarrow{GA} + \overrightarrow{GB} + \overrightarrow{GC} = \vec{0}$, nous en déduisons, pour tout point M, la formule de réduction attendue, soit

$$f(M) = MA^2 + MB^2 + MC^2 = 3MG^2 + GA^2 + GB^2 + GC^2.$$

Par conséquent, en utilisant la question 1, nous avons

$$\begin{aligned} M \in \Gamma &\Leftrightarrow 3MG^2 + \frac{1}{3}(a^2 + b^2 + c^2) = a^2 + b^2 + c^2, \\ &\Leftrightarrow 3GM^2 = \frac{2}{3}(a^2 + b^2 + c^2), \\ &\Leftrightarrow GM^2 = \frac{2}{9}(a^2 + b^2 + c^2). \end{aligned}$$

Puisque $a^2 + b^2 + c^2 > 0$, il vient

$$M \in \Gamma \Leftrightarrow GM = \frac{\sqrt{2}}{3}\sqrt{a^2+b^2+c^2}.$$

Nous en concluons que Γ est le cercle de centre G et de rayon

$$r = \frac{\sqrt{2}}{3}\sqrt{a^2+b^2+c^2}.$$

On suppose que ABC est équilatéral. Puisque que $a=b=c$, nous obtenons

$$M \in \Gamma \Leftrightarrow GM = \frac{\sqrt{2}}{3}\sqrt{3a^2} \Leftrightarrow GM = a\frac{\sqrt{3}}{3} \times \sqrt{2}.$$

Dans ce triangle équilatéral, nous savons que $CI = a\frac{\sqrt{3}}{2}$ et $CG = \frac{2}{3}CI$ donc

$$CG = \frac{2}{3} \times a\frac{\sqrt{3}}{2} = \frac{a\sqrt{3}}{3},$$

ce qui donne

$$M \in \Gamma \Leftrightarrow GM = \sqrt{2}GC.$$

Nous en concluons que dans ce cas particulier, Γ est le cercle de centre G et de rayon $r = \sqrt{2}GC$, c'est-à-dire le cercle de centre G et de rayon la longueur d'un diagonale du carré de côté GC, comme indiqué sur la figure.

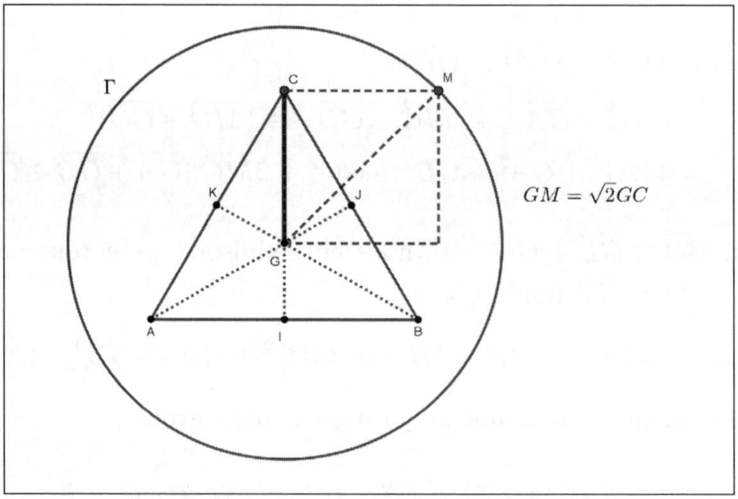

Exercice 8. Géométrie analytique : orthocentre

Dans la plan muni d'un repère orthonormal $(O; \vec{\imath}, \vec{\jmath})$, on donne les points $A(-1, 1)$, $B(1, 1)$ et $C(c, 0)$, avec $c \in \mathbb{R}$.

Montrer que lorsque C décrit la droite des abscisses, l'orthocentre H du triangle ABC appartient à une courbe que l'on précisera.

Solution

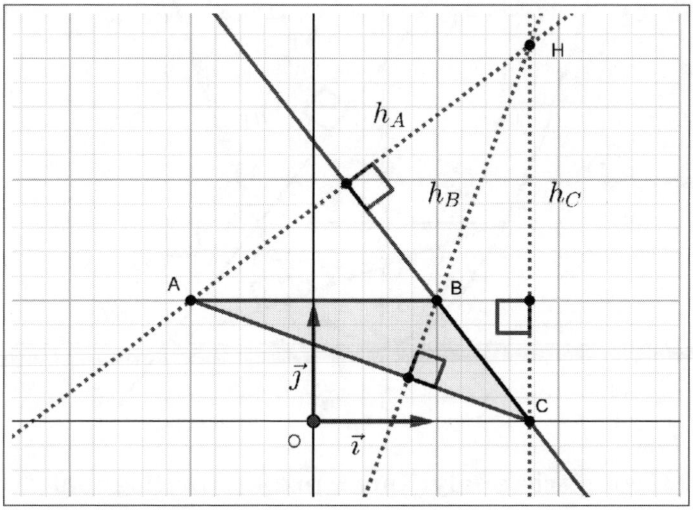

Nous désignons par h_B la hauteur du triangle ABC issue du sommet B. Soit $M(x, y)$. Il vient

$$\begin{aligned} M \in h_B &\Leftrightarrow \overrightarrow{BM}.\overrightarrow{AC} = 0, \\ &\Leftrightarrow (x-1) \times (c+1) + (y-1) \times (-1) = 0, \\ &\Leftrightarrow (c+1)x - y - 1 = 0, \\ &\Leftrightarrow y = (c+1)x - c. \end{aligned}$$

La hauteur h_C du triangle ABC issue du sommet C est orthogonale à la droite (AB) d'équation $y = 1$. Il en résulte que cette hauteur est parallèle à la droite des ordonnées, donc a pour équation

$$h_c : x = c.$$

Pour déterminer les coordonnées $(x,\, y)$ de l'orthocentre H, nous résolvons le système

$$\left\{ \begin{array}{l} x = c \\ y = (c+1)x - c \end{array} \right. \Leftrightarrow \left\{ \begin{array}{l} x = c \\ y = c^2 \end{array} \right. .$$

Nous en concluons que $H(c,\, c^2)$.

Par conséquent, lorsque C décrit la droite des abscisses, l'orthocentre H du triangle ABC appartient à la parabole $\mathcal{P}$ de référence dont une équation est $y = x^2$.

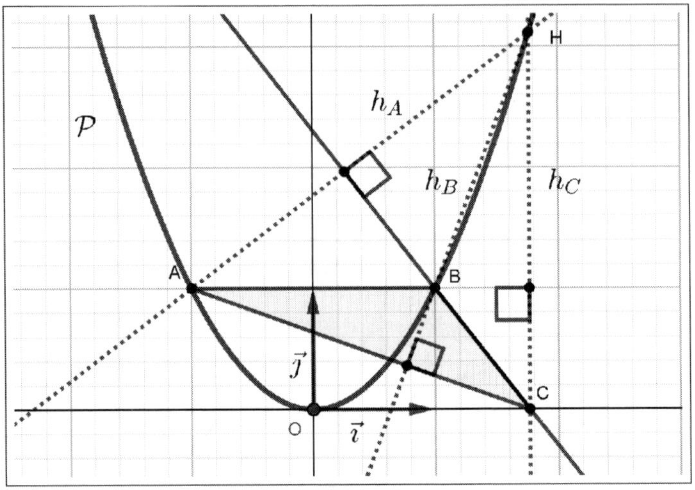

Exercice 9. Géométrie analytique : projeté orthogonal

Dans le plan muni d'un repère orthonormal $(O; \vec{\imath}, \vec{\jmath})$, on donne le point $A(a, b)$, distinct de l'origine O.

On désigne par E et F les projetés orthogonaux du point A, respectivement sur la droite des abscisses et sur la droite des ordonnées.

1. Déterminer une équation de la droite (EF).

2. Justifier que $d(A, (EF)) = d(O, (EF))$.

3. On désigne par H et H_0 les projetés orthogonaux du point A sur la droite (EF), respectivement des points M et O.

Quelle est la nature du quadrilatère $OHAH_0$?

4. Déterminer les coordonnées de H_0. En déduire les coordonnées du point H.

Solution

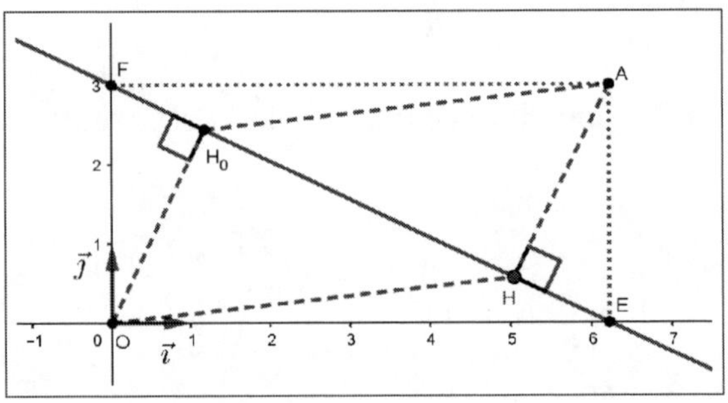

1. Nous avons

$$E(a,\, 0) \text{ et } F(0,\, b), \text{ donc } \overrightarrow{EF}(-a,\, b).$$

Un point $M(x, y) \in (EF)$ si et seulement si $\overrightarrow{EF}$ et $\overrightarrow{EM}$ sont colinéaires, ce qui équivaut à

$$\begin{vmatrix} x-a & -a \\ y & b \end{vmatrix} = 0 \Leftrightarrow b(x-a) + ay = 0.$$

Nous en concluons qu'une équation de la droite (EF) est

$$bx + ay - ab = 0.$$

2. Nous appliquons la formule analytique établie au paragraphe 9.5.6. Il vient :

$$d(A, (EF)) = \frac{|b \times a + a \times b - ab|}{\sqrt{a^2+b^2}} = \frac{|ab|}{\sqrt{a^2+b^2}},$$
$$d(O, (EF)) = \frac{|b \times 0 + a \times 0 - ab|}{\sqrt{a^2+b^2}} = \frac{|-ab|}{\sqrt{a^2+b^2}} = \frac{|ab|}{\sqrt{a^2+b^2}}.$$

Nous en concluons

$$d(A, (EF)) = d(O, (EF)).$$

3. Les droites (OH_0) et (AH) sont perpendiculaires à la droite (EF) en H_0 et H respectivement.

Elles sont donc parallèles entre elles.

De plus, les deux segments $[OH_0]$ et $[AH]$ ont la même longueur, nous en concluons que le quadrilatère $OHAH_0$ est un parallélogramme.

4. Posons $H_0(x_0, y_0)$. Nous avons

$$H_0 \in (EF) \text{ et } \overrightarrow{OH_0}.\overrightarrow{EF} = 0,$$

ce qui équivaut au système

$$\begin{cases} bx_0 + ay_0 - ab = 0 \\ -ax_0 + by_0 = 0 \end{cases} \Leftrightarrow \begin{cases} bx_0 + ay_0 = ab \\ ax_0 - by_0 = 0 \end{cases}.$$

Nous utilisons les formules de Cramer [4], il vient

$$D = \begin{vmatrix} b & a \\ a & -b \end{vmatrix} = -(a^2 + b^2).$$

Puisque $A(a, b) \neq O$, nous avons $a \neq 0$ ou $b \neq 0$.

Nous en déduisons que $D \neq 0$, ce qui prouve que le système obtenu admet un unique couple solution (x_0, y_0) tel que :

4. Mathématicien suisse : 1704-1752

$$x_0 = \frac{\begin{vmatrix} ab & a \\ 0 & -b \end{vmatrix}}{-(a^2+b^2)} = \frac{ab^2}{a^2+b^2},$$
$$y_0 = \frac{\begin{vmatrix} b & ab \\ a & 0 \end{vmatrix}}{-(a^2+b^2)} = \frac{a^2b}{a^2+b^2}.$$

Nous en concluons que $H_0(\frac{ab^2}{a^2+b^2}, \frac{a^2b}{a^2+b^2})$.

Nous posons $H(x_H, y_H)$. Le quadrilatère $OHAH_0$ est un parallélogramme, donc :

$$\overrightarrow{OH_0} = \overrightarrow{HA},$$

ce qui équivaut à

$$\begin{cases} a - x_H = x_0 \\ b - y_H = y_0 \end{cases} \Leftrightarrow \begin{cases} x_H = a - x_0 = a - \dfrac{a^2b}{a^2+b^2} = \dfrac{a^3}{a^2+b^2} \\ y_H = b - y_0 = b - \dfrac{a^2b}{a^2+b^2} = \dfrac{b^3}{a^2+b^2} \end{cases},$$

ce qui permet de conclure par

$$H(\frac{a^3}{a^2+b^2}, \frac{b^3}{a^2+b^2}).$$

Exercice 10. Inégalité de Cauchy [5] - Schwarz [6]

Soient $\vec{u}$ et $\vec{v}$ deux vecteurs non nuls .

Nous proposons dans cet exercice de démontrer, par deux méthodes, l'inégalité de Cauchy-Schwarz :

$$|\vec{u}.\vec{v}| \leq ||\vec{u}|| \times ||\vec{v}||.$$

Méthode 1 *: trigonométrique.*

En utilisant l'expression du produit scalaire en fonction de l'angle orienté $(\vec{u}, \vec{v})$, justifier l'inégalité proposée.

Que peut-on dire des vecteurs $\vec{u}$ et $\vec{v}$ lorsque l'égalité est atteinte ?

Méthode 2 *: second degré.*

Pour tout réel x, nous posons :

$$p(x) = ||x\vec{u} - \vec{v}||^2.$$

5. Mathématicien français : 1789-1857
6. Mathématicien allemand : 1843-1921

Justifier que $x \mapsto p(x)$ est un trinôme du second degré.

Quel est son signe ?

En déduire l'inégalité proposée.

Á nouveau, que peut-on dire des vecteurs $\vec{u}$ et $\vec{v}$ dans le cas où l'égalité est atteinte ?

Solution

Méthode 1

Pour tous les vecteurs $\vec{u}$ et $\vec{v}$ non nuls, nous savons que :

$$\vec{u}.\vec{v} = ||\vec{u}|| \times ||\vec{v}|| \times \cos(\vec{u},\, \vec{v}).$$

Il en résulte

$$|\vec{u}.\vec{v}| = ||\vec{u}|| \times ||\vec{v}|| \times |\cos(\vec{u},\, \vec{v})|.$$

Puisque $|\cos(\vec{u},\, \vec{v})| \leq 1$, nous en concluons

$$|\vec{u}.\vec{v}| \leq ||\vec{u}|| \times ||\vec{v}||.$$

Nous disposons d'une égalité si et seulement si

$$\begin{aligned} |\cos(\vec{u},\, \vec{v})| = 1 &\Leftrightarrow \cos(\vec{u},\, \vec{v}) = 1 \text{ ou } \cos(\vec{u},\, \vec{v}) = -1, \\ &\Leftrightarrow (\vec{u},\, \vec{v}) = 0[2\pi] \text{ ou } (\vec{u},\, \vec{v}) = \pi[2\pi], \\ &\Leftrightarrow (\vec{u},\, \vec{v}) = 0[\pi]. \end{aligned}$$

Nous en concluons que l'égalité est atteinte si et seulement si les vecteurs $\vec{u}$ et $\vec{v}$ sont colinéaires.

Méthode 2

Pour tout réel x, nous obtenons

$$p(x) = (x\vec{u} - \vec{v})^2 = x^2(\vec{u}^{\,2}) - 2x(\vec{u}.\vec{v}) + \vec{v}^{\,2} = x^2||\vec{u}||^2 - 2x(\vec{u}.\vec{v}) + ||\vec{u}||^2.$$

Nous en déduisons que $p(x)$ est un trinôme du second degré.

Par définition de ce dernier, nous avons

$$\forall x \in \mathbb{R}, p(x) \geq 0,$$

ce qui justifie que le discriminant réduit Δ' de ce trinôme est négatif ou nul.

Or nous avons :

$$\Delta' = (-(\vec{u}.\vec{v}))^2 - ||\vec{u}||^2 \times ||\vec{v}||^2 = (\vec{u}.\vec{v})^2 - (||\vec{u}|| \times ||\vec{v}||)^2.$$

Par conséquent, nous en déduisons

$$\begin{aligned}\Delta' \leq 0 &\Leftrightarrow (\vec{u}.\vec{v})^2 \leq (||\vec{u}| \times |||\vec{v}||)^2,\\ &\Leftrightarrow \sqrt{(\vec{u}.\vec{v})^2} \leq \sqrt{(||\vec{u}| \times |||\vec{v}||)^2},\\ &\Leftrightarrow |\vec{u}.\vec{v}| \leq ||\vec{u}|| \times ||\vec{v}||.\end{aligned}$$

L'égalité est atteinte si et seulement si $\Delta' = 0$.

Dans ce cas, nous savons qu'il existe un réel x tel que $p(x) = 0$, c'est-à-dire qu'il existe un réel x tel que :

$$x\vec{u} - \vec{v} = \vec{0}, \text{ soit } \vec{v} = x\vec{u},$$

ce qui prouve que l'égalité a lieu si et seulement si les vecteurs $\vec{u}$ et $\vec{v}$ sont colinéaires.

Exercice 11. Géométrie Analytique : famille de cercle

Soit un réel a. Dans la plan muni d'un repère orthonormal $(O; \vec{\imath}, \vec{\jmath})$, nous considérons l'ensemble $\mathcal{C}_a$ des points $M(x, y)$ tels que

$$x^2 + y^2 + ax + (4 - a)y + 2 = 0.$$

1. Montrer que pour tout réel $a \neq 2$, $\mathcal{C}_a$ est un cercle dont on donnera le centre Ω_a et le rayon r_a.

Que peut-on dire de $\mathcal{C}_2$?

2. Étudier l'intersection des cercles $\mathcal{C}_0$ et $\mathcal{C}_1$.

Que peut-on dire de ces deux cercles ?

En déduire que, quel que soit le réel $a \neq 2$, les cercles $\mathcal{C}_a$ passent par un même point A.

3. Montrer que l'ensemble (d) décrit par les points Ω_a lorsque $a \in \mathbb{R}$ est une droite dont on donnera une équation.

4. Que peut-on dire de la droite (δ) perpendiculaire à (d) au point A ?

Solution

1. Soit $M(x, y)$ un point du plan. Nous avons

$$M \in \mathcal{C}_a \Leftrightarrow (x^2 + ax) + (y^2 + (4 - a)y) + 2 = 0.$$

Nous mettons chacun des trinômes $x^2 + ax$ et $y^2 + (4 - a)y$ sous leur forme canonique. Nous obtenons :

$$x^2 + ax = x^2 + 2(\frac{a}{2})x + (\frac{a}{2})^2 - (\frac{a}{2})^2 = (x + \frac{a}{2})^2 - \frac{a^2}{4},$$

$$y^2 + (4-a)y = y^2 + 2(\frac{4-a}{2})y + (\frac{4-a}{2})^2 - (\frac{4-a}{2})^2 = (y + \frac{4-a}{2})^2 - \frac{(4-a)^2}{4}.$$

Nous en déduisons

$$M \in \mathcal{C}_a \Leftrightarrow (x+\frac{a}{2})^2 + (y+\frac{4-a}{2})^2 = \frac{a^2}{4} + \frac{(4-a)^2}{4} - 2,$$

ce qui donne après simplication du membre de droite,

$$M \in \mathcal{C}_a \Leftrightarrow (x+\frac{a}{2})^2 + (y+\frac{4-a}{2})^2 = \frac{(a-2)^2}{2}.$$

Par conséquent, lorsque $a \neq 2$, nous avons $\dfrac{(a-2)^2}{2} > 0$, ce qui prouve que $\mathcal{C}_a$ est un cercle de centre $\Omega_a(-\frac{a}{2}, -\frac{4-a}{2})$ et de rayon $r_a = \dfrac{|a-2|}{\sqrt{2}}$.

Si $a = 2$, alors $\mathcal{C}_2$ est réduit au point $\Omega_2(-1, -1)$.

2. Un point $M(x, y)$ appartient à $\mathcal{C}_0 \cap \mathcal{C}_1$ si et seulement si le couple (x, y) est solution du système

$$\begin{cases} x^2+y^2+4y+2=0 \\ x^2+y^2+x+3y+2=0 \end{cases}$$

En soustrayant membres à membres ces deux équations, nous obtenons

$$\begin{cases} x^2+y^2+4y+2=0 \\ x=y \end{cases} \Leftrightarrow \begin{cases} 2(x^2+2x+1)=0 \\ y=x \end{cases} \Leftrightarrow \begin{cases} 2(x+1)^2=0 \\ y=x \end{cases}.$$

Nous en concluons que ce système admet pour unique solution le couple $(-1, -1)$.

Par conséquent les cercles $\mathcal{C}_0$ et $\mathcal{C}_1$ sont sécants en un point $A(-1, -1)$

Ces deux cercles sont tangents au point A.

Nous remarquons que $A = \Omega_2$.

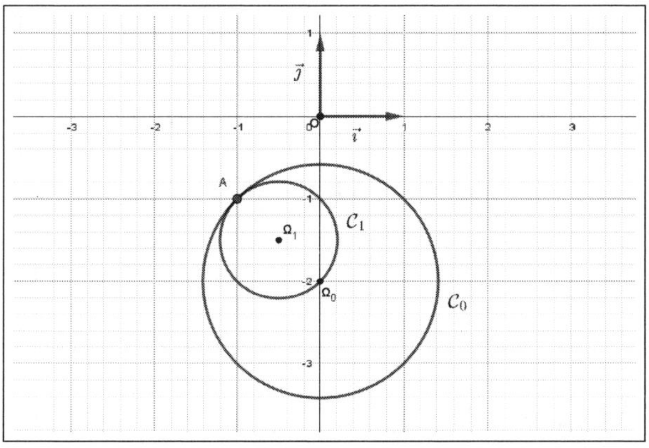

Pour tout réel $a \neq 2$, nous avons :

$$(-1)^2 + (-1)^2 + a(-1) + (4-a)(-1) + 2 = 2 - a - 4 + a + 2 = 0,$$

ce qui prouve que, quel que soit $a \neq 2$, $A \in \mathcal{C}_a$.

3. En tenant compte du cas $a = 2$, lorsque $a \in \mathbb{R}$, nous savons que $\Omega_a(x,\, y)$, avec

$$\begin{cases} x = -\dfrac{a}{2} \\ \\ y = -\dfrac{4-a}{2} \end{cases}.$$

Nous en déduisons

$$y = -2 + \frac{a}{2}, \text{ soit } y = -x - 2,$$

ce qui prouve que (d) est la droite dont une équation est $y = -x - 2$.

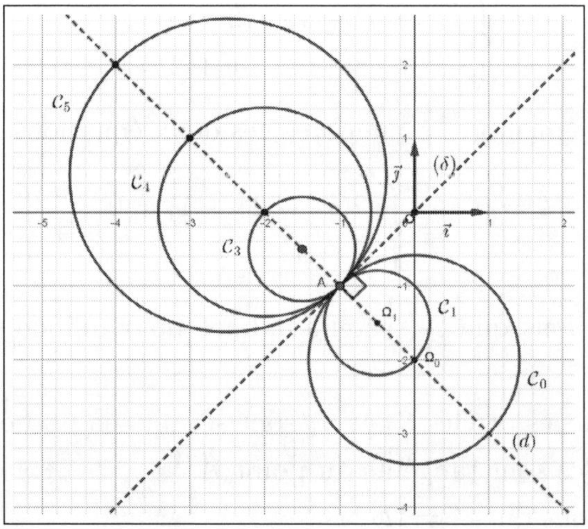

4. Pour tout réel $a \neq 2$, nous avons

$$\begin{aligned} A\Omega_a^2 &= (-\frac{a}{2} + 1)^2 + (\frac{a-4}{2} + 1)^2, \\ &= 2(\frac{a}{2} - 1)^2, \\ &= \frac{(a-2)^2}{2}, \\ &= r_a^2. \end{aligned}$$

Il en résulte que $A\Omega_a = r_a$, ce qui prouve que la droite (δ) est, pour tout réel $a \neq 2$, tangente en A à chaque cercle $\mathcal{C}_a$.

Exercice 12. Géométrie analytique : un ensemble de points

Soient A et B deux points distincts tels que $AB = 2d$, *avec* $d > 0$.

Nous désignons par $\mathcal{E}_k$ *l'ensemble des points M du plan tels que* $\dfrac{MA}{MB} = k$, *où k est un réel strictement positif.*

1. Déterminer $\mathcal{E}_1$.

Nous supposons pour poursuivre cet exercice que $k \neq 1$.

2. En posant $\vec{\imath} = \dfrac{1}{2d}\overrightarrow{AB}$ *et en choisissant un repère orthonormal dont la base est* $(\vec{\imath}, \vec{\jmath})$, *déterminer une équation cartésienne de* $\mathcal{E}_k$.

3. Montrer que $\mathcal{E}_k$ *est un cercle dont on donnera le centre* Ω_k *et le rayon* r_k.

Représenter $\mathcal{E}_2$, *avec* $d = 2$.

Solution

1. Nous avons

$$M \in \mathcal{E}_1 \Leftrightarrow MA = MB,$$

ce qui justifie que $\mathcal{E}_1$ est la médiatrice du segment $[AB]$.

2. En posant $\vec{\imath} = \dfrac{1}{2d}\overrightarrow{AB}$, en choisissant $\vec{\jmath}$ unitaire tel que $(\vec{\imath}, \vec{\jmath}) = \dfrac{\pi}{2}[2\pi]$ et O milieu du segment $[AB]$, nous munissons le plan d'un repère orthonormal direct $(O; \vec{\imath}, \vec{\jmath})$.

Relativement à ce repère, nous avons $A(-d, 0)$, $B(d, 0)$ et considérons un point $M(x, y)$.

Pour $k > 0$ et $k \neq 1$, il vient

$$\begin{gathered} M \in \mathcal{E}_k \Leftrightarrow MA^2 = k^2 MB^2, \\ M \in \mathcal{E}_k \Leftrightarrow (x+d)^2 + y^2 = k^2(x-d)^2 + k^2y^2, \\ M \in \mathcal{E}_k \Leftrightarrow x^2 + 2xd + d^2 + y^2 = k^2x^2 - 2k^2xd + k^2d^2 + k^2y^2, \\ M \in \mathcal{E}_k \Leftrightarrow (1-k^2)x^2 + 2xd(1+k^2) + (1-k^2)y^2 + (1-k^2)d^2 = 0. \end{gathered}$$

Puisque $1 - k^2 \neq 0$, nous en déduisons

$$M \in \mathcal{E}_k \Leftrightarrow x^2 + y^2 + 2d\frac{1+k^2}{1-k^2}x + d^2 = 0.$$

La forme canonique du trinôme $x^2 + 2d\dfrac{1+k^2}{1-k^2}x$ est

$$\left(x + \frac{1+k^2}{1-k^2}d\right)^2 - \left(\frac{1+k^2}{1-k^2}\right)^2 d^2,$$

ce qui donne :

$$M \in \mathcal{E}_k \Leftrightarrow \left(x + \frac{1+k^2}{1-k^2}d\right)^2 + y^2 = \left(\left(\frac{1+k^2}{1-k^2}\right)^2 - 1\right)d^2.$$

Or nous avons

$$\begin{aligned}\left(\frac{1+k^2}{1-k^2}\right)^2 - 1 &= \frac{(1+k^2)^2 - (1-k^2)^2}{(1-k^2)^2},\\ &= \frac{((1+k^2)-(1-k^2))((1+k^2)+(1-k^2))}{(1-k^2)^2},\\ &= \frac{4k^2(1+k^2)}{(1-k^2)^2}.\end{aligned}$$

Ainsi, une équation de $\mathcal{E}_k$ est

$$\left(x + \frac{1+k^2}{1-k^2}d\right)^2 + y^2 = \frac{4k^2d^2(1+k^2)}{(1-k^2)^2}.$$

3. Nous considérons le point $\Omega_k(-\frac{1+k^2}{1-k^2}d,\, 0)$.

Puisque, pour $k > 0$ et $k \neq 1$, $\frac{4k^2d^2(1+k^2)}{(1-k^2)^2} > 0$, nous en concluons que $\mathcal{E}_k$ est le cercle de centre Ω_k et de rayon

$$r_k = \sqrt{\frac{4k^2d^2(1+k^2)}{(1-k^2)^2}} = \frac{2kd\sqrt{1+k^2}}{|1-k^2|}.$$

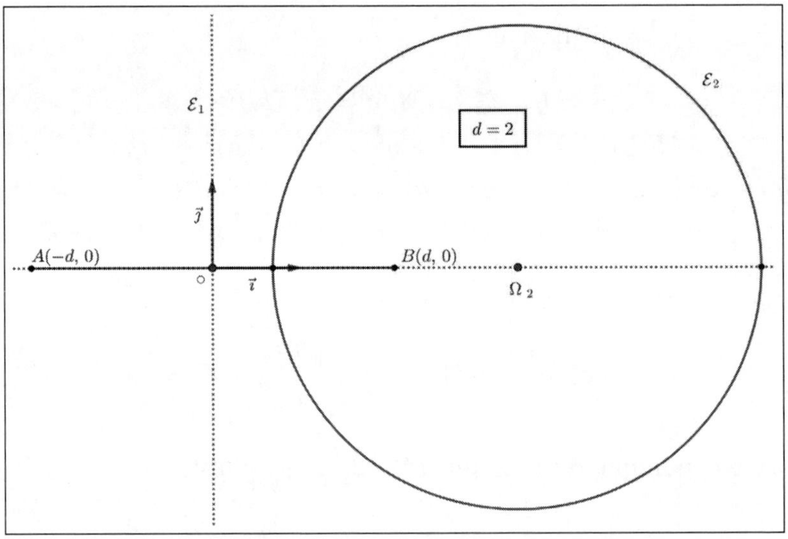

Exercice 13. Géométrie analytique : Symétrie par rapport à la première bissectrice

Dans le plan muni d'un repère orthonormal $(O; \vec{\imath}, \vec{\jmath})$, *nous considérons la droite* (δ) *d'équation* $y = x$.

1. A chaque point $M(x, y)$ *est associé un unique point* $M'(x', y')$ *tel que :*

▷ *si* $M \notin (\delta)$, *alors cette dernière est la médiatrice du segment* $[MM']$,

▷ *si* $M \in (\delta)$, *alors* $M' = M$.

En d'autres termes, le point M' *est le symétrique de* M *par rapport à la droite* (δ). *Déterminer* x' *et* y' *en fonction de* x *et* y.

2. Plus généralement, soit $a \in \mathbb{R}$. *Traiter la même question lorsque* (δ_a) *est la droite d'équation* $y = ax$.

Décrire les deux cas particuliers : $a = 0$ *ou* $a = -1$.

Solution

1.

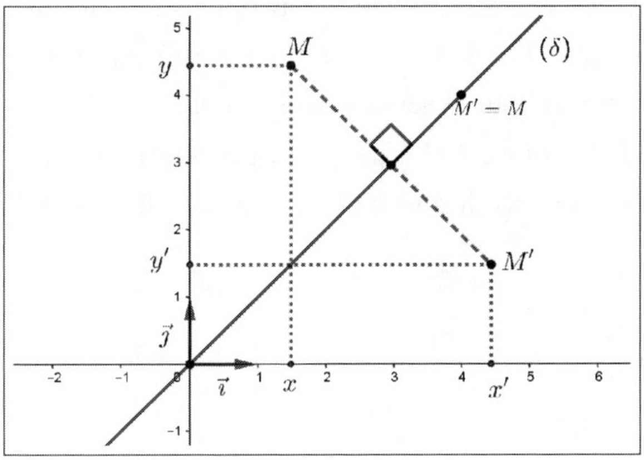

Soient $M(x, y)$ et $M'(x', y')$ tels que M' est le symétrique de M par rapport à la droite (δ) dont une équation est $y = x$.

- Si $M \in (\delta)$, alors nous obtenons immédiatement

$$\begin{cases} x' = x \\ y' = y \end{cases}.$$

- Si $M \notin (\delta)$, alors les deux conditions suivantes sont satisfaites :

▷ le milieu du segment $[MM']$ appartient à (δ),

▷ le vecteur $\overrightarrow{MM'}$ est normal à (δ).

Puisque le vecteur de coordonnées $(1, 1)$ est directeur (δ), nous en déduisons le système

$$\begin{cases} \dfrac{y+y'}{2} = \dfrac{x+x'}{2} \\ (x'-x)+(y'-y)=0 \end{cases}.$$

Nous résolvons ce dernier, en considérant que le couple (x', y') est inconnu et en supposant que le couple $(x,\ y)$ est donné. Il vient

$$\begin{cases} x'-y'=-x+y \\ x'+y'=x+y \end{cases} \Leftrightarrow \begin{cases} 2x'=2y \\ 2y'=2x \end{cases}.$$

Nous en concluons la définition analytique de la symétrie par rapport à la droite (δ), c'est-à-dire x' et y' exprimés en fonction de x et y, par :

$$\begin{cases} x'=y \\ y'=x \end{cases}.$$

Remarque. C'est cette symétrie par rapport à la première bissectrice que nous utilisons lorsque que nous souhaitons représenter les premiers termes d'une suite sur la droite des abscisses d'un repère.

2. Soit un réel a. Pour $M \notin (\delta_a)$, nous procédons de la même façon, avec cette fois le vecteur de coordonnées $(1,\ a)$ qui est directeur (δ_a), ce qui donne le système

$$\begin{cases} \dfrac{y+y'}{2} = a\dfrac{x+x'}{2} \\ (x'-x)a+(y'-y)=0 \end{cases} \Leftrightarrow \begin{cases} ax'-y'=-ax+y \\ x'+ay'=x+ay \end{cases}.$$

Le déterminant de ce système est

$$D = \begin{vmatrix} a & -1 \\ 1 & a \end{vmatrix} = a^2+1 \neq 0.$$

Il en résulte que

$$x' = \frac{\begin{vmatrix} -ax+y & -1 \\ x+ay & a \end{vmatrix}}{a^2+1} = \frac{a(-ax+y)+x+ay}{a^2+1} = \frac{1-a^2}{a^2+1}x + \frac{2a}{a^2+1}y,$$

$$y' = \frac{\begin{vmatrix} a & -ax+y \\ 1 & x+ay \end{vmatrix}}{a^2+1} = \frac{a(x+ay)-(-ax+y)}{a^2+1} = \frac{2a}{a^2+1}x + \frac{a^2-1}{a^2+1}y.$$

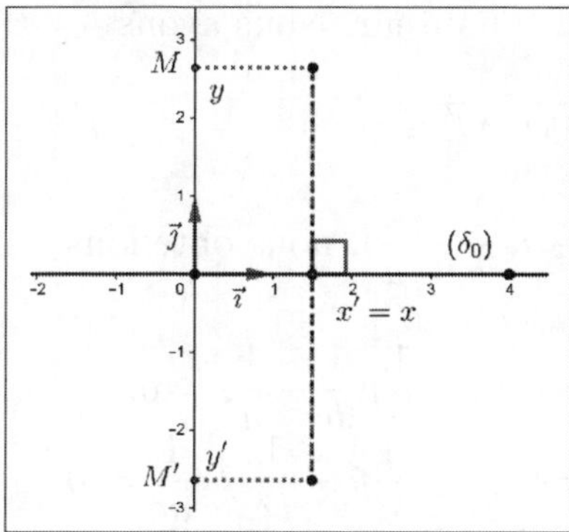

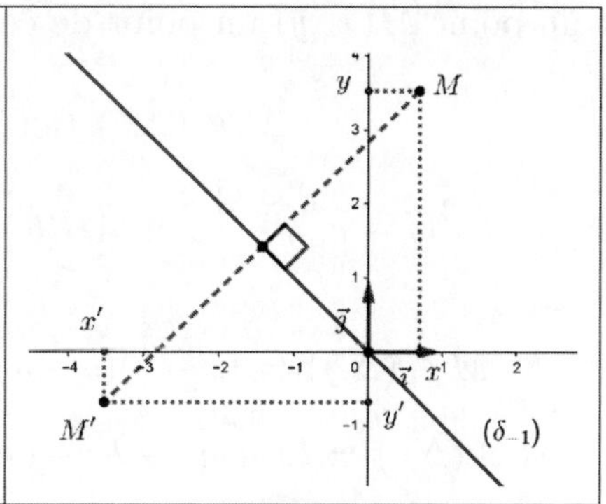

$a = 0 \begin{cases} x' = x \\ y' = -y \end{cases}$	$a = -1 \begin{cases} x' = -y \\ y' = -x \end{cases}$

Exercice 14 . Géométrie analytique : hyperbole et orthocentre

Dans le plan muni d'un repère orthonormal $(O; \vec{\imath}, \vec{\jmath})$, nous considérons l'hyperbole $(\mathcal{H})$ d'équation $y = \dfrac{1}{x}$. Montrer que si A, B et C sont trois points distincts de $(\mathcal{H})$, alors l'orthocentre H du triangle ABC appartient à $(\mathcal{H})$.

Solution

Nous pouvons choisir indifféremment les trois points sur une branche de l'hyperbole, ou deux points sur une même branche et le troisième sur l'autre. Pour des raisons de clarté de la figure nous optons pour la seconde possibilité.

Soient A, B et C trois points distincts de $(\mathcal{H})$, d'abscisses respectives $a \neq 0$, $b \neq 0$ et $c \neq 0$.

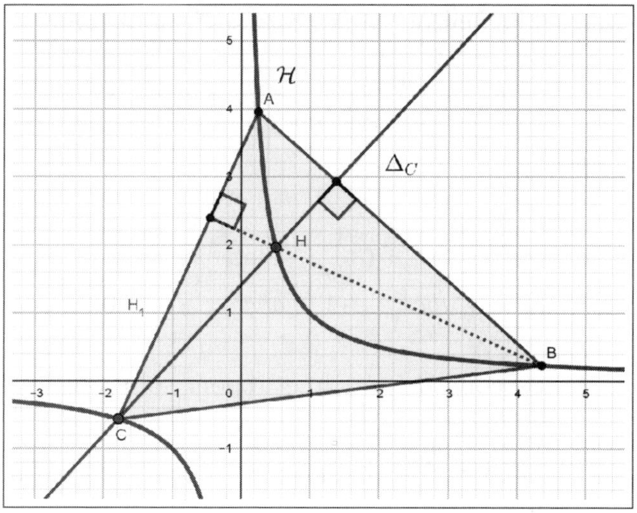

▷ Nous commençons par déterminer une équation de la hauteur (Δ_C) issue du sommet C, dans le triangle ABC.

Soit un point $M(x, y)$ un point de cette hauteur. Nous avons

$$M \in (\Delta_C) \Leftrightarrow \overrightarrow{CM}.\overrightarrow{AB} = 0.$$

Puisque $\overrightarrow{CM}(x - c,\, y - \frac{1}{c})$ et $\overrightarrow{AB}(b - a,\, \frac{1}{b} - \frac{1}{a})$, nous obtenons

$$\begin{aligned}
M \in (\Delta_C) &\Leftrightarrow (x - c)(b - a) + (y - \frac{1}{c})(\frac{1}{b} - \frac{1}{a}) = 0,\\
M \in (\Delta_C) &\Leftrightarrow bx - ax - bc + ac + \frac{1}{b}y - \frac{1}{a}y - \frac{1}{bc} + \frac{1}{ac} = 0,\\
M \in (\Delta_C) &\Leftrightarrow (b - a)x - \frac{b - a}{ab}y - (b - a)c + \frac{b - a}{abc} = 0,\\
M \in (\Delta_C) &\Leftrightarrow (b - a)x - \frac{b - a}{ab}y + (b - a)(\frac{1}{abc} - c) = 0.
\end{aligned}$$

Puisque $b - a \neq 0$, une équation de (Δ_C) est

$$x - \frac{1}{ab}y + \frac{1}{abc} - c = 0.$$

▷ Un point H appartient à (Δ_C) et à $(\mathcal{H})$ si et seulement si ses coordonnées (x, y), avec $x \neq 0$, satisfont au système

$$\left\{\begin{array}{l} x - \frac{1}{ab}y + \frac{1}{abc} - c = 0 \\ \\ y = \frac{1}{x} \end{array}\right. .$$

Nous en déduisons l'équation "aux abscisses", notée (E) :

$$x - \frac{1}{ab}\frac{1}{x} + \frac{1}{abc} - c = 0,$$

ce qui, pour $x \neq 0$, équivaut à

$$\begin{aligned}
(E) &\Leftrightarrow x^2 + (\frac{1}{abc} - c)x - \frac{1}{ab} = 0,\\
(E) &\Leftrightarrow abcx^2 + (1 - abc^2)x - c = 0.
\end{aligned}$$

L'équation (E) du second degré admet c pour solution (évidente) car $C \in (\Delta_C)$.
Nous vérifions que $abc \times c^2 + (1 - abc^2)c - c = abc^3 + c - abc^3 - c = 0$.
Il en résulte, en calculant le produit des deux racines,

$$x_H \times c = -\frac{c}{abc} = -\frac{1}{ab}, \text{ soit } x_H = -\frac{1}{abc}.$$

Nous en concluons que $H(-\frac{1}{abc}, -abc)$ appartient à (Δ_C) et à $(\mathcal{H})$.

▷ Pour finir, nous prouvons que le point H appartient aussi à la hauteur (Δ_B) du triangle ABC issue du sommet B.

Pour cela, nous calculons le produit scalaire $\overrightarrow{BH}.\overrightarrow{AC}$. Nous obtenons

$$\begin{aligned}\overrightarrow{BH}.\overrightarrow{AC} &= (x_H - b)(c-a) + (y_H - \frac{1}{c})(\frac{1}{b} - \frac{1}{a}),\\ &= (-\frac{1}{abc} - b)(c-a) + (-abc - \frac{1}{c})(\frac{1}{b} - \frac{1}{a}),\\ &= -\frac{1}{ab} + \frac{1}{bc} - bc + ab - ab + bc - \frac{1}{bc} + \frac{1}{ab},\\ &= 0,\end{aligned}$$

ce qui prouve que $H \in (\Delta_B)$. Nous en concluons que l'orthocentre H du triangle ABC appartient à l'hyperbole $(\mathcal{H})$.

Exercice 15. Pied de la bissectrice

Soit ABC un triangle quelconque tel que $AB = c > 0$, $AC = b > 0$ et $BC = a > 0$.

La bissectrice intérieure de l'angle $\widehat{A}$ coupe le côté $[BC]$ en un point I.

1. Montrer que $\frac{IB}{IC} = \frac{c}{b}$.

2. Justifier que $b\overrightarrow{IB} + c\overrightarrow{IC} = \vec{0}$.

En déduire que

$$IB = \frac{ac}{b+c} \text{ et } IC = \frac{ab}{b+c}.$$

3. Montrer que $a \times AI^2 = b^2 \times IB + c^2 \times IC - a \times IB \times IC$.

En déduire que

$$AI^2 = \frac{bc}{(b+c)^2}(b+c-a)(b+c+a).$$

Solution

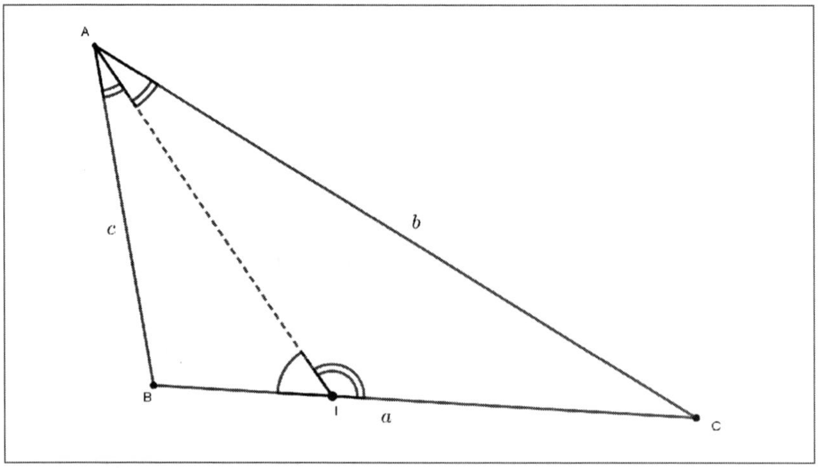

1. La formule des sinus dans le triangle BAI donne

$$\frac{\sin\widehat{BAI}}{BI} = \frac{\sin\widehat{BIA}}{c}.$$

La formule des sinus dans le triangle CAI donne

$$\frac{\sin\widehat{CAI}}{CI} = \frac{\sin\widehat{CIA}}{b}.$$

Puisque (AI) est la bissectrice de l'angle $\widehat{A}$, nous avons :

$$\sin\widehat{BAI} = \sin\widehat{CAI}.$$

Puisque $\widehat{BIA} + \widehat{CIA} = \pi$, nous en déduisons

$$\sin\widehat{BIA} = \sin(\pi - \widehat{CIA}) = \sin\widehat{CIA}.$$

Il en résulte que

$$\frac{\sin\widehat{BAI}}{\sin\widehat{BIA}} = \frac{BI}{c} = \frac{\sin\widehat{CAI}}{\sin\widehat{CIA}} = \frac{CI}{b},$$

ce qui implique

$$\frac{BI}{c} = \frac{CI}{b}, \text{ soit } \frac{IB}{IC} = \frac{c}{b}.$$

2. Comme le point $I \in [BC]$, nous affirmons que les vecteurs $\overrightarrow{IB}$ et $\overrightarrow{IC}$ sont colinéaires, de sens contraires.

De plus, nous savons que $IB = -\frac{c}{b}IC$, nous en concluons :

$$\overrightarrow{IB} = \frac{c}{b}\overrightarrow{IC}, \text{ soit } b\overrightarrow{IB} + c\overrightarrow{IC} = \vec{0}.$$

De cette égalité vectorielle, il résulte que

$$b\overrightarrow{IB} + c(\overrightarrow{IB} + \overrightarrow{BC}) = \vec{0} \Leftrightarrow (b+c)\overrightarrow{BI} = c\overrightarrow{BC}.$$

Puisque $b + c > 0$, nous obtenons

$$\overrightarrow{BI} = \frac{c}{b+c}\overrightarrow{BC},$$

ce qui implique, puisque $\dfrac{c}{b+c} > 0$,

$$IB = ||\frac{c}{b+c}\overrightarrow{BC}|| = \frac{c}{b+c}BC = \frac{ac}{b+c}.$$

De la même façon, nous prouvons que

$$\overrightarrow{CI} = \frac{b}{b+c}\overrightarrow{CB},$$

et nous obtenons

$$IC = \frac{ab}{b+c}.$$

3. Nous appliquons la formule d'Al-Kashi dans le triangle AIB, relativement à l'angle $\widehat{AIB}$. Il vient :

$$c^2 = IA^2 + IB^2 - 2 \times IA \times IB \cos \widehat{AIB}.$$

Maintenant, nous appliquons la formule d'Al-Kashi dans le triangle AIC, relativement à l'angle $\widehat{AIC}$, ce qui donne

$$b^2 = IA^2 + IC^2 - 2 \times IA \times IC \cos \widehat{AIC}.$$

Puisque $\widehat{AIB} + \widehat{AIC} = \pi$, nous en déduisons

$$\cos \widehat{AIC} = \cos(\pi - \widehat{AIB}) = -\cos \widehat{AIB}.$$

Nous en déduisons que d'une part,

$$\cos \widehat{AIB} = \frac{IA^2 + IB^2 - c^2}{2 \times IA \times IB},$$

et d'autre part,

$$\cos \widehat{AIB} = -\cos \widehat{AIC} = \frac{b^2 - (IA^2 + IC^2)}{2 \times IA \times IC}.$$

Pour alléger les calculs, nous posons $p = IB = \dfrac{ac}{b+c}$ et $q = IC = \dfrac{ab}{b+c}$.
Nous en déduisons une équation d'inconnue IA^2, notée (E) :

$$\frac{(IA^2 + p^2) - c^2}{2 \times IA \times p} = \frac{b^2 - (IA^2 + q^2)}{2 \times IA \times q}.$$

Après simplification par $2 \times IA > 0$, nous obtenons

$$\begin{aligned}
(E) &\Leftrightarrow ((IA^2 + p^2) - c^2)q = (b^2 - (IA^2 + q^2))p,\\
(E) &\Leftrightarrow q \times IA^2 + p^2 q - c^2 q = b^2 p - IA^2 \times p - q^2 p,\\
(E) &\Leftrightarrow (p+q) \times IA^2 = b^2 p + c^2 q - pq(p+q).
\end{aligned}$$

En remarquant que

$$p + q = IB + IC = BC = a,$$

nous obtenons

$$\begin{aligned}
(E) &\Leftrightarrow a \times IA^2 = b^2 p + c^2 q - pqa,\\
(E) &\Leftrightarrow a \times AI^2 = b^2 \times IB + c^2 \times IC - a \times IB \times IC,
\end{aligned}$$

ce qui donne

$$(E) \Leftrightarrow a \times IA^2 = b^2 \times \frac{ac}{b+c} + c^2 \times \frac{ab}{b+c} - \frac{a^3 bc}{(b+c)^2}.$$

Nous en déduisons

$$\begin{aligned}
AI^2 &= \frac{b^2 c}{b+c} + \frac{c^2 b}{b+c} - \frac{a^2 bc}{(b+c)^2},\\
&= bc\left(\frac{b+c}{b+c} - \frac{a^2}{(b+c)^2}\right),\\
&= \frac{bc}{(b+c)^2}\left((b+c)^2 - a^2\right),\\
&= \frac{bc}{(b+c)^2}(b+c-a)(b+c+a).
\end{aligned}$$

Nous remarquons que, en vertu de l'inégalité triangulaire, nous avons

$$a < b + c.$$

L'inégalité est stricte car le triangle ABC n'est pas "aplati".
Par conséquent, l'expression obtenue de $AI^2 > 0$ est validée.
Nous pouvons en déduire que

$$AI = \frac{1}{b+c}\sqrt{bc(b+c-a)(b+c+a)}.$$

CHAPITRE 10

Fonctions trigonométriques

Nous débutons ce chapitre en donnant les principales propriétés qualitatives des fonctions cosinus et sinus, c'est-à-dire leurs parités, leur sens variations et leurs représentations graphiques. Cela nous amène naturellement à une introduction à la notion de fonctions périodiques.

Nous proposons ensuite de mettre en place les formules d'addition qui permettent de calculer le cosinus ou le sinus de la somme ou de la différence de deux réels en fonction des cosinus et des sinus de ces deux réels.

Nous pouvons alors aborder un des objectifs principaux de ce chapitre : la dérivation des fonctions trigonométriques sans oublier la fonction tangente.

Dans la partie "exercices corrigés", nous donnons comme approfondissement d'autres formules de trigonométrie comme les transformations de produits en sommes, de sommes en produits, ainsi que l'obtention des expressions rationnelles de $\cos x$ et $\sin x$.

10.1 Propriétés qualitatives

10.1.1 Parité

Proposition. *Nous disposons des propriétés suivantes :*

- *Les fonctions* $x \mapsto \cos x$ *et* $x \mapsto \sin x$ *sont définies sur* $\mathbb{R}$.
- *La fonction* $x \mapsto \cos x$ *est paire.*
- *La fonction* $x \mapsto \sin x$ *est impaire.*

Démonstration. Ces trois propriétés sont justifiées au paragraphe 8.4.4, à l'aide du cercle trigonométrique.

Proposition. *Les fonctions* $x \mapsto \cos x$ *et* $x \mapsto \sin x$ *sont périodiques de période* 2π *(ou* 2π*-périodiques). En d'autres termes, nous avons*

$$\forall x \in \mathbb{R},\ \cos(x + 2\pi) = \cos x \text{ et } \sin(x + 2\pi) = \sin x.$$

Démonstration. Cette propriété est justifiée au paragraphe 8.4.2, à l'aide du cercle trigonométrique.

Proposition (Action d'une translation sur $\mathcal{C}_{\cos}$ et sur $\mathcal{C}_{\sin}$). *Le plan est rapporté à un repère orthonormal* $(O\,;\vec{\imath},\,\vec{\jmath})$.

Soit t *la translation de vecteur* $2\pi \cdot \vec{\imath}$. *Nous avons*

- *quel que soit le point* $M \in \mathcal{C}_{\cos}$, $t(M) \in \mathcal{C}_{\cos}$.
- *quel que soit le point* $M \in \mathcal{C}_{\sin}$, $t(M) \in \mathcal{C}_{\sin}$.

Démonstration. Soient $M(x,\,y)$ et $M'(x',\,y')$ deux points tels que $M' = t(M)$.

Nous avons

$$\overrightarrow{MM'} = 2\pi \cdot \vec{\imath},$$

ce qui donne

$$\left\{\begin{array}{l} x' - x = 2\pi \\ y' - y = 0 \end{array}\right. \Leftrightarrow \left\{\begin{array}{l} x' = x + 2\pi \\ y' = y \end{array}\right. .$$

- Si $M(x,\,y) \in \mathcal{C}_{\cos}$, alors $y = \cos x$.

Nous en déduisons que les coordonnées $(x',\,y')$ du point M' satisfont à l'équation

$$y' = \cos(x' - 2\pi) = \cos x'.$$

Nous avons prouvé que $M' = t(M) \in \mathcal{C}_{\cos}$.

- Nous montrons de la même façon que

$$\forall M \in \mathcal{C}_{\sin},\ t(M) \in \mathcal{C}_{\sin}.$$

Remarque. On dit que les courbes $\mathcal{C}_{\cos}$ et $\mathcal{C}_{\sin}$ sont globalement invariantes par la translation $t = t_{2\pi\cdot\vec{\imath}}$.

10.1.2 Sens de variations

Proposition. *La fonction* $x \mapsto \cos x$ *est décroissante sur* $[0,\ \pi]$.

Démonstration. Une lecture sur le cercle trigonométrique permet de conclure que si les réels a et b appartiennent à l'intervalle $[0,\ \pi]$ tels que $a \leq b$, alors $\cos a \geq \cos b$.

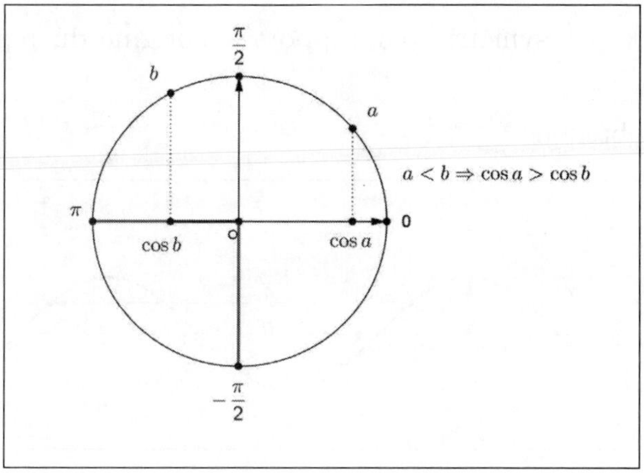

Proposition. *La fonction* $x \mapsto \sin x$ *est*

- *croissante sur* $[0,\ \frac{\pi}{2}]$.
- *décroissante sur* $[\frac{\pi}{2},\ \pi]$.

Démonstration. De la même façon que ci-dessus, une lecture sur le cercle trigonométrique permet de conclure.

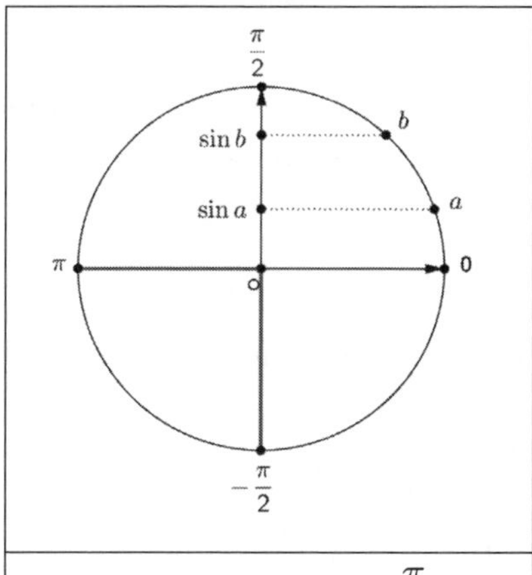	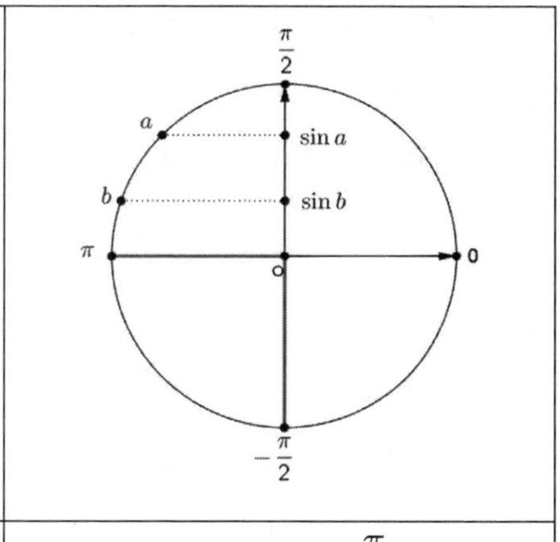
variations sur $[0,\ \frac{\pi}{2}]$	variations sur $[\frac{\pi}{2},\ \pi]$

10.1.3 Représentations graphiques

Connaissant les courbes $\mathcal{C}_{\cos}$ et $\mathcal{C}_{\sin}$ sur l'intervalle $[0,\ \pi]$, nous en déduisons :

• $\mathcal{C}_{\cos}$ et $\mathcal{C}_{\sin}$ sur $\mathbb{R}^+$ par la translation de vecteur $2\pi \cdot \vec{\imath}$, puisque ces deux courbes sont globalement invariantes par cette translation.

• $\mathcal{C}_{\cos}$ sur $\mathbb{R}$ par symétrie par rapport à la droite des ordonnées car cos est paire.

• $\mathcal{C}_{\sin}$ sur $\mathbb{R}$ par symétrie par rapport à l'origine du repère car sin est impaire.

Ainsi, nous obtenons

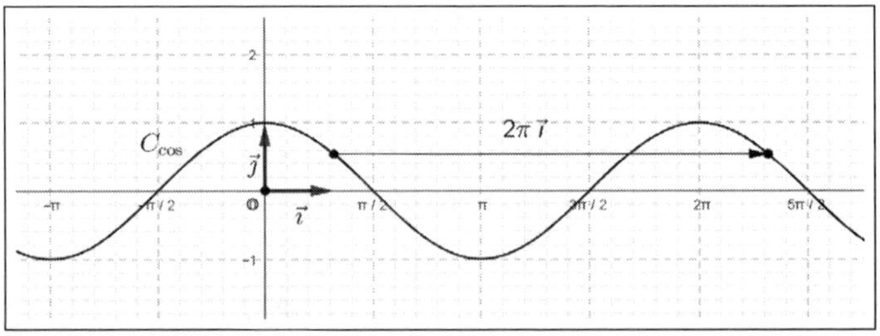

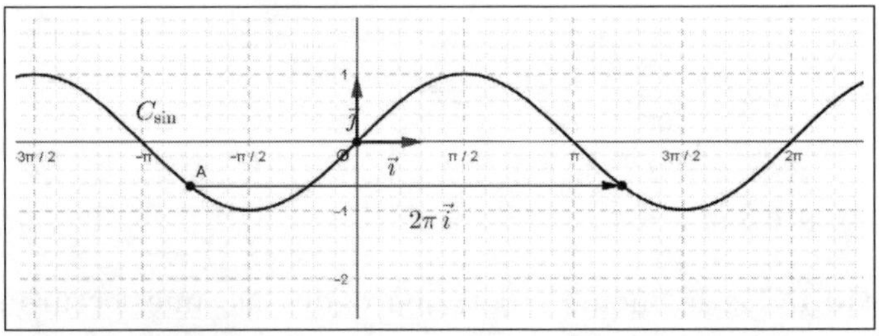

10.1.4 Fonctions périodiques

Définition. Soit T un réel strictement positif. Une fonction f définie sur $\mathbb{R}$ est périodique de période T (ou T-périodique) si et seulement si

$$\forall x \in \mathbb{R},\ f(x+T) = f(x).$$

Remarque. Si f est définie sur son ensemble de définition D_f, cette fonction est T-périodique si et seulement si

$$\begin{cases} \forall x \in D_f,\ x+T \in D_f \\ \forall x \in D_f,\ f(x+T) = f(x) \end{cases}.$$

Proposition. *Si f est une fonction T-périodique, alors C_f est globalement invariante par la translation de vecteur $T \cdot \vec{\imath}$.*

Démonstration. Nous procédons comme dans l'exercice 16 en remplaçant le vecteur $2\pi \cdot \vec{\imath}$ par $T \cdot \vec{\imath}$.

Exemples. Nous en donnons trois.

▷ La fonction $f : x \mapsto \cos(2x)$ est π-périodique car pour tout réel x, nous avons

$$f(x+\pi) = \cos 2(x+\pi) = \cos(2x+2\pi) = \cos(2x) = f(x).$$

▷ La fonction $g : t \mapsto \sin(2\pi t)$ est 1-périodique car pour tout réel t, il vient

$$g(t+1) = \sin 2\pi(t+1) = \sin(2\pi t + 2\pi) = \sin(2\pi t) = g(t).$$

▷ Un signal "triangle".

Nous représentons graphiquement la fonction f définie sur $\mathbb{R}$, 2-périodique telle que

$$\forall x \in [-1,\, 1],\ f(x) = |x|.$$

La fonction f, restreinte à l'intervalle $[-1,\, 1]$ est paire.

Pour $x \geq 0$, l'action successive de la translation de vecteur $2 \cdot \vec{\imath}$ restitue la partie de C_f correspondant à $x \geq 0$.

La symétrie par rapport à la droite des ordonnées fournit la courbe C_f, pour tout réel x.

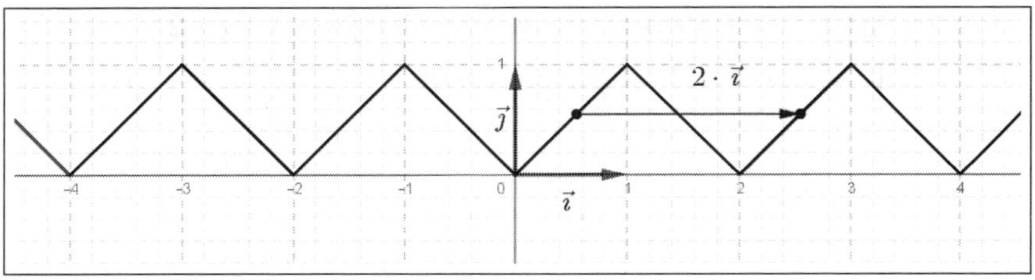

10.2 Les formules d'addition - De duplication

10.2.1 Formule d'addition

Proposition (action de cos sur une différence). *Quels que soient les réels a et b, nous disposons de l'égalité*

$$\cos(a-b) = \cos a \cos b + \sin a \sin b.$$

Démonstration. Le plan est muni d'un repère orthonormal direct $(O\,;\,\vec{\imath},\,\vec{\jmath})$.

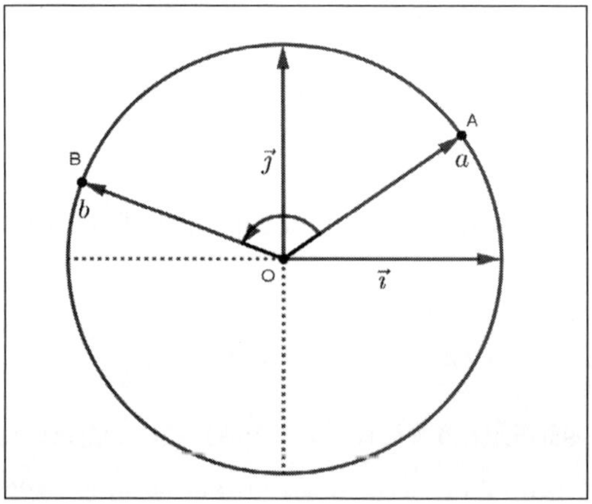

Nous considérons deux points A et B appartenant au cercle trigonométrique, qui sont repérés sur ce cercle, respectivement par deux réels a et b.

Nous calculons de deux manières le produit scalaire $\overrightarrow{OA}.\overrightarrow{OB}$.

D'une part, nous savons que l'angle $(\overrightarrow{OA}, \overrightarrow{OB}) = (b-a)[2\pi]$.

Puisque $OA = OB = 1$ et sachant que $x \mapsto \cos x$ est paire, nous en déduisons

$$\overrightarrow{OA}.\overrightarrow{OB} = OA \times OB \times \cos(b-a) = \cos(a-b).$$

D'autre part, dans le repère orthonormal $(O\,;\,\vec{\imath},\,\vec{\jmath})$, nous avons

$$\overrightarrow{OA}(\cos a,\, \sin a) \text{ et } \overrightarrow{OB}(\cos b,\, \sin b),$$

ce qui donne

$$\overrightarrow{OA}.\overrightarrow{OB} = \cos a \cos b + \sin a \sin b.$$

Les deux expressions du produit scalaire $\overrightarrow{OA}.\overrightarrow{OB}$, permettent, pour tous réels a et b, d'obtenir l'égalité attendue, c'est-à-dire notre première formule d'addition :

$$\cos(a-b) = \cos a \cos b + \sin a \sin b.$$

Proposition (trois autres formules d'addition). *Quels que soient les réels a et b, nous disposons des égalités suivantes :*

- $\cos(a+b) = \cos a \cos b - \sin a \sin b,$
- $\sin(a-b) = \sin a \cos b - \cos a \sin b,$
- $\sin(a+b) = \sin a \cos b + \cos a \sin b.$

Démonstration. Soient deux réels a et b.

• Pour développer $\cos(a+b)$, nous remplaçons b par $-b$ dans la proposition précédente puis nous utilisons la parité des fonctions cos et sin.

Nous obtenons

$$\begin{aligned}\cos(a+b) &= \cos(a-(-b)),\\ &= \cos a \cos(-b) + \sin a \sin(-b),\\ &= \cos a \cos b - \sin a \sin b.\end{aligned}$$

• Pour développer $\sin(a-b)$, nous remarquons

$$\sin(a-b) = \cos\Big(\frac{\pi}{2} - (a-b)\Big) = \cos\Big((\frac{\pi}{2} + b) - a\Big).$$

Nous en déduisons

$$\begin{aligned}\sin(a-b) &= \cos\Big((\frac{\pi}{2} + b) - a\Big),\\ &= \cos(\frac{\pi}{2} + b)\cos a + \sin(\frac{\pi}{2} + b)\sin a,\\ &= -\sin b \cos a + \cos b \sin a,\\ &= \sin a \cos b - \cos a \sin b.\end{aligned}$$

• Pour développer $\sin(a+b)$, nous remplaçons b par $-b$ dans le développement ci-dessus. Il vient

$$\begin{aligned}\sin(a+b) &= \sin(a-(-b)),\\ &= \sin a \cos(-b) - \cos a \sin(-b),\\ &= \sin a \cos b + \cos a \sin b.\end{aligned}$$

Exemples. Nous en proposons deux.

1er exemple : Lignes trigonométriques de $\frac{\pi}{12}$.

Nous avons

$$\begin{aligned}\cos\frac{\pi}{12} &= \cos(\frac{\pi}{3}-\frac{\pi}{4}),\\ &= \cos\frac{\pi}{3}\cos\frac{\pi}{4}+\sin\frac{\pi}{3}\sin\frac{\pi}{4},\\ &= \frac{1}{2}\times\frac{\sqrt{2}}{2}+\frac{\sqrt{3}}{2}\times\frac{\sqrt{2}}{2},\\ &= \frac{\sqrt{6}+\sqrt{2}}{4}.\end{aligned}$$

De la même façon, nous obtenons

$$\begin{aligned}\sin\frac{\pi}{12} &= \sin(\frac{\pi}{3}-\frac{\pi}{4}),\\ &= \sin\frac{\pi}{3}\cos\frac{\pi}{4}-\cos\frac{\pi}{3}\sin\frac{\pi}{4},\\ &= \frac{\sqrt{3}}{2}\times\frac{\sqrt{2}}{2}-\frac{1}{2}\times\frac{\sqrt{2}}{2},\\ &= \frac{\sqrt{6}-\sqrt{2}}{4}.\end{aligned}$$

2e exemple : Soit un réel $\omega > 0$. Nous considérons les deux fonctions définies, pour tout réel t, par $f : t \mapsto \cos(\omega t)$ et $g : t \mapsto \sin(\omega t)$.

Nous superposons ces deux fonctions, ce qui consiste à en former une combinaison linéaire, en particulier à considérer leur somme $s = f + g$.

Quel que soit le réel t, nous obtenons

$$\begin{aligned}s(t) &= f(t)+g(t),\\ &= \cos(\omega t)+\sin(\omega t),\\ &= \sqrt{2}\left(\frac{\sqrt{2}}{2}\cos(\omega t)+\frac{\sqrt{2}}{2}\sin(\omega t)\right),\\ &= \sqrt{2}\left(\cos(\omega t)\cos\frac{\pi}{4}+\sin(\omega t)\sin\frac{\pi}{4}\right),\\ &= \sqrt{2}\cos(\omega t-\frac{\pi}{4}).\end{aligned}$$

Ainsi, s est une fonction trigonométrique de même pulsation ω que celle de f et g. Nous étudierons le cas général dans l'exercice corrigé 8 de ce chapitre.

10.2.2 Formules de duplication

Proposition (duplication ou passage à l'angle "moitié"). *Pour tout réel x, nous disposons des égalités suivantes :*

- $\cos 2x = \cos^2 x - \sin^2 x = 2\cos^2 x - 1 = 1 - 2\sin^2 x$,
- $\sin 2x = 2 \sin x \cos x$.

Démonstration. Soit un réel x.

• Pour obtenir la première formule de duplication, nous appliquons le développement de $\cos(a+b)$, en particulier pour $a = b = x$. Il vient

$$\cos 2x = \cos(x+x) = \cos x \cos x - \sin x \sin x = \cos^2 x - \sin^2 x.$$

De plus, puisque $\cos^2 x + \sin^2 x = 1$, nous en déduisons

$$\cos 2x = \cos^2 x - (1 - \cos^2 x) = 2\cos^2 x - 1,$$
$$\cos 2x = (1 - \sin^2 x) - \sin^2 x = 1 - 2\sin^2 x.$$

• Pour obtenir la seconde formule de duplication, nous appliquons le développement de $\sin(a+b)$, en particulier pour $a = b = x$, ce qui donne

$$\sin 2x = \sin(x+x) = \sin x \cos x + \cos x \sin x = 2 \sin x \cos x.$$

Corollaire (linéarisation ou passage à l'angle "double"). *Pour tout réel x, nous avons :*

- $\cos^2 x = \dfrac{1}{2}(1 + \cos 2x)$,
- $\sin^2 x = \dfrac{1}{2}(1 - \cos 2x)$,
- $\sin x \cos x = \dfrac{1}{2} \sin 2x$.

Démonstration. Soit un réel x.

• Des égalités $\cos 2x = 2\cos^2 x - 1 = 1 - 2\sin^2 x$, nous déduisons immédiatement que

$$\cos^2 x = \frac{1}{2}(1 + \cos 2x),$$
$$\sin^2 x = \frac{1}{2}(1 - \cos 2x).$$

• De l'égalité $\sin 2x = 2 \sin x \cos x$, il résulte immédiatement que

$$\sin x \cos x = \frac{1}{2} \sin 2x.$$

Exemples. Nous en donnons deux.

1er **exemple** : Lignes trigonométriques de $\frac{\pi}{8}$.

En utilisant les formules de passage à l'angle "double", nous obtenons

$$\cos^2\frac{\pi}{8} = \frac{1}{2}(1+\cos(2\times\frac{\pi}{8})) = \frac{1}{2}(1+\cos\frac{\pi}{4}) = \frac{1}{2}(1+\frac{\sqrt{2}}{2}) = \frac{2+\sqrt{2}}{4},$$
$$\sin^2\frac{\pi}{8} = \frac{1}{2}(1-\cos(2\times\frac{\pi}{8})) = \frac{1}{2}(1-\cos\frac{\pi}{4}) = \frac{1}{2}(1-\frac{\sqrt{2}}{2}) = \frac{2-\sqrt{2}}{4}.$$

Puisque $\frac{\pi}{8} \in]0, \frac{\pi}{2}[$, nous avons $\cos\frac{\pi}{8} > 0$ et $\sin\frac{\pi}{8} > 0$.

Nous en concluons

$$\cos\frac{\pi}{8} = \frac{\sqrt{2+\sqrt{2}}}{2} \text{ et } \sin\frac{\pi}{8} = \frac{\sqrt{2-\sqrt{2}}}{2}.$$

2e **exemple** : Pour tout réel x, nous souhaitons linéariser $\cos 3x$, c'est-à-dire exprimer ce réel sous la forme d'un polynôme de la variable $\cos x$.

Nous avons

$$\begin{aligned}\cos 3x &= \cos(2x+x),\\ &= \cos 2x\cos x - \sin 2x \sin x,\\ &= (2\cos^2 x - 1)\cos x - 2(\sin x\cos x)\sin x,\\ &= 2\cos^3 x - \cos x - 2\cos x\sin^2 x,\\ &= 2\cos^3 x - \cos x - 2\cos x(1-\cos^2 x),\\ &= 4\cos^3 x - 3\cos x.\end{aligned}$$

Nous utiliserons cette égalité dans l'exercice corrigé 7 de ce chapitre.

De la même manière, pour tout réel x, nous obtenons

$$\sin 3x = -4\sin^3 x + 3\sin x.$$

10.3 Dérivation des fonctions trigonométriques

10.3.1 Dérivées en 0 de sin et cos

Lemme. *Nous disposons du résultat suivant :*

$$\lim_{x\to 0}\frac{\sin x}{x} = 1.$$

Démonstration. Dans l'exercice corrigé 5 du chapitre 4.8 nous avons prouvé ce résultat qui est une forme indéterminée à mémoriser.

Proposition. *La fonction* $x \mapsto \sin x$ *est dérivable en* 0 *et nous avons*

$$\sin'(0) = 1.$$

Démonstration. Pour tout réel $x \neq 0$, nous avons

$$\frac{\sin x - \sin 0}{x - 0} = \frac{\sin x}{x},$$

ce qui implique, en utilisant le lemme ci-dessus,

$$\lim_{x \to 0} \frac{\sin x - \sin 0}{x - 0} = \lim_{x \to 0} \frac{\sin x}{x} = 1.$$

Nous en concluons que la fonction $x \mapsto \sin x$ est dérivable en 0 et nous obtenons

$$\sin'(0) = 1.$$

Proposition. *La fonction* $x \mapsto \cos x$ *est dérivable en* 0 *et nous avons*

$$\cos'(0) = 0.$$

Démonstration. Pour tout réel $x \neq 0$, nous avons

$$\frac{\cos x - \cos 0}{x - 0} = \frac{\cos x - 1}{x}.$$

Nous observons, quand x tend 0, une forme indéterminée du type "$\frac{0}{0}$".
Pour x voisin de 0 et $x \neq \pi$, on a

$$\begin{aligned}
\frac{\cos x - 1}{x} &= \frac{(\cos x - 1)(\cos x + 1)}{x(\cos x + 1)}, \\
&= \frac{\cos^2 x - 1}{x(\cos x + 1)}, \\
&= \frac{-\sin^2 x}{x(\cos x + 1)}, \\
&= -\frac{\sin x}{x} \times \sin x \times \frac{1}{\cos x + 1}.
\end{aligned}$$

Puisque

$$\lim_{x \to 0} -\frac{\sin x}{x} = -1, \quad \lim_{x \to 0} \sin x = 0 \quad \text{et} \quad \lim_{x \to 0} \frac{1}{\cos x + 1} = \frac{1}{2},$$

par produit, nous obtenons

$$\lim_{x \to 0} \frac{\cos x - \cos 0}{x - 0} = \lim_{x \to 0} \frac{\cos x - 1}{x} = 0.$$

Nous en concluons que la fonction $x \mapsto \cos x$ est dérivable en 0 et nous obtenons

$$\cos'(0) = 0.$$

Remarque. Nous retiendrons que $\lim\limits_{x \to 0} \dfrac{\cos x - 1}{x} = 0$.

10.3.2 Dérivées de sin et cos

Proposition (dérivée de $x \mapsto \sin x$). *La fonction $x \mapsto \sin x$ est dérivable sur $\mathbb{R}$ et, nous avons*

$$\forall x \in \mathbb{R},\ \sin'(x) = \cos x.$$

Démonstration. Soient a et h deux réels, avec $h \neq 0$. Il vient

$$\begin{aligned}\frac{\sin(a+h) - \sin a}{h} &= \frac{\sin a \cos h + \cos a \sin h - \sin a}{h},\\ &= \sin a \times \frac{\cos h - 1}{h} + \cos a \times \frac{\sin h}{h}.\end{aligned}$$

Puisque

$$\lim_{h \to 0} \frac{\cos h - 1}{h} = 0 \text{ et } \lim_{h \to 0} \frac{\sin h}{h} = 1,$$

par produit et somme, nous obtenons

$$\lim_{h \to 0} \frac{\sin(a+h) - \sin a}{h} = \cos a.$$

Par conséquent la fonction $x \mapsto \sin x$ est dérivable en $a \in \mathbb{R}$ et nous avons

$$\forall a \in \mathbb{R},\ \sin'(a) = \cos a.$$

En remplaçant a par x, nous obtenons la formule de dérivation :

$$\forall x \in \mathbb{R},\ \sin'(x) = \cos x.$$

Proposition (dérivée de $x \mapsto \cos x$). *La fonction $x \mapsto \cos x$ est dérivable sur $\mathbb{R}$ et, nous avons*

$$\forall x \in \mathbb{R},\ \cos'(x) = -\sin x.$$

Démonstration. Pour tout réel x, nous savons que

$$\cos x = \sin(\frac{\pi}{2} - x).$$

Par composition de $x \mapsto \sin x$ avec la fonction affine $x \mapsto \frac{\pi}{2} - x$, toutes deux dérivables sur $\mathbb{R}$, pour tout réel x, nous obtenons

$$\cos' x = (-1)\sin'(\frac{\pi}{2} - x) = -\cos(\frac{\pi}{2} - x) = -\sin x.$$

Exemples. Nous en développons deux.

1er **exemple** : des tangentes

▷ Tangente à $\mathcal{C}_{\sin}$ en $a = \pi$.

Une équation de cette tangente est

$$y = \sin'(\pi)(x - \pi) + \sin \pi, \text{ soit } y = -x + \pi.$$

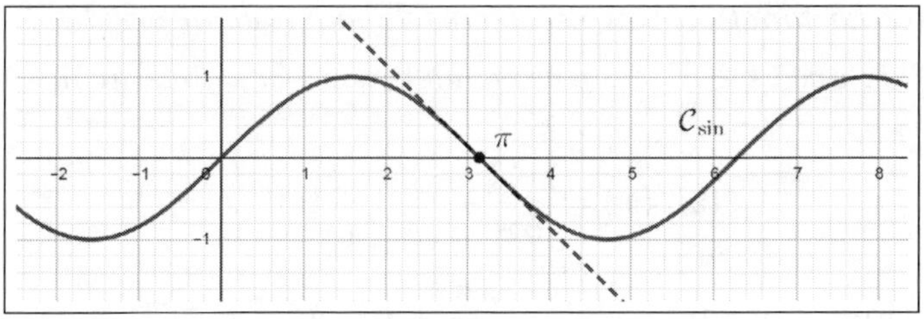

▷ Tangente à $\mathcal{C}_{\cos}$ en $a = \frac{\pi}{2}$.

Une équation de cette tangente est

$$y = \cos'(\frac{\pi}{2})(x - \frac{\pi}{2}) + \cos\frac{\pi}{2}, \text{ soit } y = -x + \frac{\pi}{2}.$$

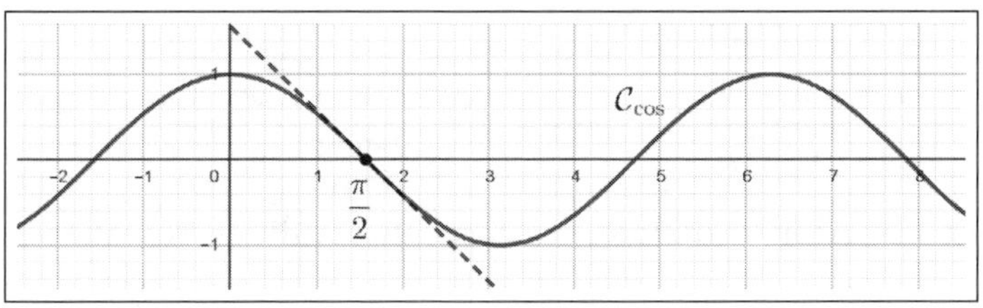

2e **exemple** : quelques calculs de dérivées.

▷ Quelle est la dérivée sur $\mathbb{R}$ de $f : x \mapsto x \sin x$?

Cette fonction est dérivable par produit sur $\mathbb{R}$.

Pour tout réel x, on a

$$f'(x) = 1 \times \sin x + x \cos x = \sin x + x \cos x.$$

▷ Quelle est la dérivée sur $\mathbb{R}^*$ de $g : x \mapsto \dfrac{\sin x}{x}$?
Cette fonction est dérivable par quotient sur $\mathbb{R}^*$.

Pour tout réel $x \neq 0$, nous avons

$$g'(x) = \frac{\cos x \times x - \sin x \times 1}{x^2} = \frac{x\cos x - \sin x}{x^2}.$$

▷ Quelle est la dérivée sur $\mathbb{R}$ de $h : t \mapsto \cos(\pi t)$?

Cette fonction est dérivable sur $\mathbb{R}$ par composition avec la fonction affine $t \mapsto \pi t$.

Pour tout réel t, nous obtenons

$$h'(t) = \pi \times \cos'(\pi t) = -\pi \sin(\pi t).$$

10.3.3 Dérivée de la fonction tangente

Proposition. *La fonction* tan *est dérivable sur tout intervalle I tel que $\frac{\pi}{2} + k\pi \notin I$, avec $k \in \mathbb{Z}$ et, pour pour réel $x \in I$, nous avons*

$$\tan'(x) = \frac{1}{\cos^2 x} = 1 + \tan^2 x.$$

Démonstration. Pour tout réel $x \neq \frac{\pi}{2} + k\pi$, avec $k \in \mathbb{Z}$, nous savons que

$$\tan x = \frac{\sin x}{\cos x}.$$

Par conséquent cette fonction est dérivable par quotient sur tout intervalle I tel que $\frac{\pi}{2} + k\pi \notin I$, avec $k \in \mathbb{Z}$.

Pour tout réel $x \in I$, nous avons

$$\tan'(x) = \frac{\sin' x \cos x - \sin x \cos' x}{\cos^2 x} = \frac{\cos^2 x + \sin^2 x}{\cos^2 x} = \frac{1}{\cos^2 x} = 1 + \tan^2 x.$$

Exemple. La fonction c définie sur tout intervalle I tel que $k\frac{\pi}{2} \notin I$, avec $k \in \mathbb{Z}$, par :

$$c(x) = \frac{1}{\tan x},$$

est dérivable, par inverse, sur cet intervalle.

Pour tout réel $x \neq k\frac{\pi}{2}$, avec $k \in \mathbb{Z}$, nous obtenons

$$c'(x) = -\frac{\tan' x}{\tan^2 x} = -\frac{1 + \tan^2 x}{\tan^2 x} = -(1 + \frac{1}{\tan^2 x}) = -\frac{1}{\sin^2 x}.$$

10.3.4 Dérivée de la composée avec une fonction affine

Proposition. *Soient a et b deux réels, avec $a \neq 0$.*

Les fonctions $f : x \mapsto \sin(ax+b)$ et $g : x \mapsto \cos(ax+b)$ sont dérivables sur $\mathbb{R}$. Pour tout réel x, nous avons

$$f'(x) = a\cos(ax+b),$$
$$g'(x) = -a\sin(ax+b).$$

Démonstration. Les fonctions f et g sont dérivables sur $\mathbb{R}$ par composition respectivement de sin et cos avec la fonction affine $x \mapsto ax+b$.

Pour tout réel x, nous obtenons

$$f'(x) = a\sin'(ax+b) = a\cos(ax+b),$$
$$g'(x) = a\cos'(ax+b) = -a\sin(ax+b).$$

Proposition. *Soient a et b deux réels, avec $a \neq 0$.*

La fonction $h : x \mapsto \tan(ax+b)$ est dérivable pour tout réel x tel que $ax+b \neq k\frac{\pi}{2}$, avec $k \in \mathbb{Z}$ et nous avons

$$h'(x) = \frac{a}{\cos^2(ax+b)} = a(1+\tan^2(ax+b)).$$

Démonstration. La fonction h est, pour tout réel x tel que $ax+b \neq k\frac{\pi}{2}$, avec $k \in \mathbb{Z}$, dérivable par composition de tan avec la fonction affine $x \mapsto ax+b$. Nous obtenons

$$h'(x) = a\tan'(ax+b) = \frac{a}{\cos^2(ax+b)} = a(1+\tan^2(ax+b)).$$

Exemple. Nous considérons la fonction f définie sur $]-\frac{1}{2}, \frac{1}{2}[$ par :

$$f(x) = \tan(\pi x) - \pi x.$$

Cette fonction est, sur $]-\frac{1}{2}, \frac{1}{2}[$, dérivable par composition et différence. Pour tout réel $x \in]-\frac{1}{2}, \frac{1}{2}[$, nous obtenons

$$f'(x) = \pi(1+\tan^2(\pi x)) - \pi = \pi\tan^2(\pi x).$$

Puisque, pour tout réel $x \in]-\frac{1}{2}, \frac{1}{2}[$, $f'(x) \geq 0$, nous en déduisons que la fonction f est croissante(strictement) sur $]-\frac{1}{2}, \frac{1}{2}[$.

10.4 Exercices corrigés

10.4.1 Fonctions périodiques

Exercice 1. Sinus "redressé"

Soit f la fonction définie sur $\mathbb{R}$ par $f(t) = |\sin(\pi t)|$.

1. Étudier la parité de la fonction f.

2. Justifier que f est 1-périodique.

3. Représenter graphiquement la fonction f.

Solution

1. Soit $t \in \mathbb{R}$. Nous avons

$$f(-t) = |\sin(\pi(-t))| = |-\sin(\pi t)| = |\sin(\pi t)| = f(t).$$

Nous en concluons que la fonction f est paire.

2. Soit $t \in \mathbb{R}$. Nous avons

$$f(t+1) = \sin(\pi(t+1))| = |\sin(\pi t + \pi)| = |-\sin(\pi t)| = |\sin(\pi t)| = f(t),$$

ce qui justifie que f est 1-périodique.

3. Pour représenter graphiquement la fonction f, nous nous intéressons d'abord à la restriction de f sur un intervalle de longueur une période, par exemple sur l'intervalle $[0, 1]$.

Par une translation de vecteur $\vec{\imath}$, nous obtenons C_f restreint à $\mathbb{R}^+$.

Enfin par symétrie par rapport à la droite des ordonnées, la courbe C_f est obtenue, pour tout réel t.

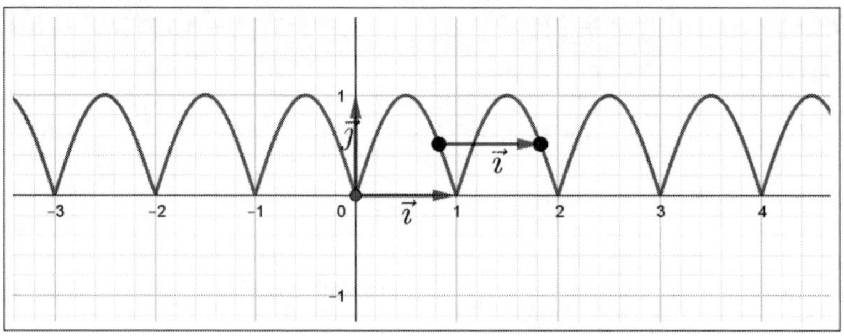

Exercice 2. Étude d'une fonction trigonométrique

On considère la fonction $f : x \mapsto \dfrac{2}{\cos(2x) + 2}$.

1. Quel est l'ensemble de définition de cette fonction ?

2. Étudier la parité de la fonction f.

En déduire que sa courbe représentative C_f admet un élément de symétrie.

3. Montrer que f est π-périodique.

4. Expliquez comment représenter graphiquement la fonction f ?

5. Justifier que, pour tout réel x, $\frac{2}{3} \leq f(x) \leq 2$.

6. Déterminer les coordonnées des points communs à la courbe C_f et à la droite d'équation $y = 2$. Même question avec la droite d'équation $y = \frac{3}{2}$.

7. Soit a un réel tel que $a \geq 2$. Déterminer une période de la fonction $g : x \mapsto \dfrac{a}{\cos(ax) + a}$.

Solution

1. La fonction f est définie à condition que $\cos(2x) + 2 \neq 0$.

Pour tout réel x, cette condition est réalisée car l'équation $\cos(2x) = -2$ n'a pas de solution.

Nous en concluons que $D_f = \mathbb{R}$.

2. Pour tout réel x, la fonction $x \mapsto \cos x$ étant paire, nous avons

$$f(-x) = \frac{2}{\cos(-2x) + 2} = \frac{2}{\cos(2x) + 2} = f(x).$$

La fonction f est paire.

Nous en déduisons que la droite des ordonnées est un axe de symétrie pour la courbe C_f.

3. Puisque $x \mapsto \cos x$ est 2π périodique, nous obtenons

$$f(x + \pi) = \frac{2}{\cos(2(x + \pi)) + 2} = \frac{2}{\cos(2x + 2\pi) + 2} = \frac{2}{\cos(2x) + 2} = f(x),$$

ce qui justifie que f est π-périodique.

4. Pour représenter graphiquement la fonction f, nous nous intéressons d'abord à la restriction de f sur un intervalle de longueur une période, par exemple sur l'intervalle $[0, \pi]$.

Par une translation de vecteur $\pi \cdot \vec{\imath}$, nous obtenons C_f restreint à $\mathbb{R}^+$.

Enfin par symétrie par rapport à la droite des ordonnées, la courbe C_f est obtenue pour tout réel x.

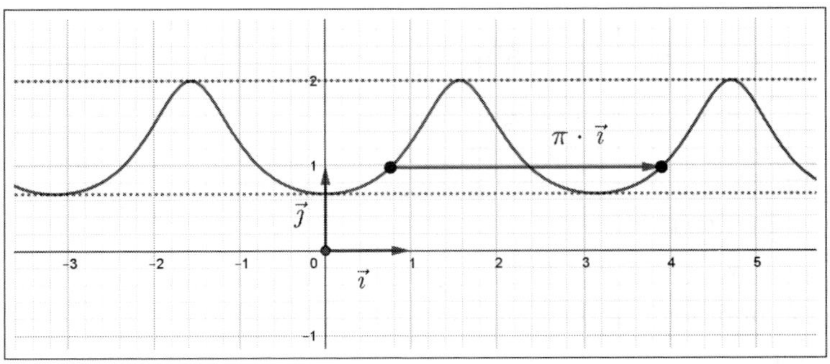

5. Soit x un réel quelconque. Nous savons que

$$-1 \leq \cos(2x) \leq 1, \text{ ce qui implique } 1 \leq \cos(2x) + 2 \leq 3.$$

La fonction inverse est décroissante strictement sur $]0, +\infty[$. Il en résulte

$$\frac{1}{3} \leq \frac{1}{\cos(2x) + 2} \leq 1.$$

Nous en concluons

$$\forall x \in \mathbb{R}, \ \frac{2}{3} \leq f(x) \leq 2.$$

6. Les abscisses des points communs à la courbe C_f et à la droite d'équation $y = 2$ sont solutions de l'équation $f(x) = 2$. Ainsi nous avons

$$f(x) = 2 \Leftrightarrow \frac{2}{\cos(2x) + 2} = 2 \Leftrightarrow 2(\cos(2x) + 2) = 2 \Leftrightarrow \cos 2x = -1,$$

soit

$$\cos 2x = -1 \Leftrightarrow 2x = \pi + k(2\pi) \Leftrightarrow x = \frac{\pi}{2} + k\pi.$$

Nous en concluons que les points communs à la courbe C_f et à la droite d'équation $y = 2$ ont pour coordonnées $(\frac{\pi}{2} + k\pi, \ 2)$, avec $k \in \mathbb{Z}$.

De la même façon, les abscisses des points communs à la courbe C_f et à la droite d'équation $y = \frac{2}{3}$ sont solutions de l'équation $f(x) = \frac{2}{3}$. Il vient

$$f(x) = \frac{2}{3} \Leftrightarrow \frac{2}{\cos(2x) + 2} = \frac{2}{3} \Leftrightarrow 3(\cos(2x) + 2) = 6 \Leftrightarrow \cos 2x = 1,$$

soit

$$\cos 2x = 1 \Leftrightarrow 2x = k(2\pi) \Leftrightarrow x = k\pi.$$

Nous en concluons que les points communs à la courbe C_f et à la droite d'équation $y = \frac{2}{3}$ ont pour coordonnées $(k\pi, \ \frac{2}{3})$, avec $k \in \mathbb{Z}$.

Remarque. Nous observons sur la figure ci-dessus que les droites d'équations $y = 2$ et $y = \frac{2}{3}$ sont tangentes à la courbe C_f en une infinité de points.

7. Par analogie avec la question 3, pour tout réel x, nous avons

$$g(x + \frac{2\pi}{a}) = \frac{a}{\cos(a(x + \frac{2\pi}{a})) + a} = \frac{a}{\cos(ax + 2\pi) + a} = \frac{a}{\cos(ax) + a} = g(x).$$

Nous en concluons que la fonction g est $\frac{2\pi}{a}$-périodique.

10.4.2 Calculs trigonométriques

Exercice 3. Formules d'addition

Soient n et p deux entiers naturels non nuls.

1. Quel est l'ensemble de définition de la fonction $g : x \mapsto \dfrac{\sin nx}{\sin px} - \dfrac{\cos nx}{\cos px}$?

2. Pour $x \in D_g$, déterminer l'expression la plus simplifiée du réel $g(x)$.

3. Calculer $g(x)$ lorsque $n = 3p$.

Solution

1. La fonction g est définie si et seulement si

$$\sin px \neq 0 \text{ et } \cos px \neq 0.$$

Or nous avons

$$\begin{aligned}
\sin px = 0 \,\text{ou}\, \cos px = 0 &\Leftrightarrow px = 0[\pi] \,\text{ou}\, px = \frac{\pi}{2}[\pi],\\
\sin px = 0 \,\text{ou}\, \cos px = 0 &\Leftrightarrow px = 0[\frac{\pi}{2}],\\
\sin px = 0 \,\text{ou}\, \cos px = 0 &\Leftrightarrow x = 0[\frac{\pi}{2p}].
\end{aligned}$$

Nous en concluons

$$D_g = \mathbb{R} - \left\{ k\frac{\pi}{2p} / k \in \mathbb{Z} \right\}$$

2. Pour tout réel $x \in D_g$, nous obtenons

$$\begin{aligned}
g(x) &= \frac{\sin nx \cos px - \cos nx \sin px}{\sin px \cos px},\\
&= \frac{\sin(nx - px)}{\sin px \cos px},\\
&= \frac{\sin(n-p)x}{\frac{1}{2}\sin 2px},\\
&= \frac{2\sin(n-p)x}{\sin 2px}.
\end{aligned}$$

3. Pour tout réel $x \in D_g$, si $n = 3p$, alors nous avons

$$g(x) = 2\frac{\sin 2px}{\sin 2px} = 2.$$

Exercice 4. Formules d'addition et fonction tan

1. Soient a et b deux réels tels que $a \neq \frac{\pi}{2} + k\pi$, $b \neq \frac{\pi}{2} + k\pi$, $a + b \neq \frac{\pi}{2} + k\pi$, *avec* $k \in \mathbb{Z}$ *et* $\tan a \times \tan b \neq 1$. *Montrer que*

$$\tan(a+b) = \frac{\tan a + \tan b}{1 - \tan a \tan b}.$$

En déduire, sous réserve que l'égalité qui suit soit définie, que

$$\tan(a-b) = \frac{\tan a - \tan b}{1 + \tan a \tan b}.$$

2. Une application : calcul de $\tan \frac{\pi}{12}$.

▷ *Quel est l'ensemble de définition de la fonction* $g : x \mapsto \frac{1 + \tan x}{1 - \tan x}$ *?*

▷ *Justifier qu'il existe un réel* $\alpha \in]0, \frac{\pi}{2}[$ *tel que pour tout réel* $x \in D_g$,

$$g(x) = \tan(\alpha + x).$$

▷ *En déduire la valeur exacte de* $\tan \frac{5\pi}{12}$, *puis celle de* $\tan \frac{\pi}{12}$.

Solution

1. Soient deux réels a et b satisfaisant aux conditions de l'énoncé. Nous avons

$$\begin{aligned}
\tan(a+b) &= \frac{\sin(a+b)}{\cos(a+b)}, \\
&= \frac{\sin a \cos b + \cos a \sin b}{\cos a \cos b - \sin a \sin b}, \\
&= \frac{\cos a \cos b \left(\frac{\sin a \cos b}{\cos a \cos b} + \frac{\cos a \sin b}{\cos a \cos b} \right)}{\cos a \cos b \left(1 - \frac{\sin a \sin b}{\cos a \cos b} \right)}, \\
&= \frac{\frac{\sin a}{\cos a} + \frac{\sin b}{cos b}}{1 - \frac{\sin a}{\cos a} \times \frac{\sin b}{cos b}}, \\
&= \frac{\tan a + \tan b}{1 - \tan a \tan b}.
\end{aligned}$$

De la même manière, sous réserve que l'égalité à prouver soit définie, sachant que la fonction tan est impaire, nous obtenons

$$\tan(a-b) = \tan(a + (-b)) = \frac{\tan a + \tan(-b)}{1 - \tan a \tan(-b)} = \frac{\tan a - \tan b}{1 + \tan a \tan b}.$$

2. ▷ La fonction g est définie si et seulement si

$$x \neq \frac{\pi}{2} + k\pi, \text{ avec } k \in \mathbb{Z} \text{ et } \tan x \neq 1.$$

Or nous avons

$$\tan x = 1 \Leftrightarrow \tan x = \tan\frac{\pi}{4} \Leftrightarrow x = \frac{\pi}{4} + k\pi, \text{ avec } k \in \mathbb{Z}.$$

Nous en concluons

$$D_g = \mathbb{R} - \left\{\frac{\pi}{2} + k\pi / k \in \mathbb{Z}\right\} \cup \left\{\frac{\pi}{4} + k\pi / k \in \mathbb{Z}\right\}.$$

▷ Pour tout réel $x \in D_g$, puisque $\tan\frac{\pi}{4} = 1$, nous obtenons

$$g(x) = \frac{\tan\frac{\pi}{4} + \tan x}{1 - \tan x \tan\frac{\pi}{4}} = \tan(\frac{\pi}{4} + x).$$

Par conséquent le réel $\alpha = \frac{\pi}{4}$ convient.

▷ Nous remarquons que $\frac{5\pi}{12} = \frac{\pi}{4} + \frac{\pi}{6}$, ce qui donne

$$\begin{aligned}
\tan\frac{5\pi}{12} &= \tan(\frac{\pi}{4} + \frac{\pi}{6}),\\
&= g(\frac{\pi}{6}),\\
&= \frac{1 + \tan\frac{\pi}{6}}{1 - \tan\frac{\pi}{6}},\\
&= \frac{1 + \frac{\sqrt{3}}{3}}{1 - \frac{\sqrt{3}}{3}},\\
&= \frac{3 + \sqrt{3}}{3 - \sqrt{3}}.
\end{aligned}$$

$\triangleright$ Nous remarquons que $\dfrac{5\pi}{12} + \dfrac{\pi}{12} = \dfrac{\pi}{2}$.
Nous en déduisons

$$\begin{aligned}\tan\frac{\pi}{12} &= \tan\left(\frac{\pi}{2} - \frac{5\pi}{12}\right),\\ &= \frac{\sin\left(\frac{\pi}{2} - \frac{5\pi}{12}\right)}{\cos\left(\frac{\pi}{2} - \frac{5\pi}{12}\right)},\\ &= \frac{\cos\frac{5\pi}{12}}{\sin\frac{5\pi}{12}},\\ &= \frac{1}{\tan\frac{5\pi}{12}},\\ &= \frac{3-\sqrt{3}}{3+\sqrt{3}}.\end{aligned}$$

Exercice 5. Une formule de transformation de produit en somme

1. Soient a et b deux réels quelconques. Établir l'égalité :

$$2\sin a\cos b = \sin(a+b) + \sin(a-b).$$

2. En déduire que $2\sin\dfrac{\pi}{7}\left(\cos\dfrac{\pi}{7} + \cos\dfrac{3\pi}{7} + \cos\dfrac{5\pi}{7}\right) = \sin\dfrac{6\pi}{7}$.

Quelle est la valeur exacte de $\cos\dfrac{\pi}{7} + \cos\dfrac{3\pi}{7} + \cos\dfrac{5\pi}{7}$ *?*

Solution

1. Soient a et b deux réels. Nous savons que :

$$\begin{cases}\sin(a+b) = \sin a\cos b + \cos a\sin b,\\ \sin(a-b) = \sin a\cos b - \cos a\sin b.\end{cases}$$

Par addition membres à membres, nous obtenons la formule attendue de transformation de produit en somme

$$2\sin a\cos b = \sin(a+b) + \sin(a-b).$$

Remarque.

De la même façon, nous pouvons obtenir trois autres formules qui transforment un produit en une somme :

$$\begin{cases} 2\cos a \cos b = \cos(a+b) + \cos(a-b), \\ 2\cos a \sin b = \sin(a+b) - \sin(a-b), \\ 2\sin a \sin b = \cos(a-b) - \cos(a+b). \end{cases}$$

3. Nous avons

$$\begin{aligned} &2\sin\frac{\pi}{7}\left(\cos\frac{\pi}{7} + \cos\frac{3\pi}{7} + \cos\frac{5\pi}{7}\right) \\ &= 2\sin\frac{\pi}{7}\cos\frac{\pi}{7} + 2\sin\frac{\pi}{7}\cos\frac{3\pi}{7} + 2\sin\frac{\pi}{7}\cos\frac{5\pi}{7}. \end{aligned}$$

Or, nous savons que

$$2\sin\frac{\pi}{7}\cos\frac{\pi}{7} = \sin\frac{2\pi}{7}$$

De plus, en utilisant la formule qui transforme un produit en une somme, justifiée ci-dessus, et sachant que sin est impaire, il vient

$$\begin{aligned} 2\sin\frac{\pi}{7}\cos\frac{3\pi}{7} &= \sin(\frac{\pi}{7} + \frac{3\pi}{7}) + \sin(\frac{\pi}{7} - \frac{3\pi}{7}) = \sin\frac{4\pi}{7} - \sin\frac{2\pi}{7}, \\ 2\sin\frac{\pi}{7}\cos\frac{5\pi}{7} &= \sin(\frac{\pi}{7} + \frac{5\pi}{7}) + \sin(\frac{\pi}{7} - \frac{5\pi}{7}) = \sin\frac{6\pi}{7} - \sin\frac{4\pi}{7}. \end{aligned}$$

Par addition membres à membres de ces trois égalités, nous en concluons

$$2\sin\frac{\pi}{7}\left(\cos\frac{\pi}{7} + \cos\frac{3\pi}{7} + \cos\frac{5\pi}{7}\right) = \sin\frac{6\pi}{7}.$$

Nous en déduisons

$$\cos\frac{\pi}{7} + \cos\frac{3\pi}{7} + \cos\frac{5\pi}{7} = \frac{\sin\frac{6\pi}{7}}{2\sin\frac{\pi}{7}}.$$

Nous observons que

$$\sin\frac{6\pi}{7} = \sin(\pi - \frac{\pi}{7}) = \sin\frac{\pi}{7},$$

ce qui permet de conclure par :

$$\cos\frac{\pi}{7} + \cos\frac{3\pi}{7} + \cos\frac{5\pi}{7} = \frac{1}{2}.$$

Exercice 6. Transformations de sommes en produits

1. Pour tous réels a et b, nous posons

$$\begin{cases} a+b=p \\ a-b=q \end{cases}$$

En utilisant les formules qui transforment un produit en une somme établies dans l'exercice précédent, prouver les formules qui transforment une somme en un produit, c'est-à-dire :

$$\begin{aligned}
\cos p+\cos q &= 2\cos\frac{p+q}{2}\cos\frac{p-q}{2},\\
\cos p-\cos q &= -2\sin\frac{p+q}{2}\sin\frac{p-q}{2},\\
\sin p+\sin q &= 2\sin\frac{p+q}{2}\cos\frac{p-q}{2},\\
\sin p-\sin q &= 2\sin\frac{p-q}{2}\cos\frac{p+q}{2}.
\end{aligned}$$

2. Application 1. Résoudre dans $\mathbb{R}$ les équations suivantes :

- $\sin x+\sin 2x+\sin 3x=0$.
- $\cos x+\cos 7x=\cos 4x$.

3. Application 2. Soient p et q deux réels tels que $\sin p+\sin q\neq 0$.
Prouver que

$$\frac{\cos p-\cos q}{\sin p+\sin q}=-\tan\frac{p-q}{2}.$$

En déduire la valeur exacte de $\tan\dfrac{\pi}{24}$.

Solution

1. Nous avons

$$\begin{cases} a+b=p \\ a-b=q \end{cases} \Leftrightarrow \begin{cases} a=\dfrac{p+q}{2} \\ b=\dfrac{p-q}{2} \end{cases}.$$

Nous reprenons une à une les formules qui transforment un produit en une somme.

▷ De l'égalité $2\cos a\cos b=\cos(a+b)+\cos(a-b)$, il résulte que

$$\cos p+\cos q=2\cos\frac{p+q}{2}\cos\frac{p-q}{2}.$$

▷ De l'égalité $2\sin a\sin b=\cos(a-b)-\cos(a+b)$, il résulte que

$$\begin{aligned}
\cos q-\cos p &= 2\sin\frac{p+q}{2}\sin\frac{p-q}{2}, \text{ soit}\\
\cos p-\cos q &= -2\sin\frac{p+q}{2}\sin\frac{p-q}{2}.
\end{aligned}$$

▷ De l'égalité $2\sin a\cos b = \sin(a+b) + \sin(a-b)$, il résulte que

$$\sin p + \sin q = 2\sin\frac{p+q}{2}\cos\frac{p-q}{2}.$$

▷ Pour établir la dernière égalité, nous utilisons la parité de la fonction sin. Il vient

$$\sin p - \sin q = \sin p + \sin(-q) = 2\sin\frac{p+(-q)}{2}\cos\frac{p-(-q)}{2},$$

ce qui justifie :

$$\sin p - \sin q = 2\sin\frac{p-q}{2}\cos\frac{p+q}{2}.$$

2. Application 1.

• Nous désignons par [1] l'équation $\sin x + \sin 2x + \sin 3x = 0$.

En remarquant que

$$\sin x + \sin 3x = 2\sin\frac{x+3x}{2}\cos\frac{x-3x}{2} = 2\sin 2x\cos(-x) = 2\sin 2x\cos x,$$

il vient

$$\begin{aligned}
[1] &\Leftrightarrow \sin 2x(1+2\cos x) = 0,\\
[1] &\Leftrightarrow \sin 2x = 0 \text{ ou } \cos x = -\frac{1}{2} = \cos\frac{2\pi}{3},\\
[1] &\Leftrightarrow 2x = 0[\pi] \text{ ou } x = \frac{2\pi}{3}[2\pi] \text{ ou } x = -\frac{2\pi}{3}[2\pi],\\
[1] &\Leftrightarrow x = 0[\frac{\pi}{2}] \text{ ou } x = \frac{2\pi}{3}[2\pi] \text{ ou } x = -\frac{2\pi}{3}[2\pi].
\end{aligned}$$

• Nous désignons par [2] l'équation $\cos x + \cos 7x = \cos 4x$.

Nous remarquons que

$$\cos x + \cos 7x = 2\cos\frac{x+7x}{2}\cos\frac{x-7x}{2} = 2\cos 4x\cos(-3x) = 2\cos 4x\cos(3x),$$

ce qui donne

$$\begin{aligned}
[2] &\Leftrightarrow \cos 4x(1-2\cos 3x) = 0,\\
[2] &\Leftrightarrow \cos 4x = 0 \text{ ou } \cos 3x = \frac{1}{2} = \cos\frac{\pi}{3},\\
[2] &\Leftrightarrow 4x = \frac{\pi}{2}[\pi] \text{ ou } 3x = \frac{\pi}{3}[2\pi] \text{ ou } 3x = -\frac{\pi}{3}[2\pi],\\
[2] &\Leftrightarrow x = \frac{\pi}{8}[\frac{\pi}{4}] \text{ ou } x = \frac{\pi}{9}[\frac{2\pi}{3}] \text{ ou } x = -\frac{\pi}{9}[\frac{2\pi}{3}].
\end{aligned}$$

3. Application 2.

Soient p et q deux réels tels que $\sin p + \sin q \neq 0$.

Nous avons

$$\begin{aligned}\frac{\cos p - \cos q}{\sin p + \sin q} &= \frac{-2\sin\frac{p+q}{2}\sin\frac{p-q}{2}}{2\sin\frac{p+q}{2}\cos\frac{p-q}{2}},\\ &= -\frac{\sin\frac{p-q}{2}}{\cos\frac{p-q}{2}},\\ &= -\tan\frac{p-q}{2}.\end{aligned}$$

En particulier, pour $p = \frac{\pi}{4}$ et $q = \frac{\pi}{6}$, nous obtenons

$$\frac{\cos\frac{\pi}{4} - \cos\frac{\pi}{6}}{\sin\frac{\pi}{4} + \sin\frac{\pi}{6}} = -\tan\frac{\frac{\pi}{4} - \frac{\pi}{6}}{2} = -\tan\frac{\pi}{24},$$

ce qui implique

$$\tan\frac{\pi}{24} = -\frac{\frac{\sqrt{2}}{2} - \frac{\sqrt{3}}{2}}{\frac{\sqrt{2}}{2} + \frac{1}{2}} = \frac{\sqrt{3} - \sqrt{2}}{\sqrt{2} + 1} = (\sqrt{3} - \sqrt{2})(\sqrt{2} - 1).$$

Exercice 7. Une équation du 4ᵉ degré

1. Résoudre dans $\mathbb{R}$ l'équation $\cos 4x = \cos 3x$.

Donner les solutions de cette équation qui appartiennent à $]-\pi, \pi]$.

2. Justifier que, pour tout réel x,

- $\cos 3x = 4\cos^3 x - 3\cos x$,
- $\cos 4x = 8\cos^4 x - 8\cos^2 x + 1$.

3. En déduire la résolution dans $\mathbb{R}$ de l'équation

$$8X^4 - 4X^3 - 8X^2 + 3X + 1 = 0.$$

Solution

1. Nous désignons par $[a]$ l'équation $\cos 4x = \cos 3x$. Il vient

$$[a] \Leftrightarrow 4x = 3x[2\pi] \,\text{ou}\, 4x = -3x[2\pi],$$
$$[a] \Leftrightarrow x = 0[2\pi] \,\text{ou}\, 7x = 0[2\pi],$$
$$[a] \Leftrightarrow x = 0[2\pi] \,\text{ou}\, x = 0[\frac{2\pi}{7}].$$

En désignant par $S_{[a]}$ l'ensemble des solutions de l'équation $[a]$, nous obtenons

$$S_{[a]} = \{k2\pi/k \in \mathbb{Z}\} \cup \left\{k\frac{2\pi}{7}/k \in \mathbb{Z}\right\}.$$

En remarquant que

$$\{k2\pi/k \in \mathbb{Z}\} \subset \left\{k\frac{2\pi}{7}/k \in \mathbb{Z}\right\},$$

nous en concluons

$$S_{[a]} = \left\{k\frac{2\pi}{7}/k \in \mathbb{Z}\right\}.$$

Nous en déduisons que

$$S_{[a]} \cap]-\pi, \pi] = \left\{-\frac{6\pi}{7}, -\frac{4\pi}{7}, -\frac{2\pi}{7}, 0, \frac{2\pi}{7}, \frac{4\pi}{7}, \frac{6\pi}{7}\right\}$$

.

Sur un cercle trigonométrique, nous obtenons :

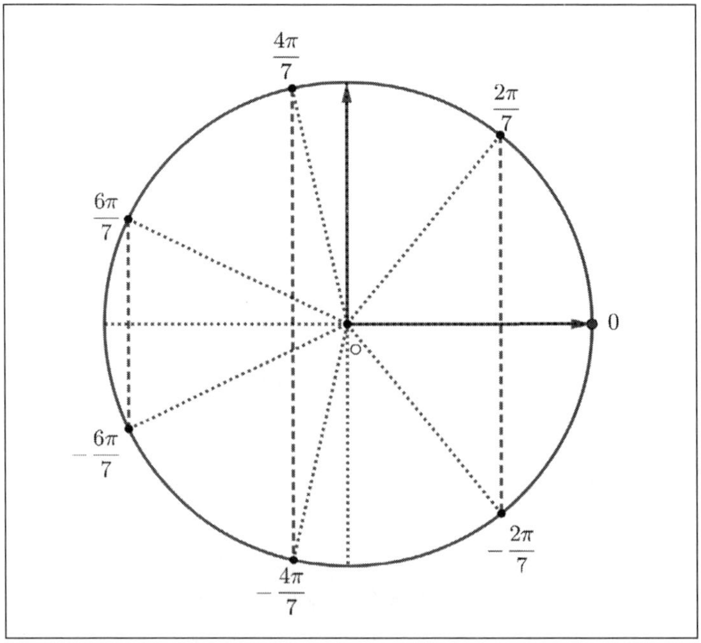

2. Soit x un réel.

• L'égalité $\cos 3x = 4\cos^3 x - 3\cos x$ est justifiée dans le second exemple du paragraphe 10.2.2

• Nous prouvons à présent l'égalité $\cos 4x = 8\cos^4 x - 8\cos^2 x + 1$, c'est-à-dire la linéarité de $\cos 4x$.

Par passage à l'angle "moitié", il vient

$$\begin{aligned}
\cos 4x &= 2\cos^2 2x - 1,\\
&= 2(2\cos^2 x - 1)^2 - 1,\\
&= 2(4\cos^4 x - 4\cos^2 x + 1) - 1,\\
&= 8\cos^4 x - 8\cos^2 x + 1.
\end{aligned}$$

3. Nous désignons par $[b]$ l'équation $8X^4 - 4X^3 - 8X^2 + 3X + 1 = 0$.

En posant $X = \cos x$, nous obtenons une équation $[c]$ telle que :

$$\begin{gathered}
[c] \Leftrightarrow 8\cos^4 x - 4\cos^3 x - 8\cos^2 x + 3\cos x + 1 = 0,\\
[c] \Leftrightarrow 8\cos^4 x - 8\cos^2 x + 1 = 4\cos^3 x - 3\cos x,\\
[c] \Leftrightarrow \cos 4x = \cos 3x,\\
[c] \Leftrightarrow [a]
\end{gathered}$$

L'équation $[b]$, polynomiale du 4e degré, admet au plus quatre solutions.

En utilisant les solutions dans $]-\pi, \pi]$ de l' équation $[a]$, nous obtenons

$$\begin{aligned}[b] \Leftrightarrow X = \cos 0 = 1 \text{ ou } X &= \cos\frac{2\pi}{7} = \cos\left(-\frac{2\pi}{7}\right),\\ \text{ou } X &= \cos\frac{4\pi}{7} = \cos\left(-\frac{4\pi}{7}\right),\\ \text{ou } X &= \cos\frac{6\pi}{7} = \cos\left(-\frac{6\pi}{7}\right).\end{aligned}$$

Finalement, en désignant par $S_{[b]}$ l'ensemble des solutions de l'équation $[b]$, nous en concluons que

$$S_{[b]} = \left\{1,\ \cos\frac{2\pi}{7},\ \cos\frac{4\pi}{7},\ \cos\frac{6\pi}{7}\right\}.$$

Exercice 8. Principe de superposition

Soient un réel $\omega > 0$, a et b deux réels non nuls.

1. Justifier les deux encadrements suivants :

$$-1 \leq \frac{a}{\sqrt{a^2+b^2}} \leq 1 \text{ et } -1 \leq \frac{b}{\sqrt{a^2+b^2}} \leq 1.$$

2. Nous considérons deux fonctions trigonométriques de même pulsation ω, définies pour tout réel t, par : $f : t \mapsto \cos\omega t$ et $g : t \mapsto \sin\omega t$.

Nous superposons ces deux fonctions, c'est-à-dire nous en formons une combinaison linéaire, en définissant sur $\mathbb{R}$, la fonction $h : t \mapsto af(t) + bg(t)$.

Montrer qu'il existe un réel $\phi \in]-\pi, \pi]$ tel que, quel que soit le réel t,

$$h(t) = \sqrt{a^2+b^2}\cos(\omega t - \phi).$$

3. Application. Résoudre dans $\mathbb{R}$ l'équation

$$\sqrt{3}\cos 2x - \sin 2x = -2.$$

Solution

1. Soient a et b deux réels non nuls.

Nous avons

$$0 < a^2 \leq a^2 + b^2$$

Puisque la fonction $x \mapsto \sqrt{x}$ est croissante sur $\mathbb{R}^+$, nous en déduisons

$$\sqrt{a^2} \leq \sqrt{a^2+b^2}, \text{ soit } |a| \leq \sqrt{a^2+b^2},$$

ce qui implique car, $\sqrt{a^2+b^2} > 0$,

$$\frac{|a|}{\sqrt{a^2+b^2}} \leq 1, \text{ c'est-à-dire } -1 \leq \frac{a}{\sqrt{a^2+b^2}} \leq 1.$$

Nous avons aussi $0 < b^2 \leq a^2 + b^2$. Par conséquent, de la même manière, nous disposons de l'encadrement

$$-1 \leq \frac{b}{\sqrt{a^2+b^2}} \leq 1.$$

2. Pour tout réel t, nous avons

$$\begin{aligned} h(t) &= a\cos\omega t + b\sin\omega t, \\ &= \sqrt{a^2+b^2}\left(\frac{a}{\sqrt{a^2+b^2}}\cos\omega t + \frac{b}{\sqrt{a^2+b^2}}\sin\omega t\right). \end{aligned}$$

Puisque

$$-1 \leq \frac{a}{\sqrt{a^2+b^2}} \leq 1 \text{ et } -1 \leq \frac{b}{\sqrt{a^2+b^2}} \leq 1,$$

nous en déduisons qu'il existe un réel $\phi \in]-\pi, \pi]$ qui est unique et satisfait à

$$\frac{a}{\sqrt{a^2+b^2}} = \cos\phi \text{ et } \frac{b}{\sqrt{a^2+b^2}} = \sin\phi.$$

Si vous n'êtes pas convaincu, il suffit d'observer que le point de coordonnées $A(\frac{a}{\sqrt{a^2+b^2}}, \frac{b}{\sqrt{a^2+b^2}})$ appartient au cercle trigonométrique car $OA = 1$.
Par suite, nous obtenons

$$\begin{aligned} h(t) &= \sqrt{a^2+b^2}(\cos\phi\cos\omega t + \sin\phi\sin\omega t), \\ &= \sqrt{a^2+b^2}\cos(\omega t - \phi). \end{aligned}$$

Remarque. Nous avons ainsi prouvé le principe de superposition utilisé en Physique qui stipule qu'une combinaison linéaire de deux signaux sinusoïdaux de même pulsation ω restitue un signal de pulsation identique accompagné d'un déphasage ϕ.

Nous illustrons graphiquement ce principe en prenant pour exemple la fonction $h : t \mapsto \sqrt{3}\cos 2t - \sin 2t$ qui est proposée dans l'application qui suit.

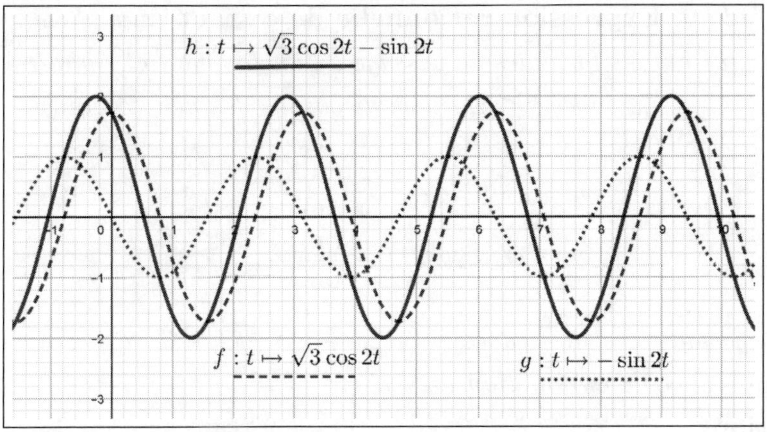

3. Application. Pour tout réel x, posons $h(x) = \sqrt{3}\cos 2x - \sin 2x$.

Nous utilisons la question précédente, pour transformer le réel $h(x)$ qui est le membre de gauche de l'équation proposée, que nous désignons par $[e]$.

Dans cet exemple, $a = \sqrt{3}$ et $b = -1$, ce qui donne

$$\sqrt{a^2 + b^2} = \sqrt{(\sqrt{3})^2 + (-1)^2} = 2.$$

Nous obtenons

$$\begin{aligned} h(x) &= 2(\frac{\sqrt{3}}{2}\cos 2x - \frac{1}{2}\sin 2x), \\ &= 2(\cos\frac{\pi}{6}\cos 2x - \sin\frac{\pi}{6}\sin 2x), \\ &= 2\cos(2x + \frac{\pi}{6}). \end{aligned}$$

Nous en déduisons

$$\begin{aligned} [e] &\Leftrightarrow 2\cos(2x + \frac{\pi}{6}) = -2, \\ [e] &\Leftrightarrow \cos(2x + \frac{\pi}{6}) = -1, \\ [e] &\Leftrightarrow 2x + \frac{\pi}{6} = \pi[2\pi], \\ [e] &\Leftrightarrow 2x = \frac{5\pi}{6}[2\pi], \\ [e] &\Leftrightarrow x = \frac{5\pi}{12}[\pi]. \end{aligned}$$

En désignant par $S_{[e]}$ l'ensemble des solutions de l'équation $[e]$, nous en concluons

$$S_{[e]} = \left\{\frac{5\pi}{12} + k\pi / k \in \mathbb{Z}\right\}.$$

Exercice 9. Expression rationnelle de $\cos x$ et $\sin x$

1. En utilisant les formules de passage à l'angle "moitié", montrer que pour tout réel $x \neq \frac{\pi}{2} + k\pi$, avec $k \in \mathbb{Z}$, nous disposons des deux égalités :

$$\sin 2x = \frac{2\tan x}{1+\tan^2 x},$$
$$\cos 2x = \frac{1-\tan^2 x}{1+\tan^2 x}.$$

2. En posant $t = \tan\frac{x}{2}$, avec $x \neq (2k+1)\pi$ et $k \in \mathbb{Z}$, exprimer rationnellement $\sin x$ et $\cos x$ en fonction du réel t.

Solution

1. Soit un réel $x \neq \frac{\pi}{2} + k\pi$, avec $k \in \mathbb{Z}$.

Nous savons que $\frac{1}{\cos^2 x} = 1 + \tan^2 x$.

D'une part nous avons

$$\sin 2x = 2\sin x\cos x = 2\frac{\sin x}{\cos x}\cos^2 x = \frac{2\tan x}{1+\tan^2 x}.$$

D'autre part il vient

$$\cos 2x = \cos^2 x - \sin^2 x = \cos^2 x\left(1 - \frac{\sin^2 x}{\cos^2 x}\right) = \frac{1-\tan^2 x}{1+\tan^2 x}.$$

2. En remplaçant x par $\frac{x}{2}$ dans les deux égalités ci-dessus, pour $x \neq (2k+1)\pi$, avec $k \in \mathbb{Z}$, nous obtenons

$$\sin x = \frac{2\tan\frac{x}{2}}{1+\tan^2\frac{x}{2}},$$
$$\cos x = \frac{1-\tan^2\frac{x}{2}}{1+\tan^2\frac{x}{2}}.$$

En posant $t = \tan\frac{x}{2}$, pour tout réel t, les deux égalités :

$$\sin x = \frac{2t}{1+t^2},$$
$$\cos x = \frac{1-t^2}{1+t^2},$$

expriment rationnellement $\sin x$ et $\cos x$.

Exercice 10. Calcul d'une somme de fonctions trigonométriques

Soient un réel $x \neq 0[2\pi]$ et un entier $n \in \mathbb{N}^*$.

Nous considérons la fonction(s_n) définie par :

$$s_n(x) = \cos x + \cos 2x + \cdots + \cos nx = \sum_{k=1}^{n} \cos kx.$$

1. En utilisant une des formules qui transforme un produit en une somme vue dans l'exercice corrigé 5 de ce chapitre, montrer que

$$2s_n(x)\sin\frac{x}{2} = \sin(n+\frac{1}{2})x - \sin\frac{x}{2}.$$

En utilisant une des formules qui transforme une somme en un produit vue dans l'exercice corrigé 6 de ce chapitre, en déduire

$$s_n(x) = \frac{\sin n\dfrac{x}{2}\cos(n+1)\dfrac{x}{2}}{\sin\dfrac{x}{2}}.$$

2. Pour tout réel $x \neq 0[2\pi]$ et tout entier $n \in \mathbb{N}^*$, en déduire le calcul de la somme

$$S_n(x) = \sum_{k=1}^{n} \cos^2 kx.$$

Solution

1. Soient un réel $x \neq 0[2\pi]$ et un entier $n \in \mathbb{N}^*$. Nous avons

$$2s_n(x)\sin\frac{x}{2} = 2\left(\sum_{k=1}^{n}\cos kx\right)\sin\frac{x}{2} = \sum_{k=1}^{n} 2\cos kx \sin\frac{x}{2}.$$

En employant l'égalité

$$2\cos a \sin b = \sin(a+b) - \sin(a-b),$$

pour tout $k \in [\![1,\, n]\!]$, nous obtenons

$$2\cos kx \sin\frac{x}{2} = \sin(kx+\frac{x}{2}) - \sin(kx-\frac{x}{2}).$$

Il en résulte que :

$$2s_n(x)\sin\frac{x}{2} = \sum_{k=1}^{n}\left(\sin(k+\frac{1}{2})x - \sin(k-\frac{1}{2})x\right).$$

Par télescopage des termes de la sommation, nous en concluons :

$$2s_n(x)\sin\frac{x}{2} = \sin(n+\frac{1}{2})x - \sin\frac{x}{2}.$$

Nous savons que

$$\sin p - \sin q = 2\sin\frac{p-q}{2}\cos\frac{p+q}{2},$$

nous en déduisons

$$2s_n(x)\sin\frac{x}{2} = 2\sin n\frac{x}{2}\cos(n+1)\frac{x}{2}.$$

Nous en concluons

$$s_n(x) = \frac{\sin n\frac{x}{2}\cos(n+1)\frac{x}{2}}{\sin\frac{x}{2}}.$$

3. Pour tout $k \in [\![1,\, n]\!]$, nous avons

$$\cos^2 kx = \frac{1}{2}\,(1+\cos k(2x)).$$

Il en résulte

$$S_n(x) = \sum_{k=1}^{n}\frac{1}{2}\,(1+\cos k(2x)) = \frac{1}{2}\,(n+1+s_n(2x)),$$

ce qui permet de d'obtenir en conclusion,

$$S_n(x) = \frac{1}{2}\left(n+1+\frac{\sin nx\cos(n+1)x}{\sin x}\right).$$

Exercice 11. Une inégalité

Soit x un réel quelconque.

Montrer par récurrence que, pour tout entier $n \in \mathbb{N}^*$, $|\sin nx| \leq n|\sin x|$.

Solution

Soit x un réel quelconque.

Initialisation.

Pour $n = 1$, nous avons $|\sin 1x| \leq 1|\sin x|$,

ce qui justifie que l'inégalité est vraie au rang $n = 1$.

Hérédité.

Nous supposons qu'à un rang $n \in \mathbb{N}^*$ fixé, on ait $|\sin nx| \leq n|\sin x|$.

Montrons que $|\sin(n+1)x| \leq (n+1)|\sin x|$.

Nous avons

$$|\sin(n+1)x| = |\sin(nx+x)| = |\sin nx\cos x + \cos nx\sin x|.$$

En utilisant l'inégalité triangulaire, il vient :

$$|\sin(n+1)x| \leq |\sin nx||\cos x| + |\cos nx||\sin x|.$$

En appliquant l'hypothèse de récurrence et sachant que

$$|\cos nx| \leq 1 \text{ et } |\cos x| \leq 1,$$

nous en déduisons

$$|\sin(n+1)x| \leq n|\sin x| + |\sin x|, \text{ soit } |\sin(n+1)x| \leq (n+1)|\sin x|.$$

Ainsi l'inégalité est héréditaire.
En appliquant le principe de récurrence, nous en concluons

$$\forall x \in \mathbb{R}, \forall n \in \mathbb{N}^*, |\sin nx| \leq n|\sin x|.$$

10.4.3 Calculs de limites

Dans cette partie, nous rappelons que

$$\boxed{\lim_{x \to 0} \frac{\sin x}{x} = 1.}$$

Exercice 12. sin d'un angle en degré

Soient $h \in [0, 180]$ *et* $x = \dfrac{\pi}{180}h$ *les mesures respectivement en degrés et en radians d'un même angle.*

Nous définissons la fonction $\sin^\circ$*, en posant :*

$$\sin^\circ h = \sin x = \sin \frac{\pi}{180}h.$$

Déterminer $\displaystyle\lim_{h \to 0} \frac{\sin^\circ h}{h}$.

Solution

Pour tout réel $h \in]0, 180]$, nous avons

$$\frac{\sin^\circ h}{h} = \frac{\sin \frac{\pi}{180}h}{h} = \frac{\sin \frac{\pi}{180}h}{\frac{\pi}{180}h} \times \frac{\pi}{180}.$$

Par composition, nous obtenons

$$\lim_{h \to 0} \frac{\sin \frac{\pi}{180}h}{\frac{\pi}{180}h} = \lim_{x \to 0} \frac{\sin x}{x} = 1.$$

Nous en concluons :

$$\lim_{h \to 0} \frac{\sin^\circ h}{h} = \frac{\pi}{180}.$$

Remarque. Par abus de langage, on confond les fonctions $\sin^\circ$ et sin.

Exercice 13. Une limite remarquable en 0

1. Pour tout réel x, justifier que $1 - \cos x = 2\sin^2 \frac{x}{2}$.

En déduire que la fonction f définie sur $\mathbb{R}^*$ par $f : x \mapsto \frac{1 - \cos x}{x^2}$ admet pour limite $\frac{1}{2}$ quand x tend vers 0.

2. En déduire les limites en a des fonctions suivantes :

▷ $g : x \mapsto \dfrac{1 - \cos x}{\sin^2 2x}$, *en* $a = 0$,

▷ $h : x \mapsto \dfrac{\cos 2x - 1}{x \sin x}$, *en* $a = 0$,

▷ $k : x \mapsto \dfrac{1 - \sqrt{2}\cos x}{\cos 2x}$, *en* $a = \dfrac{\pi}{4}$.

Solution

1. En passant à l'angle moitié, nous savons que, pour tout réel x,

$$\cos 2x = 1 - 2\sin^2 x,$$

ce qui donne, en remplaçant x par $\frac{x}{2}$,

$$\cos x = 1 - 2\sin^2 \frac{x}{2}, \text{ soit } 1 - \cos x = 2\sin^2 \frac{x}{2}.$$

Pour tout $x \in \mathbb{R}^*$, nous en déduisons

$$f(x) = \frac{2\sin^2 \frac{x}{2}}{x^2} = \frac{1}{2}\left(\frac{\sin \frac{x}{2}}{\frac{x}{2}}\right)^2.$$

Par composition, nous avons

$$\lim_{x \to 0} \left(\frac{\sin \frac{x}{2}}{\frac{x}{2}}\right) = \lim_{X \to 0} \frac{\sin X}{X} = 1.$$

Nous en concluons

$$\lim_{x \to 0} f(x) = \lim_{x \to 0} \frac{1 - \cos x}{x^2} = \frac{1}{2}.$$

Remarque. Nous en déduisons :

$$2 \lim_{x \to 0} \frac{1 - \cos x}{x^2} = \lim_{x \to 0} \frac{1 - \cos x}{\frac{x^2}{2}} = 1.$$

C'est cette limite remarquable que vous pouvez retenir, soit :

$$\boxed{\lim_{x \to 0} \frac{1 - \cos x}{\dfrac{x^2}{2}} = 1.}$$

2. Nous observons que les trois limites proposées sont indéterminées.

▷ Pour tout réel x voisin de 0, nous avons

$$g(x) = \frac{1 - \cos x}{4x^2} \times \frac{4x^2}{\sin^2 2x} = \frac{1}{4} \times \frac{1 - \cos x}{x^2} \times \left(\frac{2x}{\sin 2x} \right)^2.$$

Puisque

$$\lim_{x \to 0} \frac{1 - \cos x}{x^2} = \frac{1}{2},$$

et par composition,

$$\lim_{x \to 0} \frac{2x}{\sin 2x} = \lim_{X \to 0} \frac{X}{\sin X} = 1,$$

nous en déduisons

$$\lim_{x \to 0} g(x) = \frac{1}{2}.$$

▷ Pour tout réel x voisin de 0, nous avons

$$h(x) = \frac{\cos 2x - 1}{(2x)^2} \times (2x)^2 \times \frac{1}{x \sin x} = 4 \times \frac{\cos 2x - 1}{(2x)^2} \times \frac{x}{\sin x}.$$

Comme, par composition,

$$\lim_{x \to 0} \frac{\cos 2x - 1}{(2x)^2} = \lim_{X \to 0} \frac{\cos X - 1}{X^2} = -\frac{1}{2},$$

puisque de plus,

$$\lim_{x \to 0} \frac{x}{\sin x} = 1,$$

nous en concluons

$$\lim_{x \to 0} h(x) = -2.$$

$\triangleright$ Pour tout réel $x \neq \frac{\pi}{4}$, nous posons $h = x - \frac{\pi}{4}$.
Ainsi, pour $h \neq 0$, nous obtenons

$$\begin{aligned}
k(h + \frac{\pi}{4}) &= \frac{1 - \sqrt{2}\cos(h + \frac{\pi}{4})}{\cos 2(h + \frac{\pi}{4})}, \\
&= \frac{1 - \sqrt{2}(\cos h \cos \frac{\pi}{4} - \sin h \sin \frac{\pi}{4})}{\cos(2h + \frac{\pi}{2})}, \\
&= \frac{1 - \cos h + \sin h}{-\sin 2h}, \\
&= \frac{1 - \cos h}{-\sin 2h} - \frac{\sin h}{\sin 2h}, \\
&= -\frac{h}{2} \times \frac{2h}{\sin 2h} \times \frac{1 - \cos h}{h^2} - \frac{1}{2} \times \frac{\sin h}{h} \times \frac{2h}{\sin 2h}.
\end{aligned}$$

Nous savons que

$$\lim_{h \to 0} \frac{1 - \cos h}{h^2} = \frac{1}{2},$$
$$\lim_{h \to 0} \frac{\sin h}{h} - 1,$$
$$\lim_{h \to 0} \frac{h}{2} = 0.$$

De plus, par composition, nous obtenons

$$\lim_{h \to 0} \frac{2h}{\sin 2h} = 1.$$

Par conséquent, par produit et différence, nous en concluons

$$\lim_{x \to \frac{\pi}{4}} k(x) = \lim_{h \to 0} k(h + \frac{\pi}{4}) = -\frac{1}{2}.$$

Exercice 14. Limites et fonction tan

1. Déterminer la limite en 0 *de la fonction* $x \mapsto \frac{\tan x}{x}$.

2. Déterminer la limite en $\frac{\pi}{4}$ *de la fonction* $x \mapsto \frac{\tan x - 1}{x - \frac{\pi}{4}}$.

Solution

1. La fonction tan est dérivable en 0, donc

$$\lim_{x \to 0} \frac{\tan x - \tan 0}{x - 0} = \tan'(0) = 1 + \tan^2(0) = 1,$$

ce qui donne :

$$\lim_{x\to 0} \frac{\tan x}{x} = 1.$$

Remarque. En observant que, pour tout réel $x \neq 0$, nous avons

$$\frac{\tan x}{x} = \frac{\sin x}{x} \times \frac{1}{\cos x},$$

nous disposons d'une seconde méthode pour calculer cette limite.

2. La fonction tan est dérivable en $\frac{\pi}{4}$ et $1 = \tan \frac{\pi}{4}$, par suite

$$\lim_{x\to \frac{\pi}{4}} \frac{\tan x - \tan \frac{\pi}{4}}{x - \frac{\pi}{4}} = \tan'(\frac{\pi}{4}) = 1 + \tan^2(\frac{\pi}{4}) = 2,$$

ce qui permet de conclure par

$$\lim_{x\to \frac{\pi}{4}} \frac{\tan x - 1}{x - \frac{\pi}{4}} = 2.$$

10.4.4 Applications de la dérivation de sin et cos

Exercice 15. Étude d'une fonction

Soit f la fonction définie sur $\mathbb{R}$ par

$$f(x) = x + \sin(\pi x).$$

Nous désignons par $\mathcal{C}_f$ la représentation graphique de cette fonction relativement à un repère orthonormal du plan.

1. Quelle est la parité de f ? Sur quel intervalle peut-on restreindre l'étude de f ?

2. Montrer que pour tout réel x, $f(x-2) = f(x) - 2$. En déduire qu'il existe une translation T qui laisse globalement invariante la courbe $\mathcal{C}_f$, c'est-à-dire :

$$\forall M \in \mathcal{C}_f,\ T(M) \in \mathcal{C}_f.$$

Sur quel intervalle peut-on à nouveau restreindre l'étude de f ? Contrôler graphiquement.

3. Quel est le sens de variation de f sur l'intervalle $[0,\ 1]$? En déduire que la courbe $\mathcal{C}_f$ admet une infinité de tangentes horizontales.

4. Montrer que pour tout réel x, nous disposons de la double inégalité :

$$x - 1 \leq f(x) \leq x + 1.$$

5. Étudier l'intersection de la courbe $\mathcal{C}_f$ avec la droite (d) d'équation $y = x + 1$.

Traiter la même question avec la droite (d') d'équation $y = x - 1$.

Solution

1. La fonction f est définie sur $\mathbb{R}$ qui est "symétrique" par rapport à 0.

Pour tout réel x, la fonction sin étant impaire, nous obtenons

$$f(-x) = -x + \sin(\pi(-x)) = -x - \sin(\pi x) = -f(x),$$

ce qui prouve que f est une fonction impaire.

L'origine O du repère est donc un centre de symétrie pour la courbe $\mathcal{C}_f$. Nous en déduisons que nous pouvons restreindre l'étude de f à l'intervalle $[0, +\infty[$.

2. Puisque f est définie sur $\mathbb{R}$, pour tout réel x, nous avons $x - 2 \in \mathbb{R}$.

De plus, la fonction sin étant 2π-périodique, il vient

$$f(x-2) = x-2+\sin(\pi(x-2)) = x-2+\sin(\pi x-2\pi) = x-2+\sin(\pi x) = f(x)-2.$$

Nous considérons la translation T de vecteur $\vec{u}(2, 2)$.

Soient un point $M(x, y)$ et son translaté $T(M) = M'(x', y')$.

Nous avons

$$\overrightarrow{MM'} = \vec{u} \Leftrightarrow \begin{cases} x' - x = 2 \\ y' - y = 2 \end{cases} \Leftrightarrow \begin{cases} x' = x + 2 \\ y' = y + 2 \end{cases}.$$

Si $M(x, y) \in \mathcal{C}_f$, alors $y = f(x)$.

Nous en déduisons que les coordonnées (x', y') du point M' satisfont à l'équation

$$y' - 2 = f(x' - 2) = f(x') - 2, \text{ soit } y' = f(x'),$$

ce qui prouve que $M' \in \mathcal{C}_f$.

Nous en concluons que cette translation laisse globalement invariante la courbe $\mathcal{C}_f$.

Nous pouvons restreindre l'étude de f à un intervalle de longueur 2, par exemple $[-1, 1]$ et puisque f est impaire, à l'intervalle $[0, 1]$.

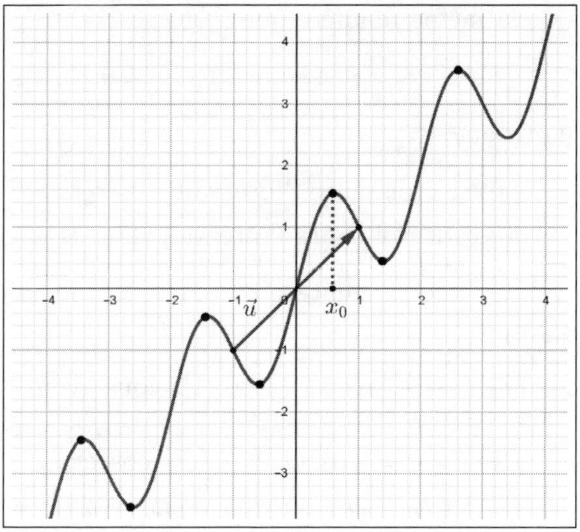

3. La fonction f est dérivable sur $[0,\ 1]$, par composition et somme.

Pour tout réel $x \in [0,\ 1]$, nous obtenons

$$f'(x) = 1 + \pi \sin'(\pi x) = 1 + \pi \cos(\pi x).$$

Nous résolvons dans $[0,\ 1]$, l'équation $f'(x) = 0$. Il vient

$$f'(x) = 0 \Leftrightarrow \cos \pi x = -\frac{1}{\pi}.$$

Puisque $-\frac{1}{\pi} \in]-1,\ 1[$, nous en déduisons qu'il existe un réel $x_0 \in [0,\ 1]$ tel que

$$\cos \pi x_0 = -\frac{1}{\pi}.$$

Montrons à présent que $f'(x)$ change de signe en x_0.

$$\text{Si } 0 \leq x \leq x_0, \text{ alors } 0 \leq \pi x \leq \pi x_0 \leq \pi,$$

ce qui implique, puisque la fonction cos est décroissante sur $[0,\ \pi]$,

$$\cos \pi x_0 \leq \cos \pi x \leq 1, \text{ soit } -\frac{1}{\pi} \leq \cos \pi x \leq 1.$$

Nous en déduisons

$$-1 \leq \pi \cos \pi x \leq \pi, \text{ soit } 0 \leq 1 + \pi \cos \pi x \leq 1 + \pi,$$

par suite,

$$\text{si } 0 \leq x \leq x_0, \text{ alors } f'(x) \geq 0.$$

Nous démontrons de la même manière que

$$\text{si } x_0 \leq x \leq 1, \text{ alors } f'(x) \leq 0.$$

Nous en concluons que

$$f \text{ est croissante l'intervalle } [0,\, x_0],$$
$$f \text{ est décroissante l'intervalle } [x_0,\, 1].$$

La courbe $\mathcal{C}_f$ admet une tangente horizontale en point d'abscisse x si et seulement si $f'(x) = 0$.

Sachant que $\cos \pi x_0 = -\frac{1}{\pi}$, avec $x_0 \in [0,\, 1]$, nous avons

$$f'(x) = 0 \Leftrightarrow \cos \pi x = -\frac{1}{\pi} = \cos \pi x_0,$$
$$f'(x) = 0 \Leftrightarrow \pi x = \pi x_0 + 2k\pi \text{ ou } \pi x = -\pi x_0 + 2k\pi, \text{ avec } k \in \mathbb{Z},$$
$$f'(x) = 0 \Leftrightarrow x = x_0 + 2k \text{ ou } x = -x_0 + 2k, \text{ avec } k \in \mathbb{Z}.$$

Nous en concluons que la courbe $\mathcal{C}_f$ admet une infinité de tangentes horizontales aux points de cette courbe, d'abscisses x_0+2k ou d'abscisses $-x_0+2k$, avec $k \in \mathbb{Z}$.

4. Nous savons que pour tout réel x,

$$-1 \leq \sin(\pi x) \leq 1,$$

ce qui entraîne

$$x - 1 \leq x + \sin(\pi x) \leq x + 1.$$

Ainsi, nous en concluons

$$\forall x \in \mathbb{R},\, x - 1 \leq f(x) \leq x + 1.$$

5.

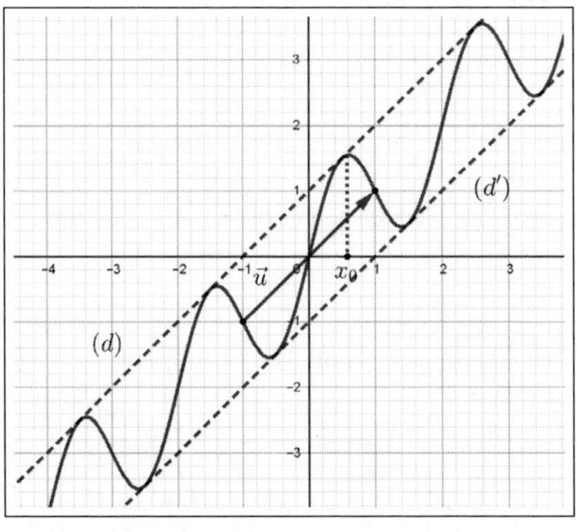

Soit $M(x,\, y)$ un point appartenant à la courbe $\mathcal{C}_f$ et à la droite (d). Les coordonnées $(x,\, y)$ satisfont au système

$$\begin{cases} y = f(x) \\ y = x+1 \end{cases}.$$

Nous en déduisons l'équation aux "abscisses" :

$$f(x) = x+1 \Leftrightarrow x + \sin(\pi x) = x+1,$$
$$f(x) = x+1 \Leftrightarrow \sin(\pi x) = 1,$$
$$f(x) = x+1 \Leftrightarrow \pi x = \frac{\pi}{2} + 2k\pi, \text{ avec } k \in \mathbb{Z},$$
$$f(x) = x+1 \Leftrightarrow x = \frac{1}{2} + 2k, \text{ avec } k \in \mathbb{Z}.$$

Nous en concluons que $\mathcal{C}_f$ et la droite (d) ont en commun une infinité de points d'abscisses $\frac{1}{2} + 2k$, avec $k \in \mathbb{Z}$.

Nous précisons que la droite (d) est tangente en cette infinité de points à la courbe $\mathcal{C}_f$. En effet, pour tout $k \in \mathbb{Z}$, nous obtenons

$$f'(\frac{1}{2} + 2k) = 1 + \pi\cos\pi(\frac{1}{2} + 2k) = 1 + \pi\cos(\frac{\pi}{2} + 2k\pi) = 1 + \pi\cos\frac{\pi}{2} = 1,$$

ce qui justifie que $f'(\frac{1}{2} + 2k) = 1$ est le coefficient directeur de la droite (d).

Nous montrons de la même façon que $\mathcal{C}_f$ et la droite (d') ont en commun une infinité de points d'abscisses $-\frac{1}{2} + 2k$, avec $k \in \mathbb{Z}$ et que cette droite est tangente en cette infinité de points à la courbe $\mathcal{C}_f$.

Exercice 16 . Inégalité de Huygens [1]

Soit f la fonction définie sur $[0,\, \frac{\pi}{2}[$ par :

$$f(x) = 2\sin x + \tan x - 3x.$$

1. Justifier que f est dérivable sur $[0,\, \frac{\pi}{2}[$.

Montrer qu'il existe un polynôme p tel que, pour tout réel $x \in [0,\, \frac{\pi}{2}[$,

$$f'(x) = \frac{p(\cos x)}{\cos^2 x}.$$

2. Déterminer le sens de variations de f sur $[0,\, \frac{\pi}{2}[$.

En déduire l'inégalité de Huygens :

$$\forall x \in [0,\, \frac{\pi}{2}[,\ 2\sin x + \tan x \geq 3x.$$

1. Mathématicien, physicien et astronome hollandais : 1629-1695

Solution

1. La fonction f est dérivable sur $[0, \frac{\pi}{2}[$ comme somme et différence de fonctions dérivables sur cet intervalle.

Pour tout réel $x \in [0, \frac{\pi}{2}[$, nous avons

$$\begin{aligned} f'(x) &= 2\cos x + \frac{1}{\cos^2 x} - 3, \\ &= \frac{2\cos^3 x - 3\cos^2 x + 1}{\cos^2 x}. \end{aligned}$$

En posant, pour tout réel x, $p(x) = 2x^3 - 3x^2 + 1$, nous obtenons

$$f'(x) = \frac{p(\cos x)}{\cos^2 x}.$$

2. Le signe de $f'(x)$ est le signe de $p(\cos x)$.

Puisque $x \in [0, \frac{\pi}{2}[$, nous en déduisons $\cos x \in]0, 1]$.

Il s'agit donc de déterminer le signe du réel $p(x)$ pour $x \in]0, 1]$.

Nous observons que $p(1) = 0$. Par conséquent nous mettons $x-1$ en facteur et par une identification rapide, pour tout réel $x \in]0, 1]$, nous obtenons

$$p(x) = (x-1)(2x^2 + bx - 1).$$

En développant, il vient

$$\begin{aligned} (x-1)(2x^2 + bx - 1) &= 2x^3 + bx^2 - x - 2x^2 - bx + 1, \\ &= 2x^3 + (b-2)\,x^2 - (b+1)\,x + 1. \end{aligned}$$

Par identification, il vient :

$$\left\{ \begin{array}{r} b - 2 = -3 \\ b + 1 = 0 \end{array} \right. \Leftrightarrow b = -1.$$

Quel que soit $x \in]0, 1]$, nous en déduisons

$$p(x) = (x-1)(2x^2 - x - 1).$$

Nous remarquons que 1 est une racine évidente du trinôme $2x^2 - x - 1$; l'autre racine est donc $-\frac{1}{2}$ car le produit des racines est égal à $-\frac{1}{2}$.

Il en résulte que pour tout réel $x \in]0, 1]$, nous avons

$$p(x) = 2(x-1)^2(x + \frac{1}{2}) \geq 0,$$

ce qui prouve, pour tout $x \in [0, \frac{\pi}{2}[$, que

$$p(\cos x) \geq 0, \text{ soit } f'(x) \geq 0.$$

Nous en concluons que la fonction f est croissante sur $[0, \frac{\pi}{2}[$.

En remarquant que $f(0) = 0$, nous en déduisons, pour tout réel $x \in [0, \frac{\pi}{2}[$,

$$x \geq 0 \text{ implique } f(x) \geq f(0), \text{ c'est-à-dire, } f(x) \geq 0.$$

L'inégalité attendue est acquise, ce qui donne

$$\forall x \in [0, \frac{\pi}{2}[, \ 2\sin x + \tan x \geq 3x.$$

Exercice 17. Encadrement de sin et cos par des polynômes

1. En étudiant le sens de variations sur l'intervalle $[0, +\infty[$ de la fonction $f : x \mapsto x - \sin x$, justifier, pour tout réel $x \geq 0$, l'inégalité

$$\sin x \leq x.$$

2. De la même façon, pour tout réel $x \geq 0$, prouver les trois inégalités suivantes :

- $1 - \frac{x^2}{2} \leq \cos x,$
- $x - \frac{x^3}{6} \leq \sin x,$
- $\cos x \leq 1 - \frac{x^2}{2} + \frac{x^4}{24}.$

3. En déduire un encadrement des fonctions $x \mapsto \sin x$ et $x \mapsto \cos x$:

▷ *sur* $[0, +\infty[$,

▷ *sur* $]-\infty, 0]$.

4. Application 1. Quelle est la limite en 0 de la fonction $\tau : x \mapsto \dfrac{\sin x - x}{x^2}$?

En déduire que la fonction f définie sur $\mathbb{R}$ par

$$f(x) = \begin{cases} \dfrac{\sin x}{x} & \text{si} \quad x \neq 0 \\ 1 & \text{si} \quad x = 0 \end{cases},$$

est dérivable en 0.

5. Application 2. Quelle est la limite en $+\infty$ de la suite définie sur $\mathbb{N}^*$ par

$$u_n = \frac{1 - n\sin\frac{1}{n}}{n(1 - \cos\frac{1}{n})} \ ?$$

Solution

1. La fonction f est dérivable sur $[0, +\infty[$ par différence.

Pour tout réel $x \geq 0$, nous obtenons

$$f'(x) = 1 - \cos x.$$

Puisque, quel que soit $x \geq 0$, $-1 \leq \cos x \leq 1$, nous en déduisons

$$f'(x) \geq 0,$$

ce qui implique que la fonction f est croissante sur $[0, +\infty[$.

En remarquant que $f(0) = 0$,

$$x \geq 0 \text{ implique } f(x) \geq f(0), \text{ soit } x - \sin x \geq 0.$$

Nous en concluons

$$\forall x \geq 0, \sin x \leq x.$$

2.

▷ Inégalité $1 - \dfrac{x^2}{2} \leq \cos x$, pour $[0, +\infty[$.

Nous posons, pour tout réel $x \in [0, +\infty[$,

$$g(x) = \cos x - (1 - \frac{x^2}{2}).$$

La fonction g est dérivable sur $[0, +\infty[$ par différence.

Pour tout réel $x \geq 0$, nous obtenons

$$g'(x) = -\sin x + x = f(x) \geq 0,$$

ce qui justifie que la fonction g est croissante sur $[0, +\infty[$.

Puisque $g(0) = 0$,

$$x \geq 0 \text{ implique } g(x) \geq g(0), \text{ soit } \cos x - (1 - \frac{x^2}{2}) \geq 0.$$

Nous en concluons

$$\forall x \geq 0, 1 - \frac{x^2}{2} \leq \cos x.$$

$\triangleright$ Inégalité $x - \dfrac{x^3}{6} \leq \sin x$, pour $[0, +\infty[$.
Nous posons, pour tout réel $x \in [0, +\infty[$,

$$h(x) = \sin x - (x - \frac{x^3}{6}).$$

La fonction h est dérivable sur $[0, +\infty[$ par différence.
Pour tout réel $x \geq 0$, nous obtenons

$$h'(x) = \cos x - (1 - \frac{x^2}{2}) = g(x) \geq 0,$$

ce qui montre que la fonction h est croissante sur $[0, +\infty[$.
Puisque $h(0) = 0$,

$$x \geq 0 \text{ implique } h(x) \geq h(0), \text{ soit } \sin x - (x - \frac{x^3}{6}) \geq 0.$$

Nous en concluons

$$\forall x \geq 0,\ x - \frac{x^3}{6} \leq \sin x.$$

$\triangleright$ Inégalité $\cos x \leq 1 - \dfrac{x^2}{2} + \dfrac{x^4}{24}$, pour $[0, +\infty[$.
Nous posons, pour tout réel $x \in [0, +\infty[$,

$$k(x) = 1 - \frac{x^2}{2} + \frac{x^4}{24} - \cos x.$$

La fonction k est dérivable sur $[0, +\infty[$ par différence.
Pour tout réel $x \geq 0$, nous obtenons

$$k'(x) = -x + \frac{x^3}{6} + \sin x = h(x) \geq 0,$$

ce qui prouve que la fonction k est croissante sur $[0, +\infty[$.
Puisque $h(0) = 0$,

$$x \geq 0 \text{ implique } k(x) \geq k(0), \text{ soit } 1 - \frac{x^2}{2} + \frac{x^4}{24} - \cos x \geq 0.$$

Nous en concluons

$$\forall x \geq 0,\ \cos x \leq 1 - \frac{x^2}{2} + \frac{x^4}{24}.$$

3.
$\triangleright$ Pour tout réel $x \in [0, +\infty[$, nous obtenons :

$$x - \frac{x^3}{6} \leq \sin x \leq x,$$
$$1 - \frac{x^2}{2} \leq \cos x \leq 1 - \frac{x^2}{2} + \frac{x^4}{24}.$$

▷ Pour déterminer ces deux encadrements lorsque $x \in]-\infty, 0]$, nous remplaçons x par $-x \geq 0$ dans les deux doubles inégalités ci-dessus.

Pour tout réel $x \leq 0$, il vient, d'une part

$$-x - \frac{(-x)^3}{6} \leq \sin(-x) \leq -x, \text{ soit} -x + \frac{x^3}{6} \leq -\sin x \leq -x,$$

ce qui donne

$$\forall x \leq 0,\ x \leq \sin x \leq x - \frac{x^3}{6}.$$

D'autre part, pour $x \leq 0$, nous obtenons

$$1 - \frac{(-x)^2}{2} \leq \cos(-x) \leq 1 - \frac{(-x)^2}{2} + \frac{(-x)^4}{24},$$

ce qui donne

$$\forall x \leq 0,\ 1 - \frac{x^2}{2} \leq \cos x \leq 1 - \frac{x^2}{2} + \frac{x^4}{24}.$$

Nous remarquons que l'encadrement de $x \mapsto \cos x$ est validé sur $\mathbb{R}$.

Dans le tableau qui suit, nous illustrons graphiquement les inégalités obtenues.

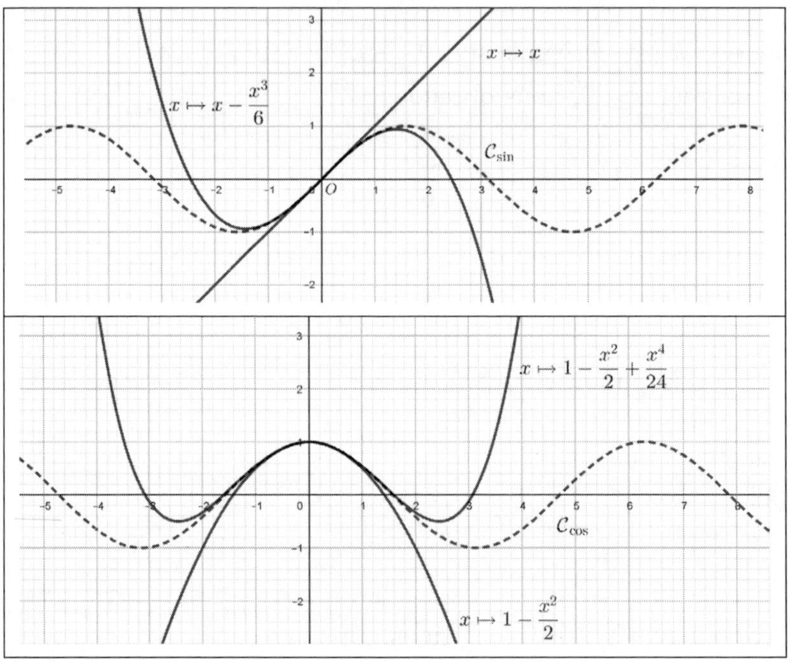

4. Application 1.

Quand x tend vers 0, nous observons une forme indéterminée du type "$\frac{0}{0}$".

Pour lever cette indétermination, nous utilisons un encadrement de $\sin x$ en distinguant par disjonction les deux cas, $x > 0$ ou $x < 0$.

1er cas : $x > 0$.

Nous savons que dans ce cas

$$x - \frac{x^3}{6} \leq \sin x \leq x,$$

ce qui implique

$$-\frac{x^3}{6} \leq \sin x - x \leq 0.$$

En divisant par $x^2 > 0$, nous obtenons

$$-\frac{x}{6} \leq \tau(x) \leq 0.$$

Par encadrement, $x \mapsto \tau(x)$ admet une limite en 0 à droite et nous avons

$$\lim_{x \to 0^+} \tau(x) = 0.$$

2e cas : $x < 0$.

De la même façon, dans ce cas, nous savons que

$$x \leq \sin x \leq x - \frac{x^3}{6},$$

ce qui implique

$$0 \leq \sin x - x \leq -\frac{x^3}{6}.$$

En divisant par $x^2 > 0$, nous obtenons

$$0 \leq \tau(x) \leq -\frac{x}{6}.$$

Par encadrement, $x \mapsto \tau(x)$ admet une limite en 0 à gauche et nous avons

$$\lim_{x \to 0^-} \tau(x) = 0.$$

L'égalité de la limite à droite et à gauche en 0 , prouve que la fonction τ admet une limite en 0.

Ainsi nous en concluons que

$$\lim_{x \to 0} \tau(x) = 0.$$

Pour étudier la dérivabilité de la fonction f en 0, nous considérons, pour $x \neq 0$, la fonction $x \mapsto \dfrac{f(x) - f(0)}{x}$.

Il vient, pour tout réel x non nul,

$$\frac{f(x) - f(0)}{x} = \frac{\dfrac{\sin x}{x} - 1}{x} = \frac{\sin x - x}{x^2} = \tau(x).$$

Nous en déduisons

$$\lim_{x \to 0} \frac{f(x) - f(0)}{x} = \lim_{x \to 0} \tau(x) = 0.$$

Nous en concluons que la fonction f est dérivable en 0 et $f'(0) = 0$.

Nous ajoutons que la courbe représentative de f admet, au point de coordonnées (0, 1), une tangente horizontale, ce que nous contrôlons sur la figure ci-dessous.

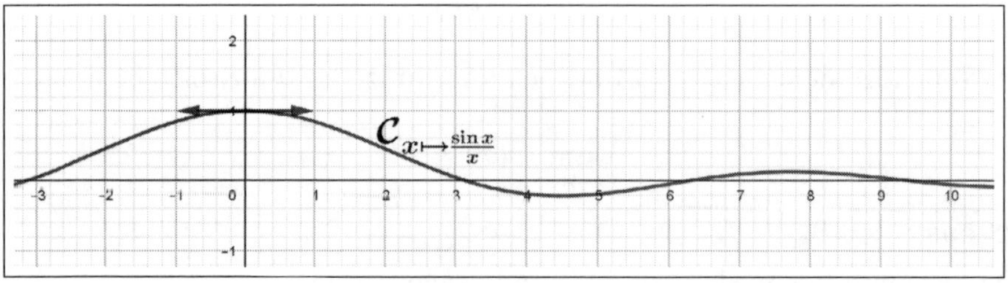

5. Application 2. Quand n tend vers $+\infty$, nous observons une indétermination au numérateur et au dénominateur de u_n du type "$0 \times +\infty$".

Soit $n \in \mathbb{N}^*$.

▷ Pour transformer le numérateur, nous utilisons l'encadrement

$$x - \frac{x^3}{6} \leq \sin x \leq x,$$

en remplaçant x par $\dfrac{1}{n} > 0$. Il vient

$$\frac{1}{n} - \frac{1}{6n^3} \leq \sin \frac{1}{n} \leq \frac{1}{n},$$

ce qui donne

$$1 - \frac{1}{6n^2} \leq n \sin \frac{1}{n} \leq 1, \text{ soit } -1 \leq -n \sin \frac{1}{n} \leq \frac{1}{6n^2} - 1.$$

Ainsi, nous obtenons

$$0 \leq 1 - n \sin \frac{1}{n} \leq \frac{1}{6n^2}.$$

▷ Pour transformer le dénominateur, nous utilisons l'encadrement

$$1 - \frac{x^2}{2} \leq \cos x \leq 1 - \frac{x^2}{2} + \frac{x^4}{24},$$

en remplaçant x par $\frac{1}{n} > 0$. Nous obtenons

$$1 - \frac{1}{2n^2} \leq \cos \frac{1}{n} \leq 1 - \frac{1}{2n^2} + \frac{1}{24n^4},$$

ce qui donne

$$-1 + \frac{1}{2n^2} - \frac{1}{24n^4} \leq -\cos \frac{1}{n} \leq -1 + \frac{1}{2n^2}, \text{ soit } \frac{1}{2n^2} - \frac{1}{24n^4} \leq 1 - \cos \frac{1}{n} \leq \frac{1}{2n^2}.$$

Nous en déduisons

$$\frac{1}{2n} - \frac{1}{24n^3} \leq n(1 - \cos \frac{1}{n}) \leq \frac{1}{2n}, \text{ c'est-à-dire}$$
$$0 < \frac{12n^2 - 1}{24n^3} \leq n(1 - \cos \frac{1}{n}) \leq \frac{1}{2n}.$$

Par décroissance de $x \mapsto \frac{1}{x}$ sur $]0, +\infty[$, il vient

$$0 < 2n \leq \frac{1}{n(1 - \cos \frac{1}{n})} \leq \frac{24n^3}{12n^2 - 1}.$$

▷ En multipliant membres à membres l'encadrement du numérateur avec celui de l'inverse du dénominateur, nous obtenons

$$0 \leq u_n \leq \frac{4n}{12n^2 - 1}.$$

Puisque $\lim_{n \to +\infty} \frac{4n}{12n^2 - 1} = 0$, par encadrement, nous en concluons

$$\lim_{n \to +\infty} u_n = 0.$$

Exercice 18. Une distance minimum

Nous rappelons ou précisons :

Pour tout réel a, $\sqrt[3]{a}$ est l'unique réel satisfaisant à :

$$(\sqrt[3]{a})^3 = a$$

Dans le plan muni d'un repère orthonormal d'origine O, nous donnons un point $A(a, b)$ avec $a > 0$ et $b > 0$.

Une droite passant par A coupe la droite des abscisses en un point M d'abscisse positive et la droite de ordonnées en point N d'ordonnée positive.

Nous désignons par :

- $x \in]0, \frac{\pi}{2}[$, *une mesure de l'angle* $\widehat{OMA}$,
- $d(x)$ *la distance* MN.

1. Pour tout $x \in]0, \frac{\pi}{2}[$, *justifier que*

$$d(x) = \frac{a}{\cos x} + \frac{b}{\sin x}.$$

2. Justifier que la fonction $d : x \mapsto d(x)$ *est dérivable* $]0, \frac{\pi}{2}[$.

Montrer que l'équation $d'(x) = 0$ *admet une solution unique* $x_0 \in]0, \frac{\pi}{2}[$, *tel que :*

$$\tan x_0 = \sqrt[3]{\frac{b}{a}}.$$

3. Montrer que la fonction d atteint un minimum en x_0.

Donner un algorithme qui restitue ce minimum, les valeurs des réels $a > 0$ et $b > 0$ étant choisies par l'utilisateur.

Solution

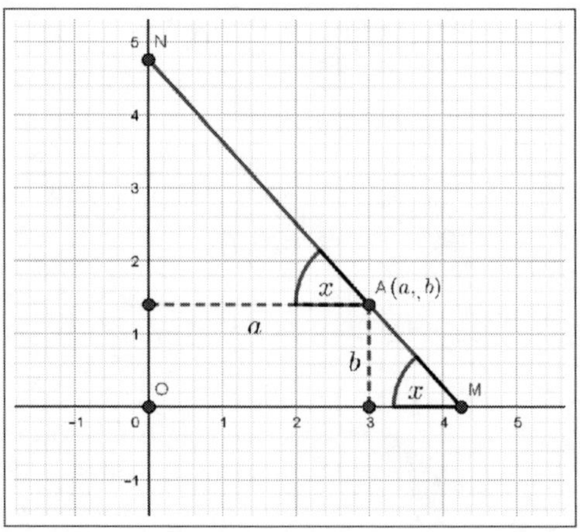

1. Soit $x \in]0, \frac{\pi}{2}[$.
Dans le triangle rectangle d'hypoténuse $[AM]$, nous avons

$$\frac{b}{AM} = \sin x, \text{ donc } AM = \frac{b}{\sin x}.$$

Dans le triangle rectangle d'hypoténuse $[AN]$, nous avons

$$\frac{a}{AN} = \cos x, \text{ donc } AN = \frac{a}{\cos x}.$$

Puisque $A \in [MN]$, nous obtenons

$$d(x) = MN = MA + AN = \frac{a}{\cos x} + \frac{b}{\sin x}.$$

2. La fonction $d : x \mapsto d(x)$ est, par inverse et somme, dérivable sur $]0, \frac{\pi}{2}[$.
Pour tout réel $x \in]0, \frac{\pi}{2}[$, il vient

$$\begin{aligned} d'(x) &= -\frac{a\cos' x}{\cos^2 x} - \frac{b\sin' x}{\sin^2 x}, \\ &= -\frac{a(-sinx)}{\cos^2 x} - \frac{b\cos x}{\sin^2 x}, \\ &= \frac{a\sin x}{\cos^2 x} - \frac{b\cos x}{\sin^2 x}, \\ &= \frac{a\sin^3 x - b\cos^3 x}{\cos^2 x \sin^2 x}. \end{aligned}$$

Nous en déduisons les équivalences suivantes :

$$\begin{aligned} d'(x) = 0 &\Leftrightarrow a\sin^3 x = b\cos^3 x, \\ &\Leftrightarrow \frac{b}{a} = \frac{\sin^3 x}{\cos^3 x}, \\ &\Leftrightarrow \frac{b}{a} = \left(\frac{\sin x}{\cos x}\right)^3, \\ &\Leftrightarrow (\tan x)^3 = \frac{b}{a}, \\ &\Leftrightarrow \tan x = \sqrt[3]{\frac{b}{a}}. \end{aligned}$$

Puisque $\sqrt[3]{\frac{b}{a}} > 0$, il existe un unique réel $x_0 \in]0, \frac{\pi}{2}[$ tel que

$$\tan x_0 = \sqrt[3]{\frac{b}{a}}.$$

Par suite, nous obtenons

$$d'(x) = 0 \Leftrightarrow \tan x = \tan x_0.$$

Puisque $x \in]0, \frac{\pi}{2}[$, nous en concluons

$$d'(x) = 0 \Leftrightarrow x = x_0.$$

3. Nous étudions le sens de variations de $x \mapsto d(x)$ sur $]0, \frac{\pi}{2}[$.
Pour cela, nous résolvons l'inéquation $d'(x) \geq 0$. il vient :

$$\begin{aligned}
d'(x) \geq 0 &\Leftrightarrow a\sin^3 x - b\cos^3 x \geq 0,\\
&\Leftrightarrow a\sin^3 x \geq b\cos^3 x,\\
&\Leftrightarrow \frac{\sin^3 x}{\cos^3 x} \geq \frac{b}{a},\\
&\Leftrightarrow (\tan x)^3 \geq \frac{b}{a},\\
&\Leftrightarrow \tan x \geq \sqrt[3]{\frac{b}{a}},\\
&\Leftrightarrow \tan x \geq \tan x_0.
\end{aligned}$$

Nous montrons à présent l'implication

$$\tan x \geq \tan x_0 \Rightarrow x \geq x_0.$$

En effet, par l'absurde, supposons que

$$\tan x \geq \tan x_0 \text{ et } x < x_0.$$

La fonction tan est croissante sur $]0, \frac{\pi}{2}[$, donc

$$\text{si } x < x_0, \text{ alors } \tan x < \tan x_0,$$

ce qui est contradictoire avec la condition $\tan x \geq \tan x_0$.

Par conséquent l'implication proposée est vraie. Comme la fonction tan est croissante sur $]0, \frac{\pi}{2}[$, il en est de même de l'implication réciproque. Nous en concluons

$$d'(x) \geq 0 \Leftrightarrow x \geq x_0.$$

Nous démontrons de la même manière que

$$d'(x) \leq 0 \Leftrightarrow x \leq x_0.$$

Ainsi, la fonction $x \mapsto d(x)$ est :

▷ décroissante sur l'intervalle $]0, x_0]$,

▷ croissante sur l'intervalle $[x_0, \dfrac{\pi}{2}[$.

La fonction d atteint donc un minimum en x_0.

Nous donnons un algorithme qui restitue ce minimum, les valeurs des réels $A > 0$ et $B > 0$ étant choisies par l'utilisateur.

$X \leftarrow \arctan(A/B)^{\frac{1}{3}}$
 $D \leftarrow \dfrac{A}{\cos X} + \dfrac{B}{\sin X}$
	`from math import*`
	
	 `a=float(input("a="))`
	 `b=float(input("b="))`
	 `x=atan((a/b)**(1/3))`
	 `d=a/cos(x)+b/sin(x)`
	 `print(d)`

CHAPITRE 11

Probabilités

Les pré-requis de ce chapitre sont les connaissances acquises à ce sujet en Troisième et en Seconde.

Dans ce chapitre 11, nous introduisons les notions de probabilités conditionnelles et d'événements indépendants.

Nous poursuivons ensuite en développant le concept de variables aléatoires définies sur un univers fini. Elles permettent de "numériser" un événement, puis d'en calculer sa probabilité.

Nous précisons dès à présent que le terme "variable" est un abus de langage. En effet cette dernière est en fait une fonction numérique dont l'ensemble de départ est l'ensemble des issues possibles de l'univers fini considéré.

Historiquement, la notion de probabilité apparaît dans la deuxième moitié du XVII^{e}siècle lors de la correspondance entre Pierre de Fermat et Blaise Pascal au sujet de jeux de hasard. Ces derniers constituent d'ailleurs des problèmes historiques qui, pour quelques-uns, sont abordés dans la partie "Exercices corrigés" du chapitre 11 du livre "Pour aller plus loin" de Seconde de la même collection.

Jusqu'à la fin du XIXe siècle, le calcul de probabilités concernait uniquement une quantification du hasard liée à des expériences aléatoires dont le nombre d'issues est fini. La description de situations aléatoires dont l'ensemble des issues est infini a conduit à la naissance de la théorie des probabilités.

C'est le mathématicien russe Kolmogorov qui, au début du XXe siècle, en utilisant la théorie naissante des ensembles, proposa une axiomatique qui est le fondement de l'étude théorique des probabilités. De nos jours c'est une branche très importante et féconde des mathématiques contemporaines.

11.1 Probabilités conditionnelles

11.1.1 Un exemple introductif

Nous considérons un échantillon Ω de 160 personnes. Le tableau qui suit donne la répartition femmes-hommes selon deux critères d'âge.

	femmes	hommes	total
de 15 ans à 25 ans	40	5	45
26 ans et plus	80	35	115
total	120	40	160

Nous désignons par :

- F l'événement :"interroger une femme",
- A l'événement :"interroger une personne de 15 ans à 25 ans".

Nous pouvons évaluer immédiatement la probabilité $P(F)$ d'interroger une femme ainsi que la probabilité $P(F \cap A)$ d'interroger une femme âgée de 15 à 25 ans. Il vient

$$P(F) = \frac{120}{160} = \frac{3}{4},$$
$$P(F \cap A) = \frac{40}{160} = \frac{1}{4}.$$

Nous supposons l'événement F réalisé, c'est-à-dire que nous savons que la personne interrogée est une femme.

Cette condition étant réalisée, nous désignons par $P_F(A)$ la probabilité que la personne interrogée soit âgée de 15 à 25 ans.

C'est la probabilité de réalisation de A sachant que F est réalisé ou bien la probabilité de A conditionnée par la réalisation de F.

Dans cette situation :

▷ L'ensemble des issues possibles est $\Omega \cap F$ de cardinal 120.

▷ L'ensemble des issues favorables est $F \cap A$ de cardinal 40.

Nous en déduisons

$$P_F(A) = \frac{40}{120} = \frac{1}{3} = \frac{P(F \cap A)}{P(F)}.$$

Nous pouvons de la même manière déterminer la probabilité de réalisation de A sachant que $\overline{F}$ est réalisé, c'est-à-dire la probabilité conditionnelle $P_{\overline{F}}(A)$ que la personne soit âgée de 15 à 25 ans, sachant que cette personne est un homme. Nous obtenons :

$$P_{\overline{F}}(A) = \frac{\overline{F} \cap A}{P(\overline{F})} = \frac{\frac{5}{160}}{\frac{40}{160}} = \frac{1}{8}.$$

Nous résumons cette situation aléatoire par l'arbre suivant :

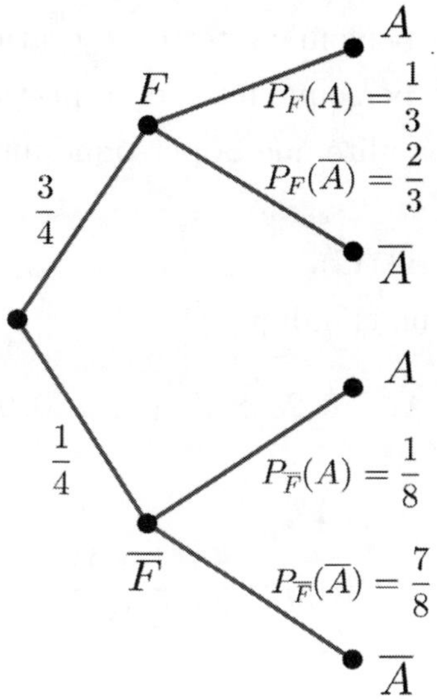

11.1.2 Définition d'une probabilité conditionnelle

Définition. *Soient A un événement inclus dans l'ensemble Ω des issues possibles d'une expérience aléatoire et P une loi de probabilité définie sur Ω.*

Nous supposons que $P(A) \neq 0$.

Pour tout événement B, la probabilité conditionnelle de B sachant que A est réalisé, notée $P_A(B)$, est le réel défini par

$$P_A(B) = \frac{P(B \cap A)}{P(A)}.$$

Remarques. Nous en donnons deux.

- La probabilité de B conditionnée par la réalisation de A est parfois notée $P(B/A)$.
- Si $P(B) \neq 0$, alors nous avons aussi :

$$P_B(A) = \frac{P(A \cap B)}{P(B)}.$$

Exemple. Une enquête sur un échantillon représentatif d'une population donnée a fourni les résultats suivants :

- 25% des personnes interrogées pratiquent le bricolage.
- Parmi les personnes qui pratiquent le bricolage, 5% font de la plomberie.

On interroge au hasard une personne de cet échantillon.

On désigne par

▷ A l'événement : « la personne interrogée pratique le bricolage » ,

▷ C l'événement : « la personne interrogée pratique la plomberie ».

Nous calculons la probabilité que la personne interrogée pratique le bricolage et la plomberie.

Il s'agit de calculer $P(A \cap C)$.

La lecture de l'énoncé nous indique

$$P(A) = 0,25 \text{ et } P_A(C) = 0,05.$$

Nous savons que

$$P_A(C) = \frac{P(C \cap A)}{P(A)},$$

ce qui donne

$$P(C \cap A) = P_A(C) \times P(A) = 0,05 \times 0,25 = 0,0125, \text{ soit } 1,25\%.$$

11.1.3 Propriétés

Dans ce paragraphe, Ω est un ensemble fini d'issues possibles d'une expérience aléatoire et P une loi de probabilité définie sur Ω.

Proposition. *Soient A et B deux événements tels que $P(A) \neq 0$ et $P(B) \neq 0$. Nous disposons des égalités suivantes :*

$$P(A \cap B) = P_A(B) \times P(A) = P_B(A) \times P(B).$$

Démonstration. Ces égalités résultent immédiatement des définitions des probabilités conditionnelles $P_A(B)$ et $P_B(A)$.

Proposition. *Soit A un événement tel que $P(A) \neq 0$. Nous avons :*

- $P_A(\emptyset) = 0$ *et* $P_A(\Omega) = 1$.

Démonstration. $\triangleright$ Puisque $\emptyset \cap A = \emptyset$, nous avons

$$P_A(\emptyset) = \frac{P(\emptyset \cap A)}{P(A)} = \frac{P(\emptyset)}{P(A)} = 0.$$

$\triangleright$ De même, puisque

$$A \subset \Omega \text{ implique } \Omega \cap A = A,$$

nous obtenons

$$P_A(\Omega) = \frac{P(\Omega \cap A)}{P(A)} = \frac{P(A)}{P(A)} = 1.$$

Proposition. *Soit A un événement tel que $P(A) \neq 0$.*
Pour tout événement B, nous avons :

- $0 \leq P_A(B) \leq 1,$
- $P_A(B) + P_A(\overline{B}) = 1.$

Démonstration. Soit B un événement quelconque.

- D'une part, par définition, nous avons $P_A(B) \geq 0$.

D'autre part, puisque $A \cap B \subset A$, nous en déduisons

$$P(A \cap B) \leq P(A),$$

ce qui implique, en divisant les deux membres de cette inégalité par $P(A) > 0$,

$$P_A(B) \leq 1.$$

Nous en concluons , quel que soit l' événement B, que

$$0 \leq P_A(B) \leq 1.$$

- Nous avons

$$P_A(B)+P_A(\overline{B}) = \frac{P(B \cap A)}{P(A)} + \frac{P(\overline{B} \cap A)}{P(A)} = \frac{1}{P(A)}(P(B \cap A) + P(\overline{B} \cap A)).$$

Or, nous observons que

$$A = A \cap \Omega = A \cap (B \cup \overline{B}) = (A \cap B) \cup (A \cap \overline{B}).$$

De plus les événements $A \cap B$ et $A \cap \overline{B}$ sont incompatibles car

$$(A \cap B) \cap (A \cap \overline{B}) = \emptyset.$$

En utilisant la propriété d'additivité de la probabilité P, nous obtenons

$$P(B \cap A) + P(\overline{B} \cap A) = P\left((A \cap B) \cup (A \cap \overline{B})\right) = P(A),$$

ce qui prouve

$$P_A(B) + P_A(\overline{B}) = 1.$$

Proposition (additivité de P_A). *Soit A un événement tel que $P(A) \neq 0$.*

La probabilité conditionnelle P_A satisfait à la propriété d'additivité, c'est-à-dire, pour tous les événements B_1 et B_2 incompatibles, nous disposons de l'égalité :

$$P_A(B_1 \cup B_2) = P_A(B_1) + P_A(B_2).$$

Démonstration. Soient B_1 et B_2 deux événements incompatibles. Il vient

$$\begin{aligned} P_A(B_1 \cup B_2) &= \frac{P[(B_1 \cup B_2) \cap A]}{P(A)}, \\ &= \frac{P[(B_1 \cap A) \cup (B_2 \cap A)]}{P(A)}. \end{aligned}$$

Puisque B_1 et B_2 sont deux événements incompatibles, il en est de même des événements $B_1 \cap A$ et $B_2 \cap A$. Par additivité de P, nous en déduisons

$$\begin{aligned} P_A(B_1 \cup B_2) &= \frac{P(B_1 \cap A) + P(B_2 \cap A)}{P(A)}, \\ &= P_A(B_1) + P_A(B_2). \end{aligned}$$

Remarque. La probabilité conditionnelle P_A qui satisfait à la propriété d'additivité et, sachant que $P_A(\Omega) = 1$, peut être considérée comme une loi de probabilité sur l'univers $\Omega \cap A = A$. Pour l'affirmer, nous aurions besoin d'une définition plus abstraite d'une probabilité que celle qui a été donnée en Seconde. Cette dernière est basée simplement sur les deux propriétés rappelée au début de cette remarque.

11.2 Probabilités totales

11.2.1 Un exemple introductif

Nous disposons de deux urnes U_1 et U_2 .

L'urne U_1 contient 3 boules blanches et 5 boules noires.

L'urne U_2 contient 2 boules blanches et 4 boules noires.

Nous choisissons au hasard une des deux urnes, puis au hasard une boule dans cette urne. Nous proposons de calculer la probabilité de choisir une boule noire.

Pour cela, nous désignons par :

- B l'événement :"l'urne choisie est U_1".
- N l'événement :"la boule tirée est noire".

Nous pouvons résumer les probabilités liées à cette expérience aléatoire par l'arbre suivant :

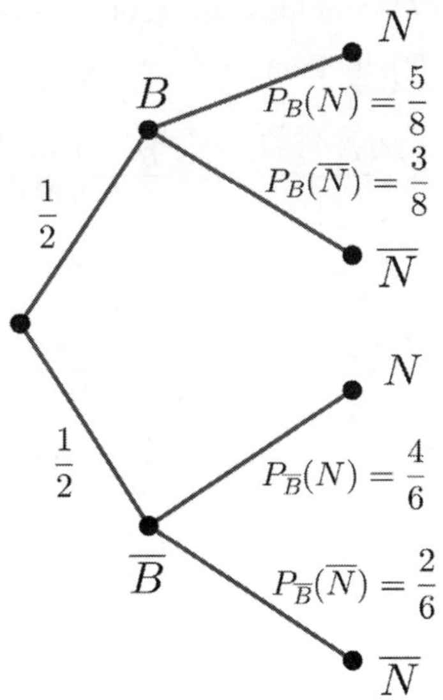

De façon naturelle, nous affirmons que l'événement N est réalisé lorsqu'une boule noire est prélevée en ayant choisi au hasard la première urne **ou** lorsqu'une boule noire est prélevée en ayant choisi au hasard la seconde urne.

Dans le langage ensembliste des événements, nous traduisons par :

$$N = (N \cap B) \cup (N \cap \overline{B}), \text{ avec } (N \cap B) \cap (N \cap \overline{B}) = \emptyset.$$

En appliquant la propriété d'additivité, nous obtenons

$$\begin{aligned} P(N) &= P\left((N \cap B) \cup (N \cap \overline{B})\right), \\ &= P(N \cap B) + P(N \cap \overline{B}), \\ &= P_B(N) \times P(B) + P_{\overline{B}}(N) \times P(\overline{B}). \end{aligned}$$

Cette dernière égalité est appelée formule des *probabilités totales* relativement au conditionnement défini par les événements $\{B, \overline{B}\}$.

Avec les données numériques sur les branches de l'arbre ci-dessus, nous avons :

$$P(N) = \frac{1}{2}\left(\frac{5}{8} + \frac{2}{3}\right) = \frac{31}{48}.$$

Nous pouvons aussi, pour terminer, illustrer la formule de Bayes [1] qui consiste à "inverser" le conditionnement.

Par exemple, nous souhaitons déterminer quelle est la probabilité qu'une boule proviennent de l'urne U_1, sachant que cette boule est noire.

Il s'agit de calculer $P_N(B)$. Il vient

$$P_N(B) = \frac{P(N \cap B)}{P(N)} = \frac{P_B(N) \times P(B)}{P(N)},$$

ce qui donne

$$P_N(B) = \frac{5}{16} \times \frac{48}{31} = \frac{15}{31}.$$

La formule de Bayes, d'un point de vue théorique, est

$$P_N(B) = \frac{P_B(N) \times P(B)}{P_B(N) \times P(B) + P_{\overline{B}}(N) \times P(\overline{B})}.$$

Cette formule est à mettre en perspective avec son utilisation pratique proposée ci-dessus.

11.2.2 Probabilités totales pour une partition $\{B, \overline{B}\}$

Définition. *Soit B un événement non vide inclus dans un ensemble Ω d'éventualités liées à une expérience aléatoire.*

Les événements B et $\overline{B}$ constituent une partition, notée $\{B, \overline{B}\}$, de Ω, ce qui signifie

- $B \cap \overline{B} = \emptyset$,
- $B \cup \overline{B} = \Omega$.

Remarque. La partition $\{B, \overline{B}\}$ de Ω est également appelée système complet d'événements.

1. Mathématicien britannique : 1702-1761

Proposition (formule des probabilités totales). *Soit B un événement non vide.*

Relativement à la partition $\{B, \overline{B}\}$ de Ω, pour tout événement $A \subset \Omega$, nous avons :

$$P(A) = P_B(A) \times P(B) + P_{\overline{B}}(A) \times P(\overline{B}).$$

Démonstration. Soit A un événement quelconque.

Relativement à la partition $\{B, \overline{B}\}$ de Ω, en utilisant la distributivité de $\cap$ sur $\cup$ [2], nous avons

$$A = A \cap \Omega,$$
$$A = A \cap (B \cup \overline{B}),$$
$$A = (A \cap B) \cup (A \cap \overline{B}).$$

De plus, il vient

$$(A \cap B) \cap (A \cap \overline{B}) = A \cap (B \cap \overline{B}) = A \cap \emptyset = \emptyset.$$

Nous illustrons ces deux calculs ensemblistes par le diagramme de Venn [3] suivant :

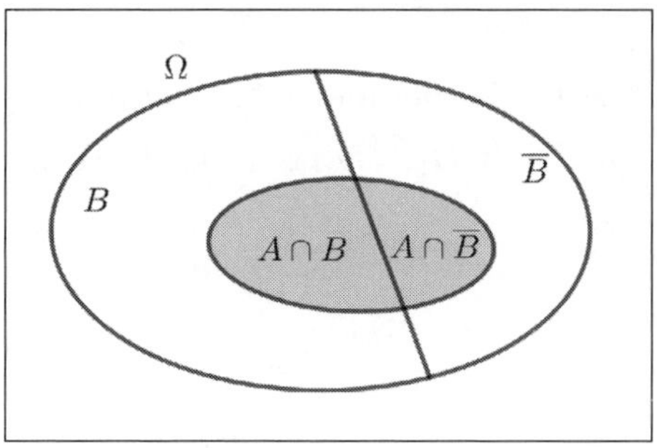

En utilisant la propriété d'additivité de la probabilité P, nous obtenons

$$\begin{aligned} P(A) &= P\left((A \cap B) \cup (A \cap \overline{B})\right), \\ &= P(A \cap B) + P(A \cap \overline{B}), \\ &= P_B(A) \times P(B) + P_{\overline{B}}(A) \times P(\overline{B}). \end{aligned}$$

Cette dernière égalité est la formule des *probabilités totales* relativement à la partition $\{B, \overline{B}\}$.

2. Annexe 12.2.3
3. Mathématicien et logicien britannique : 1834-1923

11.2.3 Probabilités totales : cas général

Définition. *Soient un entier $n \geq 2$ et $B_1, B_2, \ldots, B_n$, n événements inclus un ensemble Ω d'éventualités liées à une expérience aléatoire.*

Ces événements forment une partition de Ω, notée $\{B_1, B_2, \ldots, B_n\}$, si et seulement si :

- *pour tout entier $i \in [\![1, n]\!]$, $B_i \neq \emptyset$,*
- *pour tout $(i, j) \in [\![1, n]\!]^2$, $B_i \cap B_j \neq \emptyset$,*
- $\bigcup\limits_{i=1}^{n} B_i = \Omega$.

Remarque. La partition $B_1, B_2, \ldots, B_n$ de Ω est également appelée système complet d'événements.

Proposition (formule des probabilités totales : cas général)**.** *Soient un entier $n \geq 2$ et $\{B_1, B_2, \ldots, B_n\}$ une partition de Ω.*

Relativement à cette partition, pour tout événement $A \subset \Omega$, nous disposons de la formule des probabilités totales

$$P(A) = P_{B_1}(A) \times P(B_1) + P_{B_2}(A) \times P(B_2) + \cdots + P_{B_n}(A) \times P(B_n), \text{ soit}$$
$$P(A) = \sum_{i=1}^{n} P_{B_i}(A) \times P(B_i).$$

Démonstration. Soit A un événement quelconque.

Relativement à la partition $B_1, B_2, \ldots, B_n$ de Ω, nous avons

$$A = A \cap \Omega,$$
$$A = A \cap (\bigcup_{i=1}^{n} B_i),$$
$$A = \bigcup_{i=1}^{n} (A \cap B_i).$$

De plus, pour tout couple (i, j) tel que $i \neq j$, nous avons

$$(A \cap B_i) \cap (A \cap B_j) = A \cap (B_i \cap B_j) = A \cap \emptyset = \emptyset.$$

Nous illustrons ces deux égalités ensemblistes par le diagramme de Venn suivant :

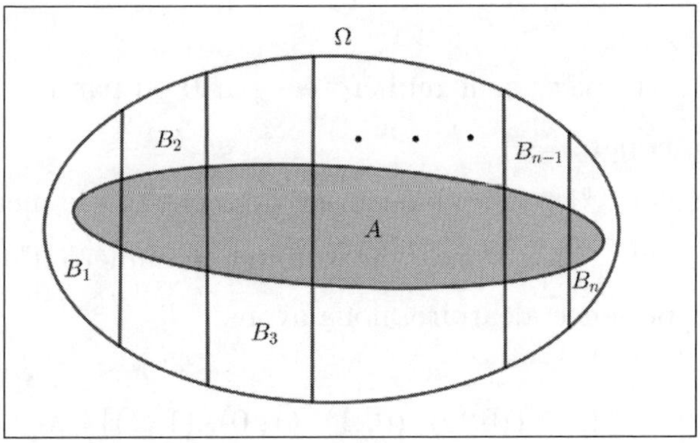

La propriété d'additivité de P donne

$$P(A) = \sum_{i=1}^{n} P(A \cap B_i) = \sum_{i=1}^{n} P_{B_i}(A) \times P(B_i).$$

Exemple. Trois sacs A, B et C contiennent des boules de deux couleurs.

Les pourcentages de boules rouges sont respectivement 50%, 30% et 40%.

Nous tirons au hasard une boule dans un sac choisi au hasard.

▷ Nous calculons la probabilité que la boule tirée soit rouge.

Soient R l'événement : « la boule tirée est rouge » ;

A l'événement : « le sac A est choisi » ;

B l'événement : « le sac B est choisi » ;

C l'événement : « le sac C est choisi » ;

A, B et C définissent une partition de l'ensemble des boules.

En appliquant la formule des probabilités totales, nous obtenons

$$P(R) = P_A(R) \times P(A) + P_B(R) \times P(B) + P_C(R) \times P(C),$$
$$P(R) = \frac{1}{3}(0,5 + 0,3 + 0,4) = 0,4 = 40\%.$$

▷ La boule tirée n'est pas rouge. Quelle est la probabilité qu'elle provienne du sac B ?

Il s'agit de calculer $P_{\overline{R}}(B)$. Il vient

$$P_{\overline{R}}(B) = \frac{P(\overline{R} \cap B)}{P(\overline{R})} = \frac{P_B(\overline{R}) \times P(B)}{1 - P(R)} = \frac{0,7 \times \frac{1}{3}}{0,6} = \frac{7}{18}.$$

11.2.4 Indépendance

Exemple. Nous introduisons cette notion en lançant une pièce équilibrée deux fois de suite.

Les faces de cette pièce sont numérotées par 0 ou par 1.

Nous désignons par

▷ A l'événement : "les deux lancers ne donnent pas le même résultat",

▷ B l'événement : " le second lancer donne le numéro 0".

Dans cette expérience aléatoire, nous avons

$$\Omega = \{(0, 0), (0, 1), (1, 0), (1, 1)\}$$

Nous obtenons immédiatement

$$P(A) = \frac{1}{2}, P(B) = \frac{1}{2} \text{ et } P(A \cap B) = \frac{1}{4}.$$

Nous observons que

$$P(A \cap B) = P(A) \times P(B).$$

Nous disons dans ce cas que les événements A et B sont indépendants.

Définition. *Soient deux événements A et B inclus dans un ensemble Ω d'éventualités liées à une expérience aléatoire sur lequel est définie une loi de probabilité P.*

Les événements A et B sont indépendants lorsque

$$P(A \cap B) = P(A) \times P(B).$$

Remarques. Nous en donnons deux.

▷ L'indépendance de deux événements dépend de la loi de probabilité qui est définie sur Ω.

Nous reprenons l'exemple introductif en supposant que la pièce est pipée afin que le numéro 0 apparaisse avec une probabilité de $\frac{3}{4}$.

Nous résumons cette expérience aléatoire à l'aide d'un arbre.

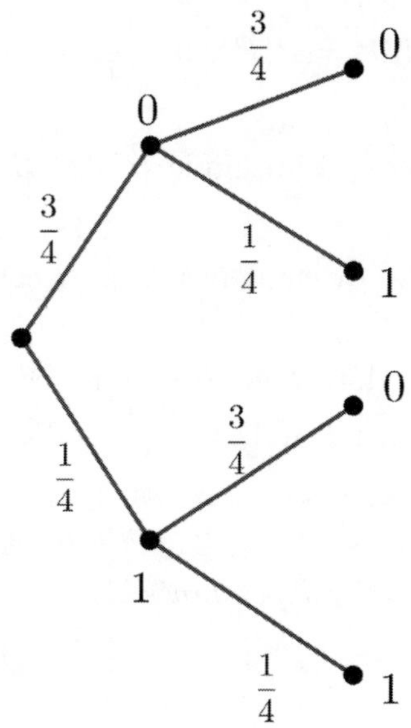

Nous en déduisons

$$P(A) = 2 \times \frac{3}{4} \times \frac{1}{4} = \frac{3}{8},$$
$$P(B) = (\frac{3}{4})^2 + \frac{1}{4} \times \frac{3}{4} = \frac{3}{4},$$
$$P(A \cap B) = \frac{1}{4} \times \frac{3}{4} = \frac{3}{16}.$$

Puisque $P(A \cap B) \neq P(A) \times P(B)$, nous en concluons que les événements A et B ne sont pas indépendants.

▷ Il est important de ne pas confondre indépendance de deux événements avec leur incompatibilité. De plus, nous remarquons que l'incompatibilité de deux événements ne dépend que de l'ensemble Ω des issues possibles et pas de la loi de probabilité définie sur Ω .

Proposition (caractérisation de l'indépendance). *Soient A et B deux événements. Nous supposons que $P(A) \neq 0$.*

Les deux propositions sont équivalentes :

(i) A et B sont indépendants,

(ii) $P_A(B) = P(B)$.

Démonstration. $(i) \Rightarrow (ii)$ Nous supposons A et B indépendants. Il en résulte

$$P_A(B) = \frac{P(A \cap B)}{P(A)} = \frac{P(A) \times P(B)}{P(A)} = P(B).$$

$(ii) \Rightarrow (i)$

Nous supposons que $P_A(B) = P(B)$. il vient

$$\frac{P(A \cap B)}{P(A)} = P(B), \text{ ce qui implique } P(A \cap B) = P(A) \times P(B).$$

Nous en concluons que les événements A et B sont indépendants.

Remarque. Si $P(B) \neq 0$, alors nous obtenons également que A et B sont indépendants si et seulement si $P_B(A) = P(A)$.

Proposition. *Si A et B sont deux événements indépendants, alors les événements suivants sont également indépendants :*

- *A et $\overline{B}$,*
- *$\overline{A}$ et B,*
- *$\overline{A}$ et $\overline{B}$.*

Démonstration. Soient A et B deux événements indépendants.

Nous avons

- $A = (A \cap B) \cup (A \cap \overline{B})$ avec $(A \cap B) \cap (A \cap \overline{B}) = \emptyset$, ce qui donne

$$P(A) = P(A \cap B) + P(A \cap \overline{B}) = P(A) \times P(B) + P(A \cap \overline{B}),$$

nous en déduisons

$$P(A \cap \overline{B}) = P(A) - P(A) \times P(B) = P(A)(1 - P(B)) = P(A) \times P(\overline{B}),$$

ce qui prouve que A et $\overline{B}$ sont indépendants.

- De même, nous obtenons

$B = (B \cap A) \cup (B \cap \overline{A})$ avec $(B \cap A) \cap (B \cap \overline{A}) = \emptyset$, ce qui donne

$$P(B) = P(B \cap A) + P(B \cap \overline{A}) = P(B) \times P(A) + P(B \cap \overline{A}),$$

ce qui implique

$$P(B \cap \overline{A}) = P(B) - P(B) \times P(A) = P(B)(1 - P(A)) = P(B) \times P(\overline{A}),$$

ce qui prouve que B et $\overline{A}$ sont indépendants.

• Pour justifier que $\overline{A}$ et $\overline{B}$ sont indépendants, nous employons une autre méthode qui utilise les lois ensemblistes de Morgan [4]. Nous avons

$$\begin{aligned}
P(\overline{A}\cap\overline{B}) &= 1 - P(\overline{\overline{A}\cap\overline{B}}),\\
&= 1 - P(\overline{\overline{A}}\cup\overline{\overline{B}}),\\
&= 1 - P(A\cup B),\\
&= 1 - (P(A) + P(B) - P(A\cap B),\\
&= 1 - P(A) - P(B) + P(A)\times P(B),\\
&= 1 - P(B) - P(A)(1 - P(B),\\
&= (1 - P(B))(1 - P(A)),\\
&= P(\overline{A})\times P(\overline{B}),
\end{aligned}$$

ce qui justifie l'indépendance de $\overline{A}$ et $\overline{B}$.

11.3 Variables aléatoires finies

11.3.1 Un exemple introductif

Nous lançons un dé équilibré deux fois de suite, les faces de ce dé sont numérotées de 1 à 6.

Nous représentons le résultat de chaque lancer par un couple (a, b), la première coordonnée a étant le numéro restitué par le premier jet, la seconde b, est le numéro restitué par le second jet.

En utilisant un repère du plan, nous visualisons l'ensemble Ω des issues possibles liées à cette expérience aléatoire.

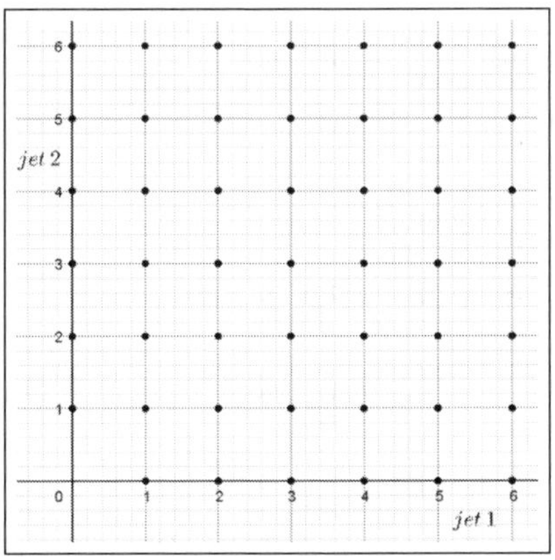

4. Voir Annexe 12.2.4

Nous considérons à présent les deux événements suivants :
▷ A : "$a+b$ est un multiple de 5",
▷ B : "$a+b$ est un multiple de 3".
Nous déterminons $P(A)$ et $P(B)$.
L'événement A est réalisé par les couples

$$(4,1),\ (2,3),\ (3,2),\ (1,4),\ (4,6),\ (5,5),\ (6,4).$$

Puisque nous dénombrons 36 issues possibles, nous en déduisons

$$P(A) = \frac{7}{36}.$$

L'événement B est réalisé par les couples

$$(2,1),\ (5,1),\ (1,2),\ (4,2),\ (3,3),\ (6,3),\ (2,4),\ (5,4),\ (1,5),\ (4,5),\ (3,6),\ (6,6),$$

ce qui donne

$$P(A) = \frac{12}{36} = \frac{1}{3}.$$

Nous décidons d'établir la règle suivante :
▷ si A est réalisé, alors le joueur gagne 2 Euros,
▷ si B est réalisé, alors le joueur gagne 1 Euro,
▷ sinon, le joueur perd 1 Euro.
Nous désignons par X le gain (algébrique) du jeu et par $X(\Omega)$ l'ensemble des valeurs possibles de X.
Nous observons que

$$X(\Omega) = \{-1,\ 1,\ 2\}.$$

D'une manière naturelle, nous notons :
$(X=2)$ l'événement A,
$(X=1)$ l'événement B,
$(X=-1)$ l'événement $\overline{A \cap B}$.
Nous donnons le tableau des valeurs prises par

$$P(X=k), \text{ lorsque } k \text{ décrit } X(\Omega).$$

k	-1	1	2
$P(X=k)$	$\frac{17}{36}$	$\frac{12}{36}$	$\frac{7}{36}$

Ce gain X est une *variable aléatoire* et le tableau précédent résume *la loi* de cette dernière.

Nous remarquons que le terme "variable" est un abus de langage puisque X est en fait une fonction numérique définie sur Ω, à valeurs dans le sous-ensemble fini $\{-1, 1, 2\}$ de $\mathbb{R}$.

Cet abus est justifié par la notation de l'événement $(X = k)$ qui rigoureusement est défini par :

$$(X = k) = \{\omega \in \Omega / X(\omega) = k\}.$$

De plus, un événement comme $(X \geq 1) = (X = 1) \cup (X = 2)$ qui signifie obtenir au moins un gain de 1 Euro, est envisageable. Dans cet exemple, par additivité, nous avons

$$P(X \geq 1) = P((X = 1) \cup (X = 2)) = P(X = 1) + P(X = 2) = \frac{19}{36}$$

11.3.2 Les définitions

Définition (d'une variable aléatoire). *Soit Ω un ensemble fini d'issues possibles. Une* variable aléatoire *finie, notée X, est une fonction définie sur Ω, à valeurs dans un sous-ensemble fini de $\mathbb{R}$.*

Définition (notations). *Nous notons $X(\Omega)$ (lire image de Ω par X), l'ensemble fini des valeurs prises par X.*

Si $X(\Omega) = \{x_1, x_2, \ldots, x_n\}$, alors, pour tout $i \in [\![1, n]\!]$, nous notons $(X = x_i)$, l'événement défini par :

$$(X = x_i) = \{\omega \in \Omega / X(\omega) = x_i\}.$$

Remarques. Nous en faisons deux.

- Si $X(\Omega)$ n'est pas précisé par des données indexées, pour tout $k \in X(\Omega)$, nous définissons l'événement $(X = k)$ par :

$$(X = k) = \{\omega \in \Omega / X(\omega) = k\}.$$

- Les événements $(X = x_i)$, avec $i \in [\![1, n]\!]$, constituent une partition de Ω car :

▷ pour tout entier $i \in [\![1, n]\!]$, $(X = x_i) \neq \emptyset$,

▷ pour tout $(i, j) \in [\![1, n]\!]^2$, $(X = x_i) \cap (X = x_j) \neq \emptyset$,

▷ $\displaystyle\bigcup_{i=1}^{n} (X = x_i) = \Omega$.

- Pour tout $a \in \mathbb{R}$, l'événement $(X \geq a)$ est défini par :

$$(X \geq a) = \bigcup_{\{k \in X(\Omega)/k \geq a\}} (X = k).$$

Nous définissons de la même manière les événements $(X > a)$, $(X \leq a)$ et $(X < a)$.

Exemple. Nous jouons à pile ou face trois fois de suite avec une pièce équilibrée.

Nous décrivons l'ensemble Ω des issues possibles par l'arborescence qui suit :

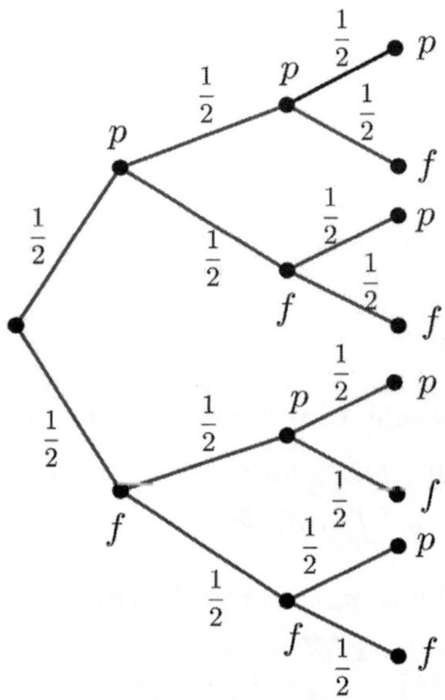

Nous considérons la variable aléatoire X qui associe à chaque issue le nombre de faces obtenues.

Nous obtenons, à l'aide de l'arbre,

$$X(\omega) = \{0,\ 1,\ 2,\ 3\}$$

Nous avons :

$(X = 0) = \{ppp\}$,

$(X = 1) = \{ppf, pfp, fpp\}$,

$(X = 2) = \{pff, fpf, ffp\}$,

$(X = 3) = \{fff\}$.

Nous en déduisons la loi de probabilité de X.

k	0	1	2	3
$P(X = k)$	$\frac{1}{8}$	$\frac{3}{8}$	$\frac{3}{8}$	$\frac{1}{8}$

11.3.3 Loi d'une variable aléatoire

Définition. *Soient X une variable aléatoire définie sur un ensemble fini Ω d'issues possibles et P une loi de probabilité définie sur Ω.*

En posant $X(\Omega) = \{x_1, x_2, \ldots, x_n\}$, pour tout $i \in [\![1, n]\!]$, les réels $P(X = x_i)$ définissent une loi de probabilité sur $X(\Omega)$ appelée loi de la variable X.

Remarque. En posant, pour tout $i \in [\![1, n]\!]$, $p_i = P(X = x_i)$, nous pouvons résumer la connaissance de la loi de X par le tableau :

x_i	x_1	x_2	$\ldots$	x_n
$P(X = x_i)$	p_1	p_2	$\ldots$	p_n

Proposition. *Avec les données de la définition, nous disposons de l'égalité*

$$\sum_{i=1}^{n} P(X = x_i) = 1.$$

Démonstration. Nous savons que $\{(X = x_1), (X = x_2), \ldots (X = x_n)\}$ est une partition de Ω.

En utilisant la propriété d'additivité, nous obtenons

$$1 = P(\Omega) = P\left(\bigcup_{i=1}^{n} (X = x_i)\right) = \sum_{i=1}^{n} P(X = x_i).$$

11.3.4 Trois variables aléatoires finies de référence

Variable certaine

Définition. *Soit a un réel. Une variable aléatoire X est certaine et égale à a si et seulement si*

$$X(\Omega) = \{a\},$$
$$P(X = a) = 1.$$

Variable de Bernoulli

Définition. *Soit un réel* $p \in]0, 1[$. *Une variable aléatoire* X *suit une loi de Bernoulli*[5] *de paramètre* p *si et seulement si*

$$X(\Omega) = \{0, 1\},$$
$$P(X = 1) = p \text{ et } P(X = 0) = 1 - p.$$

Remarques. Nous en donnons trois.

▷ On note $X \hookrightarrow \mathcal{B}(p)$ la donnée d'une loi de Bernoulli de paramètre p, (la flèche $\hookrightarrow$ signifie "a pour loi").

▷ Une variable de Bernoulli modélise une expérience aléatoire à deux issues, qualifiées souvent par "Succès" ou "Echec".

▷ $p \neq 1$ et $p \neq 0$ car sinon la variable X est certaine égale à 1 ou à 0.

Variable uniforme

Définition. *Soit* $n \in \mathbb{N}^*$. *Une variable aléatoire* X *suit une loi uniforme sur* $[\![1, n]\!]$ *si et seulement si*

$$X(\Omega) = [\![1, n]\!],$$
$$\text{Pour tout entier } k \in [\![1, n]\!],\ P(X = k) = \frac{1}{n}.$$

Remarques. Nous en donnons deux.

▷ On note $X \hookrightarrow \mathcal{U}([\![1, n]\!])$ la donnée d'une loi uniforme sur $[\![1, n]\!]$.

▷ Une loi uniforme sur $[\![1, n]\!]$ modélise l'obtention au hasard d'un nombre entier compris entre 1 et n.

11.3.5 Espérance d'une variable aléatoire

Définition. *Soit* X *une variable aléatoire dont la loi est donnée par le tableau :*

x_i	x_1	x_2	$\dots$	x_n
$P(X = x_i)$	p_1	p_2	$\dots$	p_n

L'espérance de X, *notée* $E(X)$, *est le réel défini par :*

$$E(X) = x_1p_1 + x_2p_2 + \cdots + x_np_n = \sum_{i=1}^{n} x_ip_i = \sum_{i=1}^{n} x_iP(X = x_i).$$

5. Mathématicien suisse : 1654-1705

Remarques. Nous en donnons quatre.

▷ Nous interprétons le réel $E(X)$ comme la moyenne des nombres x_i, pondérés par les nombres p_i, avec $i \in [\![1, n]\!]$.

▷ Sans préciser $X(\Omega)$ par des données indexées, nous pouvons définir $E(X)$ par :

$$E(X) = \sum_{k \in X(\Omega)} kP(X = k).$$

▷ Nous posons $\Omega = \{\omega_1, \omega_2, \ldots, \omega_r\}$.

Pour tout $k \in X(\Omega)$, il existe $i \in [\![1, r]\!]$ tel que $X(\omega_i) = k$.

Puisque $P(X = X(\omega_i)) = P(\omega_i)$, nous pouvons définir, en tenant compte uniquement de la donnée de Ω, l'espérance de X par :

$$E(X) = \sum_{i=1}^{r} X(\omega_i)P(\omega_i)$$

▷ Lorsque $E(X) = 0$, on dit que la variable X est centrée.

Exemples. Nous en proposons quatre.

1er exemple : Nous reprenons l'exemple introductif 11.3.1. Il vient

$$E(X) = \sum_{k \in X(\Omega)} kP(X = k) = (-1) \times \frac{17}{36} + 1 \times \frac{12}{36} + 2 \times \frac{7}{36} = \frac{1}{4}.$$

2e exemple : Nous reprenons le jeu de pile ou face du paragraphe 11.3.2. Nous obtenons

$$E(X) = \sum_{k=0}^{4} k \times P(X = k) = 0 \times \frac{1}{8} + 1 \times \frac{3}{8} + 2 \times \frac{3}{8} + 3 \times \frac{1}{8} = \frac{3}{2}.$$

3e exemple : X est une variable aléatoire certaine égale au réel a.

$$E(X) = a \times P(X = a) = a \times 1 = a.$$

4e exemple : $X \hookrightarrow \mathcal{B}(p)$.

$$E(X) = 1 \times P(X = 1) + 0 \times P(X = 0) = 1 \times p = p.$$

Proposition (action de l'espérance sur une fonction affine)**.** *Soient a et b deux réels. Pour toute variable aléatoire X définie sur Ω, nous avons*

$$E(aX + b) = aE(X) + b.$$

Démonstration. Pour simplifier, nous utilisons la seconde remarque donnée ci-dessus. Il vient

$$\begin{aligned}E(aX+b) &= \sum_{k\in X(\Omega)} (ak+b)P(X=k),\\ &= a\sum_{k\in X(\Omega)} kP(X=k) + b\sum_{k\in X(\Omega)} P(x=k).\end{aligned}$$

Puisque $\sum\limits_{k\in X(\Omega)} P(x=k)=1$ et par définition de $E(X)$, nous en concluons :

$$E(aX+b)=aE(X)+b.$$

Corollaire. *Pour toute variable aléatoire X définie sur Ω, la variable aléatoire $Y=X-E(X)$ est centrée.*

Démonstration. En appliquant la proposition précédente, nous obtenons

$$E(Y)=E(X-E(X))=E(X)-E(X)=0,$$

ce qui prouve la variable aléatoire $Y=X-E(X)$ est centrée.

Proposition (linéarité de l'espérance)**.** *Soient X et Y deux variables aléatoires définies sur un même ensemble $\Omega=\{\omega_1,\omega_2,\dots,\omega_r\}$ d'issues possibles, ce dernier étant muni d'une loi de probabilité P.*

L'espérance est linéaire, ce qui signifie, pour tous réels les a et b,

$$E(aX+bY)=aE(X)+bE(Y).$$

Démonstration. Nous utilisons le 3e point de la remarque précédente. Il vient

$$\begin{aligned}E(aX+bY) &= \sum_{i=1}^{r}(aX+bY)(\omega_i)P(\omega_i),\\ &= a\sum_{i=1}^{r}X(\omega_i)P(\omega_i)+b\sum_{i=1}^{r}Y(\omega_i)P(\omega_i),\\ &= aE(X)+bE(Y).\end{aligned}$$

Remarque. En particulier si $a=b=1$, nous obtenons

$$E(X+Y)=E(X)+E(Y).$$

11.3.6 Variance d'une variable aléatoire

Définition (moment d'ordre 2). *Soit X une variable aléatoire dont la loi est donnée par le tableau :*

x_i	x_1	x_2	$\ldots$	x_n
$P(X = x_i)$	p_1	p_2	$\ldots$	p_n

Le moment d'ordre 2 de X est le réel défini par :

$$E(X^2) = x_1^2 p_1 + x_2^2 p_2 + \cdots + x_n^2 p_n = \sum_{i=1}^{n} x_i^2 p_i = \sum_{i=1}^{n} x_i^2 P(X = x_i).$$

Définition (de la variance). *Les données sont celles de la définition précédente.*

La variance *de X, notée $V(X)$, est le réel positif, défini par :*

$$V(X) = E\left((X - E(X))^2\right) = \sum_{i=1}^{n} (x_i - E(X))^2 p_i = \sum_{i=1}^{n} (x_i - E(X))^2 P(X = x_i).$$

Remarques. Nous en donnons trois.

▷ La variance de X est géométriquement, pour tout $i \in [\![1, n]\!]$, la moyenne des carrés des distances entre chaque x_i et $E(X)$, chaque carré étant pondéré par p_i.

▷ Sans préciser $X(\Omega)$ par des données indexées, nous pouvons définir $V(X)$ par

$$V(X) = \sum_{k \in X(\Omega)} (k - E(X))^2 P(X = k).$$

▷ En s'inspirant de l'exercice corrigé 23 du chapitre 5, nous montrerons dans l'exercice 18 de ce chapitre que le réel $E(X)$ minimise la fonction f définie sur $\mathbb{R}$ par $f(x) = E((X - x)^2)$.

Proposition (formule de König[6]-Huyghens[7]). *Pour toute variable aléatoire X définie sur Ω, nous disposons de l'égalité*

$$V(X) = E(X^2) - (E(X))^2.$$

6. Mathématicien allemand : 1712-1757
7. Mathématicien, physicien, astronome néerlandais : 1629-1695

Démonstration. Nous proposons deux méthodes.

1re méthode : par un calcul direct.

Pour simplifier, nous utilisons les sommes indexées par $k \in X(\Omega)$.

$$\begin{aligned} V(X) &= \sum_{k\in X(\Omega)} (k - E(X))^2 P(X = k), \\ &= \sum_{k\in X(\Omega)} (k^2 - 2kE(X) + (E(X))^2) P(X = k), \end{aligned}$$

$$\begin{aligned} V(X) = \sum_{k\in X(\Omega)} k^2 P(X = k) - 2E(X) \sum_{k\in X(\Omega)} kP(X = k) \\ + (E(X))^2 \sum_{k\in X(\Omega)} P(X = k). \end{aligned}$$

Puisque $\sum_{k\in X(\Omega)} P(X = k) = 1$ et par définition de $E(X)$ et $E(X^2)$, nous obtenons

$$V(X) - E(X^2) - 2E(X) \times E(X) + (E(X))^2,$$

ce qui donne pour conclure

$$V(X) = E(X^2) - (E(X))^2.$$

2e méthode : en utilisant la linéarité de l'espérance. Nous avons

$$V(X) = E\left((X - E(X))^2\right) = E\left(X^2 - 2X \times E(X) + (E(X))^2\right).$$

Par linéarité, nous obtenons

$$V(X) = E(X^2) + E\left(-2E(X)X + (E(X))^2\right).$$

En utilisant l'action de l'espérance sur la fonction affine $X \mapsto -2E(X)X + (E(X))^2$, nous en concluons

$$V(X) = E(X^2) - 2E(X) \times E(X) + (E(X))^2 = E(X^2) - (E(X))^2.$$

Remarque. Puisque $V(X) \geq 0$, nous en déduisons que, pour toute variable aléatoire définie sur Ω,

$$E(X^2) \geq (E(X))^2.$$

Définition. *Soit X une variable aléatoire définie sur Ω, de variance $V(X)$. L'écart-type de X, noté $\sigma(X)$, est défini par :*

$$\sigma(X) = \sqrt{V(X)}.$$

Remarque. $\sigma(X)$ est un paramètre mesurant la dispersion des valeurs prises par X, par rapport à son espérance $E(X)$.

Exemples. Nous en proposons quatre.

1er exemple : Nous reprenons l'exemple introductif 11.3.1.

Nous savons que $E(X) = \frac{1}{4}$.

Il vient :

$$E(X^2) = \sum_{k^2 \in X(\Omega)} kP(X = k) = (-1)^2 \times \frac{17}{36} + 1^2 \times \frac{12}{36} + 2^2 \times \frac{7}{36} = \frac{57}{36},$$

ce qui donne

$$V(X) = E(X^2) - (E(X))^2 = \frac{57}{36} - \frac{1}{16} = \frac{219}{144}.$$

Nous en déduisons

$$\sigma(X) = \frac{\sqrt{219}}{12} \approx 1,2.$$

2e exemple : Nous reprenons le jeu de pile ou face du paragraphe 11.3.2. Nous savons que $E(X) = \frac{3}{2}$. Nous obtenons

$$E(X) = \sum_{k=0}^{4} k^2 \times P(X = k) = 0^2 \times \frac{1}{8} + 1^2 \times \frac{3}{8} + 2^2 \times \frac{3}{8} + 3^2 \times \frac{1}{8}3,$$

ce qui donne

$$V(X) = E(X^2) - (E(X))^2 = 3 - \frac{9}{4} = \frac{3}{4}.$$

Nous en déduisons

$$\sigma(X) = \frac{\sqrt{3}}{2} \approx 0,9,$$

Ce qui signifie que l'intervalle

$$[E(X) - \sigma(X), E(X) + \sigma(X)] \approx [0,6\,;\,2,4],$$

contient 50% des valeurs prises par X.

3e exemple : X est une variable aléatoire certaine égale au réel a.

Nous savons que $E(X) = a$.

De plus, on a :

$$E(X^2) = a^2 \times P(X = a) = a^2 \times 1 = a^2,$$

ce qui induit

$$V(X) = E(X^2) - (E(X))^2 = a^2 - a^2 = 0.$$

4e exemple : $X \hookrightarrow \mathcal{B}(p)$.

Nous savons que $E(X) = p$.

Il vient

$$E(X^2) = 1^2 \times P(X = 1) + 0^2 \times P(X = 0) = p,$$

ce qui donne

$$V(X) = E(X^2) - (E(X))^2 = p - p^2 = p(1 - p).$$

Par conséquent, nous obtenons

$$\sigma(X) = \sqrt{p(1-p)}.$$

Proposition (action de la variance sur une fonction affine). *Soient a et b deux réels. Pour toute variable aléatoire X définie sur Ω, nous avons*

$$V(aX + b) = a^2 V(X).$$

Démonstration. En appliquant la formule de König-Huyghens à la variable aléatoire $aX + b$, il vient

$$V(aX + b) = E((aX + b)^2) - (E(aX + b))^2.$$

Nous commençons par évaluer $E((aX + b)^2)$. Nous obtenons

$$\begin{aligned} E((aX + b)^2) &= \sum_{k \in X(\Omega)} (ak + b)^2 P(X = k), \\ &= \sum_{k \in X(\Omega)} (a^2k^2 + 2abk + b^2) P(X = k), \end{aligned}$$

$$E((aX + b)^2) = a^2 \sum_{k \in X(\Omega)} k^2 P(X = k) + 2ab \sum_{k \in X(\Omega)} kP(X = k) + b^2 \sum_{k \in X(\Omega)} P(X = k).$$

Puisque $\sum_{k \in X(\Omega)} P(X = k) = 1$ et par définition de $E(X)$ et $E(X^2)$, nous obtenons :

$$E((aX+b)^2) = a^2E(X^2) + 2abE(X) + b^2.$$

Nous savons que $E(aX+b) = aE(X) + b$. Nous en déduisons

$$\begin{aligned}
V(aX+b) &= a^2E(X^2) + 2abE(X) + b^2 - (aE(X)+b)^2,\\
&= a^2E(X^2) + 2abE(X) + b^2 - (a^2(E(X))^2 + 2abE(X) + b^2),\\
&= a^2(E(X^2) - (E(X))^2) = a^2V(X).
\end{aligned}$$

Remarque. Nous pouvons également établir la preuve de cette proposition en utilisant la linéarité de l'espérance.

Corollaire. *Pour toute variable aléatoire X définie sur Ω telle que $\sigma(X) \neq 0$, la variable aléatoire $T = \dfrac{X - E(X)}{\sigma(X)}$ est réduite, ce qui signifie*

$$V(T) = 1.$$

Démonstration. En appliquant la proposition précédente, nous obtenons

$$V(T) = V\left(\frac{X - E(X)}{\sigma(X)}\right) = \frac{1}{\sigma^2(X)}V(X) = 1.$$

11.4 Exercices corrigés

11.4.1 Probabilités conditionnelles - Indépendance

Exercice 1. Maladie contagieuse

Dans une population donnée, 15% des individus ont une maladie M_a.

Parmi les individus atteints de la maladie M_a, 20% ont une maladie M_b et parmi les individus non atteints de la maladie M_a, 4% ont la maladie M_b.

On examine au hasard un individu de cette population et on considère les événements :

- *A : "l'individu est atteint de la maladie M_a",*
- *B : "l'individu est atteint de la maladie M_b".*

1. Calculer la probabilité de l'événement B.

2. En déduire la probabilité qu'un individu soit atteint de la maladie M_a sachant qu'il est atteint de la maladie M_b.

Solution

Les événements $\{A, \overline{A}\}$ constituent une partition de la population donnée. Pour traduire l'énoncé, nous proposons l'arbre suivant :

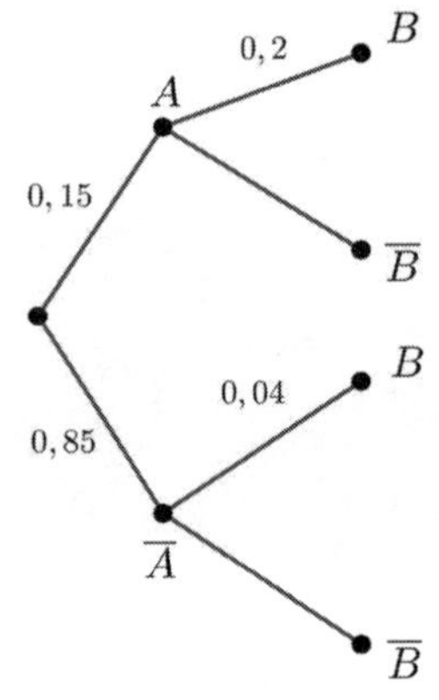

Relativement à cette partition, nous appliquons la formule des probabilités totales. Nous obtenons :

$$P(B) = P_A(B) \times P(A) + P_{\overline{A}}(B) \times P(\overline{A}) = 0,15 \times 0,2 + 0,85 \times 0,04 = 0,064,$$

soit $6,4\%$.

2. Nous calculons à présent $P_B(A)$. Il vient

$$P_B(A) = \frac{P(B \cap A)}{P(B)} = \frac{P_A(B) \times P(A)}{P(B)} = \frac{0,2 \times 0,15}{0,064} \approx 0,47.$$

Exercice 2. Vrai - Faux

Soient A, B et C trois événements d'un ensemble Ω d'issues possibles sur lequel est défini une loi de probabilité P. Nous supposons que $P(A) \neq 0$, $P(B) \neq 0$ et $P(C) \neq 0$.

Les assertions suivantes sont-elles vraies ou fausses ?

1. Si A et B sont incompatibles alors A et B sont indépendants.

2. $P_{\overline{A}}(B) + P_A(B) = 1$.

3. $P_A(B \cup C) = P_A(B) + P_A(C) - P_A(B \cap C)$.

Solution

1. FAUX. Nous proposons le contre-exemple :

$\Omega = \{1, 2, 3, 4, 5, 6\}$ et P est la loi uniforme sur Ω.

A : "obtenir un résultat pair"

B : "obtenir un résultat impair"

Nous avons :

$A \cap B = \emptyset$, donc $P(A \cap B) = 0$.

Par ailleurs, nous obtenons

$P(A) \times P(B) = \frac{1}{2} \times \frac{1}{2}$.

Ceci justifie que A et B ne sont pas indépendants.

2. FAUX. Nous reprenons le contre-exemple précédent et nous choisissons :

A : "obtenir un résultat pair"

B $= \{3, 6\}$.

Nous avons : $P_A(B) = \frac{1}{3}$ et $P_{\overline{A}}(B) = \frac{1}{3}$, ce qui donne

$$P_A(B) + P_{\overline{A}}(B) \neq 1.$$

3. VRAI. En effet nous savons que P_A est une loi de probabilité sur $\Omega \cap A$.

Exercice 3. Des boules dans une urne

Dans cet exercice nous donnerons les résultats sous forme de fractions irréductibles.

Une urne contient trois boules noires et une boule blanche.

Nous proposons l'expérience suivante :

On lance un jeton parfaitement équilibré, présentant une face noire et une face blanche. Si la face blanche est obtenue, on ajoute une boule blanche dans l'urne ; sinon, on ajoute une boule noire dans l'urne.

On prélève ensuite, au hasard, successivement et sans remise, deux boules dans cette urne.

Nous désignons par :

• E_0 *l'événement : "aucune boule blanche ne figure parmi les deux boules tirées".*

• B *l'événement : "le jeton présente la face blanche".*

1. Calculer la probabilité de E_0.

2. On prélève deux boules dans l'urne, aucune boule blanche ne figure dans ce tirage. Quelle est la probabilité que le jeton présente la face noire ?

3. Nous appelons E_1 *l'événement : "une boule blanche et une seule figure parmi les 2 boules tirées ". Calculer la probabilité de* E_1.

Solution

$\{B, \overline{B}\}$ constitue un système complet d'événements de l'ensemble des tirages successifs, sans remise de deux boules dans cette urne.

Si B est réalisé, il y a 3 boules noires et 2 boules blanches dans l'urne.

Si $\overline{B}$ est réalisé, il y a 4 boules noires et 1 boule blanche dans l'urne.

Nous explicitons cette expérience aléatoire par l'arbre suivant :

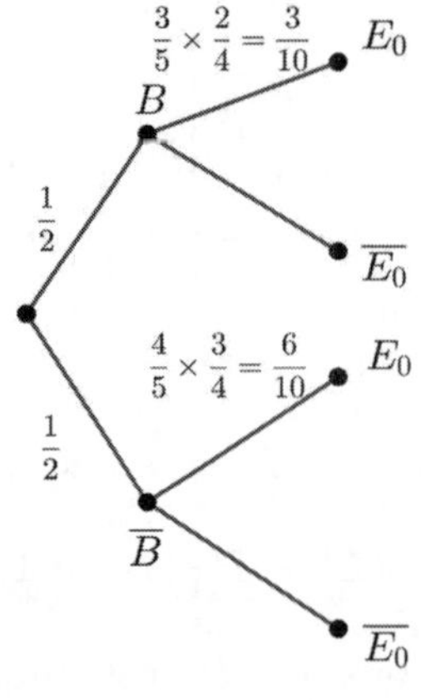

1. Relativement à cette partition, nous appliquons la formule des probabilités totales. Nous obtenons

$$P(E_0) = P_B(E_0) \times P(B) + P_{\overline{B}}(E_0) \times P(\overline{B}) = \frac{1}{2}(\frac{3}{10} + \frac{6}{10}) = \frac{9}{20}.$$

2. Il s'agit de calculer $P_{E_0}(\overline{B})$. Il vient

$$P_{E_0}(\overline{B}) = \frac{P(E_0 \cap \overline{B})}{P(E_0)} = \frac{P_{\overline{B}}(E_0) \times P(\overline{B})}{P(E_0)} = \frac{1}{2} \times \frac{3}{5} \times \frac{20}{9} = \frac{2}{3}.$$

3. Nous désignons par E_2 l'événement : "aucune boule noire ne figure parmi les 2 boules tirées ".

Ainsi $\{E_0,\, E_1,\, E_2\}$ réalise également une partition de l'ensemble des tirages successifs, sans remise de deux boules dans cette urne.

Plus précisément, nous avons

$$E_1 = \overline{E_0 \cup E_2},$$

ce qui donne, puisque E_0 et E_2 sont incompatibles,

$$P(E_1) = 1 - P(E_0 \cup E_2) = 1 - (P(E_1) + P(E_2)).$$

Il nous reste à évaluer $P(E_2)$.

Pour décrire la réalisation de E_2, nous disposons de l'arbre suivant :

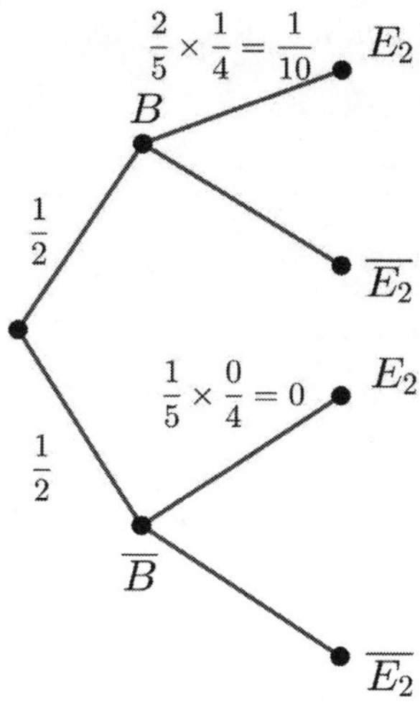

Relativement à la partition $\{B,\, \overline{B}\}$, nous appliquons la formule des probabilités totales. Nous obtenons

$$P(E_2) = P_B(E_2) \times P(B) + P_{\overline{B}}(E_2) \times P(\overline{B}) = P_B(E_2) \times P(B) = \frac{1}{2} \times \frac{1}{10} = \frac{1}{20}.$$

Nous en concluons

$$P(E_1) = 1 - (\frac{1}{20} + \frac{9}{20}) = 1 - \frac{1}{2} = \frac{1}{2}.$$

Exercice 4. Des boules dans deux urnes et des suites

Soit n un entier naturel supérieur ou égal à 2.

On considère deux urnes U_1 et U_2 contenant chacune n boules banches et n boules noires. On jette un dé cubique équilibré dont les faces sont numérotées de 1 à 6.

▷ *Si le résultat du jet est pair, on prélève au hasard successivement, avec remise, deux boules dans l'urne U_1 .*

▷ *Si le résultat du jet est impair, on prélève au hasard successivement, sans remise, deux boules dans l'urne U_2.*

On désigne par :

- *B l'événement :" le résultat du jet est pair",*
- *p_n, la probabilité de l'événement N : "obtenir deux boules noires".*

1. Justifier que, pour tout entier $n \geq 2$, $p_n = \dfrac{4n-3}{8(2n-1)}$.

En déduire que, pour $n \geq 2$, $p_n < \dfrac{1}{4}$.

Quelle est la limite du réel p_n, lorsque n tend vers $+\infty$?

2. Est-il exact que $P_N(B) = P_N(\overline{B})$?

Que peut-on dire de cette égalité lorsque n tend vers $+\infty$?

Solution

1. Pour décrire la réalisation de N, nous disposons de l'arbre suivant :

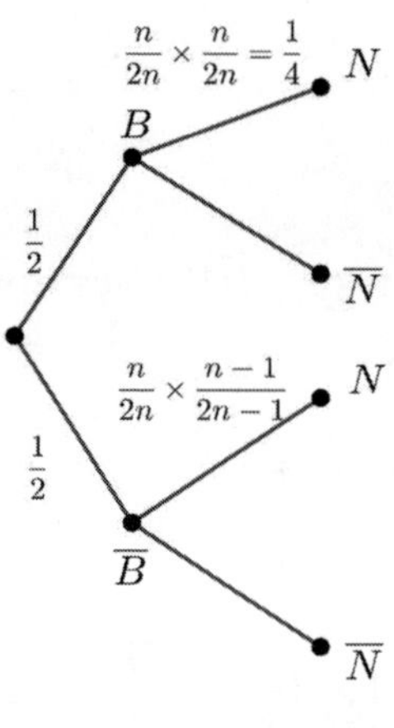

$\{B, \overline{B}\}$ constitue un système complet d'événements de l'ensemble des tirages successifs, avec ou sans remise de deux boules dans l'une des deux urnes.

Relativement à cette partition, nous appliquons la formule des probabilités totales. Pour tout entier $n \geq 2$, nous obtenons

$$\begin{aligned}
p_n &= P(N) = P_B(N) \times P(B) + P_{\overline{B}}(N) \times P(\overline{B}),\\
p_n &= \frac{1}{2}\left(\frac{1}{4} + \frac{n-1}{2(2n-1)}\right),\\
p_n &= \frac{1}{4}\left(\frac{1}{2} + \frac{n-1}{2n-1}\right),\\
p_n &= \frac{4n-3}{8(2n-1)}.
\end{aligned}$$

De plus, pour tout entier $n \geq 2$, nous avons

$$\begin{aligned}
p_n - \frac{1}{4} &= \frac{4n-3}{8\,(2n-1)} - \frac{1}{4},\\
p_n - \frac{1}{4} &= \frac{1}{4}\left(\frac{4n-3}{2\,(2n-1)} - 1\right),\\
p_n - \frac{1}{4} &= \frac{1}{4}\left(\frac{4n-3-2\,(2n-1)}{2\,(2n-1)}\right),\\
p_n - \frac{1}{4} &= \frac{-1}{8\,(2n-1)} < 0.
\end{aligned}$$

Nous en concluons

$$\forall n \geq 2,\ p_n < \frac{1}{4}.$$

Nous déduisons du calcul précédent que

$$\lim_{n\to+\infty} p_n - \frac{1}{4} = 0, \text{ soit } \lim_{n\to+\infty} p_n = \frac{1}{4}.$$

2. Soit un entier $n \geq 2$.

D'une part, nous avons

$$\begin{aligned}
P_N(B) &= \frac{P(N\cap B)}{P(N)} = \frac{P_B(N) \times P(B)}{P(N)},\\
P_N(B) &= \frac{1}{2} \times \frac{1}{4} \times \frac{8(2n-1)}{4n-3} = \frac{2n-1}{4n-3}.
\end{aligned}$$

D'autre part, il vient

$$\begin{aligned}
P_N(\overline{B}) &= \frac{P(N\cap \overline{B})}{P(N)} = \frac{P_{\overline{B}}(N) \times P(\overline{B})}{P(N)},\\
P_N(\overline{B}) &= \frac{1}{2} \times \frac{n-1}{2(2n-1)} \times \frac{8(2n-1)}{4n-3} = \frac{2(n-1)}{4n-3}.
\end{aligned}$$

Quel que soit l'entier $n \geq 2$, il en résulte que

$$P_N(B) \neq P_N(\overline{B}),$$

ce qui prouve que l'égalité proposée est inexacte.

Pour $n \geq 2$, nous avons

$$P_N(B) = \frac{n(2 - \frac{1}{n})}{n(4 - \frac{3}{n})} = \frac{2 - \frac{1}{n}}{4 - \frac{3}{n}},$$
$$P_N(\overline{B}) = \frac{n(2 - \frac{2}{n})}{n(4 - \frac{3}{n})} = \frac{2 - \frac{2}{n}}{4 - \frac{3}{n}}.$$

Nous en déduisons, par quotient de deux limites que

$$\lim_{n \to +\infty} P_N(B) = \lim_{n \to +\infty} P_N(\overline{B}) = \frac{1}{2}.$$

Exercice 5. Pile ou Face répétés n fois

Une urne contient trois pièces équilibrées. Deux d'entre elles sont normales : elles possèdent une face "PILE" et une face "FACE". La troisième, truquée, possède deux faces "FACE".

Une pièce est choisie au hasard dans l'urne et, de manière indépendante, des lancers successifs de cette pièce sont effectués.

Nous considérons les événements suivants :

- *B : "La pièce prise est normale",*
- *F_n : "La face "FACE" est obtenue pour chacun des n premiers lancers", avec $n \geq 1$.*

1. La probabilité de l'événement F_n est notée p_n. Justifier que

$$p_n = \frac{1}{3}\left(1 + (\frac{1}{2})^{n-1}\right).$$

Quelle est la limite de p_n quand n tend vers $+\infty$?

2. Sachant que l'on a obtenu "PILE" pour les n premiers lancers, quelle est la probabilité q_n d'avoir pris une pièce normale ?

Solution

1. Pour décrire la réalisation de F_n, nous disposons de l'arbre suivant :

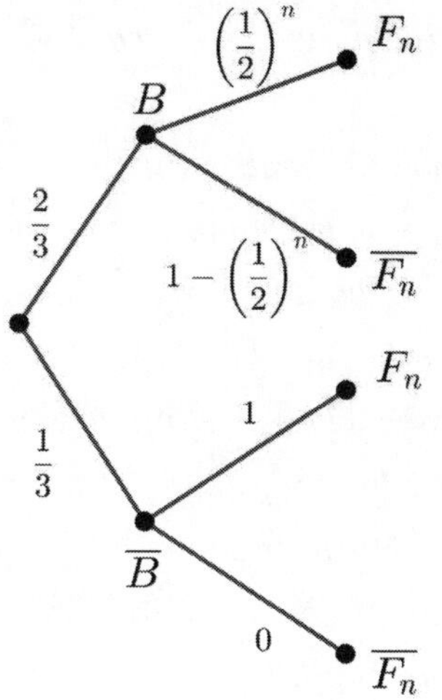

Nous appliquons la formule des probabilités totales relativement à la partition $\{B, \overline{B}\}$ qui conditionne la réalisation de F_n. Pour tout entier $n \geq 1$, il vient

$$p_n = P(F_n) = P_B(F_n) \times P(B) + P_{\overline{B}}(F_n) \times P(\overline{B}),$$
$$p_n = \frac{2}{3} \times \left(\frac{1}{2}\right)^n + \frac{1}{3} \times 1^n,$$
$$p_n = \frac{1}{3}\left(1 + (\frac{1}{2})^{n-1}\right).$$

Puisque $\lim_{n \to +\infty} \left(\frac{1}{2}\right)^{n-1} = 0$, nous en déduisons

$$\lim_{n \to +\infty} p_n = \frac{1}{3}.$$

2. Pour évaluer $q_n = P_{\overline{F_n}}(B)$, sachant que $P_{\overline{F_n}}$ est une loi de probabilité, nous avons

$$P_{\overline{F_n}}(B) = 1 - P_{\overline{F_n}}(\overline{B}).$$

Or, par définition de l'événement $\overline{B}$, nous observons que $P_{\overline{F_n}}(\overline{B}) = 0$, ce qui permet, pour tout entier $n \geq 1$, de conclure par $q_n = P_{\overline{F_n}}(B) = 1$.

Exercice 6. Conditionnement par trois événements

Une urne contient 4 boules rouges et 2 boules noires indiscernables au toucher.

1. On effectue au hasard, dans cette urne, un tirage successif sans remise de deux boules. On note :

- A_0 *l'événement : "aucune boule noire n'est obtenue",*
- A_1 *l'événement : "une seule boule noire est obtenue",*
- A_2 *l'événement : "deux boules noires sont obtenues ».*

Calculer les probabilités de A_0, A_1 *et* A_2.

2. Après ce premier tirage, il reste donc 4 boules dans l'urne.

On effectue à nouveau au hasard, dans cette urne, un second tirage successif sans remise de deux boules. On note :

- B_0 *l'événement : "aucune boule noire n'est obtenue au second tirage ".*
- B_1 *l'événement : "une seule boule noire est obtenue au second tirage".*
- B_2 *l'événement : "deux boules noires sont obtenues au second tirage".*

Déterminer les probabilités conditionnelles $P_{A_0}(B_0)$, $P_{A_1}(B_0)$ *et* $P_{A_2}(B_0)$.

En déduire la probabilité de B_0.

3. Nous considérons l'événement R *:*

"Il a fallu exactement les deux tirages pour que les deux boules noires soient extraites de l'urne". Calculer la probabilité de R.

Solution

Nous désignons par N_i, avec $i \in [\![1,\ 2]\!]$, l'événement désignant le rang de sortie d'une boule noire lors d'un tirage successif sans remise de deux boules.

L'ensemble des tirages successifs sans remise de deux boules dans l'urne est visualisé par l'arborescence suivante :

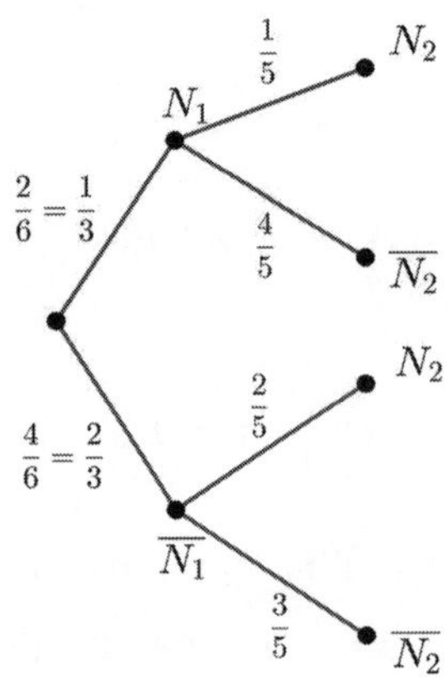

1.

$\triangleright$ Nous avons $A_0 = \overline{N_1} \cap \overline{N_2}$, ce qui implique

$$P(A_0) = P(\overline{N_1} \cap \overline{N_2}) = P(\overline{N_1}) \times P_{\overline{N_1}}(\overline{N_2}) = \frac{2}{3} \times \frac{3}{5} = \frac{2}{5}.$$

$\triangleright$ Nous avons $A_1 = (N_1 \cap \overline{N_2}) \cup (\overline{N_1} \cap N_2)$, avec $(N_1 \cap \overline{N_2}) \cap (\overline{N_1} \cap N_2) = \emptyset$. Nous en déduisons, par additivité,

$$\begin{aligned}
P(A_1) &= P(N_1 \cap \overline{N_2}) + P(\overline{N_1} \cap N_2),\\
P(A_1) &= P_{N_1}(\overline{N_2}) \times P(N_1) + P_{\overline{N_1}}(N_2) \times P(\overline{N_1}),\\
P(A_1) &= \frac{4}{5} \times \frac{1}{3} + \frac{2}{5} \times \frac{2}{3},\\
P(A_1) &= \frac{8}{15}.
\end{aligned}$$

$\triangleright$ Enfin, nous obtenons

$$P(A_2) = P(N_1 \cap N_2) = P(N_1) \times P_{N_1}(N_2) = \frac{1}{3} \times \frac{1}{5} = \frac{1}{15}.$$

2.

$\triangleright$ Si A_0 est réalisé, alors il reste dans l'urne 2 boules noires et 2 boules rouges. Il en résulte

$$\begin{aligned}
P_{A_0}(B_0) &= P_{A_0}(\overline{N_1} \cap \overline{N_2}),\\
P_{A_0}(B_0) &= P_{A_0}(\overline{N_1}) \times (P_{A_0})_{\overline{N_1}}(\overline{N_2}),\\
P_{A_0}(B_0) &= \frac{2}{4} \times \frac{1}{3} = \frac{1}{6}.
\end{aligned}$$

$\triangleright$ Si A_1 est réalisé, alors il reste dans l'urne 1 boule noire et 3 boules rouges, ce qui donne

$$\begin{aligned}
P_{A_1}(B_0) &= P_{A_1}(\overline{N_1} \cap \overline{N_2}),\\
P_{A_1}(B_0) &= P_{A_1}(\overline{N_1}) \times (P_{A_1})_{\overline{N_1}}(\overline{N_2}),\\
P_{A_1}(B_0) &= \frac{3}{4} \times \frac{2}{3} = \frac{1}{2}.
\end{aligned}$$

$\triangleright$ Si A_2 est réalisé, alors il reste dans l'urne 0 boule noire et 4 boules rouges, il est clair que

$$P_{A_2}(B_0) = 1.$$

▷ $\{A_0, A_1, A_2\}$ réalise un système complet d'événements relativement à l'événement B_0.

Nous donnons, une arborescence décrivant ce second tirage.

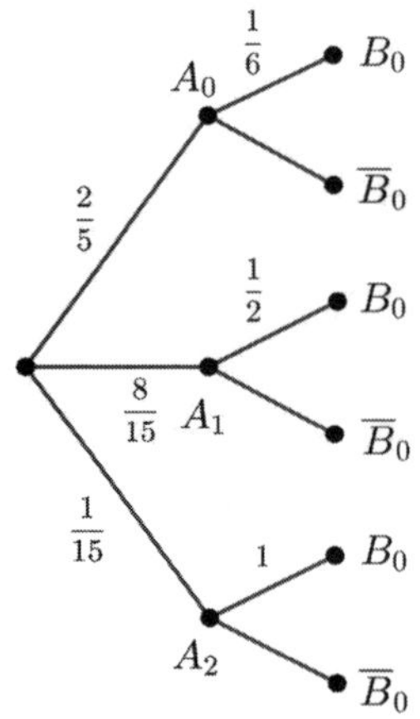

En appliquant la formule des probabilités totales pour cette partition, nous obtenons

$$P(B_0) = P_{A_0}(B_0) \times P(A_0) + P_{A_1}(B_0) \times P(A_1) + P_{A_2}(B_0) \times P(A_2),$$
$$P(B_0) = \frac{1}{6} \times \frac{2}{5} + \frac{1}{2} \times \frac{8}{15} + 1 \times \frac{1}{15},$$
$$P(B_0) = \frac{2}{5}.$$

3. L'événement R est réalisé si et seulement si

$$R = (A_1 \cap B_1) \cup (A_0 \cap B_2), \text{ avec } \emptyset = (A_1 \cap B_1) \cap (A_0 \cap B_2).$$

Nous en déduisons

$$P(R) = P(A_1 \cap B_1) + P(A_0 \cap B_2),$$
$$P(R) = P_{A_1}(B_1) \times P(A_1) + P_{A_0}(B_2) \times P(A_0),$$
$$P(R) = P_{A_1}(B_1) \times \frac{8}{15} + P_{A_0}(B_2) \times \frac{2}{5}.$$

▷ Calcul de $P_{A_0}(B_2)$. Il vient

$$P_{A_0}(B_2) = P_{A_0}(N_1 \cap N_2) = P_{A_0}(N_1) \times (P_{A_0})_{N_1}(N_2).$$

Or, si A_0 est réalisé, alors il reste dans l'urne 2 boules noires et 2 boules rouges, ce qui donne :

$$P_{A_0}(N_1) = \frac{2}{4} = \frac{1}{2} \text{ et } (P_{A_0})_{N_1}(N_2) = \frac{1}{3}.$$

Ainsi nous obtenons

$$P_{A_0}(B_2) = \frac{1}{2} \times \frac{1}{3} = \frac{1}{6}.$$

▷ Calcul de $P_{A_1}(B_1)$. Nous avons

$$P_{A_1}(B_1) = P_{A_1}(N_1 \cap \overline{N_2}) + P_{A_1}(\overline{N_1} \cap N_2),$$
$$P_{A_1}(B_1) = P_{A_1}(N_1) \times (P_{A_1})_{N_1}(\overline{N_2}) + P_{A_1}(\overline{N_1}) \times (P_{A_1})_{\overline{N_1}}(N_2).$$

Or, si A_1 est réalisé, alors il reste 1 boule noire et 3 boules rouges dans l'urne, ce qui donne

$$P_{A_1}(B_1) = \frac{1}{4} \times \frac{3}{3} + \frac{3}{4} \times \frac{1}{3} = \frac{1}{2}.$$

Nous en concluons : $P(R) = \frac{1}{2} \times \frac{8}{15} + \frac{1}{6} \times \frac{2}{5} = \frac{1}{3}$.

Exercice 7. D'après Bac - Manchot empereur

Dans un zoo, l'unique activité d'un manchot empereur est l'utilisation d'un bassin aquatique équipé d'un toboggan et d'un plongeoir.

On a observé que :

▷ *Si un manchot choisit le toboggan, la probabilité qu'il le reprenne est* $0,3$.

▷ *Si un manchot choisit le plongeoir, la probabilité qu'il le reprenne est* $0,8$.

Lors du premier passage, les deux équipements ont la même probabilité d'être choisis.

Pour tout $n \in \mathbb{N}^*$, on désigne par :

• T_n *l'événement : "le manchot utilise le toboggan lors de son n-ième passage".*

• $\overline{T}_n$ *l'événement :"le manchot utilise le plongeoir lors de son n-ième passage".*

1. Déterminer la probabilité de l'événement T_2.

2. Pour tout $n \in \mathbb{N}^*$, nous posons $p_n = P(T_n)$.

Montrer que :

$$\forall n \in \mathbb{N}^*, p_{n+1} = 0,1 \times p_n + 0,2.$$

3. On considère la suite (u_n) définie sur $\mathbb{N}^*$ par

$$u_n = p_n - \frac{2}{9}.$$

Justifier que (u_n) est une suite géométrique dont on donnera la raison et le premier terme.

En déduire p_n en fonction de n. Donner une interprétation probabiliste de la limite de p_n quand n tend vers $+\infty$.

Solution

1. L'arbre qui suit résume la situation au second passage relativement au système complet$\{T_1, \overline{T}_1\}$ décrivant le premier passage et qui conditionne le second.

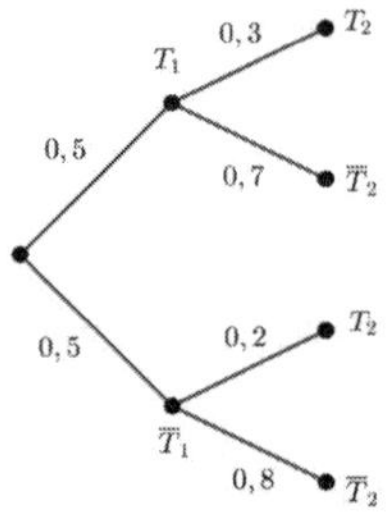

Avec ce système complet, nous appliquons la formule des probabilités totales. Nous obtenons

$$P(T_2) = P_{T_1}(T_2) \times P(T_1) + P_{\overline{T}_1}(T_2) \times P(\overline{T}_1),$$
$$P(T_2) = 0,5(0,3 + 0,2) = 0,25 = \frac{1}{4}.$$

2. Soit $n \in \mathbb{N}^*$. Dans cette expérience aléatoire, nous observons que la réalisation de l'événement T_{n+1}, c'est-à-dire le choix par un manchot d'utiliser le toboggan à l'instant $n+1$, est conditionné par le système complet $\{T_n, \overline{T}_n\}$ décrivant le n-ième passage.

L'arborescence qui suit résume cette situation.

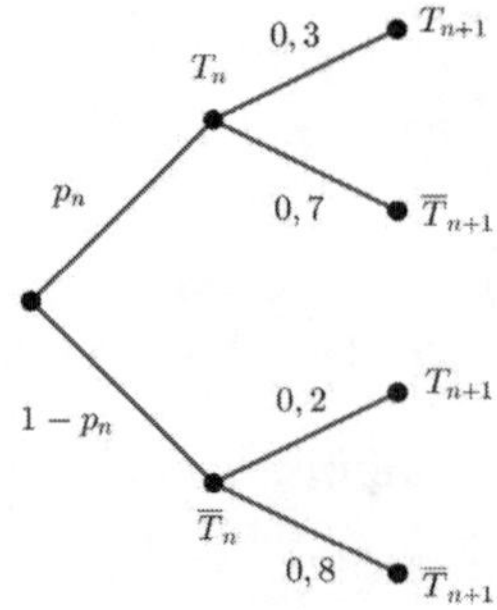

En appliquant la formule des probabilités totales relativement à la partition $\{T_n, \overline{T}_n\}$, il vient :

$$P(T_{n+1}) = P_{T_n}(T_{n+1}) \times P(T_n) + P_{\overline{T}_n}(T_{n+1}) \times P(\overline{T}_n),$$

ce qui donne, pour tout entier $n \geq 1$,

$$p_{n+1} = 0,3 \times p_n + 0,2(1 - p_n).$$

Nous en concluons

$$\forall n \in \mathbb{N}^*, \; p_{n+1} = 0,1 \times p_n + 0,2.$$

3. Pour tout entier $n \geq 1$, nous avons

$$u_{n+1} = p_{n+1} - \frac{2}{9} = \frac{1}{10} \times p_n + \frac{1}{5} - \frac{2}{9},$$
$$u_{n+1} = \frac{1}{10}p_n - \frac{1}{45} = \frac{1}{10}\left(p_n - \frac{1}{9}\right),$$
$$u_{n+1} = \frac{1}{10}u_n.$$

Nous avons ainsi établi que la suite (u_n) est géométrique de raison $q = \frac{1}{10}$ et de premier terme

$$u_1 = p_1 - \frac{2}{9} = \frac{1}{2} - \frac{2}{9} = \frac{5}{18}.$$

Pour tout entier $n \geq 1$, nous en concluons

$$p_n = u_n + \frac{2}{9},$$
$$p_n = u_1 q^{n-1} + \frac{2}{9},$$
$$p_n = \frac{5}{18}\left(\frac{1}{10}\right)^{n-1} + \frac{2}{9}.$$

Puisque $0 < \frac{1}{10} < 1$, nous obtenons

$$\lim_{n \to +\infty} p_n = \frac{2}{9},$$

ce qui signifie, lorsque notre manchot empereur s'est beaucoup activé (à la fin de la journée par exemple), qu'il y a 2 chances sur 9 qu'il utilise le toboggan.

Exercice 8. Promenade aléatoire sur un tétraèdre

Un écureuil se déplace sur les arêtes d'un tétraèdre régulier $SABC$.

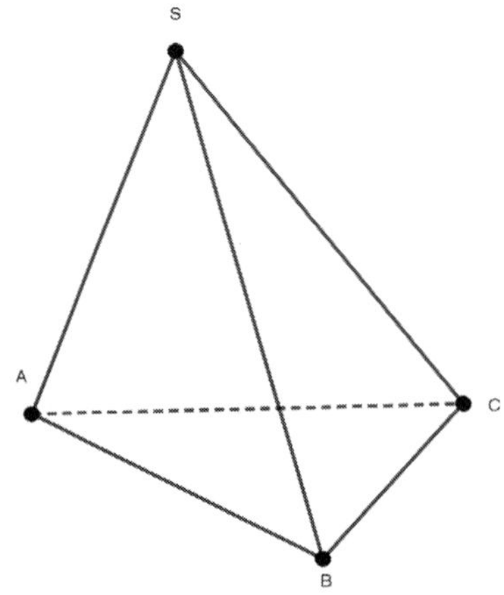

Si notre écureuil se trouve sur un des quatre sommets, alors il se dirige au hasard vers un sommet voisin. Pour tout entier $n \geq 0$, nous désignons par :

A_n l'événement : "l'écureuil est en A après n déplacements",

B_n l'événement : "l'écureuil est en B après n déplacements",

C_n l'événement : "l'écureuil est en C après n déplacements",

S_n l'événement : "l'écureuil est en S après n déplacements".

Initialement l'écureuil se trouve en A.

1. Que peut-on dire des événements A_0, B_0, C_0 et S_0 ?

2. Quelle est la probabilité de chacun de ces événements après 2 déplacements ?

3. Pour tout entier $n \geq 1$, nous désignons par p_n la probabilité de S_n. Préciser p_1 et montrer que

$$p_{n+1} = \frac{1}{3}(1 - p_n).$$

4. Prouver par récurrence[8] que

$$\forall n \in \mathbb{N}^*, \, p_n = \frac{1}{4}\left(1 - \left(-\frac{1}{3}\right)^n\right).$$

Interpréter la limite de p_n quand n tend vers $+\infty$.

8. Annexe : § 12.5.5

Solution

1. L'événement A_0 est certain, les événements B_0, C_0 et S_0 sont impossibles.

2. Nous disposons dans le cas $n = 2$ de l'arborescence suivante :

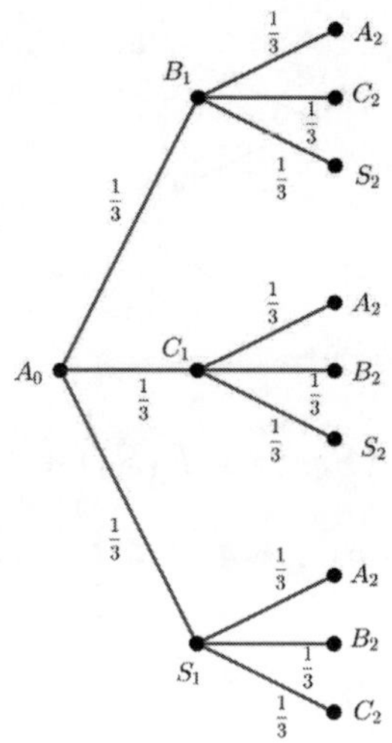

Relativement à la partition $\{B_1, C_1, S_1\}$ qui fixe les positions possibles de l'écureuil à l'étape 1, en utilisant la formule des probabilités totales, nous sommes en mesure d'évaluer les probabilités demandées. Nous avons :

$\triangleright$ $P(A_2) = P_{B_1}(A_2) \times P(B_1) + P_{C_1}(A_2) \times P(C_1) + P_{S_1}(A_2) \times P(S_1)$,

$$P(A_2) = 3 \times \left(\frac{1}{3}\right)^2 = \frac{1}{3}.$$

$\triangleright$ $P(B_2) = P_{C_1}(B_2) \times P(C_1) + P_{S_1}(B_2) \times P(S_1) = 2 \times \left(\frac{1}{3}\right)^2 = \frac{2}{9}.$

$\triangleright$ $P(C_2) = P_{B_1}(C_2) \times P(B_1) + P_{S_1}(C_2) \times P(S_1) = 2 \times \left(\frac{1}{3}\right)^2 = \frac{2}{9}.$

$\triangleright$ $P(S_2) = P_{B_1}(S_2) \times P(B_1) + P_{C_1}(S_2) \times P(C_1) = 2 \times \left(\frac{1}{3}\right)^2 = \frac{2}{9}.$

3. Nous avons $p_1 = \frac{1}{3}$

Soit un entier $n \geq 1$. Pour déterminer la probabilité de notre écureuil d'être au sommet S après $n + 1$ déplacements, nous appliquons la formule des probabilités totales vis-à-vis de la partition $\{S_n, \overline{S_n}\}$ qui résume la position de ce dernier après n déplacements. Nous disposons de l'arbre suivant :

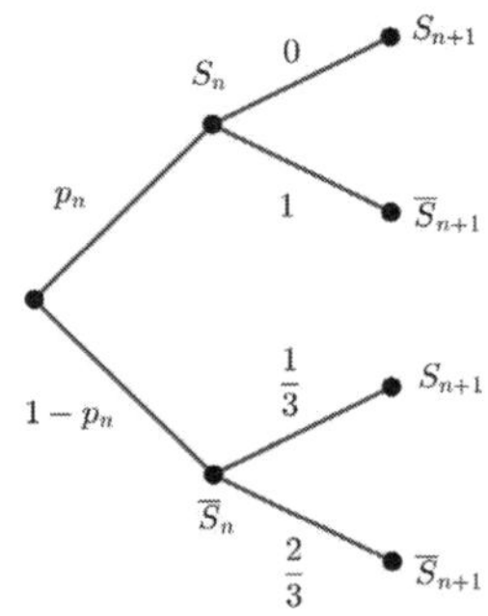

Pour $n \geq 1$, nous en déduisons

$$p_{n+1} = P(S_{n+1}) = P_{S_n}(S_{n+1}) \times P(S_n) + P_{\overline{S}_n}(S_{n+1} \times P(\overline{S}_n),$$
$$p_{n+1} = 0 \times p_n + \frac{1}{3}(1 - p_n),$$

ce qui donne pour conclure,

$$\forall n \in \mathbb{N}^*,\ p_{n+1} = \frac{1}{3}(1 - p_n).$$

4. **Initialisation.**

Pour $n = 1$, nous obtenons

$$\frac{1}{4}\left(1 - \left(-\frac{1}{3}\right)^1\right) = \frac{1}{4}\left(1 + \frac{1}{3}\right) = \frac{1}{3} = p_1.$$

L'égalité proposée est donc vraie au rang $n = 1$.

Hérédité.

Nous supposons qu'à un rang $n \in \mathbb{N}^*$ fixé, on ait $p_n = \frac{1}{4}\left(1 - \left(-\frac{1}{3}\right)^n\right)$.

Montrons que $p_{n+1} = \frac{1}{4}\left(1 - \left(-\frac{1}{3}\right)^{n+1}\right)$. En appliquant l'égalité précédente et l'hypothèse de récurrence, il vient

$$\begin{aligned}
p_{n+1} &= \frac{1}{3}\left(1 - \frac{1}{4}\left(1 - \left(-\frac{1}{3}\right)^n\right)\right), \\
&= \frac{1}{3}\left(\frac{3}{4} + \frac{1}{4}\left(1 - \left(-\frac{1}{3}\right)^n\right)\right), \\
&= \frac{1}{4}\left(1 + \frac{1}{3} \times \left(-\frac{1}{3}\right)^n\right), \\
&= \frac{1}{4}\left(1 - \left(-\frac{1}{3}\right)^{n+1}\right).
\end{aligned}$$

L'égalité attendue est héréditaire. D'après le principe de récurrence nous en concluons

$$\forall n \in \mathbb{N}^*,\ p_n = \frac{1}{4}\left(1 - \left(-\frac{1}{3}\right)^n\right).$$

Puisque $|-\frac{1}{3}| < 1$, nous obtenons

$$\lim_{n \to +\infty} p_n = \frac{1}{4},$$

ce qui signifie que notre écureuil, à la suite d'un nombre important de déplacements, a une chance sur 4 de se trouver au sommet S.

Comme vous l'avez sans doute remarqué, par "symétrie", la probabilité que l'écureuil soit sur un des 4 sommets du tétraèdre se stabilise également vers $\frac{1}{4}$, lorsque le nombre de ses déplacements est suffisamment grand.

Exercice 9. Événements indépendants

1. Soient A_1 et A_2 deux événements incompatibles.

Justifier que si B est un événement quelconque, alors les événements $A_1 \cap B$ et $A_2 \cap B$ sont incompatibles.

2. Montrer que si B est un événement indépendant de A_1 et de A_2, alors B est indépendant de $A_1 \cup A_2$.

3. Application. On suppose que dans une famille quelconque, la naissance d'une fille ou d'un garçon est équiprobable.

On considère une famille qui a eu un enfant unique.

Aucun enfant de cette famille ne peut avoir les yeux vairons (un œil bleu et un œil marron).

De plus, on sait que la probabilité qu'un enfant de cette famille ait les yeux bleus est $\frac{1}{5}$ et la probabilité qu'il ait les yeux marron est $\frac{3}{5}$.

Déterminer la probabilité que l'enfant soit une fille ayant les yeux bleus ou les yeux marron.

Solution

1. Soient A_1 et A_2 deux événements incompatibles et B est un événement quelconque. Nous avons, en appliquant les opérations ensemblistes de l'annexe-paragraphe 12.2,

$$(A_1 \cap B) \cap (A_2 \cap B) = (A_1 \cap A_2) \cap B,$$
$$(A_1 \cap B) \cap (A_2 \cap B) = \emptyset \cap B,$$
$$(A_1 \cap B) \cap (A_2 \cap B) = \emptyset,$$

ce qui justifie l'incompatibilité des événements $A_1 \cap B$ et $A_2 \cap B$.

2. Nous utilisons la distributivité de $\cap$ sur $\cup$ (voit paragraphe 12.2 de l'annexe). Il vient

$$B \cap (A_1 \cup A_2) = (B \cap A_1) \cup (B \cap A_2).$$

Puisque $A_1 \cap B$ et $A_2 \cap B$ sont incompatibles, par additivité, nous obtenons

$$P(B \cap (A_1 \cup A_2)) = P((B \cap A_1) \cup (B \cap A_2)) = P(B \cap A_1) + P(B \cap A_2).$$

Nous savons que B est un événement indépendant de A_1 et de A_2 et que ces derniers sont incompatibles, ce qui donne

$$P(B \cap (A_1 \cup A_2)) = P(B) \times P(A_1) + P(B) \times P(A_2),$$
$$P(B \cap (A_1 \cup A_2)) = P(B)(P(A_1) + P(A_2)) = P(B) \times P(A_1 \cup A_2).$$

Ceci prouve l'indépendance des événements B et $A_1 \cup A_2$.

3. Application. Nous désignons par :

- B l'événement : "l'enfant unique est une fille",
- A_1 l'évènement : "l'enfant unique a les yeux bleus",
- A_2 l'événement : "l'enfant unique a les yeux marron".

Il s'agit de calculer $P(B \cap (A_1 \cup A_2))$. Les événements A_1 et A_2 sont incompatibles (pas d'enfant ayant des yeux vairons).

L'événement B est indépendant de A_1 et de A_2.

Il en résulte, d'après la question précédente que B et $A_1 \cup A_2$ sont indépendants, ce qui donne

$$P(B \cap (A_1 \cup A_2)) = P(B) \times P(A_1 \cup A_2),$$
$$P(B \cap (A_1 \cup A_2)) = P(B)(P(A_1) + P(A_2)),$$
$$P(B \cap (A_1 \cup A_2)) = \frac{1}{2}\left(\frac{1}{5} + \frac{3}{5}\right),$$
$$P(B \cap (A_1 \cup A_2)) = \frac{2}{5}.$$

Exercice 10. Évolution de trois variétés de plantes

La végétation d'un pays imaginaire est composée de trois types de plantes : 40% sont de type A, 41% sont de type B, 19% sont de type C. On admet qu'au début de chaque année :

▷ *Chaque plante de type A disparaît et elle est remplacée par une et une seule nouvelle plante de type A, B ou C.*

▷ *Chaque plante de type B disparaît et elle est remplacée par une et une seule nouvelle plante de type A, B ou C.*

▷ *Chaque plante de type C disparaît et elle est remplacée par une et une seule nouvelle plante de type C.*

La probabilité qu'une plante de type A soit remplacée par une plante du même type est $0,6$ *et celle qu'elle le soit par une plante de type B est* $0,3$.

La probabilité qu'une plante de type B soit remplacée par une plante du même type est $0,6$ *et celle qu'elle le soit par une plante de type A est* $0,3$.

Au début de chaque année, on choisit au hasard une plante dans la végétation et on relève son type. Pour tout entier naturel n *non nul, on note :*

- A_n *l'événement : "la plante choisie la n-ième année est de type A",*
- B_n *l'événement : "la plante choisie la n-ième année est de type B",*
- C_n *l'événement : "la plante choisie la n-ième année est de type C".*

On désigne par p_n, q_n *et* r_n *les probabilités respectives des événements* A_n, B_n *et* C_n.

Compte tenu de la composition initiale de la végétation (début de l'année n°0), on note :

- A_0 *l'événement : "initialement la plante est de type A",*
- B_0 *l'événement : "initialement la plante est de type B",*
- C_0 *l'événement : "initialement la plante est de type C".*

On pose : $p_0 = 0,4$, $q_0 = 0,41$ *et* $r_0 = 0,19$.

1. *Justifier que* $p_1 = 0,363$, *puis calculer* q_1 *et* r_1.
2. *Montrer que, pour tout entier naturel* n,

$$\begin{cases} p_{n+1} = 0,6p_n + 0,3q_n \\ q_{n+1} = 0,3p_n + 0,6q_n \end{cases}.$$

3. *On définit sur* $\mathbb{N}$ *les suites* (s_n) *et* (d_n) *par :*

$$s_n = q_n + p_n \text{ et } d_n = q_n - p_n.$$

Montrer que les suites (s_n) *et* (d_n) *sont géométriques.*

En déduire p_n et q_n en fonction de l'entier n

4. Quelles sont les limites de p_n, q_n et r_n quand n tend vers $+\infty$? Interpréter les résultats obtenus.

Solution

1. Nous commençons par donner un arbre qui résume les états possibles 0 et 1 des trois plantes considérées.

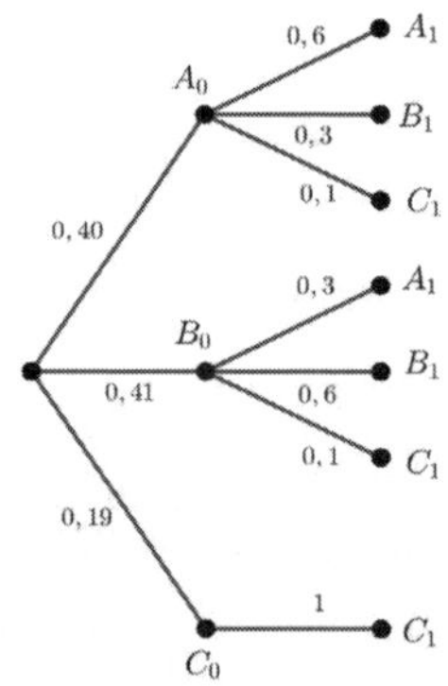

$\triangleright$ Pour calculer p_1, nous appliquons la formule des probabilités totales relativement à la partition $\{A_0, B_0, C_0\}$ qui décrit la répartition initiale des trois plantes. Il vient

$$\begin{aligned}
p_1 &= P(A_1),\\
p_1 &= P_{A_0}(A_1) \times P(A_0) + P_{B_0}(A_1) \times P(B_0) + P_{C_0}(A_1) \times P(C_0),\\
p_1 &= 0,6 \times 0,4 + 0,3 \times 0,41 + 0 \times 0,19,\\
p_1 &= 0,363.
\end{aligned}$$

$\triangleright$ Nous procédons de la même manière pour calculer q_1. Nous avons

$$\begin{aligned}
q_1 &= P(B_1),\\
q_1 &= P_{A_0}(B_1) \times P(A_0) + P_{B_0}(B_1) \times P(B_0) + P_{C_0}(B_1) \times P(C_0),\\
q_1 &= 0,3 \times 0,4 + 0,6 \times 0,41 + 0 \times 0,19,\\
q_1 &= 0,366.
\end{aligned}$$

$\triangleright$ Pour calculer p_1, nous pouvons remarquer que $\{A_1, B_1, C_1\}$ constitue une partition de l'état des trois plantes au début de la première année.

Il en résulte que :

$$p_1 + q_1 + r_1 = 1,$$

ce qui donne

$$r_1 = 1 - (p_1 + q_1) = 0,271.$$

2. Soit n un entier naturel. Nous proposons à nouveau un arbre qui restitue les états possibles au début des années n et $n + 1$ des trois plantes considérées.

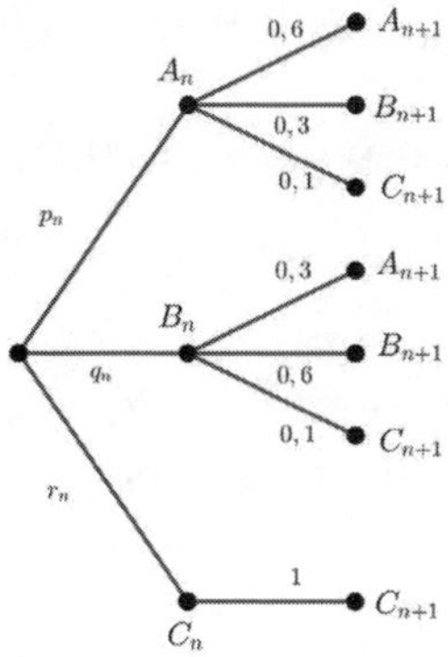

Relativement à la partition $\{A_n, B_n, C_n\}$ de l'état des trois plantes au début de l'année n, nous appliquons la formule des probabilités totales, ce qui donne :

$p_{n+1} = P(A_{n+1}),$
$p_{n+1} = P_{A_n}(A_{n+1})) \times P(A_n) + P_{B_n}(A_{n+1})) \times P(B_n) + P_{C_n}(A_{n+1})) \times P(C_n),$
$p_{n+1} = 0,6 \times p_n + 0,3 \times q_n + 0 \times r_n,$

et

$q_{n+1} = P(B_{n+1}),$
$q_{n+1} = P_{A_n}(B_{n+1})) \times P(A_n) + P_{B_n}(B_{n+1})) \times P(B_n) + P_{C_n}(B_{n+1})) \times P(C_n),$
$q_{n+1} = 0,3 \times p_n + 0,6 \times q_n + 0 \times r_n.$

Nous en concluons que, pour tout entier naturel n,

$$\begin{cases} p_{n+1} = 0,6p_n + 0,3q_n \\ q_{n+1} = 0,3p_n + 0,6q_n \end{cases}.$$

3. Pour tout entier naturel n, nous avons :

$$s_{n+1} = q_{n+1} + p_{n+1} = 0,9(q_n + p_n) = 0,9s_n,$$
$$d_{n+1} = q_{n+1} - p_{n+1} = 0,3(q_n - p_n) = 0,3q_n.$$

Nous en concluons que :

▷ la suite (s_n) est géométrique de raison $0,9$ et de premier terme $s_0 = p_0 + q_0 = 0,81$,

▷ la suite (d_n) est géométrique de raison $0,3$ et de premier terme $d_0 = q_0 - p_0 = 0,01$.

Pour tout $n \in \mathbb{N}$, nous en déduisons

$$s_n = 0,81 \times 0,9^n \text{ et } s_n = 0,01 \times 0,3^n.$$

De plus, des égalités

$$\begin{cases} s_n = q_n + p_n \\ d_n = q_n - p_n \end{cases},$$

il résulte que

$$\begin{cases} 2p_n = s_n - d_n \\ 2q_n - s_n + d_n \end{cases},$$

ce qui permet de conclure :

$$\begin{cases} p_n = \dfrac{0,81 \times 0,9^n - 0,01 \times 0,3^n}{2} \\ \\ q_n = \dfrac{0,81 \times 0,9^n + 0,01 \times 0,3^n}{2} \end{cases}.$$

4. Puisque $0 < 0,6 < 1$ et $0 < 0,3 < 1$, nous obtenons

$$\lim_{n \to +\infty} 0,6^n = 0 \text{ et } \lim_{n \to +\infty} 0,3^n = 0.$$

Nous en déduisons que

$$\lim_{n \to +\infty} p_n = \lim_{n \to +\infty} q_n = 0.$$

Puisque $r_n = 1 - (p_n + q_n)$, nous obtenons

$$\lim_{n \to +\infty} r_n = 1.$$

Ces trois limites signifient que les plantes de type A ou B vont disparaître, après un nombre suffisamment important d'années, au profit des plantes de type C qui vont être les seules à survivre.

11.4.2 Variables aléatoires

Exercice 11. D'après BAC : un exemple de variable aléatoire

Un sac contient trois boules numérotées respectivement 0, 1 *et* 2 , *indiscernables au toucher.*

On tire une boule du sac, on note son numéro x *et on la remet dans le sac, puis on tire une seconde boule, on note son numéro* y *et on la remet dans le sac. Toutes les boules ont la même probabilité d'être tirées.*

A chaque tirage de deux boules, on associe dans le plan, muni d'un repère orthonormal d'origine O, *le point* $M(x, y)$.

1. Placer dans le plan muni du repère les points qui correspondent aux différents résultats possibles.

2. Calculer la probabilité de chacun des événements suivants :

- *A : "le point M est sur l'axe des abscisses",*
- *B : "le point M appartient au cercle de centre O et de rayon 1",*
- *C : "le point M appartient à la droite Δ d'équation $y = x$".*

3. Soit X la variable aléatoire qui, à chaque tirage de deux boules, associe la somme $x^2 + y^2$. Déterminer la loi X et calculer l'espérance $E(X)$.

4. Montrer que la probabilité de l'événement suivant :

- *D : "le point appartient au disque $\mathcal{D}$ de centre O et de rayon 1,7", est égale à $\frac{4}{9}$.*

Solution

1.

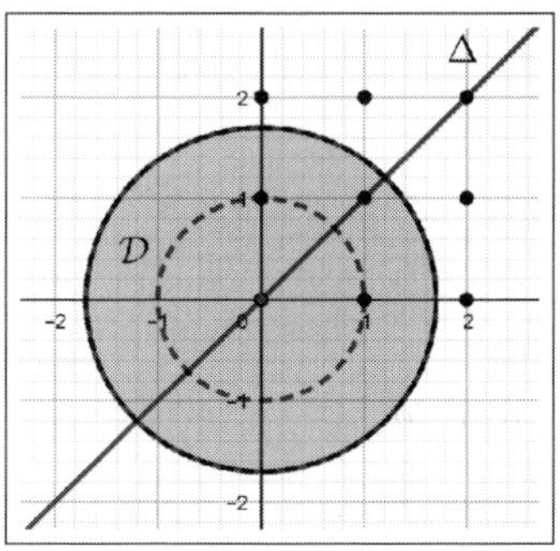

2. Soit l'ensemble Ω des issues possibles. Nous avons card $(\Omega) = 9$ et la loi de probabilité définie sur Ω est uniforme.

Puisque $A = \{(0,\ 0); (0,\ 1); (0,\ 2)\}$, nous en déduisons

$$P(A) = \frac{3}{9} = \frac{1}{3}.$$

De la même façon, $B = \{(0,\, 1); (1,\, 0)\}$ donc, on a

$$P(B) = \frac{2}{9}.$$

De même, nous obtenons $C = \{(0,\, 0); (1,\, 1); (2,\, 2)\}$, ce qui donne

$$P(C) = \frac{3}{9} = \frac{1}{3}.$$

3. Nous avons

$$X(\Omega) = \{x^2 + y^2 / (x,, y) \in \Omega\} = \{0,\, 1,\, 2,\, 4,\, 5,\, 8\}.$$

Nous déterminons, pour chaque $k \in X(\Omega)$, la valeur de $P(X = k)$. Nous obtenons :

▷ $(X = 0) = \{(0,\, 0)\}$, donc $P(X = 0) = \frac{1}{9}$,

▷ $(X = 1) = \{(0,\, 1); (1,\, 0)\}$, donc $P(X = 1) = \frac{2}{9}$,

▷ $(X = 2) = \{(1,\, 1)\}$, donc $P(X = 2) = \frac{1}{9}$,

▷ $(X = 4) = \{(0,\, 2); (2,\, 0)\}$, donc $P(X = 4) = \frac{2}{9}$,

▷ $(X = 5) = \{(2,\, 1); (1,\, 2)\}$, donc $P(X = 5) = \frac{2}{9}$,

▷ $(X = 8) = \{(2,\, 2)\}$, donc $P(X = 8) = \frac{1}{9}$.

Pour résumer la loi de X, nous donnons le tableau suivant :

k	0	1	2	4	5	8
$P(X = k)$	$\frac{1}{9}$	$\frac{2}{9}$	$\frac{1}{9}$	$\frac{2}{9}$	$\frac{2}{9}$	$\frac{1}{9}$

De plus , nous obtenons

$$E(X) = 0 \times \frac{1}{9} + 1 \times \frac{2}{9} + 2 \times \frac{1}{9} + 4 \times \frac{2}{9} + 5 \times \frac{2}{9} + 8 \times \frac{1}{9},$$
$$E(X) = \frac{10}{3}.$$

4. Nous avons

$$D = (X \leq 1,7^2) = (X = 0) \cup (X = 1) \cup (X = 2).$$

Les événements $(X = 0)$, $(X = 1)$, $(X = 2)$ sont incompatibles deux à deux. Par additivité, nous obtenons

$$P(D) = P(X = 0) + P(X = 1) + P(X = 2) = \frac{4}{9}.$$

Exercice 12. Espérance et Variance d'une loi uniforme

Soit $n \in \mathbb{N}^*$. Nous rappelons qu'une variable aléatoire X suit une loi uniforme sur $[\![1, n]\!]$ si et seulement si :

$$X(\Omega) = [\![1, n]\!],$$
$$\textit{pour tout entier } k \in [\![1, n]\!],\ P(X = k) = \frac{1}{n}.$$

1. Montrer que $E(X) = \dfrac{n+1}{2}$.

2. Nous savons[9] que, pour tout entier $n \in \mathbb{N}^*$, nous disposons de l'égalité :

$$1^2 + 2^2 + \cdots + n^2 = \frac{n(n+1)(2n+1)}{6}.$$

En déduire le calcul de $E(X^2)$, puis justifier que $V(X) = \dfrac{n^2-1}{12}$.

Solution

1. Nous avons

$$E(X) = \sum_{k \in X(\Omega)} kP(X = k) = \sum_{k=1}^{n} k \times \frac{1}{n} = \frac{1}{n} \sum_{k=1}^{n} k.$$

Or nous savons (chapitre 6.3.3) que, pour tout entier $n \in \mathbb{N}^*$,

$$\sum_{k=1}^{n} k = 1 + 2 + \cdots + n = \frac{n(n+1)}{2},$$

ce qui donne

$$E(X) = \frac{1}{n} \times \frac{n(n+1)}{2} = \frac{n+1}{2}.$$

2. De la même manière, nous obtenons

$$E(X^2) = \sum_{k \in X(\Omega)} k^2 P(X = k),$$
$$E(X^2) = \sum_{k=1}^{n} k^2 \times \frac{1}{n},$$
$$E(X^2) = \frac{1}{n} \sum_{k=1}^{n} k^2,$$
$$E(X^2) = \frac{1}{n} \times \frac{n(n+1)(2n+1)}{6},$$
$$E(X^2) = \frac{(n+1)(2n+1)}{6}.$$

9. Annexe 1 : § 12.5.5-second exemple

En utilisant la formule de König-Huyghens, il vient

$$V(X) = E(X^2) - (E(X))^2,$$
$$V(X) = \frac{(n+1)(2n+1)}{6} - \frac{(n+1)^2}{4},$$
$$V(X) = \left(\frac{n+1}{2}\right)\left(\frac{2n+1}{3} - \frac{n+1}{2}\right),$$
$$V(X) = \left(\frac{n+1}{2}\right)\left(\frac{n-1}{2}\right),$$
$$V(X) = \frac{n^2-1}{12}.$$

Exercice 13. Encadrements de l'espérance et de l'écart-type

Soit X une variable aléatoire définie sur un ensemble Ω fini d'issues possibles muni d'une loi de probabilité P.

On suppose que :

$X(\Omega) = \{x_1, x_2, \dots x_n\}$, avec $n \in \mathbb{N}^*$ et $x_1 < x_2 < \dots < x_n$.

1. Justifier que $x_1 \leq E(X) \leq x_n$.

2. Prouver que $0 \leq \sigma(X) \leq x_n - x_1$.

Solution

1. En appliquant la proposition du paragraphe 11.3.5., il vient

$$E(X) - x_1 = E(X - x_1).$$

Or nous savons que l'événement $(X \geq x_1)$ est certain, ce qui implique

$$E(X - x_1) \geq 0, \text{ soit } E(X) \geq x_1.$$

De la même manière, sachant que l'événement $(X \leq x_n)$ est certain, nous obtenons

$$E(X) - x_n = E(X - x_n) \leq 0, \text{ soit } E(X) \leq x_n.$$

Nous en concluons

$$x_1 \leq E(X) \leq x_n.$$

2. Nous savons que

$$V(X) = \sum_{k=1}^{n} (x_k - E(X))^2 P(X = x_k).$$

Or, pour tout entier $k \in [\![1, n]\!]$, nous avons :

$$x_1 \leq x_k \leq x_n.$$

De plus, il résulte de la question 1,

$$-x_n < -E(X) < -x_1.$$

Ces deux doubles inégalités induisent par addition

$$x_1 - x_n \leq x_k - E(X) \leq x_n - x_1, \text{ soit } -(x_n - x_1) \leq x_k - E(X) \leq x_n - x_1,$$

ce qui implique $(x_k - E(X))^2 \leq (x_n - x_1)^2$.

Par conséquent, par addition membres à membres, nous obtenons

$$V(X) \leq \sum_{k=1}^{n} (x_n - x_1)^2 P(X = x_k), \text{ soit } V(X) \leq (x_n - x_1)^2 \sum_{k=1}^{n} P(X = x_k).$$

Puisque $\sum_{k=1}^{n} P(X = x_k) = 1$ et $x_n > x_1$, nous en déduisons

$$V(X) \leq (x_n - x_1)^2, \text{ c'est-à-dire } \sigma(X) \leq x_n - x_1.$$

Par ailleurs, nous savons que $\sigma(X) \geq 0$. Nous en concluons

$$0 \leq \sigma(X) \leq x_n - x_1.$$

Exercice 14. Jeux équitables

Une urne contient 5 boules blanches et n boules noires, avec $n \geq 2$. Les boules sont indiscernables et donc prélevées au hasard.

1. Un joueur tire deux boules dans l'urne, successivement avec remise.

▷ *Si une boule blanche est obtenue alors le joueur perd 1 Euros.*

▷ *Si une boule noire est obtenue alors le joueur gagne 2 Euros.*

Quelle est la loi de la variable aléatoire X qui restitue le gain algébrique du joueur ?

Calculer, en fonction de n, l'espérance $E(X)$.

Pour quelles valeurs de l'entier n le jeu est-il favorable ?

2. Le résultat est-il identique si le joueur tire deux boules dans l'urne, successivement sans remise ?

Solution

Nous désignons par N_i, avec $i \in [\![1, 2]\!]$, l'événement désignant le rang de sortie d'une boule noire lors d'un tirage successif avec remise de deux boules.

1. L'ensemble des tirages successifs, dans l'urne, de deux boules avec remise, est visualisé par l'arborescence suivante :

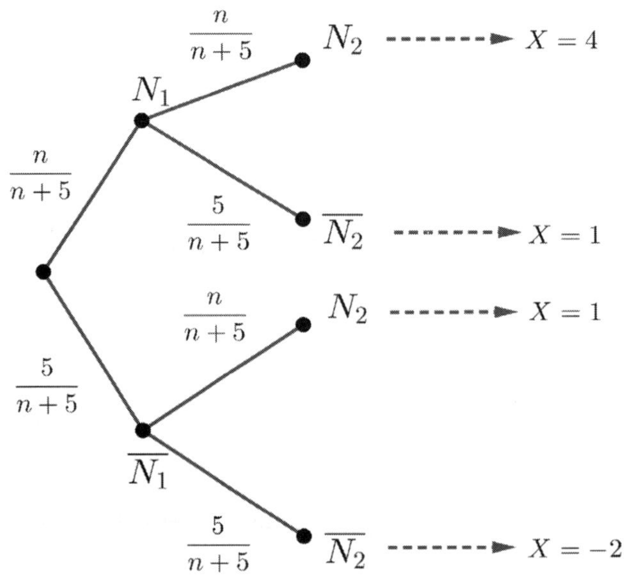

Nous en déduisons

$$X(\Omega) = \{-2,\ 1,\ 4\}.$$

La loi de X est résumée par le tableau :

k	-2	1	4
$P(X=k)$	$\dfrac{25}{(n+5)^2}$	$\dfrac{10n}{(n+5)^2}$	$\dfrac{n^2}{(n+5)^2}$

Nous avons

$$E(X) = -2 \times \frac{25}{(n+5)^2} + 1 \times \frac{10n}{(n+5)^2} + 4 \times \frac{n^2}{(n+5)^2},$$
$$E(X) = \frac{4n^2+10n-50}{(n+5)^2},$$
$$E(X) = \frac{2(2n^2+5n-25)}{(n+5)^2}.$$

Pour déterminer le signe de $E(X)$, nous commençons par résoudre, dans $\mathbb{N}$, l'équation

$$2n^2+5n-25 = 0.$$

Nous avons $\Delta = 5^2 - 4 \times 2 \times (-25) = 225 = 15^2$, ce qui donne

$$n = \frac{-5+15}{4} = \frac{5}{2} \text{ ou } n = \frac{-5-15}{4} = -5.$$

Ces deux solutions ne conviennent car $n \geq 2$ est un entier naturel.

Par conséquent, pour $n \geq 2$, nous avons $E(X) \neq 0$.

En appliquant le résultat donnant le signe d'un trinôme du second degré, nous en déduisons que,

$$\text{pour tout entier } n \geq 3,\ E(X) > 0,$$

ce qui signifie que le jeu est favorable lorsque l'urne contient au moins 3 boules noires.

2. L'ensemble des tirages successifs, dans l'urne, de deux boules sans remise, est visualisé par l'arborescence suivante :

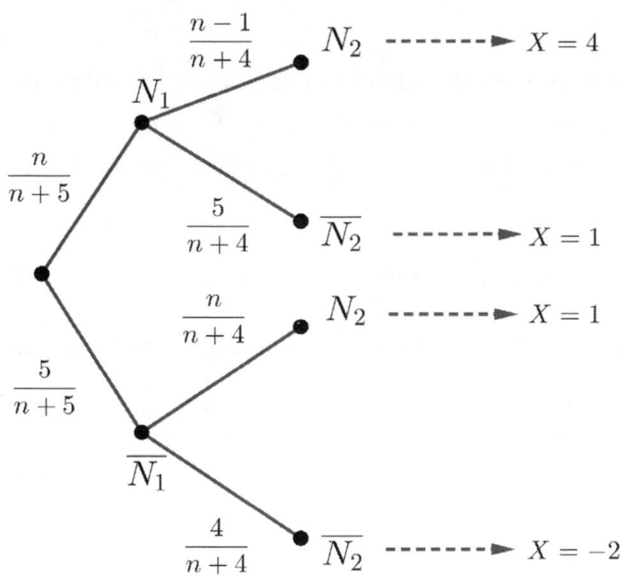

Comme précédemment, nous en déduisons

$$X(\Omega) = \{-2,\ 1,\ 4\}.$$

La loi de X est résumée par le tableau :

k	-2	1	4
$P(X=k)$	$\frac{20}{(n+5)(n+4)}$	$\frac{10n}{(n+5)(n+4)}$	$\frac{n(n-1)}{(n+5)(n+4)}$

Nous obtenons

$$E(X) = -2 \times \frac{20}{(n+5)(n+4)} + 1 \times \frac{10n}{(n+5)(n+4)} + 4 \times \frac{n(n-1)}{(n+5)(n+4)},$$
$$E(X) = \frac{4n^2 + 6n - 40}{(n+5)^2},$$
$$E(X) = \frac{2(2n^2 + 3n - 20)}{(n+5)(n+4)}.$$

De la même façon, pour déterminer le signe de $E(X)$, nous commençons par résoudre, dans $\mathbb{N}$, l'équation

$$2n^2 + 3n - 20 = 0.$$

Nous avons $\Delta = 3^2 - 4 \times 2 \times (-20) = 169 = 13^2$, ce qui donne

$$n = \frac{-3+13}{4} = \frac{5}{2} \text{ ou } n = \frac{-3-13}{4} = -4.$$

Ces deux solutions ne conviennent car $n \geq 2$ est un entier naturel.

Par conséquent, pour $n \geq 2$, nous avons $E(X) \neq 0$.

En appliquant le résultat donnant le signe d'un trinôme du second degré, nous en déduisons que,

$$\text{pour tout entier } n \geq 3,\ E(X) > 0,$$

ce qui signifie que le jeu est à nouveau favorable lorsque l'urne contient au moins 3 boules noires.

Nous en concluons que ce jeu reste favorable dès que $n \geq 3$, indépendamment du mode de tirage successif de deux boules, avec ou sans remise.

Exercice 15. Loi géométrique tronquée

Soit X une variable aléatoire à valeurs dans $X(\Omega) = \{0,\ 1,\ 2,\ \ldots,\ 10\}$ dont la loi est définie par :

$$\left\{\begin{array}{c} P(X=k) = e^{-k}(1-e^{-1}) \text{ si } k \in [\![1,\ 9]\!] \\ P(X=10) = e^{-10} \end{array}\right. .$$

1. Vérifier que $\sum\limits_{k=0}^{10} P(X=k) = 1$.

2. Calculer la probabilité de l'événement $(X \geq 2)$.

On désigne par A l'événement : " X est paire", ce qui signifie que "X prend les valeurs paires de $X(\Omega)$."

3. Calculer la probabilité de A.

4. Justifier que :

▷ $P_A(X=2) \times P(A) = P(X=2)$,

▷ $P_A(X \geq 2) = 1 - \dfrac{1-e^{-1}}{P(A)}$.

Solution

1. Nous avons

$$\sum_{k=0}^{10} P(X=k) = \sum_{k=0}^{9} e^{-k}(1-e^{-1}) + e^{-10} = (1-e^{-1})\left(\sum_{k=0}^{9} e^{-k}\right) + e^{-10}.$$

Nous remarquons que

$$\sum_{k=0}^{9} e^{-k} = \sum_{k=0}^{9} \left(\frac{1}{e}\right)^k,$$

ce qui est égal à la somme des 10 premiers termes d'une suite géométrique de raison $e^{-1} = \dfrac{1}{e}$ et de premier terme 1.

Nous en déduisons

$$\sum_{k=0}^{9} e^{-k} = 1 \times \frac{1-(e^{-1})^{10}}{1-e^{-1}} = \frac{1-e^{-10}}{1-e^{-1}},$$

ce qui donne

$$\sum_{k=0}^{10} P(X=k) = (1-e^{-1})\frac{1-e^{-10}}{1-e^{-1}} + e^{-10} = 1.$$

2. Nous avons

$$
\begin{aligned}
P(X \geq 2) &= 1 - P(X < 2),\\
P(X \geq 2) &= 1 - (p(X = 0) + P(X = 1)),\\
P(X \geq 2) &= 1 - (1 - e^{-1} + e^{-1}(1 - e^{-1})),\\
P(X \geq 2) &= 1 - (1 - e^{-1})(1 + e^{-1}),\\
P(X \geq 2) &= 1 - (1 - e^{-2}),\\
P(X \geq 2) &= e^{-2}.
\end{aligned}
$$

3. Nous observons que

$$
\begin{aligned}
A = (X = 0) \cup (X = 2) \cup (X = 4) \cup (X = 6) \cup (X = 8) \cup (X = 10),\\
A = \bigcup_{k=0}^{5} (X = 2k).
\end{aligned}
$$

Les événements $(X = 2k)$, avec $k \in [\![1, 5]\!]$ sont incompatibles deux à deux. Par additivité, nous obtenons

$$
\begin{aligned}
P(A) &= \sum_{k=0}^{5} P(X = 2k),\\
P(A) &= \sum_{k=0}^{4} P(X = 2k) + P(X = 10),\\
P(A) &= \sum_{k=0}^{4} e^{-2k}(1 - e^{-1}) + e^{-10},\\
P(A) &= (1 - e^{-1}) \sum_{k=0}^{4} (e^{-2})^k + e^{-10}.
\end{aligned}
$$

La sommation $\sum_{k=0}^{4} (e^{-2})^k$ est la somme des 5 premiers termes d'une suite géométrique de raison e^{-2} et de premier terme 1, ce qui donne

$$
\sum_{k=0}^{4} (e^{-2})^k = \frac{1 - (e^{-2})^5}{1 - e^{-2}} = \frac{1 - e^{-10}}{1 - e^{-2}} .
$$

Nous en déduisons

$$
\begin{aligned}
P(A) &= (1-e^{-1}) \times \frac{1-e^{-10}}{1-e^{-2}} + e^{-10},\\
P(A) &= (1-e^{-1}) \times \frac{1-e^{-10}}{(1-e^{-1})(1+e^{-1})} + e^{-10},\\
P(A) &= \frac{1-e^{-10}}{1+e^{-1}} + e^{-10},\\
P(A) &= \frac{e}{e+1}(1-\frac{1}{e^{10}}) + \frac{1}{e^{10}}.
\end{aligned}
$$

4.

▷ Nous avons

$$P_A(X=2) \times P(A) = \frac{P((X=2)\cap A)}{P(A)} \times P(A) = P((X=2)\cap A).$$

Or nous observons que $(X=2) \subset A$, donc $(X=2)\cap A = (X=2)$, ce qui justifie

$$P_A(X=2) \times P(A) = P(X=2).$$

▷ Puisque la probabilité conditionnelle P_A est une loi de probabilité, nous avons

$$
\begin{aligned}
P_A(X \geq 2) &= 1 - P_A(X<2),\\
P_A(X \geq 2) &= 1 - (P_A(X=0) + P_A(X=1)),\\
P_A(X \geq 2) &= 1 - \left(\frac{P((X=0)\cap A)}{P(A)} + \frac{P((X=1)\cap A)}{P(A)}\right).
\end{aligned}
$$

Nous remarquons :

$$
\begin{gathered}
(X=0) \subset A, \text{ donc } (X=0)\cap A = (X=0),\\
(X=1)\cap A = \emptyset.
\end{gathered}
$$

Nous en déduisons l'égalité attendue,

$$
\begin{aligned}
P_A(X \geq 2) &= 1 - \frac{P(X=0)}{P(A)},\\
P_A(X \geq 2) &= 1 - \frac{1-e^{-1}}{P(A)}.
\end{aligned}
$$

Exercice 16. Loi du plus grand de deux nombres

Une urne contient 5 *boules numérotées de* 1 *à* 5. *Deux boules sont prélevées au hasard, successivement, sans remise.*

On désigne par X *la variable aléatoire égale au plus grand des deux numéros apparus sur les deux boules.*

1. Que peut-on dire de l'événement $(X = 1)$ *?*

Déterminer la loi de la variable X.

Vérifier que, pour tout entier k *tel que* $1 \leq k \leq 5$,

$$P(X = k) = \frac{k-1}{10}.$$

Calculer l'espérance et la variance de X.

2. Nous supposons, plus généralement, que l'urne contient n *boules numérotées de* 1 *à* n, *avec* $n \geq 2$. *Le mode de tirage est identique et* X *est toujours la variable aléatoire égale au plus grand des deux numéros apparus sur les deux boules.*

Déterminer la loi de X.

3. L'entier n *étant choisi, donner un algorithme qui restitue l'espérance et la variance de* X.

Solution

1. Sur le graphique ci-dessous, nous avons représenté l'ensemble Ω des 20 issues possibles et nous avons associé à chacune de ces issues la valeur correspondante de la variable aléatoire X.

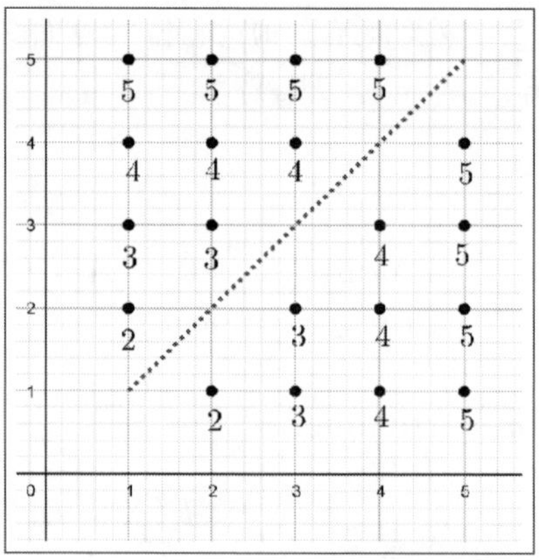

▷ Nous remarquons que par définition de la variable X : $(X = 1) = \emptyset$.

▷ Loi de X.

Nous avons $X(\Omega) = \{2, 3, 4, 5\}$.

En utilisant le graphique ci-dessus, la loi de X est donné par le tableau :

k	2	3	4	5
$P(X = k)$	$\frac{2}{20} = \frac{1}{10}$	$\frac{4}{20} = \frac{2}{10}$	$\frac{6}{20} = \frac{3}{10}$	$\frac{8}{20} = \frac{4}{10}$

Sachant que $P(X = 1) = 0$, nous pouvons vérifier que

$$\forall k \in [\![1,\, 5]\!],\ P(X = k) = \frac{k-1}{10},$$

ce qui définit la loi de X lorsque $1 \leq k \leq 5$.

▷ Espérance de X. Nous avons

$$\begin{aligned}
E(X) &= \sum_{k=1}^{5} kP(X = k) = \sum_{k=1}^{5} \frac{k(k-1)}{10},\\
E(X) &= \frac{1}{10}\left(\sum_{k=1}^{5} k^2 - \sum_{k=1}^{5} k\right),\\
E(X) &= \frac{1}{10}(1^2 + 2^2 + 3^2 + 4^2 + 5^2 - \frac{6 \times 5}{2}),\\
E(X) &= \frac{1}{10}(55 - 15),\\
E(X) &= 4.
\end{aligned}$$

▷ Variance de X. Nous commençons par calculer $E(X^2)$. Il vient

$$\begin{aligned}
E(X^2) &= \sum_{k=1}^{5} k^2 P(X = k) = \sum_{k=1}^{5} \frac{k^2(k-1)}{10},\\
E(X^2) &= \frac{1}{10}\left(\sum_{k=1}^{5} k^3 - \sum_{k=1}^{5} k^2\right),\\
E(X^2) &= \frac{1}{10}(1^3 + 2^3 + 3^3 + 4^3 + 5^3 - (1^2 + 2^2 + 3^2 + 4^2 + 5^2)),\\
E(X^2) &= \frac{1}{10}\left((1^3 - 1^2) + (2^3 - 2^2) + (3^3 - 3^2) + (4^3 - 4^2) + (5^3 - 5^2)\right),\\
E(X^2) &= \frac{1}{10}(4 + 18 + 48 + 100),\\
E(X^2) &= 17.
\end{aligned}$$

Nous en déduisons, en utilisant la formule de König-Huyghens,

$$V(X) = E(X^2) - (E(X))^2 = 17 - 4^2 = 1.$$

2. Cas général.

Soit un entier $n \geq 2$. Une issue possible est le tirage successif sans remise de deux boules dans l'urne qui contient n boules numérotées de 1 à n.

Nous avons

$\triangleright$ n choix possibles pour le prélèvement de la première boule,

$\triangleright$ $n-1$ choix possibles pour le prélèvement de la seconde boule.

Ainsi nous dénombrons $n(n-1)$ issues possibles relativement à cette expérience aléatoire.

Comme précédemment, l'événement $(X = 1)$ est impossible.

Nous pouvons donc considérer que $X(\Omega) = \{1, 2, \ldots, n\}$.

Le nombre d'issues favorables à la réalisation des événements $(X = 2)$, $(X = 3)$... est identique au cas particulier précédent.

L'événement $(X = n)$ est réalisé :

$\triangleright$ par les $n-1$ couples $(1, n), (2, n), \ldots, (n-1, n)$ et

$\triangleright$ par les $n-1$ couples $(n, 1), (n, 2), \ldots, (n, n-1)$.

Ainsi nous dénombrons $2n-2$ issues favorables à la réalisation de $(X = n)$.

La loi de X est donnée par le tableau qui suit et qui généralise le précédent :

k	1	2	3	...	n
$P(X = k)$	0	$\dfrac{2}{n(n-1)}$	$\dfrac{6}{n(n-1)}$	...	$\dfrac{2(n-1)}{n(n-1)}$

Nous en déduisons

$$\forall k \in [\![1,\, n]\!],\ P(X = k) = \frac{2k-2}{n(n-1)},$$

ce qui définit explicitement la loi de X lorsque $1 \leq k \leq n$.

3. Nous avons

$$E(X) = \sum_{k=1}^{n} kP(X = k) = \sum_{k=1}^{n} \frac{2k(k-1)}{n(n-1)},$$

$$E(X) = \frac{2}{n(n-1)} \left(\sum_{k=1}^{n} k^2 - \sum_{k=1}^{n} k \right),$$

ainsi que

$$E(X^2) = \sum_{k=1}^{n} k^2 P(X = k) = \sum_{k=1}^{n} \frac{2k^2(k-1)}{n(n-1)},$$

$$E(X^2) = \frac{2}{n(n-1)} \left(\sum_{k=1}^{n} k^3 - \sum_{k=1}^{n} k^2 \right).$$

L'entier $N \geq 2$ étant choisi par l'utilisateur, nous proposons l'algorithme suivant qui restitue l'espérance et la variance de X.

Algorithme	Python

$S \leftarrow 0$
$C \leftarrow 0$
Pour I allant de 1 à N
    $S \leftarrow S + I^2 - I$
    $C \leftarrow C + I^3 - I^2$
Fin Pour
$E \leftarrow \frac{2S}{N(N-1)}$
$M \leftarrow \frac{2C}{N(N-1)}$
$V \leftarrow M - E^2$
	`n=int(input("n="))`
	`s=0`
	`c=0`
	`for i in range(1,n+1):`
	`    s=s+i**2-i`
	`    c=c+i**3-i**2`
	`E=2*s/(n*(n-1))`
	`M=2*c/(n*(n-1))`
	`V=M-E**2`
	`print(E)`
	`print(V)`

Exercice 17. Marche aléatoire sur une droite

Sur une droite graduée par un repère d'origine O, on place un pion en O. On lance 4 fois de suite une pièce équilibrée.

Lorsque Pile est obtenu, le jeton est déplacé d'une unité vers la droite, modélisée par $+1$, sinon le jeton est déplacé vers la gauche d'une unité (-1). On désigne par X la variable aléatoire égale à l'abscisse du jeton après quatre lancers.

1. Quel est le nombre d'issues possibles et quelles sont les valeurs que X peut atteindre lors de cette expérience aléatoire ?

2. Quelle est la probabilité que le jeton revienne en O après quatre lancers ? Quelle est la probabilité que le jeton se trouve à droite de O après quatre lancers ?

3. Déterminer la loi de X.

Calculer l'espérance de X. Comment interpréter le résultat obtenu ?

Solution

1. Nous représentons l'ensemble Ω des 16 issues possibles de cette expérience aléatoire par l'arbre suivant et nous avons associé à chacune de ces issues la valeur correspondante de la variable aléatoire X.

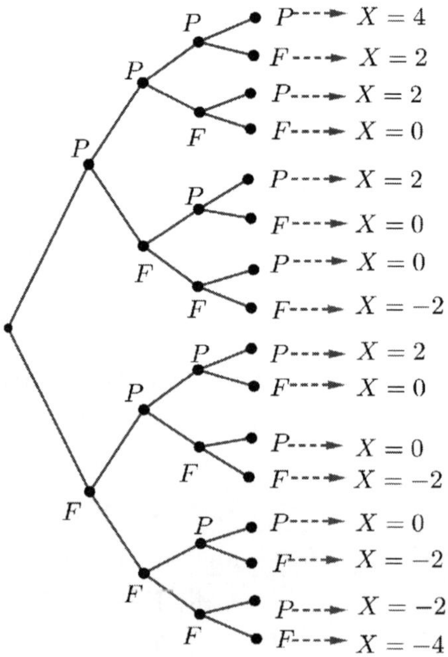

Grâce à l'arborescence ci-dessus, nous obtenons que l'ensemble des valeurs prises par X est

$$X(\Omega) = \{-4,\ -2,\ 0,\ 2,\ 4\}.$$

2. L'événement : "le jeton revient en O après quatre lancers" est l'événement $(X = 0)$.

Nous avons

$$P(X=0) = \frac{\text{card}(X=0)}{16} = \frac{6}{16} = \frac{3}{8}.$$

L'événement : "le jeton se trouve à droite de O après quatre lancers" est $(X > 0)$.

Nous avons

$$(X > 0) = (X = 2) \cup (X = 4), \text{ avec } (X = 2) \cap (X = 4) = \emptyset.$$

Par additivité, nous obtenons

$$P(X > 0) = P(X = 2) + P(X = 4) = \frac{4}{16} + \frac{1}{16} = \frac{5}{16}.$$

3. Nous déterminons la loi de X sous la forme du tableau suivant :

k	-4	-2	0	2	4
$P(X = k)$	$\frac{1}{16}$	$\frac{4}{16}$	$\frac{6}{16}$	$\frac{4}{16}$	$\frac{1}{16}$

Nous en déduisons

$$E(X) = (-4) \times \frac{1}{16} + (-2) \times \frac{4}{16} + 0 \times \frac{6}{16} + 2 \times \frac{4}{16} + 4 \times \frac{1}{16} = 0.$$

Ce résultat est justifié par le fait que X atteint des valeurs symétriques par rapport à 0, les probabilités de ces dernières étant égales.

Exercice 18. Minimum de la fonction $x \mapsto E((X - x)^2)$

Soit X une variable aléatoire définie sur un ensemble fini Ω d'issues possibles et P une loi de probabilité définie sur Ω.

Nous considérons la fonction f définie sur $\mathbb{R}$ par $f : x \mapsto E((X - x)^2)$.

Montrer que f est un trinôme du second degré qui admet un minimum pour une valeur du réel x que l'on précisera, ainsi que la valeur de ce minimum.

Solution

Pour tout réel x, nous avons

$$\begin{aligned} f(x) &= \sum_{k \in X(\Omega)} (k - x)^2 P(X = k), \\ &= \sum_{k \in X(\Omega)} (k^2 - 2kx + x^2) P(X = k), \end{aligned}$$

$$f(x) = \sum_{k \in X(\Omega)} k^2 P(X = k) - 2x \sum_{k \in X(\Omega)} k P(X = k) + x^2 \sum_{k \in X(\Omega)} P(X = k).$$

Puisque $\sum_{k \in X(\Omega)} P(X = k) = 1$ et par définition de $E(X)$ et $E(X^2)$, nous obtenons

$$f(x) = x^2 - 2xE(X) + E(X^2),$$

ce qui montre que la fonction f est un trinôme du second degré .

Pour prouver que f atteint un minimum, nous pouvons la dériver et étudier son sens de variations sur $\mathbb{R}$.

Pour réviser, nous optons pour une autre méthode en mettant $f(x)$ sous sa forme canonique.

Pour tout réel x, il vient

$$f(x) = x^2 - 2xE(X) + (E(X))^2 - (E(X))^2 + E(X^2),$$
$$f(x) = (x - E(X))^2 + V(X).$$

Pour tout réel x, nous en déduisons

$$f(x) - V(X) = (x - E(X))^2 \geq 0, \text{ soit } f(x) \geq V(X),$$

ce qui prouve que le réel $V(X)$ est un minimum pour la fonction f et que ce minimum est atteint si et seulement si $x = E(X)$.

Exercice 19. Deux inégalités probabilistes

1. Inégalité de Markov[10]

Soit X une variable aléatoire finie telle que $X(\Omega) \subset \mathbb{R}^+$.

Justifier que, pour tout réel $a > 0$, $E(X) \geq \sum\limits_{\substack{k \in X(\Omega) \\ k \geq a}} kP(X = k)$.

En déduire l'inégalité de Markov :

$$\forall a > 0,\ P(X \geq a) \leq \frac{E(X)}{a}.$$

2. Inégalité de Bienaymé[11]*-Tchebychev*[12]

Soit X une variable aléatoire finie. En appliquant l'inégalité de Markov à la variable aléatoire $Y = (X - E(X))^2$, prouver que, pour tout réel $\epsilon > 0$, nous disposons de l'inégalité de Bienaymé-Tchebychev :

$$P(|X - E(X)| \geq \epsilon) \leq \frac{V(X)}{\epsilon^2}.$$

3. Nous posons $\sigma = \sigma(X)$. Montrer que, pour tout entier $n \in \mathbb{N}^*$,

$$P(|X - E(X)| \geq n\sigma) \leq \frac{1}{n^2}.$$

10. Mathématicien russe : 1856-1922
11. Mathématicien français : 1796-1878
12. Mathématicien russe : 1821-1894

Solution

1. Soit un réel $a > 0$. Pour tout $k \in X(\Omega)$, nous distinguons par disjonction les deux cas : $k < a$ ou $k \geq a$.

Nous obtenons :

$$E(X) = \sum_{k \in X(\Omega)} kP(X = k) = \sum_{\substack{k \in X(\Omega) \\ k < a}} kP(X = k) + \sum_{\substack{k \in X(\Omega) \\ k \geq a}} kP(X = k).$$

Puisque $X(\Omega) \subset \mathbb{R}^+$, nous en déduisons

$$\sum_{\substack{k \in X(\Omega) \\ k < a}} kP(X = k) \geq 0,$$

ce qui implique

$$E(X) \geq \sum_{\substack{k \in X(\Omega) \\ k \geq a}} kP(X = k).$$

De plus, comme $P(X = k) \geq 0$, si $k \geq a$, alors $kP(X = k) \geq aP(X = k)$.

Il en résulte :

$$\sum_{\substack{k \in X(\Omega) \\ k \geq a}} kP(X = k) \geq \sum_{\substack{k \in X(\Omega) \\ k \geq a}} aP(X = k),$$

ce qui donne, par transitivité de la relation $\geq$,

$$E(X) \geq a \sum_{\substack{k \in X(\Omega) \\ k \geq a}} P(X = k).$$

En observant que $\sum_{\substack{k \in X(\Omega) \\ k \geq a}} P(X = k) = P(X \geq a)$, il vient

$$E(X) \geq aP(X \geq a).$$

Nous en concluons

$$\forall a > 0,\ P(X \geq a) \leq \frac{E(X)}{a}.$$

2. Soit un réel $\epsilon > 0$.

Par définition, nous avons $Y(\Omega) \subset \mathbb{R}^+$.

Nous pouvons donc appliquer l'inégalité de Markov à la variable aléatoire $Y = (X - E(X))^2$, en choisissant $a = \epsilon^2 > 0$. il vient

$$P(Y \geq \epsilon^2) \leq \frac{E(Y)}{\epsilon^2}, \text{ soit } P((X - E(X))^2 \geq \epsilon^2) \leq \frac{E((X - E(X))^2)}{\epsilon^2}.$$

En considérant l'événement $((X - E(X))^2 \geq \epsilon^2)$, nous avons

$$((X - E(X))^2 \geq \epsilon^2) = (\sqrt{(X - E(X))^2} \geq \sqrt{\epsilon^2}) = (|X - E(X)| \geq \epsilon).$$

Par ailleurs, nous savons que $E((X - E(X))^2) = V(X)$.
L'inégalité de Bienaymé-Tchebychev est ainsi acquise :

$$\forall \epsilon > 0,\ P(|X - E(X)| \geq \epsilon) \leq \frac{V(X)}{\epsilon^2}.$$

3. En particulier pour $\epsilon = n\sigma$, nous appliquons l'inégalité de Bienaymé-Tchebychev. Nous obtenons

$$P(|X - E(X)| \geq n\sigma) \leq \frac{\sigma^2}{n^2\sigma^2},$$

c'est-à-dire

$$\forall n \in \mathbb{N}^*,\ P(|X - E(X)| \geq n\sigma) \leq \frac{1}{n^2}.$$

11.4.3 Fonctions indicatrices

Nous proposons, pour clore cette partie, un exercice sur les fonctions indicatrices. Ces dernières fournissent des outils efficaces pour justifier les égalités ensemblistes qui sont utilisées dans ce chapitre 11 et qui sont proposées aussi dans l'annexe qui suit.

Exercice 20. Fonction indicatrice - calculs sur les événements

Soit A un événement inclus dans un ensemble Ω d'issues possibles.

On définit l'indicatrice de A, noté 1_A, comme une fonction définie sur Ω, à valeurs dans $\{0, 1\}$ telle que, pour tout $\omega \in \Omega$,

$$1_A(\omega) = \begin{cases} 1 \text{ si } \omega \in A \\ 0 \text{ si } \omega \in \overline{A} \end{cases}.$$

1. Montrer que, pour tous les événements A et B, nous avons

$$A = B \Leftrightarrow \forall \omega \in \Omega,\ 1_A(\omega) = 1_B(\omega).$$

2. Pour tout $\omega \in \Omega$, déterminer $1_\emptyset(\omega)$ et $1_\Omega(\omega)$.

3. Justifier que, pour tous les événements A et B et tout $\omega \in \Omega$,

$$1_{A\cap B}(\omega) = 1_A(\omega) \times 1_B(\omega),$$
$$1_{A\cup B}(\omega) = 1_A(\omega) + 1_B(\omega) - 1_A(\omega) \times 1_B(\omega).$$

4. En déduire que, pour tout $\omega \in \Omega$,

$$1_{\overline{A}}(\omega) = 1 - 1_A(\omega).$$

5. Lois de Morgan.

En utilisant les propriétés ci-dessus, montrer que, pour tous les événements A et B, nous disposons des deux égalités :

$$\overline{A \cap B} = \overline{A} \cup \overline{B}.$$
$$\overline{A \cup B} = \overline{A} \cap \overline{B}.$$

6. Distributivité de $\cap$ sur $\cup$ et réciproquement.

Montrer que, pour tous les événements A, B et C,

$$A \cap (B \cup C) = (A \cap B) \cup (A \cap C).$$
$$A \cup (B \cap C) = (A \cup B) \cap (A \cup C).$$

Solution

1. Soit $\omega \in \Omega$. Si $A = B$, alors nous avons $1_A(\omega) = 1_B(\omega)$.

Réciproquement, supposons que $1_A(\omega) = 1_B(\omega)$.

Si $\omega \in A$, alors $1_A(\omega) = 1$, donc $1_B(\omega) = 1$, ce qui prouve que $\omega \in B$, par suite nous obtenons $A \subset B$.

De la même façon si $\omega \in B$, alors $\omega \in A$, soit $B \subset A$.

La double inclusion $A \subset B$ et $B \subset A$ équivaut, par définition [13] à l'égalité $A = B$.

Nous en concluons

$$A = B \Leftrightarrow \forall \omega \in \Omega,\ 1_A(\omega) = 1_B(\omega).$$

2. Pour tout $\omega \in \Omega$, nous avons $\omega \notin \emptyset$. Il en résulte que $1_\emptyset(\omega) = 0$.

Pour tout $\omega \in \Omega$, nous avons $\omega \in \Omega$, ce qui donne $1_\Omega(\omega) = 1$.

3. Soit $\omega \in \Omega$. Pour justifier la première égalité, nous distinguons, par disjonction, 4 cas selon que ω réalise ou non les événements A ou B. Nous considérons le tableau suivant :

	$1_A(\omega)$	$1_B(\omega)$	$1_{A\cap B}(\omega)$	$1_A(\omega).1_B(\omega)$
$\omega \in A \,\text{et}\, \omega \in B$	1	1	1	1
$\omega \in A \,\text{et}\, \omega \notin B$	1	0	0	0
$\omega \notin A \,\text{et}\, \omega \in B$	0	1	0	0
$\omega \notin A \,\text{et}\, \omega \notin B$	0	0	0	0

13. Annexe § 1.4

Les deux dernières colonnes de ce tableau nous permettent de conclure que :

$$\forall \omega \in \Omega,\ 1_{A\cap B}(\omega) = 1_A(\omega) \times 1_B(\omega).$$

Nous procédons de la même façon pour justifier la seconde égalité. Pour simplifier la présentation de ce tableau, nous confondons, par abus de langage, $1_A(\omega)$ avec 1_A dans la dernière colonne.

	$1_A(\omega)$	$1_B(\omega)$	$1_{A\cup B}(\omega)$	$1_A + 1_B - 1_A.1_B$
$\omega \in A \, \text{et} \, \omega \in B$	1	1	1	1
$\omega \in A \, \text{et} \, \omega \notin B$	1	0	1	1
$\omega \notin A \, \text{et} \, \omega \in B$	0	1	1	1
$\omega \notin A \, \text{et} \, \omega \notin B$	0	0	0	0

Nous en concluons :

$$\forall \omega \in \Omega,\ 1_{A\cup B}(\omega) = 1_A(\omega) + 1_B(\omega) - 1_A(\omega) \times 1_B(\omega).$$

4. Nous savons que $A \cup \overline{A} = \Omega$. Il en résulte que

$$1_{A\cup\overline{A}} = 1_\Omega.$$

Pour tout $\omega \in \Omega$, nous en déduisons

$$1_A(\omega) + 1_{\overline{A}}(\omega) - 1_A(\omega) \times 1_{\overline{A}}(\omega) = 1.$$

Or nous avons

$$1_A(\omega) \times 1_{\overline{A}}(\omega) = 1_{A\cap\overline{A}} = 1_\emptyset = 0,$$

ce qui permet de conclure par

$$\forall \omega \in \Omega,\ 1_{\overline{A}}(\omega) = 1 - 1_A(\omega).$$

5. Pour simplifier la rédaction, nous confondons, par abus de langage, $1_A(\omega)$ avec 1_A.

Soient A et B deux événements. Nous avons d'une part,

$$1_{\overline{A\cap B}} = 1 - 1_{A\cap B} = 1 - 1_A \times 1_B.$$

D'autre part, nous obtenons

$$1_{\overline{A}\cup\overline{B}} = 1_{\overline{A}} + 1_{\overline{B}} - 1_{\overline{A}} \times 1_{\overline{B}} = 1 - 1_A + 1 - 1_B - (1 - 1_A)(1 - 1_B) = 1 - 1_A \times 1_B.$$

Nous en déduisons :

$$1_{\overline{A\cap B}} = 1_{\overline{A}\cup\overline{B}}.$$

Ainsi nous avons prouvé la première loi de Morgan

$$\overline{A\cap B} = \overline{A}\cup\overline{B}.$$

Avec le même abus de langage, nous obtenons

$$1_{\overline{A\cup B}} = 1 - 1_{A\cup B} = 1 - (1_A + 1_B - 1_A \times 1_B) = (1 - 1_A) - 1_B(1 - 1_A) = (1 - 1_A)(1 - 1_B) = 1_{\overline{A}} \times 1_{\overline{B}} = 1_{\overline{A}\cap\overline{B}}.$$

Nous en déduisons la seconde loi de Morgan :

$$\overline{A\cup B} = \overline{A}\cap\overline{B}.$$

6. Soient les événements A, B et C. D'une part, nous avons

$$1_{A\cap(B\cup C)} = 1_A 1_{B\cup C} = 1_A(1_B + 1_C - 1_B 1_C) = 1_A 1_B + 1_A 1_C - 1_A 1_B 1_C.$$

D'autre part, il vient

$$1_{(A\cap B)\cup(A\cup C)} = 1_{A\cap B} + 1_{A\cap C} - 1_{A\cap B} 1_{A\cap C} = 1_A 1_B + 1_A 1_C - 1_A 1_B 1_A 1_C.$$

En remarquant que $1_A 1_A = 1_{A\cap A} = 1_A$, nous obtenons

$$1_{(A\cap B)\cup(A\cup C)} == 1_A 1_B + 1_A 1_C - 1_A 1_B 1_C.$$

Nous en déduisons

$$1_{A\cap(B\cup C)} = 1_{(A\cap B)\cup(A\cup C)}.$$

La distributivité de $\cap$ sur $\cup$ est ainsi prouvée, c'est-à-dire

$$A\cap(B\cup C) = (A\cap B)\cup(A\cap C).$$

Pour justifier la distributivité de $\cup$ sur $\cap$, nous utilisons les règles de calcul dont nous disposons à présent sur les événements. Nous avons

$$\overline{A\cup(B\cap C)} = \overline{A}\cap(\overline{B}\cup\overline{C}) = (\overline{A}\cap\overline{B})\cup(\overline{A}\cap\overline{C}) = \overline{A\cup B}\cup\overline{A\cup C},$$
$$\overline{A\cup(B\cap C)} = \overline{(A\cup B)\cap(A\cup C)}.$$

En passant aux événements contraires, nous en concluons

$$A\cup(B\cap C) = (A\cup B)\cap(A\cup C).$$

CHAPITRE 12

Annexe : Ensembles - Logique

A la fin du XIXe siècle et au début du XXe des mathématiciens tels que Georg Cantor (1845-1918) ou Ernst Zermelo (1871-1953) ont introduit le concept d'ensemble qui fournit un cadre unificateur pour les diverses branches des mathématiques.

Dans cette annexe, nous introduisons le vocabulaire de la théorie des ensembles et les opérations ensemblistes de base. Ces notions sont largement utilisées dans le programme de Première (et les suivants), ainsi que dans ce livre.

Nous abordons ensuite un exposé modeste concernant la logique mathématique. L'objectif est de préciser les outils de raisonnement que nous avons utilisés dans les différents chapitres de ce cours. Il s'agit donc d'approfondir les notions telles que celles de connecteurs logiques comme "et", "ou", "non", "implication", "équivalence", ainsi que sur les diverses argumentations qui nous ont permis d'élaborer des démonstrations, comme la mise en place d'un contre-exemple, d'une réciproque, d'un raisonnement par disjonction, par l'absurde, par contraposition, par récurrence.

Le mot "logique" est d'origine grecque. La logique fut érigée en science par le savant grec Aristote (384-382 av. J-C). C'est au début du XVIIIe siècle que Leibniz fait une tentative pour créer un système de logique formelle, mais ses travaux à ce sujet ne seront pas publiés. Il faut attendre le XIXe siècle pour que les mathématiciens anglais Augustus De Morgan et George Boole fondent une logique mathématique en développant notamment le calcul des propositions.

En codant par 1 (vrai) ou 0 (faux) la valeur de vérité d'une proposition, nous abordons un des fondements de l'informatique. Il s'agit du calcul binaire mis en œuvre dans le calcul des propositions.

Le XXe siècle est marqué par un essor très important de la logique, conjointement à la théorie des ensembles. Les mathématiciens et logiciens contemporains ont notamment travaillé sur les fondements des mathématiques.

12.1 Notions sur les ensembles

12.1.1 Des exemples rencontrés en Seconde

Comme nous l'avons vu en Seconde, nous considérons l'ensemble des entiers naturels noté $\mathbb{N}$ ou bien l'ensemble des entiers relatifs noté $\mathbb{Z}$.

L'ensemble des nombres décimaux est noté $\mathbb{D}$.

Nous décrivons $\mathbb{N}$ en donnant la liste infinie des ses éléments, ce qui se note

$$\mathbb{N} = \{0,\ 1,\ 2, \cdots,\ n,\ n+1 \cdots\}.$$

De même, nous avons

$$\mathbb{Z} = \{\cdots - n - 1,\ -n,\ \cdots,\quad 2,\quad 1,\ 0,\ 1,\ 2, \cdots,\ n,\ n+1 \cdots\}.$$

On dit que ces deux ensembles sont donnés en *extension.*

Par contre, pour l'ensemble $\mathbb{D}$, nous ne savons pas expliciter la liste des ses éléments.

Mais il est possible de décrire chaque élément de $\mathbb{D}$ par une propriété générique.

Ainsi $\mathbb{D}$ est l'ensemble des nombres de la forme $\frac{a}{10^p}$, avec $a \in \mathbb{Z}$ et $p \in \mathbb{N}$.

Une écriture ensembliste de cet ensemble est

$$\mathbb{D} = \left\{ \frac{a}{10^p} / a \in \mathbb{Z},\ p \in \mathbb{N} \right\}.$$

On dit que l'ensemble $\mathbb{D}$ est donné en *compréhension.*

L'ensemble des nombres rationnels $\mathbb{Q}$ peut être aussi défini en compréhension

$$\mathbb{Q} = \left\{ \frac{a}{b} / a \in \mathbb{Z}, b \in \mathbb{N}^* \right\}.$$

Mais l'ensemble des nombres réels $\mathbb{R}$ ne peut pas être défini en extension ou en compréhension.

12.1.2 Plus généralement

En géométrie les points sont des objets du plan ou de l'espace. Nous parlerons de l'ensemble $\mathcal{P}$ des points du plan ou bien de l'ensemble $\mathcal{E}$ des points de l'espace.

Dans ces deux exemples il n'est pas possible de donner une description en extension ou en compréhension.

Plus généralement on désigne par E un ensemble quelconque. C'est un terme générique. On dit aussi que la donnée de l'ensemble E est une notion primitive.

Cet ensemble E peut représenter n'importe lequel des exemples cités ci-dessus mais aussi une infinité d'autres situations.

Par exemple, depuis la Seconde, nous connaissons :
- l'ensemble des vecteurs du plan, noté souvent $(\overrightarrow{P})$,
- l'ensemble des issues possibles d'une expérience aléatoire, noté souvent Ω,
- l'ensemble des fonctions numériques définies sur un intervalle de $\mathbb{R}$...

12.1.3 Relation d'appartenance - Relation d'inclusion

Définition (relation d'appartenance). *Lorsqu'un objet x est un élément d'un ensemble E, on dit que x appartient à E. L'appartenance de x à E est notée $x \in E$.*

Si x n'appartient pas à E, on note $x \notin E$.

Exemples. Nous en donnons deux.

• $-2 \in \mathbb{Z}$, mais $-2 \notin \mathbb{N}$.

• La médiatrice Δ d'un segment $[AB]$ de milieu I est l'ensemble des points M du plan tel que $MA = MB$.

Nous avons $I \in \Delta$, mais $A \notin \Delta$.

Définition (relation d'inclusion). *Soient E et F deux ensembles. On dit que F est inclus dans E si tout élément de F appartient à E.*

On note $F \subset E$.

En d'autres termes, nous retiendrons que

$$F \subset E \text{ si et seulement si, quel que soit } x,\ x \in F \text{ implique } x \in E.$$

Remarques. Nous en proposons trois.

• Ne pas confondre "$\subset$" qui met en relation deux ensembles avec "$\in$" qui met en relation un élément avec un ensemble.

• Lorsque $F \subset E$, on dit aussi que F est un sous-ensemble de E ou bien que F est contenu dans E.

• L'ensemble vide, noté $\emptyset$, ne contient aucun élément. C'est un sous-ensemble de tout ensemble E.

Exemples. Nous en donnons trois.

• $\mathbb{Z} \subset \mathbb{D}$.

En effet, si $a \in \mathbb{Z}$, alors on a $a = \dfrac{a}{10^0}$, ce qui justifie que $a \in \mathbb{D}$.

• Soit $a \in \mathbb{N}^*$. L'ensemble, noté $a\mathbb{N}$, des multiples de a, est défini

▷ en extension par

$$a\mathbb{N} = \{0,\ a,\ 2a,\ \cdots,\ na,\ (n+1)a,\ \cdots\},$$

▷ en compréhension par

$$a\mathbb{N} = \{na/n \in \mathbb{N}\}.$$

• Soient a et b deux entiers naturels non nuls. Nous prouvons la propriété suivante :

$$\text{si } b \text{ divise } a, \text{ alors } a\mathbb{N} \subset b\mathbb{N}.$$

On suppose que b divise a, ce qui signifie qu'il existe $k \in \mathbb{N}$ tel que $a = b \times k$.
Si $x \in a\mathbb{N}$, alors il existe $n \in \mathbb{N}$ tel que $x = a \times n$.
Nous en déduisons

$$x = (b \times k) \times n = b \times (kn).$$

En posant $q = kn \in \mathbb{N}$, nous obtenons que $x = b \times q$, ce qui prouve que $x \in b\mathbb{N}$.

Nous en concluons que $a\mathbb{N} \subset b\mathbb{N}$.

12.1.4 Egalité ensembliste

Définition. *Soient E et F deux ensembles.*

L'égalité ensembliste, notée $=$, est définie par

$$E = F \textit{ si et seulement si } E \subset F \textit{ et } F \subset E.$$

Remarques. Nous en faisons deux.

- Ne pas confondre x avec $\{x\}$.

En effet, nous avons $x \in \{x\}$, mais $\{x\} \neq x$.

- La notion d'égalité est diverse. Nous en connaissons plusieurs :

- l'égalité dans $\mathbb{R}$,
- l'égalité de deux fonctions,
- l'égalité de deux vecteurs,
- l'égalité modulo $[2\pi]$.

Exemple. Nous déterminons l'ensemble S des couples $(x,\, y)$ d'entiers relatifs satisfaisant à $x(y+1) = 1$.

Nous étudions ensuite le cas où $(x,\, y)$ est un couple de nombres réels.

▷ Puisque $x \in \mathbb{Z}$ et $y \in \mathbb{Z}$, si $(x,\, y) \in S$, alors

$$x = 1 \,\text{et}\, y + 1 = 1 \text{ ou } x = -1 \text{ et } y + 1 = -1,$$

ce qui implique

$$x = 1 \,\text{et}\, y = 0 \,\text{ou}\, x = -1 \,\text{et}\, y = -2.$$

Ainsi, en posant $S' = \{(1,\, 0);\; (-1,\, -2)\}$, nous avons justifié l'inclusion $S \subset S'$.

Réciproquement, si $(x,\, y) \in S'$, alors $(x,\, y) = (1,\, 0)$ ou $(x,\, y) = (-1,\, -2)$.

Nous vérifions que ces deux couples satisfont à l'équation $x(y+1) = 1$.

Par conséquent nous obtenons l'inclusion $S' \subset S$.

Nous disposons donc de la double inclusion $S \subset S'$ et $S' \subset S$, ce qui prouve

$$S = S' = \{(1,\, 0);\; (-1,\, -2)\}\,.$$

▷ Que peut-on dire des couples $(x,\, y)$ de nombres réels qui sont solutions de l'équation $x(y+1) = 1$?

Les réels $x = 0$ et $y \in \mathbb{R}$ ne vérifient pas l'équation $x(y+1) = 1$.

Pour $x \neq 0$, cette équation équivaut à $y = \dfrac{1}{x} - 1$.

Il en résulte que l'ensemble des solutions de $x(y+1) = 1$ dans $\mathbb{R}^2$, est représenté par l'ensemble des points $M(x, y)$ appartenant à la représentation graphique de la fonction f, définie sur $\mathbb{R}^*$, par $f : x \mapsto \dfrac{1}{x} - 1$.

Les solutions dans $\mathbb{Z}^2$ sont les deux points $A(1,\, 0)$ et $B(-1,\, -2)$ de C_f, à coordonnées entières.

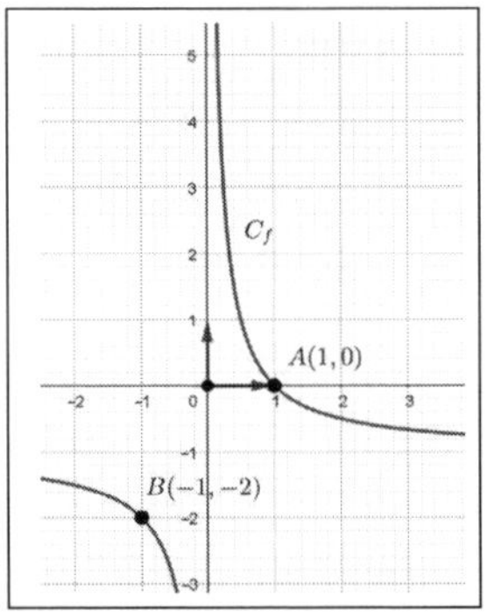

12.2 Opérations ensemblistes

12.2.1 Intersection

Définition. Soient E et F deux ensembles.

L'intersection de E et de F, notée $E \cap F$, est l'ensemble des x tel que $x \in E$ **et** *$x \in F$.*

En d'autres termes, nous avons

$$E \cap F = \{x / x \in E \textbf{ et } x \in F\}.$$

Exemples. Nous en donnons trois.

- Si (D) et (D') sont deux droites du plan ou de l'espace sécantes en un point A, on a $(D) \cap (D') = \{A\}$.
- Si (P) et (P') sont deux plans de l'espace sécants selon une droite (D), on a $(P) \cap (P') = (D)$.
- Si $[-1, 1]$ est un intervalle fermé de $\mathbb{R}$, on a $[-1, 1] \cap \mathbb{Z} = \{-1, 0, 1\}$.

Définition. *Si $E \cap F = \emptyset$, alors on dit que E et F sont disjoints.*

Exemple. Si (D) et (D') sont deux droites du plan strictement parallèles, alors $(D) \cap (D') = \emptyset$.

Proposition. *Soient E, F et G trois ensembles.*

Nous disposons des propriétes suivantes :

- $E \cap E = E$.
- $E \cap \emptyset = \emptyset$.
- *Si $E \subset F$, alors $E \cap F = E$.*
- $E \cap F = F \cap E$.
- $(E \cap F) \cap G = E \cap (F \cap G)$.

Démonstration. Nous pouvons admettre ces propriétés. Cependant la preuve de chacune d'elle est simple à mettre en œuvre en utilisant la notion de fonction indicatrice présentée dans le chapitre 11-exercice 20 du paragraphe "Exercices corrigés".

12.2.2 Union

Définition. *Soient E et F deux ensembles.*

L'union de E et de F, notée $E \cup F$, est l'ensemble des x tel que $x \in E$ **ou** *$x \in F$.*

En d'autres termes, nous avons

$$E \cup F = \{x / x \in E \,\textbf{ou}\, x \in F\}.$$

Remarque. Le "ou" de l'union est **inclusif**, ce qui signifie que si $x \in E \cup F$ alors x appartient **au moins** à l'un des deux ensembles, ainsi x peut appartenir éventuellement à $E \cap F$.

Ce "ou" inclusif est moins restrictif que la conjonction "ou" du langage courant qui a un sens exclusif. Par exemple : "une porte est ouverte ou fermée".

On utilise en mathématiques le "ou" exclusif lorsque E et F sont disjoints. C'est le "ou" exclusif qui est utilisé lors d'un raisonnement par disjonction des cas.

Exemples. Nous en donnons deux.

- E est l'ensemble des entiers naturels pairs et F est l'ensemble des entiers naturels impairs. Nous avons $E \cup F = \mathbb{N}$ et $E \cap F = \emptyset$.
- $]-\infty, 0[\cup]0, +\infty[= \mathbb{R}^*$.

Proposition. *Soient E, F et G trois ensembles.*

Nous disposons des propriétés suivantes :

- $E \cup E = E$.
- $E \cup \emptyset = E$.
- *Si $E \subset F$, alors $E \cup F = F$.*
- $E \cup F = F \cup E$.
- $(E \cup F) \cup G = E \cup (F \cup G)$.

Démonstration. Nous pouvons admettre ces propriétés. La preuve de chacune d'elle est simple à mettre en œuvre en utilisant la notion de fonction indicatrice.

12.2.3 Distributivité

Proposition. *L'opération $\cap$ est distributive par rapport à l'opération $\cup$ et réciproquement. En d'autres termes, pour tous les ensembles E, F et G, nous avons*

$$E \cap (F \cup G) = (E \cap F) \cup (E \cap G).$$
$$E \cup (F \cap G) = (E \cup F) \cap (E \cup G).$$

Démonstration. La preuve de ces deux égalités peut être également justifiée en utilisant la notion de fonction indicatrice.

12.2.4 Complémentaire

Définition. *Soit A un sous-ensemble d'un ensemble E. Le complémentaire de A dans E, noté $\complement_E A$, est l'ensemble des x appartenant à E tel que x n'appartienne pas à A.*

En d'autres termes, nous avons

$$\complement_E A = \{x \in E / x \notin A\}.$$

Remarque. $\complement_E A$ peut être aussi noté A^c ou $E - A$ ou bien $\overline{A}$.

Cette dernière est la notation probabiliste d'un événement contraire.

Proposition. *Soient A et B deux sous-ensembles d'un ensemble E. Nous disposons des propriétés suivantes :*

- $\overline{\overline{A}} = A$.
- $A \cap \overline{A} = \emptyset$ *et* $A \cup \overline{A} = E$.
- $\overline{A \cap B} = \overline{A} \cup \overline{B}$.
- $\overline{A \cup B} = \overline{A} \cap \overline{B}$.

Démonstration. La preuve de ces quatre égalités peut être également justifiée en utilisant la notion de fonction indicatrice.

12.3 Proposition - Connecteurs logiques

12.3.1 Proposition

Définition. *En mathématiques, une proposition p est un énoncé qui est* ***vrai*** *ou* ***faux****.*

Exemples. En voici deux :

- la proposition "6 est un nombre premier" est fausse,.
- la proposition "Si A, B et C sont trois points non alignés du plan tels que $AB^2 + AC^2 = BC^2$, alors le triangle ABC est rectangle en A" est vraie.

12.3.2 Négation

Définition. *Soit p une proposition, la proposition contraire de p, notée* non p, *est la* ***négation*** *de p.*

Axiome (du tiers exclu). *Soit p une proposition, p et* non p *ne peuvent pas être vraies ou fausses simultanément. Si l'une est vraie alors l'autre est fausse.*

Exemples. Nous en proposons deux.

- La proposition "$1 - \sqrt{2} < 0$" est vraie .

Sa négation "$1 - \sqrt{2} \geq 0$" est fausse.

- La proposition "$\frac{1}{3} \in \mathbb{Z}$" est fausse.

Sa négation "$\frac{1}{3} \notin \mathbb{Z}$" est vraie.

Remarques. Nous en faisons trois, les deux premières seront utilisées abondamment dans la suite de ce chapitre.

- En utilisant le codage "vrai=V" ou "vrai= 1" et "faux =F"ou "faux=0", nous pouvons résumer le principe du tiers exclu par la *table de vérité* suivante :

p	non p
1	0
0	1

- Lien avec la théorie des ensembles.

Soient E un ensemble, $x \in E$ et $p(x)$ une proposition dont la valeur de vérité dépend de x. Nous considérons le sous-ensemble A de E tel que

$$A = \{x \in E / p(x)\,\text{vraie}\}.$$

Nous obtenons

$$\overline{A} = \{x \in E/p(x)\,\text{fausse}\} = \{x \in E/\text{non}\ p(x)\,\text{vraie}\}\,.$$

- La proposition non p est parfois notée $(\neg p)$ ou bien $\overline{p}$.

12.3.3 Le connecteur "et"

Définition. *Soient p et q deux propositions. La proposition $(p\,\text{et}\,q)$ est vraie lorsque p, q sont simultanément vraies .*

$(p$ et $q)$ *a pour table de vérité*

p	q	$p\,\text{et}\,q$
1	1	1
1	0	0
0	1	0
0	0	0

Remarques. Nous en donnons deux.

- La proposition p et q est souvent notée $p \wedge q$.
- Lien avec la théorie des ensembles.

Soit E un ensemble. Considérons les sous-ensembles A et B de E définis par

$$A = \{x \in E/p(x)\,\text{vraie}\}\ \text{et}\ B = \{x \in E/q(x)\,\text{vraie}\}.$$

Nous avons

$$A \cap B = \{x \in E/p(x)\,\text{et}\,q(x)\ vraies\}.$$

12.3.4 Le connecteur "ou"

Définition. *Soient p et q deux propositions. La proposition $(p\,\text{ou}\,q)$ est vraie lorsque l'une au moins des deux propositions p, q sont vraies.*

$(p\,\text{ou}\,q)$ *a pour table de vérité*

p	q	$p\,\text{ou}\,q$
1	1	1
1	0	1
0	1	1
0	0	0

Remarques. Elles sont au nombre de trois.

- La proposition $p\,\text{ou}\,q$ est souvent notée $p \vee q$.
- Lien avec la théorie des ensembles.

Soit E un ensemble. Considérons les sous-ensembles A et B de E définis par :

$$A = \{x \in E/p(x)\,\text{vraie}\} \text{ et } B = \{x \in E/q(x)\,\text{vraie}\}.$$

Nous avons

$$A \cup B = \{x \in E/p(x)\,\text{ou}\,q(x)\,vraie\}.$$

- Le connecteur "ou" est inclusif par opposition au "ou exclusif".

En mathématiques, le "ou" est soit inclusif soit exclusif suivant le contexte.

Par exemple, dans le langage courant , considérons les deux propositions :

"Boire ou conduire, il faut choisir" . Il s'agit d'un "ou" exclusif.

"Qu'il neige ou qu'il vente, je ne mettrai pas le nez dehors". Le "ou" est ici inclusif.

En mathématiques, nous considérons les exemples suivants :

"un entier naturel est pair ou impair". Le "ou" est exclusif.

$(0 \leq x \leq 2)\,\text{ou}\,(-1 < x < 1)$ signifie que $-1 < x \leq 2$.

Le "ou" est ici inclusif.

En d'autres termes, nous avons

$[0,\, 2] \cup]-1,\, 1[=]-1,\, 2]$, avec $[0,\, 2] \cap]-1,\, 1[= [0,\, 1[$.

12.3.5 Le connecteur "implication"

Définition. *Soient p et q deux propositions. La proposition* $(p\,\text{implique}\,q)$*, notée* $(p \Rightarrow q)$*, est fausse dans le cas où p est vraie et q est fausse ; elle est vraie dans les trois autres cas.*

En d'autres termes $(p \Rightarrow q)$ *a pour table de vérité*

p	q	$p \Rightarrow q$
1	1	1
1	0	0
0	1	1
0	0	1

Remarque. Nous apportons la précision suivante :

En mathématiques l'usage de l'implication est synonyme de "si...alors" ou bien de "donc", ou encore de "par suite".

Cet usage induit le raisonnement par déduction, très fréquent, car prouver que la proposition $(p \Rightarrow q)$ est vraie, revient à démontrer que si la proposition p est vraie, alors la proposition q est vraie.

En fait nous raisonnons par déduction en restant sur la première ligne de la table de vérité de $(p \Rightarrow q)$.

Définition. *Soient p et q deux propositions telles que $(p \Rightarrow q)$ soit vraie.*

On dit que :

• *p est une condition **suffisante** pour q, c'est-à-dire, il suffit que p soit vraie pour que q soit vraie.*

• *q est une condition **nécessaire** pour p, c'est-à-dire, il faut que q soit vraie pour que p soit vraie.*

Remarques. Nous en donnons trois.

• Les expressions "il suffit" ou "il faut" sont à employer avec précaution.

• Soient p et q deux propositions vraies.

On retiendra que les six formulations suivantes sont synonymes de la proposition $(p \Rightarrow q)$.

1. p donc q.
2. Si p, alors q.
3. Il suffit que p pour q.
4. Il faut que q pour p.
5. p est une condition suffisante pour q.
6. q est une condition nécessaire pour p.

• Lien avec la théorie des ensembles. Soit E un ensemble. Considérons les sous-ensembles A et B de E définis par

$$A = \{x \in E / p(x) \text{ vraie}\} \text{ et } B = \{x \in E / q(x) \text{ vraie}\}.$$
$$A \subset B \text{ signifie que } (p(x) \Rightarrow q(x)) \text{ est vraie.}$$

Proposition. *Les deux propositions $(p \Rightarrow q)$ et $(\text{non } p \vee q)$ ont les mêmes valeurs de vérité.*

Démonstration. Nous avons

p	q	non$p$	$(p \Rightarrow q)$	non $p \vee q$
1	1	0	1	1
1	0	0	0	0
0	1	1	1	1
0	0	1	1	1

12.3.6 Réciproque

Définition. *Soient p et q deux propositions. La réciproque de $(p \Rightarrow q)$ est $(q \Rightarrow p)$.*

La table de vérité de $(q \Rightarrow p)$ est

p	q	$p \Rightarrow q$	$q \Rightarrow p$
1	1	1	1
1	0	0	1
0	1	1	0
0	0	1	1

Remarque. Lorsque $(p \Rightarrow q)$ est vraie, sa réciproque peut être vraie ou fausse comme l'indique la table de vérité ci-dessus.

Exemples. Nous en proposons deux.

- Si ABC est un triangle tel que $BC^2 = AB^2 + AC^2$, alors ABC est rectangle en A. C'est la réciproque du théorème de Pythagore.
- Si a et b sont deux réels tels que $a = b$, alors $a^2 = b^2$. Cette proposition est vraie.

Sa réciproque est :

Si a et b sont deux réels tels que $a^2 = b^2$, alors $a = b$.

Cette proposition est fausse. En effet on peut trouver deux réels a et b tels que $a^2 = b^2$ et $a \neq b$. Par exemple $a = 3$ et $b = -3$ est un contre-exemple qui prouve que cette réciproque est fausse.

Pour bien le comprendre, voir ci-après le paragraphe 12.3.8 "négation d'une implication".

12.3.7 Equivalence

Définition. *Soient p et q deux propositions. La proposition (p équivalent à q), notée* $(p \Leftrightarrow q)$*, est vraie lorsque p et q sont simultanément vraies ou fausses. Elle est fausse dans les deux autres cas.*

$(p \Leftrightarrow q)$ *a pour table de vérité*

p	q	$p \Leftrightarrow q$
1	1	1
1	0	0
0	1	0
0	0	1

Remarques. Nous en donnons deux.

- Comme pour $(p \Rightarrow q)$, on raisonne avec $(p \Leftrightarrow q)$ en restant, la plupart du temps, sur la première ligne de la table de vérité.
- Plus généralement, on considère que deux propositions sont équivalentes lorsqu'elles ont les mêmes valeurs de vérité.

Ce principe permet d'établir des règles de calcul sur les propositions, règles dont les utilisations sont fréquentes en mathématiques.

Nous illustrons cette remarque par la proposition suivante :

Proposition. *Soient p et q deux propositions. Nous avons*

- $(p \Rightarrow q) \Leftrightarrow (\text{non}\, p \vee q)$.
- $(p \Leftrightarrow q) \Leftrightarrow ((p \Rightarrow q) \wedge (q \Rightarrow p))$.

Démonstration. $(p \Rightarrow q) \Leftrightarrow (\text{non}p \vee q)$ est justifiée par la proposition du paragraphe 12.3.5 .

Pour la seconde équivalence, nous formons simultanément la table de vérité de chacune des deux propositions.

p	q	$p \Rightarrow q$	$q \Rightarrow p$	$(p \Rightarrow q) \wedge (q \Rightarrow p)$	$p \Leftrightarrow q$
1	1	1	1	1	1
1	0	0	1	0	0
0	1	1	0	0	0
0	0	1	1	1	1

Remarques. Nous avons les points suivants :

- Nous retiendrons que les formulations qui suivent sont synonymes de la proposition $(p \Leftrightarrow q)$.

1. p équivaut à q.

2. p si et seulement si q.

3. p est une condition nécessaire et suffisante de q.

- Lien avec la théorie des ensembles.

Soit E un ensemble. Considérons les sous-ensembles A et B de E définis par

$$A = \{x \in E/p(x) \text{ vraie}\} \text{ et } B = \{x \in E/q(x) \text{ vraie}\}.$$
$$A = B \text{ signifie que } (p(x) \Leftrightarrow q(x)) \text{ est vraie.}$$

Nous retiendrons que cette interprétation fait le lien entre la résolution d'une équation ou inéquation par équivalence et l'obtention de l'ensemble des solutions.

Exemple. Résolution dans $\mathbb{R}$ de l'équation $x^2 = 2$, notée [1].

Nous avons

$$[1] \Leftrightarrow x = -\sqrt{2} \,\text{ou}\, x = \sqrt{2}$$

En désignant par S l'ensemble des solutions de [1], nous avons

$$S = \left\{x \in \mathbb{R}/x^2 = 2\right\}.$$

La résolution de [1] par équivalence justifie que $S = \left\{-\sqrt{2}, \sqrt{2}\right\}$.

12.3.8 Négation des connecteurs *non*, $\wedge$, $\vee$, $\Rightarrow$

Proposition. *Soient p et q deux propositions. Nous disposons des équivalences suivantes :*

1. $\text{non}(\text{non}\, p) \Leftrightarrow p$.
2. $\text{non}(p \wedge q) \Leftrightarrow (\text{non}\, p \vee \text{non}\, q)$.
3. $\text{non}(p \vee q) \Leftrightarrow (\text{non}\, p \wedge \text{non}\, q)$.
4. $\text{non}(p \Rightarrow q) \Leftrightarrow (p \wedge \text{non}\, q)$.

Démonstration. Nous justifions les trois premières propriétés à l'aide de tables de vérité.

1.

p	$\text{non}\, p$	$\text{non}(\text{non}\, p)$
1	0	1
0	1	0

2.

p	q	$p \wedge q$	$\text{non}(p \wedge q)$	$\text{non}\, p$	$\text{non}\, q$	$\text{non}\, p \vee \text{non}\, q$
1	1	1	0	0	0	0
1	0	0	1	0	1	1
0	1	0	1	1	0	1
0	0	0	1	1	1	1

3.

p	q	$p \vee q$	$\text{non}(p \vee q)$	$\text{non}\, p$	$\text{non}\, q$	$\text{non}\, p \wedge \text{non}\, q$
1	1	1	0	0	0	0
1	0	1	0	0	1	0
0	1	1	0	1	0	0
0	0	0	1	1	1	1

4. En ce qui concerne cette dernière propriété, nous sommes en mesure, en utilisant les propriétés ci-dessus, de faire un premier calcul de propositions équivalentes.

Dans le paragraphe 12.3.7, nous avons justifié que $(p \Rightarrow q) \Leftrightarrow (\text{non}p \vee q)$.

Nous en déduisons les équivalences suivantes :

$$\text{non}(p \Rightarrow q) \Leftrightarrow \text{non}(\text{non}\, p \vee q),$$
$$\text{non}(p \Rightarrow q) \Leftrightarrow \text{non}(\text{non}\, p) \wedge \text{non}\, q,$$
$$\text{non}(p \Rightarrow q) \Leftrightarrow p \wedge \text{non}\, q.$$

Remarques. Nous en faisons deux.

- Les propriétés 2. et 3. sont les lois de Morgan pour le calcul des propositions.
- La propriété 4. est utilisée pour prouver qu'une implication est fausse.

12.4 Quantificateurs

12.4.1 Quantificateur universel

Définition. *Soient E un ensemble, $x \in E$ et $p(x)$ une proposition dont la valeur de vérité dépend de x.*

Si, quel que soit $x \in E$, la proposition $p(x)$ est vraie, on écrit :

$$\forall x \in E,\ p(x).$$

Le symbole $\forall$ est le quantificateur universel.

Remarques. Nous en faisons deux.

- $\forall x \in E$ peut se lire aussi, pour tout x élément de E, ou bien, pour chaque x élément de E.
- La proposition $(\forall x \in E,\ p(x))$ est soit vraie, soit fausse.

Nous illustrons cette situation dans les deux exemples qui suivent.

Exemples. Nous en donnons deux.

- Soit x un réel quelconque. nous avons

$$(-x)^2 = (-x)(-x) = x^2.$$

Nous pouvons donc en conclure que $(\forall x \in \mathbb{R},\ (-x)^2 = x^2)$ est une proposition vraie.

- Considérons la proposition

$$\forall x \in \mathbb{R},\ x^2 = x + 1.$$

Il est clair que pour $x = 0$, l'égalité n'est pas vérifiée.

La proposition $(\forall x \in \mathbb{R},\ x^2 = x + 1)$ est donc fausse.

On dit que $x = 0$ est un *contre-exemple* prouvant que le quantificateur $\forall$ induit une égalité fausse. Plus précisément, nous observons que la proposition

$$\text{il existe } x \in \mathbb{R},\ x^2 \neq x + 1,$$

est vraie. Elle est la négation de la proposition initiale.

12.4.2 Quantificateur existentiel

Définition. *Soient E un ensemble, $x \in E$ et $p(x)$ une proposition dont la valeur de vérité dépend de x.*

S'il existe au moins un élément $x \in E$, tel que la proposition $p(x)$ soit vraie, on écrit :

$$\exists x \in E,\ p(x).$$

Le symbole $\exists$ est le quantificateur existentiel.

Remarques. Nous en proposons quatre.

• Lorsque des quantificateurs sont utilisés, la rédaction mathématique est formalisée. Les propositions avec quantificateurs sont séparées du reste du texte, en passant le plus souvent à la ligne.

En d'autres termes, $\forall$, $\exists$ et les connecteurs logiques ne sont pas des abréviations mais sont régulés par des règles précises.

• Le quantificateur $\exists$ induit une notion d'existence mais pas nécessairement d'unicité. Lorsque nous disposons de l'existence et de l'unicité d'un élément x d'un ensemble E, on note parfois $\exists\,!\,x \in E$.

• La notion de contre-exemple est importante.

On retiendra qu'elle est régie par le quantificateur $\exists$.

• La notation $\forall$ provient du renversement du A, première lettre du mot anglais " All".

La notation $\exists$ provient du renversement du E, première lettre du mot anglais "Exist".

12.4.3 Négation et quantificateurs

Proposition. *Soient E un ensemble, $x \in E$ et $p(x)$ une proposition dont la valeur de vérité dépend de x. Nous avons*

- $\text{non}(\forall x \in E,\, p(x)) \Leftrightarrow \exists x \in E,\, \text{non}\, p(x)$.
- $\text{non}(\exists x \in E,\, p(x)) \Leftrightarrow \forall x \in E,\, \text{non}\, p(x)$.

Démonstration. Désignons par $A = \{x \in E / p(x) \text{ vraie}\}$.

Nous avons

$$(\forall x \in E,\, p(x)) \Leftrightarrow A = E.$$

Nous en déduisons

$$\text{non}(\forall x \in E,\, p(x)) \Leftrightarrow A \neq E.$$

Cela donne

$$\text{non}(\forall x \in E,\, p(x)) \Leftrightarrow \exists x \in E,\, x \notin A\, .$$

Nous avons ainsi justifié que

$$\text{non}(\forall x \in E,\, p(x)) \Leftrightarrow \exists x \in E,\, \text{non}\, p(x).$$

Nous procédons de la même manière pour la seconde négation.

Remarque. Nous retiendrons que lorsqu'une négation agit sur un quantificateur universel, il se transforme en un quantificateur existentiel et vice-versa, quel que soit le nombre de quantificateurs dans la proposition considérée.

Exemples. . Nous en avons quatre.

- La proposition

$$\forall x \in \mathbb{R},\, (x+1)^2 = x^2 + 2x + 1, \text{ est vraie.}$$

- La proposition

$$\forall x \in \mathbb{R},\, \forall y \in \mathbb{R},\, \sqrt{x^2 + y^2} = x + y, \text{ est fausse.}$$

Sa négation

$$\exists x \in \mathbb{R},\, \exists y \in \mathbb{R},\, \sqrt{x^2 + y^2} \neq x + y, \text{ est vraie.}$$

En effet $x = 1$ et $y = 2$ conviennent. C'est un *contre-exemple* qui justifie que la proposition initiale est fausse.

• La proposition

$$\forall n \in \mathbb{N},\ \exists p \in \mathbb{N},\ p > n, \text{ est vraie.}$$

En effet, pour chaque $n \in \mathbb{N}$, $p = n + 1$ convient.
Dans ce cas, nous remarquons que p dépend de n.
Sa négation

$$\exists n \in \mathbb{N},\ \forall p \in \mathbb{N},\ p \leq n, \text{ est fausse.}$$

Cette négation signifie que tous les entiers naturels sont majorés par un entier n fixé, ce qui est faux puisque $\mathbb{N}$ est infini. Nous remarquons ici que n ne dépend pas de p.

• La définition formalisée de la croissance d'une fonction f sur un intervalle I est :

$$\forall a \in I,\ \forall b \in I,\ (a < b \Rightarrow f(a) \leq f(b)).$$

Puisque $\text{non}(p \Rightarrow q) \Leftrightarrow (p \wedge \text{non}\, q)$, la négation de cette définition est

$$\exists a \in I,\ \exists b \in I,\ (a < b \wedge f(a) > f(b)).$$

12.5 Quelques méthodes usuelles de démonstration

12.5.1 Raisonnement par l'absurde

Principe. Soient p et q deux propositions.

Nous nous proposons de montrer qu'une implication $p \Rightarrow q$ est vraie.

Pour cela, nous supposons que p est vraie et $\text{non}\, q$ est vraie.

Nous parvenons par déduction à prouver que $\text{non}\, p$ est vraie.

Il en résulte que la proposition p est fausse, ce qui est contradictoire avec l'hypothèse p vraie.

Par conséquent $\text{non}\, q$ est fausse, donc q est vraie.

Nous en concluons que $p \Rightarrow q$ est vraie.

Exemple. Nous prouvons que si $a \in \mathbb{N}^*$, alors 0 ne divise pas a.

Supposons, par l'absurde, qu'il existe $a \neq 0$ et 0 divise a.

Dans ce cas, il existe $q \in \mathbb{N}$ tel que $a = 0 \times q = 0$, ce qui est contradictoire avec $a \neq 0$.

12.5.2 Raisonnement par contraposition

Définition. *Soient p et q deux propositions. La proposition* (non$q \Rightarrow$ non$p$) *est la contraposée de* $(p \Rightarrow q)$.

Proposition. *Soient p et q deux propositions. Une implication et sa contraposée ont les mêmes valeurs de vérité.*

En d'autres termes, p et q étant deux propositions, nous avons

$$(p \Rightarrow q) \Leftrightarrow (\text{non}\, q \Rightarrow \text{non}\, p).$$

Démonstration. Deux méthodes sont possibles, en utilisant une table de vérité ou par le calcul des propositions. Nous choisissons la seconde méthode. Il vient :

$$(\text{non}\, q \Rightarrow \text{non}\, p) \Leftrightarrow (\text{non}(\text{non}\, q) \vee \text{non}\, p),$$
$$(\text{non}\, q \Rightarrow \text{non}\, p) \Leftrightarrow \text{non}(\text{non}\, q \wedge p),$$
$$(\text{non}\, q \Rightarrow \text{non}\, p) \Leftrightarrow \text{non}(p \wedge \text{non}\, q),$$
$$(\text{non}\, q \Rightarrow \text{non}\, p) \Leftrightarrow \text{non}(\text{non}(p \Rightarrow q)),$$
$$(\text{non}\, q \Rightarrow \text{non}\, p) \Leftrightarrow (p \Rightarrow q).$$

Remarque. Pour étudier la réciproque de $p \Rightarrow q$, la contraposée de $q \Rightarrow p$ est parfois utilisée, c'est-à-dire $(\text{non}\, p \Rightarrow \text{non}\, q)$.

En effet nous savons que

$$(\text{non}\, p \Rightarrow \text{non}\, q) \Leftrightarrow (q \Rightarrow p).$$

Exemple. On rappelle que le carré d'un nombre pair est un nombre pair et que le carré d'un nombre impair est un nombre impair.

Réciproquement, nous montrons que si le carré d'un nombre est pair, alors ce nombre est pair.

Soit a un entier naturel. Il s'agit de prouver la proposition

$$a^2 \text{ pair implique } a \text{ pair.}$$

Sa contraposée est

$$a \text{ impair implique } a^2 \text{ impair.}$$

Cette implication est vraie.

Cela prouve que "a^2 pair implique a pair" est une proposition vraie.

12.5.3 Preuve par un contre-exemple

Principe. Pour prouver qu'une proposition de la forme $(\forall x \in E, p(x))$ est fausse, nous justifions que sa négation $(\exists x \in E, \text{non}p(x))$ est vraie.

Dans ce cas il suffit de mettre en évidence un exemple pour $x = a$ tel que $p(a)$ est vrai.

C'est ce qui est nommé un contre-exemple.

Exemple. Est-il vrai que si n est un entier divisible par 5 et par 10, alors n est divisible par 50 ?

Cet énoncé est faux. Sa négation est :

Il existe $n \in \mathbb{N}$ tel que 5 divise n et 10 divise n et 50 ne divise pas n.

En effet le contre-exemple $n = 70$ convient.

12.5.4 Raisonnement par disjonction

Principe. Pour démontrer qu'une proposition $p(x)$ est vraie pour tout élément x d'un ensemble E, nous raisonnons par disjonction en prouvant que $p(x)$ est vraie pour les éléments x appartenant à des sous-ensembles non vides disjoints deux à deux de E dont la réunion est E.

Remarque. L'ensemble des sous-ensembles non vides disjoints deux à deux de E, dont la réunion est E, est une partition de E.

Exemple. Nous montrons que, si $a \in \mathbb{Z}$, $p \in \mathbb{N}$ et $q \in \mathbb{N}$, alors le nombre rationnel $x = \dfrac{a}{2^p \times 5^q}$ est un nombre décimal.

Par disjonction, nous distinguons 3 cas : $p = q$ ou $p < q$ ou $p > q$.

1er cas : $p = q$.

Dans ce cas, nous obtenons

$$x = \frac{a}{2^p \times 5^p} = \frac{a}{10^p},$$

ce qui prouve que $x \in \mathbb{D}$.

2e cas : $p < q$.

Nous avons

$$x = \frac{a}{2^{p-q} \times 2^q \times 5^q} = \frac{a \times 2^{q-p}}{10^q}.$$

Puisque $q - p > 0$, nous en déduisons, dans ce second cas, que $x \in \mathbb{D}$.

3e cas : $p > q$.

Nous avons

$$x = \frac{a}{2^p \times 5^p \times 5^{q-p}} = \frac{a \times 5^{p-q}}{10^p}.$$

Puisque $p - q > 0$, nous en déduisons, dans ce troisième cas, que $x \in \mathbb{D}$.

Nous en concluons, par disjonction,

$$\forall a \in \mathbb{Z},\ \forall (p,q) \in \mathbb{N}^2,\ \frac{a}{2^p \times 5^q} \in \mathbb{D}.$$

12.5.5 Raisonnement par récurrence

Ce raisonnement repose sur une propriété axiomatique des entiers naturels qui s'énonce :

Axiome (Axiome du plus petit élément). *Toute partie B non vide de $\mathbb{N}$ admet un plus petit élément p, ce qui signifie*

$$\exists p \in \mathbb{N},\ \forall b \in B,\ b \geq p \,\text{et}\, p \in B.$$

Proposition (principe de récurrence). *Si A est une partie de $\mathbb{N}$ satisfaisant aux deux conditions suivantes :*

- $0 \in A$,
- $\forall n \in \mathbb{N}, (n \in A \Rightarrow n + 1 \in A)$,

alors $A = \mathbb{N}$.

Démonstration. Nous supposons par l'absurde que $A \neq \mathbb{N}$.

Nous considérons, dans ce cas,

$$B = \complement_{\mathbb{N}} A = \{n \in \mathbb{N} / n \notin A\}.$$

Nous observons que

▷ $B \neq \emptyset$ car sinon $A = \mathbb{N}$.

▷ $0 \notin B$ car $0 \in A$.

Par conséquent, B est une partie non vide de $\mathbb{N}$ donc B admet un plus petit élément $p \geq 1$.

Nous en déduisons que $p \in B$ et $p - 1 \notin B$.

Puisque $p - 1 \in \mathbb{N}$, nous avons $p - 1 \in A$.

En appliquant la condition :

$$\forall n \in \mathbb{N}, (n \in A \Rightarrow n+1 \in A),$$

en particulier, pour $n = p - 1$, il vient

$$p \in A,$$

ce qui est contradictoire car $A \cap B = \emptyset$.

Nous en concluons que $A = \mathbb{N}$.

Proposition (preuve par récurrence). *Soit $p(n)$ une proposition dépendant d'un entier naturel n.*

Si

- *$p(0)$ est vraie,*

et

- *pour un entier naturel n fixé , $p(n)$ vraie implique $p(n+1)$ vraie,*

alors

quel que soit $n \in \mathbb{N}$, la proposition $p(n)$ est vraie.

Démonstration. Nous appliquons le principe de récurrence à

$$A = \{n \in \mathbb{N} / p(n) \text{ vraie}\}.$$

Remarques. Nous en donnons quatre.

- La première condition est l'initialisation de la récurrence.
- La condition $p(n)$ vraie, pour un entier naturel n fixé, est fréquemment appelée *hypothèse de récurrence* et notée H_n ; il s'agit donc de prouver

$$H_n \Rightarrow H_{n+1}.$$

- La seconde condition signifie que la propriété est héréditaire.
- Le raisonnement par récurrence est assez naturel comme le montre l'illustration suivante.

"Je suis en bas de l'escalier de la tour Eiffel et je constate que les premières marches sont peintes en jaune. Rien ne me permet d' affirmer que toutes les marches sont peintes en jaune. Mais un touriste logicien bienveillant, qui termine sa visite de la tour, m'indique que si une marche est peinte en jaune, alors la suivante aussi.

Nous en concluons que toutes les marches sont peintes en jaune."

Proposition (récurrence à partir d'un rang entier n_0). *Soit $p(n)$ une proposition dépendant d'un entier naturel n et soit $n_0 \in \mathbb{N}$.*

Si

- *$p(n_0)$ est vraie,*

et

- *pour un entier naturel $n \geq n_0$, quelconque fixé, $p(n)$ vraie implique $p(n+1)$ vraie,*

Alors, quel que soit l'entier $n \geq n_0$, la proposition p(n) est vraie.

Démonstration. Nous posons $k = n - n_0$, ainsi $k \in \mathbb{N}$.

Désignons par $q(k)$ la propriété définie sur $\mathbb{N}$ par : "$p(n_0 + k)$est vraie".

Initialisation. $q(0)$ est vraie puisque $p(n_0)$ est vraie.

Hérédité. Supposons que pour un entier naturel k quelconque mais fixé, on ait $q(k)$ vraie, ce qui signifie $p(n_0 + k)$ vraie, soit $p(n)$ vraie.

En appliquant l'hypothèse de récurrence, cela implique $p(n+1)$ vraie, c'est-à-dire $p(n_0 + k + 1)$vraie, soit $q(k+1)$ vraie.

En appliquant la proposition précédente, nous obtenons

$$\forall k \in \mathbb{N},\ q(k) \text{ vraie},$$

c'est-à-dire

$$\forall n \geq n_0,\ p(n) \text{ vraie}.$$

Exemples. Nous en proposons deux ainsi qu'un contre-exemple.

1er exemple. Nous démontrons par récurrence, l'égalité suivante communément admise :

$$\forall x \in \mathbb{R}^*,\ \forall n \in \mathbb{N},\ |x^n| = |x|^n.$$

Soit x un réel non nul.

Initialisation.

Pour $n = 0$, nous avons

$$|x^0| = |1| = 1 = |x|^0,$$

ce qui justifie que l'égalité proposée est vraie au rang $n = 0$.

Hérédité.

Nous supposons que pour un entier naturel n fixé, on ait

$$|x^n| = |x|^n.$$

Il s'agit de montrer que $|x^{n+1}| = |x|^{n+1}$.

Or nous avons

$$|x^{n+1}| = |x^n \times x| = |x^n| \times |x|,$$

ce qui donne, en appliquant l'hypothèse de récurrence,

$$|x^{n+1}| = |x|^n \times |x| = |x|^{n+1}.$$

Ainsi l'égalité attendue est héréditaire.

En appliquant le principe de récurrence, nous en concluons

$$\forall x \in \mathbb{R}^*, \forall n \in \mathbb{N}, |x^n| = |x|^n.$$

2e exemple. Pour $n \in \mathbb{N}^*$, nous prouvons par récurrence l'égalité de la somme des n premiers carrés qu'il est souhaitable de retenir :

$$1^2 + 2^2 + \cdots + n^2 = \frac{n\,(n+1)\,(2n+1)}{6}.$$

Initialisation.

Pour $n = 1$, nous avons, d'une part :

$$\frac{1\,(1+1)\,(2 \times 1 + 1)}{6} = 1,$$

d'autre part,

$$1^2 = 1.$$

L'égalité est vraie au rang 1.

Hérédité.

Nous supposons que pour un entier n non nul fixé, nous disposons de l'égalité

$$1^2 + 2^2 + \cdots + n^2 = \frac{n\,(n+1)\,(2n+1)}{6}.$$

Montrons que

$$1^2 + 2^2 + \cdots + n^2 + (n+1)^2 = \frac{(n+1)\,(n+2)\,(2n+3)}{6}.$$

En utilisant l'hypothèse de récurrence, nous obtenons

$$\begin{aligned}1^2+2^2+\cdots+n^2+(n+1)^2 &= \frac{n\,(n+1)\,(2n+1)}{6}+(n+1)^2\,,\\ &= (n+1)\left[\frac{n\,(2n+1)}{6}+(n+1)\right],\\ &= \frac{(n+1)\,\left(2n^2+7n+6\right)}{6}.\end{aligned}$$

Nous vérifions ensuite que :

$$2n^2+7n+6=(n+2)\,(2n+3),$$

ce qui donne :

$$1^2+2^2+\cdots+n^2+(n+1)^2=\frac{(n+1)\,(n+2)\,(2n+3)}{6},$$

ce qui prouve que l'égalité proposée est vraie au rang $n+1$.

En appliquant le principe de récurrence, nous en concluons que, pour tout entier naturel n non nul,

$$1^2+2^2+\cdots+n^2=\frac{n\,(n+1)\,(2n+1)}{6}.$$

3e : Un contre-exemple.

Nous considérons la proposition :

$$\forall n\in\mathbb{N},\ 9\,\text{divise}\,10^n+1.$$

Pour $n=0$, cette proposition est fausse donc cette dernière est fausse.
Cependant elle est héréditaire !
En effet, supposons que pour un entier naturel n fixé, $9\,\text{divise}\,10^n+1$.
Nous avons

$$\begin{aligned}10^{n+1}+1 &= 10^n\times(9+1)+1,\\ &= 10^n\times 9+10^n+1,\\ &= 10^n\times 9+k\times 9,\\ &= (10^n+k)\times 9.\end{aligned}$$

Donc sous l'hypothèse ci-dessus, la propriété est héréditaire.

Nous retiendrons que l'étape d'initialisation est indissociable d'un raisonnement par récurrence.

Cet ouvrage a été achevé d'imprimer en janvier 2020
dans les ateliers de Normandie Roto Impression s.a.s.
61250 Lonrai
N° d'impression : 1906152
Dépôt légal : janvier 2020

Imprimé en France